BESTSELLER

Ana Lena Rivera. Soy asturiana de nacimiento y corazón, pero llevo muchos años viviendo en Madrid, ciudad que me adoptó como una hija y en la que he construido mi hogar. A veces echo de menos el olor a sal y ver las olas romper contra las rocas. Estudié Derecho y Administración y Dirección de Empresas, y, aunque soñaba con ser escritora, criminóloga o comisaria de policía, tuve una carrera profesional emocionante dentro del mundo empresarial multinacional. Según cuentan en la familia, cuando era pequeña leía libros de forma compulsiva; la lectura fue mi gran compañía en la niñez, y estoy convencida de que, en buena parte, hoy soy quien soy por las innumerables horas que pasé rodeada de libros. Empecé a escribir con la ilusión de que mis novelas ofrecieran al lector la compañía, los referentes y el refugio que los libros me proporcionaron a mí. Cuando me quedé embarazada de mi hijo Álex, la prescripción médica de reposo me dio la oportunidad de escribir: descubrí mi pasión y empezó esta aventura. Por suerte, en la Escuela de Escritores, en la que ahora tengo el privilegio de enseñar, tuve grandes profesores.

Las herederas de la Singer inaugura una nueva etapa después de tres novelas dedicadas a la investigadora Gracia San Sebastián: *Lo que callan los muertos* (2019, Premio Torrente Ballester 2017), *Un asesino en tu sombra* (2020) y *Los muertos no saben nadar* (2021).

Para más información, visita la página web de la autora: https://analenarivera.com/

También puedes seguir a Ana Lena Rivera en sus redes sociales:

 Ana Lena Rivera
 @AnaRiveraMuniz
 @analenarivera

Biblioteca

ANA LENA RIVERA

Las herederas de la Singer

DEBOLS!LLO

Papel certificado por el Forest Stewardship Council®

Primera edición en Debolsillo: febrero de 2023
Sexta reimpresión: diciembre de 2023

© 2022, Ana Lena Rivera
© 2022, 2023, Penguin Random House Grupo Editorial, S. A. U.
Travessera de Gràcia, 47-49. 08021 Barcelona
Diseño de la cubierta: Penguin Random House Grupo Editorial / Carlos Pamplona
Imagen de la cubierta: © Trevillion Images

Printed in Spain – Impreso en España

ISBN: 978-84-663-6374-7
Depósito legal: B-21.559-2022

Compuesto en La Nueva Edimac, S. L.
Impreso en Black Print CPI Ibérica
Sant Andreu de la Barca (Barcelona)

P 363747

A mi padre, que desde algún sitio me ve y sonríe

A mis abuelos, que viven en mis recuerdos,
aunque ya se habían ido cuando yo llegué

A mi tía Anita, que deja un vacío en la primera fila

Ellos son el alma de esta historia

1

Ana, 2019

El primer recuerdo de la vieja Singer que me viene a la cabeza es del día que murió Franco. Me levanté antes que de costumbre por el trajín que se oía en nuestro pequeño piso a las afueras de Oviedo, pero no fui al colegio. Mi padre tampoco acudió a trabajar. Tengo grabada en la memoria su imagen mientras fumaba un puro frente al televisor. Se había servido una copa de coñac, como la que se bebía en la sobremesa de los domingos. La radio sonaba en el cuarto de costura, donde me encontraba con mi madre y con la abuela Aurora, las tres solas, porque aquel día las aprendices de modista no llegaron.

Mi madre estaba nerviosa y de mal humor.

«Este hombre nos va a traer problemas. ¿A quién se le ocurre? Con lo que huelen los puros», la oí decir por detrás del petardeo arrítmico y suave de la máquina de coser de la abuela, que debía de volver locos a los vecinos. Tenían que entregar cuatro vestidos para una boda de postín, que se iba a celebrar nada menos que en el hotel de La Reconquista, icono de la elegancia en Oviedo por ser el único cinco estrellas de la ciudad. En pleno diciembre. El padre de la novia estaba enfermo de cáncer y temían que no pudiera asistir si esperaban al verano. La primera prueba la tenían apalabrada para cuatro días después.

«Si es verdad eso de que ha muerto Franco, ¿cómo van a celebrar la boda el mes que viene?», murmuraba mi madre por lo bajini mientras bordaba un fajín de tul para el vestido de la niña de las arras.

Mi abuela Aurora seguía dándole al pedal de la Singer, que por aquel entonces debía de contar casi un siglo. La Singer; mi abuela solo medio.

Mientras tanto yo, sentada en el suelo de madera que crujía cada vez que hacía el más mínimo movimiento y ajena a la conmoción que vivía el país, me peleaba con la aguja y el hilo, intentando dar puntadas iguales en un trozo de tela de arpillera. El dedal infantil que mi madre me obligaba a ponerme me molestaba y, como hacía siempre, me lo quitaba cuando ella no miraba, pero esa mañana no la oí decir las palabras mágicas: «Costurera sin dedal, cose poco y cose mal», que devolvían el pequeño cilindro metálico de nido de abeja a mi dedo corazón.

A las diez de la mañana, la máquina de coser calló, mi abuela miró hacia la radio y mi madre cerró los ojos para escuchar a Arias Navarro que, con la voz entrecortada, confirmaba la noticia de la muerte del Caudillo. Fueron cinco minutos que a mí se me hicieron largos como horas, sentada en el suelo con el corazón encogido y los ojos fijos en la cara de mis antecesoras. Mi madre quieta, casi paralizada; mi abuela, inexpresiva. Cuando aquel hombre terminó de hablar, mi madre abrió los ojos y fui hacia ella para que me abrazara; necesitaba sentir que todo iba bien, pero ella me apartó.

«No va a haber boda», dijo mientras salía del cuarto, como si aquello me importara.

Entonces mi abuela retomó la costura y el ruido cadencioso y constante de la Singer volvió a ser el sonido de fondo en mi casa, como cada día.

Cuarenta y cuatro años después, la noticia de la exhumación de los restos del dictador y su traslado al cementerio de El Pardo me trajo aquel recuerdo. La vieja máquina de coser había adornado durante años una esquina de mi salón de casi ochenta metros, silenciosa y encogida, como si echara de menos los reducidos espacios en los que había habitado tiempo atrás. Y es que mis predecesoras no habían conocido la abundancia. El gran logro de mi madre fue verme casada con Carlos, tan educado, tan empresario y, sobre todo, tan adinerado. Mi casa en La Finca de Madrid, que nunca llegó a ser mía sino de Carlos, fue para ella el símbolo del éxito, su misión cumplida en la vida. En cambio, yo me empequeñecí allí día tras día, igual que la Singer en su rincón. Y tras años de hacernos cada vez más invisibles, ya no quedó sitio en aquella enorme mansión para ninguna de las dos.

Aurora, 1938

El furor sexual de Frutos, Juan Fructuoso Cangas según la partida de bautismo, no fue suficiente para que su mujer concibiera más de un hijo, y ni siquiera fue varón. Condenado a no engendrar más prole que Aurora, Frutos no cejó en su empeño por diseminar la simiente Cangas entre las putas de la cuenca minera asturiana. De cada jornal recién cobrado, la mitad era para que Olvido, su mujer, hiciera frente a los gastos de la casa, y un cuarto para «por si acaso» y otro cuarto para vino y putas. Los cuartos de «por si acaso» rara vez se conocieron entre sí porque los imprevistos, mucho más previsibles de lo que pensaba Frutos, se sucedían mes a mes, aunque sumados a los ingresos extras que su esposa y su hija aportaban a la casa a base de aguja y dedal, las cuentas familiares salieron adelante durante muchos años, incluso los más difíciles, hasta que Aurora cumplió los dieciséis.

Fue entonces, una mañana de verano de 1938, mientras las bombas caían sobre el puerto y la población civil de Gijón, cuando, en el pozo Santa Bárbara de Turón, un costero mal fijado caía sobre la espalda de Frutos rompiéndole una vértebra y varias costillas. Algún dios misericordioso obró el milagro y la médula quedó intacta incluso después del rescate, pero dejó a Frutos postrado en una cama, entre dolores y sin jornal. La solidaridad de la mina daba trabajo a los hijos de heridos y fallecidos. Las familias de los mineros no debían pasar hambre: hoy, por el que le hubiera tocado ser la víctima del sacrificio que la mina exigía de forma recurrente y aleatoria; mañana, por el que tuviera la mala suerte de que la desgracia se cebara con él. Lo que no solía ocurrir era que el sacrificado no tuviera hijo o hermano varón para sustituirle.

De modo que un caluroso día de agosto, en plena Guerra Civil, Aurora entró de paleadora en el exterior del pozo, donde cargaba con una pala larga y pesada las vagonetas de carbón que transportaban el mineral extraído hasta el lavadero de La Cuadriella.

Durante la guerra, las mujeres mineras, las carboneras, abundaban: el frente dejaba muchas viudas y huérfanos. Tenían prohibida la entrada a la mina por ley, así que quedaban para ellas los trabajos mal pagados del exterior del pozo, bien cargando las vagonetas con el material extraído en bruto o bien acarreando pesados cubos de agua durante toda la jornada, y del interior del lavadero, clasificando y respirando el polvo del carbón mientras separaban los trozos del preciado mineral de otros restos inútiles.

Aurora había oído rumores de que había mujeres que, con el marido o el padre en el frente, trabajaban en el interior de la mina; aun así le sorprendió verlas entrar, a la vista de todos, en las jaulas que las transportaban decenas de metros bajo tierra. A pesar de que la ley no las considerara aptas para bajar a los túneles, las carboneras de interior, contratadas como paleadoras, limpiadoras, aguadoras o guardabarreras, en realidad arrancaban el carbón de las galerías como hasta entonces lo habían hecho los hombres, hombres que los ejércitos de ambos bandos reclutaban para morir o matar y que dejaban atrás familias enteras a merced de la hambruna y la enfermedad.

El gesto decidido de esas mujeres, que no lograban ocultar la preocupación por lo que sería de sus hijos si ellas no volvían a salir de aquellos túneles mortales, sobrecogieron a Aurora. En aquel momento entendió cuán poco la separaba a ella y a cualquier otra de que ese fuera también su futuro. Una bala, una bomba, un accidente. En un segundo la vida cambiaba, y no solía ser a mejor. Para demostrarlo, allí estaban ella y, unos metros más allá, apiñadas en la jaula de descenso, aquellas carboneras.

No tuvo Aurora que bajar a la mina para saber lo que era el trabajo duro. La pala, pesada como la lanza de la armadura medieval cuyo dibujo aparecía en uno de los pocos libros que había en su casa, le machacó las manos y los músculos de piernas y espalda antes de que se cumpliera la primera hora de trabajo. No se creía capaz de continuar, pero lo hizo hasta que, al final del turno, sus manos ensangrentadas pudieron por fin descansar. Al día siguiente, provista de vendas y de unos guantes de Frutos que su madre le ajustó durante la noche, volvió a empezar con la penosa tarea de palear el carbón a los vagones.

No llevaba ni dos horas de paleo cuando una compañera la advirtió:

—Ciérrate la blusa, que hoy está don Ceferino por aquí. Lleva un rato dando vueltas y te mira cada vez que pasa. Como un zorro acechando el gallinero.

—¿Qué quieres decir? —preguntó Aurora, con astucia suficiente para no mirar hacia donde se encontraba don Ceferino, el capataz, quien se encargaba, entre otras cosas, de velar por la seguridad de los mineros.

—Que te andes con cuidado. Que este pieza hoy no está en la oficina, y cuando el oso sale de la cueva, busca presa —respondió su compañera.

Aurora se cerró la blusa y continuó trabajando en silencio. Aquel día vio merodear a don Ceferino por la zona de las paleadoras más de una vez, pero hizo como si no se percatara de su presencia. Cargó carbón con el cuerpo molido, las manos aliviadas por los guantes y el corazón desbocado cada vez que se acercaba el depredador.

La jornada terminó por fin y, cubierta de polvo negro y empapada en sudor, Aurora emprendió el camino de vuelta a casa. Dos kilómetros y medio que hizo sola, caminando, separada del grupo de mujeres que, igual de cansadas y doloridas, tenían tan pocas ganas de cháchara como ella. Necesitaba pensar para encontrar la forma de librarse de aquel injusto castigo que la vida le había puesto a raíz del accidente de su padre. Miró las montañas que rodeaban el valle, inmensas, tupidas de un verde oscuro casi negro, que brillaban con la claridad anaranjada del atardecer emitiendo pequeños reflejos de colores por efecto de la luz sobre el polvo de carbón. ¡Qué bonitas eran por fuera! Tanto como feas y traicioneras por dentro. Como ella misma, pensó. Bonita de cara y con un precioso cuerpo a lo Ginger Rogers, y la permanente sensación de estar sucia por dentro, como si algo se pudriera en su interior cada vez que su padre entraba a hurtadillas en su habitación por la noche. Esa percepción de sí misma le dio la idea que podía librarla de los meses, o incluso años si la espalda de su padre no mejoraba, que la esperaban cargando carbón a paladas y que, si ella no lo evitaba antes, pronto acabaría con la belleza que Dios le había regalado.

Nada más llegar a casa, Aurora fue directa al cuarto donde Frutos dormitaba entre sudores por efecto del verano y de los calmantes recetados por don Fabián, el médico del pueblo.

—¿Cómo se encuentra, padre? —dijo acercando la cara al oído de su progenitor.

Frutos abrió los ojos y sonrió a su hija, su dulce y voluptuosa Aurora, que desde el día siguiente a su nacimiento solo le trajo alegrías. Y no se alegró desde el momento en que la vio porque entonces Frutos quería que su primogénito fuera un varón, sin sospechar las ventajas que le iba a reportar unos años después haber tenido una niña.

—¿Cómo te ha ido la segunda jornada? ¿Mejor con los guantes? —preguntó.

—Mejor, padre, mejor, pero estoy deslomada.

—Ya te acostumbrarás. Es cuestión de tiempo y de que los músculos endurezcan —respondió comprensivo ante el sufrimiento de su hija—. No durará mucho, te lo prometo. El médico dice que en unos meses podré moverme, y si no puedo trabajar de picador será de otra cosa, pero volveré a traer el dinero a la familia.

—Claro, padre, así será. Pero mientras tanto, he oído que en el lavadero las pizarreras cobran seis pesetas por jornal, casi el doble que yo, y el trabajo no es tan duro.

—Ay, Aurora, da gracias por lo que tienes. Las pizarreras no están mejor que tú. El lavadero es una nube de polvo, casi no se ve y cuesta mucho respirar ahí dentro.

—Pero cobran más y están a cubierto. O si no, de guardabarrera o de telefonista, o incluso de limpiadora. De lo que sea menos cargar carbón.

Frutos torció el gesto.

—Esas mujeres que dices son viudas de mineros y llegan a esos puestos después de años trabajando de paleadoras o en los lavaderos. Tú tienes padre y te casarás, esto es solo algo temporal. No te van a dar un trabajo de telefonista nada menos.

—Pero si lo consiguiera sería muy bueno, ¿no cree? Si conociéramos a alguien con influencias...

—No te hagas el cuento de la lechera. Las influencias de tu padre solo llegan a ponerte de paleadora. Como las de cualquier otro minero.

—¿Y las de don Ceferino?

Frutos, que ya había oído rumores sobre que el capataz, posiblemente el más competente que había tenido el pozo, negociaba con las mujeres trabajos por favores, entendió entonces la idea de su hija y una ola de ira le quemó las entrañas. Intentó revolverse en la cama pero se lo impidió el corsé, que lo inmovilizaba con el fin de mantener vértebras y costillas en la posición adecuada para soldarse sin causar más daño del ya sufrido.

—Porque no me puedo mover, que si no te daba una ración de cinturón que se te quitaban las ganas de volver a decir semejante barbaridad —le espetó a su hija lleno de rabia.

—Barbaridad no, padre —respondió haciendo caso omiso de una amenaza muchas veces pronunciada y nunca cumplida—. Aspiraciones. A fin de cuentas, ya se encargó usted de que no llegue virgen al matrimonio. Así que dígame, antes de que haga una estupidez en balde: ¿puede o no puede don Ceferino conseguirme un puesto que me quite la pala de las manos?

Frutos se horrorizó ante la frialdad de su hija, intuyendo que él mismo tenía la culpa. Por primera vez desde que descubrió las dulzuras de Aurora, fue consciente de en qué la había convertido. Los ojos se le aguaron de pura rabia, aunque quiso disimularlo volviendo la cara todo lo que su estado le permitía.

—No lo hagas. Ni se te ocurra —suplicó intentando que sonara como una orden.

Aurora no coincidió con don Ceferino hasta varios días después, y no dejó pasar la oportunidad. Aquel trabajo la estaba matando y temía perder su ventaja en cuanto llegara otra mujer más guapa, con más pecho o con las caderas más marcadas.

Llegó don Ceferino en el turno de la tarde, cuando ella ya había empezado a cargar la vagoneta. La miró y, esta vez, Aurora le devolvió la mirada, desafiante. No como una presa sumisa, sino como una que reta al cazador a que la atrape.

Poco acostumbrado estaba el capataz a recibir semejante respuesta a sus miradas. Lo habitual era miedo o súplica, incluso asco, pero nunca desafío. Las mujeres que estaban allí necesitaban el dinero y cuando él echaba el ojo a alguna, o pasaba por el aro o se condenaba a sí misma y a su familia al hambre. A don Ceferino le excitaba la sensación de poder que provocaban los rumores sobre él y se paseaba de vez en cuando entre las carboneras para atemorizarlas, aunque en realidad tenía más fama que hazañas reales y pocas veces había satisfecho sus instintos aprovechándose de su puesto en la mina. La primera vez fue nada más fallecer su mujer, con una viuda cuyo marido murió en la revolución de 1934. Estaba de buen ver y era madre de tres hijos, y acudió a su oficina para suplicarle un trabajo. El marido no era minero y pocas posibilidades, por no decir ninguna, tenía ella de entrar en la mina. Para esas mujeres solo quedaba escarbar en las escombreras buscando los trozos de carbón que se hubieran colado entre el mineral inservible para llenar un cesto que vender al final de la jornada, y con eso no se podía alimentar a tres niños. Fue ella misma quien insinuó el precio a pagar por un contrato de trabajo y ofreció lo único que tenía. Ceferino aceptó gustoso satisfacer sus ardores con ella a cambio de meterla de pizarrera en el lavadero, y lo hizo no una sino varias veces, hasta que la novedad pasó y dejó que fuera el vigilante el que disfrutara las carnes de la viuda, antes de que sus encuentros con ella dejaran de ser rumores entre las mujeres para convertirse en chanzas entre los mineros. La última vez fue con una joven paleadora a la que se le rompió la pala y el vigilante se la hizo pagar. Llegó a él entre súplicas. Tenía al padre enfermo y el jornal le daba para pagar o la pala o las medicinas. Cuando don Ceferino le explicó cómo conseguir que él mismo le abonara la pala y, además, las medicinas, Sofía, que así se llamaba la chica, se negó. Era virgen. Había empezado a cortejarla un buen hombre que la pretendía para casarse y, si se enteraba de aquello, la oportunidad de contraer matrimonio y salir de la mina se desvanecería. La convenció don Ceferino de que con una vez bastaría para redimirse por la pérdida de la pala, deseoso de volver a probar una carne sin mancillar, y allí mismo, en la oficina, entre ropas sin quitar y lágrimas de ella, la desvirgó en menos de un minuto. Por eso, cuando Aurora lo miró a los ojos con aquel aire de pantera enjaulada, no solo le costó mantenerle la mirada, sino que a punto estuvo de trastabillar del susto. Don Ceferino se pasó la jornada excitado pensando en aquella paleadora, hija de un minero del pozo, que antes o después volvería a trabajar. Mal asunto. Las hijas de los mineros eran sagradas y los mineros, una piña. Aquel día Ferino se aseguró de no volver a pasar por la zona de carga. En cuanto llegó a su casa, se metió en la cama solo, como cada noche tras la muerte de su mujer, y se alivió con la imagen de la paleadora de la mirada felina.

Al cabo de un mes, Aurora entró a trabajar como telefonista en el pozo y acudía rauda siempre que el capataz la llamaba.

Frutos nunca le contó a su mujer cómo consiguió Aurora aquel ascenso, como tampoco le contó las veces que él mismo se había metido en la cama de su propia hija, sin sospechar siquiera que Olvido ya hacía tiempo que conocía la insana relación que el padre mantenía con la hija y que había elegido no ver ni oír, pero sí callar.

Aurora, 1939

Frutos invitó a Paulino, un joven minero del pozo Espinos, a merendar en casa con intención de presentarle a Aurora, pero ella solo le hizo desplantes. Olvido preparó unas galletas de avellana y un café con malta y achicoria, y lo colocó lo mejor que supo en la mesa de la cocina. Sacó de su ajuar un mantel bordado que nunca había estrenado a la espera de que llegara la ocasión y, de la vitrina del salón, las tazas del juego de café que lucían doradas e impecables por la falta de uso. Todo para darle buena impresión al pretendiente, que no era capataz pero sí un buen partido. Paulino era joven, formal, bien situado y con ganas de encontrar mujer para casarse.

Aurora montó en cólera cuando supo de la encerrona de sus padres y no quiso saber nada de aquella merienda en la que pretendían hacer de celestinos.

—Pero ¿tú qué te crees? —le preguntó Frutos a su hija asegurándose de que Olvido no lo oyera—. ¿Que don Ceferino se va a casar contigo?

Por la cara de Aurora, vio que había dado en el clavo.

—No seas ingenua, que sus hijos no lo van a permitir.

—Eso de que no fuera ingenua ya me lo dijo usted cuando quise dejar de ser paleadora y mire lo que ocurrió: en menos de un mes ya estaba de telefonista.

—Es que no es lo mismo, ni parecido. Ahora ya no tienes nada que ofrecerle a ese hombre. Ya consiguió de ti lo que quería. Y, ¡demonios!, que no es lo mismo un trabajo que casarse.

—No blasfeme, padre. Y eso que dice usted, ya lo veremos —respondió altiva.

—Es que no te entiendo, ¿qué ves en don Ferino? ¡Un viudo mayor y con hijos!

—Tiene una casa en Mieres, moderna y con agua corriente,

un sueldo de capataz, y los dos hijos están casados y viven cada uno en su casa, ¿le parece poco? —dijo Aurora evitando mirar a su padre.

—Veo que la casa la conoces bien —replicó Frutos, airado.

Aurora se ruborizó y él se dio cuenta de lo que ocurría en realidad.

—Ay, Señor —dijo—, que no es solo por eso. ¡No me digas que te has enamorado de ese viejo! ¡Qué tontas sois las mujeres! Pero ¡qué tontas! Si es mayor que yo, si podría ser tu padre...

—Pero no es mi padre, no como usted —le espetó Aurora con aquella mirada salvaje que aparecía en sus ojos cuando estaba furiosa.

Frutos calló ante el ataque de su hija. Habían pasado casi dos años desde la última vez que la había tocado y esperaba en vano que el tiempo enterrase aquello en el olvido.

Cuando Paulino llegó a la casa, Aurora lo saludó con frialdad, miró con sorna su cojera, como si fuera una broma que ella pudiera fijarse en un hombre como él, y tras veinte minutos de charla de cortesía se levantó de la mesa, se despidió sin dar tiempo a que su madre protestara, cogió la bicicleta y allí dejó a sus padres y a su pretendiente: a los primeros, avergonzados por el comportamiento de su hija; al segundo, prendado de su belleza.

Llegó Aurora a casa de Ferino después de recorrer a pedaladas los cinco kilómetros que la separaban del hombre que quería para marido, a la vez que se alejaba del que sus padres habían elegido para ella.

Ferino no esperaba la visita y, si bien no la rechazó, la inconsciencia de Aurora lo preocupó. Sus hijos podían haber estado en la casa, o cualquier vecina que la viera entrar allí a media tarde podía irles con el cuento. A ellos o a la que esperaba que fuera su segunda esposa. Aquella bicicleta de mujer en la puerta de su casa era un reclamo para las malas lenguas.

Cuando Ferino reprendió a su joven amante por presentarse de manera inesperada, Aurora hizo lo que sabía infalible con él: entregarse sin reservas, sin tapujos, como a él le gustaba, y a ella también.

Satisfechos los instintos, Ferino volvió a la carga.

—Aurora, cielo, me ha encantado la visita, pero no puedes presentarte así. Podrían haber estado aquí mis hijos. Por no hablar de lo que van a decir los vecinos si te ven entrar o salir.

—Eso tiene fácil solución —respondió Aurora con una sonrisa traviesa.

—¿Qué quieres decir? —preguntó Ferino poniéndose en guardia.

—Si yo viviera aquí...

—Pero, mujer —cortó Ferino riendo—, ¿cómo ibas a vivir tú aquí? ¿En calidad de qué?

—¿Cómo que de qué? De tu esposa, claro está.

Ferino miró incrédulo a Aurora, con una mezcla de enfado y compasión.

—Eso no es posible. Tú sabes que no es posible.

—¿Por qué no? Yo te quiero. ¿Es que tú no me quieres? ¿No te gusto?

—Claro que me gustas, y te tengo en mucho aprecio, pero la vida no solo es eso. Yo no puedo casarme con alguien como tú.

—¿Como yo? ¿Cómo soy yo?

Ferino, cada vez más molesto con la situación, no quiso perder tiempo con remilgos.

—Tú eres una carbonera que se acuesta con el primero que pasa para conseguir lo que quiere —dijo—. Y no creas que no sé que no eras virgen cuando llegaste a mí. Tú ya venías bien descorchada. Eso lo nota cualquier hombre.

Aurora salió de la casa con las mejillas rojas, la ropa puesta de cualquier manera y las lágrimas borrándole la visión. Montó en la bicicleta y pedaleó a toda prisa sin saber adónde ir, hasta que entendió que solo tenía un lugar al que volver y un camino que seguir. Después de lo ocurrido, no podía regresar al pozo Santa Bárbara: prefería morirse de hambre que de la vergüenza. Eso sí Ferino, para ella de nuevo don Ceferino a partir de aquella tarde, no la echaba o la volvía a poner de paleadora.

Esa noche Aurora llegó a un acuerdo con su padre, que evitó preguntar por lo ocurrido. No era necesario. Como tampoco que Aurora siguiera con su trabajo de telefonista en la mina. Él mismo decidió que dejaría el pozo Santa Bárbara en cuanto consiguiera trabajo en otro pozo, uno en el que no estuvieran al tanto de los rumores que corrían por La Rabaldana y en el que no tuviera que verle la cara cada día a aquel capataz.

Al día siguiente, Aurora volvió a coser con su madre y se mostró dulce, amable y receptiva ante los torpes galanteos de Paulino.

Tres meses después, Frutos entró de picador en el pozo Espinos con su futuro yerno, y Aurora y Paulino anunciaron su compromiso, mientras don Ceferino hacía lo propio con una joven viuda sin hijos, a la que había cortejado durante más de un año, perteneciente a una familia con título nobiliario e hija de uno de los ingenieros responsables de la Brigada de Salvamento Minero.

Aurora, 1940

El día que Aurora Cangas se casó, con un bonito vestido beis cosido y bordado a mano, no hubo convite ni baile, solo un desayuno con los más allegados. Paulino y ella contrajeron matrimonio a las diez de la mañana un martes de mayo, inesperadamente soleado después de varios días de *orbayu*, en la iglesia de San Martín de Turón. Celebraron el acontecimiento en la cocina de la casa de sus padres con la familia cercana y algunas vecinas, y dieron cuenta de una tarta de nuez acompañada de chocolate caliente y unos dedales de orujo de miel antes de que su padre y su flamante marido se subieran a la bicicleta para dirigirse al pozo donde cada día picaban carbón a destajo, sin perder de vista el jilguero que les avisaría si llegaban a una bolsa de grisú.

Aurora recibió su regalo de bodas dos meses antes del día señalado: una Singer a pedal con mesa de trabajo incluida, comprada de segunda mano en Mieres. Pertenecía a una modista que acababa de morir y solo dejaba hijos varones. Aurora y su madre lijaron la madera de la mesa, la enceraron y el día de la boda expusieron la moderna máquina en el salón como si de una obra de arte se tratara, y como tal la admiraron los convidados.

—¿Y esa mancha oscura en la madera? —preguntó Tina, la de la sastrería.

—Tú, que no entiendes. Es una veta. Estas máquinas vienen de Estados Unidos y allí los árboles son así —respondió Olvido tras varias semanas planeando con su hija la respuesta en caso de que alguna insidiosa les preguntara.

Tina, poco convencida con la explicación, calló al no encontrar respaldo en el resto de los asistentes, más concentrados en no perder el turno para la última ración de tarta que en las vetas de la madera americana.

Aurora y su madre procuraron parecer radiantes aquel día, aunque su trabajo les costó. Dedicaron la tarde a preparar el regalo de las vecinas: una gallina que ya había dejado de poner huevos y que suponía un lujo en aquellos tiempos del hambre. Para ablandarla la asaron a fuego lento en la cocina de carbón de la casa de Aurora, la envidia de las amigas. Aurora no solo se casó la primera de todas ellas, a punto de cumplir los dieciocho, sino que lo hizo con Paulino Muñiz, de veintidós, huérfano de padre y madre, y picador, el trabajo mejor pagado de la mina, sin contar, claro está, el de los capataces y los ingenieros. Sacar carbón de las entrañas de la tierra explorando nuevas vetas tenía más riesgo que cualquier otra ocupación allí abajo, pero proporcionaba más reales. Paulino tenía casa propia, con una gran cocina y una sala en la planta baja, dos habitaciones en la primera planta y dos letrinas, una arriba y otra abajo, adosada a la cocina. Para mayor reconcomio de sus amigas, Aurora no tenía suegra que aguantar. La madre de Paulino contrajo la tuberculosis tras el parto y, aunque puso todo su empeño en recuperarse para no dejar solo a su hijo, únicamente consiguió tardar más tiempo en morir. Paulino se convirtió en propietario de la casa el día que una explosión de grisú lo dejó huérfano del todo al desplomarse el túnel en el que picaba su padre.

En pleno inicio de la posguerra, los guardias civiles sembraban el miedo en la cuenca minera, zona sindicalista, disidente y revolucionaria desde que el carbón salía del interior de sus montañas, no ganaban para llevar un mal pote y un trozo de hogaza a la mesa de su vivienda en la casa cuartel. En cambio, los mineros, sobre todo los que poseían una pequeña parcela de tierra, no tenían para caprichos pero no pasaban hambre. Y eso, cuando del pan de los hijos se hablaba, eran palabras mayores.

Paulino solo tenía una pega: la cojera que le había dejado la polio y que arrastraba desde los cuatro años, una cojera que, si bien disminuía su atractivo y le había acarreado palos, disgustos y alguna pedrada de niño, no le impedía picar carbón como el que más ni animar al Turón Fútbol Club cada domingo por la tarde. Y, sobre todo, tenía la ventaja de haberlo convertido en inhábil para el frente y había pasado la guerra sin el miedo al alistamiento forzoso que sufrieron algunos de sus compañeros.

Cuando Paulino llegó aquella noche del trabajo, cumplida la jornada mínima y sin destajo por ser el día de su boda, lo esperaba en la casa, por primera vez desde que entró en la mina, un barreño con agua caliente y una toalla limpia y recién planchada, una gallina guisada con patatas y cebollas de la huerta de sus suegros y una mujer, ya suya de por vida, que había vuelto a ponerse el conjunto de novia para recibirle. Paulino habría echado mano a Aurora antes que a la gallina de no ser por la consideración que supuso debía tener.

Cenaron rápido. Aurora apenas probó bocado, pues temía manchar el vestido, que pensaba reconvertir en una blusa y una falda al día siguiente con su flamante Singer. Y Paulino porque estaba deseando estrenar a su mujer, sin imaginar que su suegro ya lo había hecho por él dos meses después de que Aurora tuviera su primera menstruación y sus pechos dejaran de ser incipientes para necesitar un sujetador que los recogiera.

Solo dos diferencias notó Aurora entre el sexo con su padre y con su marido: que con Paulino fue más rápido y que no entró ni salió a hurtadillas de la habitación. En cambio, con don Ceferino había sido diferente. Después de las prisas del primer día, Aurora visitó a escondidas la casa de don Ceferino en Mieres en varias ocasiones y allí descubrió que el sexo podía ser algo más que una mera obligación marital y el paso necesario para concebir hijos. Pero con Paulino volvió a ser lo que le había explicado su madre: «Aguanta y disimula bien, que pronto termina». Así fue en su noche de bodas. A los pocos segundos de descargar en ella, Paulino roncaba a su lado, agotado por el día, por la emoción de tener a alguien que lo atendiera y de haber disfrutado por primera vez del cuerpo de una mujer que no lo vendía por dinero. Quizá incluso le diera un hijo pronto. Un varón. Él tenía intención de intentarlo cada noche. Lo que no sospechaba era que dentro de su mujer ya llevaba un mes germinando la semilla de otro: una niña que se llamaría Águeda, como la madre de Paulino.

Águeda, 1941

Águeda nació la noche de Reyes de 1941, después de varias horas de parto en las que Aurora se prometió a sí misma no volver a ser madre jamás. Parió en casa con ayuda de una matrona experta que, cuando sostuvo a aquel bebé de tres kilos seiscientos gramos, de piel morena y una espesa mata de pelusa negra en la cabeza, se limitó a murmurar: «Los sietemesinos de este pueblo cada vez son más grandes. En mis tiempos no había tantos ni tan gordos».

Águeda sacó las orejas de soplillo de su padre biológico, una herencia que ella pasó el resto de su vida intentando disimular bajo el peinado y que su abuelo Frutos asumió como genética de don Ceferino, pues el capataz se enorgullecía de haberse convertido en el jefe de muchos de los que en la escuela le perseguían tirándole piedras mientras coreaban: «Ferino, soplillo, corre, corre, que te pillo».

—La nena ha sacado las orejas de mi abuelo —dijo Frutos cuando vio a su nieta, mientras en su fuero interno daba gracias por que Aurora ya no trabajara en el pozo Santa Bárbara.

Si Olvido recordaba las orejas pequeñas y redondas del abuelo de su marido, no comentó nada, y agradeció a Dios que, al menos, la niña no se pareciera a Frutos, sin saber que este no había vuelto a acercarse a su hija desde que supo lo que ocurría entre Aurora y don Ceferino.

Cuando la comadrona puso a Águeda en brazos de su madre y la ayudó a agarrarse al pecho, Aurora sintió el mismo repelús que si le hubieran puesto encima una cría de rata gigante. Águeda se agarró al pezón con una fuerza inusual en un recién nacido y Aurora deseó apartarla con la fiereza de un animal herido, pero la aguantó allí, chupando una leche imaginaria que no subiría a su pecho hasta tres días después. Tres días y tres noches en los que Águeda lloró desesperada por el hambre y por el instinto de supervivencia que pedía auxilio al notar el desprecio de su madre. Fue Olvido la que cuidó de Águeda, hasta que el cáncer que la devoraba por dentro la postró en una cama. A las dos semanas falleció.

El funeral de Olvido se celebró en la misma iglesia en la que dieciocho meses antes habían contraído matrimonio Aurora y Paulino. No hubo sol el día que la enterraron, solo una lluvia persistente que caía sobre los trajes negros de los asistentes que acompañaron al féretro y que se juntaba con las lágrimas que bañaban sus caras haciendo menos salado su sabor. Pero Olvido ni siquiera fue protagonista de su propio funeral. El mismo día que ella, también le dio por morirse a la anciana tía de la única familia con título nobiliario de aquella zona minera, la de la prometida de Ferino, y el cura solucionó el funeral de Olvido con dos responsos sin misa para poder sacarla de la iglesia donde estaba a punto de llegar el ataúd de caoba maciza que acogía los restos de la aristócrata.

Mientras la noticia del bombardeo japonés sobre la base de Pearl Harbor conmocionaba al mundo, y España temblaba de miedo ante la perspectiva de entrar en otra guerra, en Turón un carro subía los restos de Olvido por el empinado camino al cementerio. Varias veces se atascaron las mulas en el barrizal en el que las lluvias de los últimos días habían convertido el camino. Una vez allí, los enterradores la metieron en la fosa y la cubrieron de tierra, a la espera de que trajeran la lápida de piedra que el cura pasaría a bendecir una vez que hubiera cumplido con las exequias por la noble anciana.

Aquel día, Paulino se dirigió al pozo sin su suegro. Frutos no fue a trabajar, a pesar de que le tocaba turno de domingo. La viudedad era motivo suficiente para no acudir a la mina por un día.

Aurora se encontró sola con Águeda en la casa, sabiendo que desde ese momento solo estaba ella para criarla. Dejó a la niña en la cuna y se sentó a coser en la máquina. Cada vez recibía más encargos en su ocupación de costurera, una de las pocas aceptadas por entonces para una mujer casada. Allí, concentrada en dar el ritmo correcto a la máquina para sacar iguales las puntadas, se alejó del mundo, de los recuerdos de su madre muerta, de su padre vivo y abrumado por la soledad, y de Águeda, su propia hija, que lloró de hambre durante más de dos horas hasta caer rendida de agotamiento mientras Aurora ni siquiera la escuchaba.

Aurora, 1936

Desde la muerte de Olvido, Aurora no volvió a ser la misma. Añoró su presencia hasta el final de sus días, y cuanto más vieja se iba haciendo más la echaba de menos, a pesar de que siempre la invadía el resentimiento cuando recordaba el día en que consiguió reunir las fuerzas para confesarle las visitas nocturnas que de vez en cuando le hacía su padre, sobre todo cuando el jornal se le agotaba antes de que acabara la semana y debía elegir entre el vino y las putas.

Durante una semana al mes, Aurora tenía asignada la tarea de fregar el suelo de la casa, cada día una parte de aquel piso de madera sin barnizar, que no había forma de limpiar más que de rodillas, con agua, jabón y un cepillo de cerdas duras. Aurora prefería mil veces coser que limpiar, pero desde bien pequeña su madre había delegado en ella aquella ingrata tarea. Al menos, Olvido no era una maniática de la limpieza como la madre de su amiga Purita, que las obligaba a ella y a sus dos hermanas a limpiar el suelo cada día y a lavar la ropa en el río. Aurora alguna vez acompañaba a su madre a hacer la colada, pero más para ayudarla a cargar el cesto de la ropa y a escurrirla después que para lavarla en las frías aguas del río Turón. «El río machaca las manos y hasta que te cases quiero que las conserves finas, de señorita. A ver si logramos que se enamore de ti un capataz, hija. Con lo bonita que tú eres, eso sí que sería un cuento de hadas», solía decirle su madre. No sabía Olvido lo premonitorias que iban a ser sus palabras, ni lo dolorosos que pueden resultar los deseos cumplidos.

El día que Aurora perdió la fe en su madre le tocaba limpiar el suelo de las escaleras. Dos horas le llevó la faena. Cuando se incorporó, tenía el brazo derecho y las rodillas doloridas, pero no le importó. Ya podía dedicar el resto del día a ocupaciones más gratas, primero a ayudar a su madre en la cocina y después con la costura. A Olvido le habían encargado un faldón de cristianar para el nieto de una vecina y a Aurora le encantaba coser con minúsculas puntadas aquellas puntillas y la suave tela del tul.

Aurora esperó al que le pareció el momento preciso para contarle a su madre lo que sucedía algunas noches con su padre, cada vez con más frecuencia desde que Frutos se percató de que cuanto menos gastaba en putas más tenía para vino. Pensaba que cuando superara la infinita vergüenza que le suponía decirlo en voz alta, su madre se encargaría de que no volviera a ocurrir y jamás tendría que hablar del tema. Nunca más.

Con la confianza que da la esperanza, eligió el momento en que las dos desgranaban guisantes. Los guisantes a un barreño, las vainas a otro. Con las vainas todavía quedaba el trabajo de quitarles las hebras para rehogarlas con un poco de chorizo y panceta o prepararlas en puré. No eran tiempos de desperdiciar nada.

Estaban las dos en silencio cuando Aurora soltó la pesada carga que le reconcomía el corazón. Su madre calló, separó la vaina que tenía en las manos y luego se las limpió con el mandil. Olvido por fin se levantó, se puso delante de su hija, que miraba petrificada la extraña reacción de su madre, y sin mediar palabra le estampó tal bofetón a Aurora que le dejó los dedos marcados en la cara. Los ojos de la niña se llenaron de lágrimas, pero no dijo ni palabra. Se llevó la mano a la mejilla para aliviar el dolor y agachó la cabeza justo antes de que su madre le ordenara lo contrario.

—Mírame —dijo Olvido mientras volvía a sentarse—. A ver si aprendes de una vez que en esta vida las mujeres estamos para ver, oír y callar. Sobre todo callar. Tu padre es tu padre, el que se desloma picando carbón doce horas al día para traer el dinero a la casa y que tú puedas vivir como una señorita. Él es el que manda aquí, y no te voy a permitir que le faltes al respeto. Tú estás para servirle y para rezar por que no se lo lleven al frente. Así que ni se te ocurra repetir lo que has dicho hace un momento. A nadie. Jamás en tu vida. Tú a callar y a obedecer. ¿Lo entiendes?

Aurora asintió, cogió otra vaina y siguió pelando guisantes con las lágrimas resbalando por las mejillas durante un buen rato, hasta que su madre, ya más calmada, volvió a hablar.

—He pensado que esta tarde podías bordar un ángel en la capota del traje de cristianar.

Si había algo que le gustara a Aurora más que coser era bordar.

—¿Puede ser azul?

—No, hija, no, blanco, tiene que ser blanco. ¿Qué quieres? ¿Que no nos lo paguen? Don Leoncio es capaz de negarse a bautizar al niño si lleva algo azul. Además, si es solo blanco lo podrán heredar sus hermanas cuando las tenga. Bórdalo en blanco y que te quede bien bonito. Con sus alas y todo.

—Claro, mamá —respondió, con la cara aún dolorida, la vergüenza oculta bajo el pecho y la imaginación dibujando el ángel que bordaría en la capota del bebé.

A Aurora le hubiera gustado tener una hermana. Hermanos no, que por lo que decían sus amigas eran todos unos guarros y solo servían para tener más ropa que lavar y planchar, y más cacharros que fregar, y para poner la casa perdida. «Y quizá quisieran de mí lo mismo que padre», pensó, y la idea la horrorizó tanto que la apartó de su cabeza dando gracias por que sus padres solo la hubieran tenido a ella.

Aquella noche, ajeno a la conversación que su mujer y su hija habían tenido por la mañana, Frutos se encontró a Olvido en la cama esperándole. Si en algún momento tuvo la tentación de visitar la habitación de Aurora, se disipó entre las piernas de su mujer, que se mostró más solícita con él de lo que lo había sido durante todo su matrimonio.

Olvido, 1936

La muerte de sus padres sumió a Olvido en una pena constante que cada día se esforzaba por superar sin conseguirlo. Tras varias semanas de insomnio, en las que daba vueltas y más vueltas en la cama apelmazando la lana del colchón hasta que Frutos empezaba a protestar, el médico le recetó unas gotas que debía tomar antes de acostarse. Olvido encontró alivio en aquella medicación que la sumía en un sueño profundo, hipnótico, aunque al día siguiente se despertaba con la cabeza embotada y la sensación de haber pasado la noche en coma. Estuvo varios meses en aquel estado, sin ocuparse de Aurora ni de su marido ni de su casa. Incluso las vecinas empezaron a chismorrear después de que Olvido llegara al río un par de veces con el cesto de la ropa y sin la pastilla de jabón Lagarto que necesitaba para lavarla. Ajena a los cuchicheos, Olvido pasó su duelo bajo el efecto de los barbitúricos que el farmacéutico le preparaba puntualmente con las indicaciones del doctor. Ni siquiera fue consciente de las veces que Frutos se acercó a ella con intención de hacer uso de su privilegio marital y la encontró inconsciente como un fardo. El problema llegó el día en que la guerra se llevó al doctor de siempre y trajo a don Fabián, un médico más joven y menos dispuesto a extender recetas.

—Mire, Olvido, ya tomó bastante. Las mujeres padecen de

los nervios y eso forma parte de su naturaleza, pero estas medicinas no son para eso. Si le cuesta dormir, tome infusiones de tila con valeriana. Si con eso no concilia el sueño, atienda a su marido. Y si no mejora, entonces hable con el cura, que la medicina no puede hacer más por usted.

Y así, sin más barbitúricos ni tiempo para deshabituarse, el insomnio de Olvido regresó y se agravó. Fue precisamente el insomnio lo que le permitió ver a su marido ponerse en pie una madrugada y abandonar el lecho conyugal. Tanto tardaba en regresar que Olvido se levantó justo a tiempo de verlo salir del dormitorio de su hija. Unos días antes de que Aurora le contara lo que sucedía con su padre. Aquella noche fue la última en la que Olvido intentó dormir. Al contrario, procuraba mantenerse despierta para hacerle saber a Frutos que, si se levantaba, ella estaría esperando su vuelta.

Frutos volvió a su mujer y Olvido decidió hacer honor a su nombre y olvidar, pero sobre todo quería que, con el inútil método de callar y negar lo sucedido, Aurora olvidase.

2

Ana, 2014

A las doce de la noche, cuando ya estaba en la cama viendo una serie de Netflix en la televisión de nuestro cuarto, sonó mi móvil. Pensé que sería Carlos avisando de que llegaba tarde, como tantas veces que se olvidaba de llamarme hasta que venía ya para casa. Carlos había convertido en costumbre llegar de trabajar entrada la madrugada varios días por semana.

No era él quien llamaba aquella noche. Era Alba, mi hija.

—Hola, nena, qué alegría oírte. ¿Cómo es que llamas a estas horas? Ya estoy acostada.

—Porque acabo de hablar con papá y me ha pedido que te avise de que llegará tarde.

—No sé para qué me avisa. Lo extraño sería que viniera a cenar.

—Ya, bueno, por cierto, ¿sigue la vieja Singer cogiendo polvo en el trastero?

—Sí, me cansé de aguantar los improperios de tu bisabuela cada vez que viene a casa y la ve en el salón.

—¿Me la puedo llevar?

—¿Para qué? —respondí un poco mosca. Alba no se había acercado a la máquina de coser en su vida. Consideraba la costura un símbolo clásico de la opresión patriarcal. Entre otros tantos.

—Para una exposición sobre el empoderamiento de género.

No dije nada porque no quería exponerme a una perorata reivindicativa de mi hija, pero tampoco pude evitar preguntarme cómo demonios podía exponerse el empoderamiento de género. Femenino, supuse. Porque géneros había habido dos toda la vida, pero mi hija solo se refería a uno cuando usaba esa palabra. Además, según me había explicado ella, ahora existían muchos más, incluso uno binario, como el de los lenguajes de programación.

—Mira, nena —dije—, ¿por qué no pasas mañana por casa y me lo explicas mejor?

—Entonces ¿me la prestas?

—Yo no he dicho eso —respondí antes de que me colgara con un escueto «Gracias, mami. Mañana nos vemos».

No oí a Carlos llegar esa noche, y cuando me desperté ya no estaba en la cama. Una cama *king size*, que parecía pequeña en nuestro amplísimo dormitorio y en la que hacía un año, seis meses y veintiún días que no follábamos. Carlos admiraba el lujo y la belleza en coches, casas, ropa y mujeres. Rechazaba todo lo que no fuera exquisito. Por eso, a esas alturas de nuestra vida, entendí que a la que rechazaba era a mí.

Al día siguiente me levanté de mal humor y las vaguedades de mi hija sobre sus propósitos con la Singer no contribuyeron a mejorarlo, así que me negué a plegarme a su petición. Por suerte para las dos, porque de lo contrario la máquina de coser de mi abuela habría terminado reducida a cenizas en el parque del Retiro.

Aurora, 1940

El día que Paloma Sánchez San Francisco conoció a Aurora, la abuela de Ana, se horrorizó. Era difícil imaginar que aquel saco de kilos de grasa y líquidos retenidos, con la falda por los tobillos y el pelo sin teñir, hubiera sido en su juventud una de las mujeres más guapas de la cuenca minera asturiana, y que su nieta Ana, la mujer con la que se casaba su hijo, fuera su viva imagen, tal como su familia corroboraba con unas fotos de Aurora en las que no había ningún parecido con la vieja gorda y ridícula que ahora era. Aurora nació con una belleza que cuidó de ella y le hizo daño a partes iguales, tal como le ocurriría a su nieta décadas después.

Deseada por los hombres y envidiada por las mujeres, Aurora utilizó su cuerpo tantas veces como lo necesitó. Sin embargo, no fue su cuerpo lo que la salvó aquella aciaga tarde de 1940 en la que dos soldados de las tropas moras de Franco, borrachos y embravecidos, entraron por error en la casa mientras su madre y ella cosían por turnos en la nueva máquina de Aurora, una Singer de segunda mano, regalo de sus padres por su boda, que se celebraría unas semanas después. Nadie en su sano juicio habría dejado sin usar hasta el día del enlace aquella maravilla de la tecnología que Frutos iba a pagar a base de horas de destajo. Y menos teniendo un vestido de novia por coser y un ajuar por terminar, además de los encargos de costura y arreglos que Olvido aceptaba siempre que se le presentaba la ocasión. Gracias a eso podía pagar los exorbitados precios que tenía la comida procedente del estraperlo para completar el menú que imponía la cartilla de racionamiento, por debajo de las necesidades vitales de las familias.

En la radio, Concha Piquer cantaba «A la lima y al limón» mientras Olvido remataba en la máquina de coser el vestido de seda que llevaría su hija el día de la boda, y Aurora, sentada a su lado, hilvanaba a mano los pantalones que luciría Paulino, el novio, que no tenía madre ni hermanas que le cosieran la ropa.

Las mujeres se sobresaltaron cuando aquellos dos hombres, armados y vestidos con pantalones bombachos, abrieron de golpe la puerta de madera que las separaba de la calle, que solo se cerraba con llave por las noches, como en todas las casas del pueblo, y entraron en la cocina sin previo aviso manchando el suelo con el barro de sus botas. Aurora y su madre se levantaron de la silla y se acercaron la una a la otra por puro impulso, buscando la protección de mantenerse unidas.

—¿Qué desean? ¿A quién buscan? —preguntó Olvido.

—¿Dónde están los hombres de la casa? —respondió el moro más corto de estatura con un acento silbante, que a Aurora le recordó el de una serpiente.

Nada provocaba más terror en la cuenca minera que los soldados regulares africanos, destinados allí para controlar a los revolucionarios. Les precedía su fama de ser los mercenarios más salvajes, crueles y sanguinarios. Saqueadores y ladrones, eran capaces de los crímenes más atroces y estaban acostumbrados a matar españoles por dinero, por promesas de fortuna y, sobre todo, por el placer de la venganza contra el invasor.

—¿Están sordas? ¿No me han oído? —repitió el moro acercándose a ellas y haciendo que ambas retrocedieran hasta que la cocina de carbón les frenó el paso—. ¿Dónde están sus hombres?

—En la mina —respondió Olvido, sin aclarar que en aquella casa solo había un hombre, Frutos, Fructuoso Cangas, que rehuía la política y al que no tenían ninguna razón para buscar. Aunque en aquellos años convulsos no se necesitaban razones para sacar a un hombre de su casa y arrastrarlo a la tortura e incluso a la muerte.

El moro que había hablado se dirigió a su compañero en una lengua que ellas no entendieron. El otro se volvió hacia la puerta de la casa, la cerró y la trabó con la silla en la que antes se sentaba Aurora, pisoteando la seda beis que un minuto antes cosía Olvido con esmero.

En ese momento, en la radio, Estrellita Castro empezó a cantar «Suspiros de España», como si se tratase de una advertencia para las dos mujeres.

El soldado que parecía estar al mando le hizo un gesto a su compañero y este, en respuesta, se acercó a las mujeres y las separó con violencia. Olvido gritó y aquel hombre volvió a hablar amenazante.

—¡Cá-lle-se! —ordenó lentamente y en voz baja, con ese tono silbante que las hizo temblar.

La mirada vidriosa de aquel moro feo, enjuto y aceitunado,

de nariz prominente y orejas saltonas, las recorrió de arriba abajo y les desbocó el corazón: nada bueno presagiaba y poco podían hacer por huir.

Aurora ahogó un grito y se dispuso a obedecer a lo que fuera que aquellos hombres quisieran, mientras que Olvido barruntaba que no iban a salir vivas de aquello. Las tropas moras no dejaban testigos de sus barbaries.

El más bajo, el único que había hablado hasta el momento, se acercó a Aurora y, sin dejar de mirarla, le ordenó:

—Levántate el vestido.

Aurora cerró los ojos, controló el asco que le provocaba el fuerte olor a alcohol que desprendía el aliento de su asaltante y obedeció. Si solo era eso lo que querían de ellas, estaba dispuesta a dárselo sin oponer resistencia alguna.

El instinto maternal de Olvido se reveló entonces contra la escena que iba a presenciar e intentó separar a aquel horrible hombre de su hija. Fue entonces cuando el otro la cogió del pelo y tiró con violencia de ella, dándole la vuelta, impasible a los gritos de la mujer, hasta empotrarla, de espaldas a él, contra la piedra de mármol que hacía de encimera en la cocina. Olvido lloraba del dolor y empezó a suplicar. Temía que fueran a matarlas. Como si sus ruegos encendieran más la sed de dominación y sangre que aquellos hombres llevaban dentro, su agresor empezó a reír, volvió a agarrarla del pelo, la puso de rodillas y le acercó la cara a su entrepierna mientras le gritaba «Chupa, puta» con fuerte acento extranjero, sin dejar de reír.

El atacante de Aurora rio también, pero continuó tomando lo que quería de ella como si nada estuviera sucediendo, mientras Aurora se repetía el mantra que tantas veces había practicado: «Aguanta, que pronto termina».

Cuando por fin pararon aquellas risas que helaban el corazón de las mujeres, el violador de Olvido le apartó la cara, la abofeteó y volvió a ponerla donde él quería diciéndole: «Más, mejor».

Olvido hipaba intentando complacer al moro para salvar la vida, pero debió de hacerle daño porque, gritando algo que no entendieron, la cogió del brazo, la arrastró hacia la cocina de carbón y cogió el atizador que ardía en su interior.

—Tú sigue portándote bien, que ya ves cómo se las gasta mi amigo —le dijo a Aurora entre jadeos su agresor.

Ese fue el momento que Aurora aprovechó para coger de la encimera el cuchillo de despiezar los pollos y clavárselo en el cuello. Él, ocupado como estaba en su propio placer y con la guardia baja por la nula resistencia de su víctima, no lo vio venir. Herido de muerte, se tapó el cuello con la mano en un intento inútil de parar la hemorragia y retrocedió hasta que trastabilló y fue a desplomarse sobre la flamante máquina de coser, impregnando de sangre el mueble de madera en el que se encajaba.

Su compañero maldijo en su idioma, soltó a Olvido y se lanzó a por Aurora, que no hizo ademán de huir. Estaba petrificada, apoyada en la encimera de mármol con el cuchillo ensangrentado en la mano. Fue entonces cuando Olvido sacó de sus entrañas una fuerza que desconocía poseer y consiguió golpear al hombre en la cabeza con el mismo atizador candente que él estaba a punto de aplicar sobre su piel. El hombre cayó al suelo como un fardo y aquello fue suficiente para que Aurora saliera del shock y se acercara al hombre al que había acuchillado para comprobar si estaba muerto. Así era. Le había seccionado la carótida y se había desangrado en menos de un minuto.

Cuchillo en mano y dispuesta a todo, Aurora se aproximó al otro, que yacía en el suelo con los ojos vítreos y sin moverse. Por si acaso seguía vivo, cogió dos trozos de tela del cesto de retales y le ató las manos con uno y los tobillos con el otro.

Olvido se acercó a su hija, pálida y serena, y ambas se abrazaron como si no hubiera dos cadáveres tirados sobre el suelo de su cocina.

Aurora nunca recobró la calma después de aquello. Lo que sí recobró fue la cordura, la suficiente como para entender que matar a dos soldados de las tropas africanas de Franco podía llevarlas al paredón y nada de lo que contaran podría remediarlo.

Águeda, 1947

Águeda tenía seis años la primera vez que le echaron las cartas.

Su madre la había encerrado en la despensa casi todo el día. Era el castigo favorito de Aurora: no solo enseñaba a su hija a comportarse, sino que se libraba de ella durante un rato. Y eso que Águeda había aprendido desde bien pronto que lo mejor que podía hacer para contentar a su madre era volverse invisible. Odiaba verse encerrada en la despensa a oscuras, imaginando que las ratas conseguían entrar en busca de comida y empezaban a mordisquearle los pies, o que las cucarachas subían por sus piernas desnudas y ateridas por el frío de aquel cuarto húmedo confundiéndola con la pared.

Aurora se olvidó de Águeda aquel día. Los pequeños jugaban en casa de la vecina, ella tenía trabajo de costura y estaba tan absorta que ni comió ella ni comió Águeda, a la que se le agotaron las lágrimas de tanto llorar en su encierro, mientras su estómago se debatía indeciso entre los rugidos de hambre y las náuseas por el miedo a no salir jamás de allí.

No fue hasta que llegó su padre de la mina, calado por el *orbayu* que lo había acompañado los cuatro kilómetros que recorría en bicicleta, y preguntó por la niña, que Aurora se acordó de su hija.

Paulino miró a su mujer con decepción. Y es que no había tardado en descubrir, bajo la belleza que lo enamoró de Aurora, un corazón duro y correoso al que le resultaba imposible amar, por mucho que lo intentara.

Cuanto menos quería Paulino a Aurora, más adoraba a Águeda. Quería a todos sus hijos, pero Águeda era especial, quizá porque Aurora nunca fue una madre para ella, o porque la veía tan diferente a él que le daba miedo no entenderla, o tal vez porque Águeda era una niña reservada de ojos tristes, que solo se iluminaban cuando lo miraba a él, a su padre.

Cuando Aurora liberó por fin a Águeda de aquel encierro

de horas, Paulino le permitió comer doble ración de pan con chocolate y la dejó ir a la calle a jugar hasta la hora que quisiera.

—Pero ponte algo encima, que está *orbayando* —le dijo antes de que saliera, ansiosa de aire libre y de libertad.

Era verdad que *orbayaba*, pero no le importó. Deambuló dando patadas a las piedras del camino mientras buscaba con quién jugar, pero no encontró a ninguna de las vecinas en la calle. Con la ropa húmeda, empezaba a quedarse fría, pero no quería volver a casa; necesitaba respirar un rato más aquel aire húmedo que le sabía a libertad. Continuó hacia el parque cercano al río por si estaba Florita, la niña nueva de la escuela, recién llegada al pueblo con su padre y su abuela, llamados por el canto de sirena de la prosperidad que las minas proporcionaban a aquel valle.

Hasta allí llegó Águeda caminando cuando el sol empezaba a ocultarse tras las montañas, y encontró a Florita y a su abuela Herminia sentadas en el portal de una casa antigua a resguardo de la lluvia. Florita se levantó, contenta de ver a la única amiga que había hecho en la escuela desde su llegada, deseosa de presentarle a su abuela. Florita no tenía madre ni hermanos.

—¿De dónde sales tú? —preguntó Herminia con un acento que no era de aquellos valles.

—De Villapendi —respondió Águeda, dándose la vuelta para señalar la zona en la que vivía—. ¿Y usted? Habla igual que la hermana Tránsito.

—Pues no conozco a la hermana Tránsito, pero yo soy de Burela. ¿Tú sabes dónde está eso?

Águeda negó con la cabeza.

—¡En Galicia! Soy gallega, aunque tuve la mala idea de casarme con un pescador asturiano que me llevó para Luarca —explicó riéndose de su ocurrencia—, pero el acento no se me quitó. ¿Tú, nena, sabes dónde está Luarca?

Águeda volvió a negar con la cabeza, sin pronunciar palabra.

—Está al lado del mar, muy cerca de Galicia. Allí hay un puerto desde donde las barcas salen cada mañana a pescar y vuelven a mediodía cargadas de sardinas, bocartes, chicharros y hasta algún bonito en verano.

A Águeda, que nunca había visto el mar, aquella imagen la transportó a un cuento de aventuras como los que le contaba su padre, con piratas, monstruos marinos y sirenas.

—Yo nunca he visto el mar —confesó.

—El mar es enorme, y cuando se enfada se pone rabioso y muy negro, echa espuma blanca y ruge más que los leones —dijo Florita.

Águeda tembló solo de pensarlo. Ya no sabía si quería ser una princesa del mar y casarse con un pirata como la del cuento de su padre.

—¿Quieres saber cuándo conocerás el mar? —preguntó Herminia.

—Sí, sí, sí —respondió Águeda—. ¡Y también quiero saber si voy a casarme con un pirata!

Herminia sonrió ante la ocurrencia de la pequeña.

—¡Vamos a preguntárselo a las cartas! Venga, entremos en casa y de paso te secas, que vienes empapada.

—¿Y las cartas saben eso? —preguntó Águeda, a la que poco le importaba ya estar seca o mojada.

—Claro, hija, claro, las cartas lo saben todo.

—Pues en mi casa solo sirven para jugar al tute y a la brisca —dijo tan entusiasmada como poco convencida.

El hogar de Florita estaba en el sótano. Era un cuchitril con una letrina compartida entre los cuatro vecinos que ocupaban las viviendas en las que se dividía la parte baja de la casa. Solo tenía una habitación en la que dormía la niña con su abuela, otra para el padre y una cocina con muebles viejos donde la protagonista era una enorme radio de madera. El suelo era de tierra compactada, sin pavimentar.

Allí, en una mesa calzada en dos patas para evitar que cojeara y rodeada de cuatro sillas diferentes, se sentaron Herminia, Águeda y Florita, dispuestas a preguntar a una baraja española por su futuro.

—Ahora, silencio, dejemos que hablen los espíritus —ordenó Herminia en tono solemne mientras abría un paquete envuelto con una tela bordada que contenía no una sino tres barajas, a cuál más usada.

Florita, acostumbrada a las tiradas de cartas de su abuela, estaba tranquila, pero a Águeda el corazón le golpeaba en el pecho con tanta fuerza que temió que la anciana lo oyera.

—Corta —le pidió la abuela Herminia. Al ver que no entendía a qué se refería, cogió otra baraja y le indicó a Florita—: Enséñale cómo hacerlo.

Florita cortó y Águeda hizo lo mismo con su baraja, dejando dos montones boca abajo.

—Elige uno —pidió Herminia—. Sin pensar.

Águeda eligió y entonces Herminia dio la vuelta a ambos mazos. En el que había elegido, el As de Espadas; en el otro, la Sota de Oros.

—¡Ay, nena! —dijo con gesto de preocupación.

—¿Qué pasa? —quiso saber Águeda, asustada.

—Que la vida que tú deseas no está en tu montón. Tú eres la Sota de Oros, aquí, en el mazo que no elegiste, y el que escogiste está protegido por un As de Espadas, que simboliza las tristezas que habrás de sufrir, los sacrificios que tendrás que hacer y los peligros a los que te enfrentarás si quieres alcanzar tus sueños.

—¿Puedo cambiar de montón? —preguntó con los ojos un poco aguados.

—Ya no, nena, ya no, pero vamos a ver qué te depara el futuro que has elegido. Seguro que lo conseguirás —respondió Herminia sonriendo para evitar que la niña se asustara más de lo que ya estaba.

La lectura que hizo Herminia de las cartas le auguró a Águeda un futuro de cuento, con un hombre maravilloso que la llevaría a ver el mar, varios hijos varones que la cubrirían de orgullo y riqueza, y dos hijas preciosas y cariñosas que estarían siempre a su lado.

Casi había anochecido cuando Águeda salió de la casa de Florita soñando con un pirata guapo que la llevaría a ver el mar, porque en su imaginación el hombre maravilloso que le describió Herminia era un pirata con pañuelo en la cabeza, camisa de seda y una espada que usaba sin piedad y con pericia contra el enemigo.

En cambio, Herminia se quedó inquieta. No le gustaba lo que había visto en las cartas de Águeda: la Sota de Copas invertida, el Seis de Bastos, el Tres de Espadas... Una tirada nefasta. A aquella niña le esperaban numerosos sufrimientos y lo primero sería una pérdida que le complicaría mucho la vida, aunque las cartas no indicaban de qué podía tratarse. Herminia cruzó los dedos. Al día siguiente iría a recoger unas ramas de eucalipto y se las llevaría a la pequeña Águeda para que la protegieran de las malas energías que había notado a su alrededor. Al menos, había dejado de llover.

Aurora, 1940

Muchos días marcaron la vida de Aurora, pero ninguno como el que terminó con dos cadáveres en el suelo de la cocina de su madre y con su flamante Singer manchada con la sangre de aquel horrible soldado de los regulares africanos.

Desde que Paulino pidió la mano de Aurora, iba a comer o a cenar cada día, según el turno, a casa de sus suegros. Sin padres ni hermanos, entró a formar parte de la familia como uno más, excepto a la hora de dormir. Paulino no era hombre de bares, no bebía y no iba de mujeres como la mayoría de los mineros. Su único vicio era fumar. Fumaba lo que conseguía gracias a la Tarjeta de Fumador y lo que le pasaban de estraperlo, y cuando no había ni lo uno ni lo otro, cualquier cosa que pudiera liar. Fumaba uno tras otro en las horas que pasaba despierto fuera de la mina. Hasta Frutos, que antes del accidente solía llegar a casa oliendo a vino cada día y a sexo ajeno al menos una vez por semana, parecía haber cambiado a la sombra de Paulino y, por no dejar al yerno en su casa e irse él de bares, se sentaba cada noche a la mesa familiar, sobrio y con ganas de cháchara. Olvido estaba más contenta que nunca, e incluso a veces cantaba mientras fregaba, cosía o cocinaba. En plena posguerra, con noticias diarias de arrestos, desapariciones y fusilamientos en la cuenca, la familia Cangas vivía una época de relativa felicidad.

Cuando suegro y yerno llegaron aquella noche, después de diez horas en la mina más el trayecto en bicicleta de vuelta a casa, no encontraron la cena preparada. En su lugar, dos moros muertos, ya fríos, envueltos en retales cosidos de forma improvisada, y una cocina impoluta que olía a lejía y vinagre. Olvido y Aurora, agotadas por la faena y nerviosas por la ansiedad de lo sucedido y el miedo a lo que podía suceder, les contaron lo que había ocurrido esa tarde de forma tan atropellada que Frutos y Paulino entendieron más por lo que vieron que por lo que oyeron. Tuvieron claro que su única opción era deshacerse de los cadáveres y que quedaran ocultos para el resto de su vida, porque, si los descubrían, no les cabría otra que esperar la tortura y la muerte.

—Hay que llevarlos al monte —dijo Paulino—. Allí echarán la culpa a los maquis.

—¿Y cómo los sacamos de aquí? —preguntó Frutos, poco convencido—. Nos van a ver. Bien sabes tú que lo de mirar tras las cortinas para averiguar qué hacen los vecinos de noche tiene muchos más adeptos que el Torneo Nacional de Fútbol. Y eso si no nos para la Guardia Civil. Además, no tenemos carro.

—Yo puedo conseguir un carro. Y ayuda para cargarlos —insistió Paulino.

—De ayuda, nada —dijo Olvido—. Nadie va a querer cargar con dos muertos que no son suyos.

—Pedro sí.

—¿Quién es Pedro? —preguntó Aurora, asombrada de que fuera a casarse con un hombre al que apenas conocía.

—El padrino de mi padre. Él nos ayudará. Tiene un carro. Y dos mulas.

—Nunca me has hablado de él —dijo Aurora con desconfianza.

—Él nos ayudará —insistió Paulino.

—O sea, que yo ni siquiera sabía que ese hombre existía y ahora resulta que vamos a contarle que hemos matado a dos moros de Franco porque es de confianza. Tú estás loco, Paulino.

—Voy a buscarlo —dijo decidido.

—Espera, hombre —lo frenó Frutos—, que lo que dice la niña tiene sentido. ¿Cómo sabemos que no nos va a delatar?

—Porque lo digo yo. ¿Tiene una idea mejor?

Paulino y Frutos cogieron las bicicletas de nuevo, ante las protestas de Olvido y Aurora.

—Si te equivocas, nos matarán a todos —aseguró Frutos antes de salir de la casa.

Tras media hora pedaleando cuesta arriba, dejaron las bicicletas delante de una pequeña y solitaria casa de piedra, en medio de ninguna parte. Tuvieron que golpear varias veces la puerta de madera antes de oír una voz al otro lado.

—¿Quién va?

—Soy Paulino, el hijo de Ambrosio.

Tras los chirridos del cerrojo, la puerta se abrió.

—Paulino, hijo, pasa —dijo un hombre enjuto de pelo blanco, envuelto en una gruesa bata de cuadros, limpia y desgastada a partes iguales—. ¿Qué desgracia te trae por aquí a estas horas?

—Le presento a Frutos, mi futuro suegro.

Pedro inclinó cabeza mirando a Frutos, pero ni se acercó ni le dirigió la palabra.

Cuando Paulino le resumió lo sucedido en tres frases, Pedro sirvió tres copitas de orujo casero y los invitó a sentarse con un gesto.

—No hay tiempo para esto —saltó Frutos, que hasta entonces no había intervenido—. Hay dos muertos en mi cocina, con mi mujer y mi hija. Están en peligro.

—Y si no pensamos con la cabeza fría terminaréis todos muertos. Y yo también. Cualquiera pudo ver a esos hombres entrar en la casa y cualquiera puede haberos visto a vosotros salir a estas horas. Y ni que decir tiene que si ahora llego yo con el carro y un vecino nos ve cargando con dos bultos, estamos perdidos.

—Depende del vecino —corrigió Frutos.

—¿Quiere arriesgarse?

En realidad, Frutos ni siquiera quería estar allí, pero tampoco tenía una idea mejor. Además, a medida que los niveles de adrenalina iban disminuyendo, el miedo ocupaba su lugar.

—Mañana hay mercado en Turón —dijo Pedro.

Frutos reprimió a duras penas la ironía que intentó salir de su boca. Se jugaban la vida a cada momento que pasaba y estaban perdiendo el tiempo con un anciano que no decía más que incoherencias.

—¿Y eso en qué nos ayuda? —preguntó Paulino al ver que Pedro no decía nada más—. Mañana ya estarán buscando a los moros.

—Las cosas que pasan más desapercibidas son las que se hacen a la luz del día. Bajad los cadáveres al sótano y mañana me invitaréis a comer. Ahora id al pueblo y dejaos ver por el bar tomando unos chatos, pero no os emborrachéis. Cuanto más tiempo estéis fuera de casa, peor será.

—Pues si no queremos llamar la atención, mal asunto enviar a Paulino al bar. Este yerno mío no tiene más vicio que el cigarrillo —dijo Frutos, cada vez más desesperado.

—Diréis que las mujeres se entretuvieron con los preparativos del vestido de novia y que no tenían la cena hecha —continuó Pedro, ignorando a Frutos—. Decidlo alto para que os oigan y, si la ocasión lo permite, bromead con las mujeres y las bodas. Cuando volváis a casa, esconded los cadáveres hasta que llegue yo mañana. Marchaos rápido, no hay tiempo que perder.

Los hombres cogieron las bicicletas y esta vez pedalearon cuesta abajo. Frutos, más ateo de boquilla que de convicción, rezaba para sus adentros. Paulino rompió el silencio.

—Pedro ha salvado a más hombres durante la guerra que los médicos. Confiemos en él.

—Si es así, ¿por qué no lo han fusilado ya? Esas cosas se saben.

—Porque es cura. Es el padre Pedro, está retirado y ahora vive aquí, en la casa en la que nació.

Cuando Frutos y Paulino llegaron a la casa hora y media más tarde, hablando alto y oliendo a vino, Aurora y Olvido no daban crédito a lo que veían. Sin embargo, en cuanto cerraron la puerta, los hombres recuperaron la compostura, avisaron a las mujeres de lo que debían decir si alguien les preguntaba al día siguiente y entre los cuatro bajaron los cadáveres al sótano. Después Paulino volvió a su casa para no levantar sospechas. Aquella noche ninguno de los cuatro consiguió dormir. Tampoco el padre Pedro, al que hacía tiempo que casi nada le quitaba el sueño.

Aurora, 1947

El sábado siguiente a la visita de Águeda, la abuela Herminia se dirigió a su casa con su nieta y varias cosas que había preparado para ayudar a la niña a contrarrestar la mala suerte: unas ramas de eucalipto rociadas con agua y sal, un frasco de agua del río con unas hojas de menta en el interior, que Águeda debería beber durante varios días, y un paquetito de tela con laurel para poner bajo el colchón.

Fue Paulino el que abrió la puerta a la anciana y a Florita.

Aquella mañana se había levantado con mucha tos, como le ocurría desde hacía un tiempo. Solo cuando terminaba de liar el primer cigarro del día y el humo invadía sus pulmones sentía algo de alivio. «Debería verte el médico», le había dicho Aurora más de una vez, pero tampoco es que su mujer fuera muy insistente con sus cosas.

Desde el nacimiento de los gemelos, cada vez que se dirigían la palabra era para discutir. En ese momento los niños se peleaban en el piso de arriba, pero el ruido de la máquina de coser de Aurora no cesaba. Seguramente sería Águeda la que iría a atender a los niños. «¡Maldita mujer! ¡Si es que no tiene el más mínimo instinto de madre!», se lamentó Paulino.

Se levantó con desgana, cigarrillo en mano y con el café a medio terminar, a ver quién llamaba a la puerta de la calle. Se encontró con una niña muy delgada y desgarbada de la mano de una anciana que, a juzgar por las arrugas de su cara, podía tener mil años.

—¿Qué desean? —preguntó.

Herminia se presentó y Paulino se alegró de que por fin Águeda tuviera una amiga en la escuela.

—¿No son de por aquí, entonces?

—De Luarca somos —respondió Herminia—, pero ahora vivimos aquí. Mi yerno consiguió entrar de barrenista en la mina Clavelina y aquí estamos. Muy contentos. En Luarca solo teníamos el campo o el mar, y con la niña pequeña y sin mi hija, aquello no era vida.

—Siento mucho lo de su hija.

—Y yo se lo agradezco. Pero siempre hay que mirar al futuro, ¿verdad?

—Pues entonces bienvenidas a la cuenca minera. Pasen. ¿Qué les trae por nuestra casa?

—Hemos venido a darle a Águeda algunas cosas —dijo Herminia señalando la bolsa de tela que colgaba de su mano derecha, y siguió a Paulino al interior de la vivienda.

La casa de Águeda era una mansión comparada con la de Herminia y Florita. Aquella enorme cocina, dos plantas, cada una con una letrina, hizo pensar a Florita que su amiga era rica.

—¿Y usted es minero también?

—Picador. Como mi padre, que en paz descanse —dijo Paulino, apagando el cigarrillo y volviendo a toser.

No fallaba, cada vez que acababa un cigarro volvía la tos.

—Tienen ustedes una casa estupenda.

—Voy a avisar a Águeda.

Paulino encontró a Águeda con los gemelos. Había conseguido que volvieran a jugar sin pelearse. Los reproches hacia su mujer se convertían en dulzura al mirar a su pequeña. Dejaron a los niños arriba y, al bajar, Paulino se apiadó de la enclenque amiguita de su hija. A pesar de ser de la misma edad, Águeda parecía mucho mayor y más saludable. Aunque no era más alta, sí pesaba unos cuantos kilos más.

—¿Queréis un poco de pan con chocolate? —ofreció a las niñas.

A Florita se le iluminaron los ojos.

—¿Chocolate de verdad? —preguntó.

En pleno racionamiento, el chocolate era la fantasía de cualquier niño.

—Me lo tomo como un sí —dijo Paulino guiñando el ojo a la pequeña mientras sacaba unas onzas de chocolate procedentes del estraperlo, que acompañó con unas rebanadas de pan de hogaza.

—Padre, madre se va a enfadar —advirtió Águeda.

—No te preocupes por eso, anda. Coméoslo y luego salid a jugar, pero terminadlo aquí, no os lo vayan a quitar. —Y dirigiéndose a Herminia, añadió—: Si me espera usted un momento, voy a avisar a mi mujer para que venga. Está cosiendo en la sala —aclaró, como si el traqueteo de la Singer no fuera suficiente indicación.

A Aurora le molestó tener que interrumpir la tarea por aquella anciana arrugada, vestida de negro, con una falda y una blusa que habían conocido tiempos mejores, y la cabeza cubierta con un pañuelo del mismo color.

—Qué gusto conocerla —dijo Herminia, con una voz tan dulce que ni siquiera Aurora pudo ser descortés. Al contrario, le ofreció un café que Herminia se apresuró a aceptar.

A los diez minutos, Aurora escuchaba fascinada las historias de Herminia sobre la vida al lado del mar, las barcas, los pescadores y las tormentas.

—¡Cómo me gustaría ver el mar! —dijo dando un sorbo a aquel café de puchero con más malta y achicoria que café.

—El mar es algo que nunca se olvida, se lo aseguro. ¿Quiere que le preguntemos a las cartas cuándo va a conocer el mar?

—¿A las cartas? ¿Se refiere a las de la baraja? Yo no creo en esas cosas.

—Bueno, ya entiendo, pero para consultarlas no tiene que creer. ¿Qué puede perder?

Aurora accedió con poco convencimiento y mucha curiosidad.

Herminia sacó su paquetito con dos barajas y empezó el ritual ante la atenta mirada de Aurora, que se preguntaba si aquella extraña anciana llevaría consigo las barajas a todas partes. No era así. Herminia había ido a su casa con el propósito de averiguar más sobre lo que había leído en las cartas de Águeda.

No le hizo a Aurora una sino tres tiradas, y en cada una de ellas aparecía un pasado y un futuro retorcidos como un jeroglífico.

—Una vida larga e intensa va a tener usted.

—Uf, pues no sé si me agrada, porque de intensidad ya he tenido suficiente —refunfuñó Aurora.

—Ya lo veo, ya. Mire, ¿ve esta carta? Le ha salido en las tres tiradas —dijo señalando el Cuatro de Bastos—. Y esta de aquí, en las dos últimas. —Era el Rey de Bastos—. Es usted una persona especial, decidida como pocas, y su vida ha sido y será muy distinta a la de la gente corriente. No se le pone a usted nada por delante.

—Eso se lo dirá usted a todo el mundo. Nadie querrá oír que su vida será deslomarse para conseguir poner un plato de comida en la mesa. Todos soñamos con una vida distinta, como la llama usted.

—Bueno, Aurora, bueno, no sé qué decirle. Una vida como la suya es mejor para contarla que para vivirla.

En ese momento Aurora empezó a tomar algo más en serio a Herminia.

—¿Qué más puede ver ahí? —preguntó.

—¿De verdad quiere usted saberlo? Porque en realidad nadie desea conocer su futuro. La gente piensa que sí, pero, si lo conocieran, sus vidas se convertirían en un infierno esperando lo inevitable. Es más, todos sabemos que nos vamos a morir y vivimos como si no fuera así. ¿Se imagina conocer los detalles del resto de su vida?

Aurora guardó silencio.

—Pues cuénteme mi pasado, que ese ya lo conozco —respondió al fin.

—Bueno, Aurora, bueno —volvió a decir Herminia—. Es cierto que usted ha vivido ya su pasado, pero es posible que no le guste saber cómo lo cuentan las cartas. Ya sabe usted que ni siquiera los hechos son verdades porque, como reza el dicho, todo es según el color del cristal con que se mira.

Aurora permaneció callada. Aquella mujer la estaba intrigando, pero con una intriga de las buenas, de las que el estómago cosquillea, y hacía años que no sentía emoción por nada.

—Cuénteme mi pasado porque podrá removerme, podrá desagradarme, pero ya no podrá hacerme sentir miedo.

—Veo muertes, naturales y violentas… Veo desamor, engaño y, Dios me perdone, vergüenza. Mucha vergüenza.

Herminia se quedó callada.

—Tiene usted razón. No quiero saber qué me depara el futuro —dijo Aurora, levantándose tras unos momentos de silencio y poniendo fin a la visita.

Alba, 2010

Alba Fresno fue una niña deseada y amada por su madre y sus abuelas. Cada una a su manera. Por su padre también, pero Carlos era de esos hombres que pensaban que los hijos eran de las madres hasta cierta edad y las hijas para siempre. A Carlitos y a Jesús empezó pronto a llevarlos al palco que la empresa tenía en el Bernabéu, a esa edad en la que ya no armaban alboroto y podían mamar el arte de cerrar acuerdos al amparo de su espectáculo favorito. Cuando terminaba el partido, Carlos se iba con los clientes y enviaba a los niños a casa con el chófer porque había una parte de los negocios que no era para menores. Alba nunca fue al fútbol con su padre ni aprendió a negociar un acuerdo empresarial como los hombres de la familia Fresno. Pero eso no impidió que padre e hija tuvieran una relación especial; al contrario, Carlos adoraba a su princesa y nunca olvidó comprarle un regalo cada vez que volvía de viaje.

Alba creció sin más preocupaciones que las propias de su edad, mimada por su madre y aún más por sus dos abuelas, Águeda y Paloma, tan diferentes entre sí como un avestruz y un pavo real. Mientras sus hermanos jugaban al fútbol, ella lo hacía a las muñecas, salía a comprar ropa en las mejores tiendas del barrio de Salamanca con su madre y su abuela Paloma, disfrutaba de cumpleaños repletos de fondant y purpurina, castillos hinchables y animadoras que llenaban el jardín de su casa, y poco a poco empezó a competir con sus compañeras del colegio británico por ser la más guapa, la mejor vestida y la favorita de los profesores.

No fue hasta que llegó a la adolescencia que su camino vital empezó a separarse del de sus antecesoras. Los amigos se convirtieron en el centro de su vida y su madre en el símbolo del conformismo femenino; su abuela Águeda representaba la sumisión al patriarcado; su bisabuela Aurora, la alienación de la mujer a manos de la sociedad, y su abuela Paloma, aunque salía mejor parada, no dejaba de ser la prueba viviente de que el camino que los hombres dejaban a las mujeres para conseguir una vida mejor era haciendo uso de su cuerpo. Y eso, en la generación de la abuela Paloma, Alba podía perdonarlo, pero Ana, su madre, no tenía excusa porque había ido a la universidad. Para Paloma esa oportunidad nunca existió.

Las mujeres escuchaban los primeros discursos reivindicativos de Alba con la estupefacción propia de quien ve al cachorro juguetón convertido de un día para otro en el animal salvaje que, por su naturaleza, estaba destinado a ser. Después del estupor inicial, Ana se armó de paciencia para sobrellevar la adolescencia de su hija confiando en que aquella fuera una fase pasajera. Águeda calló sin entender de qué patriarcado hablaba Alba, y Paloma se preocupó por el futuro de su nieta. Por su parte, Aurora se limitó a murmurar y a regocijarse por las salidas de tono de su biznieta.

«¡Cómo han cambiado las cosas!», pensaba Águeda para sus

adentros. «¡Con lo severa que era mi madre!». Si Águeda le hubiera dicho la cuarta parte de lo que Alba soltaba por su boca, habría pasado un día entero encerrada en la despensa. Y ahora la gran preocupación de Aurora era que Alba no se ofendiera, y callaba ante su biznieta limitándose a torcer el gesto. Águeda había notado, sorprendida, que su madre incluso esbozaba una sonrisa cuando Alba empezaba con sus discursos.

Águeda había pasado su vida inventando un futuro mejor para su hija a costa del suyo propio. Trabajó días y noches cosiendo, primero con su madre, luego sola, después en el taller y más adelante en la academia de corte y confección que tanto esfuerzo le costó levantar desde cero. Todo para comprar un buen piso en el centro y un coche con el que Ana pudiera estar al mismo nivel que sus compañeras del colegio de pago, para que después estudiara en la universidad en Madrid y finalmente se casara con un hombre que la tuviera a cuerpo de reina, lo que para Águeda significaba nada menos que una casa con servicio para que su niña no se viera obligada ni a mancharse aquellas preciosas manos ni a aceptar un trabajo que la esclavizara. Le costó muchos sacrificios pero lo consiguió, y ahora su nieta Alba señalaba el modelo de vida de Ana como una lacra para las mujeres.

«¿Pero es que de verdad las nuevas generaciones consideran que las mujeres pueden aspirar a algo mejor?». A Águeda no le entraba en la cabeza. «¡Qué diferente era en mi juventud!», se dijo.

Recordaba cuando ella cada sábado, después de pasarse la mañana fregando la casa y cosiendo con su madre, practicaba con su amiga Florita antes de ir al baile con la esperanza de que algún día un hombre la sacara a bailar. Uno que no fueran sus propios hermanos ni el amigo de uno de los que pretendían a Florita, que incluso después de enviudar tenía más pretendientes que Águeda.

—Bailas como una auténtica yeyé —le decía Florita mientras Conchita Velasco sonaba a todo volumen en la vieja radio, y Águeda asentía resignada.

Florita, su padre y la abuela Herminia se habían mudado hacía tiempo a un moderno piso de tres habitaciones y salón, con dos cuartos de baño con bañera y agua corriente, pero la vieja radio había ido con ellos a pesar de que la prosperidad económica ya les permitía soñar con adquirir una televisión, después de que por fin la señal hubiera conseguido rebasar la cordillera Cantábrica.

—¿Sabes? —le dijo Águeda a Florita cuando terminaron de moverse como habían visto hacer a Conchita Velasco el día anterior en el Teleclub—. Si no me caso, quiero estudiar para matrona. En el nuevo hospital de Mieres hacen falta matronas. Puedo aprender y luego trabajar allí.

—¿Y la costura?

—No me gusta coser, Florita. Estoy harta de pasar las horas con mi madre, que ya sabes cómo es. No deja de decirme lo mal que lo hago todo. Paso más tiempo descosiendo que haciendo algo útil. Ya sabes que no me deja cortar ni hacer patrones, solo hilvano y coso botones y cremalleras. El otro día se me ocurrió sacar un patrón de un *Burda* y cortarlo por mi cuenta y casi me mata porque decía que había estropeado la tela. Y la que casi la estropea fue ella por empeñarse en arreglar mis errores.

—Es que tu madre…

—Ya, qué suerte tienes de no haber conocido a la tuya… ¡Ay, Florita, perdón, que no sé ni lo que digo! Discúlpame —dijo haciendo la señal de la cruz.

—Bah, no te preocupes, tengo a mi padre y a mi abuela y me siento afortunada por ellos. Y tú pronto te casarás y te olvidarás de tu madre, ya verás.

—Pero si no me pretende nadie, ni uno.

—No te olvides de Facundín —bromeó Florita.

—¡Qué graciosa, el tonto del pueblo! Estoy harta de que todo el mundo me diga lo guapa y lo rubia que era mi madre. Les falta decir: «¿Cómo habrá podido tener esta hija tan bajita, aceitunada y regordeta?».

—Pues esta tarde ponte bien guapa y vámonos al baile, tonta, que en las fiestas del Cristo seguro que hay muchos mozos de fuera. A ver si hoy es tu día. Vamos a ver qué te dicen las cartas, ¿quieres?

Águeda aceptó. Las cartas siempre le daban ánimos para seguir esperando ese futuro que no parecía llegar nunca. Y así lo hicieron aquella tarde también. En el corte, el As de Oros; en la tirada, el Cinco y el Siete de Copas. No podía haber mejores augurios para el dinero y el amor.

—¿Lo ves? ¿Lo ves? —gritó Florita—. ¡Te casas seguro! Y va a ser pronto.

Por supuesto que Águeda lo veía. En aquel entonces ya leía las cartas mejor que Florita y la abuela Herminia juntas. Se le puso un nudo en la garganta que no la dejó respirar. Siempre había forzado la interpretación de las cartas para ajustarlas a su deseo de casarse y formar una familia lejos del yugo de su madre, pero esta vez no había nada que interpretar: jamás el mensaje había sido así de claro. Cerró los ojos y rezó para que la profecía de las cartas se cumpliera.

3

Ana, 2018

De mis tres hijos, solo dos servían para los negocios según su padre, Alba y Jesús, los que habían heredado el carácter Fresno, porque Carlos, aunque voluntarioso, se parecía mucho a mí y, por lo visto, eso le privaba de la agresividad necesaria para ser un tiburón. De momento, mi marido no tenía un sucesor para la empresa porque el pequeño, Jesús, solo tenía doce años y Alba decidió estudiar Bellas Artes en vez de Ciencias Empresariales y nada más terminar la carrera nos anunció que quería dedicarse a las instalaciones artísticas reivindicativas, lo que para Carlos era sinónimo de morir de hambre si él dejaba de financiarla. Cuando la amenazó con hacerlo, Alba se fue de casa para vivir en un piso compartido cercano al Rastro y trabajar de camarera en un bar de la zona mientras experimentaba con su arte. Tras aquella primera instalación de 2014, patrocinada por la asociación feminista en la que mi hija era voluntaria, Alba terminó en el calabozo. La instalación, que en un principio iba a estar expuesta una semana como conmemoración de la liberación femenina para celebrar el día de la Mujer, llamó la atención de los medios especializados y muchos curiosos se acercaron a ver el montaje: una especie de cono hueco por dentro realizado con símbolos del patriarcado, situado en el parque del Retiro, al lado del Palacio de Cristal. El problema fue cuando llegó el 8 de marzo y Alba le prendió fuego, convirtiéndola en una hoguera gigante.

La idea era brillante, hasta mi marido lo reconoció, pero el impacto mediático fue tal que mi niña acabó con antecedentes penales. Aunque el fuego estaba planificado y se realizó de forma controlada, no tenían permiso y el riesgo para el parque más emblemático de Madrid constituyó un delito castigado con pena de cárcel. La juventud de Alba, el hecho de que la hoguera no tuviera consecuencias y el soporte de las organizaciones feministas y LGBT a las autoras de la iniciativa permitió que los abogados de la familia Fresno lograran librarla de la cárcel. Además, los contactos de Carlos y de mi suegro consiguieron que la identidad de Alba no se filtrara a la prensa.

La bronca que Carlos le echó a nuestra hija duró más de dos horas y ella la aguantó estoicamente, pero no pidió perdón más que «por las molestias que te he causado, papá». Yo, en cambio, no supe qué decirle. En mi cabeza no hacían más que retumbar con total nitidez las palabras de la jueza: «Esta vez te libras porque es la primera. Si se repite, yo misma me encargaré de que no te saque de aquí ningún ejército de abogados. Es tu decisión».

Me aterraba la mera idea de ver a mi hija en la cárcel, pero a la vez noté un orgullo de madre que me hacía sentir culpable, sensación que se mezclaba con el alivio que me producía que la vieja Singer se hubiera librado de la hoguera.

No fue la única vez que Alba hizo algo así, pero al menos se cuidó mucho de que ninguno de sus actos estuviera tipificado en el código penal, porque mi hija era transgresora pero no tonta.

Águeda, 1966

Después de muchas tiradas de cartas anunciando un maravilloso príncipe azul que le pediría matrimonio, Águeda conoció a Jesús en el baile de las fiestas del Cristo. Ya tenía veinticinco años, siete más que su madre cuando se casó, y empezaba a temer que se quedaría soltera, mientras que a Florita, de su misma edad, le había dado tiempo a casarse y a quedarse viuda. Aquel sábado Águeda volvió a casa con una felicidad desconocida en el corazón, aunque también estaba hecha un manojo de nervios.

Esa tarde, Florita la había ayudado a vestirse, peinarse e incluso maquillarse un poco. Fuera de casa, eso sí, porque su madre no quería verla con carmín, ni con escote ni con nada que hiciera un poco más atractivo aquel cuerpo corto y rechoncho que le había tocado en suerte.

En las fiestas iba a actuar un nuevo grupo llamado Los Archiduques y había acudido mucha gente para escucharlos. Florita y Águeda dieron primero un paseo por la feria, contemplaron a los niños disfrutar en los coches de choque, en las cadenas y en el tren fantasma, y merendaron una ración de calamares. Las calles estaban abarrotadas y costaba avanzar, así que llegaron a la Sala María Luisa cuando ya había empezado el baile. Florita pidió dos vermuts y le tendió uno a Águeda.

—Uy, no, ni hablar. Yo prefiero mosto, que con el vermut me mareo —dijo mirando el líquido granate con curiosidad y respeto.

—Mira, Águeda, o te desmelenas un poco o con esa cara de beata que tienes nunca se te va a acercar ningún mozo.

—¿De beata yo?

—Sí, hija, sí, de beata, que pareces a punto de entrar en un convento, así que toma y bebe. Pero despacio, no te vayas a marear, que eres capaz.

—Si justo hoy se me acerca alguno y se asusta porque huelo a alcohol, te mato —respondió Águeda cogiendo el vermut.

Pero Jesús, un *carbayón* rubio, gordito y sonrosado, no solo no se asustó sino que la risa bobalicona que le entró a Águeda después del vermut le pareció tan agradable que pensó que podía escucharla a diario.

Bailaron una, dos, tres canciones. Luego perdieron la cuenta. Cuando el Dúo Dinámico empezó a sonar y Jesús, mirándola a los ojos, cantó aquello de «y conseguirte las estrellas y la luna y ponerlas a tus pies», Águeda se enamoró por primera y única vez en su vida.

Se enteró aquella tarde de que Jesús, dos años más joven que ella, era huérfano de padre desde los doce años y de madre desde hacía solo un par de meses, y también de que trabajaba en unos grandes almacenes en pleno centro de Oviedo, los almacenes Botas, lo que a Águeda le pareció el sumun de la sofisticación. Para cuando Jesús la acompañó a su casa, ella ya se veía viviendo en la capital, tomando café con Florita en alguna cafetería bonita del centro después de llevar a los niños al colegio y antes de ir al Simago a hacer la compra diaria.

Con esos dulces sueños se durmió Águeda aquella noche veraniega tras el que fue uno de los mejores días de su vida.

Aurora, 1940

El 30 de marzo de 1940, tres días después de que los nazis empezaran a construir Auschwitz y dos antes de que Franco diera comienzo de manera oficial al levantamiento del Valle de los Caídos, la Guardia Civil se presentó en casa de Aurora. Con el tiempo hablaría una y mil veces de esa fecha, que calificaba como el día que más miedo pasó en su vida. No era cierto, pero sí era el único de sus días de pesadilla del que podía hablar sin revelar secretos ni vergüenzas y que cualquier contemporáneo podía entender. Era casi la hora de comer cuando dos guardias civiles con capa y tricornio aporrearon la sólida madera de la puerta, siempre cerrada desde el asalto de los moros, y no cejaron en su insistencia hasta que Olvido acudió a abrir.

—Buenos días, señora. ¿Fructuoso Cangas?

—Está en el bar. Hoy libra en el pozo. ¿Puedo preguntar para qué lo buscan?

—Debe acompañarnos al cuartel.

En ese momento, Frutos, que subía la cuesta que llevaba hasta su casa, vio a la pareja de la Guardia Civil en su puerta y tuvo la tentación de dar la vuelta y echar a correr, pero el miedo lo paralizó y allí, en medio de la calle, un fuerte retortijón le descompuso la tripa. Por alguna razón que solo el cerebro humano entiende, la vergüenza de vaciar sus desechos allí mismo pudo más que el miedo a la Guardia Civil, y avanzó hasta la casa como si nada sucediera. Al llegar, reconoció a Ramón, un antiguo compañero de escuela con el que nunca se había llevado bien. En más de una ocasión, Ramón había recibido una pedrada de Frutos y en todas ellas había jurado venganza. La sonrisa en la cara de su enemigo de la infancia indicaba que había llegado el momento de ser él el castigador y no el castigado.

—Acompáñenos —dijo el otro.

—Necesito ir al váter —pidió Frutos sin esperar que su petición fuera atendida y sabedor de que iba a licuarse allí mismo.

—Ya lo hará en el cuartel —respondió el mismo guardia civil.

—Eso podemos concedérselo, hombre, ¿no crees? Que lo conozco desde el colegio —dijo Ramón, con tanta frialdad en la mirada que Frutos supo que cagarse encima habría sido una bendición comparado con lo que le esperaba.

En cuanto se fueron, Olvido rompió a llorar buscando el abrazo de su hija, que la apartó y salió corriendo para emprender el camino al pozo Santa Bárbara. A Ferino le gustaba descansar los domingos y sus años de servicio en la mina le valían el privilegio de librar el día deseado, por eso Aurora confiaba en encontrarlo allí en sábado.

La bicicleta de Aurora volaba, tanto que casi al final del camino pinchó. La dejó allí mismo, a riesgo de perderla para siempre, y continuó corriendo. Cuando llegó al pozo, fue consciente de las habladurías que iba a suscitar su carrera desaforada hasta la oficina del capataz, pero no le importó. La encontró vacía. Desesperada, salió a buscarlo allí donde estuviera.

—Está dentro, en el taller tres. Ya hace un buen rato que bajó, estará al salir —le dijo alguien.

Aurora esperó cincuenta largos minutos, rezando a un dios que los curas decían que era bueno y que a ella no dejaba de enviarle desgracias.

—¿Qué hace usted aquí? —preguntó Ferino cuando llegó a la oficina.

—La Guardia Civil se ha llevado a mi padre.

La expresión de Ferino cambió y el trato hacia Aurora también.

—¿Sabes por qué?

—No han dicho nada. Él nunca se ha metido en política. Quizá habló de más en el bar. He pensado que, dada la posición de su prometida y los contactos que tiene su familia con el régimen, tal vez podría averiguar… —tentó Aurora. No se permitió tutear al hombre que le había roto el corazón, el orgullo y los sueños de una vida cómoda.

—Déjalo de mi mano. Ahora vete a casa a esperar —respondió Ferino, sin reconocer que volver a ver a Aurora, asustada, sudorosa y más guapa que nunca, le había removido unos instintos que no se le despertaban con su futura esposa—. Yo me pondré en contacto contigo.

Aurora se sintió aliviada. No la movía el amor por Frutos. Lo que impulsó a Aurora a pedirle ayuda a Ferino, a su prometida o a quien hiciera falta, era que su sustento y el de su madre todavía dependían de él. Eso y que no sabía lo que Frutos aguantaría en manos de los torturadores, y si le sacaban la verdad a palos ellas estarían perdidas. Razones más que suficientes para querer que volviera a casa sano y salvo.

Las veinticuatro horas siguientes fueron las más lentas de su vida. Su madre no dejaba de llorar, a ratos sola, a ratos en compañía de alguna vecina, aterrorizada por si después de interrogar a Frutos volvían a por ellas. Aurora, en cambio, parcheó la bicicleta y luego se puso a coser. La Singer, regalo de una boda que aún no se había celebrado, funcionó día y noche, y cuando no lo hacía era porque Aurora la engrasaba, cambiaba la aguja o enganchaba la correa que conectaba rueda y pedal. Terminó su vestido de novia, los pantalones del novio e incluso cosió una colcha de retales, hasta que el domingo a media tarde un niño de unos doce años llamó a la puerta y le entregó una carta manuscrita.

Ven a las ocho a mi casa. Que no te vean entrar. Dejo la puerta abierta.

Las mismas consignas que cuando iba a ver a Ferino con unos fines muy distintos a lo que iban a tratar esta vez.

Aurora siguió las instrucciones. Llevaba todo el día *orbayando* y, para cuando llegó a Mieres, la fina lluvia la había calado por completo. Dejó la bicicleta a dos manzanas de la casa de Ferino, avanzó a paso ligero con la cabeza cubierta y entró en la casa sin llamar. Tal como prometía la nota, la puerta estaba abierta y cedió al empujar.

Ferino la esperaba.

—Pero, mujer, si vienes empapada. Espera, que te busco algo para secarte.

Después de que Aurora se quitara parte de la humedad, la invitó a sentarse. Sin duda, su semblante no auguraba buenas noticias.

—Tu padre no está acusado de sindicalista ni de oposición al régimen, está detenido por la desaparición de dos regulares africanos. Alguien ha declarado que los vio entrar en tu casa y desde entonces nada se ha sabido de ellos. He llamado al capataz del pozo Espinos y Frutos estaba de turno cuando, según dice el soplón, esos individuos entraron en la casa.

Aurora palideció y Ferino lo notó.

—¿Qué sabes tú de eso? —preguntó.

Como Aurora no respondía, se acercó a ella y la zarandeó con ímpetu.

—Si hay alguna posibilidad de que ayude a tu padre, tienes que contarme lo que sabes. Si no, lo siguiente que va a ocurrir es que cuando la Guardia Civil se entere de que no estaba en la casa os detendrán a tu madre y a ti. Y ya sabes lo que hacen con los detenidos: los palos van antes que las preguntas. Y siendo mujeres, también sabes lo que hacen.

Aurora se desmoronó y lo contó todo.

—¿Quién es el hombre que os ayudó a enterrarlos en el sótano? —preguntó Ferino.

—Yo no lo conocía. Sé que es cura y se llama Pedro. Era amigo del padre de Paulino, su padrino o algo así. No sé más.

—Y dices que ese hombre ayuda a los fugados.

—Eso oí decir a Paulino y a mi padre.

—No te prometo nada, pero veré si puedo hacer algo —dijo acercándose a ella.

Aurora tembló de frío y de miedo, deseosa de refugiarse en el abrazo de Ferino, pero rehusó tres veces: la primera, con la debilidad que le causó el deseo de aceptar; la segunda, con la rabia del rechazo sufrido al no haber sido la elegida; y la tercera, con la certeza de sucumbir ante el hombre al que utilizó para terminar siendo ella la utilizada.

Una hora después salió de la casa de Ferino con un gran vacío en el corazón, porque el hombre al que quería, o creía querer, era para otra, porque aquella casa en la que deseaba vivir nunca iba a tenerla como dueña y porque la vida que ella ansiaba no estaba a su alcance. Pensar que precisamente la prometida de Ferino era la única esperanza para sacar a su padre de la cárcel y que su madre y ella salvaran la vida no hizo sino espolear la rabia, que confundió con deseo.

Cuando cogió la bicicleta para volver a casa, había dejado de *orbayar* y Aurora interpretó el capricho del clima asturiano como una señal de esperanza.

Águeda, 1967

La boda de Águeda se celebró en Turón. Por la iglesia. Un sábado por la mañana. Solo unos meses después de conocerse los novios, porque casarse era la única forma de que Jesús se librara del servicio militar. La prórroga de la incorporación a filas por sostén familiar había terminado con la muerte de su madre, pero casándose conseguiría que lo pasaran a la reserva cuando le tocara la revisión.

Tras la misa hubo un convite en Casa Nando, un restaurante de un pueblo cercano, que consistía en pote asturiano, cabrito al horno y tarta nupcial. Comida, sidra y licores en abundancia para los veinticinco comensales: por parte de la novia, Aurora, Florita, Herminia, y Pedro y Paulino, los hermanos de

Águeda. El resto, por parte del novio. Empezó la fiesta a mediodía y no terminó hasta bien anochecido.

Águeda llevaba un vestido blanco por debajo de la rodilla, recto y muy discreto porque cualquier otro estilo la habría hecho parecer más achaparrada. La novia no llamaba la atención. En cambio, Aurora, a sus cuarenta y cinco años, con un vestido ajustado que realzaba sus formas, y Florita, con una falda estampada por encima de la rodilla, mucho antes de que las minifaldas tuvieran cabida en la moda de la zona, competían por las miradas de los asistentes y del resto de los comensales que había en el restaurante.

Hasta Aurora pareció pasarlo bien aquel día. Bebió, fumó y bailó. Y Águeda achacó a los efectos del alcohol la oferta que le hizo su madre tras el postre, y así podía haber sido porque Aurora estaba ya un poco achispada, pero no por eso su ofrecimiento era menos serio.

—Llévate la Singer para la capital. La necesitas tú más que yo. Igual allí hasta te limpian la maldita sangre de la madera.

—¿Lo de la madera es sangre? —preguntó Águeda, alarmada—. ¿De quién?

—No preguntes impertinencias, niña —respondió al darse cuenta de que se había ido de la lengua—. ¿La quieres o no?

—¿Y usted, madre?

—Ya me las arreglaré.

—Pero si no tiene máquina, ¿de qué va a vivir?

—¡Ay, Águeda, hija, qué preguntona estás! —contestó alejándose de ella.

Águeda no se tomó demasiado en serio a Aurora. Seguía sin gustarle coser, aunque con la Singer podría empezar a ganarse la vida en Oviedo desde el primer día y completar así el sueldo de Jesús. Rechazó la idea por no caer en el cuento de la lechera creyendo que al día siguiente su madre se echaría atrás, pero lo que no dejó de rondarle la cabeza esa noche y las posteriores fue que aquella mancha en la madera, que ella recordaba desde siempre, fuera la sangre de alguien.

Para la gente de la mina, el Oviedo de los años sesenta no era una ciudad fácil. Águeda se encontró con una sociedad elitista y cerrada que detectaba el acento de las cuencas mineras nada más escucharla hablar, si es que antes no lo habían sospechado con una atenta mirada a su ropa. «¿De Mieres?», fueron las palabras pronunciadas con el gesto torcido que más escuchó en los primeros meses tras la boda. «De Turón», respondía ella, y entonces el gesto de su interlocutor se torcía todavía más.

Águeda estaba acostumbrada a no tener más amigas que Florita, así que no notó nada extraño en su nueva ciudad: para ella lo habitual era no encajar. El que sí lo notó fue Jesús.

—Águeda, cariño, está tardando un poco en quitársete el acento —le dijo al mes de casados.

—¿Qué quieres decir?

—¿No te has dado cuenta de que aquí no hablamos como en las cuencas? No queda bien. Incluso alguno podría burlarse, ya sabes cómo es la gente.

Águeda no era tonta y a partir de aquel día intentó pulir su acento para que se pareciera al de los ovetenses, pero el tiempo pasaba y no lo conseguía.

Recorrió las tiendas de la ciudad para descubrir dónde encontrar buena tela y a buen precio, para estar al tanto de las tendencias que lucían en las exclusivas *boutiques* de la calle Uría, y en poco tiempo ya la conocían en los comercios como «la de Mieres».

«Que no soy de Mieres, que soy de Turón», no se cansaba de repetir, pero dio lo mismo. «La modista esa de Mieres», decían en cuanto daba la espalda. Y lo que venía a continuación no solía ser agradable.

Dejó su tarjeta profesional en las tiendas; se había llevado la Singer de su madre y al menos podía empezar haciendo arreglos, su única aportación a la casa que compartía con su marido. Pero no consiguió más que algún encargo esporádico, insuficiente para ayudar a pagar el alquiler de su pequeño apartamento en un barrio a veinte minutos del centro.

A pesar de ello, Águeda no perdía la ilusión. Echaba de menos a Florita, pero se había librado de su madre y además tenía a Jesús. Lo que necesitaba eran clientas, aunque para eso hacía falta algo más que ser buena costurera: se requería tener estilo y buen gusto para vestirlas.

Aurora, 1949

Paulino nunca llegó a saber que fue su propia esposa la que entregó al padre Pedro para salvar a Frutos. Culpó en silencio a su suegro por haber sucumbido al brutal interrogatorio de la Guardia Civil y delatar al cura para salvar su vida. Él se salvó, pero el padre Pedro no tuvo la misma suerte, pues lo fusilaron una semana después de que Frutos fuera liberado. Aunque tampoco salió indemne del encuentro con su antiguo compañero de escuela, quien le fisuró el bazo a patadas, le rompió el brazo derecho, le desfiguró la cara y le llenó el cuerpo de moratones y quemaduras de cigarrillo. Nada que el tiempo y el reposo no pudieran curar. Al menos por fuera. Otra cosa era las veces que Frutos se despertó gritando después de verse en sueños de nuevo en el cuartel en manos de aquel bestia de Ramón.

Paulino intentó disimular el resentimiento que sentía hacia su suegro, por saberlo irracional. Por temporadas conseguía justificarlo, pero nunca lo perdonó. Con sus progenitores muertos, el padre Pedro era su única conexión con el pasado y, cuando lo fusilaron, sintió ese vacío tras de sí que solo los huérfanos conocen. Por eso decidió cambiar el turno en el pozo con una excusa banal, para no coincidir con su suegro en el camino, ni en el trabajo y tampoco en los tiempos de descanso. También redujo las visitas a su casa y, desde la muerte de Olvido, como tampoco Aurora parecía tener demasiado interés en su padre, la relación entre ellos se enfrió tanto que pasaban semanas sin verse. Aurora siempre estaba ocupada con la costura y Frutos no insistió. Le corroía la culpa, pero no por delatar al padre Pedro, al que ni siquiera había nombrado durante el despiadado interrogatorio al que fue sometido, sino por lo sucedido con su hija años atrás. Cuando notó que su yerno se alejaba de él, temió que Aurora le hubiera contado las veces que se metió en su cama, así que aceptó el rechazo de su única familia, pero lo hizo lleno de resentimiento y ahogó los demonios en vino y putas, como siempre había hecho, pero con más demonios y sin Olvido. Con el jornal completo para sus vicios y sin nadie que le pusiera freno, comía poco, bebía mucho y dormía mal.

Algunos vecinos cuchicheaban sobre lo mala hija que era Aurora, pero por aquel entonces había preocupaciones mucho mayores que una relación distante entre una hija casada y su padre. A fin de cuentas, Aurora siempre había sido rara, y los hombres de la generación de Frutos no se metían en la vida de sus hijas, por muy viudos que estuvieran.

Aurora, por su parte, vivía ajena al resentimiento de su marido hasta la noche en que Paulino compartió con ella el rencor que llevaba dentro después de que un par de copas de orujo casero le soltaran la lengua.

—Tu padre gasta todo el jornal en mujeres y vino, Aurora. Se está matando y no porque eche de menos a tu madre ni le pueda la soledad, lo que le puede es la conciencia —le espetó.

—¿Qué dices, Paulino? Mi padre lleva yendo de putas toda la vida, como la mayoría de los mineros, y tú eres de los pocos que no vuelve a casa borracho cada día. Por eso hoy el orujo te está afectando al raciocinio. Voy a tener que decirle a Ramona que no nos traiga más.

Paulino tosió y sacó un cigarrillo de los que liaba cada noche para que nunca le faltaran.

—No es eso, mujer, deja que me explique —dijo aspirando la bocanada de humo que le calmó la tos y le permitió volver a hablar—, que me quema la culpa y quiero soltarla.

—¿Qué culpa vas a tener tú de lo que haga mi padre?

—La culpa que tiene el que no perdona, esa culpa. Si el padre Pedro me viera, no se sentiría orgulloso de mí. «Salvar al que esté en peligro, sin mirar si es amigo o enemigo», decía. Era el mejor hombre que he conocido en la vida, el mejor que conoció mi padre en la suya. Y tu padre lo delató. Pedro nos ayudó a enterrar a los moros sin pedir nada a cambio y Frutos le pagó el favor enviándolo al paredón.

—¿Por qué dices eso? ¿Por qué piensas que fue mi padre?

—Porque tu padre salió vivo del cuartel y a Pedro lo sacaron de su casa sentenciado a muerte. Si no tardaron ni una semana en fusilarlo, mujer, ¿no ves lo que ocurrió?

Mientras Paulino lidiaba con otro ataque de tos, más fuerte que el anterior, Aurora comprendió lo sucedido. Recordó la conversación en casa de Ferino, justo antes de estar juntos por última vez, cómo él le preguntó por aquel cura, por aquello de que salvaba a los republicanos perseguidos igual que antes había salvado a los sublevados. Así había sacado Ferino de la cárcel a Frutos, cambiándolo por un pez más gordo. Estaba claro que ningún guardia civil tenía aprecio por los moros que Franco había llevado para cumplir lo que consideraba que ellos no eran capaces de hacer, pero aquel fatídico 1940 en el que Pedro fue detenido y fusilado, todos querían encontrar a los que ayudaban a los rojos a esconderse, a salir de España o a echarse al monte.

Aurora no sacó a Paulino de su error y, sobrecogida por su descubrimiento, lo dejó con sus tribulaciones. Al igual que se quedó Águeda, que, a base de sentirse ignorada, adquirió la cualidad de pasar desapercibida y gustaba de escuchar las escasas conversaciones entre sus padres desde lo alto de la escalera.

Aquella fue la primera vez que Águeda oyó hablar de los moros muertos y, aunque no entendió nada de lo que escuchó, el instinto le dijo que era algo que ella no debía saber, así que se santiguó y fue a su habitación a rezar tres padrenuestros tal como las monjas le habían enseñado a hacer como penitencia cuando ella misma supiera que había faltado a Dios. Al día siguiente ya iría a casa de Florita a que Herminia le echara las cartas, a ver si ellas podían contarle algo más.

Aurora, 1968

Cuando Ana nació, un año después de casarse sus padres, su abuela Aurora se obsesionó con su propia madre. Olvido cuidó de Águeda cuando ella no quería ni mirar a aquel recuerdo permanente de su desgracia. Aurora daba vueltas en la cama pensando en su nieta recién nacida y, cada vez que conseguía quedarse dormida, Olvido se metía en sus sueños y la despertaba.

Si bien seguía dando clase de costura en la Sección Femenina de la Falange y doña Pilar le permitía coser en las máquinas de la Sección para algunas clientas, cuando volvía a casa, sola desde que los mellizos se habían marchado a trabajar a Alemania, y sin la Singer, Aurora se aburría. Salía cada noche a fumar un cigarrillo con Ramona, la vecina, acompañado algunas veces de una copa de orujo, pero aun así le costaba conciliar el sueño.

Tras dos semanas sin dormir, Aurora entendió el mensaje de su madre, preparó la maleta, fumó un último cigarro con Ramona y se presentó en Oviedo.

El barrio de Águeda le pareció más feo que Turón. Con muchas calles sin asfaltar y embarradas por la lluvia, contaba con una fábrica, solares vacíos y hasta un canódromo. Parecía que hubieran tirado allí todo lo que no cabía en el centro de una ciudad que presumía de ser una de las capitales más señoriales de España.

Águeda y Jesús vivían en una tercera planta sin ascensor, en un piso con tres habitaciones, un baño y cocina de gas butano. El sueldo de un dependiente de unos grandes almacenes no daba para más. Águeda había convertido el salón en la zona de costura, que presidía la Singer, con la intención de dar clases a aprendices de modistas. Por eso el dormitorio más grande lo dedicó a sala de estar y ellos dormían con la niña en otro dormitorio. Aún quedaba la tercera habitación, muy pequeña, destinada a Ana cuando estuviera lista para ocuparla. La casa también tenía un balcón, que lucía orgulloso el rótulo de «Bloque Fontanela» grabado en la fachada y por el que entraba luz en el salón.

—¿Dónde me instalo? —preguntó Aurora ante la mirada atónita de su hija y su yerno cuando se presentó en su puerta—. He pensado que con la niña vas a necesitar ayuda.

—Ana no va a usar su habitación hasta dentro de unos meses… —ofreció Águeda con Ana en brazos mientras miraba a su marido, que tampoco parecía saber cómo reaccionar ante semejante intrusión en sus vidas.

—Pondré una cama plegable en el cuarto donde tienes la Singer y así no ocupo la habitación de la niña. Voy a contratar una línea de teléfono. De momento la pago yo, pero no es para charletas tontas, ¿eh? —advirtió Aurora a la joven pareja—. Necesitamos un teléfono para que las clientas nos localicen, pero a este barrio tan apartado no las vamos a traer, así que visitaremos a domicilio para tomar medidas y hacer las pruebas.

—Madre, ya he visitado todas las *boutiques* del centro, pero ahí no me contratan.

—No me extraña, si es que con esa pinta… De conseguir clientas me encargo yo. Tú atiende a la niña y a tu marido, y a mí me ayudas con lo que te pida. Menos mal que vives en la única calle asfaltada de este fin del mundo. ¿Cómo va Jesús al centro todos los días?

—Hay un autobús.

—¿Y yo me he pegado la caminata? ¿No se te ocurrió decírmelo?

—¡Pero si ni siquiera me avisó de que venía! —se excusó Águeda, temiendo que la visita de su madre no iba a ser cosa de unos días.

Aurora encendió la radio. En Radio Oviedo, Menchu Álvarez del Valle presentaba en ese momento *Rumbo a la Gloria*, un concurso de cantantes asturianos que acompañó a Aurora en las primeras horas de costura de nuevo sentada ante la Singer. Entonces sintió que las cosas volvían a estar en orden.

Durante los meses siguientes, Aurora no ayudó a Águeda con el bebé pero sí con la costura. En menos de tres días terminó los escasos encargos que Águeda había conseguido. Después se arregló el pelo, se puso uno de sus mejores vestidos y un poco de color en las mejillas y se dirigió al centro de la ciudad. El primer día volvió con más encargos de los que su hija había logrado en un año.

Águeda, 1969

Ana cumplió un añito con una primavera llegada antes de tiempo.

—Os invito a comer, que un día como este hay que celebrarlo —dijo Jesús a su mujer y a su suegra—. Hasta el sol está de buenas hoy por el primer cumpleaños de mi princesa.

—De eso nada, ¿para qué vamos a salir a gastar dinero a lo tanto si ya he preparado yo una tarta? —protestó Águeda.

—La tarta la merendamos. Iremos a un lagar para que la niña pueda estar al aire libre. Necesitamos divertirnos un poco y no se me ocurre mejor ocasión.

—Yo me quedo. Id vosotros dos —intervino Aurora.

—Mujer, que es el cumpleaños de la nena.

—Pues por eso. Si yo tengo faena aquí, que Águeda remolonea mucho a cuenta de atenderla.

—¿Se queda usted con su nieta entonces? —la pinchó Jesús.

Aurora miró a su yerno en busca de algún indicio de que estuviera hablando en broma, pero no lo encontró. Jesús tenía más experiencia que ella haciendo creer a la gente lo que quería que creyeran. Llevaba años practicando esa cualidad a diario en el trabajo.

—¿Sabes que te digo? Que venga, vamos, comamos en familia, que la ocasión lo merece —respondió Aurora por fin. Y salió para ir a arreglarse al baño.

—Tu madre es peor que Herodes. Con tal de no quedarse con Anina, es capaz de ir a la Luna y volver en el cohete ese que van a lanzar los americanos —le susurró Jesús a Águeda al oído.

—Si no fuera porque ha conseguido un montón de clientas fijas y yo puedo dedicarme a cuidar de la nena, la mandaba de vuelta a Turón ya mismo.

—Eso no te lo crees ni tú —replicó Jesús.

Ni Águeda echó a Aurora, ni Aurora se fue por voluntad propia hasta una década después.

4

Ana, 2003

Me acordé de Gonzalo muchas veces. De él y de su madre. Los padres de Gonzalo tenían una cafetería a unos metros de la parada del autobús del colegio en la que cada tarde nos bajábamos mi amiga Ángela y yo, al lado de la iglesia de San Juan. Solíamos enredar media hora en la calle los días que no llovía para despejarnos antes de subir a casa a merendar y ponernos con los deberes. A esa hora también llegaba Gonzalo de su colegio y no tardó mucho en quedarse con nosotras un rato. Gonzalo era muy guapo, con el pelo rizado y los ojos azules. Además estudiaba octavo de EGB y nos parecía muy mayor. Al año siguiente empezaría BUP, eso que a nosotras, a dos cursos de distancia, nos resultaba todavía lejano. Pronto empezamos a esperar por él en la parada del autobús o él por nosotras, según quién llegara antes. Entonces mascábamos chicle, comíamos pipas o simplemente charlábamos. Lo cierto es que no recuerdo de qué, pero sí que lo hacíamos entre risitas tontas y gestos que suponíamos coquetos. Aquel ratito con él se convirtió en el centro de nuestras conversaciones durante varias semanas y en la motivación de cada día. Hasta aquella tarde que, mientras esperábamos a Gonzalo, su madre salió de la cafetería y sin necesidad de presentación nos dijo:

—No quiero que volváis a hablar con mi hijo. Gonzalo ya tiene muchos amigos y no necesita amigas.

Nos quedamos paralizadas por una mezcla de miedo y vergüenza y no dijimos nada.

—¿Me habéis entendido? —insistió ante la falta de respuesta.

Creo recordar que asentimos con la cabeza porque aquella mujer se fue y nunca más volví a verla, pero se me quedaron grabados su cara y su pelo corto, teñido de un negro intenso y abultado por los rulos que debía de ponerse cada noche. También recuerdo las rayas de su mandil, que no se molestó en quitarse para salir de la cocina y acercarse a nosotras.

Cruzaba ya la calle cuando apareció Gonzalo, se dirigió hacia él y lo metió en la cafetería.

Nunca más hablamos con Gonzalo. Nunca volvió a esperarnos ni nosotras a él, y cuando nos cruzábamos, bajaba la cabeza sin saludarnos siquiera. Nosotras también dejamos de incluirlo en nuestras conversaciones, enterrándolo en una mezcla de decepción y vergüenza, pero para mí fue el descubrimiento del amor. Ese año, que de alguna manera marcó el principio del fin de mi infancia, soñé muchas veces en secreto que su madre no nos había separado, que crecíamos y nos hacíamos adolescentes y entonces empezábamos a salir, que después nos casábamos, quizá hasta nos quedáramos con la cafetería de sus padres e incluso tendríamos un hijo que volvería cada tarde del colegio para hacer los deberes en una mesa que se viera desde la cocina.

Al año siguiente nuestros padres empezaron a darnos la paga semanal. Nosotras la ahorrábamos para comprar cada quince días la *Super Pop* y nos volvíamos locas con las fotos de los famosos. Entonces Gonzalo pasó a la historia, y yo tenía los mismos sueños pero con los actores de Hollywood que ocupaban las páginas de nuestra revista favorita. Durante mi primera adolescencia, mis hijos tenían el pelo de Don Johnson y los ojos de Rob Lowe, e incluso durante una temporada se parecieron un poco al batería de los Hombres G, que ya ni recuerdo cómo se llamaba.

Después crecí y no volví a acordarme de Gonzalo hasta el año 2003. Fue un domingo. Yo estaba en Oviedo porque habían ingresado a mi padre con pancreatitis y, al bajar del hospital después de que subiera mi madre, ya duchada y dispuesta a pasar con mi padre la tarde y la noche, no tuve ganas de volver a casa y aguantar a la abuela Aurora y paré un rato en el Montoto, un bar a escasos metros del portal, que se llenaba de gente a la hora del aperitivo. Me hice paso para llegar a la barra y pedir un vino y un preñadito, un pequeño bollo con chorizo dentro que había hecho famoso el local, y cuando buscaba un lugar donde situarme lo vi. Estaba igual. Sus rizos, sus ojos azules y la misma estatura de cuando tenía doce años. Gonzalo era tan bajito que llamaba la atención. Allí, entre sus amigos, si no te fijabas bien parecía el hijo de alguno de ellos. Yo, que era alta, pero sin destacar por ello, le sacaba más de una cabeza. Me quedé mirándolo por efecto de la sorpresa y entonces él me vio, y no sé si fue por mi gesto condescendiente o porque no supo reaccionar, el caso es que bajó la mirada y se giró rápidamente hacia sus amigos. Me tomé el vino y el bollito preñado y subí a casa con una extraña sensación de satisfacción que, a día de hoy, sigo sin poder explicar.

Águeda, 2003

El 10 de abril de 2003, como cada viernes, Águeda impartía taller de bordado en su academia. Con seis alumnas, todas con una edad cercana a la suya, era uno de los ratos que más disfrutaba de toda la semana. Bordaban faldones, toallas, juegos de cuna, canastillas y todo tipo de objetos para los nietos recién nacidos. Aquel día bordaban poco y charlaban mucho. Se acumulaban los temas: hablaron de la entrada de Estados Unidos en Bagdad y todas, como el resto del mundo, daban por hecho que la guerra no duraría mucho porque los iraquíes nada tenían que hacer contra el poderoso ejército americano; también comentaron sus planes para la Semana Santa, que pronto traería la visita de hijos y nietos para unas y, para otras, el ajetreo de terminar de hacer maletas para ir a pasar unos días de vacaciones en la playa; y además estaba la visita del papa, que suscitaba algunas controversias aunque a todas les gustaba Juan Pablo II, e incluso una de ellas se había planteado apuntarse a la aventura de viajar a Madrid en uno de los autobuses que la Iglesia fletaba para que los fieles asturianos pudieran ver al pontífice.

Mientras la conversación derivaba hacia el tiempo que daban para la Semana Santa, Aurora entró en el taller, donde hacía muchos años que Águeda le había pedido encarecidamente que no se dejara ver demasiado cuando estaba dando clase, petición que Aurora acataba casi siempre, no por complacer a su hija sino porque nada se le había perdido entre aquellas mujeres que no dejaban de cotorrear.

—Águeda, corre, ven —dijo al abrir la puerta, ataviada con un camisón de franela hasta los tobillos.

—Madre, por favor, ¿cómo se presenta aquí con estas pintas? —la recriminó Águeda.

—Buenos días, discúlpenme la interrupción —dijo Aurora dirigiéndose a las mujeres del taller, y volviéndose a su hija añadió—: Vengo a buscarte de esta guisa porque es un asunto urgente y no me iba a parar a ponerme el traje de los domingos. ¿Vienes o qué?

—Perdonadme un momento, por favor —se disculpó Águeda apartando su bastidor para levantarse. Cogió a Aurora por el brazo y le susurró—: ¿Qué pasa, madre?

—Que al borrachín de tu marido ha debido de reventarle el hígado —dijo antes de cerrar la puerta que comunicaba el aula con la casa, lo bastante alto para que todas las alumnas lo oyeran.

Águeda corrió a la sala donde Jesús pasaba hora tras hora durante los últimos años, desde el fatídico día de su despido. Allí lo encontró, entre un charco de vómito, retorcido por el dolor y con un sospechoso color amarillento en la piel y en el iris de los ojos.

—Necesito ir al hospital, Águeda, me duele muchísimo.

—Será apendicitis, ya verás. Madre, llame al 112.

—Sí, sí, apendicitis —dijo Aurora mientras llamaba a emergencias—. Si es que hasta para beber hay que ser un hombre.

La ambulancia tardó los veinte minutos más largos de la vida de Águeda. Jesús tenía sus defectos, como cualquiera, pero era su marido, era un hombre bueno y ella no quería quedarse viuda.

Jesús entró por Urgencias en el Hospital Central de Asturias y, tras una breve exploración inicial, lo enviaron rápidamente a Radiología. Águeda se quedó allí, esperando sola, con el temor de no volver a verlo. Recordó la tarde que se conocieron, el día que él le pidió matrimonio y la mañana de su boda; recordó también cómo estuvo a su lado cuando supo que no podría tener más hijos, en silencio, cogiéndole la mano con lágrimas en los ojos; también su cara de pánico cuando llegaron con la pequeña Ana a casa; o cómo la apoyó cuando le contó que quería montar su propia academia de corte y confección; recordó la ilusión que se instaló en sus ojos cuando abrieron en Oviedo un Galerías Preciados, que según él nada tenía que envidiar a las parisinas Galerías Lafayette, y le ofrecieron encargarse de la sección de caballero; y también le vino a la mente su mirada perdida el día que le despidieron de El Corte Inglés después de que su jefe le dijera en la evaluación anual que su sección era la peor valorada por los clientes, que sus modales eran afeminados y sus técnicas de venta obsoletas, y que cualquiera de los dependientes jóvenes era más eficiente que él. Lo que no quería recordar Águeda era el día que supo que a Jesús le gustaban más los hombres que las mujeres. No es que a Águeda no le importara aquello, pero ¿qué hombre era perfecto? De todos los maridos que conocía, el suyo era el más educado, amable y cariñoso con ella y con su hija. Nunca le levantaba la voz, ni siquiera la contradecía, y era complaciente y comprensivo, mucho más de lo que la mayoría podía decir de sus respectivos maridos. Águeda llevaba su baraja en el bolso, como siempre, pero no se atrevió a sacarla allí, en la sala de espera de Urgencias, delante de tanta gente, así que cerró los ojos y rezó en silencio para que Jesús no muriera. No aquel día.

Aurora, 1940

Aurora conoció a Ramona al poco de casarse con Paulino. Ramona Fierro tenía entonces dieciocho años y vivía con su madre y su hermana María unas casas calle arriba.

Ramona entró en la mina con dieciséis años para cargar vagonetas de veinte toneladas con su hermana María, la retrasada, de diecisiete, y con la mayor de las tres, Úrsula, de diecinueve. Con el padre muerto, la pensión de viudedad no daba para sobrevivir las cuatro. Entre coger los cestos y sacar carbón de las escombreras para lavarlo en el río, cubiertas de agua hasta la cintura, chorreando la pasta negra que salía al colar el carbón y venderlo casa por casa, eligieron entrar en la mina las tres a cambio de medio jornal cada una y de que su madre renunciara a la mísera pensión de viudedad. Fue el mejor trato que obtuvieron, pero incluso así salían ganando. De esa forma, tras finalizar la guerra, las hermanas Fierro empezaron su propia batalla a bordo de la jaula de descenso al pozo Santa Bárbara.

Úrsula se casó a los cuatro meses de entrar en la mina, aterrorizada por los ataques y las vejaciones que sufrió allí desde el primer día, y lo hizo con Raimundo el Barrenista, un minero, los únicos capaces de aceptar el estigma social que rodeaba a las carboneras. Raimundo le dio la primera paliza la misma noche de bodas.

Entre palos y más palos llegó a tener Úrsula cinco hijos, y dejó de hablarse con su hermana Ramona el día que Raimundo, estando Úrsula en su segundo embarazo, le dio tal paliza que perdió al niño. Ramona llegó aquel día a la bocamina segura de coincidir con el bestia de su cuñado. Bajó de la jaula de descenso en un nivel que no era el suyo y, armada con la pala de María, se acercó a él y con el primer palazo lo dejó medio atontado. Le siguieron veinte palazos más que dejaron a Raimundo con dos costillas rotas, los músculos molidos, el cuerpo morado y una brecha en la ceja. No lo mató porque varios mineros la pararon, aunque tardaron un buen rato en acercarse. Fue don Ceferino el que, sabedor de cómo se las gastaba Raimundo en su casa, solventó el asunto sin expediente y sin despido para Ramona, zanjándolo con un buen rapapolvo. Sin pedirle ningún favor a cambio porque Ramona era fea y bruta como un ogro.

No era la primera vez que Ramona agredía a otro minero. El primero fue un picador que intentó forzar a María al final del turno, y Ramona se cuidó de que todo el pozo se enterara. María era la víctima perfecta: guapa, pechugona y con la inocencia que da la niñez permanente a la que el oxígeno que le faltó en el parto la condenó. Al contrario que Ramona, que era grande, fuerte y con un notable hirsutismo desde que le vino la primera menstruación, por lo que nunca fue el blanco de los deseos de sus compañeros.

—¿Qué quieres a cambio? —preguntó Ramona al capataz.

—De ti nada.

—Entonces ¿de quién?

—De nadie, pero me debes un favor si un día lo necesito. Y si vuelves a hacer algo así te vas a la puta calle, ¿entendido?

Ramona respondió con un gruñido ininteligible.

—¿Qué has dicho?

—Que eso dependerá. ¿O si no qué? ¿Me dejo hacer sin defenderme? O peor aún, ¿que se lo hagan a mi hermana?

—Ramona, no me toques más los cojones, que ya ves que estoy haciendo la vista gorda.

—Ya, ¿y desde cuándo eres tú buena persona?

No sabía Ramona que no tenía de qué preocuparse por la fama del capataz, ocupado como estaba entonces con Aurora, porque desde el día que Ferino probó a Aurora dejó de reclamar a otras mujeres a cambio de su protección. Ya le daba ella todo lo que podía desear, y es que, a Ferino, Aurora nunca le negó nada.

Lo que sí supo Ramona, como tantas otras carboneras, fue de la relación que había entre ellos, pero jamás salió un comentario de su boca, ni siquiera cuando Aurora se casó con Paulino, vecino de su familia de toda la vida, al que conocía desde que nació. Cada uno que peleara por lo suyo, y si Paulino no sabía o no quería saber del lío de su mujer con aquel capataz, era su problema.

El insomnio que acompañó a Aurora durante toda su vida se agudizó en los últimos meses del embarazo. Una madrugada que Paulino dormía y ella daba vueltas en la cama, salió al portal de su casa, vio unos metros más arriba la diminuta luz roja del cigarro de Ramona y sin pensarlo se acercó hasta allí.

—¿Quieres? —ofreció Ramona.

—Nunca he fumado, ¿ayuda a dormir?

—Da sueño y quita el hambre.

—Todo ventajas —aceptó Aurora.

Ramona le pasó el cigarrillo. Aurora dio una calada y tosió, pero repitió. Observó a Ramona liar el segundo con un cuidado impropio de aquellas grandes manos callosas, lo fumaron en silencio y después Aurora se marchó con un simple gracias.

No fue aquella noche la última en la que Ramona y Aurora compartieron el tabaco de Ramona y lo que conseguía aportar Aurora: café de malta unos días, vino aguado otros, orujo cuando había suerte y solo agua cuando no había más. Dependía del estraperlo y del racionamiento, pero así, fumando y sin hablar, las dos mujeres limpiaban la mente de las miserias del día.

No tardaron las vecinas en chismorrear de aquella recién nacida amistad, hasta que Paulino reclamó explicaciones.

—¿Vas a fumar de noche a casa de las carboneras?

—A veces. Pero no a su casa, solo a la puerta.

—Ramona es bruta, malhablada y desconfiada, le dio una paliza al cuñado que casi lo mata. Sus razones tenía, también hay que decirlo, pero si te relacionas con ella vas a tener problemas con el resto de las vecinas.

—Me cae bien —respondió por toda explicación.

Paulino miró los tobillos hinchados de Aurora, su cara abotargada y sus manos amoratadas y decidió esperar a que su mujer diera a luz para tratar el tema. No quería tener bronca con ella en aquel estado. Decían que las mujeres preñadas se ponían más guapas, pero la suya estaba teniendo un embarazo muy malo. «Eso es que va a ser niña», decían su suegra y las vecinas. «Los niños son más fáciles de criar. Desde la barriga», añadía alguna.

Ana, 1984

La primera vez que Ana salió de noche fue el 14 de agosto de 1984, con dieciséis años, igual que el resto de sus amigas. Ingenuas, emocionadas y con ganas de descubrir el mundo, se sintieron libres por fin. Aunque antes, Águeda y las otras madres se aseguraron bien de con quién salían sus hijas y acordaron entre todas la hora de volver a casa.

Era la noche grande de las fiestas de la Virgen de Begoña en Gijón y, como cada año, gente de todas las edades, familias enteras, se reunirían a las doce en la playa o se agolparían en las ventanas y las terrazas del paseo marítimo para ver los fuegos artificiales. Incluso algunos lo harían desde los barcos. Después, los jóvenes y no tan jóvenes llenarían los locales de la ciudad, abiertos hasta altas horas. No así Ana y sus amigas, que debían estar en casa a la una.

El plan de la pandilla de Ana era ir a beber cerveza y comer pipas a la Cuesta del Cholo, en Cimadevilla, el barrio de los pescadores, para luego ver los fuegos desde la playa y volver caminando a casa. Esa noche no había peligro porque las calles y las terrazas estaban abarrotadas.

Ana y sus amigas llevaban todo el mes embobadas con un chico muy guapo que no les hacía ningún caso. Habían indagado y sabían sobre él todo lo que era de dominio público: César se llamaba el susodicho, era de Gijón y acababa de terminar primero de Ingeniería Industrial. César se sabía guapo y ese verano picaba de flor en flor siempre que tenía ocasión. Hacía una semana que se había dado cuenta de cómo lo miraba el grupito de Ana y de las risillas tontas que soltaban cuando él se volvía hacia ellas. Y se fijó en Ana, aunque le interesaban más mayores. Las adolescentes no solían querer cama, y con las universitarias tenía más opciones. No obstante, la guardó en la recámara por si alguna tarde se terciaba un rollo de besos y algún que otro magreo.

Ana se achispó un poco con la cerveza y esa tarde lo miró más insinuante que nunca. César había quedado después de los fuegos, así que no respondió al coqueteo, pero sus amigos lo animaron.

—Está muy buena, tío, y seguro que tiene que estar pronto en casa. Así rematas el verano.

César fue hacia Ana. Cuando ella lo vio acercarse, tuvo que tensar las piernas para no tambalearse mientras sus amigas cuchicheaban sin ningún disimulo.

—Me llamo César y hace días que me he fijado en ti. ¿Tú cómo te llamas?

—Ana —acertó a decir, derretida.

—Pues, Ana, Anita, o mucho me equivoco o tú también te has fijado en mí.

Ana y César se apartaron de sus pandillas, sin perderlas de vista, y se apoyaron en la barandilla de la cuesta que daba nombre a la calle. Charlaron, rieron y César le dio un beso allí mismo, a la vista de las amigas de Ana, que no le quitaban ojo ni paraban de comentar entre susurros y aspavientos desde su rincón.

César las invitó a ver los fuegos con ellos, y bajaron todos para contemplar el espectáculo luminoso con el que la ciudad celebraba la noche de la Virgen desde la arena, en la Escalerona. Allí, pegados al muro de piedra del paseo marítimo, César apretó a Ana contra él y le tocó una teta por encima del vestido.

—Ey, ¡vas muy rápido!

—¿No te gusta? —preguntó retirándose.

—No es eso.

—Mira, házmelo tú a mí también y estamos en paz —dijo César llevando la mano de Ana hacia su entrepierna—. ¿Ves?

Era la primera vez que Ana tocaba a un chico en sus partes, aunque fuera por encima del pantalón, y se quedó impresionada por el bulto que notó bajo la mano.

El instinto y su corta experiencia le dijeron a César que había llegado al límite con ella, al menos por aquella noche, y volvió a los besos y a tocarle el pecho por encima del vestido. Ana ya no protestó.

Cuando llegó la hora de volver, César no se ofreció a acompañarla a casa porque él seguía la fiesta. Ana recorrió el paseo marítimo, lleno de gente que deambulaba en todas las direcciones, mientras respondía a una interminable ráfaga de preguntas y exclamaciones: «¿Dónde vive?», «¿Cómo besa?», «¿Habéis quedado para otro día?», «Me pareció que te metía mano»,

«¿En serio, tía? Yo lo flipo». Ana acababa de enamorarse, o al menos así se sentía, con la cabeza en una nube de algodón y el corazón saliéndosele del pecho. Al llegar a la escalera 11 se separaron, cada una en dirección a su casa. Por su calle, sin bares, ya no pasaba gente, pero ni siquiera se dio cuenta. No había lugar en su cabeza más que para César. Abrió la puerta del portal con su llave y el que imaginó que era un vecino entró tras ella. En el barrio de la Arena había muchos pisos de verano y era normal no conocer al vecindario. No fue hasta que llamó al ascensor que se dio cuenta de que aquel hombre acababa de sacarse el pene hinchado de la bragueta y la apuntaba con él. Ana gritó y echó a correr en dirección a la calle, pero, cuando abrió la puerta, el hombre salió también y corrió calle abajo mientras decía «lo siento, lo siento». Ana llamó con insistencia al telefonillo, muerta de miedo y sin entender nada de lo que acababa de suceder. Jesús dejó su tercera copa de whisky en la mesa del salón y se levantó extrañado a responder. Ana tenía llaves. Cuando oyó a su hija gritarle: «¡Baja, papá, por favor!», salió disparado hacia la puerta con el corazón acelerado, mientras Águeda, que se había quedado traspuesta en el sillón viendo a Juanito Navarro, salía de su modorra.

—¿Qué pasa? ¿Dónde está la niña?

—En el portal —respondió Jesús echando a correr escaleras abajo.

Lo que tardó Jesús en bajar las cinco plantas fue lo que tardó Ana en decidir no contar en casa nada de lo sucedido aquella extraña noche. No les habló de César ni del incidente con el hombre en el portal. Temía que no volvieran a dejarla salir por la noche.

—¿Qué te ha pasado? —preguntó su padre cuando llegó abajo.

—Nada que he visto un ratón dentro y me daba miedo pasar —mintió Ana.

—¿Dónde está?

—No sé, creo que se metió en el cuarto de contadores.

—Mañana avisaré al presidente. ¡Qué susto me has dado!

Bueno, ¿qué tal tu primera salida nocturna? —preguntó Jesús mientras abría la puerta del ascensor.

Aurora, 1942

Aurora y Paulino estuvieron pocos meses de novios. Nada tenían que esperar y Paulino tenía prisa por casarse: la soledad no era el estado natural de un hombre y, aunque estuviera acostumbrado a no tener una mujer en la casa, se sentía solo desde el fallecimiento de su padre. Cuando abría la puerta de su casa al volver de la mina tenía la sensación de entrar en un cementerio y deseaba compañía. Aurora fue su primera novia. En vida de su padre no se animaba a casarse: una mujer habría alterado las rutinas de los dos y causado problemas.

A Aurora la motivación para casarse con Paulino se la proporcionó el rechazo de Ferino. Desde el principio juzgó a Paulino según el patrón masculino que ella conocía. Acostumbrada con solo dieciocho años a que los hombres quisieran una única cosa de ella, asumió que el precio a pagar por el compromiso con Paulino era el mismo. Por eso y no por otras convicciones Aurora decidió que Paulino no la tocaría hasta el día que se casaran. Lo que realmente la sorprendió fue que él no lo intentara. Aurora nunca buscó a Paulino, pero poco a poco aprendió a hacer lo que nunca había hecho ni con Ferino ni con su propio padre: aprendió a rechazarlo.

Después de nacer Águeda, Paulino respetó no solo la cuarentena sino muchos meses más hasta que empezó a acercarse de nuevo a su mujer tímidamente. Aurora lo rechazó una vez, una segunda, una tercera, y así estuvieron más de un año. Paulino aguantó hasta que dejó de hacerlo. El día que estalló, Águeda era un bebé que daba sus primeras carreras por la casa y pronunciaba sus primeras palabras.

La pareja discutía mucho. Paulino recriminaba a su mujer el desprecio que ella mostraba hacia la pequeña Águeda, y Olvido estaba preocupada por el cariz que tomaba la situación, así que acordó con Frutos proporcionar a la pareja un momento de intimidad. Estrenaban *Raza* en el cine Froiladela, una película basada en el guion de un tal Jaime de Andrade que, según Radio Pirenaica, la emisora del Partido Comunista que se escuchaba de manera clandestina en muchos hogares republicanos, era el mismo Francisco Franco. Aquella verdad en forma de rumor provocó el extraño efecto de que todos fueran a verla: los del bando del Caudillo por si era suya y los del bando perdedor por la misma razón.

Era sábado, Paulino tenía el día libre y fue Frutos quien los invitó.

—Id al cine, aprovechad que tenéis suegros jóvenes y pocos hijos todavía. A ver si me dais más. No hagáis como nosotros, que nos quedamos solo con Aurora —le dijo a su yerno.

Paulino aceptó, esperanzado por ver a Aurora ilusionada y que las cosas entre ellos mejoraran. Aurora, en cambio, aceptó porque su madre la obligó.

—Mira, Aurora, si no cumples con tu marido, la historia puede terminar muy mal para vosotros, para Águeda y para los hijos que tengáis en un futuro —la advirtió—. Bien sabes de qué te hablo.

—Yo no voy a tener más hijos, madre —respondió, eludiendo una conversación que su madre cortó de raíz cuando Aurora necesitó tenerla, y que ahora que era la propia Olvido la que parecía querer abrirla, la que no estaba dispuesta a recordar aquello era ella.

—No destroces tu vida, la de tu marido y la de tu hija.

—¿Por qué no? ¿Eso fue lo que hizo usted? ¿Destrozarme la vida por rechazar a padre en la cama?

Olvido no entró al trapo.

—Vete al cine con tu marido. Aguedina se queda esta noche conmigo. No le declares la guerra a Paulino, que es un buen hombre. Ya hemos tenido bastante guerra, y lo que nos queda todavía.

Solo las lágrimas que vio contener a su madre convencieron a Aurora de ir al cine.

La película no le gustó. Entre otras cosas porque no le hizo el menor caso. El encuentro con Carmina, una paleadora chabacana y dicharachera, con la que coincidió en sus meses de trabajo en la mina, le trajo unas noticias que no quería escuchar.

—¿Te acuerdas de don Ceferino? —preguntó Carmina con mala intención.

—¿El capataz? Vagamente —fingió Aurora.

—Con la mala fama que tenía y mira ahora: casado con la nieta de los marqueses y, a sus años, la ha dejado embarazada. Quién lo diría, ¿verdad? Si él ya tiene hijos mayores y debe de estar a punto de cumplir los cincuenta. ¿Y ella? Que enviudó sin hijos y parece el fantasma de un ángel rubio, tan pálida y seria que da la impresión de no tener sangre en las venas. ¡Pues por lo visto en el dormitorio sí que le viene el calor al cuerpo! —dijo riéndose y señalándose los bajos.

A Aurora la inesperada noticia la dejó como si la hubieran tirado al río en pleno invierno. Disimuló el respingo que le sacudió el cuerpo al oírla y agradeció entrar al cine para no tener que continuar la conversación con Carmina. Una mezcla de ira, decepción y pena por sí misma la fue invadiendo mientras Alfredo Mayo encarnaba en la pantalla a un personaje sospechosamente parecido a Franco. Por suerte, la cinta no se enganchó, no tuvo ningún corte y ella no necesitó fingir delante de Paulino mientras se recomponía del disgusto.

Al terminar la película, cantaron o hicieron como que cantaban el himno nacional, tal como se imponía entonces, y aunque omitieron el saludo fascista, sí se llevaron la mano al corazón.

Cuando volvieron a casa, Olvido les había preparado la cena. Unas patatas rebozadas con chorizo y pimentón, una botella de vino tinto y unas natillas caseras eran un lujo que, en plena hambruna, Aurora no quiso ni pensar cuántas privaciones le habría costado a su madre. Una nota mal escrita a carboncillo sobre la piedra de amasar de la cocina les anunciaba que se había llevado a Águeda a dormir a su casa y que la traería por la mañana después del desayuno.

Paulino se esforzó mucho por ser galante con su mujer durante la cena, por preguntarle por sus cosas y contarle alguna anécdota divertida sobre su infancia que ella no conociera ya. Aurora sonrió sin mirarlo, cenó poco, escuchó menos y jugó a imaginar cómo sería su vida de ser ella la mujer de Ferino. Paulino hizo como que no se daba cuenta de lo distraída que estaba; al menos sonreía. Para mantenerse optimista bebió dos vasos de vino, que le calentaron el estómago y le subieron la testosterona.

Cuando terminaron las natillas, Aurora se levantó a recoger y Paulino, acostumbrado como estaba a arreglárselas solo en casa, hizo lo mismo. Con la cocina y los platos limpios, Paulino fue a la habitación tras Aurora con claras intenciones, pero ella lo rechazó.

—No, Paulino, hoy no. Creo que no me ha sentado bien la cena.

—Sí, Aurora, hoy sí.

—¡Que no, Ferino, que hoy no quiero! —se le escapó, y aunque intentó fingir que no lo había dicho, ya era tarde.

—¿Conque es eso? ¿Las habladurías son verdad? ¿Por eso te has puesto así cuando Carmina te habló de ese hombre? Y yo que pensaba que si no llegabas virgen al matrimonio era por culpa de aquellos malditos moros, ¡Satán los tenga en el infierno!

—¿Qué habladurías? ¿Qué tonterías estás diciendo?

Paulino se acordó de los pocos consejos que le dio su padre sobre la vida: «Complace a tus hijos sin que lo noten y no dejes que te falten al respeto cuando sean conscientes de hacerlo. Y a tu mujer complácela todavía más, pero a ella jamás le permitas faltarte al respeto, aunque pienses que no lo hace a propósito. Haz lo que sea necesario, pero jamás dejes de ser el hombre de tu casa».

Con el orgullo tocado y los reparos desinhibidos por el vino, cogió a Aurora por el brazo, la arrastró a la cama y, a pesar de los aspavientos de ella, causados más por la sorpresa que por el rechazo, empezó a apartarle la falda con más fuerza que destreza.

—¡Me vas a romper la falda de los domingos!, ¡que es la de la boda!

—¡Pues quítatela tú, que maña seguro que te sobra! —le

espetó Paulino, apartándose solo lo suficiente para permitir que su mujer se desvistiera.

Aurora calló, pero se levantó la falda.

—Quítatelo todo —ordenó Paulino.

—Si tú nunca quieres que me quede desnuda.

—¿Qué sabes tú lo que yo quiero? ¡Que te lo quites, he dicho!

—Que no me da la gana, Paulino. Si tantas ganas tienes, sírvete y termina rápido, pero déjame en paz de una vez.

Paulino se apartó, pero entonces volvió a escuchar la voz de su padre y, con los ojos fijos en Aurora, se quitó la correa de los pantalones.

—Verás como a partir de esta noche no vuelves a hablarme así.

Y aquella frase fue premonitoria. Aurora entendió lo que quiso explicarle su madre esa misma tarde: que para el marido el sexo era una opción; para la mujer, una obligación. Desde aquel día, cada sábado y víspera de festivo, Aurora cumplió con Paulino tal como él solicitaba. Aquella fue la única vez que Paulino pegó a su mujer y, aunque no se sintió orgulloso de ello, tampoco se arrepintió.

Por su parte, esa noche Aurora terminó de convencerse de que, si había algún hombre bueno, ella lograba convertirlo en un demonio. Había conseguido sacar la furia animal de su marido, el que parecía el hombre más tranquilo del mundo. Ya se lo había dicho el cura en la reunión preparatoria del matrimonio. «Recuerda, Aurora, que las mujeres deben al marido obediencia y sumisión. Cuídate mucho de no despertar a la fiera porque, si lo haces, después deberás atenerte a las consecuencias», la había advertido don Leoncio cuando le soltó el mismo sermón que a todas las que estaban próximas a convertirse en esposas. Ese era todo el conocimiento que tenía el cura sobre la vida en pareja y lo extendía por el pueblo con auténtica vocación evangelizadora. «¿Qué fiera?», había pensado ella entonces. Si Paulino era un hombre reflexivo, calmado y más manso de lo que a ella le hubiera gustado. Dos años después del discurso de don Leoncio, Aurora creyó entender a qué se refería el cura. Por eso asumió que la culpa del comportamiento de Frutos, de Ferino, de Paulino, e incluso de aquellos temibles moros, a la fuerza, debía de ser suya, que llevaba el mal con ella.

Cuando Paulino se quedó dormido, Aurora se levantó y, humillada y cargada de culpa, se sentó ante la máquina de coser. Descosió con rabia la falda y la blusa que se hizo con el vestido con el que se casó y confeccionó con la tela dos vestidos para Águeda. No quería volver a ponerse aquel traje en su vida. Cuando terminó, estaba amaneciendo. Encendió la cocina de carbón para que se caldeara la estancia, llenó una palangana con agua caliente y la llevó al cuarto para que se aseara Paulino y después le preparó el desayuno.

Paulino asintió con aprobación cuando vio el cambio que había provocado en su mujer y le sonrió complacido. Como hombre de bien, Paulino no rehuía sus obligaciones y, le gustara o no, tuvo claro que había hecho lo que debía para que su hogar no se desmoronara.

Nada más irse su marido, Aurora recibió la visita de doña Rosina, la vecina de al lado, una vieja cotilla con la que nunca había tenido demasiado trato.

—No te disgustes, hija, que la primera noche la pasas en vela, pero después no es para tanto. Toma, para que se te pase el disgusto —dijo entregándole una jarra de tila y una botellita de orujo con miel.

—No la entiendo, doña Rosina, ¿a qué se refiere?

—No te hagas la tonta y no sientas vergüenza, que todos los hombres pegan, lo que pasa es que las mujeres no lo vamos contando por ahí.

A Aurora se le encendió la cara y no fue capaz de responder.

—Tu Paulino es un buen hombre y no bebe —continuó doña Rosina antes de irse—. Tú trátalo como has hecho esta mañana y ya verás que todo va bien. Ahora tómate una tila con unas gotitas de orujo, que es mano de santo.

Aurora cerró la puerta y corrió a echar todas las cortinas de la casa antes de romper a llorar. Cuando consiguió calmarse, se sentó ante la máquina de coser y pasó los dedos por la mancha que oscurecía el mueble de la Singer. Ese pequeño gesto consiguió que se sintiera mejor. Aquella sangre incrustada en la madera representaba el único triunfo de su vida frente a los hombres.

Ana, 1984

Sin teléfono fijo en el piso de verano, la única forma que tenía Ana de encontrarse con César era buscarlo por la zona donde lo había estado viendo todas las vacaciones. Pero antes, a Ana le tocó bajar a la playa a jugar a las cartas con las amigas. En un día festivo y soleado, la playa era como un panal de abejas y la mañana se le hizo eterna. Para hacer más tediosa la espera, la madre de Cova fue a buscarlas para bailar la Danza Prima, que el día de la Virgen unía las manos de gijoneses y foráneos a lo largo de toda la playa de San Lorenzo. Durante el camino al Muro les soltó la charla sobre subir en moto con desconocidos. Y se puso muy pesada. Al parecer, una chica había muerto el día anterior en un accidente de moto. Les habló de los peligros de no llevar casco, de hacer autostop y de todo lo que ya les habían advertido cientos de veces. Y las que les quedaban por escuchar.

Ana tardó más de dos horas en arreglarse aquella tarde, arreglo que consistió en un intento frustrado de rizarse el pelo a base de espuma y secador y probarse dos veces todo lo que tenía en el armario sin que nada terminara de convencerla. Al final volvió a lavarse el pelo para dejarlo liso, como lo llevaba siempre, y se maquilló más de lo habitual, tanto que Águeda la obligó a quitarse un poco.

—Pero, mamá, no seas puritana.

—Ni yo soy puritana ni tú cabaretera, hija, que estás horrorosa con esa capa de maquillaje, con lo guapa que tú eres. No necesitas ni pintarte, y menos así, que estás hecha un adefesio. Al menos, no te pongas esa sombra verde, que pareces el increíble Hulk ese de la tele cuando se enfada.

Ana salió de casa con un vestido blanco de gasa que la favorecía mucho, unas sandalias rojas no demasiado incómodas que le permitieran caminar hasta el centro sin destrozarle los pies, el pelo como cada día y solo un poco más maquillada que de costumbre.

Fueron directas al Planeta, el mismo bar donde se había encontrado con César la noche anterior, pero no había ni rastro de él ni de sus amigos. Allí, con una botella de sidra y una bolsa de pipas estuvieron dos horas, pero César no apareció.

—Vámonos ya, que aquí no hay ningún tío bueno. Acerquémonos a la ruta de los vinos —propuso Cova.

—No, por favor, quiero esperar por si viene. Me dijo que hoy pasaría por aquí.

—Estará de resaca.

—O pasa de venir —soltó Cova—. Ya sabes cómo son los tíos después de enrollarse.

Aquella tarde Ana terminó vomitando en los baños del Planeta mientras sus amigas le sostenían la cabeza. Llegó a su casa con el rímel corrido y tan pálida que Águeda se asustó.

—Hija mía, ¿qué te ha pasado? ¿Qué has tomado?

—Nada, mamá, nos han invitado a unas patatas bravas y creo que me han sentado mal —mintió—. Me acuesto y mañana como nueva.

Pasó una semana antes de que reaparecieran los amigos de César. Sin César.

—Si tú no vas a preguntar, voy yo —dijo Cova.

—Yo no voy. Paso —respondió Ana.

Marta y Cova se acercaron a hablar con ellos mientras Ángela permanecía con Ana, que intentaba no mirar. Pero vio por el rabillo del ojo que Marta se tapaba la boca con las manos y Cova se mesaba el pelo, pero no en plan coqueto como solía hacerlo. Volvieron y les dieron la noticia entre aspavientos.

—César está en el hospital, tía. Se estampó con la moto.

—¿Está bien? —preguntó Ana, tan nerviosa como si llevaran años de relación en vez de unas pocas horas.

Cova negó con la cabeza.

—Se lo llevan a Toledo. A parapléjicos.

—¿Eso qué significa?

—Que no volverá a caminar. Lesión medular irreversible o algo así. Vaya palo —dijo Marta.

Ana rompió a llorar como si su prometido acabara de morir, y así se sentía, porque en su imaginación César se había convertido en el amor de su vida.

—¿Se lo dices tú o se lo digo yo? —preguntó Cova.

—¿Decirme qué?

—Que iba en la moto con su novia.

—¿Qué novia?

—Quedó con ella después de estar contigo, ella veía los fuegos desde la casa de sus padres. Llegó ese mismo día de Estados Unidos. Está muerta. ¿Te acuerdas de la chica que nos contó mi madre?

A Ana las lágrimas se le cortaron de golpe.

—Ya lo siento, tía —dijo Ángela.

Y esa fue la última vez que hablaron de César delante de Ana, porque cuando alguna sacaba el tema ella se ponía muy digna y solo decía: «Ese capítulo de mi vida está cerrado para mí», tal como había escuchado a alguien en la tele antes de asumir la frase como propia.

5

Ana, 2003

Crecí escuchando a mi madre contar que cuando nací me llevaron para casa el día que Massiel ganó Eurovisión. Aquella desconocida veinteañera de boca grande y melena hasta la cintura, hija de asturianos, criada entre Madrid, Oviedo y Gijón, despertó el orgullo patrio en general y el asturiano en particular. Según decía mi madre, mientras muchas familias celebraban el triunfo de la nueva estrella, en mi casa ella intentaba darme el pecho y lloraba por su primer fracaso maternal. Mi padre la consoló primero para después desentenderse del asunto, sabedor de que su misión en mi crianza consistía en proporcionarme techo y comida y otras labores menores, como ir a recogernos al hospital. Lo hizo en el recién estrenado Citroën dos caballos, que compró para disgusto de mi madre y alegría del vendedor al que le firmó las letras mensuales a cinco años. Ese primer trayecto que hice en el flamante coche familiar fue el 6 de abril de 1968, una semana después de mi nacimiento, tras una cesárea que casi nos cuesta la vida a mi madre y a mí y que la dejó imposibilitada para tener más hijos, y a mí sin hermanos.

Así me quedé de hija única, una niña para alegría de mi madre, que solo había encontrado en Florita esa conexión femenina en la que se cuenta todo a cambio de apoyo y no de consejos, y para decepción de mi padre, que quería un hijo con el que compartir partidos de fútbol, películas de vaqueros y, con los años, alguna botella de sidra. No supe hasta muchos años después, cuando el páncreas le dio el primer aviso serio, que a mi padre ni le gustaba el fútbol ni los tiroteos en el Oeste americano, sino los músculos de los futbolistas y los actores. En esos espectáculos los hombres podían mirar a otros hombres sin temor a ser tachados de poco masculinos. Y no lo habría descubierto si no hubiera sido por la popularización del DVD.

Fue una Semana Santa, en la que mi padre estuvo ingresado por una pancreatitis.

Aquella semana que pasé en Oviedo mi madre no quiso dejar solo a mi padre ni un momento. Mis tareas se limitaban a hacer la compra, preparar la comida para mí y para la abuela Aurora y subir al hospital por la mañana temprano para que mi madre volviera a casa a ducharse y cambiarse tras pasar la noche en un incómodo sillón azul forrado de plástico que trataba inútilmente de imitar al cuero. A las doce ya estaba ella de vuelta para no perderse la visita diaria del médico, que siempre decía lo mismo: «Está mejor, pero es importante que cuando le demos el alta siga la dieta prescrita y, sobre todo, que deje de beber. El único alcohol que su páncreas puede tolerar es cero».

Mi abuela, por su parte, ocupaba su tiempo en terminar los encargos que mi madre tenía pendientes. Las clases las había cancelado. «No vaya a ser que, con la que tengo encima, tu abuela me la líe», dijo. Solo me dejó una consigna: «Asegúrate de que se asea y come cada día». Por ese orden. Enseguida entendí por qué tenía que vigilar que la abuela Aurora se duchara, pero no la obsesión de mi madre para hacer comer a aquella mujerona que por entonces pesaba casi noventa kilos y se movía con una agilidad sorprendente para haber cumplido ya ochenta años. Los días que consiguió librarse de la ducha por la mañana tuve que meterla a la fuerza en el baño por la noche. Aun así, tenía que asegurarme mediante el olfato que salía del baño oliendo a jabón y a limpio y no a la mezcla de sudor y colonia con la que a veces intentó engañarme.

—De toda la vida nos bañábamos un día a la semana y ahora estáis todos empeñados en destrozaros la piel a base de agua y jabón —me soltó en una ocasión en la que discutí con ella por sus hábitos higiénicos—. Cuando lleguéis a mi edad, vais a parecer uvas pasas de tanto restregaros.

El resto del día daba algún que otro paseo por las tiendas y los lugares de mi infancia. No llamé a nadie para quedar; no tenía a quién. Visité el parque San Francisco, paseé por las calles adoquinadas del casco antiguo, entré en la catedral e incluso un día cogí el coche y subí hasta el Sagrado Corazón, en lo alto del monte Naranco, para ver la ciudad desde arriba. Pero la mayoría del tiempo lo pasé en nuestra casa, academia y taller de la calle San Bernabé, rebuscando entre mis recuerdos.

Fue en una de esas búsquedas cuando encontré, tras una madera mal camuflada en el mueble del salón, un mamotreto de madera pasado de moda cuya principal función era ocupar espacio, más de veinte DVD con películas de porno gay masculino. Quise sospechar de mi abuela Aurora, a la que consideraba capaz de cualquier cosa, pero no conseguí imaginarla disfrutando a escondidas de ver sexo entre hombres. Ni siquiera me planteé que pudieran ser de mi madre y, por descarte, solo me quedaba un sospechoso en la familia para poseer semejante material: mi padre. Repasé todas las películas y algunas eran de fecha reciente: una había sido estrenada hacía solo seis meses.

Sin dejar de pensar en mi descubrimiento, me fui al hospital a acompañar a mi madre. Mientras llevaban a mi padre a una nueva ecografía abdominal, le hablé de las películas sin decirle que eran pornográficas. Mi madre ni se inmutó. Me quedó claro que no sabía a qué me refería.

—¿Dónde dices que están? No me suenan. Yo no veo películas de esas, prefiero ver la tele con tu padre. O quedarme charlando con las alumnas después del taller. Como ahora son todas de mi edad, lo pasamos bien.

—¿De tu edad? ¿Y quieren ser modistas?

—No, hija, no, ahora eso se llama Moda y Diseño y se estudia en formación profesional o en la universidad. Las que vienen al taller son señoras como yo o mayores, que van a ser o han sido abuelas y quieren aprender a tejer, a bordar o a coser para hacer alguna prenda bonita para los nietos. Pero lo que están todas es muy aburridas, nena. Ahora compito con la academia de manualidades de enfrente. Por eso no las dejo con tu abuela, que es capaz de decirles cualquier cosa que le pase por la cabeza.

Como no conseguí ninguna información de mi madre, por la noche me arriesgué con mi abuela. Dejé una de las películas en la encimera de la cocina. Para cenar teníamos pollo asado y olvidé a propósito poner el pan en la mesa, a sabiendas de cuánto le gustaba empapar la miga en la salsa.

—Toma, nena, no dejes esto aquí que se va a manchar, igual se estropea —me dijo cuando tropezó con la caja del DVD delante de la panera.

—No es mía. Es una peli, ¿no? ¿Cuál es?

La abuela Aurora se colocó las gafas que llevaba colgadas al cuello, miró la carátula y luego la soltó como si le quemara.

—¿Qué diablos hace esto aquí?

—¿Qué es, abuela?

—¡Una de las películas de invertidos que ve tu padre! Si es que… ¡Menuda familia! Y no pongas esa cara, hija, no vayas a ser tú ahora como tu madre, que nunca se entera de nada, ni siquiera de lo que ocurre en su propia cama.

Antes de que pudiera protestar, la abuela encendió la tele para escuchar las noticias y se sirvió un generoso trozo de pollo.

Tenía una extraña relación con mi abuela. Cuando yo era pequeña, ella no era como las abuelas de las demás niñas y no me compraba regalos ni me preparaba tartas ni me llevaba al parque. Prácticamente me ignoraba. Lo que sí me hacía eran vestidos, faldas y jerséis. Hasta me hizo una cazadora con pantalones vaqueros viejos y un Mickey Mouse brillante en la espalda, igualita a una que había visto en una revista. Fui la envidia de todas mis amigas, y me gustaba tanto que me la puse hasta que se me quedó pequeña. Para entonces, ella ya no vivía con nosotros. Pocas veces la eché de menos. Nunca habíamos pasado tanto tiempo juntas como los días que mi padre estuvo en el hospital.

Mi padre regresó a casa una semana después y me despedí de ellos con la promesa de volver pronto, a ser posible con los niños. Mis deseos fueron tan sinceros y volátiles como el compromiso de mi padre de no volver a beber.

Ana, 1985

El verano de 1984 terminó y Ana volvió a Oviedo, al colegio y a sus rutinas. Empezaba tercero de BUP y, como siempre, los estudios ocupaban sus semanas hasta que llegaba el viernes y salía con las amigas.

Si el verano fue para Ana el despertar a ese sentimiento desbocado e ingenuo del amor adolescente, durante el invierno las relaciones con los chicos se volvieron muy poco románticas. Cada vez más guapa y solicitada por los adolescentes y los universitarios de los primeros años, se dejó querer. Sus salidas consistían en beber para coger el puntito antes de elegir con quién enrollarse, en uno de los dos bares que frecuentaban, de entre sus múltiples pretendientes.

Olvidó a César durante el día pero lo recordaba casi todas las noches, y se preguntaba cómo sería su vida sin poder andar. Imaginaba que tuvo el accidente porque iba discutiendo con su novia, después de decirle que quería romper porque la había conocido a ella y se había enamorado, y mil historias similares que reconfortaban su inmaduro corazón. El año fue pasando entre clases, estudiar y fines de semana, hasta que un sábado, un chico, con la agresividad desinhibida por el alcohol, se sobrepasó después de que Ana lo rechazara.

—¿Me estás diciendo que te enrollas con todos menos conmigo? —le espetó.

—Me enrollo con quien me da la gana, y tú no me gustas.

—A ti te gusta cualquier polla, que te has cepillado a medio

Oviedo, y la mía es más gorda que la de cualquiera. Te va a encantar.

Ana le soltó un bofetón con los ojos llenos de lágrimas y la cara encendida, y él se lo devolvió. Por fortuna para todos, los camareros y los amigos del chico lo sacaron de allí.

—Tía, ya lamento ser yo quien te lo cuente —le dijo Marta cuando vio que Ana se había calmado un poco.

—Cállate —ordenó Ángela.

—¿Que se calle qué? —preguntó Ana.

—Que tienes fama de puta y de que se la chupas a los chicos.

—¿Qué? Pero si yo no he hecho eso jamás, ¡con ninguno!

—Ya sabes cómo funciona esto, tía —le explicó Ángela—. Ellos pueden hacer lo que les dé la gana y cuanto más ligan, más molan, pero si nosotras hacemos lo mismo nos tachan de putas.

Ana rompió a llorar y a hipar de los nervios.

—Me quiero morir —fue lo único que pudo decir.

Esa noche, Ana decidió convencer a sus padres de que la dejaran ir a estudiar a Madrid.

Aurora, 1944

Ferino sintió que se le paraba el corazón cuando a su hijo mayor lo detuvieron por republicano. Idealista como su abuelo y quijote como su madre, Cefe, que desde los veinte se negó a seguir atendiendo por Ferinín, fue detenido en una reunión ilícita junto con varios sospechosos de ayudar a los fugados. En el registro del lugar encontraron varios panfletos del Partido Comunista. Trasladado al cuartel de Mieres, su padre no pudo librarlo de las palizas y las torturas del interrogatorio, pero sí de que lo mataran, tras pedirlo y suplicarlo a su mujer, que se negaba a interceder. Una cosa era utilizar las influencias para sacar a un inocente al que solo querían hacer hablar y otra muy distinta a un detenido que había sido pillado conspirando contra el régimen. Ferino vivió entonces los peores días de su vida.

—Ya saqué de la cárcel al minero aquel de Turón —respondió su mujer—, al que relacionaban con la desaparición de los soldados moros. Y los favores no son gratis. Y para mí, menos.

—¿Gratis? ¡Si lo sacaste del cuartel a cambio de entregar a aquel pobre cura!

—Aun así, no son gratis.

—Pues cueste lo que cueste, que es Cefe, mi primogénito. ¡Santo cielo! Tiene que ser un error, él nunca ha sido comunista. Si ni siquiera le interesa la política.

—Pues a mí no me extraña nada todo esto, porque Cefe es un desastre. Pudiendo ser ingeniero, dejó la universidad para casarse con una cualquiera a la que dejó embarazada.

Ferino calló y fulminó a su mujer con la mirada a la vez que notaba cómo un odio irracional crecía en su interior, y si ella no hubiera acabado cediendo, ese día podía haber terminado en tragedia para todos.

—Lo haré —accedió Pilar al fin, algo asustada por el gesto amenazador de su marido—, aunque no por él. Lo hago por el niño, porque yo también soy madre. Pero Cefe es un traidor, y esto que me obligas a hacer me revuelve las tripas.

—Pilar —le advirtió—, que es mi hijo del que estás hablando.

—Y debería darte vergüenza. Solo pensar que es hermanastro de mi hijo...

—No es hermanastro, es hermano.

—Medio hermano como mucho, y no me lo recuerdes.

Ferino deseó abofetearla, pero se tragó el orgullo. No podía arriesgarse a que su hijo mayor acabara ante el pelotón de fusilamiento, y bien sabía que así sería si ella, o alguien de su familia, no lo evitaba. Lo que sí hizo fue mirarla con un desprecio al que su mujer era inmune. Cada día se volvía más fanática, más orgullosa de sus orígenes, como si se avergonzara de haber tenido que casarse con él para no quedarse para vestir santos con el sambenito de la viuda rica.

Pilar no consiguió, o no quiso, que liberaran a Cefe pero sí salvó su vida. Fue enviado al campo de trabajos forzados de

Torre del Águila en Sevilla, cerca de Utrera, en una zona deshabitada conocida como El Palmar porque la tierra era tan árida que solo crecían palmitos. Allí, en aquel desierto, los prisioneros republicanos trabajaban como esclavos, enfermos y desnutridos, en la construcción de una presa.

Así fue como Pilar alejó a Ferino de su hijo mayor, de su nieto y de ella misma. Marisa, la mujer de Cefe, se fue tras su marido, como hicieron tantas otras familias de prisioneros para estar cerca de ellos y poder llevarles la comida que no tenían ni para sí mismas. De esa forma Marisa se convirtió en uno de los primeros habitantes de la zona del Palmar. Y Ferino se quedó solo, en compañía de una mujer a la que despreciaba por haberle hecho sentirse débil, con la única ilusión de su hijo pequeño, a pesar de la decepción que le suponía que el chiquillo fuera un calco exacto de la madre. Lo que nunca rechazó Ferino fue el dinero de su mujer, que enviaba cada mes a su nuera para que saliera del chamizo donde vivía en aquel infesto rincón del mundo y se fuera con el niño a Utrera o a Sevilla. Ella aceptó el dinero, pero mientras el crío fue pequeño se quedó en El Palmar, esperando el día que liberasen a su marido.

La noche en que su nuera emprendió el viaje hacia Sevilla, Ferino envió una nota a casa de Aurora por medio de un chaval deseoso de ganar unos reales.

> Quiero verte. En mi casa. Cuando tu marido salga para la mina.

A Aurora la nota le cortó la respiración. Llevaba sin ver a Ferino desde el día que detuvieron a Frutos a cuenta de aquellos malditos moros, y las únicas noticias que tuvo de él fueron por aquella carbonera cotilla en el cine Froiladela, cuando le habló del embarazo de Pilar, la mujer de Ferino, y malmetió a Paulino hasta tal punto que aquella noche le puso la mano encima. De eso hacía dos años, pero el recuerdo de aquella escena regresó tan nítido a su memoria que la empujó a encontrarse con el único hombre que la había tratado como a una mujer. Solo el orgullo y el dolor del rechazo la hicieron dudar.

Fue en busca de Ramona, pero estaba de turno en la mina. Por fin se decidió, llevó a Águeda con la vecina, se puso guapa y cogió la bicicleta, con los pensamientos sucediéndose a una velocidad de vértigo y el corazón agitado por el esfuerzo y los nervios. Al menos no llovía.

Cuando llegó, Ferino ya la estaba esperando. Entró y un molesto picor en la garganta le provocó la tos. La casa no había cambiado de aspecto desde la última vez que estuvo allí, pero ahora carecía de vida y estaba llena de polvo.

—¿Ya no vives aquí? —preguntó.

Ferino negó con la cabeza.

—La ricachona tiene una casa mejor —soltó Aurora con despecho al pensar que lo que para ella era un sueño, para la otra no era suficiente—. ¿Por qué me has hecho venir?

—Porque necesitaba verte. No dejo de pensar en ti —respondió Ferino acercándose.

Aurora sintió que se derretía por dentro.

—Pues eso tenías que haberlo pensado antes de casarte con ella, ¿no crees?

—Me equivoqué.

—Y ahora ¿qué quieres?

—Mi hijo mayor, Cefe, está en un campo de concentración.

—Pues ya lo siento. —A pesar de sus escasos veintidós años, ya había perdido la capacidad de compadecerse de los demás—. ¿Puedo hacer algo?

—Consolarme —respondió él acercándose más.

—Búscate a una fulana como hacen los mineros —contestó ella, y se dio la vuelta para irse.

—No quiero sexo, te quiero a ti, tu tacto, tu olor.

Cuando Ferino la cogió del brazo y tiró de ella, Aurora se resistió, aunque bien sabía qué poco tenía él que insistir para derribarle las barreras. Lo apartó sin fuerza y él la atrajo aún más.

Aquel día la pequeña Águeda lo pasó en casa de Felisa, la vecina con quien su madre la dejó por un ratito, porque Aurora no volvió hasta que ya había oscurecido, justo a tiempo para que Paulino la encontrara en casa a su vuelta. Pero su cabeza estaba llena de frases manidas pronunciadas en los momentos de desahogo, que recuperaron en Aurora la ilusión por el amor perdido: «Pilar no me quiere, no me comprende, no me atrae», «Solo puedo pensar en ti», «¡Tendría que haberme casado contigo en vez de con ella!», «Tú sí que eres una verdadera mujer».

Esa noche Aurora faltó a la cita con Ramona. Temía que su amiga se lo notara en la cara y no quería compartir con nadie su secreto.

Ana, 1985

Con Águeda y Jesús dando vueltas día y noche a la petición de su única hija de ir a Madrid a estudiar Arquitectura, llegó el verano y el momento de trasladarse a Gijón a pasar el mes de agosto. El deseo de Ana de irse de Oviedo le robó el sueño a Águeda desde el momento en que lo propuso. No quería ver marchar a su hija y que le sucediera como a tantas otras que, después de acabar la carrera, se habían quedado a trabajar y no habían vuelto a casa. Solo de pensarlo se le rompía el corazón.

Ana, por su parte, estaba deseando saber de César. «¿Habrá vuelto? ¿Habrá retomado su vida? ¿Cómo será ahora?», se preguntaba.

No encontró a César en el bar del año anterior. Una rampa adoquinada con escalones no era apta para una silla de ruedas. Así, las cuatro amigas fueron a la ruta de los vinos, y se quedaron en el exterior de La Naviera, un bar ubicado en el bajo de un edificio con forma de proa del que tomaba su nombre. Allí seguían las amigas dos horas más tarde, cuando los jóvenes ya ocupaban cada centímetro de espacio en el exterior y llegaba el momento de irse a casa. Fue entonces cuando aparecieron César y sus amigos, que hacían sitio para que la silla de ruedas pudiera avanzar. César seguía llamando la atención por donde pasaba.

Ana salió corriendo en cuanto cruzó la mirada con la de él; ni siquiera esperó a sus amigas para irse. Esa noche la pasó en un duermevela, atrapada en sueños extraños que no la dejaron descansar.

—Tienes mala cara, hija. ¿Has pasado mala noche? —le preguntó Águeda a la mañana siguiente.

—Creo que estoy «pre», mamá, me duele la tripa —mintió.

—Un poco de leche caliente te sentará bien.

—¿Sabes que un chico se ha quedado parapléjico en un accidente de moto? —dijo como si fuera una charla mañanera cualquiera mientras su madre ponía leche a calentar en un cazo para prepararle un Cola-Cao.

—¡Qué pena, hija! ¿Lo conocías?

—Un poco. Estudia Industriales.

—¡Pobres padres!

—Y pobre él.

—Claro, nena, eso se sobreentiende. Sobre todo él, que se le han truncado la vida y los sueños. A ver si consigue terminar la carrera, aunque no sé quién va a contratar a un tullido. De ingeniero, nada menos. Y de casarse nada, porque no podrá tener hijos. ¿Quieres unas Campurrianas o prefieres que abramos una caja de surtido Cuétara?

Ana no volvió a ver a César hasta una semana después, de nuevo en La Naviera, rodeado de chicas. Esta vez él ya estaba allí cuando ella llegó, y al verlo tan bien atendido sintió una punzada de celos. El orgullo la hizo pararse a hablar con uno de sus eternos pretendientes, uno de esos a los que no tenía intención de hacer caso jamás, pero que siempre estaban dispuestos a invitarla a una cerveza.

César se le acercó diez minutos después. Era fácil saber que se aproximaba porque todos se apartaban para hacerle hueco, pero ella no se dio por enterada ni siquiera cuando su interlocutor le indicó con un gesto que lo tenía detrás. César estiró el brazo, le dio dos golpecitos en el hombro y ella exageró la sorpresa.

—Hola, me suena tu cara —dijo César con una sonrisa aún más encantadora que la que Ana recordaba.

—¡Cuánto tiempo! —acertó a decir.

—¿Has visto mi moto nueva? —César señaló la silla.

—Muy chula.

Media hora después, Ana estaba sentada encima de César y se comían a besos. Más de uno se sorprendió de que fuera un tipo en silla de ruedas el elegido por aquella tía que estaba tan buena.

Ese día quedaron para el siguiente, el siguiente para el próximo y el próximo para el de más allá. Ana no contó nada en casa; no quería preguntas ni juicios. El secreto le duró hasta que Águeda se encontró con los padres de Cova mientras daba su paseo vespertino con Jesús por el paseo marítimo, que a aquellas horas se llenaba de viandantes deseosos de disfrutar la brisa del mar Cantábrico.

—Ya me ha dicho mi hija que Anina tiene novio. A mí me da una pena que empiecen tan jóvenes... —comenzó a decir la madre de Cova.

—Anina no tiene novio. Ahora las chicas y los chicos son amigos. No es como antes, que si un chico se nos acercaba era para cortejarnos.

Jesús se mantuvo en silencio, pero no perdió detalle de lo que decía aquella mujer.

—Bueno, no sé, dice que son novios. Y hay que ver, Anina siempre tan buena, porque con la desgracia de ese chico, otra ni lo miraría. Con lo guapa que es ella. Aunque dicen que los padres de él tienen dinero.

—¿De qué estás hablando?

—¿No sabéis nada? —La madre de Cova ya disfrutaba de dar la primicia de semejante bombazo—. Anina sale con un chico que va en silla de ruedas.

—¿El que tuvo el accidente de moto? —preguntó Águeda, aunque casi no le salió la voz del cuerpo.

—¿Tú sabes de quién habla? —quiso saber Jesús, sobrecogido por la noticia.

—Ese, ese —dijo la madre de Cova asintiendo—. Se quedó paralítico el año pasado. Pobre, ¡qué desgracia!

—Te dejamos, que llevamos prisa. —Águeda cortó la conversación mientras intentaba procesar una información que la había dejado en shock.

Aurora, 1944

Desde su reencuentro con Ferino, Aurora se veía con él una vez al mes. En su casa. Cuando Paulino estaba en la mina. Y se volvió a enamorar, si es que alguna vez dejó de estarlo. Aunque en esta ocasión Ferino la correspondió, con esa intensidad con la que uno se enamora en la adolescencia y cuando pasa de los cuarenta. Para Ferino, Aurora seguía siendo una diosa de veintidós años, a pesar de que el parto, la ropa lavada en el río, las escaleras fregadas de rodillas y las horas de costura habían hecho mella en su cuerpo y en sus manos. Pero, sobre todo, lo que enamoraba a Ferino era que Aurora se transformaba en puro fuego cuando se entregaba a él. Poco a poco las citas pasaron a ser cada tres semanas, y a veces solo transcurría una quincena. Las vecinas de Ferino empezaron a murmurar, aunque nadie se atrevía a ir con el cuento a la aristócrata, y menos en un momento en que el hambre azuzaba y las detenciones de los sospechosos de no ser amigos del régimen no cesaban, y eso que hacía años que la guerra había terminado.

Aurora tardó meses en confiarse a Ramona. Se veían casi cada noche y fumaban juntas en el portal de la casa de Ramona, pero apenas hablaban. Ninguna lo necesitaba, y además, si las paredes ya escuchaban, en la calle cualquier tema de conversación más allá del tiempo, aunque fuera en susurros, era peligroso. Y ninguna de las dos estaba para hablar del tiempo.

Pero de vez en cuando, alguna mañana que Ramona no tenía turno en el pozo y sentía necesidad de compañía, entraba en casa de Aurora a tomar un café y, aunque no eran muy generosas con las palabras, se sentían más seguras en la charla.

Ramona apareció en casa de su amiga un día que Aurora palpitaba con la perspectiva de ver a Ferino la tarde siguiente.

—Te veo contenta, te brillan los ojos —dijo Ramona guiñándole un ojo cómplice.

—Porque lo estoy.

—Pues en estos tiempos eso es un tesoro. Pareces una adolescente enamorada. Me alegro por Paulino.

Aunque Aurora no dijo nada, Ramona pudo leer su gesto.

—O no. Cuídate mucho, Aurora, mucho. Y si me necesitas, ve a buscarme.

—Gracias —acertó a responder.

Y eso fue suficiente para ambas.

Águeda, 1985

A Jesús siempre le pareció una superstición absurda la obsesión de su mujer de consultarlo todo con las cartas, y lo que menos le gustaba era que le metiera a Anina aquella tontería en la cabeza. Alguna vez le sacó el tema a Águeda, pero ella siempre lo miraba como miraría un santo a un hereje, con una mezcla de compasión y fe, por lo que tuvo claro que luchar esa guerra con ella era enviar a sus tropas a morir, y prefería reservarse para batallas que pudiera ganar. Sin embargo, aquella tarde Jesús optó por aliarse con el enemigo: no tenía nada que perder, y la noticia de que su niña anduviera enamoriscada de un chaval en silla de ruedas lo asustó tanto que necesitaba orientación. Águeda y él decidieron tomarse un tiempo antes de intervenir. Tenían miedo de que, si se oponían abiertamente, Ana se empeñase en aquel chico, pero también les preocupaba no intervenir y que la cosa no terminase por sí sola como era frecuente a la edad de Ana, sino que se enamoraran de verdad y pretendieran casarse. Barajaron también razonar con ella, pero Jesús temía que la lógica y el amor de su hija adolescente provocasen una explosión no deseada.

—Voy a echar las cartas, a ver si me dicen algo —dijo Águeda después de valorar soluciones que no los convencían.

—Y yo contigo —respondió Jesús.

—Pero si tú no crees.

—Hoy, cariño, creo en lo que haga falta. Voy a servirme un whisky, no empieces sin mí.

Jesús bebió en silencio mientras su mujer extendía medio mazo de cartas en la mesa con la solemnidad que requerían las circunstancias. Águeda estudió cuidadosamente la tirada durante un buen rato y luego las recogió, barajó, cortó y volvió a repartirlas sobre la mesa, mientras Jesús apuraba el vaso y se servía otro trago.

—Por Dios, Águeda, di algo, que me tienes en ascuas.

—Te digo que la niña irá a estudiar a Madrid. Lleva meses dando la lata con hacer Arquitectura. Pues vamos a decir que sí.

La sola idea de que Ana se marchara a Madrid había sido una tortura para sus padres durante el curso. Esa tarde, en cambio, pasó a ser una tabla de salvación. No era lo que deseaban, pero sí la mejor forma de alejarla de aquel chico, que no era en absoluto lo que querían para su princesa.

—¿Y eso te lo han dicho las cartas? —preguntó después de acordar el futuro de Anina con su mujer.

—Alto y claro. El Loco en la primera tirada —dijo Águeda, que ya hacía tiempo que combinaba la baraja tradicional con la del tarot para confirmar los mensajes—. Y en la segunda el Dos de Bastos. ¡Cómo me alegra que hoy me hayas acompañado, cariño!

Águeda recogió la baraja. Sin ella saberlo, era la herramienta que tenía su mente para ordenar sus propios pensamientos.

Aurora, 1945

Un año después de que Aurora y Ferino retomaran su amor ilícito, ella recibió una nota. Solo había pasado una semana desde la última vez que se habían visto.

Te necesito, amor. Esta tarde a las cuatro.

Como siempre, la hora coincidía con el turno de Paulino.

Llamó a la puerta de Felisa, la vecina de enfrente, con Águeda de la mano.

—¿Otra vez, Aurora? ¿En qué andas tú? —preguntó Felisa.

—Una clienta de posibles en Mieres, ¿qué va a ser? No hay quien la aguante, pero en estos tiempos que corren no la puedo dejar escapar.

Felisa asintió comprensiva.

—Que te pague por adelantado, que estas de posibles luego mucho cuento y poco talento —advirtió chocando rápido el pulgar y el índice de la mano derecha—. Anda, Aguedina, pasa para dentro, que tu madre tiene que trabajar.

Aseada y arreglada, Aurora se dirigió en su bicicleta a Mieres, la candó donde siempre y, con el corazón agitado por el esfuerzo del pedaleo y el inesperado encuentro, empujó la puerta de la casa de Ferino. Se adentró en el salón y sintió un ahogo repentino al ver a doña Pilar, la mujer de Ferino. Altiva y consciente de su posición de poder, la esperaba de pie en medio de la gran sala. Aurora tuvo la tentación de salir corriendo de la encerrona, pero doña Pilar lo intuyó.

—Pase usted, por favor —dijo—. Quiero que hablemos.

Aurora no respondió, pero tampoco se movió.

—No voy a preguntarle si se acuesta con mi marido porque ya sé que sí, de modo que voy a lo que me importa: ¿está usted enamorada de él?

Una náusea subió por el estómago de Aurora provocándole una arcada.

—¿Se encuentra bien?

Aurora negó con la cabeza.

—Venga aquí, siéntese.

Como Aurora dudó, doña Pilar se acercó a ella, la cogió del brazo y la llevó al sofá, cubierto de polvo como el resto de los muebles. Allí, hundida en el terciopelo mostaza, se sintió más pequeña que nunca.

—Le traeré un vaso de agua, pero no voy a permitirle que evite responder a lo que le he preguntado.

Aurora bebió y, mirando a los ojos de doña Pilar, se encogió de hombros.

—¿Cuántos años tiene?

—Veintitrés.

—¿Y quiere arruinar su vida por un hombre casado que le dobla la edad?

Aurora negó con la cabeza.

—¿Sabe que puede ir a la cárcel por lo que está haciendo con él?

Asintió con la mirada baja, reprimiendo una nueva arcada.

—Entonces ¿por qué lo hace?

Aurora no pudo contestar, porque ni ella misma sabía la respuesta.

Doña Pilar la zarandeó.

—¡Respóndame! ¿Por qué?

Su silencio enfureció a doña Pilar, y el bofetón que le propinó convirtió la náusea en un vómito que cayó sobre el sofá.

—¡Qué asco, por favor! ¿Se puede saber qué le sucede? ¿Está embarazada?

Ella volvió a encogerse de hombros.

—Creo que no. No lo sé —dijo al fin, limpiándose con el pañuelo la comisura de los labios.

Doña Pilar la cogió del brazo y la llevó a la cocina. Aurora se dejó guiar como una oveja al matadero.

—Diga algo, por favor. ¡Necesito entender! ¿Mi marido la chantajea? ¿Es eso?

Aurora encontró en esas palabras la salida a su precaria situación, y doña Pilar reforzó la explicación que más le convenía para despreciar a un marido al que había elegido para no seguir siendo viuda.

—¿Por quién teme? ¿Por su familia?

Aurora asintió. El terror la obligó a mentir. Era verdad que temía por su familia, pero no por Ferino, sino porque doña Pilar los hubiera descubierto.

—Si no vuelve a ver a mi marido, yo me encargaré de que su familia esté a salvo. En caso contrario, sepa que igual que saqué a su padre de la cárcel una vez, puedo volver a meterlo. A él, a usted y a su marido también. Usted decide.

—Cuente con ello.

—Cumpla su promesa y verá que soy una mujer agradecida. Ahora enjuáguese la boca y váyase de aquí.

Y así hizo Aurora.

Dos semanas después llegó la verdadera nota de Ferino citándola para verse aquella misma tarde. Aurora la echó al carbón de la cocina y no se presentó. También las siguientes. Hasta diez cartas quemó. Cada vez más largas. Cada vez más desesperadas. Pero guardó la número trece hasta la mañana que acudió a casa de Ramona. Si a la carbonera le sorprendió la visita, no dijo nada. Le ofreció un cigarrillo y ella lo aceptó. Fumaron en silencio hasta que la colilla no dio más de sí.

—Ayúdame a escribir una nota —pidió Aurora entonces.

—¿De qué tipo?

—Una de las que rompen el corazón. Yo no puedo.

—¿No sabes escribir?

—Sé escribir casi cualquier cosa menos eso.

Ramona comprendió. Aceptó el carboncillo y el papel que Aurora le ofrecía. Advirtió que estaba escrito por una cara, pero le dio la vuelta sin leerlo.

—¿Qué pongo?

—«No insistas».

Ramona escribió y Aurora metió la nota en el mismo sobre en el que la había recibido.

—¿El embarazo bien? —preguntó su amiga.

—Bien. Para ser un embarazo.

—¿Cuándo se lo vas a contar a Paulino?

—Cuando no pueda evitarlo.

Aurora volvió a su casa con la nota escrita por Ramona, los gemelos de Ferino creciendo en su útero y un miedo en el cuerpo que superaba con creces el dolor del corazón. Aquella mujer que había librado a su padre de la cárcel podía hacer que mañana la metieran a ella. ¿Sabría doña Pilar lo de los moros?, se preguntó, y rezó por que Ferino no se lo hubiera contado.

Ana, 1985

La noticia de que sus padres accedían a enviarla a Madrid a estudiar le llegó a Ana envuelta en papel de regalo. Dentro, una maleta rosa y gris. A Águeda le pareció excesivamente cara, pero sabía lo mucho que a su hija le gustaban las cosas bonitas.

—Es preciosa, pero ¿a qué viene regalarme una maleta?

—Después de hacer cuentas y pensarlo mucho, con todo el dolor de nuestro corazón, la respuesta es sí, hija. Vamos a enviarte a Madrid. A estudiar Arquitectura.

Ana se quedó petrificada. Estaba enamorada de César y, como todos los primeros amores, le parecía único e infinito. Disimuló la decepción ante sus padres, pero salió corriendo a llamar a César desde una cabina para contarle lo ocurrido.

—¿Puedes venir a mi casa y me lo explicas más tranquila?

—¿Y tus padres?

—Han salido, pero si vuelven no pasa nada: te los presento.

César vivía en una zona exclusiva de Gijón, al final de la playa, donde los edificios altos dejaban paso a las casas independientes.

Ana le contó lo ocurrido, lloró y se lanzó a sus brazos.

—Vete a estudiar a Madrid —dijo César mientras le acariciaba el pelo.

—¿Y tú? ¿Nosotros?

—Nos veremos en las vacaciones. Son cinco años. Pasan rápido.

—¿Qué dices? Cinco años son una eternidad.

—Es tu oportunidad. No puedes desperdiciarla por mí. Si tenemos que estar juntos lo estaremos. Y si no, es que no éramos el uno para el otro.

—¿Es que lo dudas? —reclamó Ana.

—No es eso, pero debes ir y ya veremos.

César la besó en los labios con un beso largo. Muy largo. Hasta que Ana se apartó, se levantó y se quitó el vestido de tirantes por la cabeza con un solo movimiento.

—Quiero que lo hagamos. Quiero dejar de ser virgen contigo —dijo ofreciéndose a él.

La cara de César se contrajo en una mueca.

—Puedo hacer muchas cosas, y en un futuro espero que lo que me pides sea una de ellas, pero ahora mismo no es posible.

Esa tarde la pasaron en la cama de César jugando, haciendo lo que estaba a su alcance, y para Ana fue más que suficiente. Pusieron música y el tiempo pasó rápido, disfrutaron como solo se disfruta lo que temes perder pronto, hasta que la madre de César abrió la puerta de la habitación. Y no le gustó lo que vio.

—César, hijo —dijo muy despacio antes de volver a cerrar la puerta—, si necesitas los servicios de una putita lo entiendo, pero no me la metas en casa.

—¡Mamá! —gritó César, pero su madre ya se había ido, dejando a Ana humillada, con la cara ardiendo de la vergüenza.

La mujer no se contentó con la primera estocada y se apostó en el recibidor, sentada en un sillón, hasta que Ana se decidió a salir. Aprovechó entonces para mirarla de arriba abajo con desprecio, sin que fuera necesario decir nada más para que Ana deseara que se la tragara la tierra.

—Mamá, ya te vale —dijo César. Y dirigiéndose a Ana añadió—: ¿Nos vemos mañana donde siempre?

Ana se marchó corriendo con los ojos llenos de lágrimas. Cuando llegó a casa, se encerró en su habitación y lloró. No salió hasta la hora de preparar la cena. Se sentó a la mesa del salón comedor, donde sus padres veían el telediario, y dio la noticia.

—Gracias por dejarme ir a Madrid. Os prometo que estudiaré muchísimo para sacar las mejores notas y que os sintáis orgullosos de mí. ¿Vamos a la cocina y te ayudo a rebozar el pescado, mamá?

6

Ana, 2010

Hacía pocos meses que nos habíamos mudado a nuestro chalet de casi mil metros en La Finca y dejamos el adosado de La Moraleja en el que habíamos vivido desde que Carlos y yo nos casamos. Debió de ser al final del invierno, porque recuerdo que a Carlos le estaba dando la lata la alergia a las arizónicas que, aunque prohibidas en nuestro jardín, en Madrid estaban por todas partes. También sé que era domingo por la mañana porque era el único día de la semana que desayunábamos los cinco juntos. Alba tenía entonces quince años y se sentó la última a la mesa, le pidió un plato de fruta fresca sin kiwi a la persona del servicio que nos preparaba el desayuno y soltó la bomba:

—Papá, mamá, soy lesbiana. Me gusta una chica de la clase de pintura.

La lapidaria frase de mi hija, dicha con lo que a mí me pareció mucho desparpajo, me recordó aquella de «Estoy embarazada, pásame la mantequilla», una frase de una película de mi juventud en la que una adolescente comunicaba su embarazo a la familia mientras comían y que se hizo famosa entre las chicas de mi edad.

Busqué a Carlos con la mirada, pero él estaba concentrado en su hija.

—¿Y cómo se llama la afortunada? —le preguntó, con la misma naturalidad que si Alba hubiera dicho que le gustaban los macarrones con tomate.

—Se llama Laura, pero a ella no le he dicho nada.

Mi hijo Carlos, que a sus diez años entendió perfectamente lo que significaban las palabras de su hermana, miró a su padre con el mismo desconcierto que yo.

Imaginé a las niñas del exclusivo colegio al que acudían nuestros hijos haciéndole el vacío a Alba, llamándola «tortillera», «marimacho» y otros insultos igual de horribles a sus espaldas, tal como había visto hacer en mi colegio con más de una niña que ni siquiera eran lesbianas, pero que habían tenido la mala suerte de caer en desgracia. Después me tranquilicé diciéndome que seguramente sería una fase, y ahí me traicionó el subconsciente:

—¿Estás segura, cielo? —pregunté.

—¿De qué, mamá? ¿De si soy lesbiana o de que no le he dicho nada a Laura? —me espetó mi hija con un gesto de reproche.

Fue mi hijo Carlos el que me salvó de responder.

—¡Verás cuando se enteren en el colegio! —estalló—. Mamá, haz algo. Si se enteran mis amigos, ¡me van a machacar!

Jesús, que seguía concentrado en el vídeo de *Cars*, que debía de haber visto ya diez veces, y ni se había enterado de la importancia de la conversación, hizo callar a su hermano.

—¡No se grita! —le dijo chillando, y volvió a mirar la pantalla de la tele.

—Carlos —le reprendió su padre—, eso ha sido una falta de respeto muy grave a tu hermana y quiero que le pidas perdón. Luego, si quieres, hablamos tú y yo de lo que te preocupa.

Pero Carlos, que a sus diez años todavía no había aprendido a controlar sus prontos, se levantó de la mesa.

—No pienso pedirle perdón, ¡va a destrozarme la vida!

—Pues estarás castigado hasta que te disculpes —se limitó a decir su padre, mientras mi niño se iba corriendo enfurruñado a su habitación.

—¿Qué pasa, papi? ¿Por qué se enfada Carlos? ¿Qué es una *fesbiana*? —preguntó Jesús, que con cinco años recién cumplidos aún conservaba algún resto de lengua de trapo.

Alba lo achuchó y, dándole un beso, le dijo:

—Una *fesbiana* es tu hermana.

—Ah, vale —respondió Jesús, y volvió a prestar atención a la película.

En ese momento pensé en los anticonceptivos. Hacía tiempo que había preparado la conversación que iba a tener al respecto con mi hija, tal como me hubiera gustado que mi madre me lo hubiera contado a mí, para el día que Alba mostrara interés en tener relaciones con un chico, pero con una chica todo cambiaba. Embarazada no se iba a quedar, pero podía enfermar de cualquier cosa. Según me imaginé a mi niña teniendo relaciones con otra chica me vino una arcada, que intenté disimular, aunque el remedio fue peor que la enfermedad porque Carlos y Alba me miraron desconcertados.

—¡Ay! —me quejé.

—¿Estás bien? —preguntó mi marido.

—Alba, hija… —empecé, pero no fui capaz de continuar.

—¿Te está dando un ictus, mami? —preguntó mi hija con evidente ironía—. No pensé que fueras tan retrógrada.

—Pero si no he dicho… —Carlos me acercó un vaso de agua y me hizo un gesto para que no siguiera hablando.

Tardé unos instantes en reponerme de la impresión.

—¿No te preocupa? —le pregunté a Carlos cuando Alba abandonó el comedor.

—¿Va a cambiar algo si me preocupo?

—¿Y eso qué tiene que ver?

—Que si a nuestra hija le gustan las mujeres, es lo que hay. Como vivimos en el siglo veintiuno en un país libre, no puedo encerrarla en casa ni someterla a electrochoques. Así que lo único que puedo hacer es apoyarla y ayudarla si en algún momento tiene un problema.

—No te entiendo. ¿No querrías que fuera nor…, heterosexual?

—No creo que querer esto o lo otro nos lleve a nada. Es lo que es. No hay más. Y ahora voy a hablar con Carlitos, que parece que tiene los mismos problemas que su madre para entender cómo funciona la vida.

Y allí me dejó, confusa, ofendida, triste y preocupada por mi hija.

Nunca supimos si Alba llegó a hablar de sus sentimientos con la tal Laura, ni siquiera si existía. Tampoco cuánto tiempo tardó mi hija en preparar aquella frase para darnos la noticia, porque años después, cuando tuve la madurez emocional necesaria para reflexionar sobre lo ocurrido, entendí que aquella mañana Alba tenía que estar aterrada por cómo íbamos a encajar la noticia y que fue Carlos el que estuvo a la altura, no yo, que reaccioné igual que mi hijo de diez años.

Aurora, 1945

Los gemelos de Aurora nacieron en casa, asistidos por una vecina acostumbrada a hacer de partera y con Ramona molestando más de lo que ayudaba, mientras Paulino cuidaba de Águeda y, junto con Frutos, fumaba un cigarrillo tras otro.

Pedro pesó poco más de dos kilos al nacer, en un parto doloroso pero sin complicaciones. El mazazo lo recibió Aurora cuando la partera puso al niño en brazos de Ramona y dijo:

—¡Ay, madre, que viene otro!

—¿Cómo que otro?

—Gemelos, Aurora, que vas a tener gemelos.

—Ni hablar, de eso nada.

—Vaya que sí.

Quince minutos fue el tiempo que tuvo Aurora para hacerse a la idea, los mismos que tardó en expulsar a Paulino de su cuerpo.

—Ahora a ponerlos al pecho y a esperar que chupen, ya sabes cómo va esto —dijo la vecina. Luego se dirigió a Ramona—: No le quites ojo, que los partos dobles son complicados. Si empieza a sangrar más de la cuenta, hay que llamar al médico para que la lleven al sanatorio.

—¿Y qué es más de la cuenta? —preguntó Ramona mientras cogía con torpeza a los dos niños, uno en cada brazo, en espera de que ella terminara de asear a la recién parida.

—Ese ahora es el menor de mis problemas, Ramona.

—Cualquier cosa, ya sabéis dónde encontrarme —se despidió la partera.

—Escuché en Radio Pirenaica que la ONU no admite a España por su relación con los nazis y con los fascistas italianos —dijo Ramona, nada más quedarse a solas con su amiga, antes de ponerle encima a sus bebés.

—¿Y a mí qué diablos me importa eso ahora? —gritó Aurora, atónita ante el tema de conversación elegido por su amiga, cuando ella ni siquiera era capaz de asimilar el dos por uno que acababa de tocarle en suerte.

—Digo que hoy ha habido hasta protestas en Madrid. Pero si te parece mejor, te hablo de las orejas de soplillo de los niños. Igualitas a las del capataz.

—¡Ahora voy a preocuparme yo por eso! Son como las de mi abuelo paterno, según dice mi padre, así que chitón, que bastantes problemas tengo ya. Que son dos, Ramona, que he parido dos niños cuando ni siquiera quería uno. A ver cómo compagino ahora la costura con criar a estos mocosos. Y si no coso, no da para tanta boca que alimentar. ¡Maldita sea mi suerte!

No fue Ramona la única que le sacó parecido a los niños.

—¿Otra vez? —le dijo Frutos en cuanto se quedó a solas con la recién parida—. Como se entere tu marido, te va a dar una somanta de palos y yo no pienso hacer nada por evitarlo.

—¿Por qué dice usted «otra vez»? —preguntó confusa.

—Como si no lo supieras, golfa, ¡que eres una golfa! —le espetó su padre.

—Y usted un putero y yo no le digo nada.

—¡Como si se pudiera comparar! Y encima, por si fuera poco uno, pares dos.

Aurora no dio respuesta al desprecio de su padre, pero cargó con la preocupación de que pudiera irse de la lengua en una de sus cada vez más frecuentes borracheras en el bar.

Esa vez ya no recurrió Frutos a las orejas imaginarias de su abuelo para justificar lo poco que se parecían los niños a Paulino, quien, ajeno a los parecidos de ningún bebé, aunque fueran los suyos, ni siquiera reparó en las orejas.

Tampoco sintió Aurora con sus hijos el instinto maternal, a pesar de saber a los niños hijos del hombre al que amaba. Lo único que sentía era su carga multiplicada porque, con Águeda aún pequeña, ahora eran tres, y dos en época de pañales.

Paradójicamente, la solución a sus problemas vino de doña Pilar, la mujer de Ferino. Agradecida con Aurora por haber cumplido su promesa, se mostró, como era su costumbre, solidaria con las mujeres que se doblegaban ante ella, y le hizo una visita al mes de nacer los gemelos, desconocedora entonces del parecido de los niños con su marido.

Fue Águeda la que con solo cuatro años le abrió la puerta a aquella mujer, y se quedó paralizada ante la visión de una señora tan alta y tan elegantemente vestida.

Doña Pilar oyó el ruido de la máquina de coser y el llanto de los gemelos tras una puerta cerrada que daba a la cocina y, después de darle a Águeda una bolsa de caramelos de miel, que la niña escondió como el tesoro que suponían, encontró a Aurora cosiendo mientras los bebés lloraban en un capazo en el suelo.

Aurora no la oyó entrar, concentrada como estaba en ignorar a sus hijos hasta que terminara de rematar la falda. Cuando doña Pilar se apoyó en la mancha de la madera de la Singer, el corazón le dio tal vuelco que no pudo evitar gritar. Se puso en pie de un salto, miró a doña Pilar primero y a los niños después, rojos del llanto, y lo único que se le ocurrió fue disculparse.

—¡Doña Pilar! Coso porque el ruido de la Singer los calma.

—Si los pones al pecho, seguro que se calman antes —respondió mirándola de arriba abajo—. Esta casa está hecha un desastre. ¿A tu marido no le importa?

—Si llego a saber que venía usted… ¿Qué desea? Le aseguro que he cumplido lo que hablamos.

—Por eso vengo —dijo acercándose a los niños y cogiendo

a Paulino en brazos—. ¿Conoces la Sección Femenina de la Falange?

Aurora asintió.

—A partir de ahora seré la coordinadora del Servicio Social en las cuencas y, como se ha suprimido el trabajo obligatorio para las obreras, debemos ampliar la formación que impartimos a las mujeres durante el servicio. Por eso he pensado en ti.

Sin entender lo que pretendía aquella mujer, Aurora la dejó continuar.

—Quiero que te encargues de enseñarlas a coser para que salgan del servicio pudiendo confeccionar por sí mismas toda la ropa que necesite su familia.

Aurora miró a su alrededor, sin saber cómo incluiría un quehacer más en los que ya tenía y con miedo a las consecuencias si se negaba. Doña Pilar adivinó sus preocupaciones.

—Por supuesto, te pagaremos bien. Y te presentaré al resto de las dirigentes. Muchas necesitan renovar su vestuario.

Aunque suspicaz y buscando gato encerrado, Aurora se apresuró a aceptar vislumbrando una solución para aquella vida que la estaba ahogando.

—¿Por qué yo?

—Porque coses bien y prefiero tenerte a la vista. Empiezas pasado mañana —dijo tendiéndole una tarjeta—. A las nueve en esta dirección. En Mieres. Y procura que mi marido no vea jamás a tus hijos o no seré tan generosa. Y ahora dales de comer, por favor, que van a ahogarse de tanto llorar.

Doña Pilar le puso a Paulino en el regazo y se dirigió a la puerta, pero antes miró a su alrededor.

—¡Madre mía, cómo está esto! Aquí no puedes recibir a las clientas que yo te presente. ¿Y en qué clase de casa se entra directamente a la cocina? Ya se me ocurrirá algo —dijo antes de salir.

Aurora puso al pecho a los niños. La mujer de Ferino tenía razón, solo querían comer. Poco a poco, ella también se fue tranquilizando.

Aurora, 2011

La adolescencia es la etapa en la que la rebeldía y los primeros conatos de independencia nos permiten alejarnos poco a poco de la infancia y la protección familiar para convertirnos en adultos. Para Alba fue también el descubrimiento de su sexualidad y, con ella, de su propósito: la emancipación femenina y la lucha contra el yugo patriarcal, que para ella se traducía entonces como el binomio matrimonio y maternidad, los dos grandes actos de sumisión femenina a un sistema de ciudadanas de segunda, del que ya no podían librarse hasta que era demasiado tarde para volver a subirse a una carrera profesional. El mundo laboral cerraba las posiciones de poder a las mujeres por una razón diferente en cada momento de su vida: rechazaban a las jóvenes porque pronto serían madres, no querían madres porque la dedicación prioritaria serían sus hijos, y no las querían mayores porque ¿para qué sirve una mujer de más de cuarenta años que se ha descolgado del mundo laboral mientras criaba a sus hijos?

Alba no había llegado sola a aquellas conclusiones, porque se había hecho adicta a las lecturas de Mary Beard y otras escritoras que luchaban para contarle al mundo la opresión silenciosa en la que habían vivido y vivían las mujeres.

Alba identificó a su madre, a su abuela y a su bisabuela como ejemplos claros de un sistema que evolucionaba buscando cambiar de imagen pública, mientras sofisticaba las múltiples maneras de mantener a las mujeres en una posición secundaria. Y eso ocurría en la sociedad occidental más avanzada. En otras sociedades ni siquiera era necesaria la sofisticación; las mujeres eran una propiedad con los mismos derechos que un animal de granja, y nadie movía un dedo para evitarlo porque, a fin de cuentas, lo importante era mantener la economía mundial y eso dependía de las relaciones entre los gobiernos: «Si hacemos tratos comerciales, yo no me meto en lo que ocurre en tu país ni tú en el mío», parecía ser el lema de la política internacional.

Ese era el discurso que Alba proclamaba a los cuatro vientos con la vehemencia que dan los dieciséis años cuando a su bisabuela Aurora le diagnosticaron un principio de demencia senil, una enfermedad lenta pero progresiva.

—Loca igual he estado siempre, doctor —le dijo Aurora al neurólogo que la atendió—, porque hasta ahora no me habían hecho pruebas y yo no me noto diferente. ¿Su informe me ayudaría a encontrar plaza en una residencia de Madrid?

Fue cuando recibió el diagnóstico en la consulta del médico que Aurora supo que no quería perderse la evolución de Alba. Mientras Ana y Águeda se preocupaban por la exaltación de las convicciones de la cuarta generación, Aurora reía en silencio, mezclando recuerdos y fantasía senil con realidad, y sentía en su pecho el orgullo de dejar en el mundo a una Alba dispuesta a dar la guerra que no supieron dar ni su madre ni su abuela.

Quizá fue esa conexión que nunca sintió con su hija ni con su nieta la que dictó la decisión de Aurora, o quizá que la proximidad de la novena década de su existencia quitaba importancia a los sucesos de la vida, o tal vez que quería vivir una última aventura antes de morir. Con Alba, por fin, se identificaba con otra mujer que no fuera Ramona, y además era sangre de su sangre. Águeda no podía ser más opuesta a ella, y con Ana, su viva imagen por fuera y tan diferente por dentro, nunca llegó a entenderse. Pero Alba era Aurora con otro rostro y casi un siglo de diferencia.

Águeda no contradijo a su madre ni protestó por su marcha, primero porque no estaba acostumbrada a hacerlo y segundo porque la posibilidad de librarse de ella antes de lo esperado era demasiado atrayente como para convencerla de lo contrario.

La complacencia de Águeda dio pronto paso a la culpabilidad, y ya de vuelta en casa cedió a sus remordimientos.

—Madre, si se va a Madrid, yo no podré ir a verla cada día ni cada semana, y difícilmente cada mes. ¿Cómo va a estar allí sola?

—Estupendamente. Y a ti ni se te ocurra aparecer. ¿No me has visto ya bastante en esta vida? Hartas estamos ya, yo de ti y tú de mí, así que vamos a ver cómo me largo de aquí, que estoy de Oviedo hasta el gorro, hija, hasta el gorro. Llama a Ana y a ver si los millonetis de su familia usan alguno de sus enchufes, porque por la cara que puso el médico cuando le pregunté, mucho me temo que su informe no va a servir para nada.

—Contactos, madre, no diga «enchufes», que ya sabe que a Ana no le gusta.

—Bah, toda la vida fueron enchufes. Que los llamen como les dé la gana, pero que me busquen una residencia. Con habitación individual, ¿eh? Que solo me faltaba tener que aguantar a una vieja en mi cuarto.

Unos meses después, Aurora y Águeda cogieron el Talgo en la estación de Oviedo camino de Madrid, equipadas con bocadillos, porque los sándwiches del tren eran caros y malos, según la madre y la hija, y unas revistas con las que entretenerse comentando los más nimios detalles de los vestidos de las asistentes a la boda de Guillermo de Inglaterra y Kate Middleton. Una vez en Chamartín, un taxi las llevó a una de las residencias geriátricas más exclusivas de la zona noroeste de la capital, cortesía de Paloma, la suegra de Ana, porque una cosa era mantenerla apartada de su círculo de amistades y otra que trascendiera que ingresaban a la casi nonagenaria abuela de su nuera en un asilo público.

Así empezó no solo la última etapa de la vida de Aurora, sino también una relación con Alba que sorprendió a todos menos a la propia Aurora.

Aurora, 1945

La visita de doña Pilar a casa de Aurora no pasó desapercibida. La presencia de uno de los pocos automóviles de la zona, un Hispano Suiza T48 con chófer, propiedad del hermano de doña Pilar, el poseedor del título nobiliario, protector de la familia y falangista declarado igual que su hermana, fue la comidilla de todo el vecindario.

Aunque nunca había tenido Aurora una relación estrecha con la gente del barrio más allá de Ramona, los favores entre vecinas eran el día a día si querían sobrevivir a la posguerra: «Hoy por ti, mañana por mí» era el lema de los barrios mineros, pero desde aquella mañana, cuando Aurora salía a la calle, las mujeres hacían lo posible por no cruzarse con ella y advirtieron a sus hijas que no jugaran con Águeda.

—Papá, las otras niñas no juegan conmigo en la calle —dijo Águeda a su padre una semana después.

—¿Y eso, hija?

—Se lo han prohibido sus madres.

No lo entendió Paulino ni cuando Aurora se lo explicó.

—¿Por qué esa señora quiere que seas precisamente tú la que forme a las mujeres del Servicio Social?

—Lo único que sé es que no me pareció prudente negarme.

—No, claro que no. ¡Qué casualidad que sea la mujer del capataz del pozo Santa Bárbara! A él sí lo conoces. Muy bien, por lo que yo sé.

—Eso lo dices porque estás celoso. Si hubiera algo de verdad en esos chismes, su mujer no me habría hecho semejante encargo, ¿no crees?

Paulino levantó los hombros. Lo cierto era que si, como él sospechaba y medio pueblo comentaba, entre Aurora y don Ceferino había existido una relación ilegítima, lo último que querría la mujer del susodicho sería ofrecerle trabajo.

—¿Y te van a pagar? —preguntó dejando el tema de lado.

—Eso me ha dicho.

—Esperemos que no sea una trampa.

Las reservas de Paulino se mantuvieron, pero cuando llegó el primer jornal de Aurora y el primer encargo de cinco vestidos para una clienta, que pagó la mitad por adelantado y sirvió para llenar la despensa en el estraperlo, Paulino prefirió dejar de preguntarse por las razones de la repentina generosidad de la mujer del capataz.

Tampoco entendió Ramona la estrategia de doña Pilar.

—¡Qué rico está esto, madre mía! —exclamó mientras saboreaba un café de verdad, sin malta ni achicoria, en la cocina de Aurora, acompañado de unas galletas María—. Es demasiado bueno este chollo para ser cierto, pero cuídate mucho de que esa señora no te busque un lío.

Varios meses después, Aurora cosía para unas cuantas mujeres de la Sección Femenina y su prosperidad se extendía por su calle. No solo Ramona se beneficiaba de la suerte de su amiga, Aurora también podía pagar a su vecina Felisa por cuidar de los niños cada día, mientras ella acudía a Mieres a formar a las mujeres del Servicio Social y a probar y mostrar telas a las clientas en la sala de las instalaciones de la Falange que doña Pilar había mandado habilitar para que ella pudiera atenderlas allí.

Lo que no sabía Aurora era que doña Pilar utilizaba aquella situación para humillar a su marido.

—¿Sabes, Ferino, que tengo de protegida a una mujer que fue carbonera en el Santa Bárbara? Aurora se llama. También su padre trabajó allí unos años, el que me pediste que sacara de la cárcel, ¿los recuerdas? Es guapa, a pesar de que ya tiene tres hijos. Rubia y de pechos grandes. Un poco paleta, claro está. Una carbonera que ahora se ha metido a costurera, sin más. A ti que te gustan las mujeres finas como yo, te horrorizaría. Eso sí, es muy trabajadora y cose muy bien. Están todas mis amigas encantadas con ella. Tanto que la hemos propuesto para la bienvenida al Generalísimo cuando nos haga el honor de visitarnos el mes que viene.

—No serás capaz.

—Uy, claro que sí.

—¿Ella lo sabe?

—Será una grata sorpresa, ya verás.

Ferino callaba y tragaba, y Pilar reía para sus adentros.

Y mientras, Aurora cosía y cosía. Con los niños atendidos y el dinero entrando en la casa, no necesitaba más que tres o cuatro horas de sueño. Era casi imposible pasar por delante de su puerta y no oír el sonido de la Singer a las órdenes de su cada vez más experimentado pie.

Alba, 2011

Ana quería cumplir el encargo que le hizo su madre de ir a ver a la abuela Aurora al menos una vez al mes.

—Para asegurarnos de que allí la tratan bien —había dicho Águeda—. Se oyen unas historias terribles sobre las residencias.

—Te preocupas tú más por ella de lo que ella se preocupó nunca por ti —le respondió Ana.

Aunque la tarea le resultaba tediosa, Ana acudió a la residencia una vez al mes. Cruzaba unas palabras con Aurora, le llevaba chocolates, revistas y ropa interior nueva, y después llamaba a Águeda para tranquilizarla sobre su estado de salud. Hasta que llegó agosto.

Hacía años que los Fresno pasaban los meses de julio y agosto en Sotogrande, Cádiz. Habían elegido Marbella cuando Carlos era niño, pero la masificación turística y los escándalos de corrupción de la zona relacionados con la construcción y la política los llevó a buscar un lugar más exclusivo y tranquilo, donde poder hacer negocios sin estar bajo sospecha ni con periodistas acechando a famosos o, en su defecto, millonarios.

Cuando Ana y Carlos se casaron, dividieron su tiempo entre Gijón y Cádiz, pero el verano para Carlos no dejaba de ser trabajo y en Gijón no había nada interesante para él. Al menos, no lo suficiente como para pasar allí más de una semana. A Ana poco le quedaba en Gijón más allá de sus progenitores. Temía, además, encontrarse algún día con César, a pesar de los años que habían pasado ya. Aun así, procuraba ir una semana a ver a sus padres y llevarles a los niños. Pero Alba acababa de cumplir los dieciséis y la perspectiva de una semana completa en Gijón con su madre y con sus abuelos era el último plan que deseaba, así que aquel verano pidió quedarse en Madrid con su padre y no fue para Asturias. Ese año Carlos cerraba la temporada en Sotogrande antes de lo acostumbrado. La crisis financiera estaba ahogando a algunos pequeños constructores y había surgido la oportunidad de hacerse con unos solares a precio de ganga. Por su parte, Alba tenía previsto escaparse al centro, a las fiestas de la Virgen de la Paloma, con unos amigos del colegio.

Ana encargó a su hija que fuera a visitar a Aurora, lo que le proporcionó la excusa perfecta para pasar el día fuera. Aunque el refrán decía que la Virgen se llevaba el verano de Madrid, aquel año hacía mucho calor y Alba encontró a su bisabuela en el interior del edificio, refugiada bajo el aire acondicionado.

—Hola, bisa —la saludó—. ¿Cómo es que no estás en el jardín?

—Porque es como un invernadero. Necesito que me saques de aquí —le dijo Aurora a su biznieta, que recibió el encargo con cierta inquietud.

—¿De la residencia? ¿Quieres volver a Oviedo con la abuela?

—¡Ni loca! Lo que quiero es que me lleves a ver al papa.

—¿Qué dices, bisa? ¿Pero tú no eras de la Iglesia palmariana esa de la que ya no es nadie?

—¿Qué voy a ser yo de nada? Precisamente por eso quiero ir a ver al papa, que me quedan dos telediarios y hay que estar a buenas con el mandamás. Y ni una palabra a tu madre, y menos a tu abuela.

—Ni lo sueñes.

—¿Y si a cambio le digo a tu madre que te has quedado a pasar la noche aquí conmigo? Solo en caso de que lo necesites. Por si te pillan, digo.

—¿Pillarme de qué?

—Alba, hija, que yo no nací ayer, que tú no te has vuelto de Cádiz a estos calores porque te daba pena que tu padre volviera solo. Eso no se lo traga nadie. Bueno, al menos yo no me lo trago. Y menos en plenas fiestas de la Paloma. Tú lo que quieres es salir. ¡Mira cómo vas de emperifollada!

—¿Tú estás segura de que tienes demencia senil?

—No sé si soy demente, pero idiota ya te digo yo que no. ¿Hace el trato?

Alba dudó.

—¿Y si no acepto?

—¿Necesitas que te responda?

—Eres una chantajista —contestó Alba ofendida.

—No es chantaje, es trueque. Así funciona la humanidad de toda la vida. Yo te doy una coartada si te pillan y tú me llevas a ver al papa. El jueves a la plaza de Cibeles.

—Pero aquello va a estar lleno de gente y tú no puedes estar tanto tiempo de pie. Y con este calor te va a dar un chungo. ¿No te vale con verlo por la tele?

—El jueves vienes a buscarme y me llevas a ver al papa —zanjó Aurora—. Y ten cuidado con lo que haces hoy, ¿eh? ¡Que los hombres son todos unos cerdos!

—Que a mí no me van los tíos, bisa, ¡que no te enteras! —replicó Alba antes de irse.

Aurora, 1946

En el mes de mayo de 1946 todo el mundo hablaba de la próxima visita de Franco a Asturias, de lo que tramarían los guerrilleros, de quiénes irían a verlo para limpiarse la fama de rojos y quiénes asistirían porque estaban siempre al sol que más calentaba.

Estaba previsto un recorrido por la cuenca minera para conocer los altos hornos de La Felguera y el pozo Mosquitera, en el que se encontraba un batallón de presos republicanos condenados a trabajos forzados en la mina.

Ramona no dejaba de echar pestes porque, mientras estuviera Franco en la cuenca, no iban a dejar a ninguna carbonera bajar a la mina ni a ninguna casada en el exterior, fueran o no de los pozos previstos en la visita, y ella perdía dos días de jornal. Como la ley no permitía que trabajasen en el interior, debían hacerse invisibles. Y a costa de la misma maltrecha economía familiar que las obligaba a meterse a carboneras.

La comitiva también pasaría por Mieres, y la Sección Femenina de la Falange estaba en ebullición con los preparativos. Dos días antes de la visita, doña Pilar esperó a que Aurora terminara de impartir su clase de costura para darle la noticia.

—Tienes en el armario de la sala tu uniforme de la Falange. Pruébatelo, que pasado mañana vas a conocer a nuestro Caudillo.

—¿Yo? Pero si yo no soy falangista.

—¿Qué quieres decir? Pues claro que lo eres. De corazón. ¿O no?

Aurora dudó, pero el gesto de doña Pilar no le dejó opción.

—¿Dónde dice que está el uniforme? —preguntó al fin.

Cuando se vio vestida con aquel traje azul coronado por una gorra roja, Aurora notó que las lágrimas le acudían a los ojos. Ella, esposa, hija y nieta de mineros, iba a ir de falangista a hacerle los honores a Franco. El momento de debilidad no tardó en dejar paso a la rabia que llevaba dentro desde no recordaba cuándo. A la mierda Paulino, a la mierda su padre y a la mierda todos, pero, sobre todo, a la mierda Ferino, al que de nuevo había aprendido a olvidar. Ahora ella ganaba tanto como cualquier minero, y si para eso tenía que contentar a doña Pilar, como si la obligaba a vestirse de Mariquita Pérez.

Y dos días más tarde Aurora fue presentada a Franco como una de las mujeres víctimas de la República, obligada a trabajar en la mina por el gobierno republicano, rescatada por el régimen y convertida en una próspera mujer casada, madre de tres hijos, costurera y maestra de costura en el Servicio Social. El encuentro duró escasos segundos, los suficientes para que Franco mostrara su conformidad con la cabeza. Tras aquello, Aurora consiguió la total aprobación de doña Pilar, aunque se convirtió en una apestada entre las vecinas, igual que su hija Águeda en el colegio. Lo único que le dolió de verdad fue que Ramona se metiera en su casa y cerrara la puerta cuando esa noche ella se acercó para fumar juntas su ya ritual cigarrillo nocturno. Aurora no pensó en Ramona cuando se doblegó a representar el paripé que doña Pilar le propuso y, aunque lo hubiera hecho, habría accedido igual. Tenía mucho que perder si no acataba los deseos de la esposa del que fue su amante, y en cambio mucho que ganar.

Incluso su propio marido, después de admitir que lo que había hecho era lo mejor para la familia y la única opción sensata, rechazó acostarse con ella aquel sábado, a pesar de que él mismo había impuesto la norma de los días que su esposa debía prestarse a la intimidad marital. Cuando llegaron a la habitación después de cenar y acostar a los niños, Aurora se quitó la ropa y se aseó, dispuesta a cumplir con sus obligaciones de esposa.

—Cúbrete, mujer, que hasta desnuda te veo vestida de falangista.

La única que siguió dirigiéndole la palabra fue Felisa, porque las tres pesetas que le daba Aurora por cada día que cuidaba a los niños contribuían a sostener a su propia familia, completando el escaso jornal del marido.

Ningún minero atacó a Paulino en el pozo por las nuevas tendencias políticas de su mujer, pero sí se desquitaron con Frutos en el bar.

—Está claro que a esta hija mía no la domé como debía. Cría cuervos… —respondió al primero que lo increpó, sin interés en entrar en pelea, y el resto calló.

Cuando los chatos fueron calentando las lenguas, la cosa se complicó.

—¿Cuánto tiempo estuviste tú en el calabozo, Frutos? Que con esos contactos de tu hija no pudo ser mucho. A ver si fue todo teatro —le espetó uno.

—Calla, hombre, ¿no viste cómo salió de allí? Si no se tenía en pie —se apresuró a decir otro.

—Y fue soltarlo a él y detener al cura de los maquis, el padrino del consuegro, mira qué casualidad —insistió el que lo hostigaba—. ¿De qué lado estás tú? ¿Dónde estabas en la revolución del treinta y cuatro?

—Estaba en su casa, igual que tú, así que calla ya, que esto no va con Frutos —dijo uno de los sindicalistas más respetados, apaciguando así los ánimos.

Aunque no las tenía todas consigo, le debía más de un favor a Frutos, y bastante desgracia le había caído ya al hombre, viudo y con aquella hija que tenía fama de golfa desde bien joven y que ahora se le metía a falangista. A fin de cuentas, Frutos era un buen compañero que, aunque flojo de ideas, nunca había buscado broncas con nadie.

Aurora, 2011

Si Aurora no murió de un colapso la tarde del 18 de agosto de 2011 fue porque no había llegado su hora. La multitud que se concentró para ver a Benedicto XVI desmintió el mito de que nada mueve más seguidores que el fútbol. No hubo Copa del Real Madrid que agrupara en Cibeles, Recoletos y el paseo del Prado el río humano que se congregó para ver a aquel papa de porte severo y discurso tradicionalista. Entre los noventa kilos de Aurora, las horas de espera en aquel taburete de playa que Alba compró a última hora en un bazar chino, los empujones constantes y el calor que, si bien ya no apretaba tanto como los días anteriores, producía un efecto sauna entre aquella marabunta de gente, la anciana no se deshidrató de milagro.

—¿Este quién es? —preguntó Aurora al ver a aquel imberbe con pinta de empollón que fue con su nieta a recogerla en la residencia.

—Fernando. Un amigo. Va a la universidad y tiene coche. ¿O qué esperabas? ¿Que le dijera al chófer que llevara a mi bisabuela casi centenaria a ver al papa?

—Cuidadito, que todavía me faltan muchos años para cumplir el siglo. Y tú, ¿seguro que te han dado el carnet de conducir, con esa pinta de Cuchifritín?

—¿De quién? —preguntaron Alba y Fernando a la vez.

Aparcaron en Moncloa. Allí los esperaba un taxi reservado con antelación que tardó una hora en acercarlos todo lo que pudo al lugar de encuentro con el papa. La policía acordonaba las calles, la ciudad se cortaba al tráfico y se blindaba ante los posibles atentados. Era imposible avanzar por el paseo de la Castellana, las torres de Colón parecían inalcanzables, y atravesar la plaza para intentar bajar por Recoletos hasta Cibeles era inviable. Aurora sudaba bajo su largo y vaporoso vestido de tela fina. Era como un muñeco Michelin con una túnica en tonos pastel tratando de abrirse paso en una riada humana, escoltada por dos adolescentes.

—No teníamos que haber venido, bisa, esto es una locura. Como te pase algo, mi madre me mata —dijo Alba.

—Si me pasa, es cosa mía. Es más, prefiero que me dé un patatús aquí que no en la residencia.

—¿Por qué dices eso?

—Porque cuando uno tiene la muerte cerca es importante asegurarse de que está a buenas con Dios, así que vamos, que quiero escuchar al *Rachinguer* ese malencarado que vuelve a poner a la Iglesia en su sitio. Y cambiando de tema —susurró al oído a su biznieta—, ¿este qué te ha pedido a cambio de venir?

—Nada, bisa, es un amigo.

—Un amigo que quiere meterte mano. Con esa cara, este no ha catado a una como tú en su vida. Los feos están todavía más salidos que los guapos. A ver qué vas a hacer tú.

—No te preocupes, que no le dejaré pasar de las tetas —repuso tomándole el pelo.

—¡Insolente! Si le digo yo algo así a mi madre, me solmena un bofetón y después me pone a fregar de rodillas toda la casa. Y ya podía dejarla reluciente, porque hasta que ella no diera el visto bueno, ni comida ni descanso. Y eso si no me caía alguna torta más. ¡Ay, ojalá yo tuviera tus años ahora, en estos tiempos!

Aurora no murió aquella tarde y tampoco vio a Benedicto XVI. Lo adivinó de lejos, en las pantallas instaladas en la plaza de Colón, y lo escuchó a través de los altavoces que difundían su discurso a la multitud. Volvió a la residencia sana y salva, con los deberes hechos con Dios, pero sobre todo con una recién nacida relación con su biznieta, que era lo que deseaba conseguir con aquella pantomima.

7

Ana, 1993

Había oído muchas veces que el día de la boda era el más feliz de cualquier mujer y así lo viví yo. Lejos de tener que preocuparme por encontrar un trabajo mal pagado en plena crisis económica como el resto de los jóvenes de mi edad, me casaba con un hombre rico y guapo e iba a vivir en una casa preciosa con piscina y jardín. Además, Carlos me había regalado un Audi 80 rojo para que pudiera entrar y salir de aquella urbanización en la que vivían los famosos de las revistas, mis padres habían venido a Madrid para el gran día y mi vestido era una creación exclusiva de un conocido diseñador, elegido a mi gusto y al de mi suegra, que era la mujer más estilosa que había conocido nunca y la que pagaba el traje de novia. Sabía que a mi madre le hubiera gustado cosérmelo ella misma y que el enlace se celebrara en Oviedo, pero también que estaba muy contenta de que fuera a casarme nada menos que con Carlos Fresno.

Me sentía como las princesas en la página final de los cuentos, a punto del «Fueron felices y comieron perdices». No se sirvieron perdices en el menú, pero sí paloma torcaz, de la que yo no había oído hablar, pero parecía ser lo más de lo más según el exquisito gusto de mi suegra. La tomé solamente el día de la prueba porque en la boda no fui capaz de comer nada. No pensé aquel día si habría princesas a las que se les atragantaran las perdices después de casarse con el príncipe. O es que quizá solo se atragantaban con las palomas torcaces.

Carlos trabajó todos los días y buena parte de las noches durante las semanas previas a nuestro enlace. Alguien le dio a mi suegro un aviso sobre Banesto, el banco con el que trabajaba la Constructora Fresno en aquel momento, y estaban retirando operaciones de la entidad con una urgencia que había provocado ojeras en mi prometido, pero por fin, al día siguiente, volaríamos rumbo a las islas Maldivas por cortesía de mis suegros.

En la luna de miel me quedé embarazada y el sueño hecho realidad se completó como si fuera el final de una comedia romántica.

Anunciamos el embarazo a bombo y platillo cuando se cumplieron las doce semanas de gestación. A mí no se me notaba más que en unas náuseas recurrentes que me tenían pegada a la taza del váter durante una hora cada mañana y me daban tregua el resto del día.

Fue una época dulce. Carlos trabajaba mucho, pero los ratos que estábamos juntos me llenaba de mimos y se le notaba muy ilusionado con la idea de ser padre.

Llegó diciembre y el soplo financiero que los había traído de cabeza todo el año se cumplió: Banesto fue intervenido y los Fresno solo tenían motivos para brindar en Nochevieja. Y yo con ellos. Con un poquito de champán francés que, según mi suegra, era la única bebida que no les sentaba mal a las embarazadas.

Mi nube rosa duró hasta el mes de abril.

Ana, 1986

Ana llegó a Madrid a finales de septiembre de 1986, con dieciocho años, modales de colegio privado de provincias y una belleza a lo Grace Kelly que, incluso en una ciudad con tanta gente como Madrid, provocaba que más de uno volviera la cabeza.

Fueron Águeda y Jesús quienes llevaron a su hija, dos días antes del inicio de las clases, a la residencia de señoritas Santa

Teresa de Jesús, donde Ana iba a vivir gracias a las interminables horas que Águeda dedicaba a la academia y al taller de costura. Hicieron el viaje en el flamante Talbot Horizon color crema recién salido del concesionario, comprado para sustituir al Citroën dos caballos de la familia. Querían dejarla en buen lugar ante sus nuevos compañeros. Águeda no dejó de parlotear durante el viaje para evitar pensar en la cantidad de historias que había escuchado sobre buenas chicas que se alocaban y se metían en drogas y problemas mientras estudiaban en Madrid.

Entre lágrimas, consejos y advertencias, Águeda y Jesús reemprendieron el camino de vuelta con una sensación de vacío que hasta ese momento desconocían.

Los dos primeros meses, Ana los pasó entre fiestas de novatos con pruebas y bromas, algunas divertidas y la mayoría bastante pesadas, que requerían para su disfrute estar de borrachera cada fin de semana. Hizo amigas en la residencia, algunos compañeros de clase la llevaron por los bares de moda entre los universitarios, pero no fue hasta después de los exámenes finales que un relaciones públicas del Oh! Madrid, hermano de una de sus compañeras de residencia, les consiguió entradas para el fin de semana.

—Pero que vaya la rubia, ¿eh? —le insistió a su hermana—. Que a mí me pagan por llevar tías buenas.

El Oh! Madrid era un lugar de culto de la gente bien madrileña, situado en una de las zonas más exclusivas de las afueras de la capital.

Aquel día, la noticia del sanguinario atentado perpetrado por ETA en el Hipercor de Barcelona se convirtió en el centro de todas las emisiones televisivas y de las conversaciones adultas. España entera se conmovió con la despiadada matanza de veintiún inocentes, entre ellos una mujer embarazada y cuatro niños. Todos ellos carbonizados por los tres mil grados de temperatura que alcanzó la zona a causa de la explosión.

Ana y sus compañeras comentaron lo ocurrido como plañideras, con un punto de histrionismo y la conmoción mezclada con lo que imaginaban que debían sentir, pero no dejaron de acicalarse durante horas para ir al Oh!, Madrid porque, como a todos los jóvenes, las tragedias ajenas les resultaban mucho más ajenas que a los viejos.

Llegaron al local en taxi. Habían hecho un bote con el dinero justo para ir y volver, y guardaban las tarjetas que les daban derecho a una copa cada una como oro en paño.

Y así, melena al viento, sin sujetador, con un escote que jamás habría aprobado su madre, los ojos pintados y una falda cortísima, Ana visitó por primera vez el Oh!, Madrid en compañía de unas amigas a las que no tardó ni media hora en perder de vista y, con ellas, el dinero para volver a la residencia. Estaba sola en la terraza de la mejor discoteca de Madrid, en medio de un montón de gente mayor que ella. Todos parecían disfrutar la noche seguros de sí mismos, exhibiendo bolsos de Prada y gafas Ray-Ban a pesar de que hacía rato que se había puesto el sol, y lo único en lo que podía concentrarse ella era en no llorar.

Al cabo de unos minutos, un tal Nacho le picoteó el hombro con la yema del índice y le soltó una de las frases más manidas de las noches discotequeras:

—Hola, ¿estás sola?

Ana se volvió, deseosa de que alguien le hiciera caso, y se encontró con un tipo que pasaba de los veinticinco y que llevaba más dinero en ropa de lo que su familia ingresaba en un mes.

—No, qué va —dijo recomponiéndose—. Estoy con unas amigas. Han ido al baño.

—¿Te presento a unos colegas?

—Claro —respondió luciendo su mejor sonrisa y aliviada de tener con quién esperar a que sus amigas reaparecieran.

Marcelo, Pablo, Lucas, Iván, Sergio, Carlos y Néstor eran los amigos del tal Nacho. No había chicas.

—¿Sois todo tíos?

—¿Es un problema? —Nacho exhibió una sonrisa burlona.

—No, claro que no, en cuanto lleguen mis amigas nos equilibramos.

—Tómate una copa, ¿qué te gusta? Tenemos botellas reservadas de whisky, vodka y ron. Y si tú quieres, champán.

—Champán sería genial —aceptó, convencida de que era la respuesta correcta.

Si las risas la confundieron unos instantes, sus palabras amables le indicaron que había caído bien. Menos al que le presentaron como Carlos, que no dejaba de mirarla con una seriedad impropia de la situación. Cuando sacaron las rayas de coca, el tal Carlos se marchó y Ana se olvidó de él, concentrada como estaba en la amabilidad y las atenciones del grupo.

Nunca supo las veces que rellenaron su copa de champán ni por qué aceptó aquella pastilla de color rosa que, allí en la terraza, con la luna llena sobre el *skyline* de Madrid, parecía inofensiva. Ni tampoco por qué se despertó después en el baño de hombres con las bragas en los tobillos y un desconocido gritándole: «¡Tía, vete a tu baño, que ya estamos hartos de que entréis en el nuestro para no hacer cola! ¡Súbete las putas bragas y a mear a tu váter, guarra!».

Con la cabeza embotada, la entrepierna dolorida por la virginidad perdida y una laguna en la memoria, Ana se subió las bragas, y salió del baño y cruzó el interior de la discoteca para ir a parar de nuevo a la terraza. Allí estaban todos, pero ahora rodeados de chicas mayores que ella, que la miraron riendo y cuchicheando. No recordaba lo sucedido, pero no pudo soportar lo que su intuición le decía y echó a correr hasta llegar al aparcamiento. Allí, entre coches caros y el ruido de la misma autovía por la que había llegado por primera vez a Madrid como música de fondo, sin dinero, con las bragas húmedas de sangre y el rímel corrido por las lágrimas, se sentó en el bordillo que separaba los coches del jardín y lloró deseando estar en Oviedo, en el sofá del salón de su casa junto a sus padres, viendo como cada viernes a Mayra Gómez Kemp jugar con los sueños de los concursantes del *Un, dos, tres.*

No tardó en acercarse uno de los porteros a donde estaba sentada, sola y aturdida.

—¿Desea que le pida un taxi? —preguntó aquel hombre enorme de traje negro.

—No tengo dinero, he de esperar a que salgan mis amigas.

—Ya. Pero no puede quedarse aquí. Debo pedirle que se vaya.

—No puedo ir a Madrid andando. Vuelvo dentro y las busco.

—Lo siento, señorita, pero no puedo permitirle entrar.

—Déjalo, Juan, yo me encargo —dijo Carlos, cuya voz hizo el milagro de que el portero se desvaneciera de inmediato.

Ana miró al chico serio con agradecimiento y desconfianza, pero lo único que vio en él fue una sonrisa amable.

—¿Te encuentras bien?

Ana negó con la cabeza, intentando que no se notaran las lágrimas que se agolparon en sus ojos.

—No tengo dinero para volver a la residencia. Y mis amigas han desaparecido —explicó.

—Eso tiene arreglo, yo me ocupo.

Ana accedió, pero con las alertas activadas para no cometer el mismo error de antes. No le hicieron falta. Carlos entró de nuevo en la discoteca y al minuto reapareció, casi al mismo tiempo que un coche con chófer. Le abrió la puerta de atrás para que entrara, pero él no subió. Media hora después, el chófer de Carlos la dejaba en la puerta de la residencia.

Ana pasó el sábado sin salir de la habitación, con el estómago revuelto y las imágenes de la noche anterior volviendo a su cabeza como flashes mientras intentaba buscar una explicación que no fuera lo que en realidad había ocurrido en aquel cuarto de baño.

El domingo, a primera hora de la mañana, recibió una llamada de recepción. Un repartidor de la floristería más cara y famosa de la ciudad, que Ana, alejada de los círculos selectos de la capital, no conocía, le había dejado en la portería un ramo de hortensias frescas. Las flores iban acompañadas de una nota.

Como todavía no sé cómo eres, te envío unas flores sin olor con la esperanza de que, en la próxima ocasión, ya sepa cuáles son tus favoritas. Te recojo a las once. Bañador y ropa de recambio para comer.

A Ana la invitación le dio la excusa perfecta para enterrar la experiencia vivida mientras se preparaba para una cita con el misterioso y, según todos los indicios, millonario de la noche anterior.

No le contó a nadie que la violaron en el Oh! Madrid hasta muchos años después.

Aurora, 1947

Siete meses le duró a Ramona el enfado con Aurora por vestirse de falangista y hacerle los honores a Franco. Los Reyes Magos la llevaron de vuelta a casa de Aurora con tres *casadielles* hechas por su madre y una muñeca de trapo cosida a mano para Águeda.

—No te voy a perdonar lo que hiciste, pero lo voy a olvidar —le dijo a Aurora tendiéndole los regalos cuando esta le abrió la puerta.

Entonces Aurora hizo lo que no había hecho nunca con nadie, al menos desde la niñez: se lanzó a abrazar a Ramona, con tal fuerza que, de no ser por la corpulencia de la carbonera, habrían acabado las dos en el suelo.

—Anda, quita, mujer, que si lo sé no vengo —acertó a decir Ramona, pasando al interior de la casa.

—Lo siento muchísimo, pero no podía hacer otra cosa.

—Poder sí podías, pero reconozco que fue lo más sensato para ti. Y lo más cobarde. Pase que te vistieras de falangista, incluso que le hicieras el saludo fascista a Franco, pero que te prestaras a esa patraña de que te sacaron de la mina… Eso sí que me dolió. De la mina saliste tú enfriándole los calentones a don Ferino, y bien lo sabe su mujer, que te obligó a representar semejante cuento.

—¿Y a ti por qué te importa tanto eso?

—Porque cada día somos más mujeres en la mina, pero como estamos de ilegales, cada vez nos pagan menos, trabajamos más y en peores condiciones. Eso sí, prohibido salir en las fotos. Tenemos que ser invisibles porque para el régimen las españolas no trabajan, solo cambian pañales y atienden a sus maridos. ¿Sabes que durante la visita no pude trabajar y me dejaron sin jornal? Y encima saliste con las del maldito Servicio Social, que, cuando me tocó hacerlo, yo dejaba la mina después de diez horas y encima tenía que trabajar gratis para ellas. Por eso me importa.

—Si no hubiera sido yo, habría sido otra. Aunque me hubiera negado, no habría cambiado todo eso.

—Ya lo sé, ¿por qué crees si no que iba a estar aquí?

Ramona sacó dos cigarrillos y le tendió uno a Aurora, que sirvió café de estraperlo, del bueno. Luego bebieron y fumaron en silencio.

Ana, 1987

Carlos recogió a Ana con su propio coche, un Volkswagen Golf descapotable rojo, con capota blanca y asientos de cuero blanco. Ana lo esperaba hecha un manojo de nervios después de cambiarse de ropa más de diez veces, y con una mochila en la mano con tres conjuntos diferentes para elegir a la hora de la comida, según vistiera el resto de la gente.

El club la impresionó. Conocía el Centro Asturiano en Oviedo y alguna vez la habían invitado al Club de Tenis, pero no se podía comparar con aquella extensión de terreno con campo de golf, centro hípico, piscinas, campo de hockey y otras instalaciones que, aquel día, no llegó a ver.

Carlos le presentó a sus padres en aquella primera cita. Carlos padre la saludó sin demasiada atención.

—¡Uy, qué buen gusto tiene mi hijo! —dijo Paloma, la madre de Carlos—. Eres una preciosidad. Tan natural. Como decía mi madre, la belleza auténtica es la que no necesita más que agua y jabón. Y más joven que él, como debe ser.

—Anda, mamá, no digas tonterías, Ana es una amiga. Estaba sola este fin de semana en Madrid y la he invitado a pasar el día al aire libre.

Con las amigas de Carlos tuvo menos suerte: Bárbara, Mencía, María, Marta, Tana, Marina... Ana perdió la cuenta. Eran muchas, todas mayores que ella, y si no todas guapas, sí sofisticadas y seguras de sí mismas. O al menos eso le parecieron. Le dieron dos besos de cortesía y la ignoraron. Salvo una.

—¡Encantada! Mira qué mona estás con el biquini de Zara —le dijo una tal Beba—. Haces bien, no tiene ningún sentido comprar ropa de marca. No hay más que verte, todo de Zara y tan estupenda, sin complejos.

—No le hagas caso —le dijo Carlos en voz alta para que Beba lo oyera—. El día que Beba se muerda la lengua por accidente se envenena. En el fondo es buena gente, de lo mejor, pero le da vergüenza que se sepa.

—Carlos, Carlitos, qué aburrido eres. Solo te perdono porque eres guapo y rico —respondió Beba con una sonora carcajada que el resto coreó.

Ana sintió el calor en la cara, pero se limitó a sonreír con toda la indiferencia fingida de la que fue capaz.

Entre los chicos tuvo mejor acogida, miradas de aprobación generales y alguna que otra sonrisa burlona.

Deambuló con Carlos primero entre los grupos. Las conversaciones versaban sobre el atentado, sobre ETA, el nacionalismo vasco, la actuación del Gobierno y las propuestas de la oposición. Todos parecían tener ideas muy claras sobre cómo acabar con los terroristas y qué políticas seguir. Ana ni siquiera tenía una opinión más allá de lo terrible de la tragedia. No había votado en las elecciones del año anterior, a pesar de que eran las primeras en las que podía hacerlo. La abstención le pareció la opción más neutral, moderna y progresista, y la libraba de meterse en discusiones que no le interesaban. Por suerte, nadie le preguntó.

Cuando volvieron a la piscina, la pandilla de Carlos estaba organizando una pequeña competición de ping-pong y, en paralelo, una partida de mus. Ana no sabía jugar al tenis de mesa, pero había crecido con las cartas, echándolas, jugando con su madre y su amiga Florita, con las alumnas de la academia, incluso alguna vez con la abuela Aurora cuando estaba de buenas, y con sus propias amigas las mañanas de playa durante el verano.

—Venga, chica Zara, tú de pareja conmigo, que yo no juego al ping-pong, así que tenemos que arrasar con las cartas —le dijo Beba.

Carlos le guiñó un ojo en señal de aprobación y Ana aceptó.

Una hora después, había quedado patente su maña con el mus, con las señas, los faroles y el control del riesgo en los descartes, y Beba y ella parecían íntimas gracias a esa unión que da la victoria compartida.

Distraída como estaba con el juego, se sobresaltó al oír la voz de Nacho saludando a todos y bromeando con desparpajo. Ana miró a su alrededor buscando a Carlos, pero no lo encontró.

Nacho no tardó en verla y, para horror de Ana, se acercó a ella.

—Bueno, bueno, pero si es Anita, ¡qué sorpresa! Lo último que esperaba era encontrarte aquí. ¿Se te pasó la resaca del viernes?

Todos miraron a Ana. Notó que las lágrimas le humedecían los ojos, pero entonces Beba salió en su rescate.

—Nacho, chico, cada vez tienes peores modales. ¿Desde cuándo se habla de las resacas de los demás? Que no todo el mundo tiene aguante para meterse por la nariz hasta los polvos de talco de su madre y luego quitarse el regusto con un cubata como haces tú.

El tono de broma con el que Beba lanzó la pulla y la carcajada que soltó obligaron a Nacho a sonreír, a la vez que el resto empezaba a contar sus borracheras épicas. La partida de mus continuó como si nada, mientras Nacho se unía al torneo de ping-pong.

Al rato reapareció Carlos, saludó a Nacho con un gesto y se dirigió a la mesa donde Ana seguía jugando.

—¿Te cambias y nos vamos al restaurante?

—De eso nada —respondió Beba—. Te esperas para ponerte romanticón, que estamos a punto de ganar el torneo.

—Esto no es un torneo —protestó Carlos riendo.

—No lo es si yo voy perdiendo, pero hoy sí que lo es. Y tú —añadió Beba dirigiéndose a Ana—: ni se te ocurra dejarme tirada por este.

Media hora más tarde, tras ganar al mus y con el conjunto ni formal ni informal de los tres que había metido en su mochila, Ana y Carlos se encaminaron al restaurante del club.

—Ya he visto que eres la reina de la baraja.

—Y si quieres, hasta te echo las cartas.

—¿También eres pitonisa?

—Y de las buenas.

—Pues luego me adivinas el futuro. Vamos, que ya estarán todos allí.

—¿Cómo que todos?

Ana vio desvanecerse la oportunidad de quedarse por fin a solas con Carlos.

—Es el cumpleaños de mi tía Alicia. Cumple cincuenta pero tiene mentalidad de quince. Te gustará, le gusta a todo el mundo.

La comida consistía en un cóctel en la terraza del club que acabó juntándose con las copas de la tarde, solo interrumpidas por una enorme tarta que la tía Alicia cortó como si fuera una boda después de soplar las velas. Carlos y Ana no tuvieron oportunidad de estar solos. Fueron charlando de grupo en grupo, participando en conversaciones de diversa índole, en las que Ana casi no se atrevió a intervenir.

—¿Cansada? —preguntó Carlos alrededor de las ocho de la

tarde, cuando los camareros empezaron de nuevo a sacar comida.

—Un poco, pero bien.

—¿Quieres volver a Madrid?

—Tu chófer me va a odiar —dijo para tantear a Carlos.

—Te llevo yo.

Ana sintió una punzada en el estómago al recordar el billete de Alsa que la llevaría a Oviedo al día siguiente. Decidida a aprovechar el trayecto en coche, intentó seguir los consejos de su madre y de su abuela: «Para conquistar a un hombre, escucha, sonríe y asiente», decía la primera. «No te abras de piernas hasta que no estés casada y bien casada», decía la segunda. El consejo de la abuela Aurora no tuvo ocasión de ponerlo en práctica porque Carlos no mostró la menor intención de tocarla, y con el de su madre tuvo escasos resultados porque él no dejó de preguntarle por su vida, por sus padres y por su primer año en Madrid.

—Mi abuela fue minera —le contó cuando él se interesó por los orígenes de su familia—. Y mis abuelos, claro, pero eso allí es habitual. Ella estuvo en la mina poco tiempo, cuando mi abuelo no pudo trabajar porque se le cayó encima un costero. ¿Sabes lo que son?

Ana le contó la vida de su madre y la de su abuela, hasta le habló de la vieja Singer de Aurora, de aquella mancha misteriosa que resistía cualquier producto de limpieza, de cómo ella misma había aprendido a coser con esa máquina y de que les echaba las cartas a las aprendices de costura en los descansos de las clases. Ya en Madrid, Carlos la invitó a cenar algo en una terraza cercana, y allí siguieron hablando hasta casi las doce de la noche, hora de cierre de la residencia. Carlos le pidió el número de teléfono y Ana le dio el fijo de su casa de Oviedo, esperanzada en aquella llamada, que se hizo de rogar.

No le contó a su madre lo ocurrido con Nacho, pero sí le habló de Carlos durante días. Las primeras noticias de él llegaron en forma de una orquídea negra y una nota:

Para Ana, mi dulce carbonera.

—Hija mía, ¡qué cosa más fea! ¿Qué clase de chico envía algo así? Más que una flor parece una advertencia de la mafia —dijo Águeda, que acababa de ver *El Padrino* en el vídeo VHS que Jesús se empeñó en comprar pese a las protestas de su mujer, que no entendía por qué había que tener un nuevo reproductor si el Beta funcionaba perfectamente.

Águeda, 1947

La primera amiga que tuvo Águeda fue Mari Flora, una muñeca de trapo que le regaló Ramona, la carbonera, cuando tenía seis años. Le dijo Ramona que habían sido los Reyes Magos, pero ella sabía que no porque hasta aquel año solo le habían traído ropa hecha por su madre y útiles de costura o de limpieza. Nunca una muñeca tan bonita como la de Ramona. Y eso era porque, según su madre, en aquellos tiempos ni los Reyes Magos se libraban del racionamiento y no estaban las cosas como para llevar muñecos a los niños. Le puso Mari Flora por el cuento de Calleja, que su padre le leía de uno de los pocos libros que había en la casa. Fascinada por aquella heroína valiente, dormía con la muñeca cada noche y por la mañana la guardaba a buen recaudo bajo el colchón. Mari Flora se convirtió en su mayor tesoro y en su mayor pesadilla, porque Aurora aprovechaba la querencia de Águeda por la muñeca para amenazarla con desgraciarla a base de tijeretazos si no obedecía. Nunca llevó a cabo Aurora su amenaza, pero no porque no quisiera disgustar a su hija, sino porque tenía miedo de la reacción de Ramona si se enteraba.

Sin niñas con las que jugar, Águeda se aferró a Mari Flora como si fuera una amiga real y no tenía duda de que la muñeca le hablaba, porque ella la escuchaba.

Un día, cuando volvió de la escuela, fue a buscar a Mari Flora bajo el colchón y no la encontró. El corazón le empezó a latir tan rápido que pensó que se le iba a salir del pecho. Levantó el colchón, metió las manos y palpó la lana del relleno de extremo a extremo, pero la muñeca no apareció. Fue tal su desasosiego que se atrevió a preguntar a su madre pese a que esta estaba en plena faena con la máquina de coser.

—Creo que la tenían los gemelos —respondió Aurora.

Águeda corrió a casa de Felisa a buscar a los gemelos y allí estaban, pero ni rastro de la muñeca. Felisa negó haberla visto.

Águeda se pasó días buscando a Mari Flora, sin poder dormir y llorando con lágrimas secas. Por eso, cuando unos meses después Florita, una niña feúcha, desgarbada y malnutrida, llegó al pueblo y la maestra dijo su nombre en la escuela, supo que Mari Flora había vuelto en forma de niña para ser su amiga.

Águeda, 1987

El primer año que Ana estuvo en Madrid fue muy triste para Águeda. Languideció echando de menos a su niña. Cada noche se arrepentía al acostarse de haberla enviado a estudiar a Madrid y cada mañana volvía a pensar que, por duro que fuera para ellos, era lo mejor para Ana. Pero eso no hacía que doliera menos. Otra vez solos, Jesús y ella, como al principio, pero mejor situados, con la vida hecha y el nido vacío.

Visita a visita, Águeda fue aceptando el hecho de que Ana ya no vivía con ellos y que solo los veranos les devolverían la ilusión de estar los tres juntos.

Ana regresó a casa en junio, pasaron el mes de julio en Oviedo y, al llegar agosto, como ocurría cada año en las ciudades sin mar antes de que se pusiera de moda el turismo gastronómico y cultural, Oviedo se quedó vacío, la academia sin alumnas y el taller sin pedidos. Águeda, Jesús y Ana hicieron las maletas, viajaron en el Talbot cargado hasta los topes y se instalaron en el piso de Gijón dispuestos a disfrutar del descanso veraniego. Hacía años que Águeda había llevado la vieja

Singer a Gijón por si le quedaba algún encargo pendiente o para un remate de última hora.

Allí no tenían teléfono fijo y Ana se debatía entre las ganas de estar con sus amigas y la inquietud por no volver a saber de Carlos hasta el final de verano.

El viernes 14 de agosto, después de dos semanas evitando a César y justo antes de la noche grande de las fiestas de Gijón, Ana cantaba y escuchaba a todo volumen en su cuarto «I Still Haven't Found What I'm Looking For», el último éxito de U2, lo que le impidió oír el timbre del telefonillo.

Águeda corrió a avisar a su hija mientras se quitaba la bata e intentaba decidir qué le daba tiempo a ponerse por encima.

—¿Qué dices? ¿Cómo que Carlos está subiendo? ¿Aquí? —gritó Ana al borde de la histeria.

El timbre de la puerta sonó y Ana creyó que iba a vomitar de los nervios.

Fue Águeda la que abrió la puerta mientras Ana se enjuagaba los dientes con colutorio, se ahuecaba el pelo y se ponía rímel en las pestañas.

—Perdone que me presente así, pero no tenía forma de avisar y decidí a última hora venir a pasar el fin de semana a Gijón —dijo Carlos.

—Pase, pase —respondió Águeda, tratando de usted a un hombre que acababa de cumplir los veintiséis.

Carlos miró con curiosidad aquel piso grande y destartalado, que parecía haber sido decorado con los sobrantes de una mueblería pasada de moda. Sonrió al ver la vieja máquina de coser con la mancha en la madera de la que Ana le había hablado en su primera y única cita, y Águeda malinterpretó su gesto. Ella, que nunca había dado importancia a la decoración y menos a la del piso de verano, se reprendió a sí misma por permitir que esa fuera la primera impresión que se iba a llevar de ellos un chico que parecía cumplir todo lo que había soñado para su hija, sabedora de que de esos había pocos. Águeda le presentó a Jesús, que, bastante menos preocupado que su mujer, se levantó a estrecharle la mano y ofrecerle asiento, tabaco y una copa de coñac para acompañarlo en la sobremesa.

Carlos se sentó en el sillón que le señaló Jesús, pero rechazó el coñac y el cigarrillo. Jesús bajó el volumen del televisor convirtiendo en mudo a Luis Mariñas, el presentador del telediario, que movía los labios como un mimo con una foto de Ronald Reagan detrás.

Si Jesús tenía una cualidad innata, era la de entablar conversación con cualquier interlocutor sobre temas banales que a nadie pudieran ofender y, después de tantos años vendiendo ropa de caballero, también diseccionaba como nadie la calidad de las prendas que llevaba puestas aquel con el que se cruzara a menos de tres metros. Las de Carlos eran buenas y caras. Carísimas.

—¿Conocías Gijón? —preguntó para abrir la charla con aquel inesperado visitante.

Carlos y Jesús debatían sobre el templado verano asturiano cuando apareció Ana por la puerta del salón.

—Hola, Carlos, ¡qué sorpresa verte aquí! —saludó desenfadada, aunque por dentro se sentía como si tuviera ranas saltarinas en el estómago.

Esa noche canceló la salida con las amigas. Carlos la llevó a cenar a un restaurante caro, de los que ni ella ni sus amigas podían permitirse, y a los que sus padres no iban nunca porque, para ellos, el dinero ganado y ahorrado a base de esfuerzos era demasiado valioso para desperdiciarlo en restaurantes en los que ni siquiera se sentían cómodos.

Ana no volvió a salir con sus amigas de fiesta. A partir de entonces, y durante los cuatro años siguientes que pasó en la universidad, siempre esperó a Carlos. Hasta el día de la boda. En invierno, en Madrid, salía con él y sus amigos, y en verano, en Gijón, bajaba a la playa o paseaba por el Muro con sus padres, mientras sus amigas frecuentaban las discotecas, conocían chicos, bebían y montaban en moto sin casco para sentir la brisa del mar. A Carlos no le gustaba que saliera sola por Gijón, ella no quería volver a encontrarse con César, y sus padres estaban encantados con lo poco callejera que era su hija. Después de un verano entero recibiendo negativas a sus propuestas de hacer algo juntas, sus amigas dejaron de pasar a buscarla.

Águeda, 1947

Hacía tiempo que Águeda había aprendido a jugar sola en la calle, cerca de la puerta de casa. Florita vivía lejos y era raro que Aurora permitiera a su hija acercarse a casa de su amiga a jugar.

—Aquí hay mucho que hacer y quiero que estés cerca cuando te necesito, donde pueda localizarte pronto.

Así que Águeda jugaba sola en los descansos entre tarea y tarea. Allí en la puerta, enfrascada en una carrera de garbanzos, estaba la pequeña cuando se le acercó Ramona.

—¿Qué pasó con Mari Flora? —le preguntó la carbonera, aunque ya habían transcurrido meses desde la desaparición de la muñeca.

—La perdí. —Solo de recordarla, a Águeda le cambió la cara e hizo un puchero.

—¿La perdiste o te la quitaron? Porque regalar no la regalarías.

Águeda encogió los hombros.

—Yo la dejé debajo del colchón como todos los días, pero cuando volví de la escuela ya no estaba y mi madre dijo que la habían cogido los gemelos y la habían llevado a casa de Felisa, pero Felisa no la había visto y...

Ramona le pasó la mano por el pelo cuando las lágrimas asomaron a sus ojos.

—Está bien, no te preocupes, estate tranquila, que de Mari Flora me encargo yo.

Ramona dejó a la pequeña en la acera y se dirigió a la casa de enfrente.

Fue Felisina, la hija mayor de Felisa, la que abrió.

—¿Está tu madre?

La chica negó con la cabeza preguntándose qué querría la carbonera de su madre, si hacía años que no se hablaba con nadie.

—¿Y cuándo vuelve? —preguntó Ramona.

—Pues estará al llegar. ¿Para qué la quieres?

—Para lo que a ti no te importa.

Felisina miró a aquella mujerona de arriba abajo con ganas de enviarla a paseo, pero se contuvo. La fama de bruta de Ramona era más que conocida y amedrentaba a hombres y mujeres.

—Ya, pues si me disculpas, voy para Teléfonos, que entro a trabajar y ya es tarde —dijo, y salió de la casa dejando a Ramona allí, a la espera de Felisa.

Media hora tardó Felisa en aparecer, la misma que pasó Ramona sentada en el escalón de la puerta jugando con Águeda y sus garbanzos. En el mismo silencio en el que fumaba con Aurora. A Águeda no parecía importarle la parquedad en palabras de Ramona.

Felisa se sorprendió tanto de verlas frente a su puerta que trastabilló. Lo justo para darle tiempo a Ramona a ponerse en pie.

—Entra en casa —ordenó a la niña—, que yo tengo que hablar con Felisa.

Águeda recogió los garbanzos deprisa y se metió en la casa.

—Tú dirás —dijo Felisa impostando la voz.

—¿Cómo se atreve a robarle la muñeca a una niña? —preguntó Ramona, amenazante.

—¿Y tú cómo se atreve a venir a insultarme a mi casa?

—Yo no le insulto, solo digo la verdad. Ayer vi a su nieta en Mieres con la muñeca de Águeda.

—Sería una parecida.

—No. Era la misma. Y lo sé porque se la hice yo.

Felisa notó que le temblaban las piernas. Ramona la cogió por el cuello del vestido y le espetó:

—Es usted una ladrona cobarde que roba a los niños. No le

doy una somanta de palos porque somos vecinas, pero ya le está devolviendo la muñeca a Águeda si no quiere que cambie de opinión.

—Suéltame, que yo no he robado nada. La muñeca me la dio Aurora un día que le debían varios vestidos y no tenía para pagarme. Como era el cumpleaños de mi nieta, me dio la muñeca en pago.

Ramona soltó a Felisa, que se envalentonó.

—¿Y por qué no me lo ha dicho de primeras?

—Porque no me lo preguntaste. Has empezado a llamarme ladrona sin más. Luego te quejarás de que nadie te hable salvo la costurera falangista.

—No se equivoque, que yo no me quejo de que no me hablen. Estoy mucho mejor así.

Ramona se dio la vuelta y se encaminó hacia su casa. Una cosa era que la vecina le robara la muñeca a la niña y otra meterse en lo que Aurora hiciera con su hija. No era ella mujer que se inmiscuyera en lo que cada uno hacía en su casa, salvo cosa necesaria. Al irse, vio a Águeda que, con la puerta entreabierta, había presenciado la discusión. Sintió pena por la niña, pero así era el mundo, una sucesión de decepciones, y cuanto antes lo descubriera, mejor para ella.

Águeda, 1992

Águeda y Jesús no conocieron a sus consuegros hasta el día de la pedida de mano. Para entonces los detalles del enlace ya estaban decididos y planificados cuidadosamente por la madre del novio. Como la boda no iba a celebrarse en la ciudad de la novia, los padres de Carlos tuvieron la deferencia de viajar hasta Oviedo para ver con qué clase de familia iba a emparentar su hijo. A Paloma le gustaba Ana, tan guapa, rubia, dócil y educada. La madre de Carlos intuyó en su futura nuera a una mujer que se adaptaría a su hijo y, sobre todo, a ella misma, sin protestar, sin destacar y, a la vez, quedaría bien en cualquier reunión social. Solo necesitaba mejorar su estilo y eso se solucionaba con dinero. Si en un principio le desagradó la idea de recorrer más de cuatrocientos kilómetros para conocer a una familia que, por lo que sabía, iba a decepcionarla, enseguida se dio cuenta de que era la mejor opción: fueran los padres de Ana como fuesen, no habría testigos de ese primer encuentro.

Carlos padre se mostró más optimista que Paloma.

—Dales una oportunidad, mujer. Quizá te gusten.

—No le crees falsas expectativas, papá, no van a gustarle.

—Pues entonces piensa que las cinco horas de coche que nos separan, en el futuro serán una bendición. Mañana a mediodía estarás de vuelta en Madrid —dijo Carlos padre.

Con el chófer al volante y Carlos padre e hijo turnándose para hablar desde el teléfono del coche, Paloma sacó un libro de su bolso de Prada. Casi había llegado a las últimas páginas cuando el chófer se detuvo en la explanada del hotel de La Reconquista.

La visión del edificio colonial, enmarcado entre palmeras, y el portero uniformado que les abrió la puerta a un interior de piedra, de ese lujo que simula una austeridad que lo convierte en exclusivo, sorprendió gratamente al matrimonio Fresno.

—Bueno, por lo menos la estancia será agradable —comentó Paloma.

Semanas antes del encuentro, Águeda se ofreció a preparar la cena en su casa para agasajar a los futuros suegros de su hija, pero Carlos, sabedor del gusto de sus padres, rechazó la oferta. Además, así podría dejar la presentación de la abuela Aurora para una segunda ocasión y suavizar el impacto que iban a causar en su madre los familiares de Ana.

—Por supuesto que no —le dijo a Águeda—. La pedida es un momento para que lo disfrutemos todos y no vas a estar tú atendiéndonos al resto.

—Hijo, si a mí no me cuesta.

—De eso nada, a mi suegra quiero verla como se merece: como una reina. Ya que me llevo a vuestra hija, lo menos que puedo hacer es invitaros a cenar. Además, así estaremos solo los novios y los padres de los novios —zanjó Carlos la discusión, y aprovechó para dejar claro que no contaba con la presencia de Aurora en la cena.

Hacía tiempo que Carlos sabía qué decirle a Águeda para que hiciera su voluntad, y ella se lo ponía muy fácil.

Casa Lobato, un restaurante en el monte Naranco, en lo alto de la ciudad, fue el lugar elegido por Carlos para la ocasión. Con la excusa de que era el restaurante más antiguo de Oviedo, escogió ese local para minimizar las sorpresas: comida asturiana y buenas críticas gastronómicas para asegurarse de que sus padres dieran el visto bueno y, a la vez, un ambiente tradicional para que sus futuros suegros no desentonaran.

Cuando el chófer entró en el aparcamiento del restaurante, vieron a Ana bajarse del asiento de atrás del Talbot Horizon que conducía Jesús.

—¿Ese es el coche de tu suegro? —preguntó su padre.

Carlos miró hacia él desde el asiento delantero y asintió con la cabeza.

—Esta cena promete —dijo Carlos padre con una sonrisa burlona mientras observaba de reojo el gesto torcido de su mujer ante la primera visión de sus futuros consuegros.

El traje de Jesús le resultó a Paloma sorprendentemente elegante. El vestido de Águeda, demasiado ceremonioso para la ocasión y el lugar elegido; era un diseño bonito, aunque no lucía en el cuerpo regordete de Águeda. El tocado en el pelo, a todas luces, excesivo.

Fue al oír hablar a su consuegra cuando Paloma tuvo que inspirar hondo.

—¡Qué acento más simpático! —dijo—. Qué... ¿cantarín?

—Es que yo soy de la cuenca minera —explicó Águeda—, aunque ya casi no se me nota. Llevo tantos años viviendo en Oviedo que cuando voy a mi pueblo me dicen que hablo con acento de capital.

Paloma asintió sin hacer comentarios. «De la capital de Paletolandia», pensó.

Ya sentados a la mesa, Carlos animó a Ana para que contara una anécdota sobre el restaurante: una alumna de las Teresianas, el colegio en el que había estudiado, situado a pocos metros de allí, se acercó a comprar un bollo y se encontró comiendo al cantante de Hombres G. En diez minutos, decenas de adolescentes vestidas de uniforme y al borde de la histeria entraban en tropel en el restaurante con la esperanza de conocer a David Summers en persona. Todos recibieron el chascarrillo con más alegría de la que merecía, más que nada porque les ayudó a romper el hielo, y continuaron charlando sobre el colegio de Ana, de Carlos y sus anécdotas de niños.

Solo Carlos padre se fijó en la frecuencia con la que Jesús se rellenaba la copa y cómo su mujer estaba continuamente pendiente de quitarla de su alcance en un vano intento de que el hombre comiera más y bebiera menos.

A la hora del intercambio de regalos, los ojos de Jesús brillaban vidriosos, aunque fue la mano de Águeda la que tembló al entregarle a su futuro yerno la cajita con el Omega de oro. Le había costado lo que nunca imaginó que iba a pagar por un reloj, pero en esa ocasión no quería quedar mal ni pecar de tacaña. Aquel reloj le costó lo que ella ganaba en todo un trimestre, pero Ana iba a casarse con un millonario y quería que entrara en la familia por la puerta grande. Hasta Paloma se sorprendió de la calidad del regalo. Cuando Águeda vio el gesto aprobatorio de su consuegra, respiró aliviada. Había merecido la pena y el brillante montado en oro blanco con la inscripción «Te quiero. Carlos. 1992» que en ese momento lucía su hija en el dedo compensaba cualquier sacrificio.

Una vez fuera, Carlos se dio cuenta de que Jesús no estaba en condiciones para conducir y se ofreció galante a llevarlos.

—Conduzco yo, Carlos —respondió Ana muy digna—. Mi padre es de acostarse pronto y enseguida le entra el sueño.

—Yo lo decía para bajar contigo e invitarte a tomar algo, no me estropees la excusa —dijo Carlos, manejando con acierto la incómoda situación.

Ana accedió y cuando se montaron en el coche vio que a su madre se le llenaban los ojos de lágrimas.

—¿Qué pasa, mamá?

—La emoción, hija, la emoción.

Pero lo cierto era que en su cabeza resonaban las palabras que había oído decir a su consuegra mientras se acomodaba en el asiento trasero del Jaguar: «¡Madre mía, Carlos, vaya par de paletos con los que vamos a emparentar! ¿Has visto cómo habla esa mujer? Además, está contrahecha. ¡Qué fea es! ¿Y ese acento? Hay palabras que ni se le entienden. ¡A ver cómo me las ingenio para que se la vea poco el día de la boda!».

8

Ana, 1994

En 1994 los periódicos nos suministraban cada día nuevos temas de conversación. Las noticias eran entonces mucho más convulsas que los tejemanejes familiares de las telenovelas, que ocupaban una posición de honor en la sobremesa de los días laborables. A mí no me interesaba demasiado la política, pero debía estar al día y ser consistente con las opiniones que mostraban mi suegro y mi marido, según los cuales España parecía un país de chichinabo o de Don Pimpón, como lo llamaría un par de años más tarde un grupo de música celta. A ellos les preocupaba aprovechar el impacto económico de aquel circo, que hasta a mí me parecía impropio de un país de la Unión Europea: cuando no se fugaba el director de la Guardia Civil después de saquear los fondos reservados, caía el banquero más famoso del país o imputaban al exgobernador del Banco de España. Incluso al presidente del Gobierno le explotaba la investigación de un grupo terrorista gubernamental creado para combatir a los verdaderos terroristas, mientras un desconocido presidente de la oposición, por el que nadie apostaba ni un duro, hacía famosa una frase que se repetía en todas las viñetas de los periódicos: «Váyase, señor González».

Lo que más recuerdo de aquel año, como si lo estuviera viviendo hoy mismo, es el día que me puse de parto. No rompí aguas, pero sí sentí unos terribles dolores, como calambres que me cruzaban la tripa. Faltaban tres semanas para salir de cuentas y mi madre todavía no había llegado a Madrid para estar presente en el nacimiento de su primer nieto. Carlos estaba trabajando y, cuando lo llamé al móvil, él llamó a mi suegra, que de inmediato se presentó en mi casa para llevarme al hospital. Cuando llegué a la Ruber Internacional, el doctor que había controlado mi embarazo, ginecólogo de mi suegra y de varias de sus amigas, confirmó que estaba de parto y me dejó en manos de la comadrona para la dilatación. Fui una primeriza rápida, «destinada a parir, dilata como una auténtica matrona», dijo aquella mujer a la que no conocía y que cada dos por tres se metía entre mis piernas para introducirme los dedos en la vagina y calcular los centímetros dilatados.

Carlos llegó justo a tiempo de verme antes de que me pasaran al paritorio. En ese momento noté que me había hecho pis, pero me moría de vergüenza solo de pensar que mi maravilloso marido pudiera percatarse de ello, así que no dije nada, ni siquiera cuando los celadores vinieron a buscarme. En el paritorio me esperaban el doctor y la comadrona. Fue a ella a la que le dije en voz baja:

—Creo que me he hecho pis.

Cuando levantaron la sábana que me cubría, vieron la sangre que teñía mi camisón de rojo y solo recuerdo escuchar al doctor diciendo:

—Dormidla ahora mismo. Se ha desprendido la placenta. Hay que sacar al niño.

Nunca supe cómo era la cara de mi hijo porque no me dejaron verlo muerto.

Salí del hospital sin más armas para enfrentarme a lo sucedido que el burdo consejo de aquel ginecólogo al que jamás volví a visitar:

—Aquí no ha pasado nada. Tú estás viva, que es lo que importa. Ahora esperas tres meses y a buscar el siguiente. Has tenido mucha suerte porque tú estás bien y nada te impide tener familia numerosa.

Lo cierto es que me habían salvado la vida en una situación en la que tenía muchas probabilidades de haber muerto con mi hijo, pero yo no estaba bien y desde luego no me sentía afortunada. Las recetas de antidepresivos y ansiolíticos que se sucedieron los meses siguientes solo anestesiaron mi dolor, y yo perdí para siempre la ilusión que sentía antes de que mi hijo muriera por ser incapaz de separarse de mí.

Aurora, 1949

El 3 de noviembre de 1973, el presentador del telediario de la noche daba la noticia de la explosión de grisú en el pozo Mariquita, en Quirós. Seis hombres muertos, uno de ellos en su primer día de trabajo. Las imágenes eran desoladoras. Los mineros que habían conseguido salir se veían entre agradecidos y desesperados; los que no estaban de turno llegaban a la bocamina para intentar ayudar, preguntando quiénes seguían atrapados. Y las familias de los que estaban dentro rogaban a santa Bárbara que el suyo saliera vivo de aquel agujero, sin importarles si luego deberían el favor a Dios o al diablo.

Asturias estaba de luto, la cuenca conmocionada. Otro sacrificio humano, otra venganza de la tierra por hurgar debajo de su piel y arrancarle el mineral a golpes.

Águeda y Aurora miraban absortas la pantalla. Entonces Aurora recordó aquel día, veinticuatro años atrás, en que la desgracia se produjo en el pozo María Luisa. No había televisión que diera a conocer a los españoles la magnitud del desastre y la desolación que se extendió por la cuenca minera. Estaba prohibido difundir noticias de los accidentes en las minas para que los mineros no se solivïantaran. Solo se permitía una esquela común para los muertos, pero aquel fue de tal gravedad que incluso en el diario con más lectores de Asturias, *La Nueva España*, dirigido entonces por el Movimiento, se publicó una escueta noticia de la tragedia.

A las seis de la tarde, unos cartuchos de dinamita detonados a doscientos metros de profundidad provocaron una explosión de grisú que sembró el terror en las galerías. El director de la Brigada de Salvamento Minero recibió aviso de inmediato y la noticia voló por las cuencas. Aunque las casas particulares no tenían teléfono, las centralitas carecían de privacidad y las operadoras escuchaban cada conversación que tenía lugar en su área. En cuanto se produjo la primera comunicación del accidente desde el teléfono del pozo, todas se enteraron en cadena del terrible suceso y, gracias a ellas, las familias conocieron la tragedia momentos después de suceder.

Fue Felisina, la hija de la vecina, que trabajaba en la Casa de Teléfonos, la que difundió la noticia en el barrio de Aurora.

—Una tragedia muy gorda, el maldito grisú explotó en el María Luisa. Sonaron las sirenas hace más de diez minutos. Dicen que hay muchos hombres dentro —contaba a los vecinos.

—Voy ahora mismo para allá —dijo Paulino cuando oyó a Felisina.

—¿Tú a qué?

—A ver si puedo ayudar.

—Voy contigo —dijo Aurora.

—De eso ni hablar. ¿Qué pasa con Águeda y los gemelos? —Paulino cogió la chaqueta y la boina.

—Pueden quedarse con mi madre —ofreció Felisina—. Voy a llamarla y que venga para acá. ¿Cómo vais hasta allí?

—En bicicleta —respondieron Aurora y Paulino al unísono.

—No seáis locos, que os va a pillar la noche.

Cruzaron los dos el pueblo, donde empezaba a extenderse la triste noticia y otros mineros salían de sus casas con el mismo propósito que Paulino. Todos en silencio por miedo a los guardias, alterados y a la vez tranquilos sabiendo a los suyos a salvo, al menos aquel día. La mayoría de los mineros de Turón trabajaban en el Santa Bárbara, al que llamaban La Rabaldana, y otros pozos más cercanos. Ninguna mujer se había unido a la comitiva.

—Da la vuelta. Vete a casa —ordenó Paulino a su mujer.

Y Aurora obedeció. No por sumisión a su marido, sino porque ya hacía rato que se había arrepentido de su impulso de acompañarlo.

Los mineros tardaron más de dos horas en avistar el castillete del María Luisa desde la carretera y se unieron a los grupos que se dirigían al pozo desde los pueblos más cercanos. Cada vez más personas se sumaban a los familiares de los mineros del turno, que esperaban noticias fuera entre rezos, lamentos y lágrimas. Todavía no era tiempo de consignas contra los patrones. El cura de Ciaño, el pueblo más próximo, consolaba a los que se lo pedían. Paulino y sus compañeros hicieron el viaje en balde. Nada pudieron hacer por los atrapados en el María Luisa más que compartir la desolación de la tragedia. Ni siquiera era posible llegar a las galerías donde se había producido la explosión. Los brigadistas ya habían entrado, las autoridades locales empezaban a llegar y, a las dos horas del accidente, no se sabía nada de los mineros que continuaban en el interior.

«Fue en la serie cuarta del taller de la Vieja, pero en la Carbonera de Agapito volaron también por los aires», decía uno de los que salían refiriéndose a las capas siniestradas. «Está ardiendo y el humo no deja pasar», informaba un posteador que, cuando la mina explotó, iba de retirada a colocar material y no lo pilló por menos de un minuto.

Los mineros salían tiznados y agitados, y a los que estaban más cerca del accidente se les veía confusos, algunos con síntomas de asfixia, pero pocos con más noticias que «una tremenda explosión en la capa de la Vieja». Empezaba a formarse una multitud de mujeres, esposas, hijas y madres con el corazón encogido, hijos que contenían la respiración, padres y hermanos, la mayoría también mineros y, entre ellos y los que salían, los primeros rumores sobre las causas del accidente: «Dispararon un barreno y pilló grisú. Se llenó todo de humo y llamas. Allí abajo están muriendo abrasados». «Esa capa no ventila y mira que lo avisamos, pero nadie hizo nada».

Ya habían hecho acto de presencia las autoridades y el juez, y con ellos llegaron varios efectivos de la Guardia Civil. En el pozo más grande de Asturias, los mineros podían montar jaleo en situaciones tan críticas.

El primer cadáver salió a las diez y media de la noche entre gritos y llantos de los más cercanos, y la pena por la familia del muerto se mezclaba con el alivio en los que no lo reconocían como el suyo. Eran las doce de la noche cuando salió el tercero. Tres hombres quemados y asfixiados, y todos sabían que aquello no había hecho más que empezar.

«¿Quién falta?», preguntaban. Y enumeraban a los del turno.

A veces también llegaban buenas noticias: «Tu padre está abajo, compañero», le decía un picador a un chaval después de que saliera el tercer cadáver. «Está bien, está con los equipos de rescate». Y aquella familia daba gracias al cielo entre llantos de alivio por ser de los afortunados a los que, por esa vez, la muerte les había dado tregua.

A las tres de la mañana ya eran cuatro los muertos. La desesperación se extendía entre familiares y supervivientes.

«No encontré a Joaquín», escuchó decir Paulino a un minero que salía negro de hollín y carbón y parecía tener problemas para respirar. «Eso es el infierno. A Benito no se le pueden morir los dos hijos varones en la mina», repetía una y otra vez aquel hombre refiriéndose a su pinche de diecisiete años, el hijo del compañero Benito, el que había entrado en el lugar de su hermano mayor un año atrás, cuando el propio Benito le encargó: «Cuídamelo, por tus muertos, cuídamelo, que no se nos lleve a este también, que mi mujer se vuelve loca».

No sacaron el último cadáver hasta tres días después, igual que no salieron los hijos de Aurora de casa de Felisa hasta que Paulino volvió al día siguiente y fue a buscarlos.

Ana, 1988

La arrolladora personalidad de Beba despertó la admiración de Ana desde que la conoció. Beba se enfrentaba al mundo como si todos tuvieran que rendirse a sus pies, mientras que ella prefería pasar desapercibida para que nadie la atacase.

Los fines de semana que iba con Carlos al club, Ana buscaba la compañía de Beba y a Beba le cayó en gracia Ana, a pesar de que la consideraba una universitaria inmadura. Con veintiocho años, Beba tenía una prometedora carrera en la banca privada, gestionaba inversiones de grandes capitales y lograba rentabilidades superiores a las de sus compañeros. Vivía sola en un apartamento en el exclusivo municipio de Pozuelo de Alarcón y conducía un Golf GTI azul celeste. No tenía novio ni, según decía, tiempo para una relación seria. Y para Ana, a sus veinte años, Beba era todo un referente.

Estaban en casa de Beba, en el cuarto de baño, y Ana apuraba una Coca-Cola Light sentada en el borde de la bañera.

—¿No quieres tener hijos? —le preguntó.

—¿Hijos con quién?

—Pues ¿con quién va a ser? Con un hombre.

—A eso me refería —respondió Beba mientras se tiraba del extremo del ojo para pintarse una raya negra—. ¿Con qué hombre? ¿Tú ves alguno por aquí? A ver si además de poco atractiva voy a ser medio ciega.

—Tú no eres fea.

—Lo que no soy es guapa, y lo que no voy a hacer es casarme con un pringado sin futuro.

No era la primera vez que Ana sacaba el tema del matrimonio y los hijos con la que ya consideraba su mejor amiga.

—¡Ay, Ana, qué pesadita eres! Cásate con Carlos y ten hijos con él. Aprovecha, que la belleza termina pronto. A partir de los treinta hasta las más guapas tienen problemas para encontrar pareja.

—Consejos vendo que para mí no tengo, ¿o es que yo no soy lista y por eso solo puedo aspirar a casarme y ser madre?

—A lo mejor la forma de verlo es otra y yo solo puedo aspirar a ser lista si quiero lograr la vida que deseo. Si Carlos me hubiera elegido a mí, tu futura suegra, que se las trae, me habría crucificado, y tras ella todas sus amigas. Y después de sus amigas, sus maridos. ¿Y sabes qué pasaría entonces? Que me quedaría sin marido y sin trabajo. Ahora las mujeres están peleando porque quieren un cupo de los puestos directivos. Hablan de un veinticinco por ciento, y a muchos les parece insultante que los obliguen a ascender a mujeres. Y lo peor es que a muchas también se lo parece. Así está mi mundo, mira todo lo que nos queda por conseguir.

En ese momento llamaron al telefonillo y la conversación se quedó ahí. Era Carlos. Desde el secuestro meses atrás del empresario Emiliano Revilla a manos de ETA, los Fresno y otros empresarios españoles habían contratado seguridad personal. Carlos iba a acompañado de dos guardaespaldas y le había prohibido a Ana salir sola. Utilizaban el apartamento de Beba los viernes y los sábados por la noche para estar un rato juntos mientras ella salía de copas con la pandilla.

—¡Qué rollo! —se quejó Ana—. Si no sueltan pronto a ese hombre, Carlos me va a enjaular.

—Eso si sigue vivo. Mira, en eso te llevo ventaja, mis padres bastante tienen con llegar a fin de mes, así que a mí nadie quiere secuestrarme.

Ana se sorprendió, pero no pudo preguntarle a qué se refería porque en ese momento oyeron que el ascensor se detenía en la planta y Beba cogió el bolso, abrió la puerta, le dio un beso a Carlos en la mejilla y se despidió.

—Pasadlo bien, chicos. —Agitó la mano para decir adiós y entró en el ascensor, sin que quedara claro si se dirigía a ellos o a los dos guardaespaldas que se quedaban en la puerta.

Cuando Ana le preguntó a Carlos por los padres de Beba, corroboró las palabras de su amiga.

—¡Pero es socia del club! —exclamó sorprendida—. Y no es un club de gente con problemas para llegar a fin de mes.

—Beba es hija de uno de los contables del club, por eso tiene acceso libre. Era una estudiante de diez, y en cuanto empezó a destacar, sus padres se volcaron para enviarla al mejor colegio y después a la universidad más prestigiosa del país. Nunca habla de eso, pero yo sé que tuvieron que pedir una hipoteca sobre su casa para pagarlo. Es brillante, pero está sola y es una luchadora.

—Suena como si la admiraras.

—Y así es.

—Según ella, a tu madre no le gusta.

—A mi madre no le gustan las mujeres que se meten en un mundo que ella considera de hombres. Tú le encantas.

—No sé cómo tomarme eso.

—Tómatelo bien, porque contentar a mi madre no es fácil y tú le gustaste desde el primer día.

—Y sin ser de buena cuna, como dices tú.

Carlos sonrió pero no dijo nada, sabedor de que a su madre esa característica le parecía una ventaja: si Ana se rebelaba contra su suegra, regresaría al lugar del que provenía y, una vez que una persona se acostumbra al lujo, da mucho miedo volver a preocuparse por llegar a fin de mes.

Aurora, 1949

Al día siguiente de la tragedia en el María Luisa, Aurora volvió a ver a Ferino. Habían transcurrido casi cinco años desde su último encuentro.

Aquel viernes las minas asturianas cerraron por primera vez en la historia por falta de mineros. Todos fueron a acompañar a los muertos y a sus familias. Fue la mayor manifestación espontánea de los habitantes de las cuencas, una riada humana que salió de la explanada del pozo turnándose para llevar a hombros los ataúdes y unirse al dolor de sus mujeres, sus huérfanos y sus madres. Allí estaban Frutos y Paulino, mientras Ferino llamaba a la puerta de Aurora.

Ella se quedó petrificada. Los años no habían pasado en balde y los cincuenta le habían caído a Ferino en forma de canas, unas cuantas arrugas de más en la cara y algún kilo en la barriga que, en plena posguerra, despertaba más envidia que rechazo. Aurora, en cambio, más ancha tras los embarazos, aunque igual de guapa y joven, le pareció a Ferino más deseable que nunca.

—Van a empezar a llevar a los muertos a los cementerios,

está yendo la gente de todos los pueblos mineros para allá. ¿Tú no vas? —preguntó Ferino sin más preámbulo.

—Yo no. A los que están muertos ya no les hago falta y los míos están todos vivos. ¿Qué haces tú aquí?

—Me imaginé que tu marido no estaría y que tú no habrías ido al entierro. Veo que acerté. —Ferino torció la cabeza para ver el interior de la casa—. ¿Puedo pasar? ¿Está tu hija?

—¿Mi hija? ¿Para qué preguntas tú por mi hija? —dijo cortándole el paso.

—¿Quieres que siga aquí en la puerta dando que hablar a las vecinas?

Aurora se apartó y Ferino entró.

—¿Qué quieres tú de Águeda y por qué? —preguntó cada vez más escamada.

—Bien lo sabes.

—Yo no sé nada.

—Pues yo sí, porque me lo contó tu padre. Por eso he venido hasta aquí, porque esto que ha pasado en el María Luisa puede ocurrir mañana en cualquier otra mina, y si tu marido y tu padre faltan, yo me hago responsable de la niña. En secreto, claro está, pero no voy a dejar que pase hambre. Así que, si alguna vez necesita algo, me lo dices.

—¿De Águeda sí y de los gemelos no?

—¿Qué tengo yo que ver con los gemelos?

Aurora no entendió, pero el instinto la frenó antes de contradecir a Ferino.

—Águeda no está en casa, está con la vecina.

—Estás muy guapa.

A Aurora le temblaron las piernas.

En su casa, en el suelo, entre las telas de costura, al pie de la Singer, mientras la cuenca minera lloraba a sus muertos, volvió a disfrutar de estar con un hombre como no disfrutaba desde la última vez que había estado con Ferino, antes de que doña Pilar les impidiera volver a verse, y lo hizo con esa satisfacción animal que nace cuando se funde el deseo con el despecho.

Las que vieron a don Ceferino entrar y salir de casa de Aurora dejaron el rumor en pausa. Ese día solo se hablaba del accidente en el María Luisa.

A pesar de las estrictas leyes dictadas en la posguerra para impedir el trabajo de la mujer en el interior de la mina, los capataces preferían a Ramona antes que a cualquier picador. No se emborrachaba, solo tenía por vicio soltar guantazos al que ofendía a su hermana y fumar un cigarro en el portal de su casa después de cenar. Y cobraba bastante menos que un minero, aunque más que cualquier otra mujer. Ramona vestía en la mina camisa y pantalón, y con aquel pelo corto cualquiera la habría confundido con un hombre. Continuaba sacando carbón de la mina como el más fuerte de los picadores y protegía a su hermana María, con la que hacía ya mucho tiempo que nadie se atrevía a meterse.

—Yo no dejo la mina ni loca. Con los dos jornales, mi madre, mi hermana y yo vivimos como reinas; trabajo mis doce horas y luego hago lo que me da la gana. ¿Crees que voy a querer la vida de mi hermana Úrsula? Ya lleva cinco hijos con el borracho de su marido, que la muele a palos un día sí y otro también desde el día que se casó —le confesó un día a Aurora.

Ambas tenían en común una desconfianza aprendida en la niñez ante cualquier ser humano, pero aquello era suficiente para que, paradójicamente, conectaran. Siempre distantes, Ramona era la única persona con la que a Aurora le agradaba tomar un café, aunque la mayor parte de las veces lo hicieran en silencio.

Fue al día siguiente del entierro de los primeros muertos, cuando todavía seguían sacando cadáveres del pozo María Luisa, que Ramona se presentó en casa de Aurora por la mañana con dos cigarrillos recién liados.

—¿Está Paulino? —preguntó.

Paulino no estaba. Entonces buscó la forma de contarle a

Aurora lo que había ido a decirle aquella mañana. Aurora sirvió dos tazas de malta con achicoria que mantenía caliente en las brasas del carbón.

—Hoy no tengo café de verdad; los grises interceptaron a los estraperlistas.

—Así está bien. Andan revueltos los mineros. Hablan de hacer huelga —comentó Ramona.

—¿Y tú no?

—¿Qué huelga voy a hacer yo? Sería la primera a la que despedirían. Ni siquiera figuro en ningún registro de trabajadores, y yo necesito la mina, así que a aguantar y a picar carbón. Y ya verás que ellos tampoco. El que más y el que menos gasta el jornal entre bares, el burdel y el estraperlo. ¿De qué van a vivir si no bajan al tajo?

—Menos mal que Paulino no es hombre de líos —reconoció Aurora.

—¿Y Ferino?

—¿Qué quieres decir?

—Que tirarte a un capataz para que te dé un puesto de telefonista es buscarte la vida, pero tirártelo cuando solo consigues jugártela es estupidez, Aurorina. Si su mujer se entera de que habéis vuelto a veros, es capaz de hacer que te lleven presa. Después de todo lo que has tragado con esa señorona. Y no digamos si se entera Paulino, que es hombre de bien, pero hombre al fin y al cabo. Por mucho que te ponga perra el capataz, no merece la pena.

Aurora hubiera echado de la casa a cualquier otra por soltarle semejante ordinariez. A Ramona, no.

—¿Y si pudiera sacarle algo? —preguntó pensando en las palabras de Ferino respecto a Águeda.

—Entonces la cosa cambia, cambia mucho, pero ándate con cuidado, que el riesgo es grande.

Y allí se quedaron las dos un rato, en silencio, hasta que Ramona terminó con aquel líquido caliente que, de tanto tomarlo cuando no había dinero o fallaba el estraperlo, empezaban a confundirlo con café.

Ramona se levantó para irse y Aurora volvió al pedal de la Singer, el único lugar donde se sentía segura.

Águeda, 1993

La boda de Ana no se celebró en Oviedo, la ciudad de la novia, tal como mandaba la tradición, sino en Madrid. Águeda lo aceptó porque habría transigido con cualquier cosa con tal de ver a su pequeña Ana casada con Carlos.

Ana y Carlos se casaron un domingo a mediodía en la iglesia de los Jerónimos. Asistieron sus familiares, y trescientos invitados más, aportados casi en su totalidad por la familia del novio. La novia lució un vestido de diseño exclusivo con una larguísima cola cuya foto fue evaluada por miles de lectoras en la reseña que la revista *Hola* publicó en su sección de acontecimientos sociales.

Durante el banquete en el hotel Villamagna, en el paseo de la Castellana, principal arteria de Madrid, Águeda no probó bocado, ocupada como estaba en que su marido no bebiera más de la cuenta y diera la nota, y en no cometer ella misma ninguna incorrección ante su consuegra, mientras fingía no darse cuenta de la condescendencia con que la trataba y sonreía para que su hija la viera feliz.

—Fascinante tu vestido, Águeda —dijo Paloma Sánchez San Francisco a su consuegra aquel día.

—Un diseño de Valentino —respondió sin mentir del todo, y agradeció que su hija insistiera en que comprara un vestido de marca para la ocasión.

—Teniendo una academia de corte y confección, pensé que lo habías hecho tú misma.

—En nuestro taller vestimos a lo mejor de la sociedad ovetense, pero igual que un médico no se atiende a sí mismo, las modistas elegimos a otros modistos para vestirnos —replicó Águeda, soltando las palabras que su hija la había obligado a ensayar para el caso de que necesitara responder a las pullas de su consuegra.

Paloma, viendo que la conversación no transcurría por donde ella pretendía, cambió de tema al más socorrido de cualquier boda:

—Qué felices se les ve y qué guapos están.

Águeda se sintió satisfecha al ver que había logrado impresionar a su consuegra. Lo que no confesó fue que el vestido no era un Valentino original. No fue una cuestión de precio, aunque a Águeda le dolía en el corazón tanto como en el bolsillo la cantidad de ceros que llevaba la etiqueta de aquel modelo. El problema fue su cuerpo achaparrado que, aunque nunca había tenido forma de reloj de arena, después de la menopausia adoptó la forma invertida, con la cintura más ancha que la cadera, y no hubo forma de encajarlo en ninguno de los vestidos que se probó en las *boutiques* ovetenses. Harta de sufrir en los probadores y de las conversaciones absurdas con las dependientas que pretendían convencerla de lo bien que se veía, cuando sabía que parecía un morcón generosamente embutido, decidió copiar el diseño y confeccionarlo ella misma. Compró la mejor seda que encontró, en el mismo verde oscuro que el vestido más caro que se había probado, y lo hizo igual, exacto hasta en el más mínimo detalle, pero a la medida de sus formas, decidida a llevarse el secreto a la tumba.

Lo que sí compró fue un tocado para el pelo, un bolso de ceremonia a juego con el vestido y unos zapatos con la suela roja, que su hija eligió para ella y que le estaban machacando los pies.

—Estás preciosa, mamá —dijo Ana cuando se lo probó todo en el hotel.

La aprobación de Ana fue para Águeda una de las mayores inyecciones de confianza que había recibido en su vida. Se sentó a su mesa, orgullosa, y observó a los invitados dar cuenta del banquete y disfrutar de la fiesta posterior. Los jóvenes y no tan jóvenes continuaron la celebración en el Joy Eslava, pero Águeda consiguió retirarse con su marido antes de que este empezara a ponerse en ridículo, ya pasado de copas, aludiendo al cansancio por los preparativos de la boda, los mismos en los que Paloma no le permitió participar y ella lo consintió por no crearle un conflicto a su hija. Solo se le concedió el honor de comprar los regalos de las invitadas. No faltó el tabaco rubio, como mandaban la tradición y su consuegra, pero también había un encargo muy especial de la propia Ana que a Paloma Sánchez San Francisco no le hizo ni pizca de gracia y que horrorizó a la abuela Aurora, pero que triunfó entre las invitadas por su toque *vintage*: unas réplicas en miniatura de una máquina de coser Singer que al girar la manivela sonaban con ritmo de un pasodoble que simulaba la cadencia de las puntadas. Fue el intento de Ana de que su madre se sintiera representada en la boda, de compensarla por haberle robado la ilusión de participar en la elección de cada detalle de la celebración, como acostumbraban a hacer las madres de las novias.

Aurora, 1949

Nunca supo Aurora del susto que se llevó Ferino el día que Frutos apareció en la puerta de su casa al poco de nacer Águeda.

Convencido de cumplir con su deber como padre y abuelo, Frutos esperó a que llegara su día libre, se vistió de domingo, cogió la bicicleta y puso rumbo a la mansión de la esposa del capataz del Santa Bárbara. Pedaleó a ritmo suave para no llegar sudando a ver a aquel hombre al que tenía que tratar de don y que, aun así, incluso a Frutos le parecía poco comparado con la mujer con la que había emparentado. Cuando llegó a su destino, candó la bicicleta en la verja de la entrada, recorrió el camino que peinaba el enorme jardín con raya al medio y llamó con la aldaba de la puerta.

Abrió una mujer ataviada con uniforme, delantal y cofia almidonados, y Frutos se sintió cohibido pero hizo de tripas corazón para cumplir la misión que lo llevaba allí.

Cuando Ferino recibió el aviso de que lo esperaba el picador que había trabajado tantos años en el pozo Santa Bárbara, el hombre que lo tuvo en vela varios días repasando los protocolos de seguridad cuando aquel costero le partió la espalda, pero, sobre todo, el padre de Aurora, su antigua amante, la mujer de la que a base de intentar olvidar cada día se acordaba más, supuso que había ocurrido algo horrible.

Temió que Frutos viniera a avisarle de que la Guardia Civil había encontrado a los moros muertos y se hubieran llevado a Aurora al cuartel. Bajó él mismo para conducirlo al gabinete.

—Fructuoso Cangas —dijo el capataz al cerrar la puerta tras de sí—. ¿Qué sucede?

—Perdone que me haya presentado en su casa, don Ceferino, bueno, en la casa de su... —Frutos se sintió cohibido por el lujo de la vivienda y la prosperidad adquirida por el capataz tras su matrimonio—. En fin, que vengo por un asunto muy delicado.

—Usted dirá.

Con un gesto, lo invitó a sentarse e hizo lo mismo.

—Quisiera hablarle de mi hija Aurora.

Don Ceferino se revolvió en la silla.

—Lo escucho —lo animó al ver que Frutos parecía no saber cómo continuar.

—No sé si sabe usted que se casó hace unos meses.

—Mi más sincera enhorabuena.

—Acaba de tener una hija.

—Pues entonces la enhorabuena es doble —dijo, cada vez más expectante ante la evolución de aquella conversación.

—Es sietemesina, pero es una niña hermosa y muy sana. Águeda, así se llama mi nieta, y no parece sietemesina en absoluto.

—Es una excelente noticia. Me alegro mucho por su familia.

—Quiero pedirle que si algún día esta niña necesita ayuda, usted se la proporcione.

—No sé si lo entiendo. ¿Quiere usted que sea el padrino de su nieta?

—No, no, el padrino sí que no. Alguien más podría fijarse en la circunstancia de las orejas.

—¿A qué circunstancia se refiere? —quiso saber Ferino, especialmente susceptible con esa parte de su fisonomía después de una infancia en la que tuvieron mucho más protagonismo del merecido.

—A la desafortunada coincidencia de que mi nieta tenga las mismas orejas que usted.

Ferino calló y Frutos hizo lo propio. No había más que decir. Minutos más tarde, ambos se daban la mano en la puerta de la casa después de que el capataz accediera a la petición hecha por Frutos.

Por eso, años después, tras enterarse Aurora de la conversación que mantuvieron su padre y su amante, y sabedora de que no era Ferino el padre de Águeda, decidió pedirle explicaciones a Frutos antes de que el lío que había organizado le trajera algún disgusto. Esperó a que su padre librara una mañana para ir a verlo. Quería encontrarlo despejado. El hombre cada vez bebía más, comía menos y pasaba más tiempo con fulanas.

Si Frutos se sorprendió al ver a su hija en la puerta de su casa, no lo manifestó. Se limitó a darse la vuelta en una invitación a entrar, sin preocuparse por que la vivienda estuviera llena de polvo y oliera a rancio.

—¿Recuerda usted a Ferino, el capataz? —le preguntó Aurora nada más cerrar la puerta.

—¿Me tomas el pelo, Aurora? —dijo mientras volvía a sentarse a la mesa para tomarse el café solo que hacía las veces de desayuno. Lo único que le entraba tras una noche de excesos—. ¿Te has levantado chistosa de buena mañana? ¿Y tú, te acuerdas tú de él?

—Mire, padre, no he venido aquí a discutir. Solo quiero saber por qué le dijo usted que Águeda era hija suya.

—¿Algo que objetar? Luego cada quien con su conciencia, pero por lo menos que lo sepa. Ese hombre tiene dinero y contactos, y ya los usó con nosotros una vez. Y contigo más, claro, con lo que le dabas...

—Ya le saqué más que a usted, que se lo tomó gratis —le espetó ella.

Frutos se levantó de la mesa como un resorte. La resaca y la soledad del día libre le despertaban una ira que cada vez le costaba más controlar.

—¿Qué quieres?

—Saber cómo consiguió que lo creyera.

—Eso mejor lo sabrás tú, porque a él bien que le salieron las cuentas. Y no me hagas hablar más, que ya está el chisme por ahí de que estuvo en tu casa el día del entierro de los compañeros del María Luisa. ¡Qué vergüenza! Como se entere tu marido, te corre a golpes si es un hombre, y bien merecido lo tendrás.

—Vino a preguntar por usted y por Paulino.

—Y tardaste más de una hora en explicarle que estábamos con los fallecidos y sus familias. Como todos los demás. Mira, Aurora, no me toques los cojones y vete para casa, que yo no he ido a pedirte cuentas.

—Verá, padre, al que me preñó de Águeda lo tiene usted enterrado en el sótano de esta casa. Las mismas orejas de soplillo e igual de feo que su nieta.

Frutos abrió la boca para hablar y volvió a cerrarla sin decir palabra.

—Pero lo hecho, hecho está —continuó Aurora—. Y por el bien de todos, es mejor que Ferino crea que es suya. A ver si lo convence usted de que también es el padre de los otros dos.

—Eso se lo explicas tú, que no quiero tener líos con la mujer de ese hombre.

—Pues al menos no diga ni palabra de lo que acabo de contarle sobre Águeda. Para algo que hizo usted bien, siga manteniéndolo.

—Por mi silencio no tienes que preocuparte, que solo nos faltaba que nos relacionen con los moros a cuenta de las orejas de la niña. Hay circunstancias en la vida que son como una bolsa de estiércol, que si la agitas, por bien cerrada que esté, terminas cubierto de mierda.

—Mejor así, porque Paulino echa el bofe por la boca cuando llega de la mina y cuando se levanta por las mañanas, así que no creo que me dure mucho. Con tres críos me vendrá bien la ayuda de Ferino.

—¡Ni que tuvieras prisa por quedarte viuda! Por mucho que te ayude el capataz, no te va a compensar. Paulino es joven, aunque es verdad que estos que pasaron la polio no tienen una vida larga. Convéncelo para que lo vea un médico.

—Para el médico tengo dinero, pero va a decir que hay que llevarlo al hospital. ¿Usted sabe lo que cuesta eso?

—¿No te paga tanto la falangista? Y si no, te abres de piernas con su marido, que eso se te da bien, pero cuídate de que no te vuelva a preñar. Qué putas y malas sois las mujeres. Y tú más que ninguna.

Aurora salió sin dar respuesta y a Frutos le recorrió la espalda un escalofrío pensando que por su nieta corría la sangre de aquel asesino mezclada con la suya propia.

Olvido, 1920

Olvido conoció a Frutos en la boda de su hermana Mercedes. Con diecinueve años él y dieciocho ella, se enamoraron nada más verse. Él lo hizo del pecho abultado de ella, de su pelo rubio, su piel blanca y sus mejillas sonrosadas. Ella se enamoró del amor, de un minero que la sacara del campo, de oler a cuadra y a boñiga todo el día. Estaba harta de dar de comer a las gallinas, de ordeñar las vacas y batir el queso, de picar la carne, adobarla y embutirla en las tripas tras la matanza. Olvido conocía Turón y Mieres de bajar al mercado con su madre a vender quesos y chorizos, y estaba fascinada por la cantidad de gente que allí se reunía, por aquellas mozas que lanzaban miradas coquetas a los mozos, por los niños que correteaban por la plaza, incluso por una criada que iba a comprar al mercado, que exigía más que nadie y a la que todos intentaban complacer por saber quién era su señora.

Frutos, al que su padre llevó a los catorce años para que se estrenara en las artes amatorias con una profesional para después celebrarlo con su primera borrachera juntos, deseaba casarse para tener todas las noches lo que solo podía conseguir pagando el día que cobraba el jornal. Así, en contra de los padres de ella y de él, Olvido y Frutos contrajeron matrimonio.

Nada le explicaron a ella de lo que sucedería en la noche de bodas ni a él de cómo tratar a su mujer en ese momento tan delicado, así que Frutos hizo lo que las profesionales le habían enseñado y Olvido sintió tanto dolor que el enamoramiento de los meses de noviazgo se convirtió en asco, miedo y aversión a su flamante marido.

Olvido contó los días que faltaban para volver a ver a su madre igual que el condenado cuenta los días que le quedan para salir de prisión. Cuando dos semanas después su madre fue a visitarla tras pasar la mañana vendiendo en el mercado, Olvido ya tenía sus cosas preparadas en el mismo baúl en el que las transportaron el día de su boda.

—Madre —dijo tirándose a sus brazos entre sollozos—, sáqueme de aquí y lléveme a casa. Ya lo tengo todo empaquetado, ayúdeme a cargarlo en el carro.

—Pero ¿qué insensateces dices, hija? ¿Qué ocurre? ¿El muy desgraciado te pegó? Mira que te dije que eras muy joven y que los mineros son muy brutos.

—No me pegó, madre, lo que me hizo fue mucho peor.

Le contó Olvido a su madre los apasionados y burdos acercamientos de Frutos para consumar el matrimonio durante las dos semanas que llevaban casados.

—Pero bueno, hija, ¿es que no has visto a los animales? ¿Tú qué pensabas que era el matrimonio? ¡Por eso tenías tantas ganas de casarte!

Olvido recibió la explicación de su madre sobre las obligaciones maritales demasiado tarde, y por mucho que lloró y se desesperó, no consiguió que le permitieran volver a casa, a aquel hogar con olor a leche agria y chorizos sin curar del que deseó no haber salido jamás.

—Ahora este es tu lugar —sentenció su madre—. Frutos es tu marido y dentro de nada tendrás tus propios hijos. Y asegúrate de complacer a tu hombre, que estos mineros tienen fama de violentos. Aprovecha que el tuyo es joven y todavía no está maleado.

Esa noche Olvido no protestó cuando Frutos la buscó. Ni esa ni la siguiente, ni la de más allá. Aprendió a cerrar los ojos y a rezar mientras su marido terminaba lo que quería de ella. Así pasaron los meses y se quedó embarazada de Aurora. Incluso cuando ya estaba en los últimos meses de gestación, siguió mostrándose dócil a los deseos de Frutos. Por eso, cuando la niña nació y el médico les habló de la cuarentena, Olvido vivió las semanas más felices de su vida cuidando de aquel querubín tan rubio como ella misma, una bebé gordita y sonrosada que mamaba con fuerza de su pecho y dormía con una paz que la vida pronto se encargó de arrebatarle.

9

Ana, 1996

La primera bronca gorda que tuve con Carlos fue unos meses después de nacer Alba. Fue una niña inquieta desde que nació, le costaba dormirse y reclamaba estar en brazos casi de continuo. Teníamos una niñera experimentada que me ayudaba durante la semana, pero el fin de semana libraba y entonces era yo quien me ocupaba del bebé.

Aquel sábado Carlos no estuvo en casa. Llegó después de la hora de cenar, cuando Alba acababa de dormirse tras más de una hora llorando en mis brazos. Yo lo esperaba fuera de la habitación para que no la despertara. Él ya había cenado y venía con cara de pocos amigos.

—¿La niña está dormida? —preguntó.

—Sí, no la despiertes. ¿Dónde has estado?

—En un gabinete de crisis. Tenemos problemas con la adjudicación de un contrato que se supone que era nuestro.

—¿En sábado? —cuestioné.

—Sí, en sábado. Los problemas no entienden de fines de semana.

—Siempre pensé que ser rico era una ventaja porque permitía delegar en otros y que el dinero servía para vivir bien y pasar tiempo con la familia.

Carlos me miró como si yo fuera deficiente mental. Ni siquiera me respondió. Entró a nuestro baño, se cambió en el vestidor y se acostó. Entonces su Motorola StarTAC empezó a sonar y a vibrar en la mesilla y Carlos corrió hacia él para responder.

—¿Qué pasa? ¿Han dado marcha atrás?

Alba rompió a chillar de nuevo con un timbre tan agudo que me taladró los oídos. Carlos salió de la habitación en pijama con gesto de fastidio porque el llanto de su hija no le permitía escuchar bien a su interlocutor.

Cogí a la niña para calmarla, pero cuando Carlos volvió media hora después murmurando una disculpa, Alba seguía llorando. Sin darle ninguna explicación, se la puse en los brazos y me marché.

—¿Adónde vas? —preguntó, pero ni me di la vuelta para responderle.

Avisé al chófer y le pedí que me llevara a casa de Beba. La llamé desde el teléfono del coche. Afortunadamente, todavía estaba en casa. Iba a salir, pero más tarde.

Cuando llegué y le conté lo ocurrido, me miró espantada.

—Vuelve a casa —me aconsejó.

—De eso nada. Si a ti no te importa, me apunto a tu plan de esta noche.

—No creo. Es con Nacho y sus colegas. De todas formas, debes irte a casa.

—¿Por qué quedas con ese tío?

—Porque su padre es, junto con tu suegro, uno de mis principales clientes. ¿Has visto mi coche? ¿Este apartamento? ¿Mi ropa? ¿Por qué crees que tengo el trabajo que tengo en el banco siendo tía, joven y sin un duro?

—Porque eres la mejor.

—Sí, claro, como si con eso fuera suficiente. Trabajo más que nadie, pero gracias a Nacho, a Carlos, y a haberme hecho un hueco entre los de su clase, tengo la oportunidad de demostrar que soy la mejor. De no ser por ellos, en vez de ser bróker de grandes capitales estaría compitiendo por un puesto de cajera en una sucursal. ¿En qué mundo vives? Vete a casa, Ana, te lo digo en serio, o te vas a meter en un problema grave.

—Carlos necesita un escarmiento.

—Carlos necesita descansar. Lleva toda la semana trabajando para conseguir un proyecto que comprometieron con los analistas. Es crucial para la empresa, y si no sale, los inversores van a hacer caer por los suelos el valor de las acciones y su padre lo va a crucificar. Es él quien se empeñó en esto y ahora se la está jugando.

—Y eso le impide ser marido y padre, así que yo tengo que cargar con todo.

—¿Con qué cargas tú, alma de cántaro? Si tienes de todo. Tu única ocupación es cuidar de tu hija y tienes una niñera que solo se dedica a ella.

—Y también estar donde mi suegra quiere que esté. No puedo con más galas benéficas y eventos sociales, y apenas paso tiempo con mi marido.

—Sale contigo a cenar cada viernes.

—Ayer no.

—Ya te he explicado que se la está jugando en un proyecto crítico. Mira, piensa lo que quieras, entiéndelo o no, pero vete a casa ya. Hazme caso. No te compliques la vida de esta manera. Como se entere de esto tu suegra, vas a tener problemas.

No di mi brazo a torcer. Beba se fue y yo me quedé en su casa. Sola. Me serví un gin-tonic del mueble bar y acabé dormida en el sofá viendo al Gran Wyoming.

Cuando volví a la mañana siguiente, no estaban ni Carlos ni Alba. La persona que trabajaba en casa los domingos me dijo que mi marido había ido al gimnasio y que Alba estaba en casa de mi suegra. Noté que se me aceleraba el pulso y llamé a Paloma.

—¿Ya has aparecido? —me dijo con tono agrio.

—No estaba desaparecida, estaba en casa de Beba. Me llevó el chófer de Carlos.

—Eso se lo explicas a tu hija. A ver si ella lo entiende, porque desde luego yo no.

—Voy a por ella.

—No lo hagas.

—¿Me la traes tú?

—La niña va a pasar el domingo conmigo. Ya he hecho planes. Te los habría consultado, pero no estabas.

—¿Cuándo puedo ir a buscarla? —No me atreví a enfrentarme a mi suegra. Y menos por teléfono.

—No lo sé, quizá hoy, quizá mañana o dentro de una semana, depende de ti. Cuando hayas entendido que lo que has hecho es inaceptable y que no se va a repetir.

—¡De eso nada! ¡Devuélveme a mi hija! —estallé.

—De momento, en mi casa no eres bienvenida —respondió mi suegra, y colgó.

En aquella época todavía no residíamos en La Finca. Mis suegros tenían un chalet enorme en la zona centro de La Moraleja y nosotros vivíamos en un moderno adosado en la zona del Soto. Llamé al chófer pero se negó a llevarme; me dijo que tenía orden de esperar a mi marido. Yo estaba cerca de casa de mis suegros, pero en realidad suponía una hora caminando. Y nadie caminaba en La Moraleja. A mí no me gustaba conducir y hacía meses que no cogía el coche. Tampoco sabía cómo montar la silla de Alba. Así que llamé a un taxi.

Cuando llegué, me acerqué a la verja y llamé al timbre. Nadie contestó. Llamé y llamé, pero solo obtuve el silencio por respuesta. Una hora más tarde empecé a caminar de vuelta a casa, llorando, nerviosa y sin los zapatos adecuados para la caminata. Al llegar tenía los pies doloridos, una rozadura en el talón que no dejaba de sangrar y los ojos secos de llorar.

Carlos había vuelto del gimnasio.

—Eres un cabrón —lo increpé, y se me volvieron a saltar las lágrimas.

—Pues este cabrón esperaba una disculpa.

—Tu madre me ha quitado a Alba.

—Alba está bien con su abuela, no le pasa nada. Y tú y yo tenemos que hablar. Arréglate que vamos a salir a comer. Los dos solos.

—¿Hoy no tienes que trabajar?

—Tenemos la reserva para las dos.

Me temí lo peor. ¿Y si me pedía el divorcio? La perspectiva me aterrorizó.

Me llevó a un restaurante ruso en el centro de Madrid, el

mismo en el que celebramos nuestro primer aniversario de novios. Después de aquella noche, en la que con veinte años probé el caviar por primera vez, aquel sitio se convirtió en mi favorito. Supongo que por eso lo eligió para tener una conversación incómoda. O porque allí no nos conocía nadie y estaba lo bastante lejos de nuestro ambiente para que ningún conocido nos oyera. Carlos no me pidió el divorcio, pero me dejó claro lo que esperaba de mí y lo decepcionado que estaba. Creo que en ese momento se arrepentía de haberse casado conmigo.

—Yo no puedo permitirme que mi mujer se comporte como una cría —me dijo, como si fuera el heredero al trono, y en cierto modo lo era—. Si no quieres cuidar de la niña los fines de semana, contrata a otra niñera. No somos una pareja de funcionarios que compartimos las tareas de la casa y el cuidado de los niños. No vivimos en un apartamento ni pagamos el coche a plazos. Te has casado conmigo y eso tiene muchas ventajas. Muchísimas. Y también tiene renuncias, porque en la vida no hay nada perfecto. Y algunos días las renuncias son más fáciles de llevar que otros, pero siempre tienes que pensar en lo bueno que te aporta tu situación.

—Ya veo, ya. Debería estar agradecida de la suerte que he tenido. La Cenicienta convertida en princesa.

—Yo estoy agradecido de estar contigo.

—¿Por qué yo? ¿Por qué me elegiste a mí?

—¿Cómo me preguntas eso ahora? Me casé contigo porque me conquistaste. Porque la conquista se produce en un momento, pero el amor solo dura si lo cuidas cada día. Si se convierte en un lastre, enseguida se acaba. Esta es mi vida y me encanta. Espero que a ti también te guste todo lo que te ofrezco y actúes en consecuencia. ¿Por qué te casaste tú conmigo?

—Porque eras perfecto —respondí.

—Vaya. Hubiera preferido otra respuesta. Y que no fuera en pasado.

—Quiero decir que eres perfecto, ya lo eras entonces. ¿Qué hay mejor que ser perfecto?

—Que te quieran. Eso es mucho mejor que ser perfecto.

Me apresuré a disculparme y a decirle que claro que lo quería. Y era cierto, pero también lo era que me casé con él porque era el príncipe azul al rescate. Imposible decir que no. ¿Qué protagonista de cuento dice que no cuando llega el príncipe? Eso no era una opción.

Aquella tarde, cuando llegamos a casa, Carlos me llevó al dormitorio. No me apetecía, pero no me atreví a decírselo. Y fue peor porque él lo notó.

—No sé qué no has entendido, Ana, pero esto no va bien —dijo—. Yo no necesito que te acuestes conmigo si no quieres. Hay muchas mujeres deseando estar en tu lugar. Cuando quieras, me buscas tú.

Carlos se levantó, se vistió y se largó. Y a mí me entró el pánico. Tenía razón. Había muchas mujeres deseando ser yo, y si no reaccionaba podría perderlo todo. Incluida mi hija. Me lo estaban dejando claro.

Esa noche mi suegra me trajo a Alba de vuelta. Antes de irse, en la puerta, me cogió del brazo y me apretó tanto que al día siguiente tenía dos marcas moradas donde me había clavado los dedos.

—Te paso esta, pero no te paso otra —me advirtió señalándome con el dedo—. Tú verás lo que haces.

Nunca más volvieron a hablar de lo ocurrido ni Carlos ni Paloma. Al menos, no conmigo. Al día siguiente me apunté a una autoescuela para refrescar mi habilidad al volante. No quería sentirme encerrada en aquella casa en la que yo no mandaba sobre ninguno de los que supuestamente estaban a mi servicio.

Ana, 2003

Ana nunca supo por qué Beba la eligió precisamente a ella para que la acompañara a los tratamientos de fertilidad. A ella, que con Alba y el pequeño Carlitos tenía ya la parejita deseada, y que nunca había tenido que plantearse la maternidad en solitario.

Se lo pidió tras una fiesta en la que los Fresno se jugaban la adjudicación de la contrata de unas importantes torres en Madrid. Cuando Paloma avisó a Ana de que era el momento de retirarse y dejar a sus maridos iniciar las negociaciones, Beba se acercó para marcharse con ella.

—¿No te quedas? —preguntó Ana, acostumbrada a que Beba continuara la fiesta en pos de sus propios intereses laborales.

—Hoy no tengo nada que pescar aquí. He venido en taxi, ¿me invitas a la última en tu casa?

El chófer las acercó a casa de Ana.

Cuando Ana sirvió los gin-tonics, Beba sacó el tema.

—Quiero tener un hijo y voy a necesitar que alguien me acompañe a los tratamientos de extracción e implantación de óvulos.

—¿En serio? ¿Quieres ser madre?

Beba asintió solemne.

—Cuenta con ello —continuó Ana—. Es un honor que me elijas a mí.

—No te vengas arriba, que no tengo tantas opciones. No quiero pedírselo a ninguna de las arpías de la pandilla y no tengo ni madre ni hermanas, así que solo me quedas tú —dijo, y al ver la cara de Ana rectificó—: Es broma, tontorrona, quiero que seas tú. Voy a hacerlo en Valencia, en la mejor clínica del país, y necesito que sea rápido. No puedo alejarme mucho del trabajo si quiero conservar mi puesto.

—¿Ni siquiera por esto? Yo pensaba que, por ley, podrías tomarte tu tiempo.

—La ley no vale para determinadas posiciones. Estoy rodeada de hienas que esperan verme débil para quitarme de en medio.

—¿Podrían despedirte?

—Claro, el despido en España es caro pero libre. Necesito mantener esto en secreto, así no se me echarán encima hasta que me quede embarazada, y entonces tendré algo para negociar y minimizar mi pérdida.

—No pueden hacerte eso —protestó Ana.

—Pueden y lo harán. Están convencidos de que su política de acoso y derribo ha funcionado. Mi jefe no deja de decirme lo lista que soy por no ser madre y lo tontas que son las mujeres que renuncian a las oportunidades que tanto hemos reclamado y se dedican a cambiar pañales. Dice que es por esa inconsistencia femenina de no saber lo que queremos, que el mundo está dominado por los hombres.

—¡Será cabrón tu jefe!

—Si solo fuera mi jefe... El mensajito del vicepresidente fue todavía mejor: «Una mujer como tú, Cristina». Y el muy cabrón me llamó por mi nombre de pila, cuando ni siquiera los clientes me llaman así. Y añade: «... que ha renunciado a la vida que eligen la mayoría de las mujeres, va a llegar muy lejos. Porque lo que hace la mayoría es de mediocres, ¿no? Cualquiera puede hacer de niñera o pasar el domingo en un centro comercial, pero no todos pueden mirar el mundo desde la cima, ¿no crees? Y tú estás preparada para hacerlo».

—Casi suena a amenaza.

—Es que es una amenaza. Y no te lo pierdas, que él tiene cuatro hijos y mi jefe tres, pero está claro que ellos no les han cambiado los pañales. Los dos tienen mujeres florero —dijo, y se dio cuenta de la metedura de pata—. Bueno, ya me entiendes...

—No te preocupes, que no me doy por aludida. Me flipa que te digan eso.

—Charlas de «¿Para qué va a querer tener hijos una mujer como tú?» ha habido muchas, sobre todo en los últimos años, desde que cumplí los treinta y cinco, más y menos sutiles, pero no me apetece recordarlas todas. Por eso es tan importante que me guardes el secreto, que no se lo digas a nadie.

—¿Ni a Carlos? Él no es así.

—Ya, bueno. —Beba se mordió la lengua—. En cualquier caso, él tiene que saberlo. No puedes venirte a Valencia sin más, y tendremos que ir varias veces.

—A estas alturas de la vida, ¿todavía te gustaría estar en mi lugar?

—¿Te importa si nos tomamos otro? —dijo Beba señalando su copa.

Ana asintió y se levantó a preparar los gin-tonics.

—Beba, no me has contestado.

—Sí, lo estoy pensando, pero no lo sé. No pareces muy feliz.

—¿Tú crees que lo serías en mi situación?

—Quizá tampoco, o tal vez sí. Es imposible saber cómo habrían sido las cosas.

Aunque nunca había hablado de ello con Beba, hacía tiempo que Ana sabía lo que su amiga sentía por Carlos antes de que ella apareciera en sus vidas, como también sabía que Paloma no consintió la relación de Beba con su hijo ni Carlos pareció tener interés en pelear por ella. Habían pasado quince años de aquello.

—Necesitaré que me pinches las hormonas —dijo Beba cuando Ana volvió a sentarse en el sofá—. Odio las agujas. No me siento capaz de ponérmelas yo sola.

—¿La *superwoman* tiene miedo a las agujas?

Beba se encogió de hombros.

—Ya ves.

Águeda, 1949

Águeda llegó del colegio un mediodía de diciembre con los gemelos brincando a su alrededor, el trasero dolorido y el corazón muy triste. Ese jueves los niños solo hablaban de la próxima Navidad, pero Águeda estaba muy lejos de sentir ilusión por el belén y los villancicos: la maestra le había pegado mucho y ella no tenía culpa de nada. Solo quería encerrarse en su habitación y llorar por la vida que le había tocado vivir, pero cuando entró en la casa se encontró a su padre sentado en el sillón y, sin preguntarse el porqué del milagro, Águeda fue corriendo a sus brazos. Solo su padre era mejor consuelo que estar sola. Se acurrucó junto a él y rompió a llorar mientras Paulino reprimía un gesto de dolor.

Paulino llevaba meses sintiendo que el cuerpo le fallaba y cada vez le costaba más levantar el martillo para picar. En realidad, no recordaba su vida sin dolor. La polio lo atacó siendo niño y le dejó, además de la cojera, un malestar crónico. La cojera no podía disimularla, pero el dolor se lo quedó para sí y lo tapó con el hábito de hacer más que nadie, de demostrar que era tan fuerte como el que más. Por eso no dio importancia a los síntomas que se habían agravado en los últimos tiempos. Al menos hasta aquella mañana en la que no pudo bajar a la rampla vertical donde le tocaba picar el carbón. Ya notó que algo iba mal en la bicicleta camino al pozo, empeoró en la jaula de descenso y ya dentro, en el tren interior, empezó a costarle disimular, pero pensó que cuando pudiera comer el bocadillo se encontraría mejor. Se agarró a la primera mamposta para iniciar el descenso a su serie, aunque el dolor no se lo permitió. Fue Nicolás, el compañero que iba a darle el tajo, el primero en notar que Paulino no estaba en condiciones de picar.

—¿Todo bien? —le preguntó.

Paulino no llegó a responder. Le dio un ataque de tos que casi lo tiró a la profunda oscuridad de la rampla. Entre Nicolás y otro compañero lo sujetaron y, al ver la sangre en la pechera de su camisa, lo arrastraron de vuelta a pesar de sus protestas.

Nada sabían los compañeros de la sangre que Paulino echaba por las mañanas al toser después del primer cigarrillo porque nunca lo veían fumar. Una de las mayores faltas que podía cometer un minero era fumar en el interior del pozo. El grisú estaba siempre presente en los túneles en mayor o menor cantidad, y el peligro de que una chispa hiciera arder aquel gas invisible e inodoro y todos acabaran abrasados era tan alto que el mero hecho de meter tabaco en la mina, aunque no lo encendieran, era causa de despido.

En la enfermería del pozo enviaron a Paulino a casa; de nada sirvieron sus protestas para que le permitieran volver a bajar.

—Yo sé la falta que hace el jornal, pero tiene que verte un médico porque, si te mueres, a tu familia no le va a faltar solo el jornal de hoy —le dijo Efrén, el enfermero.

Don Ernesto, un ingeniero, cuando se enteró de que Paulino, el cojo, hijo y nieto de mineros fallecidos en la mina, estaba en la enfermería, se acercó al botiquín a verlo.

—¿Qué le pasa a este hombre, Efrén?

—Necesita que lo vea un médico de forma urgente, pero no quiere irse a casa. Escupe sangre y, aunque no lo reconozca, tiene mucho dolor. Tuvo polio de crío.

Don Ernesto se dirigió al enfermo muy serio:

—Paulino, ahora te van a llevar a tu casa en carro y yo mismo me encargaré de que te visite un médico.

Aquel fue el último día que Paulino vio el castillete del pozo Espinos, después de trece años de trabajar allí seis días por semana.

Cuando llegó a la casa no encontró a Aurora. Su mujer había ido a Mieres a tomar medidas a una clienta y a su hija, a las que iba a vestir para una boda en Oviedo. Paulino se recostó en el sillón y allí permaneció hasta que Águeda llegó de la escuela. El compungido abrazo de su hija le indicó que algo iba mal y quiso disimular, pero hasta la niña, una vez desahogadas sus penas, se percató de lo extraño de la situación.

—¿Por qué está en casa, padre? ¿Se encuentra bien? ¿Dónde está madre? —empezó a preguntar sin darle tiempo a responder.

—Estoy bien, nena. Tu madre tuvo que ir a Mieres y todavía no ha vuelto, pero hay puchero haciéndose en las brasas de la cocina.

—No se preocupe por eso, padre, que yo me encargo.

No había terminado Águeda de hablar cuando llegó Aurora.

—¿Qué haces aquí? —preguntó al ver a su marido.

—Me han enviado a casa.

Paulino hizo una seña a su mujer para que no hablara delante de los niños, pero ella hizo caso omiso.

—¿Un accidente? ¿Qué te pasa?

—¿Ha tenido un accidente, padre? —preguntó Águeda, y notó que los ojos volvían a llenársele de lágrimas.

—Coge a los niños y subid arriba —le ordenó Aurora.

—Pero madre... —empezó a protestar, y ante su mirada amenazante obedeció.

Después de que Paulino le contara a su mujer lo sucedido, Aurora se encerró en la sala, sacó la nota con las medidas de las clientas, extendió el papel de hacer patrones en el suelo y empezó a dibujar con el metro y la tiza las diferentes piezas de los vestidos. Miró la Singer donde pasaba los días sentada cosiendo y por primera vez se dirigió a ella en voz alta:

—A partir de ahora el dinero en esta casa vamos a tener que traerlo solas tú y yo, porque a la mina no vuelvo.

Por mucho que le sonaran las tripas, Águeda no hubiera bajado de nuevo a la cocina, arriesgándose a que su madre la encerrara en la despensa por desobedecer, si no hubiera sido por sus hermanos, que lloriqueaban y empezaban a hacerse daño entre ellos movidos por esa rabia sorda que provoca el hambre.

Se asomó a la escalera y no oyó nada. Bajó los primeros peldaños y uno de ellos crujió.

—¿Eres tú, Águeda? —preguntó su padre.

Ella no respondió.

—Baja, hija, baja, no tengas miedo.

Los niños devoraron el plato de *fabes* y el trozo de pan de hogaza que Águeda les sirvió, pero Paulino rechazó el suyo.

—Hay cuatro huevos en la fresquera que madre está ahorrando para el domingo. Si quiere, puedo prepararle una tortilla francesa —le dijo Águeda, que en sus ocho años de vida nunca había hecho una, pero se sentía capaz de hacer cualquier cosa con tal de que su padre se pusiera bien.

—No, nena, come tú. Yo no quiero. Acércame los cigarrillos y el cenicero.

El médico prometido por don Ernesto llegó cerca de las siete de la tarde, una vez terminada su jornada en el hospital de Oviedo. Aurora no salió de la sala hasta ese momento, después de que Paulino escuchara el ruido cadencioso de la Singer durante varias horas. La máquina trabajaba y paraba a cada rato, y Paulino adivinaba a su mujer inmersa en la costura: coser, revisar, descoser y volver a empezar. Lejos del mundo y, sobre todo, lejos de él y de los niños.

—¿Cuánto lleva usted tosiendo sangre? —preguntó el doctor.

—Unos meses.

—¿Dificultad para respirar?

—Como todos los mineros. Estaré silicoso.

El médico levantó las cejas, pero no insistió.

—Cuénteme qué le ha pasado esta mañana.

—Una pájara. No desayuné más que un café con una gota de leche y fui a trabajar en la bicicleta. Al ir a bajar a la rampla, el cuerpo no me obedeció.

—¿No pudo bajar porque le dolía o porque no conseguía sostenerse?

—Lo segundo.

—¿Dolor?

—Soy picador. Siempre hay dolor. Son muchas horas de pica y martillo.

—¿Alguna enfermedad previa?

—La polio de niño. Tuve suerte, solo me dejó una cojera que me libró del frente.

—¿Es la primera vez que le sobreviene esa parálisis?

Paulino miró al médico con expresión desafiante.

—No —confesó al fin.

—Tenemos que llevarlo al hospital —concluyó.

—¿A qué hospital? ¿A Mieres? ¿Al nuevo de la Cruz Roja? —intervino Aurora por primera vez.

—Vamos a llevarlo a Oviedo. Yo me encargaré de que le preparen una cama. Si tiene usted problemas para cumplimentar los impresos del seguro obrero de enfermedad, allí podrán ayudarla.

—¿Cuánto cuesta eso?

—Nada, señora. Esto es cosa de don Ernesto y mía. Necesito verlo allí para someterle a unas pruebas. Aquí solo puedo hacer suposiciones.

Cuando Paulino se fue de la casa con una maletita camino del hospital, mientras Aurora refunfuñaba por la pérdida del jornal y su mala suerte, Águeda sintió que su corazón se iba con él y temió que no volviera nunca.

Ana, 2003

Desde la primera cita, el doctor de la clínica valenciana de fertilidad fue claro con Beba: a los cuarenta y dos años no era fácil embarazarse. También le dio buenas noticias, casos reales de mujeres con más edad que se quedaron embarazadas al primer intento. El esperma de un donante anónimo y joven ayudaría en el proceso. La decisión de Beba de hacerlo con sus propios óvulos, y no con óvulos donados como aconsejaba el doctor, lo complicaba.

—Es que con óvulos donados es como adoptar, y si adoptas no tienes que pasar por el embarazo —dijo Ana.

—¡Como si pudiera elegir! La adopción tarda unos cinco años para las parejas jóvenes. Con cuarenta y dos que tengo y sin pareja, mis opciones son nulas.

Tras unas semanas de inyecciones diarias, la primera extracción de óvulos fue esperanzadora. Cuando Beba se despertó de la sedación, el doctor tenía buenas noticias: tres de los ovocitos eran válidos para fecundar. Dos días más tarde, las noticias eran menos prometedoras: solo uno de los ovocitos fecundados había sobrevivido.

Después de la implantación volvieron a Madrid; tocaba esperar. Dos semanas después, Beba estaba muy animada porque no le había bajado la regla y era el momento de comprobar si el embrión se había implantado. No pudo aguantar hasta volver a la clínica y se hizo un test de embarazo. Cuando vieron el resultado, Ana y ella saltaron de alegría. Dos rayitas. Positivo.

Las malas noticias llegaron con la ecografía. Beba estaba embarazada, pero el embrión no era viable. Había que extraerlo en el quirófano y esperar varios meses para intentarlo de nuevo.

Beba tuvo que pedir unos días libres en el trabajo. «Una operación leve, pero necesaria», dijo por toda explicación.

Aquel fue el primero de seis intentos fallidos en dos años. Seis decepciones y una ilusión que agonizaba con cada nuevo tratamiento. En cuatro ocasiones requirió cirugía posterior para que le retiraran el embrión. Otras cuatro semanas en las que Beba tuvo que faltar a un trabajo por el que llevaba años peleando cada día y muchas noches.

—¿Otra vez? —le dijo su jefe—. Te voy a ser franco, Beba, estamos preocupados por ti. Si no estás en condiciones deberías cuidarte, y quizá lo mejor sea que durante un tiempo...

—Estoy en perfectas condiciones. ¿O acaso mis resultados no siguen siendo los mejores?

—Sí, en eso tienes razón, pero, en fin, que yo lo digo por ayudar. Se comenta que estás intentando tener un hijo, ya sabes cómo es la gente de cotilla. En cualquier caso, si fuera así, no dudes que encontraremos la mejor solución. Ya sabes lo mucho que te apreciamos, no habría problema en replantearnos tu situación.

—No entiendo a qué te refieres con replantearos mi situación.

—Nosotros queremos seguir contando contigo después de todo lo que has aportado al banco, por eso estaríamos dispuestos a buscarte un puesto más tranquilo, a un nivel que fuera compatible con lo que sea que esté pasando en tu vida. No es que yo me crea los rumores, pero está claro que te sucede algo. Habría que ajustar tu salario, claro está, pero ya sabes que la empresa está de tu parte. Estamos aquí para lo que necesites.

Beba salió sin replicar, porque cualquier cosa que hubiera dicho en ese momento le habría costado la reputación y posiblemente el puesto. Ni siquiera pudo llorar cuando llegó a su despacho, una gran jaula de cristal que no la protegía de miradas indiscretas. Privacidad limitada, acorde con los nuevos

tiempos de cercanía de los directivos con el resto de los emplea-
dos de la empresa. Todos a la vista de todos. Menos los que
realmente mandaban, que se refugiaban en una planta dedicada a ellos en exclusiva.

Esa noche Beba sí se permitió llorar. En su casa. Sola. Mientras veía *Pretty Woman* para recordarse a sí misma que vivía
en una sociedad que nunca aceptaría que Julia Roberts y Ri-
chard Gere intercambiaran los papeles.

Al día siguiente Beba llamó a Carlos y él le concertó una
reunión con su padre.

La información que Beba le facilitó a Carlos Fresno padre
ese día era reservada y confidencial. Y compartirla era delito.
Lo hizo cinco veces a lo largo de su vida profesional, pero marcaron la diferencia que convirtió a la empresa de los Fresno en
uno de los más prósperos grupos empresariales del país. Uno de
los pocos que diversificó su negocio antes de la crisis de 2007,
reservó fondos para comprar terrenos cuando el precio se des-
plomó y volvió a la construcción residencial en cuanto el mercado fue propicio. A cambio, con Beba como principal interlocutor de la empresa Fresno en el banco, su posición se blindó
ante cualquier ataque interno que pretendiera desplazarla.

Pero no había influencias que consiguieran que alguno de
los embriones que se implantó durante los años siguientes so-
breviviera en su útero para darle el hijo que tanto deseaba. Un
deseo que con el tiempo se transformó en duelo, y el duelo en
aceptación, aunque no en olvido, porque parte de su corazón
se murió con los hijos que se le murieron dentro y un angustio-
so vacío la acompañó el resto de su vida.

Aurora, 1951

Aurora rompió la relación con su padre la noche que Paulino
agonizaba en el hospital, cuando Frutos se presentó en la puerta de su casa, borracho y chillando como un loco.

—¡Traidora, que eres una golfa, puta y mala hija!

Al escuchar semejantes gritos en la calle, Aurora fue corriendo a mirar por la ventana. Frutos la vio asomarse y, lejos de callar, insistió sin dejar de gritar.

—¡Puta, mala y rastrera! ¡Tú mataste a tu madre a disgustos y ahora tienes a tu marido muriendo solo, que ni a casa lo has querido traer a que muera con los suyos! ¿Y a mí? ¡A mí me tienes aislado como a un apestado, que no me dejas ni ver a mis nietos!

Acudió Ramona al auxilio de Aurora en cuanto oyó el jaleo.

—Por favor, padre, ¿qué dice? Cállese, que lo van a llevar preso. ¡Vamos, entre! —decía tras la ventana, pero Frutos se resistía y Aurora no se atrevió a salir hasta que vio a su amiga.

Frutos desprendía un fuerte olor a alcohol y a sudor rancio. Gracias a la fuerza de Ramona, entre las dos lo metieron en la casa.

—¿Qué hace usted, padre? ¿Cómo se le ocurre gritar así en mi puerta? ¿Quiere que nos detengan a todos?

—Mataste a tu madre del disgusto contándole mentiras sobre mí y exponiéndola con esos moros. ¡A saber si no los provocaste tú, que te abres de piernas con el primero que aparece! ¿Y Paulino? Pobre hombre, que lo engañaste hasta con los hijos. ¡Puta, puta y más que puta! ¿Qué haces aquí con esta machorra invertida en vez de estar con tu marido?

—Cállese, padre, cállese. Va a despertar a los niños.

Frutos fue hacia ella, pero cuando Ramona le cortó el paso, él trastabilló y se golpeó la cabeza con la mesa de la cocina antes de caer al suelo.

Al ver que no se levantaba, Aurora y Ramona corrieron a tomarle el pulso. Frutos respiraba, pero no consiguieron despertarlo. Le curaron la brecha como pudieron y lo arroparon con una manta.

—Me quedo a dormir aquí —dijo Ramona—. No pienso dejarte sola con él.

Aurora aceptó porque lo ocurrido con su padre removió todos los miedos que llevaba en su interior y se sintió aterrorizada. Esa noche durmieron juntas y abrazadas. La sensación que les provocó aquella cercanía física reconfortó a Aurora y encendió a Ramona, que pasó la noche en vela por si a Frutos se le ocurría subir las escaleras y porque era incapaz de conciliar el sueño ardiendo como ardía de deseo por Aurora.

Cuando se levantaron al amanecer, Frutos no estaba allí. Aurora corrió hacia la Singer, levantó la máquina del pie de hierro que la soportaba y encontró vacío el pequeño hueco donde guardaba los ahorros que reservaba para imprevistos.

—Ese dinero era todo lo que tenía, lo necesito para pagar el entierro de Paulino cuando llegue el momento. No me queda más. Llevamos un año sin jornal y los médicos y las medicinas se han llevado todo lo que había ahorrado en el Servicio Social.

—¿No se encargaba el ingeniero de los costes médicos?

—Se encargó los primeros días, hasta que dijeron que poco había que hacer y se desentendió. Y ahora no me queda nada.

—Voy ahora mismo a casa de Frutos y le saco el dinero a golpes —dijo Ramona.

Aurora la paró.

—Si no lo hago, volverá.

—Es mi padre.

—Es un cabrón.

—El cabrón de mi padre, ya lo sé.

Ana, 2004

El 11 de marzo de 2004, la vida de ciento noventa y dos familias saltó por los aires. Miles de personas perdieron el sueño al recordar cómo el cercanías en el que viajaban explotó sin previo aviso, y ni un solo madrileño volvió a coger un tren sin pensar en el atentado islamista de Atocha. Mientras España en masa se manifestaba en las calles, los británicos escuchaban por primera vez en el Palacio de Buckingham el himno de España, los franceses y los rumanos hacían ondear sus banderas a media asta, y Carlos Fresno padre e hijo trabajaban a destajo para detener la caída en bolsa de su empresa, que, como tantas otras, se había desplomado tras el atentado. Era de vital importancia recuperarse antes que sus competidores.

Ana veía las imágenes del príncipe Felipe y su prometida, una chica ovetense algo más joven que ella, en el hospital Gregorio Marañón, cuando notó que se le revolvía estómago y lo achacó al impacto de la masacre. Estaba sola en casa, con Alba en el colegio y Carlitos en la guardería. Necesitaba compartir la conmoción que aquella tragedia inhumana causaba en ella. Nunca llamaba a Carlos ni a Beba en horario laboral, pero aquel día necesitaba poner en palabras lo que sentía. Ninguno respondió al teléfono.

La casa se le hizo grande y se sirvió una copa. Necesitó otra para encontrar la calma que buscaba. Se despertó cuando sonó el teléfono. Llamaban de la guardería de Carlos. Estaban esperando que fuera a recogerlo. Se incorporó de golpe y le vino una arcada. Llegó al baño justo a tiempo de vomitar. Se lavó la cara y salió corriendo hacia el garaje. Recogió a Carlitos primero y a Alba después. Los dejó a cargo de la niñera y fue a acostarse. Se sentía mareada y con muchas náuseas.

Carlos llegó a casa a las once de la noche.

—Me encuentro mal, creo que tengo un virus —dijo cuando su marido abrió la puerta de la habitación.

—¿Por eso has llegado tarde a recoger a los niños?

—¿Cómo sabes tú eso?

—Porque me avisaron del colegio. Protocolo de seguridad.

—¿En serio? Si solo llegué un poco tarde. Vomité cuando me estaba arreglando. Pensé que era por la impresión del atentado, pero no se me pasa.

—¿Quieres que avise al médico?

Ana rechazó la oferta.

—Entonces dormiré en la otra habitación por si lo que tienes es contagioso. Ahora no puedo ponerme enfermo. Si necesitas algo, despiértame. Intenta dormir, a ver si mañana estás un poco mejor —dijo Carlos.

Cuando Ana se despertó, su marido ya no estaba, y no consiguió hablar con Beba hasta por la noche.

—Hazte un test de embarazo, que pareces nueva —le recomendó Beba después de escucharla, y acto seguido le colgó el teléfono, agotada por las secuelas físicas y emocionales de su última fecundación fallida, por la presión en el trabajo y por la incertidumbre sobre el futuro financiero de sus clientes.

Beba acertó y Ana descubrió que estaba embarazada del que iba a ser su tercer hijo.

Águeda, 1951

Paulino murió igual que vivió: sin molestar. En la cama del hospital, con las sábanas recién cambiadas y tras una semana de agonía. El síndrome pospolio, agravado por el tabaco y el polvo de carbón, le colapsó los pulmones y acabó con él. El mismo síndrome que lo había dejado estéril, aunque él nunca dudó de que era el padre de los tres niños que parió su mujer.

Se fue dejando una hija desolada, dos hijos demasiado pequeños para entender y una viuda que se preguntaba cómo salir adelante, con lo que le faltaba por pagar de médicos y hospitales, contando solo con la mísera pensión de viudedad y con lo que ganaba cosiendo con su Singer para las clientas que conseguía en el Servicio Social.

Tras robarle Frutos los ahorros que le quedaban, Aurora gastó en el entierro de Paulino lo que pudo prestarle Ramona. La tumba era propiedad de la familia y solo tuvo que pagar por el ataúd, el más barato, y por la inscripción en la lápida: el nombre de su marido bajo el de aquellos suegros que no conoció. Fue el traslado del cuerpo desde el hospital de Oviedo hasta el cementerio de Turón lo que se llevó la mayor parte.

Calculó que si durante dos meses sobrevivían con la cartilla de racionamiento, podría devolverle a Ramona el dinero prestado. Pasarían hambre los cuatro, pero saldrían adelante.

La misma noche del entierro, sin tiempo ni ganas de preocuparse por lo que sentían sus hijos, Aurora fue a casa de Ramona buscando un poco de tranquilidad en su compañía y en el humo del tabaco.

Aquel día, Ramona la invitó por primera vez a pasar del dintel de la puerta y se sentaron en la cocina.

—¿Y tu madre y tu hermana? —preguntó Aurora mirando alrededor.

—En la cama —respondió mientras cogía la caja de picadura, el papel de fumar y otra cajita.

—¿Qué es eso?

—Grifa. La traen los moros de Franco.

—¡Ni loca fumo yo eso! De los moros no quiero ni oro.

—Esta no es de los moros. La cultivo yo en un rincón de la huerta.

Aurora miró a su amiga con recelo y negó con la cabeza.

—Que no te preocupes, leches, que te digo yo que esto no lo ha tocado ningún moro. Esto hace milagros, verás como te relaja.

La primera calada a la maría mezclada con tabaco le proporcionó a Aurora una sensación de paz tan agradable como inesperada.

—¿Y Ferino no te puede volver a meter de telefonista? Ya no tienes marido a quien dar cuentas —dijo Ramona, que, como todos los parcos en palabras, cuando hablaba lo hacía sin rodeos.

—Solo me faltaba ver a Ferino todos los días. No quiero saber nada de hombres. Nunca más.

—Si no es eso son los lavaderos o, todavía peor, ver a tus hijos pasar hambre, porque con la costura y la mierda de pensión que os dan a las viudas no llega. Tú me dirás si te merece la pena seguir enamorada de ese hombre, que parece mentira, Aurora, con lo que tú eres.

—Pero si a mí lo que me interesa no es Ferino, sino su mujer. Necesito más clientas de las que ella me presenta, que son las que pagan bien, aunque yo sola no puedo coser ya más y tardo mucho en ir y venir a Mieres en bicicleta o en el coche de línea cargada con los vestidos. Voy a comprar una moto —soltó. El efecto de la droga disparaba sus ideas.

—¿Y de dónde vas a sacar el dinero?

—Ya pensaré algo.

—Verás tú lo que van a decir en el pueblo. Será divertido ver la cara de rabia de las vecinas. ¿Y la señora esa va a estar de acuerdo? Con lo fanática que es.

—De doña Pilar me encargo yo. Lo que me preocupa ahora es ver cómo hago con el luto, porque lo último que quiere una mujer que encarga un traje para una ocasión especial es ver a una viuda de negro tomándole medidas.

Ramona guardó silencio para animarla a seguir.

—También voy a sacar a Águeda de la escuela para que me ayude —dijo tras una nueva revelación—. Iba a dejarla hasta los doce, pero necesito más manos cosiendo.

Mientras tanto, Águeda, ajena al futuro que su madre preparaba para ella bajo el efecto de la maría, lloraba en casa por su padre con el desconsuelo del que se sabe solo en el mundo.

Ana, 2005

Ana nunca se hubiera atrevido a pedirle a Beba que fuera la madrina del pequeño Jesús, tras tantos intentos fallidos de tener un hijo propio. En cambio, Carlos no tuvo ningún reparo en hacerlo y Beba aceptó encantada.

—Vamos a sacar el bautizo en la sección de sociedad del *Hola* —le dijo Carlos a Ana—. En la foto saldremos tú, yo, Beba y el bebé.

—No entiendo por qué le dais todos tanta importancia a esos recuadritos en blanco y negro del final que nadie lee.

—No los leerán las señoras en las peluquerías, pero te aseguro que quienes interesa sí que los leen.

Lo que no esperaba Ana era que Beba apareciera en el bautizo acompañada por Nacho y que se comportara delante de la gente como si fueran pareja.

Aunque Nacho había asistido a su boda y a los bautizos de Alba y Carlos, siempre había pasado desapercibido y jamás se había acercado a saludarla. Nacho era una imposición de Carlos y Ana tragaba, pero una cosa era verlo de lejos y otra comer con él en la misma mesa, la de los padres, los padrinos y los abuelos paternos.

—¿Qué te ocurre, hija? —le preguntó Águeda antes del banquete.

—Que me van a sentar al lado a uno que no aguanto. Ha sido una encerrona.

—¿Qué tienes con ese hombre?

—Que es mala persona y me da mucho asco.

—¿Y por qué lo has invitado?

—Es cosa de Carlos.

—Pues entonces sus motivos tendrá. Anda, compórtate, que a fin de cuentas esto es una fiesta.

—Y vosotros ni siquiera estáis en la mesa. Siempre hacen lo mismo. Aquí no pintamos nada.

—¡Ana! —la riñó su madre—. Tú eres la señora Fresno, la nuera del presidente de una de las empresas más grandes del país, y la madre de los hijos del futuro presidente. ¿Te parece que no pintas nada? Nosotros estamos bien en la mesa en la que estamos. Casi mejor, más cómodos. No vamos a dejar sola a tu abuela, y tú no querrías tenerla al lado de tu suegra porque a saber por dónde sale.

Ana calló, aunque prefería mil veces tener al lado a la abuela Aurora que a Nacho, que se comportaba como le daba la gana y decía todo lo que le pasaba por la cabeza. Por inconveniente que fuera. Y Carlos se lo permitía.

Aguantó hasta que se levantaron de las mesas para hablar con Beba.

—No puedes salir con Nacho —le dijo en voz baja camino del jardín donde se servirían las copas—. No tienes ni idea de lo que me hizo.

Beba la miró como si hubiera mentado al demonio.

—A ti y a tantas otras.

—¿Les hizo lo mismo a otras? ¿Y nadie le para los pies a ese cabrón?

—Cuida mucho lo que dices y no se te ocurra contarle tu secreto con Nacho a nadie.

—¿Cómo puedes salir con él?

—Mira, Ana, no voy a salir con él más que en las fotos. Me está haciendo un favor. Así que no seas niñata y deja de quejarte, que el día que Carlos te mande a la mierda lo va a aplaudir hasta el santo Job.

Ana se quedó petrificada ante la salida de Beba y notó cómo el calor le subía a la cara.

Jesús, su padre, se acercó a ella minutos después con un gin-tonic en la mano y un whisky en la otra.

—Me pareció que te hacía falta —dijo tendiéndole el gin-tonic.

—No soy feliz, papá, no soy feliz.

—Bueno, hija, ¿y quién es feliz?

—¿Tú no eres feliz?

Jesús se encogió de hombros.

Aurora, 1952

El año 1952 se llevó las cartillas de racionamiento de la vida de los españoles y a Frutos de la vida de Aurora. Desde la muerte de Olvido, Frutos había ido sumergiéndose en una espiral de borracheras y prostitutas. Sus melopeas eran cada vez más escandalosas, más frecuentes y con peor final. El jornal no llegaba, los ahorros que le robó a su hija se acabaron y, tras varias amonestaciones, fue despedido del pozo.

La noche que perdió su trabajo se dirigió más borracho que nunca a casa de su hija, pero no llegó a subir la cuesta. Felisina, la hija de la vecina, que iba al trabajo en la Casa de Teléfonos, lo encontró dando tumbos y se dio la vuelta para avisar a Aurora.

Ramona vio a Felisina llegar apresurada y le cortó el paso.

—¿Qué pasa, Felisina? ¿Por qué vienes con ese apuro?

Ramona y ella no se hablaban desde el incidente con Felisa, su madre, a raíz de la muñeca de trapo de Águeda, pero sabiendo de la relación de la carbonera con Aurora, soltó la noticia.

—Que viene Frutos borracho, muy borracho.

—Deja a Aurora, yo me encargo.

—A ver qué vas a hacer tú.

—¿Qué voy a hacer yo de qué? Porque tú no me has visto, ¿verdad?

Felisina prefirió no dar respuesta, desentenderse y salir corriendo al trabajo, que si llegaba tarde se lo descontaban del jornal.

Ramona encontró a Frutos al principio de la cuesta murmurando barbaridades, en un estado lamentable y obcecado como solo un borracho con una idea en la cabeza puede estarlo, pero la carbonera era un hueso duro de roer. Agarró a Frutos del brazo y se empeñó en que diera la vuelta, decidida a llevarlo ella misma a casa.

—Al mejor picador de Turón lo echan —farfulló refiriéndose a sí mismo—. Y todo por culpa de Aurora, que no trae más que desgracias.

—Venga, Frutos, que lo han despedido por borrachín. ¡Qué tendrá que ver su hija! —intentó razonar Ramona.

—Todo es culpa de ella, ¡es el demonio! Fue ella la que nos metió en el lío de los moros, la muy puta.

Ramona cogió a Frutos de la solapa y lo zarandeó.

—No se atreva, ¿eh? ¡No se atreva! Que si algo aprendí a palos fue a tratar con padres de mierda como usted. Y ya le adelanto que va a salir perdiendo.

—¿Qué te pasa, machorra? ¿Que a ti también te gusta mi hija? Si eso ya lo sabía yo, si lo dice todo el pueblo.

Ramona lo amenazó con llamar a la Guardia Civil si no se callaba y él se lo pensó dos veces porque aquella mujerona tosca y bruta era capaz de cumplir su palabra.

Así logró convencerlo de que diera la vuelta y cesara en su propósito, pero para asegurarse lo acompañó todo el trayecto aguantando sus delirios de borracho.

A la mañana siguiente lo encontraron con la cabeza abierta en un charco de vómito.

Nunca llegó a saber Aurora con certeza si Ramona mató o no a su padre, aunque lo intuyó cuando, después de dejar a Frutos, llamó a su puerta. Su amiga sabía callar, pero no sabía mentir.

—Tu padre vino hace un rato con la intención de montarte otro escándalo. Y a ver si podía trincarte dinero, supongo, porque lo despidieron del pozo. No te preocupes, que hoy ya no vuelve, está como una cuba.

—Quédate a dormir —le pidió Aurora, y al ver que su amiga era incapaz de mirarla a la cara, supo que había ocurrido algo más.

—No puedo. Entro al turno de las seis en los lavaderos.

—Me da igual, yo me levanto a coser a las cuatro o las cinco.

—Aurorina, no juegues con fuego, que yo no puedo dormir contigo sin más.

—Solo esta noche, por si te preguntan dónde estuviste —respondió Aurora, obviando lo que ya sabía desde hacía mucho.

Ramona negó con la cabeza.

—Tú en tu casa y yo en la mía. Con mis problemas cargo yo igual que he hecho siempre.

La carbonera se marchó a su casa, sabedora de que lo único que faltaba en el pueblo era echar más leña al rumor de que entre ellas había algo más que una amistad, justo la noche que había matado a Frutos con el atizador de la cocina. Esa noche Ramona no pudo dormir, pero no por haber matado a un hombre por segunda vez en su vida, sino por el recuerdo del cuerpo caliente de Aurora durmiendo a su lado.

10

Ana, 2013

El día de Todos los Santos de mi infancia en nada se parecía al Halloween de mis hijos.

Recuerdo el día de los Difuntos como un momento muy solemne. Cada 1 de noviembre, mi madre y yo cogíamos el ferrocarril de vía estrecha hasta Turón, el pueblo donde ella se había criado y que yo solo pisaba una vez al año.

Dos días antes, mi madre iba a limpiar las lápidas de mi abuelo y mis bisabuelos. Les quitaba la mugre que acumulaban a lo largo del año, devolviéndoles el color blanco grisáceo de la piedra natural, y ponía sobre ellas flores frescas. Por aquel entonces la abuela Aurora no formaba parte de nuestra vida, embarcada como estaba en su aventura palmariana por tierras sevillanas, y solo nosotras íbamos al cementerio. Yo tenía dos tíos, hermanos de mi madre, pero tampoco vivían en Asturias. Ninguno de los dos quiso entrar en la mina y emigraron al extranjero, a Stuttgart, en Alemania, para trabajar en la metalurgia. Uno se metió en política y terminó siendo un líder sindical en el IG Metall, el sindicato metalúrgico. Era famoso allí, o eso decían, por defender los derechos de los trabajadores extranjeros. Debió de irle bien porque volvía cada verano en un Mercedes más grande que el del año anterior y se compró un chalet en la costa, en la entonces exclusiva playa de Salinas, cerca de Avilés. Solo los veía alguna vez durante el mes de agosto, cuando volvían de vacaciones y mi madre organizaba una comida en Gijón. Para mí eran dos extraños. En cambio, el abuelo Paulino y los bisabuelos, Frutos y Olvido, a los que nunca conocí, sí formaban recuerdos inventados en mi cabeza gracias a las historias que me contaba mi madre y a aquella visita anual al lugar donde estaban enterrados: los bisabuelos en una tumba en el centro del cementerio, y mi abuelo en un extremo, junto a sus padres. Cada año mi madre se preguntaba qué debía hacer cuando mi abuela Aurora muriera, si enterrarla con sus padres o mover al abuelo Paulino para que descansara al lado de su mujer. Parecía tan importante aquella tribulación de mi madre que, aun sin entenderla del todo, la compartía con ella e intentaba aportar soluciones.

—¿Qué quiere la abuela?

—Que la queme y la tire al río Turón —respondía mi madre, invariable.

—¿Y por qué no cumplimos su voluntad? —preguntaba yo, sintiéndome parte de ese inevitable futuro que supondría el entierro de mi abuela.

—Porque eso no es más que otra de sus locuras, hija. Nadie hace eso con sus muertos. Ni siquiera con tu abuela —sentenciaba mi madre, y yo dejaba de insistir.

De pequeña me encantaba jugar entre las tumbas y arrancar la hierba que, con el tiempo húmedo del norte, se empeñaba en cubrir cada rincón si nadie ponía freno a su avance lento y constante. Mi madre solía ponerme un vestido elegante, cosido para la ocasión, y unos zapatos de charol que, en el barrizal en que se convertía el cementerio gracias a la lluvia otoñal que caía el mismo día o los anteriores, llegaban hechos una pena a la visita a los abuelos. Pero no pasaba nada porque a los muertos esas cosas no les importan.

Mi padre no iba nunca con nosotras. Ese día llevaba flores a sus padres al cementerio del Salvador, en Oviedo, y enseguida volvía para casa. Habría tenido tiempo para acompañarnos después, pero no le gustaba la cuenca minera y aún menos que mi madre se detuviese cada dos metros a charlar con mujeres que no tenían ningún interés para él.

Las conversaciones se repetían una y otra vez: lo mucho que

me parecía a mi abuela Aurora y los últimos acontecimientos sociales del pueblo, que consistían en bodas, bautizos y funerales.

—¿Quién era esa? —le preguntaba yo a mi madre tras cada parada.

—Una vecina —solía responder.

Después de la misa en el cementerio íbamos a comer a casa de su amiga Florita, donde la abuela Herminia, una anciana que parecía sacada de una película de brujas buenas, nos había preparado pote asturiano y arroz con leche y luego nos leía las cartas. A mí me encantaba Herminia. Y a mi madre más. Antes de irnos, todavía nos quedaba una tarea por hacer: pasar por la casa de mi abuela Aurora, cerrada entonces, y revisar que todo estaba en orden. Sucia y llena de polvo, aquella casa tenía algo de fantasmagórico.

—Enséñame tu habitación, mami —le pedía yo cada año.

—¿Otra vez? —protestaba ella mientras me conducía a la planta de arriba.

El dormitorio de la niña que había sido mi madre era muy pequeño y no tenía más que una cama con un cabecero de hierro negro, una mesita de madera, una silla y un armario también de madera, muy oscura, de una sola puerta. Me llamaban la atención dos cosas: lo alta que era la cama y que allí no hubiera nada que recordara a mi propia habitación.

—¿No te gustaba el color rosa? ¿Preferías este gris tan feo? —le preguntaba con mi inocencia infantil, porque no concebía que una niña no tuviera un dormitorio como el mío, rosa y lleno de bordados, puntillas y peluches.

—No me acuerdo, hija, eran otros tiempos —me decía.

Echaba de menos a mi madre aquel día de Difuntos de 2013. Sabía que para ella era un mal día. El ritual había cambiado y ese día se quedaría en Oviedo, visitando a mi padre en el columbario de la basílica de San Juan donde descansaban sus cenizas. El día anterior había ido al cementerio de Turón a limpiar las lápidas y a poner flores frescas, pero era el primer año que dejaría solo a su padre para estar con su marido.

Mientras me maquillaba la cara de blanco y morado en el

espejo de mi baño, de uso exclusivo para mí, porque desde que nos habíamos mudado a aquel enorme y moderno chalet de La Finca Carlos y yo ya no compartíamos ni baño, me di cuenta de que llevaba unos días que no pasaban más de cinco minutos sin que pensara en ella. Quizá porque recordaba sus tribulaciones sobre dónde enterrar a la abuela Aurora y cada vez me parecía más probable que fuera la abuela Aurora la que tuviera que decidir dónde enterrar a mi madre, ya que ella no tenía ninguna gana de morirse.

Aquella noche mi hija Alba tenía intención de llevar a «la bisa», como ella la llamaba, a la refinada fiesta de Halloween de mis suegros. Me parecía una idea bastante desafortunada, pero no podía evitar regocijarme al imaginar la cara que iba a poner Paloma cuando la viera allí. Por primera vez en muchos años me apeteció asistir a una de las fiestas de mi suegra.

Águeda, 2013

El mismo cáncer que se había llevado por delante la privilegiada mente de Steve Jobs, el carisma de Patrick Swayze y la prodigiosa voz de Luciano Pavarotti acabó con la vida de Jesús, dejando a Águeda viuda y, de nuevo, con ese sentimiento de estar sola en el mundo que había tenido hasta que se casó.

Los días de agonía final no notó aquel vacío en su corazón. Ni siquiera el día del entierro, con Ana, Alba, Carlos y muchas de sus antiguas alumnas acompañándola. Hasta sus consuegros y la propia Aurora acudieron al funeral desde Madrid. Asistió tanta gente que la iglesia de San Juan, la más grande tras la catedral y la misma en la que, noventa años atrás, Alfonso XIII ejerció de padrino del todavía comandante Franco en su enlace con Carmen Polo, se desbordó y tuvieron que abrir las puertas para que la gente escuchara la misa desde fuera.

Una semana después, al irse Ana, Águeda se quedó sola. El silencio inundó la casa y se le metió en el alma. Se sentó en una silla y allí se dio cuenta de lo perdida que se sentía.

Sin taller de costura, sin alumnas y sin Jesús, su piso de la calle San Bernabé, que ocupaba la segunda planta del edificio, le resultó inmenso. No echó de menos a su madre, que llevaba ya dos años en la residencia de Madrid, y tampoco a Ana, porque a fuerza de no verla se había acostumbrado a no extrañarla en sus rutinas. A la que sí echó de menos fue a Florita, después de que un infarto se la llevara el año anterior. Con Jesús ya diagnosticado, la quimio, los vómitos y los cuidados, ni siquiera tuvo ocasión de llorarla. A Águeda le pareció un sinsentido seguir en el mundo sin nada que hacer más que esperar la muerte, aunque, según su médico, nada indicaba que estuviera próxima. En ese momento la vida le resultó absurda.

Durante los días anteriores, con el revuelo del duelo, Águeda rechazó repetidas veces la propuesta de Ana de ir con ella a Madrid.

—¿Qué te queda en Asturias, mamá? Vas a estar muy sola. ¿Y si necesitas algo?

—Conozco a mucha gente, hija, ya viste cómo estaba el entierro de tu padre.

—Tú lo has dicho, mamá, conoces —remarcó Ana—, porque tener no tienes ni amigas ni familia.

—Tengo a mis hermanos en Gijón desde que se jubilaron.

—¿Y cuántas veces los ves al año? ¿Dos, tres, media docena si nos ponemos a exagerar? Entre ellos tienen mucho en común, han pasado la vida juntos, pero ¿contigo? ¿Después de cuarenta y cinco años en Alemania?

Allí, después de varias horas sentada en la silla, recordando la conversación con su hija, Águeda encontró su nueva misión. Hacía tiempo que notaba a Ana apagada, tristona y cada día más delgada. Pensó en los años que hacía que no oía a su hija reír. Echó cuentas y, una vez que lo tuvo claro, tomó la decisión de vender su piso de Oviedo y comprar un apartamento en Madrid. Cerquita de Ana, porque en casa de su hija no quería meterse, que las viejas estorban y no es hasta que la funeraria se las lleva que las molestias dan paso a los buenos recuerdos y los malos se desvanecen.

Ni siquiera se llevó la última máquina de coser moderna que quedaba en el taller porque Anina seguía teniendo allí la vieja Singer y seguro que no le importaría devolvérsela para los cuatro arreglos que ella pudiera hacer. «A estas alturas se habrá cansado de ese trasto, porque a los ricos las cosas de pobres les gustan de boquilla», pensó antes de acostarse. Ya tenía un plan para el resto de sus días. La sola idea de estar cerca de la que seguía siendo su retoño le reconfortó el corazón.

Águeda, 1951

La presentación de Aurora ante Franco vestida de falangista trajo consigo encargos suficientes para que el matrimonio y los niños pudieran vivir sin pasar escaseces durante los años siguientes. Incluso para ahorrar algo de dinero. Las amigas de doña Pilar se aficionaron a que la carbonera de Franco les cosiera los trajes. Los pedidos empezaron a sucederse y Aurora pedaleaba en la Singer todos los días y muchas noches. Con los gemelos al cuidado de la vecina, Águeda se quedó, con solo siete años, a cargo de gran parte de las labores de la casa y Aurora pudo desentenderse de la familia para encerrarse a coser en su salita. Utilizó a alguna alumna aventajada del Servicio Social como ayudante, pero en cuanto aprendían, cogían sus propios encargos, se iban y ella volvía a empezar. Cosía bien, las clientas no la abandonaban y se le ofrecían otras nuevas, pero no le daba el tiempo para aceptar a más y se reconcomía por los ingresos perdidos. Hasta que Paulino enfermó y tuvo que gastar casi todos los ahorros en un tratamiento que no sirvió de nada.

A Aurora le quedó una pensión de viudedad con la que era imposible criar a tres hijos. Aunque dedicara dieciocho horas al día a coser, ella sola no podía atender todos los encargos que hacían falta para sostener a la familia, así que tuvo que tomar decisiones: los niños eran demasiado pequeños para la mina y, si bien Águeda era poco hábil con la aguja y el hilo, ya iba a cumplir diez años y era la mejor opción. Necesitaba más clientas, más encargos, y eso requería ayuda barata. A ser posible gratis. Además, quería que la niña aprendiera a coser porque si ella, siendo guapa, no había conseguido más que a Paulino, Águeda, con lo feúcha que era, no lo iba a tener fácil.

La noticia de dejar la escuela para empezar a coser con su madre pilló a Águeda desprevenida. Le causó más desazón la soledad que intuía que el cambio de planes en sí. No había opción buena para ella: no le gustaba la escuela, tampoco le gustaba coser y menos aún estar con su madre. A falta de su padre, su único consuelo era su amiga Florita, y si dejaba la escuela, Florita podría echarse otra amiga y abandonarla para siempre.

—Vas a tener que aprender rápido y ser cuidadosa porque mis clientas son muy exigentes, no podemos decepcionarlas y yo sola no llego a todo.

—Pero si no estudio, seré una burra —protestó Águeda, desesperada ante la posibilidad de perder a Florita.

—A las mujeres no nos hace falta saber más que leer, escribir y echar las cuentas porque otra cosa no nos dejan hacer, así que ¿para qué quieres seguir?

—Me gusta la escuela —mintió Águeda.

—Y a mí me gustaría ser rica pero, ya ves, soy costurera y de milagro me libré de ser carbonera. Ahora nos hace falta el dinero. Tu padre ha muerto, ¿de qué crees que vamos a vivir? Y da gracias de que no tenga que meterte a buscar carbón en las escombreras todo el día para venderlo luego por una miseria. Mañana empiezas.

La solución a la preocupación de Águeda la trajo Herminia.

Aquella tarde Águeda acudió a su casa entre lágrimas para avisar a Florita de que ya no volvería a la escuela. Tras conocer la noticia, Herminia consoló a la niña y, con una idea en mente, dejó a su nieta con su amiga y fue en busca de sus barajas. Extendió las cartas en nombre de Aurora y un Tres de Oros abriendo la tirada junto con una Sota de Oros que cayó justo debajo del Tres le dieron a Herminia la pista.

Aquella noche dio vueltas en la cama hasta que, al día siguiente, fue a casa de Aurora.

—¡Qué visita más inesperada! Pase usted —dijo Aurora, deseando que la vieja se fuera pronto—. Me pilla con muchísimo trabajo. Estoy enseñando a Águeda para que me ayude, no le digo más.

—Entonces no puedo venir en mejor ocasión. No le robaré mucho tiempo. Al contrario, lo que pretendo es ahorrárselo.

—La escucho.

Herminia salió de casa de Aurora con un cesto de ropa para deshilvanar y planchar y el compromiso de Aurora de enseñar a coser a Florita igual que iba a hacer con Águeda, primero sin jornal y más adelante acordarían lo que valía el trabajo de la niña.

Llegó Florita al día siguiente, contenta de estar con su amiga, pero muy triste por no seguir en la escuela. A ella sí le gustaban las cuentas, la historia y la geografía.

Aurora se percató enseguida de la falta de talento de Florita con la costura, pero no por ello dejó de intentar inculcarle el arte de dar puntadas, por lo que recibió tantos capones, bofetadas y cachetes como la propia Águeda, porque Aurora, como ya no quería perder a Águeda de vista, dejó de encerrarla en la despensa y eligió un nuevo método de castigo rápido que no requiriera que las niñas dejaran de trabajar.

Ana, 2013

Veintiocho años, cinco hijos entre los dos, sendos matrimonios y un divorcio, el de él, fue lo que tardaron Ana y César en volver a encontrarse, y ocurrió tras la muerte de Jesús.

Ese verano Carlos y Alba se fueron a Sotogrande y Ana se llevó a los niños a Gijón a pasar las vacaciones con su madre. Águeda estaba decidida a mudarse a Madrid, pero primero debía organizar lo que tenía en Asturias.

—¿Por qué no te quedas tú con este piso, hija? Si vendemos el de Oviedo y este, ya nada te unirá a tu tierra. Con lo que dice la agencia que vale el piso de Oviedo me da para comprarme un apartamento pequeño cerca de ti. Bueno, lo de cerca es un decir porque tendré que ir a verte en autobús, que allí todo está lejos, y ¡vaya precios! Y eso que vives en las afueras. Casi me salía más a cuenta ir a una residencia como tu abuela.

—De eso ni hablar, mamá. Entiendo que prefieras tener tu casa que vivir conmigo, pero a una residencia tú no vas. Y este piso lo dejas para venirte en verano, que en Madrid hace mucho calor.

—¿Y qué pinto yo aquí si no vienes con los niños? Con lo bien que estamos ahora. Lástima que no haya venido Alba.

—Ya solo viaja contento conmigo Jesús, y será por poco tiempo. Carlos ha venido a regañadientes y Alba no quiere saber nada de mí. Está en Cádiz con sus amigas, presumiendo de feminista progre.

—Ya se le pasará, mujer. Es la edad.

—Yo nunca hice esas cosas.

—Tú hiciste las tuyas. ¡Qué disgusto nos diste cuando te encaprichaste de aquel chico en silla de ruedas! Aunque es verdad que siempre fuiste muy buena.

Ana todavía se sentía humillada por el desprecio de la madre de César y, aunque ya no se ponía colorada cada vez que lo recordaba, sí que sintió calor en las mejillas.

—No me lo recuerdes, mamá, no quiero hablar de aquello.

—¿Por qué no nos echamos las cartas? A ver si nos dicen lo que debemos hacer.

—Venga, vale, ¿por qué no?

Tras unas cuantas tiradas, Águeda le auguró a Ana muchos reencuentros después de tantos años sin pasar un verano entero allí. Y no le faltó razón.

Ana salió a dar una vuelta mientras Águeda preparaba frisuelos con chocolate para sus nietos, a ver si al olor del dulce dejaban la consola que instalaron en la tele del salón y que no habían soltado desde su llegada. Ana no llamó a nadie. Ni tenía los teléfonos de las que fueron sus amigas de la adolescencia, ni habría sabido qué decirles. Solo quería recorrer los lugares de aquella juventud que ahora le parecía tan lejana y mucho más amigable que cuando la vivió. Llegó a la Cuesta del Cholo y la gente que vio allí le pareció extremadamente joven, aunque no lo era más que ella cuando la frecuentaba. Recorrió la ruta de los vinos con la misma sensación, paseó por el Muro entre matrimonios y ancianos que daban su paseo vespertino, llegó a la escalera 13 y allí, en un banco del paseo, se encontró con Cova, la vieja amiga que menos le apetecía ver. Sorpresa, alegría fingida hasta la exageración, cumplidos, intercambio de móviles, besos y abrazos acompañaron el reencuentro.

—Verás cuando se enteren las demás.

—¿Sigues teniendo relación con Marta y Ángela?

—Pues claro, mujer. Y contigo porque no quieres, que desde que te ennoviaste con el ricachón ya no quisiste saber más de tus amigas proletarias.

—No digas eso, que no fue así.

—Da igual, porque ahora sí que no tienes excusa. Esta semana nos vemos. A ver si Ángela nos hace hueco, que se acaba de divorciar y tiene unas ganas de juerga que no veas.

—¿Sabes algo de César?

Cova la miró con extrañeza.

—Claro. ¿Por qué lo preguntas?

Ana encogió los hombros antes de responder.

—Me gustaría hablar con él.

—Pues mira, te doy su móvil, que yo me tengo que ir. Me espera mi hija y llego tarde. Ya te llamo para quedar.

Ana se quedó mirando el número de César en su lista de contactos mientras Cova se alejaba apresurada. Abrió el bolso, guardó el móvil y unos segundos después lo volvió a sacar. Con el corazón acelerado, escuchó el primer tono y el segundo, y cuando iba a colgar después del tercero, una voz que habría reconocido en cualquier parte respondió.

Una hora más tarde César la esperaba en una cafetería contigua al portal en el que vivía, un edificio nuevo cercano a la plaza del Parchís, en pleno centro de la ciudad.

Cuando lo vio, una oleada de emoción la embargó. La silla de ruedas no había impedido a César mantenerse tan guapo como siempre. Se había sumado a la moda del triatlón y competía por todo el mundo en categoría paralímpica. Incluso su pelo seguía igual de rojo y, como solía ocurrirles a los pelirrojos, sin ninguna cana.

César había sacado una plaza de ingeniero industrial del Principado, era padre de dos hijas adolescentes y estaba divorciado. Y contento de volver a verla.

—¿Dos hijas? —preguntó Ana—. ¿Tú puedes? Quiero decir si...

César rio y Ana volvió a ver al universitario guapo y alegre que recordaba. Solo algunas arrugas alrededor de los ojos delataban el paso de los años.

—¿Te refieres a si funciono en la cama?

Ana se sonrojó y César volvió a reírse.

—Sí que puedo. Los médicos solucionaron ese problema. Y respecto a lo de las niñas, acudimos a una clínica.

—Me alegro mucho por ti.

—¿Quieres que subamos a mi casa? Podemos encargar algo de cena. O si lo prefieres podemos intentar reservar en algún sitio, aunque, ya sabes, encontrar una mesa libre en Gijón un sábado de agosto es complicado. Me gustaría seguir charlando contigo. Tenemos mucho que contarnos.

Esa noche Ana le fue infiel a Carlos y volvió a enamorarse de César en unas horas, igual que le ocurrió de adolescente. Llegó a casa entrada la madrugada, paseando. Notaba las aceras livianas, como si caminara sobre las nubes.

Águeda la esperaba despierta y preocupada.

—Ay, Anina, hija, que llevo ya tres tilas. ¿Por qué no me has llamado? Si traes el maquillaje corrido, ¿qué te ha pasado?

—Nada malo, mamá. Acuéstate que es tarde.

—Pero, hija, ¿qué cuentas te traes? —protestó mientras Ana la conducía a su habitación.

Ana no vio la llamada perdida de Cova ni el wasap posterior hasta que fue a meterse en la cama, dispuesta a pasar la noche rememorando el encuentro con César:

Ana conectó el teléfono al cargador y pospuso a Cova y al mundo hasta el día siguiente para abrazarse a la almohada y soñar con César.

Fue precisamente un mensaje suyo el que la despertó:

Repetimos?

Ana sonrió, dejó el teléfono y se arropó con las sábanas, dispuesta a remolonear con el recuerdo de la noche anterior, pero esta vez fue Cova la que interrumpió la ilusión:

Llámame. Hay algo que debes saber

Acabo de despertarme. De qué se trata?

Acto seguido, sonó el teléfono.

—Menos mal que consigo hablar contigo —dijo Cova a modo de saludo—. Llevo toda la noche sin pegar ojo. ¿Llamaste a César?

Ana calló. No le apetecía compartir con nadie su encuentro con César, y menos con la menos amiga de sus amigas de la adolescencia.

—Mira —continuó Cova—, a mí me da igual lo que hagas o dejes de hacer, pero creo que debes saber que César es el ex de Ángela.

Ana seguía callada, pero esta vez porque no le salían las palabras.

—¿Ana? ¿Me oyes? —insistió Cova al no recibir más que silencio.

—¡Qué hija de puta! —soltó Ana.

—¿Qué dices, mujer? Si tú te casaste mucho antes que ellos, y por cierto, que ni siquiera nos invitaste a la boda. Además, aquello vuestro fue un amor de verano… Vamos, que rompiste tú, que él estaba coladito por ti. Lo de Ángela surgió años después. Yo solo quería que lo supieras porque como ayer me pediste el teléfono de César… Que seguro que no era para nada… Bueno, en fin, para lo que fuera, pero que lo sepas. Espero que esto no arruine nuestro plan para salir todas juntas.

—Mira, Cova, déjalo, no me apetece quedar, todo esto ha sido un error —dijo Ana, y acto seguido colgó, dejando a Cova con la palabra en la boca.

Después le envió un escueto wasap a César:

Vete a la mierda

César llamó, rellamó y volvió a llamar, pero Ana no respondió. Ni ese día ni al siguiente. Ni ningún otro. Volvió a Madrid y rezó por que Carlos nunca se enterase de su aventura en Gijón.

Aurora, 1955

Aurora tardó cinco años en ahorrar para comprar la Vespa que tantos comentarios, envidias y cotilleos suscitó durante meses entre el vecindario.

Si bien la viudedad la había dejado en un estado de precariedad económica para sacar adelante a sus tres hijos, también le había traído algo bueno: podía conducir y comprar una moto sin necesidad del permiso de su marido. No era Aurora, ni mucho menos, la única que tenía el carnet de conducir, pero sí de las pocas mujeres, a pesar de que ya hacía más de veinticinco años que la primera lo había conseguido. Tampoco era la única con una Vespa en Asturias, aunque sí en su pueblo.

Cuando iba en la moto, con un pañuelo en la cabeza para no despeinarse y la falda de vuelo bien sujeta para que el viento no le jugara una mala pasada, levantaba muchas miradas, además de algunos improperios sobre las mujeres que conducían: «En la cocina tendrías que estar como una mujer decente», y muestras de escándalo: «¡Adónde va a parar este país!».

Con lo que sí contó Aurora desde el primer momento fue con la aprobación de doña Pilar y, por ende, la de las componentes de la Sección Femenina y la de las clientas más rentables que, estuvieran o no de acuerdo con la compra de la moto, siempre lo estaban con doña Pilar. La Vespa le permitió ahorrar tiempo y ganó en libertad al no depender de los trenes, que cada dos por tres ponían a los pasajeros perdidos de hollín, ni de los coches de línea, lentos por la multitud de paradas que hacían por los pueblos.

Aurora metía la moto en la cocina por las noches porque se negaba a dejarla en la calle por muy atada que estuviera. Y durante el día en las oficinas de la Sección Femenina porque doña Pilar le dio un permiso especial para que aparcara dentro, cosa que sorprendió a Aurora porque pensaba que no iba a convencerla fácilmente.

—Pues claro que la dejas dentro. Si la Vespa fuera de un hombre te diría que no, pero en cuanto sepan que es tuya son capaces de robarla o destrozártela.

Doña Pilar, la defensora de aquellos principios de las mujeres sin escote y la manga hasta el codo, dedicada a la familia y sometida al hombre en una eterna minoría de edad, acababa de revelar lo que parecía una reivindicación.

—Gracias, doña Pilar, se porta usted muy bien conmigo.

—¿Ahora te das cuenta?

Aurora dudó.

—Quiero decir... —empezó, pero calló porque no le salieron las palabras.

—Llevo años protegiéndote porque yo también soy madre y tus hijos me dan mucha pena. Si hubiera querido librarme de ti, habrías ido a la cárcel por adulterio o algo peor. Y si no me encargo de sacarte adelante, habrías malvivido cosiendo para tus vecinas, que habrían podido pagarte o no, y habrías mandado a tu hija a las escombreras y a los niños a la mina en cuanto hubieran sido un poco mayores. Pero no lo he hecho por ti, lo he hecho por Águeda, porque no estaba dispuesta a consentir que mi marido me reprochara que su bastarda tuvo que ir a la mina por mi culpa. Ahora me debe el favor para siempre.

—¿Su marido? —preguntó boquiabierta.

—No te hagas la tonta, que las dos sabemos a lo que me refiero. Y si lo que te sorprende es que lo sepa yo, no te olvides de que los esposos tienen el mandato de Dios de ayudarse entre ellos.

Aurora volvió a callar, pero no por falta de palabras sino porque doña Pilar tenía razón en que su vida hubiera sido muy diferente de no haberla metido en la Falange. Y si Ferino y ella habían aceptado, sin preguntar a la única persona que podía saberlo con seguridad, que Águeda era hija de Ferino, no pensaba sacarlos de su error. Y menos mientras esa absurda creencia, que Frutos se había sacado de la manga, o más bien de las orejas de soplillo de Águeda, le siguiera reportando réditos a ella.

Aurora, 2013

La fiesta de Halloween de los Fresno se celebraba con la excusa de que los niños, propios y ajenos, disfrutaran. Tenían su propia sala con merienda, pintacaras, castillo hinchable y animadores en la planta inferior del chalet de los Fresno, decorada como si de la casa del terror infantil se tratara, mientras los mayores participaban de una fiesta en toda regla en el inmenso salón de la planta principal. Con más de ochenta invitados adultos, era el momento perfecto para cerrar los últimos acuerdos y cumplir con los objetivos del año; y los disfraces, una forma muy práctica de entablar conversación.

Como siempre, Ana acompañaba a Paloma para recibir a los invitados. Si Ana tenía una virtud a ojos de su suegra era la de quedar bien. Con una de esas bellezas clásicas que causa admiración sin provocar lujuria y unos modales inofensivos, era la presentación perfecta de la familia. Sin embargo, aquella noche Paloma no estaba contenta con su nuera.

—¿Se puede saber cómo se te ha ocurrido ponerte algo así?

—Es Halloween y voy de novia cadáver —se excusó.

—Vas hecha un mamarracho. Dejas poco a la imaginación con ese vestido tan pequeño, y llevas la cara y el pelo hechos un cromo con tanta pintura blanca y ese cardado. ¿Tú ves a alguien más de esa guisa? ¡Que ya no tienes quince años!

—Lo siento —respondió Ana—. Si lo prefieres me mezclo con los invitados.

—De eso nada. Te vas a quedar aquí porque los hombres tienen hoy un negocio importante que cerrar.

—¿Ah, sí? Carlos nunca me cuenta nada.

—Es que eso también hay que ganárselo.

Si Paloma ya estaba disgustada con Ana, cuando Alba apareció con Aurora y su amigo Fernando el gesto se le torció todo lo que los tratamientos a base de bótox y colágeno le permitieron.

—Mira, abuela, he convencido a la bisa para que se disfrace —dijo Alba señalando a Aurora, que en lugar de sus habituales vestidos de colores, sin forma y hasta los tobillos para cubrir su obesidad, llevaba uno igual pero en negro y con una especie de fajín rojo a la cintura.

—¿Y de qué va? —preguntó horrorizada Paloma ante la visión de Aurora, que parecía una cucaracha gigante con un lazo de regalo.

—¿De qué va a ser, abu? ¡De cardenala! ¿A que mola?

Paloma estuvo a punto de santiguarse, pero se controló.

—¿Y tú? —preguntó.

—De Harley Quinn.

—¿Y esa quién es?

—La lesbiana más molona de las pelis de Batman, que le da sopas con honda al millonetis carca ese que se disfraza de murciélago.

Ana reprimió una carcajada y Paloma, que no quería escuchar nada más, se apartó para dejarlas pasar.

—Menudo Halloween me vais a dar —recriminó Paloma a su nieta—. El año que viene los disfraces los elijo yo.

—Pues da gracias, abuela, que casi vengo de Poison Ivy.

—¿De quién? —preguntó Paloma a Ana mientras aquel extraño trío se alejaba en busca de un lugar donde Aurora pudiera sentarse.

—¿A que Halloween en casa de mi abuela mola? —le dijo Alba a Aurora.

—¿Qué Halloween ni qué pamplinas, nena? ¡El Amagüestu de toda la vida! Anda que no habré celebrado yo el día de los Difuntos en casa de mis abuelos asando castañas en la hoguera y vaciando calabazas. Metíamos carbones encendidos dentro y después nos tiznábamos la cara de negro. Los críos sobre todo, pero muchos mayores también. Y nos poníamos de castañas hasta arriba. Con la excusa de que cada castaña liberaba un alma del purgatorio y la enviaba al cielo, pues hala, ¡a comer! Que de aquella no sobraba. Claro que, comparados con la posguerra, fueron tiempos de abundancia. ¿Y ahora dicen los curas que esto es americano? Pues serán los curas con mala memoria, ¡vamos, hombre!

—¿Y os disfrazabais?

—No, eso no, y menos de muertos como va tu madre hoy. Está feísima. Yo ya vi bastantes muertos en mi vida para que eso me guste.

—También has visto muchos curas y mira qué bien te queda la sotana —dijo Alba con una carcajada.

—Es que yo a los curas les debo mucho. Anda que no gané dinero cosiendo de estas —dijo agitando el vuelo de la sotana—. ¿No ves qué bien se me da todavía?

—¿La ha hecho usted? —preguntó Fernando, a quien la bisa de Alba no dejaba de sorprender.

—Con la Singer que tiene mi madre decorando el salón —explicó Alba—. No veas cómo se apaña la bisa dándole al pedal.

—Y porque no tengo una máquina moderna y la Singer está ya para el desguace, pero si me lo llega a decir tu madre le habría hecho un disfraz en condiciones. Mírala, toda llena de sangre con el vestido raquítico ese que lleva. ¡Como si no tuviera bastante sangre expuesta en el salón de la mansión esa donde vive! Claro que, comparado con este casoplón, la de tu madre se queda en nada —comentó Aurora mirando a su alrededor.

—¿Qué quieres decir, bisa? ¿De qué sangre hablas?

—De nada, nena, de nada. Cosas de vieja.

Alba buscó acomodo para Aurora en un sillón y la dejó a cargo de Fernando mientras iba a avisar a uno de los camareros para que les llevara bebidas y no se olvidaran de pasar por allí con las bandejas de comida.

—¿Y qué pasó con el… Ama…? —le preguntó Fernando, y ante la cara de desconcierto de Aurora aclaró—: El Halloween ese asturiano.

—El Amagüestu.

—¿Dejaron de celebrarlo?

—Pues sí, porque en la revolución del treinta y cuatro una bomba mató a mi abuela mientras hacía cola por el pan y mi abuelo murió unos meses después. No sé si de hambre, de pena o de soledad. Hambre pasó porque, desde que murió ella, se sentó en una silla y se negó a comer. Y luego llegó Franco y los curas prohibieron el Amagüestu. Dijeron que había que celebrar el día de los Difuntos llevando flores al cementerio y yendo a misa, así que cambiamos las hogueras y las calabazas por crisantemos en la tumba de mis abuelos. Eso cuando había para comprarlos, claro. Lo que sí seguimos haciendo fue asar castañas hasta que… —De improviso, como si de un cortocircuito mental se tratara, Aurora zanjó el tema—. Que me lías, Fernandito, que de esos tiempos no quiero hablar, así que no me preguntes más y concéntrate en Alba, que con esas pintas de curilla progre la pierdes.

—Pero si Alba y yo solo somos amigos. Ya le dijo ella que le van las mujeres… —respondió Fernando un poco mosqueado por la salida de la bisabuela.

—Yo creo que eso lo dice por la rebeldía de la edad, ¿o es que se va a la cama con alguna a hacer eso de la tijera?

—¡Aurora! —la regañó Fernando, y se le escapó una carcajada—. Si la oye la abuela de Alba…

—A mí me importa un pito la tal Paloma, que parece que se ha tragado un bambú de esos que tiene por todo el jardín, ni que fuera la jaula de Chu-Lin.

—¿De quién? —preguntó Fernando.

—Del panda del zoo. ¿En qué mundo vives? —Entonces se dio cuenta de que Chu-Lin había muerto poco después de nacer Fernando—. ¡Qué jóvenes sois, hijos, qué jóvenes! Y lo que quería decir, que me lío, ¿a ti te gusta Alba?

—Bueno, claro, a todo el mundo le gusta Alba —respondió algo incómodo.

—Pues como no seas un poco más hombre, no te vas a comer una rosca.

—Eso es muy antiguo.

Aurora y Fernando terminaron la conversación cuando vieron a Alba acercarse con una bandeja redonda en la que llevaba tres copas de champán.

—Champán francés, bisa. Verás como te gusta.

Águeda, 1956

Desde que Águeda y Florita empezaron a coser con Aurora fue evidente que a Águeda se le daban bien los hilvanes, los remates y los pespuntes, y que lo que no le gustaba eran los desplantes de su madre. En cambio, a Florita, a la que lo único que le preocupaba era no hacer enfadar a Aurora para que no le cayera un coscorrón, dejar el colegio por la costura, una vez que comprendió que las mujeres estudiosas no interesaban a nadie, le pareció un buen trato, aunque pronto demostró tener escasas habilidades. Sus costuras había que hacerlas y deshacerlas tres veces, de modo que Aurora la apartó de las telas más delicadas para dejarla a cargo de las tareas menores y de los bordados, con los que se daba mejor maña.

Los problemas empezaron cuando, a los quince años, Florita se convirtió en el cisne que estaba destinado a ser, sus formas desgarbadas se redondearon en un cuerpo alto y esbelto, su pecho creció y una ingenua picardía invadió su sonrisa.

Florita era una joven inocente a la que saberse el centro de las miradas de los hombres le daba un reconocimiento que no había tenido hasta entonces. Respondía con sonrisas a los piropos, a pesar de las advertencias constantes de Herminia sobre las intenciones que algunos tenían para con ella.

Pocos eran los hombres del pueblo que no se habían fijado ya en Florita, mientras que Águeda, cada vez más redonda, pequeña y tímida, se volvía invisible a su lado.

Herminia se pegó a su nieta, la acompañaba cada día a casa de Aurora y la encomendaba bien para que no se moviera de allí hasta que ella volviera a recogerla.

Llegó el verano y en España se constituyó la Cruzada por la Decencia «en pro del recato, la morigeración y la pudibundez» para evitar el aligeramiento de ropas y costumbres durante los meses de mayor temperatura, y Herminia aprovechó la ley para impedirle a su nieta usar escote o mangas demasiado cortas. El clima templado de Asturias no traía consigo grandes olas de calor, pero sí contentaba los ánimos de todos y se hacía más vida en la calle.

Ese año había concurso de trajes infantiles en las fiestas del pueblo y Águeda y Florita se propusieron ganarlo con un traje diseñado por ellas: Águeda cortaba y cosía y Florita lo bordaba. Lo hacían cuando los gemelos estaban en el colegio y Aurora salía con su Vespa para cumplir con sus obligaciones con la Falange y para medir y probar a las clientas que venían de la mano de doña Pilar.

Era entonces cuando también ponían la radio para escuchar las peripecias sentimentales de los protagonistas de los seriales y suspiraban con los enamoramientos y descalabros de unos argumentos más que empalagosos. Hasta que llegaba Aurora y la apagaba diciéndoles que aquello no eran más que tonterías y que el único amor verdadero era el amor al dinero.

En las fiestas, Águeda y Florita consiguieron que su patrona les dejara algo de tiempo libre para pasear por el pueblo e ir de romería. Surgieron los primeros bailes y allí estuvo Herminia vigilante, garante de que su nieta no caía en brazos de ningún joven poco adecuado o con dudosas intenciones.

Llegó el día del concurso y las amigas estaban muy nerviosas. Las circunstancias les eran favorables: su traje era el más bonito y la modelo era una vecina de Florita que, con solo seis años, tenía una gracia y un desparpajo natural que hacía que el vestido luciera todavía más.

El certamen se hizo en el cine, que ocupaba el espacio del Ateneo obrero de Turón clausurado tras la guerra. El jurado estaba compuesto por unas señoras de postín, el alcalde y un periodista de Oviedo, Arturo Vereterra, que después daría la noticia en el periódico más leído en Asturias, con la publicidad que aquello supondría para el ganador. Se fijó Arturo en Florita y le lanzó una sonrisa, a la que la joven respondió abrumada por la repentina atención de aquel hombre que, en la treintena, tenía el atractivo que proporciona la genética y la elegancia que compra el dinero.

—¿Has visto al periodista? ¡Qué guapo es! —susurró Florita al oído de su amiga.

—Es un poco viejo —respondió Águeda con una risilla tonta.

—Se parece a Cary Grant.

—Lleva un traje elegantísimo.

Florita miró al hombre y, al cruzar su mirada con la de él, la apartó con una risa floja que no le pasó desapercibida al periodista.

Entre los nervios del concurso y los de su primer flirteo, a Florita le entraron ganas de hacer pis y dejó el salón para ir al aseo. Vio Arturo en ese gesto una invitación para el acercamiento, así que la siguió y esperó a que saliera. Cuando le dirigió la palabra, a Florita le estallaron fuegos artificiales en el corazón.

—Vuestro traje es precioso —dijo Arturo—. Es mi favorito. Estoy casi decidido a votar por él.

Ella le dio las gracias, ajena a la proposición indirecta que suponían las palabras de aquel hombre.

—Y al conocer la belleza de su creadora, todavía me gusta más el traje —añadió él—. Yo creo que tienes muchas posibilidades de ganar.

—El mérito no es tan solo mío. Mi amiga Águeda hizo casi todo el diseño, yo solo lo bordé —repuso abrumada por el cumplido.

—Pues ahora puedes devolverle el favor a tu amiga y llevar el traje al primer puesto del concurso, ¿quieres?

—Claro, pero ¿qué puedo hacer yo?

—Yo te lo explico —dijo, y le rozó el pecho con la mano.

Una mezcla de miedo y excitación la paralizó.

—Ven conmigo. —Arturo se colocó detrás de ella para hacerla avanzar mientras recorría su espalda con el dedo.

Águeda, preocupada por lo que tardaba Florita, salió a buscarla y se encontró con la escena. Sin la obnubilación de su amiga por semejantes atenciones, entendió los propósitos del periodista nada más verlo, apartó a Florita de su lado y le espetó:

—¡Eres un cerdo! Solo tiene quince años.

El traje de Águeda y Florita no ganó el concurso, pero Aurora se enteró de que habían utilizado sus telas y le habían dedicado un tiempo en el que podían haber adelantado tarea para ella, y montó en cólera.

Con un bofetón echó a Florita de su casa.

—A coser conmigo no vuelvas. Cría cuervos...

Águeda pasó aquella noche sin dormir, encerrada en la despensa, muerta de miedo y de pena, pensando en lo que sería coser con su madre sin su amiga al lado, mientras Florita hervía de emociones contrapuestas tras lo ocurrido con aquel hombre.

De nada sirvieron los ruegos de Herminia para que Aurora admitiese de nuevo a Florita.

—A mí no me importa que Florita cosa —respondió—, pero que lo haga en su casa con usted. En la mía no vuelve a entrar. Y Águeda va a estar mucho tiempo atada en corto, que estas niñas tontas que lo han tenido todo fácil, en cuanto les das un poco de cuerda te la lían. Meta a Florita un tiempo de carbonera y ya verá cómo escarmienta, que yo me lo estoy pensando con Águeda.

—¿Y si le pago yo las telas que usaron para confeccionar el traje? —ofreció Herminia.

—No se trata de eso. No quiero su dinero, que bastante falta les hace. Si yo contra usted no tengo nada, al contrario, pero si no quiero que vuelva su nieta es porque no vale para coser. Y si encima no puedo fiarme de ella, imagínese qué chollo. Dedíquela a otra cosa o búsquele un marido pronto, que es muy guapa y eso va a ser lo mejor para su futuro.

Ana, 2013

La única vez que Ana se emborrachó en público lo hizo delante de su hija, su abuela y su suegra. Y de todos los invitados a la fiesta de Halloween de los Fresno. Alterada por la continua desaprobación de Paloma ante su disfraz de novia cadáver, pidió un gin-tonic para calmar los nervios. El primero la relajó un poco, pero no lo suficiente. Después del segundo empezó a encontrarse mucho mejor, tanto que pidió un tercero. Con el estómago vacío.

Por suerte para Ana, Aurora se percató de que algo iba mal. Desde el sillón en el que su biznieta la había acomodado, pudo ver a Paloma buscando a alguien, posiblemente a Ana.

—Ayúdame a levantarme, Alba, que quiero ir a hablar con tu madre.

—Mi madre tiene que estar con las personas que Paloma y mi padre le indican, bisa, déjala.

—Mucho me temo que hoy no va a poder. Levántame, corre, que me parece que Paloma ya la ha localizado.

Aurora llegó hasta Ana, pero lo hizo después de Paloma.

—¿Estás borracha? —le espetaba Paloma a su nuera cuando las alcanzó.

—¿Te encuentras peor, hija? —le dijo Aurora, y dirigiéndose a Paloma añadió—: Lleva todo el día mareada y con el estómago revuelto. Ha pillado un virus. Mire qué mala cara tiene.

—¿Un virus? —dijo Paloma con sorna—. Pues lo ha debido de ahogar en ginebra porque huele a alcohol que apesta.

—¿Qué dice, mujer? Si mi nieta casi no bebe alcohol. Sería un chupito para entrar en calor. Alba, vamos, dile a Fernando que nos lleve a casa.

Se fueron de allí ante la mirada de desprecio de Paloma que, al día siguiente a primera hora, estaba en la puerta de Ana con intención de cantarle las cuarenta.

Lo que no esperaba Paloma era que Aurora, ataviada con un camisón hasta los tobillos, apareciera detrás de la asistenta que le abrió la puerta.

—Ana duerme, vamos a llevarla al médico dentro de un rato porque esta noche ha tenido fiebre —le explicó ocupando el hueco de la puerta para no dejarla pasar.

—¿Fiebre? ¿Desde cuándo las cogorzas dan fiebre?

—¡Vaya obsesión! ¿Se puede saber qué le pasa a usted? Si ha tenido malas experiencias con el alcohol es su problema, pero no vea duendes donde no los hay. Ana ha cogido un virus, se encuentra mal y la vamos a dejar descansar, ¿entendido?

—La que no lo entiende es usted.

Paloma la empujó para que la dejara entrar, pero su sorpresa fue mayúscula cuando aquella anciana obesa y desagradable le sujetó la muñeca con una fuerza inexplicable para su edad y la atrajo de un tirón hacia ella. La vieja olía como si no se hubiera duchado en tres días.

—Mi nieta descansa —murmuró en su oído apretándole cada vez más fuerte la muñeca—, y durante unos días no va a recibir visitas. Yo misma me voy a encargar de cuidarla. No hace falta que venga usted, no se vaya a contagiar y a ponerse mala también, que tiene muchos compromisos. Ya la avisaré cuando Ana se recupere. O mejor aún, ya lo hará ella.

Aurora soltó por fin la mano de Paloma que, sin saber cómo reaccionar por primera vez en su vida, se dio la vuelta y no volvió hasta que Aurora regresó a la residencia tres días después, tras asegurarse de que Ana estaba, si no bien, al menos como siempre.

No supo nunca Ana del encontronazo entre su abuela y su suegra, ni por qué la abuela Aurora estuvo tres días deambulando por su casa mirándola con atención y sin decir palabra, como si ella fuera el objeto de algún tipo de experimento. Cada día que pasó en su casa, la abuela entró en su cuarto de madrugada mientras ella se hacía la dormida y la arropaba, dejándola perpleja e incluso un poco asustada. Pero fue ese gesto el que hizo que Ana se permitiera por fin llorar por la muerte de su padre, por sí misma y por su propia vida, tan buena y envidiada pero en la que ella se sentía una impostora.

Águeda, 2014

Águeda pasó la primera Navidad sin Jesús en Madrid, igual que las siguientes de su vida. Los Reyes Magos de 2014 le trajeron la cercanía de su hija, a la que echaba de menos desde que se fue a la universidad, sin saber entonces que nunca iba a volver, hacía ya casi tres décadas. La búsqueda de piso estaba siendo infructuosa. La Finca, la urbanización donde vivía Ana, la misma en la que residían algunos jugadores del Real Madrid, empresarios millonarios y artistas archiconocidos, tenía unos precios imposibles para Águeda, por mucho que hubiera vendido el piso de Oviedo y tuviera intención de vender el de Gijón si fuese necesario. Además, resultaba inhóspita para quien no se moviera en coche, y acceder a ella desde los pueblos cercanos de Pozuelo o Boadilla, donde Águeda sí podía permitirse vivir, era complicado. Los vecinos de La Finca buscaban seguridad, y eso pasaba por hacer la urbanización inaccesible para los no residentes.

Allí las casas ni siquiera tenían alarma. Había patrullas veinticuatro horas, controles de acceso y cámaras, y los vecinos se jactaban de poder vivir con la puerta de casa abierta, algo impensable en cualquier otro lugar. Un universo exclusivo y protector para el que perteneciera a él, pero hostil para los extraños. Y Águeda era una extraña.

La solución llegó de manos de Carlos, al que se le abrían puertas cerradas a su suegra, y así, como regalo de Reyes Magos, le trajo a Águeda una casa donde vivir a pocas calles de la suya.

—Eso sí, tiene que ser de alquiler. Como comprenderás, la casa del guardés no se puede vender.

—Pero, Carlos, ¿cómo puede ser? ¿Dónde va a vivir ese señor?

—No hay un señor concreto. Son varios conserjes y cada uno vive en su casa. Lo que tienen es una conserjería en la que trabajan en turnos de ocho horas, así que esa casa es propiedad de la comunidad, pero está vacía y he conseguido que nos la alquilen. No querían meter a nadie en la urbanización, claro está, pero siendo familia directa de un vecino es otra cosa. Conocemos al presidente desde hace años por negocios, mucho antes de que todos nos mudáramos aquí. No creas que no me ha costado explicar por qué no vives con nosotros, pero como ya sé que no es negociable, esta es la mejor opción.

—Ay, no sé, hijo —dijo Águeda mientras procesaba la información.

—Está en un entorno precioso y tiene tres dormitorios, noventa metros útiles, es perfecta —añadió Carlos—. A diez minutos andando de aquí. Eso sí, no tiene un supermercado cerca como tú querías, ya sabes que dentro de la urbanización no hay. Lo que sí que hay es un estupendo servicio a domicilio.

Águeda se echó a llorar.

—Gracias, gracias.

—Mujer, no llores. La idea era que te alegraras.

—Pero si lloro de alegría, hijo. Que tengo el mejor yerno del mundo. ¿Puedo darte un beso?

Carlos abrazó a su suegra mientras Ana los miraba, agradecida y a la vez abrumada porque su cuenta del debe con Carlos nunca dejaba de crecer.

—Gracias —le dijo a su marido cuando por fin suegra y yerno se separaron.

—No hay por qué darlas. Es tu madre. ¿Por qué no vais a verla las dos? —dijo tendiéndoles las llaves.

—¿Ya tienes las llaves? ¿Has firmado antes de consultarlo con nosotras?

—Pues claro, cariño, no iba a dejarlo pasar.

—Pero el alquiler lo pago yo, que va a ser mi casa —intervino Águeda.

—De eso ya hablaremos —respondió Carlos, y se fue antes de que su suegra pudiera protestar.

Con los puños cerrados y la cara crispada, Ana se quedó mirando la puerta por la que había salido su marido.

—Siempre hace lo mismo —le dijo a su madre.

—¿Lo mismo de qué? Si no puede ser más bueno con nosotras. ¡Vamos, estoy deseando verla! ¡Qué nervios!

Ana deseó compartir la ilusión de su madre, pero lo único que sintió fue el orgullo herido.

La casa era perfecta para Águeda. Sin estrenar y lista para decorar.

—¿Cuánto lleva vacía? —preguntó Águeda al conserje—. Si ni siquiera ha cogido polvo.

—Desde que se construyó. Cinco años o así. Y no tiene polvo porque el otro día vinieron a limpiarla.

—¿Quién? —preguntó Ana.

El conserje encogió los hombros.

—Bienvenida —le dijo a Águeda antes de irse.

—¿Se puede saber qué te pasa, hija? Tu marido es un ángel.

—Lo que es mi marido es un egocéntrico que siempre tiene que hacer estos trucos de magia para que me sienta como una inútil. Ni siquiera me considera capaz de buscarle un apartamento a mi madre.

—¿Seguro que lo hace por eso? —cuestionó Águeda—. A mí no me lo parece.

—Entonces ¿por qué siempre se saca conejos de la chistera? Es insufrible.

—Para ayudar, Anina, para ayudar. Que ni tú eres el centro del mundo ni las personas que quieren causarte daño suelen hacer favores. A ver si vas a ser tú la que lleva años haciéndole los feos a él y no al revés.

Ana recibió las palabras de su madre como el que recibe un bofetón, pero calló, dolida con Carlos y con su propia madre por ponerse de parte de él.

11

Ana, 2020

Nacho murió de sobredosis. Con cincuenta y cinco años era un drogadicto funcional que trabajaba como nadie y se corría las mismas juergas que de joven. Hasta que un día, durante el confinamiento por el COVID-19, el corazón le explotó en plena farra virtual, en el salón de su apartamento de soltero de oro en la calle Serrano, tras muchas horas ingiriendo alcohol, coca y MDA. El resto de los participantes de la fiesta vía Zoom continuaron sin él y no se dieron por enterados porque entraban y salían de aquella juerga infinita que tenía hora de inicio pero no de fin. La que sí se enteró y se llevó un susto de muerte fue la mujer de la limpieza cuando llegó a su casa a la mañana siguiente y lo encontró tirado en la puerta del baño. La conexión a la última fiesta a la que Nacho asistió todavía estaba activa y muchos seguían de juerga cuando la policía llegó a su casa.

No puedo negar que me alegré al enterarme de la noticia, pero a la vez me invadió una extraña culpa, como si aquella noche del Oh! Madrid yo hubiese hecho algo mal y la responsabilidad no fuera toda suya, porque eso es lo que parecían opinar Carlos, Beba y los demás. ¿A cuántas mujeres les habría hecho lo mismo que a mí? En ese momento deseé poder hablar con alguna de ellas, imaginé que así no sentiría la vergüenza que me invadía solo con recordarlo.

La familia no tuvo oportunidad de celebrar el funeral en el momento de su muerte, pero al llegar el mes de junio las medidas de contención del coronavirus se relajaron y los padres de

Nacho decidieron oficiar una ceremonia para que los amigos y conocidos pudiéramos despedirnos de él.

Me sorprendió recibir una invitación por correo en la que rogaban confirmación para no tener problemas de aforo. La hice pedazos y la tiré a la papelera, pero esa misma noche Carlos, mi ya exmarido, me llamó para preguntarme si pensaba asistir.

—¿Tú vas a ir? —respondí.

—Por supuesto.

—¿Con Beba?

—Claro.

—Seguro que Beba no iría si Nacho le hubiera hecho lo mismo que a mí.

—¿Beba? ¿Hablas en serio? —Emitió una especie de risa o de gruñido que me sonó a desprecio—. De verdad, Ana, a veces pienso que es imposible que seas así de ton…, de ingenua. ¿Tú sabes lo que ha tenido que tragar Beba para llegar a donde está? Porque el que algo quiere, algo le cuesta. Y a ti ni te ha costado ni te cuesta nada de lo que tienes porque yo me sigo ocupando de ti, aunque ya no estemos juntos.

—Ya, claro, si no llega a ser por ti, ¿qué habría sido de mí? Pobrecita, que no sé hacer nada —respondí con retintín—. Pues nada, vosotros, como sois unos triunfadores autosuficientes en la cima del mundo, vais a demostrar que estáis por encima del bien y del mal yendo a homenajear al cabrón que abusó de mí y de otras mujeres, que supongo que serían igual de insignificantes que yo.

—Ana, por favor, ya sabes lo que opinaba y opino de Nacho, pero su familia no tiene la culpa y son nuestros socios. Solo te llamaba para preguntarte si querías ir, pero después de esta conversación ya entiendo que no.

—¿Pues sabes qué te digo? Que sí que voy. Quiero agradecer que se haya muerto solo como un perro y el mundo se haya librado de él.

Carlos tardó tanto en responder que temí que se hubiera cortado la llamada.

—No irás a hacer nada… nada… —No encontraba la palabra y yo no lo ayudé.

—¿Nada qué?

—Nada que pueda causar dolor a sus padres.

—No lo sé. Como tu madre ya no me dicta lo que debo y no debo decir, igual yo sola no sé hacerlo bien. Como soy tan ton… Ah, no, ingenua. Soy ingenua.

Colgué con una sensación de victoria y me lo imaginé intranquilo, comentando con Beba si se me ocurriría elegir el funeral de Nacho para montarles la escena que nunca les monté o para decir alguna inconveniencia sobre Nacho.

No volví a saber de Carlos hasta que llegué a la iglesia de los Jerónimos, la misma en la que me casé. Acudí sola, pero en la entrada me esperaba Paloma, mi exsuegra, que me cogió del brazo y me llevó hasta uno de los bancos intermedios, dos detrás del que ocupaban Beba y Carlos, para que me sentara con ella y asegurarse como siempre de que me comportaba como debía y, a la vez, lanzando un mensaje al resto de los asistentes sobre la buena relación que tenía con la madre de sus nietos.

Entré en la iglesia con la intención de disfrutar en el funeral de aquel hombre al que tantas desgracias le deseé a lo largo de mi vida. También quería demostrarme a mí misma que era fuerte y que podía ver a Carlos y a Beba juntos sin inmutarme, pero lo cierto es que, antes de llegar a la homilía, las lágrimas ya me corrían descontroladas por las mejillas, hasta que a Paloma le pareció suficiente.

—Deja de llorar, que vas a salir de la iglesia hecha un adefesio —me dijo al oído.

Y yo, como siempre, la obedecí.

Águeda, 1960

Florita se enamoró, se casó y se quedó viuda en tan solo dos años.

Nunca se enteraron Águeda y ella de que mientras consideraban dos opciones para su futuro, casarse o quedarse con el estigma social de ser la solterona, en Sri Lanka, Sirimavo Bandaranaike se convertía en la primera mujer presidenta del mundo. No llegó aquella noticia a la cuenca minera, pero si hubiera llegado tampoco la habrían creído. Aunque sabían leer, escribir con dificultad y hacer cuentas simples, de geografía poco sabían más allá de ríos y afluentes españoles. Ya hacía años que las amigas habían dejado el colegio para dedicarse a coser, y si alguien les hubiera hablado de un país llamado Sri Lanka presidido por una mujer, lo habrían tomado a broma.

Ninguna de las dos quería quedarse soltera porque, aparte de la iglesia, la Sección Femenina de la Falange era el único lugar donde las mujeres tenían cabida fuera de su casa. Los bares les estaban vetados y al cine solo iban acompañadas y de vez en cuando. Y después llegaba una edad, al acercarse a los treinta, en la que ya no estaba bien visto que fueran al baile. Por eso, a los diecinueve, Águeda y Florita ocupaban su tiempo echándose las cartas y haciendo planes sobre el hombre al que iban a conocer, uno bueno, al que no tuvieran que ir a buscar a la mina el día de cobro para que no se gastara el jornal en el bar. Las dos soñaban con un ingeniero, aunque bien sabían que los ingenieros no se fijaban en las hijas de los mineros. Ni aunque fuera una tan guapa como Florita. Tan guapa como pobre.

Si bien Águeda fue fiel a su esencia desde el día que nació, Florita cambió como el patito feo del cuento. Tras pasar la infancia como una niña feúcha y desnutrida, hizo honor a su nombre y floreció en la adolescencia; quizá demasiado delgada para la moda del momento, con la hambruna no olvidada del todo, pero con unas piernas larguísimas que hasta entonces solo le habían servido para ser la más hábil jugando al *cascayu*, como llamaban en Asturias a la rayuela, y un inesperado busto que compensaba la falta de redondez en las caderas.

Águeda nunca sintió envidia de Florita; al contrario, se sentía muy afortunada con una amiga como ella. Los hombres las miraban allí por donde pasaban e incluso, cuando Florita no estaba, alguno se le acercaba para preguntarle por ella. Florita daba un protagonismo a Águeda que por sí sola no se consideraba capaz de alcanzar, y estaba segura de que, sin Florita, su destino habría sido el de pasar desapercibida por el mundo. Águeda soñaba para Florita un futuro de cuento, en el que un príncipe se enamoraría de ella para después llevarla a su castillo. Solo le pedía a su amiga una cosa: que la llevara consigo y le presentara a uno de los pajes. También la abuela Herminia tenía grandes sueños para su nieta a pesar de que las cartas no cesaban de enviarle mensajes confusos. Por eso Herminia la protegía como a un tesoro, las acompañaba a ella y a Águeda allá donde iban y encomendaba a Águeda el cuidado de Florita cuando a ella le era imposible. Pero ni todos los cuidados de Herminia pudieron evitar que su nieta se enamorara, aunque no de un príncipe sino de un minero, tan guapo y pobre como ella. Águeda nunca se perdonó que lo hiciera en su presencia, después de lo mucho que le había insistido la abuela Herminia en que la vigilase.

Marcelo surgió en la vida de Florita una tarde de verano en que las amigas se dedicaban al inocente entretenimiento de comer pipas en la explanada delante de la iglesia. Había una boda y de allí salió Marcelo, alto, guapo y bien arreglado, tanto que las chicas, en vez de escrutar a la novia y al novio, clavaron los ojos en él. Fue imposible para Marcelo no darse cuenta del impacto que causó en las jóvenes y, aunque de primeras hizo como que no se percataba, otro invitado le obligó a reparar en Florita.

—La más guapa del pueblo te está mirando embobada. Aprovecha porque tiene una abuela de armas tomar y hoy no parece estar merodeando por aquí.

Igual que a Florita la prendó Marcelo, a él lo cautivó Florita. Venía de Langreo a la boda de su prima, que se había casado con un capataz, y la familia tenía la intención de tirar la casa por la ventana, en palabras de su tía, pero Marcelo no llegó al convite. Allí se quedó sentado enamorando y enamorándose de Florita, con Águeda de carabina viendo cómo el flechazo surgía entre los dos, pensando en el disgusto que se iba a llevar Herminia y en lo sola que iba a quedarse ella.

Marcelo era electromecánico en el pozo Nicolasa, aunque aquel día en vez de un minero pareciera un príncipe. Hasta llevaba pañuelo blanco en el bolsillo superior de la chaqueta. Florita se saltó el toque de queda. Mientras, Herminia consultaba una y otra vez las cartas en un vano intento de calmar los nervios. Los augurios de la baraja eran casi tan negros como sus premoniciones. Preparó un brebaje a base de salvia, tila y valeriana sin que causara ningún efecto en la presión que empezaba a horadarle el corazón. Cuando Florita volvió por fin al hogar, Herminia vio en la cara de su nieta lo que había rogado tantas veces no ver: la niña se había enamorado, y supo de inmediato que no de un príncipe.

Florita se casó en Turón unos meses después, pasó cuatro días en Bilbao y tres en Zaragoza para la luna de miel, y después se mudó a Langreo con su marido, dejando a Herminia y a Águeda solas en Turón.

—¿Por qué no vienes conmigo, abuela?

—Porque el casado casa quiere y no voy a dejar solo a tu padre. Aunque no sea hijo mío, a estas alturas como si lo fuera.

Pero fue Águeda la que se quedó más sola que la una en Turón y, aunque frecuentaba la compañía de Herminia, que para ella era como su propia abuela, no tenía a nadie con quien hablar de las preocupaciones de las chicas jóvenes. La vida se convirtió en una sucesión de días tristes, con su madre diciéndole todo lo que hacía mal en las interminables horas que pasaban cosiendo juntas y con dos hermanos que, lejos de suponer un alivio, solo le daban trabajo pues, como correspondía en aquella época, era ella la que les lavaba la ropa, les preparaba la comida y limpiaba lo que ensuciaban. Además, los dos adolescentes la volvían loca con sus sueños de irse al extranjero.

En cambio, Florita fue muy feliz con su marido. Marcelo era mucho más que un hombre guapo. Era bueno, cariñoso y trabajador. Sin vicios, entregaba el jornal a su mujer y solo se reservaba una parte para los chatos en el bar. Nunca volvió borracho, nunca se fue de putas y siempre trató a Florita como a una apreciada compañera. La única pega que tenía Marcelo era su integridad y su sentido de la justicia, que le hacían creer en un mundo libre y en la mejora de las condiciones de los trabajadores, y lo hacía con la ingenuidad que da la confianza en la naturaleza humana. Y eso fue precisamente lo que acabó con su felicidad en solo dos años.

Aurora, 1976

—¡Madre, al teléfono! —gritó Águeda desde la cocina de su piso en Oviedo—. Pregunta por usted un tal Ferino.

Aurora estaba en la pequeña sala viendo el telediario con su yerno, que ya empezaba con el primer whisky de la noche, mientras Águeda fregaba los platos en la cocina.

—¿Quién es Ferino, abuela? —preguntó Ana mientras vestía y desvestía a su Nancy sobre la alfombra.

—Un fantasma, nena, un fantasma.

Aurora se levantó dudando si atender o no la llamada, pero la curiosidad pudo más que el miedo a rememorar unos sentimientos que no había conseguido matar a base de mantenerlos encerrados. Cogió el auricular rojo que Águeda había dejado en equilibrio sobre el teléfono de pared y respondió, sin acabar de creer que Ferino estuviera al otro lado de la línea.

—¿Sí? —dijo tímida.

—Aurora, soy Ferino.

Reconoció en aquella voz al que en otros tiempos fuera su amante y se dio cuenta de que el hombre al que recordaba como si no hubieran pasado los años debía de ser un anciano que rondaría los ochenta.

—Águeda, por favor, sal y cierra la puerta.

Águeda, con las manos metidas en la espuma que cubría los platos del fregadero, miró a su madre con gesto incrédulo.

—Vete —insistió Aurora, y Águeda se secó las manos y se fue.

—¿Cómo está? —preguntó Ferino.

—¿Cómo está quién?

—Águeda, ¿quién si no?

—Pues como siempre, pero no creo que me llames para preguntar por ella.

—¿Tiene hijos? —Ferino ignoró la hostilidad de Aurora.

—Una niña, Ana, de ocho años. Y no va a tener más porque no puede. Además, su marido es mariquita, pero ella no lo sabe. Es costurera como yo. ¿Algo más que desees saber?

—Te llamo porque han expropiado la casa donde vivían tus padres; van a hacer una calle nueva y está en medio. Los inquilinos ya se han ido y las obras empezarán en pocas semanas.

A Aurora le fallaron las fuerzas. Apartó una de las cuatro sillas de formica blanca que rodeaban la mesa y se sentó.

—Pero entonces… ¡Los encontrarán! —dijo al fin.

—Seguramente.

—¿Y qué hago yo ahora? Me van a llevar presa.

—Bueno, Aurora, han pasado muchos años y veo difícil que te acusen por aquello, aunque sí es probable que te llamen a declarar, pero solo porque por entonces tus padres vivían allí.

—Eran soldados de Franco. Y los enterramos con los uniformes.

—Pero Franco ya murió y ahora con Suárez las cosas van a cambiar. De todas formas, puede que solo encuentren un montón de huesos. Quizá ni siquiera contacten contigo. Fue la casa de tus padres y ellos están muertos. Tú no tienes por qué saber nada.

Pero Aurora no escuchaba las razones de Ferino. Lo único que oía en su cabeza era que su secreto iba a salir a la luz. Insistió e insistió, si bien ninguno de los argumentos de Ferino caló en ella.

—Tengo que dejarte —dijo Ferino al fin.

—Quiero verte —repuso Aurora—. ¿O tu mujer todavía te ata en corto?

Ferino guardó silencio al otro lado de la línea, pero al final el orgullo respondió por él.

—¿Dónde vives?

Y cuando Aurora le facilitó la dirección, se limitó a hacer una promesa poco concreta.

—Iré a verte. Un día de estos.

—Gracias por avisarme —dijo, pero Ferino ya había colgado.

Florita, 1962

En el mes de abril de 1962, en la cuenca minera asturiana empezó una huelga histórica por lo inesperada y por el seguimiento unánime de los mineros de la región. Una pequeña chispa sirvió de detonante, tan pequeña que solo afectaba a siete mineros que reclamaban un aumento de salario y fueron despedidos por ello. Como tantos otros que lo intentaron. Las causas de la «huelgona», como pronto se conoció en la zona, fueron en realidad naturales. La dureza del carbón de las capas que se picaba en ese momento en el taller 9 del pozo Nicolasa era tal que los picadores tardaban horas en extraer la misma cantidad de carbón que habrían sacado en una hora en cualquier capa de dureza media. Trabajaban a destajo y, aun así, con lo que sacaban no les daba para comer, cuando hacía una década que los años del hambre habían terminado. Las conversaciones de Florita en el mercado con las mujeres de los mineros eran siempre las mismas: «Los sueldos no suben y los precios se duplican. Ya no da ni para comer patatas. Como esto siga así, volvemos al hambre».

Nadie llamó a la huelga. Sin que los sindicatos llamaran a la huelga, el pozo se paró: el relevo de la mañana no bajó las cadenas de la ropa de trabajo y los mineros permanecieron en la Casa de Aseo, sin entrar en la mina. La voz se corrió y al día siguiente pararon otros pozos en Langreo, al otro en Mieres, al otro en Turón, y la cuenca minera se colapsó. Sin manifestaciones, sin consignas y sin líderes que arengaran a los huelguistas. Los mineros se quedaron en su casa dejando los pozos desiertos, sin violencia, sin conflicto y sin jornal. La policía y la Guardia Civil tomaron las calles, pero no hubo enfrentamientos.

Cuando el hambre empezó a llegar a las casas, muchos mineros tuvieron intención de volver a trabajar, pero entonces las mujeres tomaron las riendas de la huelga y salieron a la calle armadas con palos y sacos de maíz.

A Florita le temblaron las piernas y sintió que el aire no le llegaba a los pulmones el primer día que se levantó a las cinco de la mañana para ir de piquete. Marcelo tuvo que ayudarla a ponerse los zapatos porque de los mismos nervios no era capaz de abrocharlos.

—No tienes que hacerlo si no quieres. Eres una mujer. Las mujeres no montan piquetes —le dijo, poco convencido de la implicación de su esposa en la huelga—. De toda la vida de Dios los piquetes los hacemos nosotros.

—Ahora ya no —respondió Florita muy digna, y se sentó a esperar hasta que otra compañera fuera a buscarla.

Llegó Tina, la reclutadora, con dos sacos de maíz y le tendió uno.

—¿Y esto para qué? —preguntó Florita, que por lo que sabía de huelgas le parecían más efectivos los palos que el maíz.

—Para los esquiroles.

Florita la miró sin entender.

—A los hombres asturianos, si algo les duele más que los palos es que las mujeres los llamen gallinas —le aclaró.

En el grupo de Florita fueron siete las que esparcieron granos de maíz en el camino hasta la bocamina del Nicolasa. Allí se juntaron con otros grupos. Casi todas se conocían entre ellas, Florita no era más que una recién llegada al pueblo, como años atrás lo había sido en Turón y, aunque no había una Águeda que la recibiera con la calidez honesta de la amistad infantil, solo hizo falta una carga de porras de la Guardia Civil para que se diera cuenta de que no estaba sola.

El ataque policial tardó en llegar. Cargar contra piquetes formados por las mujeres de los mineros no era lo mismo que cargar contra los mineros. Ellas no eran violentas, no se enfrentaron, solo estaban allí para que los esquiroles retrocedieran por la vergüenza de entrar a la mina delante de ellas.

—No tenéis que bajar a la mina —les decían Florita y sus compañeras a los mineros—, tenemos víveres. Todos colaboran: los bares, las tiendas... Hoy mismo os llevan comida a vuestras casas. No bajéis al pozo, que vuestros hijos tendrán para comer.

Los policías dudaban; el enfrentamiento de las mujeres era pacífico, pero los mineros no entraban en la mina.

Cuando intentaron detener a la que parecía la cabecilla, Florita se vio envuelta en un abrazo humano al grito de «O todas o ninguna» y empezaron a llover porrazos. Muerta de miedo, se aferró a aquellas manos y cuerpos desconocidos intentando protegerse la tripa. Ni siquiera le había dicho a Marcelo que estaba embarazada. Solo a Águeda y a la abuela Herminia.

Regresó a casa magullada, enardecida por la experiencia de unión con aquellas mujeres pero aterrorizada por la posibilidad de perder al bebé. Llena de dudas, aquella noche conectaron Radio Pirenaica, como cada noche desde que regresaron de la luna de miel, y la voz de Dolores Ibárruri llamando a las mujeres a la acción la hizo decidirse a volver, y así hizo cada día hasta que detuvieron a Marcelo.

Águeda, 1976

Águeda creció intentando pasar desapercibida para evitar que su madre, las abusonas de la escuela, la maestra y el mundo en general pudieran tomarla con ella. No perdió esa habilidad con los años, y el día que su madre recibió la llamada de un tal Ferino y la echó de la cocina para hablar con él le pareció tan extraño que se quedó detrás de la puerta. No había visto a su madre hablar con ningún hombre desde la muerte de Paulino, y de eso hacía ya muchos años.

Lo que oyó carecía de sentido para ella. No podía creer que hubiera dos cadáveres enterrados en el sótano de sus abuelos, en aquella casa de la que no tenía casi recuerdos, y mucho menos que la voz de su madre sonara tan asustada porque iban a demolerla. Águeda escuchó primero y calló después, pero se dio cuenta de que, desde aquel día, su madre perdió el sueño y las pocas veces que lo conciliaba era para tener pesadillas de las que se despertaba gritando. Cuando eso ocurría, Aurora acostumbraba a levantarse y pasaba el resto de la noche con la lámpara encendida cosiendo. A mano. Águeda le había prohibido tajantemente usar la Singer durante la noche desde que les habían llamado la atención porque el ruido despertaba a los vecinos.

Un mes después de aquella llamada llegó una visita. Fue a abrir una de las aprendices. Ya entonces empezaban a tener aprendices. Dos, porque más no cabían en aquel pequeño salón convertido en taller y en dormitorio de Aurora, gracias a un sillón cama que recogía cada mañana. Además, aunque una nueva máquina automática se había sumado a la Singer, si estaban las cuatro, dos tenían que coser a mano. Aquel día tenían mucho trabajo y no daban abasto.

—Un señor pregunta por usted —le dijo la chica a Aurora—. Un tal Ceferino.

Si a Águeda le provocó curiosidad oír el nombre del visitante, la reacción de su madre lo hizo aún más. Aurora se levantó como si hubieran activado un resorte en su silla y salió corriendo hacia la puerta, pero a medio camino se paró, se encerró en el baño y no salió hasta quince minutos después. Águeda aprovechó ese tiempo para conocer al misterioso visitante de su madre. Fue a recibirlo y se quedó de piedra cuando vio a un hombre mayor, vestido con un impecable abrigo azul de paño inglés, sombrero y bastón. Miró a su alrededor y sintió un poco de vergüenza por la sencillez de su casa. Aquel hombre tan distinguido, sin duda un señor, había tenido que subir tres pisos porque la finca no tenía ascensor.

Ferino se quitó el sombrero y le tendió la mano.

—Tú debes de ser Águeda. Soy Ceferino, un amigo de tu madre. Perdona que me presente así —dijo tendiéndole una caja de moscovitas de Rialto—. Para la niña. Me dijo tu madre que tenías una hija de ocho años.

Águeda, que no sabía bien cómo actuar, hizo pasar al anciano a la sala de estar, vacía a aquellas horas y con la tele apagada, para que esperara allí a Aurora.

—¿Puedo ofrecerle un café?

—No, muchas gracias, pero sí me gustaría que te sentaras aquí conmigo. —El hombre la miró como queriendo estudiar sus rasgos, hasta que preguntó—: ¿Te trata bien la vida? ¿Eres feliz?

Águeda se sorprendió, pero no quiso hacerle el feo de no responder.

—No nos sobra el dinero, ya ve, pero felices sí que somos. ¿Por qué me lo pregunta?

—Porque es lo más importante. Lamenté mucho la muerte de tu padre.

—Hace ya tantos años…

—Tenías hermanos, ¿verdad?

—Paulino y Pedro. Se fueron a trabajar a Alemania y solo vienen a pasar las vacaciones.

Ferino sonrió al oír los nombres.

—Paulino y Pedro, ¡qué apropiado!

—¿Por qué lo dice? Paulino por mi padre, pero ¿Pedro?

—El padre Pedro era un cura amigo de tu abuelo paterno y de tu padre. Lo fusilaron después de la guerra por ayudar a los republicanos a huir. ¿Nunca oíste hablar de él?

Águeda negó deseando saber más, pero en aquel momento entró Aurora y la visión de su madre entaconada y maquillada la dejó sin habla.

Antes de irse, don Ceferino, que parecía saber más de la familia de Águeda que ella misma, le hizo una extraña petición.

—Espero que no te moleste lo que te voy a pedir, ¿podría darte un beso?

Águeda titubeó y miró a su madre, que asintió con la cabeza.

Recibió el beso dulce y cariñoso de aquel hombre atónita, sin dejar de observar a su madre, que se cogió del brazo del anciano y salió para no volver hasta el día siguiente, a pesar de toda la costura que tenían por terminar.

Águeda, 1962

Águeda no tardó en enterarse de que Florita estaba detenida en Langreo. De una comisaría o de un cuartel era complicado salir indemne. Al imaginar a su preciosa amiga torturada, violada o apaleada, le entró tal náusea que vomitó.

—Madre, han detenido a Florita —dijo después de vaciar el estómago en el retrete—. Herminia ha ido para allá.

Hacía tiempo que Águeda no sabía qué reacción esperar de su madre ante circunstancias excepcionales. Aurora solo era feliz cosiendo, aunque la felicidad se parecía más a la ausencia de tristeza que a la alegría. Sin embargo, en aquella ocasión respondió como una verdadera madre. Al menos para Florita.

—¿Por qué la han detenido?

—No lo sé, se metió en los piquetes de la huelga. Dicen que Marcelo también está detenido. Lo de él es gordo. Lo pillaron con octavillas del Partido Comunista.

—Pues ya sabes por qué la tienen a ella.

—Madre —dijo con las lágrimas brotando de sus ojos—, Florita está embarazada.

—¡Válgame Dios! Tú quédate aquí. Yo voy a Mieres a ver qué puedo hacer.

—¿A Mieres a qué?

—Eso no te incumbe.

Mientras Aurora se arreglaba como pocas veces la había visto arreglarse, Águeda sacó la baraja, la repartió sobre el tapete con las manos temblorosas y en las cartas solo fue capaz de leer malas noticias.

—No puedo quedarme aquí, madre, me va a dar un infarto —saltó cuando Aurora sacó su Vespa a la calle—. Quiero acompañar a Herminia.

—Ni se te ocurra, no empeores las cosas. Cuando yo vuelva

quiero ver las costuras del vestido de la prima de doña Pilar impecables. Están todas por rematar.

Allí se quedó Águeda descosiendo más que cosiendo el vestido de la prima de la mujer de Ferino, al que su madre se disponía a visitar sin que ella supiera entonces ni tan siquiera de su existencia.

Aurora, 1976

Aurora y Ferino tenían tanto que contarse después de años sin verse que no se separaron en veinticuatro horas.

Pasearon por el Campo San Francisco como si de un matrimonio se tratara. Si Ferino siempre pudo ser el padre de Aurora por los años que le sacaba, ya de octogenario la diferencia de edad se notaba más que nunca, pero a ella no le importaba. Iba orgullosa del brazo de su antiguo amante y solo podía pensar en cómo hubiera sido su vida con él, paseando juntos por el paseo de los Álamos de Oviedo, elegantes, ella como una señorona, sin tener que trabajar y comprando la ropa en las mejores *boutiques*. Además, Ferino le hubiera durado toda la vida y se hubiera quedado viuda a los sesenta en vez de a los veintiocho. Miró a Ferino, con el escaso pelo ya blanco, y observó las manchas marrones que le cubrían las manos y empezaban a salpicar también la piel de su cara, así como el ligero temblor involuntario en la mano derecha. A pesar de todo, reconoció en el anciano al único hombre que le arrebataba el sentido.

—¿Dónde está tu mujer?

—En Gijón. Hace años que vivimos allí.

—¿Y qué pasa si se entera?

—¿Qué va a hacer? Son otros tiempos. Mucho mejores. Lástima que no nos tocaran a nosotros.

Comieron en Casa Conrado, un moderno restaurante del centro, y hablaron de todo y de nada, de una vida entera separados por decisiones propias y ajenas, de hijos y desilusiones, de lo rápido que pasa la vida.

—Me queda poco en este mundo, Aurora. Los días me pasan muy lentos y los años muy rápido, señal de que mi turno aquí se acaba.

—¿Por eso? —preguntó señalando la mano temblorosa.

—Por desgracia, esto no me va a matar. Lo hará un cáncer de páncreas.

—¿Cuánto?

—No lo saben. Unos meses. O más. A mi edad, hasta el cáncer avanza lento.

—Lo siento mucho.

—Yo viví mi vida, ahora les toca a otros. ¿Águeda es de verdad hija mía?

Aurora asintió con la cabeza. Podía mentirle a Ferino, pero no en voz alta. No quería decirle que eran suyos Paulino y Pedro porque a ellos ya no los iba a conocer, pero al menos se llevaría la ilusión de haber conocido a Águeda.

—Hiciste un gran trabajo —dijo Ferino con los ojos aguados.

—¡Qué va! Águeda salió así a pesar de mí. Yo no fui buena madre para ninguno. Ella sí lo es con Ana. Y es buena hija. No me quiere y yo lo entiendo, pero disimula y cumple, y me tiene en su casa porque yo no sé adónde ir. Bueno, por eso y porque coso más, mejor y más rápido que ella.

—Tu vida habría sido más fácil si yo me hubiera quedado a tu lado. Me hubiera gustado saber que estabas embarazada, pero ya es tarde para arrepentirse —sentenció Ferino—. Aunque hay algo que me gustaría hacer antes de despedirnos para siempre. Quiero dormir contigo. Como marido y mujer. Tengo una habitación en el hotel de La Reconquista. Si quisieras acompañarme esta noche, me harías muy feliz.

—¿Tú todavía puedes...?

Ferino se encogió de hombros y Aurora tardó en responder.

—Sí que iré, pero no por ti, sino porque nunca he estado en un hotel de cinco estrellas —dijo al fin, y Ferino se dio por satisfecho.

Aurora, 1962

Aurora llamó a Ferino desde una cabina telefónica y quiso la casualidad que lo encontrara en casa. Respondió su hijo, que le pasó el teléfono directamente al padre, y Aurora se ahorró darle explicaciones a doña Pilar. Él la citó en una cafetería cercana a la estación de tren donde pudieran pasar desapercibidos, y allí la vio llegar y aparcar su Vespa.

—¿Águeda está bien? —preguntó sin saber a qué se debía la urgencia.

—Ella sí, pero su amiga Florita no.

—¿Y qué tengo yo que ver con eso?

—La han detenido por hacer de piquete en la huelga y porque a su marido lo pillaron repartiendo octavillas.

—Poco puedo hacer.

—Está embarazada. Algún contacto tendrá tu mujer. Ya entenderás que yo no puedo pedirle el favor. Te juro que te doy a cambio lo que me pidas.

Ferino la miró de arriba abajo. Ya no era la joven arrebatadora que conoció sino una mujer de cuarenta años, aunque a él le volvía las hormonas locas cada vez que la veía. Pero Ferino pasaba ya de los sesenta y no quería líos. Y menos con su mujer.

—No quiero nada. Veré si puedo hacer algo, pero no cuentes mucho con ello porque no creo que Pilar esté por la labor. Cada día está más obcecada con la política.

A Aurora le cayó como un mazazo la respuesta de Ferino. La desesperaba que no pudiera hacer nada por Florita, pero lo que la inundó de una mezcla de autocompasión y rabia fue su educado rechazo. Podía vivir sabiendo que había elegido a otra para casarse, una mujer rica y con grandes influencias. Mucho más amargo era saber que ya no la deseaba. Porque ese fue el único motivo que encontró para que Ferino no aceptara su oferta.

Águeda, 1976

Águeda pasó la noche en vela esperando por su madre. No sabía nada de ella desde que se había marchado con aquel desconocido por la mañana.

—Águeda, por favor, deja de moverte, que así no hay quien duerma —le pidió Jesús—. Ya volverá.

—¿Y si le ha pasado algo?

—Si le hubiera ocurrido algo grave lo sabrías; las malas noticias llegan pronto. A saber lo que estará haciendo.

—¿Quién será ese señor? ¿Y los moros esos de los que hablaron por teléfono?

—Águeda, ¡que son las tres! Intenta dormir, por favor, que mañana hay que trabajar.

—Esa es otra, con la cantidad de trabajo que tenemos y ella por ahí con ese hombre. Si era un anciano. Yo no entiendo nada. Fue muy raro lo del beso que me dio.

—Por Dios, deja de darle vueltas.

Águeda se levantó de la cama para alivio de Jesús, se preparó una tila, se sentó en el taller de costura, al pie de la Singer, y cosió a mano lo que pudo.

Allí seguía, en bata y camisón, cuando Jesús le dio los buenos días.

—¿Ya es de día? —preguntó y, como movida por un resorte, fue a preparar el desayuno de su marido y su hija.

Se presentó Aurora en casa a mediodía, con la misma ropa del día anterior y tarareando «Eva María se fue buscando el sol en la playa».

—¿Le parece bonito? —la recriminó Águeda.

—No, qué va, me parece maravilloso —respondió—. Conociéndote, habrás llamado a la policía.

—A esos nunca —replicó airada—. Póngase cómoda y venga para acá, que tenemos faena.

Y eso hizo Aurora, cambiarse de ropa y ponerse a coser. Había pedidos que terminar y, si seguían a ese ritmo, no tardarían en poder comprar un piso en el centro.

Águeda no hizo preguntas porque sabía que su madre no las respondería, pero no dejó de observar que Aurora se pasó el día tarareando canciones alegres mientras se aplicaba a la labor con muchos más despistes de los habituales.

Águeda, 1962

Florita salió del cuartel tres días después de su detención, con el pelo rapado, la cara desfigurada por los golpes, el tabique nasal roto y el cuerpo amoratado, pero lo que más le dolía era haber perdido a su hijo por las patadas de aquellos salvajes que pretendían que les diera una información que ella desconocía.

Sabía que Marcelo tenía sus asuntos, pero ni sabía nada del Partido Comunista ni de sindicatos ni de octavillas. Tampoco sabía entonces que ya no podría tener hijos. Tardó en enterarse lo que tardó un médico privado de Oviedo, en el que su abuela gastó todos sus ahorros, en hacerle una revisión completa, porque a Herminia le aterrorizaba que tuviera algo roto por dentro, y en reconstruirle la nariz, porque no soportaba ver desfigurada a su nieta.

Florita jamás les contó ni a Águeda ni a Herminia lo sucedido en el cuartel, pero sí sabían que había caído en manos del cabo Pérez, que provocaba terror en la zona por la brutalidad de sus torturas y su falta de humanidad. Florita intentó borrar de su memoria aquellos días en aras de sobrevivir. Por el día le resultó más sencillo que por las noches, porque las horas de oscuridad le devolvían el recuerdo del horror vivido a manos de aquel cobarde de la Político Social que bajaba la vista cuando se encontraba por la calle con alguna de sus víctimas.

Florita volvió a Turón unas semanas después, en cuanto se recuperó de los golpes y de la cirugía nasal. Con un pañuelo en la cabeza, entró en la casa de su padre y no salió de allí hasta que pudo peinarse de nuevo con un corte a lo chico pero a la moda, porque entre Herminia y Águeda se lo dejaron igualito al que lucía Audrey Hepburn en *Sabrina*.

Cada domingo, sin excepción, Águeda fue a visitarla. A veces echaban las cartas y veían en la tirada la preciosa melena larga que le crecería a Florita, más fuerte que la anterior; otras leían o cocinaban las tres juntas, mientras el cariño que le proporcionaban cerraba las heridas de Florita que, mes a mes, empezó a dormir por las noches y a dejar de gritar cada vez que cogía el sueño.

No supieron nada de Marcelo hasta dos años más tarde, cuando le comunicaron a Florita que había quedado viuda. Su marido había muerto en la cárcel. Para entonces, ella tenía veintitrés años, el pelo por debajo de los hombros y empezaba a recuperar las ganas de sonreír. Todavía no había perdonado a Marcelo por haberla metido en aquel infierno sin ni siquiera habérselo consultado, pero saberlo muerto la sumió en la pena y se encerró en casa varios meses más.

Herminia, en cambio, se alegró por la viudez de su nieta, un estado civil mucho más llevadero que estar casada con un preso político. Además, con suerte, Florita empezaría otra vez de cero.

Jamás admitió Herminia ante ella el alivio que sintió por la muerte de Marcelo, sino que dejó que la propia Florita fuera descubriendo poco a poco las ventajas de la nueva situación: tenía a su amiga Águeda, que seguía soltera, a la abuela Herminia y a su padre. Podía volver a ser libre y disfrutar de la vida que aquel cabo sádico y salvaje trató de truncarle.

12

Ana, 2013

Las Navidades de 2013 marcaron un hito entre las mujeres de mi familia: fue el año en que iniciamos una tradición, la única que tuvimos a lo largo de nuestra vida y que solo nos duró seis años porque después mi madre nos abandonó. Todo empezó la noche de fin de año. Aquella Nochevieja la pasamos en mi casa mi madre, la abuela Aurora, mi hija Alba y yo. Mis suegros fueron a cenar al club, donde prolongarían la fiesta hasta entrada la madrugada como todos los años. Paloma fingió que lamentaba que no los acompañáramos, pero bien sabía yo que lo que sentía era alivio por no tener que aparecer con mi madre y mi abuela delante de sus amistades. Carlos tenía intención de quedarse en casa, pero al vernos a todas allí se unió a sus padres y nos dejó solas.

—Pocas veces tenéis ocasión de coincidir las cuatro generaciones de féminas y no voy a ser yo quien os fastidie el encuentro —dijo—. Me llevo a los niños, que tienen fiesta para ellos en el club. Después de las campanadas los envío con el chófer.

—Qué suerte tienes con este marido tuyo —comentó mi madre—. No puede ser más educado y considerado con nosotras.

—Ya —respondí, algo molesta.

En realidad mi madre tenía razón, Carlos era educado y considerado, y además tenía otras virtudes. Su único defecto era que ya no me quería. Y posiblemente yo a él tampoco, pero lo achacaba a que él vivía para sus negocios y apenas nos dedicaba tiempo a los niños y a mí.

El servicio tenía la noche libre y me costó convencer a mi madre de que no preparase la cena porque a las nueve nos la serviría un excelente restaurante de Madrid. Fue mi abuela la que zanjó la conversación.

—Águeda, déjalo ya. Si la niña ha encargado la cena, siéntate ahí y deja de incordiar. Aunque no hayas nacido para ser una señora, por lo menos disimula.

En cuanto mi abuela ordenaba algo, mi madre lo acataba como si siguiera las instrucciones de su hipnotizador.

Nos sentamos en el sofá de la habitación contigua a mi dormitorio a ver la tele hasta que llegara la hora de cenar.

—Yo no entiendo que, teniendo un salón tan grande, pongáis la televisión en este cuarto con un sofá tan pequeño —refunfuñó mi abuela—. Nos apiñábamos así cuando tú eras pequeña porque no había más remedio, porque aquel primer piso de tus padres era enano, pero ahora, con este casoplón, no se entiende. Claro que aquí por lo menos no tengo que estar viendo la maldita Singer, que hay que ver qué mal gusto tener ese trasto en el salón.

—Este cuarto es solo para mamá, bisa —la cortó Alba—. Aquí no entra nadie. Hay muchas televisiones en la casa donde cada uno puede ver el programa que quiera.

—Así no tenéis que verla juntos, ya entiendo. Pues mira, ya me parece mejor idea.

—Si queremos ver una peli juntos, tenemos la sala de cine del sótano, pero normalmente no la usamos en familia —continuó Alba—. Ahí bajamos cada uno con nuestros amigos.

—Cuando erais pequeños, yo sí que veía pelis de dibujos con vosotros en la sala de cine y comíamos palomitas —recordé—. A veces tu padre también se animaba, pero hace mucho tiempo de eso.

—Bah, lo de la familia feliz apretujada en el sofá solo pasa en los anuncios —dijo mi abuela—. En la realidad es muy incómodo y ahora no hay forma de ponerse de acuerdo, con tantos canales. Cuando solo echaban un programa, nos lo tragábamos todos, ¡qué remedio! Bendito *Un, dos, tres*, que unió a más familias que los curas.

—A mí me encantaba ver la tele con Jesús —dijo mi madre.

—Claro, porque al tercer whisky ya le daba igual lo que le pusieras, que todo le parecía bien —le espetó mi abuela.

Me quedé fría ante la estocada de mi abuela a mi madre, teniendo en cuenta que mi padre había muerto tan solo unos meses antes, pero Alba estuvo más rápida que yo y recondujo la conversación.

—Hablando de whisky, ¿habéis visto el anuncio de Freixenet de este año? Sin famosos, solo las bailarinas que han hecho de burbuja alguna vez, mujeres de todas las edades, unas embarazadas, otras con gafas, ¡está genial!

Para entonces mi hija ya apuntaba maneras.

El siguiente momento en el que temí que mi madre se echara a llorar, sabiendo que no obtendría la compasión de la abuela Aurora, fue en el programa previo a la cena, en el que recordaban los grandes acontecimientos del año. Cuando empezaron con los fallecimientos, pensé que mi madre contaría entre lágrimas la retahíla de anécdotas de mi padre y que mi abuela callaría mirándola con desprecio. Para mi sorpresa, mi madre puso toda la atención en la tele al oír el nombre de Sara Montiel en la lista de los que nos habían dejado. Reproducían en su honor una antigua grabación suya en la que, con un cigarrillo al final de una larga boquilla en la mano, cantaba «Fumando espero al hombre a quien yo quiero».

—Seguro que esta historia que te voy a contar no la sabes tú, Alba —dijo con una repentina sonrisa que le iluminó la cara.

Y le explicó orgullosa que, el año en que ella se casó, Sara Montiel visitó un pozo minero en Asturias y se fumó un cigarro en el exterior.

—Eso sí que era rebeldía —dijo—. De minera y fumando.

—No es que sea muy saludable, pero... —empezó a protestar mi hija.

—Busca en internet, que encontrarás la foto —animé a Alba, que ya cogía su flamante iPhone 5, regalo de su padre en Nochebuena.

La foto de un minero prendiendo el cigarro de la Saritísima, vestida con el mono y el casco, era una imagen transgresora que se producía treinta años antes de que el Tribunal Constitucional permitiera a las mujeres trabajar en el interior de la mina, y eso que ya hacía una década que las primeras habían superado las pruebas de acceso.

—¿Las mujeres no podían ser mineras? Pero si la bisa fue carbonera —repuso Alba, confundida.

—Mira, Alba, el mundo está loco —le explicó mi abuela—. Cuando yo tenía tu edad, ya había mujeres trabajando dentro de la mina, de toda la vida de Dios. Entre ellas, Ramona, mi mejor amiga. Eso sí, no salían en las fotos porque era ilegal. No es que se tomaran muchas fotos entonces, pero cuando venía un fotógrafo, las escondían para que no las viera nadie. Cuando estalló la guerra y con los hombres en el frente, muertos o en la cárcel, ¿quién crees que sacaba el carbón? Pues las mujeres, claro. Los pozos no podían parar. Pero después, con el régimen empeñado en que las mujeres solo debían ocuparse de las tareas domésticas y de cuidar a los niños, las echaron a todas. En los cincuenta dejó de haber mineras dentro de los pozos. Hasta sacaron a Ramona, que llevaba picando carbón desde la posguerra. Las relegaron a los lavaderos, que no sé qué sería peor porque allí dentro no se veía de la cantidad de polvo de carbón que había, y desde luego peor pagado sí que estaba. Y cuando estaban prejubilando a los mineros para cerrar los pozos, llegó el feminismo y las mujeres volvieron a la mina. Yo, hija mía, no entiendo nada. ¿Qué necesidad tienen si ahora ya no hay hambre? Porque por gusto a la mina no baja nadie. Te digo yo que no hay peor infierno que aquello. Y encima los hombres que quedan no las quieren allí. Claro que, cuando terminen de cerrarlas, ya no bajarán ni hombres ni mujeres.

Mi hija aguantó la perorata de su bisabuela con un estoicismo que no acostumbraba a demostrar con nadie más.

—Es que, bisa, no se trata de que un trabajo sea bueno o malo, se trata de que podamos hacer lo que nos dé la gana, aunque sea bajar a la mina —le explicó con una paciencia impropia de la adolescencia.

La cena llegó a la hora prevista y mi elección de platos suscitó controversia. Los saam de langostino tigre en tempura negra con mayonesa kimchi le encantaron a Alba, pero mi madre los miró con recelo. Mi abuela, en cambio, más decidida, cogió uno para probarlo.

—Tanto cuento y esto no son más que unas gambas a la gabardina con tinta de calamar —comentó—. Y esto sabe a mayonesa picante. A ver eso otro de ahí, ¿qué es?

—Flamenquines wagyegos —anuncié.

—¿Waqué? —preguntó mi madre.

—Es una raza de vacas a las que... —empecé a explicar.

—Flamenquines historiados —dijo mi abuela, y por una vez mi madre estuvo de acuerdo con ella.

En ese momento pensé que había sido un error encargar la cena y que tendría que haber dejado cocinar a mi madre. La reacción de Alba fue muy distinta: se le metió en la cabeza que su bisa y su abuela tenían que probar más comidas aparte de los platos tradicionales asturianos que acostumbraban a comer.

—Oye, niña, que yo soy experta en comida andaluza —dijo mi abuela—. ¿O qué te crees? ¿Que en Sevilla me ponían fabada? Anda que no habré comido flamenquines, aunque reconozco que estos están bien buenos. Hasta tomaba rebujitos cuando todavía no estaban de moda. A ver si vas a decirme tú a mí ahora que yo no tengo mundo.

—No has probado la comida hindú ni la japonesa ni la china ni...

—Arroz —le replicó—. Todos esos comen arroz. Y además son vegetarianos. Siempre que sale en las noticias un asiático de más de cien años aseguran que solo come arroz y verduras. Yo prefiero morirme antes y comer comida en condiciones.

—Lo tuyo son prejuicios y lo demás cuentos, bisa. ¿Y tú qué, abuela? ¿Tú qué has probado?

—Una vez fui a un chino con las alumnas a celebrar el fin de curso y otra vez a un mexicano. La comida no estaba mala, pero no había pan en ninguno de los dos y yo es que soy muy panera

—dijo mi madre, y al ver la cara de reproche de Alba volvió a callar.

—¡Otra que tal! Os voy a dar una lista de comidas para probar y cada una que elija una, ¿os parece? —propuso Alba. Y dirigiéndose a mí añadió—: Mami, escoge tú el japo, que fue la moda de tu generación y ninguna de estas dos lo va a elegir. Me muero por ver a la bisa comer pescado crudo.

—¿Cómo que de mi generación? —protesté sin hacer caso a la cara de espanto que acababa de poner mi abuela—. La comida japonesa sigue de moda.

—De moda no está. Lo moderno es la *street food*, mamá. Para mi generación, el japo es como el chino para la tuya: superpasado. Ya no es tendencia.

—Pues, venga, yo elijo comida japonesa —cedí—. Como corresponde a una persona de mi edad.

Alba ignoró mi pulla. O quizá ni siquiera la pilló.

Mi abuela Aurora se decidió por la comida peruana, no sin antes preguntar:

—¿Los peruanos comen carne o pescado crudo?

—Elígela, bisa, que está muy buena y te va a gustar.

—¿Esta mocosa cuándo ha probado todo esto? Si apenas es mayor de edad —preguntó mi abuela mirando hacia mí.

Me encogí de hombros y Alba ni se molestó en contestar.

Mi madre tardó más en decidirse.

—¿Árabe? ¿Qué os parece? —propuso al fin.

Mi abuela se quedó blanca y se llevó la mano al corazón como si se le hubiera aparecido un fantasma.

—¿Qué pasa, bisa? ¿Estás bien?

—La cabra tira al monte, siempre al monte —respondió—. No me vais a ver a mí en un árabe, eso te lo aseguro. Ni muerta.

—Perdone, madre, se me olvidaba el repelús que le dan los moros. Elijo entonces alemana, venga, que bien guapos y altos que crecen.

—¿Comida fascista? —protestó mi abuela, que empezaba a recuperar el color.

—Dijo la que salió vestida de falangista en el periódico saludando a Franco —saltó mi madre, ya un poco mosca ante los ataques de la abuela.

—¿Tú cómo sabes eso? Si eras muy pequeña.

—Porque lo comentaba todo el pueblo.

—Si hasta yo conozco esa historia, abuela —intervine en defensa de mi madre—. Dejémonos de tonterías, que nada tiene que ver la gastronomía con la política.

—Pues alemán —zanjó Alba—. Y yo elijo vietnamita, que me apetece probar el perro y la serpiente. —Y al ver la cara de mi abuela rectificó—: Aunque, si me cuentas eso de que fuiste falangista, me olvido del perro y os llevo a un *food truck* para que probéis un poco de todo.

Le agradecí su pequeña venganza.

Y así nos emplazamos para nuestro primer recorrido juntas por restaurantes internacionales. A decir verdad, para lo primero que hacíamos las cuatro juntas en nuestra vida, más allá de bodas, bautizos y comuniones. Juntas de verdad. Por decisión propia. O, más bien, por decisión de Alba.

Creo que aquella noche fue la primera vez que vi feliz a la abuela Aurora. Cada vez que Alba hablaba o escuchaba sus historias con interés, a la bisa se le iluminaban los ojos. Mi madre lloró varias veces, pero también rio, y me daba la impresión de que, cuando se daba cuenta de que había olvidado a mi padre durante un rato, se sentía culpable. Yo también lo pasé bien, pero para relajar la tensión que me generaba una cena con las mujeres de mi familia hice una peligrosa mezcla de gin-tonic y champán, y al día siguiente me levanté con dolor de cabeza y la boca pastosa, a pesar de haberme forzado el vómito antes de acostarme para reducir las calorías que había ingerido en la cena.

Aurora, 1976

La noticia del hallazgo de los cuerpos momificados de dos regulares africanos del ejército de Franco al demoler una casa del valle minero más castigado en la posguerra por el bando ganador llenó los periódicos locales y nacionales. Hasta salió en el telediario del mediodía y de la noche.

Los cuerpos se hallaban en un estado de conservación excelente. Los expertos lo achacaron al frío suelo del sótano y a su composición arenisca. Los marroquíes llevaban las espadas y el uniforme reglamentario cubierto de sangre.

Jesús entró, periódico en mano, en la habitación donde Aurora cosía con la Singer y Águeda con la máquina automática, porque con la vieja se le enganchaban los hilos cada dos por tres.

—Aurora, ¿ha visto usted lo de los moros de Turón?

—A ver... —dijo Águeda cogiendo el periódico que su marido le tendía.

A Aurora le fallaron las piernas y la Singer se calló de golpe al dejar de darle al pedal.

—Madre, mire, ¡es la casa del abuelo!

A pesar de los años que llevaban muertos y de la mala calidad de la foto en blanco y negro, Aurora reconoció los uniformes de sus agresores y la escena de lo vivido volvió a su mente tan nítida como si sucediera en aquel preciso instante.

—Está usted blanca —dijo Jesús—. ¿Los conocía?

—¡Yo qué voy a conocer! ¡Con esos asesinos no se trataba nadie! No los quería ni la Guardia Civil, y eso que eran del mismo bando.

Aurora dejó la costura y salió de la sala, directa al teléfono fijo.

Respondió una voz desconocida.

—Don Ceferino está acostado, no puede ponerse.

—Despiértelo, por favor, tengo que hablar con él.

—Me temo que eso no será posible, está enfermo.

—¡Despiértelo, por el amor de Dios!

—Espere usted un momento, voy a avisar a la señora.

Aurora colgó ante la perspectiva de que doña Pilar se pusiera al teléfono, se cambió de ropa y, sin darle respuesta a Águeda de adónde se dirigía, emprendió el camino hacia la estación de los Alsa para presentarse en Gijón. Supuso que no sería difícil enterarse de dónde vivía una familia tan conocida, sin pensar que Gijón era mucho más grande que Turón. El primer taxista no supo a quiénes se refería, ni tampoco el segundo. Preguntó a más de diez taxistas hasta que encontró el que pudo ayudarla.

—Ya sé quién dice. He hecho varios servicios para esa señora.

Aurora se subió al taxi pensando cómo franquear a doña Pilar si era ella la que salía a recibirla.

—¿Puedo preguntarle qué la lleva a una casa de tanto postín? No tiene usted aspecto de buscar trabajo en el servicio.

—Soy familia —mintió.

—Pues de eso tampoco tiene usted pinta.

Aurora se sentó en el asiento de atrás y prefirió no responder a la ofensa.

El taxi paró delante de la verja de una casa antigua, señorial, al final de la playa de San Lorenzo. Aurora llamó al telefonillo y enseguida sonó el timbre de apertura. Cuando llegó a la puerta principal, respiró hondo y llamó.

Abrió una mujer vestida de uniforme.

—Vengo a ver a don Ceferino —dijo con una voz lo más firme posible.

—Pase y espere en esa salita, por favor.

Aurora rezó para que fuera él y no doña Pilar el que apareciera por la puerta, pero no fueron ni el uno ni el otro, sino un hombre joven, al que identificó por el parecido con su madre como el hijo de Ferino y Pilar.

—Me dicen que viene usted a ver a mi padre. No se encuentra muy bien. ¿Puedo atenderla yo?

Aurora negó con la cabeza.

—¿Ha avanzado mucho la enfermedad? —preguntó.

La sorpresa se reflejó en la cara del joven.

—¿Y usted es?

—Aurora Cangas. Si pudiera decirle usted que estoy aquí...

—Un momento.

A Aurora la espera se le hizo eterna por temor a que doña Pilar apareciera de un momento a otro. Más de treinta minutos estuvo en aquella sala impersonal hasta que el hijo de Ferino la acompañó a la planta de arriba y la condujo a la biblioteca contigua a la habitación de sus padres. Allí, sentado en un sillón, vestido y con la mano en el bastón, encontró a Ferino, demacrado, con la piel gris y el iris amarillento.

—Con lo bien que había quedado nuestra despedida, ¡qué lástima que tengas que verme así!

—¿Qué más da? ¿Tan mal estás? Me dijiste que aún faltaba. Solo han pasado dos meses.

Ferino se encogió de hombros.

—Te mentí. Pensé que no querrías pasar la noche con un moribundo. Ya estoy en paliativos. Es cuestión de días.

A Aurora se le llenaron los ojos de lágrimas.

—Ni se te ocurra llorar. Tú y yo ya nos despedimos, este tiempo es de regalo y me imagino que vienes por el asunto de los moros. Mi hijo me lee el periódico cada día. Quiero saber lo que pasa en el mundo hasta el último momento.

—Ya lo hablamos. Me prometiste que si salía a la luz, yo me iría de aquí.

—¿Estás segura? Hace tanto de aquello… No creo que haya peligro alguno.

—No quiero revivirlo una y otra vez, no quiero que nadie me pregunte, no quiero estar aquí cuando me busquen, y me buscarán porque solo quedo yo. No quiero tener que inventarme una historia para Águeda. Necesito salir de aquí. Estoy harta de coser, de vivir de prestado, de la lluvia que nos empapa todas las primaveras. Quiero lo que me prometiste.

—Abre el tercer cajón de aquella cómoda y saca un sobre azul. —Ferino señaló un majestuoso mueble de madera con bruñidos dorados—. Dentro tienes todo lo que necesitas, con la dirección de mi hijo Cefe en Sevilla. Ya está avisado. Por si me sucedía algo antes. Vendrá a mi funeral. Aunque me despedí de él hace unos meses, insiste. En fin, querida, suerte en el resto de tu vida. Nos vemos en el cielo o en el infierno, donde toque, pero ojalá que nos toque juntos y allí por fin podamos disfrutar de nuestra mutua compañía. Y ahora vete, que este no debía ser ni tu último recuerdo ni el mío y no quiero que se alargue más.

Aurora salió de allí con una mezcla de miedo, tristeza y alivio por dejar todo atrás, pero sintiéndose liviana, como si los años vividos pesaran y se liberara de ellos para empezar una vida nueva.

Nadie la esperaba fuera de la biblioteca, así que desanduvo el camino escalera abajo y se encontró de frente con doña Pilar.

—Hola, Aurora. No te asustes, solo quiero desearte suerte.

—Ya no me asusto tan fácilmente. —No la retaba, era la verdad.

—Pero te vas por miedo.

Aurora le devolvió el tuteo a doña Pilar, y ella no la rectificó:

—¿Te lo contó Ferino?

Doña Pilar asintió.

—Claro, mujer. Después de casi cuarenta años, entre él y yo ya no hacen falta los secretos. Y pronto Dios nos va a separar. Al menos, por un tiempo.

—Ya.

—Sé lo de los moros. Hiciste lo que tenías que hacer. Salvaste tu vida y la de tu madre. Y también sé del día y la noche que pasasteis juntos en Oviedo. Ferino me lo consultó antes.

—¿Y a ti te pareció bien? —Aurora no acababa de confiar en la comprensión de aquella mujer. No en lo que se refería a Ferino.

—Ya ves, los años han pasado para todos y las cosas importantes hoy son otras. Te deseo suerte, te la deseo de verdad, y si necesitas algo dímelo. Es lo que Ferino querría.

—¿Tú lo quieres?

—Pues claro.

—Es un hombre con suerte —contestó Aurora.

Aurora, 2014

Llevar a Aurora, con tantos kilos como años en su haber, a comer a cuatro restaurantes en una semana fue una tarea más complicada de lo que Alba se imaginaba cuando se propuso instruir, gastronómicamente hablando, a su abuela y a su bisabuela.

Alba eligió empezar por la comida peruana, la elección de Aurora, en el primer encuentro familiar. Para relajar los nervios, producto de la expectación ante la nueva experiencia, pidió cuatro Pisco Sour, y entre Ana y ella eligieron los platos a probar, todos para compartir: ají de gallina, degustación de ceviches, tiradito de atún, anticucho, tamal, chicharrón, yuca en salsa huancaína y causa limeña.

Darle el pisco a Aurora antes de probar bocado no fue buena idea. Se lo bebió en dos sorbos.

—¡Qué rico está esto! Alba, pídeme otro.

—Bisa, que lleva alcohol.

—Si no sabe...

—Pues pega.

—¿Ahora vas a controlarme tú a mí?

—Madre, que se va a poner usted mala —rogó Águeda.

—¡Que me pidas otro! —exigió Aurora a su biznieta.

Fue Ana la que zanjó la cuestión y llamó al camarero.

—La abuela tiene razón, ya está mayorcita para saber lo que hace.

—¿Sabéis lo que me gustaría ahora? Un cigarrillo. Pero con esto de la ley antitabaco, nada de nada. Aunque con Ramona solíamos fumar en la calle. Éramos muy modernas entonces.

—Eso sí que no, que fumar es malísimo —repuso Alba.

—Sí, seguro que un cigarro me mata —ironizó Aurora—. Una vez fumé maría. ¡Cómo lo disfrutamos! ¿La habéis probado?

—Es ilegal, abuela —dijo Ana.

—No fue eso lo que pregunté, siesas, que sois unas siesas. Mi hija seguro que no la probó nunca.

—Pues esta vez se equivoca usted, ya ve —protestó Águeda.

—¡Anda que no habrá fumado porros mi madre con Florita! —soltó Ana con una carcajada, y dirigiéndose a Alba añadió—: ¿A que eso no te lo esperabas tú?

Alba negó divertida y quiso saber más, pero Águeda impidió que Ana se lo contara. Aurora miró a su hija con cierto respeto.

La comida transcurrió entre gestos torcidos al probar los nuevos sabores, alguna que otra aprobación salpicada de muchas alabanzas a la comida patria y risas compartidas al calor del pisco. Cuatro fueron los que tomó Aurora. Uno Águeda, otro Alba y dos Ana, porque las recogía el chófer de Carlos y no tenía que conducir.

El susto se lo llevaron cuando, al levantarse de la mesa, Aurora cayó al suelo redonda, con sus noventa y tantos kilos y sus noventa y dos años.

La llevaron al hospital y esa noche la pasó en observación. No se había roto ningún hueso de milagro.

—Bisa, se acabó la ronda gastronómica. Mi abuela tiene un disgusto… —dijo Alba.

—De eso nada —amenazó Aurora levantando el dedo—. Águeda que diga misa. Para mañana reservas en el japonés.

Y Alba reservó en el japonés porque en el fondo estaba de acuerdo con su bisabuela.

Águeda, 1977

Cuando Aurora le contó a su hija que iba a empezar una nueva etapa de su vida en El Palmar de Troya, Águeda pensó que a su madre le había dado un ictus. Aurora, como tanta gente de la mina, era socialista, creyente en Dios o al menos en santa Bárbara, y poco amiga de los curas en general, aunque en particular les daba una oportunidad. Los videntes, el fervor religioso y aquel ciego autoproclamado obispo que enardecía a las masas no encajaban con la personalidad de su madre.

—Pero ¡qué tonterías dice! ¡No me diga que se ha dejado convencer por esos charlatanes!

—Aquí la única que dice tonterías eres tú, que nunca te enteras de nada. A mí los palmarianos esos me importan un pimiento y tú no puedes decirle a nadie dónde estoy, ¿me escuchas bien? —le advirtió Aurora—. A nadie. Y mucho menos a la policía cuando venga a interrogarte.

—Pero, madre, ¿por qué me va a interrogar a mí la policía? ¿Qué tengo yo que ver con esos moros? Si yo era una cría en la posguerra, igual ni había nacido. Al menos, cuénteme qué pasó.

—Cuanto menos sepas, mejor. Y pase lo que pase, júrame que no le dirás a nadie dónde estoy.

Aurora insistía en que Águeda le diera su palabra, sabedora de que la cumpliría.

—Pero ¿cuándo piensa volver?

—Igual nunca. ¿Yo qué sé?

—Pues si no lo sabe usted... ¿Y me deja sola con la costura?

—Ana ya es mayor, tú no me necesitas y yo estoy harta de coser para mujeres con dinero y sin problemas.

Águeda no sabía cómo sentirse. Tampoco le dio tiempo a reflexionar demasiado porque Aurora hizo la maleta y al día siguiente la llevaron a la estación a coger el TER Ruta de la Plata hacia Sevilla.

—No lo entiendo, Jesús, te juro que no lo entiendo. Mi madre está loca de siempre, pero esto no me lo esperaba.

—Míralo por la parte buena: te has librado de ella.

—Ahora me hacía falta. Tenemos un montón de trabajo y ella va y se larga. No le importa nadie que no sea ella misma.

—Bueno, a tu madre no hay quién la aguante, pero lo cierto es que lleva trabajando aquí gratis desde que nació la niña.

—A ver cuánto le dura la locura esta.

—No me quites la ilusión, mujer, que a lo mejor no vuelve.

No fue esa la única sorpresa que tuvo Águeda ese año que España se estrenaba en la democracia, porque le cayeron del cielo diez millones de pesetas libres de impuestos. Del cielo le pareció a ella porque realmente salían del patrimonio de Ferino, que se los dejó en su testamento. Sin explicación. La llamada de un abogado, una firma y una transferencia a su cuenta corriente. Águeda tampoco quiso preguntar. Los recuerdos con su padre eran tan cortos como maravillosos y no iba a permitir que nadie los empañase, aunque no era tan tonta como para no entender o como para no aceptar el dinero.

La planta entera que compró en un edificio de la calle San Bernabé, en pleno centro de Oviedo, le costó cinco millones. Fue Jesús el que tuvo que firmar la compra porque, aunque los españoles ese año tuvieran derecho a votar por primera vez en cuatro décadas, Águeda, como cualquier mujer casada, no podía firmar en su propio nombre, aunque el dinero fuera suyo. A ella no le importó porque Jesús no solo no supuso un obstáculo, sino que la apoyó en cada decisión. Prestó su nombre y su firma para constituirse en administrador de la empresa de Águeda, para la compra de máquinas de coser nuevas y todo el material necesario para que pudiera abrir su Taller de Costura y Academia de Corte y Confección Mari Flora.

A pesar de la cantidad de veces que tuvo que responder a la pregunta de quién era Mari Flora durante los años que sucedieron, Águeda nunca se arrepintió de ponerle al taller el nombre de su primera muñeca, la que la acompañó en su soledad infantil hasta que su madre la regaló sin importarle lo que aquel amasijo de trapos mal cosidos por Ramona significara para su única hija.

Ana, 2014

Cuando Alba anunció que continuaban con el plan de las cuatro degustaciones de comida internacional, Ana y Águeda se mostraron reticentes a llevar a Aurora de nuevo a un restaurante nada más salir del hospital.

—¿Tú qué quieres, matar a tu bisabuela? —le preguntó Águeda—. ¿No ves que está ya muy mayor?

—Pues por eso. Para una cosa que quiere hacer, ¡a ver si se

va a morir sin probar el sushi! Que yo la semana que viene tengo que volver a la universidad y ya no podremos ir. Y ella lo está deseando.

—No lo veo, nena —insistió su madre.

—Te prometo que esta vez no se repite lo del pisco. Solo la dejamos beber agua. Si a la bisa no le ocurre nada, los médicos han dicho que está bien.

—Mira que como hoy vuelva a ponerse mala... —dijo Águeda con la batalla perdida ante su nieta.

—Si le ocurre cualquier cosa, prometo que lo dejamos —aseguró Alba.

Eligieron para la ocasión un restaurante japonés con tatamis.

—Yo ahí no me siento. Paso por comer pescado crudo, pero comer sentada en el suelo, eso sí que no —se cuadró Aurora cuando abrieron las puertas del cubículo y vio aquella mesa baja con cojines alrededor.

—Pasa, bisa, que tiene truco. Mira, yo te enseño. —Alba se acomodó junto a la mesa—. ¿Ves? Hay un agujero debajo, el suelo hace de silla.

Aurora inclinó la cabeza para mirar bajo la mesa, poco convencida, pero cedió cuando Ana se sentó después de su hija.

—Vais a tener que ayudarme a meterme ahí. Mira qué listos estos japoneses, que pueden pimplar y no corren el riesgo de caerse al suelo.

Alba y Ana ayudaron a Aurora y a Águeda. Esta, todavía más reticente que su madre, no quiso expresar sus reservas para no aguarles la ilusión, pero no dejó de mirar bajo la mesa, temerosa de que subiera por allí una cucaracha, una araña o algo peor. Solo de pensarlo se le erizaba el vello de las piernas. Desde los días que su madre la encerraba en la despensa, no soportaba meter ninguna parte de su cuerpo en un lugar oscuro o que ella no pudiera ver.

—Vais a probar una cosa riquísima —anunció Alba—. Y no os preocupéis, que no está cruda: se llama fondue japonesa y vamos a cocinarla nosotras aquí en la mesa.

—¿No te digo yo que son muy listos estos japoneses? Pagamos y les hacemos el trabajo, como en las gasolineras, que ahora el cliente tiene que echarse la gasolina. ¿Dónde se ha visto semejante desvergüenza?

—Y van a quitar las cajeras del súper, bisa, no te digo más, pero esto es distinto —explicó Alba con una carcajada.

La experiencia con la comida japonesa salió bien y no hubo accidentes, aunque sí el esperado comentario de «como en España no se come en ningún sitio, pero para un día esto también está bueno» de Águeda y Aurora, aunque en su fuero interno Águeda solo deseaba no tener que volver jamás a un restaurante japonés. En cambio, sí le gustó la comida alemana. Y a Aurora también, aunque, como era la elección de su hija, no quiso reconocerlo.

Aurora, 1977

Aurora llegó a Sevilla a finales de agosto de 1977. Para esta nueva etapa de su vida se había teñido de castaño oscuro su pelo rubio, que a fuerza de canas cada día lo era más. Encontró una ciudad cálida, alegre y ruidosa, muy diferente de Oviedo y de Gijón, las únicas capitales que conocía. Como Cefe estaba en Asturias en el funeral de su padre, Aurora utilizó parte del dinero que Ferino le había metido en el sobre de los papeles para alquilar una habitación en un hostal próximo a la Maestranza y esperar allí hasta su vuelta. A Aurora le pareció estar en una película de Lola Flores. La vida en la calle, el acento cantarín, los señoritos sevillanos acicalados y engominados, los geranios en los balcones, los piropos que gritaban los hombres por las calles —«Gitana», «Ojos negros», «Qué cara te vendes, chiquilla»—, las vendedoras de flores y las calesas tiradas por caballos. Todo el conjunto parecía un decorado de cine a los ojos de Aurora.

A pesar de la tristeza por la muerte de Ferino y la expectación por la nueva vida de fugada que iba a comenzar, en aquel viaje disfrutó unos días de una libertad inesperada. Visitó la Giralda, el Real Alcázar, vio el Guadalquivir, paseó observando a los trileros y a sus ganchos, comió en Triana y recorrió el parque María Luisa, como cualquier otro turista. Probó el fino, la manzanilla y el vino de naranja; tomó gazpacho, papas *aliñás*, chanquetes, un pescado que llamaban melva y que le supo como el bonito pero más fuerte, y sangre encebollada, que no le gustó. Hasta compró un abanico en la calle Sierpes para luchar contra «la calor», como decían allí. Se atrevió incluso a ver un cante jondo que no le caló y a visitar un tablao flamenco que le subió el ánimo. No era habitual en los setenta ver a mujeres solas frecuentando los bares en Sevilla, pero a la pregunta «¿Espera a alguien?», hecha con toda clase de intenciones, a veces incluso con bufidos y cara de pocos amigos, Aurora daba largas: «Sí, pero más tarde». A los cincuenta y cinco, aunque conservaba parte de su belleza innata, no era reclamo para los hombres y no llamaba la atención más que por lo inusual de la circunstancia y la pinta de foránea con aquellos ojos azules que el tono oscuro de su pelo no hacía más que resaltar.

Cefe y Marisa regresaron de Gijón unos días después y recibieron a Aurora en su casa del aburguesado barrio de Los Remedios. Cefe resultó ser un próspero empresario de mediana edad, propietario de unos almacenes de perecederos, con un curioso acento andaluz que mezclaba con palabras asturianas y lo hacía muy singular. A Aurora el hijo le recordó al padre. Más alto y un poco menos elegante, aunque iba bien vestido. Más simpático e igual de enérgico. Él le presentó a su mujer, Marisa.

Cefe era de esos hombres que llenan el espacio que ocupa. En cambio, Marisa era una mujer dulce y discreta, más destinada a reflejar el brillo de su marido que a desprender el suyo propio.

La recibieron los dos como una invitada deseada, aunque no fuera más que una desconocida.

—Los amigos de mi padre son mis amigos, y más los que se hicieron en una época tan... —Cefe buscó la palabra pero desistió—. ¿Qué te voy a contar? ¡Qué malo fue aquello, chiquilla! Ya me dijo mi padre que te debe un favor de entonces.

—Yo pensé que se lo debía yo a él —respondió Aurora, animada por el buen recibimiento de la pareja.

—De aquella poco había más importante que contar con amigos; podía ser cuestión de vida o muerte. Con la tirria que le tuvimos a la mujer de mi padre durante años por mandarme aquí, al campo de concentración, ¿verdad, Marisa? ¡Qué horrible fue aquello! Cuántos días pensé que no saldría vivo, como les ocurrió a tantos otros. Pero ya ves, mirándolo con perspectiva, estoy vivo y me van bien las cosas. Que podía haberme ahorrado unos años horribles, pues sí, mi padre siempre pensó que sí, pero también me libró de la muerte.

—Es una mujer rara, nunca sabes si te hace un favor o solo la puñeta —confirmó Aurora—. Lo importante es que aquello queda ya muy lejos y que os va bien. Habéis prosperado.

—Mi padre nos ayudó. Pagó el colegio del niño en Sevilla, el San Francisco de Paula, uno de los mejores, porque en El Palmar no había ni escuela. La poca gente que vivía allí era analfabeta. Y muy pobre. ¡Qué hambre pasaban! Cuando llegó Marisa no había ni pueblo, era un campo de palmitos, pero mi padre le enviaba dinero para que tuviera un techo para ella y para nuestro hijo, y que pudiera llevarme algo de comida al campo de concentración, o de trabajo, que los llamaban. También me ayudó a empezar cuando salí. El dinero era de ella, claro, de Pilar. Mi padre ganaba bien, pero no le daba para tanto.

—Sí, eso suena a doña Pilar y su peculiar forma de hacer las cosas.

Aurora cenó aquella noche con ellos y le prepararon una habitación en la casa.

—El Palmar es un pueblo de mala muerte, pero La Alcaparrosa, la finca de las apariciones, te va a impresionar —le dijo Marisa después de repasar recuerdos comunes y servir la cena—. Los fines de semana inunda ese lugar una muchedumbre llena de fe. O de fanatismo. Es como ir a ver un espectáculo, aunque reconozco que al Clemente ese impresiona escucharlo, la verdad.

—Vosotros, entonces, no sois palmarianos —dedujo Aurora, escéptica con aquel circo religioso que solo conocía por el telediario y le parecía un carnaval.

—Nosotros somos proveedores del Palmar —aclaró Cefe—. Antes nos iban bien las cosas, pero desde que están ellos todavía mejor. Allí estarás a salvo, pasarás desapercibida. Verás que llegan y se van auténticas riadas de peregrinos. Los del pueblo alquilan habitaciones para que la gente de paso pueda hacer noche. Hasta los curas han comprado casas allí, aunque viven en Sevilla. A nadie le extrañará ver a otra palmariana instalándose en el pueblo para seguir su fe. Eso sí, no te hagas muchas ilusiones con la casa. Es muy humilde, como todas las que había en el pueblo, y aunque mi padre quería que Marisa viviera con el niño en Sevilla, ella se negó a alejarse de mí. Estuvieron allí hasta que me liberaron.

—¿Cómo fue que no volvisteis para Asturias?

—¿A qué? ¿A ver la cara del que me denunció o la de la mujer de mi padre? ¿O del cabrón que me torturó cuando me detuvieron y al que conocía desde que éramos críos? No. Era más seguro no volver.

—Me dijo tu padre que la propaganda que te encontraron no era tuya.

—¡Si yo ni siquiera era comunista! Mi padre era capataz, ya lo sabes. Me tendieron una trampa, pero no quiero hablar, que mira que han pasado años y todavía me hierve la sangre.

—Entendido. ¡Qué ricos están estos mostachones, Marisa! No los había probado y ¡me encantan! Estaba todo exquisito, nunca había comido una carne de cerdo igual.

—Es presa de cerdo ibérico.

—En Asturias no tenemos de eso. Jamón ibérico sí que llega, a precios prohibitivos, eso sí, pero esto no.

—Para nosotros es una exquisitez. Y a los que también les gusta es a los curas —respondió Marisa—. A esos les gusta todo lo bueno, se traen algunos unas juergas por todo Sevilla...

—¿Y el obispo ese que dirige el cotarro no se entera?

—¿El Clemente? —Marisa rio—. Si es el que encabeza la

comitiva y vuelve más borracho que ninguno. Van con las sotanas, que no creas que se ocultan, y comen como cerdos, bailan, beben y les meten mano a las camareras.

—A las camareras será para disimular —dijo Cefe con una risotada—, porque lo que le va al Clemente y compañía son los camareros. Aquello es más Sodoma que Gomorra, ya me entiendes.

—Cefe, por Dios, no seas grosero, ¿qué va a pensar Aurora?

—¡Tendrá que saber lo que se va a encontrar allí! No la vayan a fichar para la orden —respondió con una carcajada.

—Descuida, que no lo harán —dijo Aurora—. Los curas no son lo mío. Además, esto será temporal, hasta que pase el revuelo y pueda volver a casa sin correr peligro.

—Claro, mujer. —Marisa sonrió comprensiva—. Nosotros vamos los domingos a escuchar la misa. No puedes faltar. Es un espectáculo ver al Clemente en trance y cómo la gente entra en una especie de fervor místico.

—O sea, que vais a sus misas. ¿Seguro que no sois palmarianos?

—Según quién pregunte. Son clientes y cada vez nos compran más. Y como el parné es el parné, como dicen los sevillanos, Marisa se pone el velo y allí estamos los domingos y fiestas de guardar.

Aurora entendió a la pareja. Bien sabía ella lo que era arrimarse al sol que más calienta para salir adelante.

—Propongo un brindis —exclamó Cefe alzando la copa de vino—. Por tu futuro y por mi padre, que descanse en paz.

—Por Ferino, que la vida le haya salido a cuenta —dijo Aurora, y los tres guardaron silencio.

La sobremesa duró hasta bien entrada la madrugada y Cefe, que dirigía la conversación, la llenó de anécdotas hasta cuando habló de su hijo, el único que tenían. Era ingeniero, como Ferino habría querido para él, y tenía un buen trabajo en Madrid.

—Ese ya no vuelve para Sevilla, vive en la capital como un soltero de oro —sentenció Cefe—. Se está pegando la vida padre.

—No hagas caso a Cefe, que nuestro hijo es muy responsable y trabajador.

—No he dicho lo contrario, pero ya te digo yo que en un club de alterne que abrieron ciertos personajes de renombre en Madrid lo conocen bien y no de ir a pedir cambio. Que me enteré cuando lo visité esta primavera.

—¡Ay, madre! ¿Qué estás diciendo? ¡Que es tu hijo! ¿Qué va a pensar Aurora?

—No te azores, mujer. Estoy exagerando, pero no miento. En realidad va por temas de trabajo, con clientes, ya sabes. Parece ser que esos famosos que montaron el club atraen a una clientela muy importante y que allí se firman contratos millonarios.

—¿A quién te refieres?

—A ver, que esto no se sabe a ciencia cierta, pero dicen que tiene acciones hasta Paco Martínez Soria.

—¿De un burdel? ¡No puede ser! —exclamó Aurora, atónita.

—Eso dicen, aunque vete tú a saber, que es verdad que cuando el río suena agua lleva, pero también que a la gente le gusta mucho inventar chismes. El local es lo más selecto de Madrid, en la calle Oriente nada menos, muy cerquita del Palacio Real —dijo Cefe hablando en un susurro, como si temiera que alguien pudiera escucharlo.

Cuando por fin se acostaron, Aurora se sintió como si se hubiera liberado de un lastre y estaba dispuesta a empezar de cero en aquel sitio donde no conocía a nadie y nadie la conocía a ella.

13

Ana, 1981

Cuando tenía trece años, mi madre se obsesionó con las bolsas de basura que encontrábamos en la calle. Había escuchado algo en las noticias que la alarmó, no recuerdo si sobre la explosión de una bomba oculta dentro de una bolsa de basura o sobre la posibilidad de que los terroristas pudieran cometer atentados con tan miserable método. Durante varias semanas me rogó encarecidamente que no me acercara a ninguna bolsa que viera en la calle y yo, sin sentir el miedo que ahora adivino que sentía ella, obedecí. Además, las bolsas de basura siempre me habían despertado más asco que interés. Por aquel entonces Oviedo no era la ciudad de postal que es hoy, en la que no se ve ni un chicle pegado en la acera. No era infrecuente encontrar a última hora de la tarde bolsas de basura cerca de los portales, a la espera de que el servicio de recogida del Ayuntamiento las retirara alrededor de la medianoche.

Yo no era especialmente caprichosa ni desobediente, pero una tarde acompañé a mi madre a comprar una seda estampada para el vestido de una clienta y por el camino vi una minifalda de gasa con mucho vuelo en un escaparate y se me antojó. Le pedí que me la comprara con la intención de que, como siempre, se ofreciera a confeccionármela ella misma, pero se negó en redondo. «En cuanto te muevas, se te ve todo. Esa tela no pesa y además es una falda de verano, así que ni siquiera puedes llevar unos leotardos debajo», dijo. Pero a mí no me sirvió su explicación. En la tienda de telas me puse muy pesada enseñándole diferentes tejidos para que me confeccionara la falda que me había gustado tanto. «Déjalo ya. He dicho que no y es no. Si quieres otra falda, la buscamos y yo te la coso encantada, pero esa no», me repitió en varias ocasiones. Cuando salimos de la tienda, yo seguía con la cantinela y mi madre empezó a perder la paciencia. «Cállate de una vez con la dichosa falda», me dijo en voz más alta de lo habitual. Sentí crecer en mi interior una ira desconocida hasta entonces y en ese momento una bolsa de basura se me puso tan a tiro que le di una patada con todas mis fuerzas y el contenido se esparció por la acera.

Fue la única vez que mi madre me dio un bofetón en público, que yo recibí entre la humillación y la rabia. Tampoco es que me hubiera dado muchos en privado, pero de Pascuas a Ramos sí que me había caído algún cachete. En casa, eso sí, no a la vista de cualquiera.

Eché a andar deprisa con las lágrimas deslizándose por mis mejillas y ella me siguió. La oía recriminarme por mi inconsciencia y soltarme por enésima vez la perorata de que las bolsas de plástico podían contener bombas en su interior y explotar si les daba una patada, porque los terroristas querían causar el mayor daño posible a criaturas inocentes como yo y atemorizar a la sociedad. Ni siquiera la miré. No me detuve hasta que llegué al portal y esperé a que ella sacara las llaves del bolso y abriera la puerta. Mi madre llamó al ascensor y yo eché a correr escaleras arriba. Cuando entré en casa, me encerré en mi habitación dispuesta a no salir de allí.

Aquella fue la primera vez que no le dirigí la palabra y fui inmune a todas sus amenazas y ofertas de reconciliación que alternó durante la tarde. Cuando mi padre llegó a la hora de la cena y se encontró la escena, estoy segura de que deseó huir, pero no lo hizo. Mi madre le contó lo ocurrido mientras yo revivía una y otra vez en mi cuarto la humillación que me había hecho pasar.

Mi padre se acercó a mi habitación para intentar que yo entrara en razón. A él lo dejé pasar y, aunque se mostró cariñoso y comprensivo, no lo consiguió. Lo único que logró fue que me abrazara a él y llorara mis penas entre sus brazos, pero no que le perdonara la ofensa a mi madre, ni siquiera que me sentara en la misma mesa que ella a cenar. Mi padre volvió a llamar a la puerta veinte minutos después para dejarme una bandeja con un generoso plato de croquetas de jamón, mis favoritas, un bollo de pan, dos Petit Suisse de fresa y un Kas de naranja, clara ofrenda de paz de mi madre, que solo me permitía tomar refrescos los fines de semana.

Engullí la cena y salí a dejar la bandeja en la cocina. Mi madre aprovechó para acercarse a mí, pero no le di tregua a pesar de haber devorado sus croquetas. Conseguí esquivarla y volví a encerrarme en mi cuarto. Esa noche eché de menos a la abuela Aurora, de la que hacía años que no sabía nada, porque imaginé que ella habría convertido mi enfado en un arma para mortificar a mi madre.

A la mañana siguiente me senté a desayunar como si nada y ni mi madre trajo a colación lo sucedido el día anterior ni yo mostré interés en hablar del tema. Ni ese día ni ningún otro.

No fue aquella la última pelotera que tuve con mi madre durante la adolescencia, pero no recuerdo otra en la que echara de menos a la abuela Aurora.

Alba, 2016

La vida de la bisabuela Aurora era una fuente de inspiración para Alba. Sus anécdotas le despertaban la curiosidad y a veces la risa o la indignación, pero siempre encontraba en ellas detalles para su causa que habían pasado desapercibidos. Había cogido la costumbre de contarle historias o llevarle objetos que le desataran la lengua, porque Aurora solo hablaba de su vida si Alba conseguía indignarla lo suficiente como para que quisiera desmentir las patrañas que su nieta fingía creer. Si quería que le hablara de Ramona, solo tenía que mostrarle un artículo de internet en el que se dijera que las mujeres no habían entrado a trabajar a la mina hasta el año 1996. Entonces Aurora se irritaba, como Alba preveía, y le hablaba de su amiga, que fue picadora muchos años hasta que la echaron a los lavaderos porque ya no hacía falta sustituir a los hombres en el interior y los riesgos de sanción eran muy altos. Si quería que le hablara de la Singer, solo tenía que llevarle una de las pequeñas réplicas que Ana entregó como detalle a las invitadas a su boda, aunque de ese tema le costaba más hacerla hablar. Se limitaba a despotricar contra las costumbres estrafalarias de la gente rica y murmuraba: «Si lo llego a saber, como regalo de bodas le doy a tu madre las sillas de formica viejas de la cocina y no me gasto los cuartos», pero nada que a Alba le fuera de utilidad. Incluso un día que no buscaba sonsacar a su bisabuela, se le ocurrió comentar que las mujeres tenían más lesiones en los coches que los hombres porque los cinturones de seguridad se diseñaban para el cuerpo de los hombres, y de pronto Aurora montó en cólera y le contó las barbaridades que le decían a ella cuando cruzaba el pueblo con su Vespa allá por los años cincuenta.

Por eso, cuando Alba leyó en internet la noticia de que el papa de la Iglesia palmariana había abandonado El Palmar para casarse y que su mujer era portada del *Interviú*, cogió el coche y se dirigió a un centro comercial cercano para comprar un ejemplar de la revista. En papel. Porque a Aurora la versión digital se le atragantaba.

—No me enseñes pantallas tan pequeñas, leches, que no veo. Bastante castigo tengo ya con el móvil. A mí la única pantalla que me gusta es la de la tele y no siempre —le decía cada vez que intentaba mostrarle algo en el teléfono o en la tableta.

Aquel día Alba se presentó en la residencia con el *Interviú* y sin ninguna prisa, para sacar todo el partido posible a la conversación con su bisabuela.

—Mira, bisa, a ver si sabes quién es —le dijo cuando entró en su habitación.

—Pues una guarra en bolas —respondió Aurora sin prestar demasiada atención—. Y talludita ya. Esta revista va de capa caída, antes al menos las fulanas de las portadas eran jóvenes y guapas.

—No eran fulanas, eran modelos o actrices, y esta es una señora normal. Bueno, normal de físico, porque por lo demás es cualquier cosa menos normal.

Aurora se puso las gafas y cogió la revista. «El Palmar de Troya. La novia del papa se desnuda», decía el titular de la portada.

—Lo que les faltaba. Mira, al menos este no salió maricón como el resto.

—Un respeto, bisa, que yo soy lesbiana y lo sabes perfectamente.

—¿Y eso qué tiene que ver? Que tú seas lesbiana no quita que ellos fueran maricones.

Alba tuvo que reconocer que, en eso, la abuela tenía razón.

—¿A quiénes te refieres? —cedió ante Aurora.

—A los originales, no a estos mamarrachos. El papa Clemente y el obispo Manuel. Maricas, borrachos y juerguistas como ellos solos. Eran unos personajes. Al papa, antes de ser papa, en Sevilla le llamaban «La Voltio», no te digo más. Se bebían y se comían Sevilla entera y luego a por los curas jóvenes. Pero también eran muy generosos con los que trabajábamos para ellos. Mucho.

—Ya, ya veo, una Iglesia en condiciones —ironizó Alba.

—Pues como todas. Cualquier Iglesia está formada por personas y las personas llevamos la maldad con nosotros, no hay escapatoria.

—Aquí dicen que esta mujer era la Mata Hari del Palmar. Pues sí que estaba el listón bajo. Mira, dentro hay una foto con él. ¡Qué facha tienen! Ella barrigona y él calvo, y además no se ha enterado de que existe la depilación con láser. El papa Gregorio XVIII, ¿lo conociste?

—Sí, a él sí. A ella no, y eso que dicen aquí que fue monja, pero es muy joven. Él es el padre Ginés. Lo era cuando yo cosía para ellos. Llegó a papa años después. Y ahora es un fantoche. Este no era mariquita, solo un lameculos.

Aurora se perdió en sus reflexiones, pero Alba quería saber más.

—¿Por qué fuiste al Palmar y te quedaste tantos años allí, bisa?

—Qué preguntona estás, niña.

—¿A que me llevo la revista?

—Por mí como si la quemas.

Bien sabía Alba que iba de farol, así que cogió la revista y se la guardó en el bolso y, tal como preveía, Aurora bufó:

—Haz el favor de dejar eso ahí. ¡Hay que ver lo insufribles que sois los jóvenes!

—Te la doy si me dices qué hiciste todos esos años en El Palmar.

—No lo entenderías.

—Tú prueba.

—No quería que me pillaran cuando encontraran a los moros muertos. Y ahora, ¡largo de aquí!

Alba supo que no era momento de insistir, pero acababa de encontrar lo que parecía un hilo muy gordo del que tirar para desenmarañar la historia de su bisabuela.

Aurora, 1977

La primera vez que Aurora acudió a La Alcaparrosa fue a finales de agosto, una semana después de llegar a Sevilla, escoltada por Cefe y Marisa. Ellas ataviadas con mantilla y manga larga, y Cefe de traje y corbata, pese a que el calor apretaba en aquel desierto sevillano.

Un muro de cuatro metros de altura rodeaba la finca como si de una fortaleza se tratara, y el exterior estaba lleno de gente. Vieron un enorme círculo de personas que se arremolinaban en torno a una mujer que parecía estar sufriendo un ataque epiléptico.

—¿Y esta quién es? —preguntó Aurora.

—Una de las supuestas videntes, la competencia del Clemente, pero, como ves, a él le va mucho mejor —respondió Cefe señalando la inmensa basílica en construcción que asomaba por encima de los muros—. Clemente compró la finca por una millonada, o eso dicen, y desde que es el propietario no permite entrar a los otros videntes.

—¿Y el dinero para todo esto?

—Hay fieles muy ricos. Muchos son extranjeros, pero otros son de aquí. Una baronesa de La Rioja, con miles de hectáreas de viñedos, le dio a Clemente dieciséis millones de pesetas hace ya unos años. —Y tras acercarse a su oído, Cefe continuó—: Y también cuentan que las donaciones son un medio para blanquear dinero. Eso explicaría por qué hay tantos millonarios devotos del Palmar que están dispuestos a abrir la cartera aunque nunca aparezcan por aquí. ¡A saber! Todo son rumores. Vamos para dentro.

A pesar de lo que había leído sobre El Palmar en los periódicos, Aurora no estaba preparada para ver tal cantidad de feligreses arrodillados, ni de curas, obispos o lo que fueran. Contó más de cincuenta ensotanados y hasta veinte monjas con la cara cubierta por un velo. Aquella exhibición de fe palmariana la sobrecogió, pero lo que más le impactó fue el propio Clemente, con las cuencas de los ojos vacías, las manos enfundadas en unos guantes blancos manchados de sangre y una voz profunda que retumbaba por las paredes de la iglesia. Usaba el «Nos», como si realmente Dios se dirigiera a los fieles a través de él.

A Aurora la Iglesia palmariana le resultó una especie de torre de Babel y no por el latín de la misa, que no se le hizo extraño porque, sin ser nunca aficionada a la religión ni a los curas, la misa tridentina era la que celebraban los sacerdotes católicos hasta hacía poco más de una década. Tampoco por los distintos acentos de todas partes de España, sino porque muchos de los allí congregados no hablaban castellano y no era capaz de entender lo que decían.

Fue Marisa la que se lo aclaró.

—Hay varias agencias de viajes en Sevilla que se están haciendo de oro trayendo devotos de toda España y parte del extranjero. Incluso hay una en Torremolinos que organiza viajes entre Estados Unidos y El Palmar. Aquí puedes encontrar gente de toda Europa: holandeses, alemanes, irlandeses...

Aurora no daba crédito, pero no le importaba lo que aquella gente se trajera entre manos. Si todo el mundo se enriquecía a costa de aquel espectáculo, seguro que ella también podía sacar partido.

—¿Quién cose las sotanas de los curas? —preguntó, ya de vuelta en el coche.

—Algún sastre sevillano, supongo —respondió Marisa—. O varios, porque cada vez que venimos hay más y en Sevilla estamos suministrando más comida en las casas de los sacerdotes o lo que sean estos esperpentos. ¿En qué estás pensando?

—En que las sotanas que llevan son muy incómodas con este calor, que no sé cómo lo soportáis. Me estoy asando como un pollo en el horno.

—A todo te acostumbras.

—Pero seguro que preferirían estar fresquitos. ¿Me llevarías a las mejores tiendas de telas de Sevilla? —pidió Aurora a Marisa, ya maquinando su plan.

Águeda, 1968

Los fines de semana Florita solía visitar a Águeda y a Anina, que por entonces empezaba a gatear. Cogía el tren en Mieres a mediodía, después de arreglar la casa e ir al mercado con Herminia. Una vez en la estación de Oviedo, iba en bus hasta casa de Águeda, donde esperaban a que Jesús llegara de su trabajo en los grandes almacenes para comer todos juntos en el apartamento. Por la tarde, si no llovía, las amigas tomaban el autobús de nuevo hasta la zona más señorial de la ciudad para merendar y pasear a la niña por el Campo San Francisco, epicentro de la capital asturiana, hasta la hora de acompañar a Florita a la estación, donde se despedían hasta la semana siguiente.

Aquel sábado, mientras Jesús veía una película de John Wayne en el cuartito que hacía de sala de estar y Aurora se encerraba en la sala de costura que ocupaba el salón, las dos amigas se quedaron a solas en el dormitorio de matrimonio. Florita se sentó en la cama a esperar que su amiga terminara de amamantar a Anina y la pequeña se quedara dormida.

—Échame las cartas, Águeda, que las necesito. Vamos a aprovechar la siesta de la niña —le pidió Florita.

—¿Qué te pasa? ¿Qué quieres saber?

—Tú calla y échamelas —dijo dando pequeñas palmadas de emoción y tendiéndole a Águeda una baraja de tarot.

—¿Con estas? Mira que ya sabes que estas cartas no me acaban de convencer.

—No seas antigua, que las del tarot son las que usan ahora todas las profesionales. Hay que ir con los tiempos.

Águeda barajó las cartas un poco excitada por el entusiasmo de Florita.

—¿Qué quieres preguntar? —dijo antes de ofrecerle el mazo a su amiga para que cortara.

—Si voy a ser feliz.

—¡Vaya pregunta! Pareces nueva. Eso no te lo puede decir ni el tarot ni la baraja española.

—Tú calla y pregunta.

Águeda extendió las cartas y allí apareció lo que Florita buscaba: un Tres de Bastos y el Mundo. Empezó a leer la tirada y Florita la cortó.

—Mira, mira, aquí está. ¡El viaje!

—Bueno, Florita, puede ser un viaje o puede ser otra cosa. —Entonces lo entendió—: ¿Te vas de vacaciones? ¿A Benidorm? ¡Qué emoción!

—¡A París!

—¿Cómo a París? ¿Con la parroquia?

—¿Qué parroquia ni qué gaitas? ¡Con José Luis!

—¿Y ese quién es?

—El jefe de Jesús, lo conocí en tu boda.

—¿Qué dices, Florita? Si ese señor está casado. Vino a

nuestra boda con su mujer. A ella le hice un traje el mes pasado porque se casó una sobrina.

—Pues por eso nos vamos a París, porque allí son mucho más modernos. En Francia hace décadas que el divorcio es legal. Me cuenta José Luis que en los hoteles de París ni siquiera piden el carnet a las parejas, y mucho menos el libro de familia. España es como una cárcel.

—Ay, Florita, pero ¿qué barbaridades estás diciendo? Ellos están casados aquí y seguirán casados en París y en la China. Tú eres la querida.

—Allí seré la señora.

—Tienen dos hijas.

—Pero, bueno, ¿tú de parte de quién estás?

—De la tuya, siempre de la tuya. Pero, ¡por Dios santo!, piensa en lo que dices. ¡Si además te saca veinte años!

—Mejor. Así ya tiene la vida hecha. No insistas porque ya lo he pensado y lo único que espero es que apoyes mi decisión.

—Y tanto que tiene la vida hecha. Una vida que, por lo que parece, pretende deshacer. ¿Has visto la carta del Diablo? —dijo Águeda buscando la forma de hacer entrar en razón a Florita.

—¿Y qué? No tiene que referirse ni al viaje ni a José Luis.

—Vamos a echar la baraja española, que esto del tarot será muy moderno pero es mejor asegurarse.

—No hace falta, me voy a ir igual.

—Qué disgusto me das, Florita. ¿Cuánto llevas viendo a ese señor? ¿Te has acostado con él? Claro que lo has hecho, ¡qué tonta soy!

—La tonta soy yo, que pensaba que te alegrarías por mí —dijo Florita con la cara contraída por una indivisible mezcolanza de enfado, decepción y miedo. Y no todo tenía que ver con su amiga.

—No te pongas así, es que no sé qué pensar. ¿Qué dice tu abuela?

—No dice nada porque no se lo pienso contar hasta que llegue a París. La llamaré desde allí. Si se lo cuento antes, es capaz de encerrarme para que no me vaya. Le diré que me quedo en tu casa, que estás agotada de no dormir por atender a la niña, así que espero que me cubras y me guardes el secreto.

—Es todo tan, tan… —Águeda buscaba una palabra que no encontró—. ¿Cuándo te vas?

—En cuanto pasen las Navidades. Saldremos por la noche en el Expreso Costa Verde. Vamos en coche cama a Madrid y de allí en avión a París. ¿Te das cuenta? En coche cama y en avión, nada menos. José Luis ya tiene trabajo. En las Galerías Lafayette.

—Jesús no deja de hablar de ellas, dice que son las mejores del mundo y muy exclusivas. ¿José Luis habla francés?

—Lleva tiempo estudiando en la Alianza Francesa. Aunque él no atenderá al público.

—Verás qué disgusto se lleva Jesús cuando se entere. Con el aprecio que le tiene. A ver qué jefe le ponen ahora.

—¿Quién sabe? A lo mejor lo ascienden. Pero no puedes contarle nada. José Luis no lo comunicará en la empresa hasta la semana que viene.

—¿Y tú? ¿Qué piensas hacer tú? No vas a entenderte con nadie allí.

—Pues disfrutar de París alojada en el barrio Saint-Denis. ¿A que suena bien? Hay muchos españoles. Su hermano vive allí y es el que nos ha buscado un apartamento. Ya ves que su familia lo respalda, no como tú a mí.

—No sé, Florita, ¿tú quieres a ese señor?

—Claro, tonta. Y él a mí mucho más. Y en París las mujeres usan minifalda. ¿Tú te imaginas si me pongo minifalda en Turón? El otro día entraron dos chicas extranjeras muy rubias, vete a saber qué se les había perdido en la cuenca minera, y con la falda a medio muslo en la mercería de Xuaco buscando unas medias de cristal, y Xuaco llamó a la Guardia Civil.

—¿En serio? ¿Y qué hizo la Guardia Civil? —preguntó Águeda olvidando por un instante la marcha de su amiga.

—Nada. Menos mal. Dijeron que ellos, en eso de las faldas, no podían intervenir. Pero la realidad es que ni siquiera en Oviedo está bien visto. Aquí estamos muy atrasados.

—Bueno, mujer, tampoco todo es cuestión de si llevamos o no minifalda. Con lo guapa que tú eres no necesitas enseñar las piernas.

—Es cuestión de que aquí yo no tengo ningún futuro. ¿Quién se va a querer casar con una viuda estéril y sin una peseta? ¡Que ya tengo veintisiete años! Me quedaría para vestir santos, y además no sé hacer nada. Si hasta tu madre me echó porque soy una inútil cosiendo. Vivimos de lo que gana mi padre en la mina y, si no me busco la vida, terminaré fregando escaleras, porque él no puede seguir barrenando galerías de carbón eternamente.

Águeda no supo qué responder porque todo lo que había dicho su amiga era cierto.

Anina emitió un gruñidito y Florita miró hacia el capazo con tristeza.

—¡Qué bonita es! Y yo que no voy a poder ser madre por culpa de aquel hijo de perra del cabo Pérez.

A Florita se le llenaron los ojos de lágrimas con el recuerdo más terrible de su vida y Águeda guardó silencio, compartiendo la pena con su amiga.

Águeda no le contó nada a Jesús. Esa noche se fue a la cama nada más cenar, temerosa de que su marido notara que le ocultaba algo. Al día siguiente, con Ana dormida en la silla de paseo, fue hasta la catedral y allí, de rodillas, rezó por Florita hasta que la niña se despertó.

Aurora, 1977

La casa de Cefe y Marisa en El Palmar le recordó a Aurora la vivienda de su infancia, la misma en la que enterraron a los moros. Era una casa blanca de dimensiones similares a la de sus padres, de una planta pero sin sótano, con la pintura algo desconchada, una cocina grande que servía también de sala de estar y comedor, dos cuartos con pequeñas ventanas enrejadas y un baño algo anticuado, pero más moderno que el resto de la casa. No muy distinta a otras del pueblo, las más antiguas. Allí se instaló Aurora, decidida a interpretar el papel de viuda fervorosa prendada espiritualmente del papa Clemente, y venida desde Galicia para vivir la fe de cerca, porque en Andalucía, bien lo sabían Cefe y Marisa por experiencia, nadie distinguía el acento asturiano del gallego, aunque fueran tan distintos como el aragonés y el murciano. Prueba de ello era que al matrimonio todavía lo conocían en Sevilla como «los gallegos».

—Hemos encargado un colchón porque el que hay está un poco viejo, pero con todo lo de Ferino no nos dio tiempo a hacerlo antes —se disculpó Marisa cuando le enseñó la casa—. Lo que sí he podido hacer es enviar a la asistenta a limpiar.

—No teníais por qué. Ni que decir tiene que os pagaré la renta correspondiente.

—De eso ni hablar. Mi suegro dejó instrucciones muy claras al respecto.

Cefe y Marisa le llevaron un pequeño televisor en blanco y negro y Aurora compró cuadros, confeccionó cortinas y personalizó la casa a su gusto. Lo último que puso fue un cartel en la puerta: «María Aurora. Modista. Arreglos y Confección».

Su vida pronto se convirtió en rutina: acudir a las misas del Palmar para no levantar sospechas y buscar clientes entre peregrinos y residentes. Empezaron a llegar los primeros encargos, que cosió a mano, con el alfiletero en la muñeca y el dedal en el índice, como hacía antes de casarse con Paulino. Sus días solo se veían interrumpidos por las frecuentes salidas a Sevilla con Cefe y Marisa, que la invitaban muchas más veces de las que ella aceptaba. No quería abusar de aquella incipiente amistad que la unía con el mundo que conocía.

Como en El Palmar no tenía teléfono, cada vez que visitaba a Cefe y a Marisa llamaba a Águeda desde su casa y la respuesta siempre era la misma.

—Que no, madre, que aquí sigue sin venir ningún policía a preguntar por usted y mucho menos a interrogarnos. Hasta fui a Turón a ver si me enteraba de algo y allí lo único que hay son cotilleos. Porque aquel día vi la noticia en el periódico y en el telediario, que si no diría que son cuentos de viejas con ganas de enredar. Me ha dejado usted hasta arriba de trabajo a cuenta de ese lío de los moros.

—Te he dejado con ese lío y con diez millones de pesetas, que no te creas que no lo sé —le espetó.

—Lo que me tiene que explicar es por qué lo sabe usted —replicó Águeda.

Aurora calló y su hija también. Ni la una quería hablar ni la otra escuchar.

Gracias a Águeda, Aurora supo del silencio periodístico sobre las momias de los moros muertos, que Cefe atribuía a la proximidad de las elecciones. Con todo el país, fuera del bando que fuese, tarareando «Libertad sin ira, libertad», azuzar a cualquier facción no era bueno para nadie, y así, sin más, la noticia del hallazgo en Turón desapareció del papel impreso y de los telediarios, que todavía llevaban una información censurada a las familias españolas.

La falta de noticias sobre la investigación asustó más a Aurora que si los avances hubieran ocupado las portadas de la prensa. Sin embargo, los periódicos solo hablaban de las declaraciones de Felipe González, de la vuelta a España del líder comunista Santiago Carrillo y de las decisiones de un hasta entonces desconocido Adolfo Suárez, convertido en presidente del Gobierno por el nuevo rey de España. Si la situación política en el país, las huelgas preelectorales y los atentados de ETA eran capaces de eclipsar la Guerra Fría entre Estados Unidos y la URSS, más aún relegar al olvido el hallazgo de dos cuerpos de hacía casi cuarenta años que a nadie importaban ya y, sobre todo, a nadie interesaba que importasen.

Águeda, 1969

Seis meses tardó Águeda en tener noticias de Florita desde París y, cuando llegaron, lo hicieron en forma de carta.

Dio igual que Jesús hablara emocionado de las imágenes de Neil Armstrong pisando la Luna que habían conmocionado al mundo la noche anterior, porque no consiguió despertar el más mínimo interés en su mujer por la conquista del espacio.

—Pero si en la Luna no hay nada —respondió Águeda a su marido, harta de oírlo hablar de aquello.

Y es que, aquel día, el corazón de Águeda ya estaba conmovido, pero no por las hazañas espaciales sino por el relato desgarrado de Florita. A través de ocho cuartillas escritas por ambas caras, con aquella letra que conocía tan bien como la suya propia, sintió las lágrimas y la tristeza de su amiga.

Querida Águeda:

Nunca te he echado tanto de menos como estos meses. Si no te he escrito antes es porque me moría de la vergüenza. Bien me advertiste de que no debía venir...

El tal José Luis no solo no se había divorciado, sino que se había llevado a la mujer y a la hija menor con él y tenía a Florita empleada en el colmado de productos españoles de su hermano. Ella era la encargada de barrer, reponer, inventariar, repartir a domicilio a los clientes que lo solicitaban y demás tareas menores, que le suponían a Florita más de doce horas diarias de trabajo.

Mientras su mujer vive en un piso de cien metros en la planta principal, yo vivo en una buhardilla sin cuarto de baño propio, donde reside el personal de servicio. Tengo que hacer mis cosas en un caldero y luego salir por la corrala a vaciarlo al retrete comunitario. Vivo peor aquí que cuando llegué a Turón. Y como está claro que para esto de los hombres soy idiota, todos los viernes voy con él al Hotel du Nord y allí pasamos la tarde. Pero lo peor fue el otro día que nos cruzamos a solas su mujer y yo, y... ¡Ay, Águeda mía, hasta me da vergüenza escribirlo! Me miró con más compasión que desprecio y me soltó: «Hay que ser tonta, niña, que yo tengo todo lo bueno y tú todas las obligaciones: a cumplir, a fregar y a cagar en un cubo».

Cuando terminó de leer la carta, Águeda sintió la cara húmeda de las lágrimas que bajaban silenciosas por sus mejillas. Leyó la última frase una y otra vez antes de doblar las cuartillas y guardárselas en el bolsillo:

No soy capaz de irme porque estoy embarazada. Parece que el médico se equivocó y no soy estéril. Al menos, no tanto como él me dijo.

—Madre, me voy para Turón —anunció tras abrir la puerta del salón donde Aurora, entre bobinas y retales, despotricaba contra la Singer después de que se le rompiera la segunda aguja de la mañana.

—¡Trasto viejo del demonio, ya no sirves para nada! —gritó a la máquina de coser antes de dirigirse a su hija—: ¿Qué pintas tú hoy en Turón? ¡Con la cantidad de tarea que tenemos aquí!

—Encárguese usted de atender a Jesús cuando venga a comer —respondió Águeda.

—Sí, claro, ¡lo que me faltaba! —murmuró Aurora mientras cambiaba la aguja.

—Si tantos problemas le da la Singer, ¿por qué no usa la máquina nueva? —preguntó Águeda antes de cerrar la puerta, refiriéndose a la máquina de coser automática recién adquirida.

—¡Porque no me da la gana!

Águeda renunció una vez más a entender a su madre. Arropó a Anina, compró dos potitos en la farmacia y cogió el autobús hasta la estación de tren.

Cuando Herminia abrió la puerta, Águeda no le dio tiempo a reponerse de la sorpresa.

—Saque las cartas, Herminia, que Florita nos necesita. Y déjeme un cazo para calentarle esto a la niña.

—¿Qué pasa con Florita? ¿Tienes noticias suyas? A mí me

escribe cada mes. Dice que París es maravilloso y que ese hombre la tiene como una reina, pero no sé, hija, no acabo de estar tranquila —dijo la anciana, que había perdido el sueño con la partida de su nieta hacía meses.

—Es todo mentira. Perdone que se lo diga así, de sopetón, pero no hay tiempo para andarse con paños calientes.

Herminia se llevó la mano al corazón.

—Esto ya me lo olía yo —dijo en un suspiro mientras sacaba un cazo en el que calentar el potito—. ¿No prefieres que le prepare yo un puré? Esa comida envasada no es igual que la casera.

—Es de la farmacia. No se preocupe, que solo va a tomarlo hoy. Voy a ponerlo al baño maría y mientras le echamos una tirada a Florita.

—Ay, Águeda, me estoy poniendo muy nerviosa. Si ya me decían a mí las cartas que algo iba mal. ¿Qué le pasa a mi nieta? —dijo sacando sus barajas envueltas en aquella tela que, de usada, era tan suave y fina al tacto como la seda.

Águeda preparó tila, consultaron las cartas diez veces y tomaron la decisión que ella ya había tomado antes de salir de casa: ir a buscar a Florita a París.

Aurora, 1977

El anuncio del fin de la censura en España inundó las salas de cine con las películas del destape. Nadiuska, María José Cantudo, Victoria Vera y otras actrices ponían en blanco los ojos de los hombres españoles y una mueca de desprecio en el rostro de muchas mujeres. Para todos eran tema de conversación menos para Aurora, que, ajena al cine y al calentón posrepresión que sufría la población española, solo tenía en mente cómo volver a levantar su negocio en una zona de España en la que, durante el verano y las primeras semanas del otoño, en lugar de ponerse ropa, lo único que apetecía era seguir la moda impuesta por las películas y quitársela. La respuesta se la trajo un hombre sudoroso que, ataviado con un traje barato y maletín de cuero, llamó a la puerta de su nuevo hogar en El Palmar.

Una hora después, Aurora había firmado tres letras para la compra de una Alfa Superautomática con el revolucionario enhebrador que ninguna otra máquina de coser podía igualar.

Aurora empezó haciendo pequeños arreglos para la gente del pueblo y para los de paso, pero su visión iba más allá. En una de sus visitas a Sevilla compró tela negra de la mejor calidad, una fresca para el verano y otra de más abrigo para el invierno. Con ellas y calculando a ojo fabricó dos sotanas con muceta a juego y se presentó para entregarlas en persona en la catedral del Palmar, todavía a medio construir. Tenía intención de acercarse a Clemente, líder de los palmarianos, después de la misa, pero no le fue posible hablar con él. La cantidad de fieles allí reunidos hacía que aquel hombre, ciego y siempre escoltado por el resto de los autonombrados obispos, no pudiera dedicar el tiempo que requeriría apreciar el tacto de la tela y probarse las sotanas. No cejó por ello Aurora en su empeño y no quiso enviárselas sin más porque del éxito de la primera impresión podía depender su futuro.

Fueron Cefe y Marisa los que la orientaron para encontrarlo en un momento más íntimo.

—Viven en el centro de Sevilla. Tienen varias casas —le explicó Cefe—. Aquí quizá consigas que te reciba.

Aurora empezaba a acostumbrarse a aquel entramado de calles estrechas y empedradas que componían el centro de la capital andaluza. En una de ellas, en la calle Redes, vivía el obispo Clemente. Aurora se presentó como costurera y palmariana devota y le entregó las sotanas como ofrenda.

Ver a aquel hombre tan de cerca, con las cuencas de los ojos vacías, la misma voz grave y profunda que ya había escuchado en La Alcaparrosa y, a la vez, sus modales afeminados, que no disimulaba cuando no estaba ante el gran público, la impresionó por el contraste.

En comparación con los cientos de millones de pesetas recibidos en donaciones de fieles que, lejos de parar, iban en aumento, el obsequio era una minucia, pero a Clemente le gustó la sotana de verano nada más tocarla porque Aurora había ideado adherirle un pantalón por dentro, de la misma tela y con mucha caída, que hizo las delicias del obispo.

—¿Cuántas de estas puede hacer? —preguntó tras probársela.

—¿Cuántas quiere?

—Hágame diez y póngales precio —respondió Clemente.

Aurora trabajó día y noche con su Alfa Superautomática sin ayuda y sin querer buscarla por miedo a que alguien le pisara el negocio.

A la semana siguiente se presentó de nuevo en la casa con diez sotanas iguales y salió con quinientas mil pesetas en billetes y el encargo de otras diez para Manuel, la mano derecha del obispo y, según los rumores, también su amante.

Así se convirtió Aurora en costurera personal del obispo Clemente y su séquito. Nada más llegar a su casa, puso un cartel en la puerta: «Se necesita aprendiz de costura».

Después compró dos televisores Grundig en color, uno para Cefe y Marisa como agradecimiento a los favores prestados y otro para ella. Estaba deseando ver a todo color a Sancho Gracia en su papel de Curro Jiménez, el bandolero que protagonizaba en ese momento las fantasías más íntimas de Aurora.

Águeda, 1972

El hijo de Florita vivió dos años, seis meses y tres días. En total, dos años y tres días más de lo que los médicos auguraron cuando nació. Vino al mundo cinco meses después de que una tarde Herminia y Águeda aparecieran en la puerta de su cuartucho del barrio parisino de Saint-Denis resueltas a llevársela de allí, por voluntad propia o por la fuerza, de vuelta a Asturias. Por suerte para ellas, Florita no opuso ninguna resistencia.

El parto duró cuarenta y ocho horas de dolor, agotamiento y asfixia para su bebé, que resistió pero pagó las consecuencias. El médico le diagnosticó una encefalopatía incompatible con la vida en el largo plazo. Lo que no dijo es que fue a causa de la falta de oxígeno durante el parto, así que Florita aceptó la noticia como un castigo divino por sus pecados, por abandonar a Marcelo en la cárcel y por enamorarse de un hombre que ya era marido y padre.

Sus sentimientos tardaron en cambiar lo que tardó en salir del hospital con su hijo en brazos. Para entonces, su bebé ya no era un castigo, sino la compensación de Dios por todos los malos momentos, por la muerte de su madre, por el hambre en la niñez, por las torturas sufridas a manos de aquel despiadado y sanguinario cabo Pérez, por la muerte de Marcelo y por la traición de José Luis.

Florita pasó dos años y medio volcada en adorar a su bebé, grande, precioso y casi inerte, de no ser por aquellos lametones que daba en su pecho y por la sonrisa satisfecha cuando se sentía saciado. Le puso de nombre Roberto, como Robert Redford, que acababa de debutar con *Dos hombres y un destino*, una película que vio dos veces en el cine y veinte más en la televisión a lo largo de su vida.

Roberto solo quería estar en brazos de su madre. En Turón, bajo la protección de la abuela Herminia y de su padre, Florita vivió los dos años más felices de su existencia. Ni siquiera el trágico final que los médicos vaticinaban para Roberto impidió que disfrutara de cada minuto que pasó con él hasta el día que lo enterró. En un ataúd blanco. Con asas de latón dorado y un ángel en la tapa. «No quiero cruz. Porque mi hijo no fue una cruz sino un ángel», pidió en la funeraria.

Florita fue la única que no derramó una lágrima por su pequeño, al que consideraba el regalo más bonito que tuvo en la vida, y daba gracias a Dios por que le hubiera permitido tenerlo a su lado más tiempo del que estaba destinado a durar. Incluso Aurora no pudo evitar llorar. Ni siquiera Herminia, a pesar de lo mucho que intentó mantenerse fuerte para estar a la altura de su nieta. Águeda lloró inconsolable, pero no solo por Florita, también por ella, pensando en cómo sería su vida si se le muriera su pequeña Anina. Por eso temió que aquella entereza de Florita fuera mera fachada, que una horrible amargura se escondiera en su interior y su amiga terminara cometiendo alguna locura.

—Ay, Herminia, ¿usted no está preocupada por ella? Tengo miedo de que Florita haga una tontería. Está tan tranquila, que parece que la calma tape la tormenta que lleva dentro. Échele las cartas, por favor, escuchemos lo que nos dicen, que yo se las echo y no veo nada.

—Ni lo vas a ver tú ni lo voy a ver yo, porque cuando se pierde un hijo no hay cartas que valgan. Por experiencia te lo digo. Florita lleva esperando este momento desde el día que Roberto nació. Ha disfrutado cada minuto que pasó con él, cada baba que limpió, cada gasa que cambió y cada sonrisa que creyó ver en su cara. Ha sido más madre de Roberto estos dos años que lo que algunas llegan a ser después de llevar a media docena de hijos hasta la edad adulta. Déjala ahora atesorar sus recuerdos.

Águeda volvió a Oviedo con el corazón encogido, temiendo por su amiga y, a la vez, deseando llegar a casa para abrazar a Anina y no soltarla jamás.

Roberto fue el gran amor de Florita, el más puro, el más intenso y el único incondicional. Se llevó con él el corazón de su madre para mantenerlo a salvo, que a base de amor del bueno quedó convencida de que con los hombres era mejor ser querida que querer. Por eso, Florita pasó el resto de la vida dejándose querer.

Águeda, 1977

Tras la partida de su madre a Sevilla, Águeda estuvo muy ocupada con la herencia de Ferino, la búsqueda de piso, el papeleo y la posterior mudanza, la apertura del nuevo taller academia, el cuidado de Ana y de Jesús y el cumplimiento de las fechas de los encargos que, sin su madre, la obligaban a trabajar día y noche.

Si las primeras semanas sin Aurora le asaltaba el pensamiento recurrente de que la policía podía presentarse en su casa en cualquier momento, la preocupación se fue desvaneciendo al no encontrar noticia de los cadáveres de los soldados africanos en la prensa ni recibir llamada o visita alguna preguntando por Aurora.

La primera Navidad le insistió para que volviera a casa.

—Vuelva para las fiestas, madre. ¿Qué pinta allí usted sola? ¿De qué vive? ¿Necesita dinero?

—Lo único que necesito es que me avises si alguien pregunta por los moros.

—¿Y si voy a verla unos días?

—De eso nada, pero quiero que me envíes la Singer a Sevilla en el tren de mercancías.

—¿La Singer, madre? Pero si es una antigualla. Me la regaló usted porque no quería volver a verla.

—Mira que tienes ganas de protestar. Si tienes una mucho más moderna, y con el dinero que te dejó Ferino podrás comprarte todas las que quieras.

—¿Y si le envío a usted una nueva y yo me quedo con la Singer?

—Lo que quiero es mi Singer, así que apunta y mañana mismo me la facturas a este nombre que te voy a dar.

Águeda apuntó los datos de Marisa y fue a despedirse de la Singer. No la necesitaba, tenía encargadas once máquinas flamantes, una para ella y otra para cada alumna que pensaba recibir en clase simultánea, pero le dio pena que su madre cosiera en una máquina tan incómoda.

Sin embargo, Aurora no la quería para ella sino para su nueva ayudante, pero sobre todo porque había tenido un sueño en el que la sangre del moro emergía de la madera de la Singer y se materializaba en una masa deforme que ahogaba a Anina durante la noche.

—¡Con mi nieta no te metas, cobarde! —gritó entre sudores al despertar de la pesadilla, con el corazón desbocado y latiéndole en las sienes.

Águeda le envió una máquina nueva, similar a la que Aurora había comprado para ella misma, pero sin enhebrador automático.

—Esta hija mía no tiene remedio —dijo cuando Cefe le llevó el paquete hasta la casa—. En fin, al menos tengo máquina para la aprendiz.

Aurora, 1977

Aurora visitaba a Cefe y a Marisa con regularidad, pero prefirió pasar la Nochebuena sola en su casa. También rechazó la invitación de ir con ellos a celebrar la Nochevieja en la fiesta cotillón del hotel Bécquer, uno de los más notables de Sevilla. Lo hizo porque no quería perder a los únicos amigos que tenía allí. Aunque poco sabía de amigos más allá de Ramona, imaginaba que, como todo en la vida, también la amistad se gasta si la usas mucho. Lo que sí hizo fue regalarle a Marisa un colorido vestido de seda con manga larga, cuello redondo y el largo a la mitad de la rodilla.

—¡Qué bonito es! Pero ¿cómo me voy a poner yo un vestido tan corto? ¿En qué estabas pensando? —protestó Marisa con una sonrisa que le iluminó la cara y le indicó a Aurora que las protestas eran falsas.

—Pues estás preciosa. Si no te atreves, te saco el bajo y lo llevas más largo, pero ya te digo yo que te queda divino.

—Sí que estoy guapa, sí, pero ya soy una cincuentona y esto es para las jovencitas.

—Por lo menos póntelo para Cefe una noche y luego te lo arreglo.

—Ay, Aurora, cómo se nota que enviudaste joven. Cuando llevas más de treinta años casada, tu marido no te mira ni aunque te presentes delante de él envuelta en un lazo rojo. Eso sí, no se pierde una de las películas esas guarras que ponen ahora. Yo creo que tiene enmarcada la foto de Susana Estrada, esa en la que sale con el pecho fuera delante de Tierno Galván, y la guarda en algún lugar donde yo no pueda encontrarla para regodearse con ella. Tendrías que haberlo visto el día que salió la noticia con la foto en el periódico. Igual que un gato en celo. El matrimonio cambia mucho con los años, aunque esta fase también tiene sus cosas buenas.

Aurora se ruborizó pensando en las fantasías que llevaba semanas teniendo con Cefe, pero Marisa lo achacó a otros motivos.

—Espero no haberte ofendido —dijo preocupada.

—Claro que no, es que me ha venido a la cabeza Paulino —mintió Aurora.

A pesar de creerse inmune a las emociones, la soledad de la Nochevieja la hizo pensar en Ferino, en Águeda y en la pequeña Anina. Por un rato se dejó llevar por la autocompasión mientras Kiko Ledgard presentaba a artistas como Peret, Marujita Díaz, Isabel Pantoja o el Dúo Dinámico, pero ni sus canciones la animaron ni los números de humor de Bigote Arrocet o José Luis Moreno con sus muñecos la hicieron reír.

A Aurora le duró la melancolía hasta que empezó a escuchar flamenco en las calles. El pueblo tenía ganas de celebrar un año cargado de emociones, de democracia y de nuevas libertades. Los vecinos llamaron a su puerta cargados con el espíritu del año nuevo y alguno con bastante alcohol en sangre. Aurora abrió y no le permitieron quedarse al margen de la fiesta. «Uy, ¿soledad para empezar el año? No, quilla, no, que eso da mal fario y el mal fario se contagia», fue el razonamiento que esgrimieron para arrancarla de su pena y de su casa. Le dieron de beber e intentaron enseñarla a bailar flamenco. Aquella noche se acostó a las tantas y el primer día del año se levantó tarde y con una inesperada resaca.

14

Ana, 1978

Recuerdo que era el mes de agosto porque estábamos en Gijón. Hacía muy buen día y mi madre estaba cosiendo un encargo que le había quedado pendiente con la Singer de la abuela, instalada allí de forma permanente tras dotar de máquinas modernas el nuevo taller que había montado en el centro de Oviedo. «La Singer para Gijón, para remates o algún arreglillo que surja», dijo mi madre. Esa mañana empezó a coser temprano para bajar a la playa a las doce, cuando ya luciera el sol.

Mi padre, fiel a sus rutinas, desayunó y bajó a comprar el periódico. Volvió del quiosco riéndose solo y llamando a mi madre.

—Águeda, cariño, tienes que ver esto —dijo muerto de risa.

Lo que le resultaba tan divertido era la noticia de que el líder de la Iglesia palmariana donde estaba mi abuela, o eso pensábamos entonces, se había autoproclamado papa, y ocupaba tanto como la abolición de la pena de muerte en España o el inicio del cónclave en el Vaticano para elegir al sucesor de Pablo VI.

—Somos España, siempre un circo —comentó mi padre.

A mi madre, en cambio, no le hizo ninguna gracia.

—No me lo puedo creer, de verdad que no me lo puedo creer. Pero ¿en qué clase de comuna se ha metido esta mujer? —decía, pero no dejaba de darle al pedal de la Singer.

Como no podía ser de otra manera, la tela se enganchó.

—¡Mierda! —gritó mi madre, que no solía decir palabrotas—. Ahora voy y rompo el vestido. Esta mujer me vuelve loca hasta cuando no está. Ay, tu abuela, hija, qué cruz me ha tocado con ella.

Mi madre se levantó a por las tijeras para cortar el hilo enredado en la aguja, que atrapaba la tela estampada.

—Jesús, tenemos que ir a ver cómo está mi madre —dijo mientras cambiaba la bobina de la máquina.

—Mujer, ¿con este calor vamos a ir a Sevilla? Al menos esperemos a que pasen las fiestas de la Virgen.

Y así, dos semanas más tarde, nada más terminar las fiestas de la Virgen de Begoña, a las 6.10 de la mañana nos subimos los tres en el TER que nos dejó en Sevilla a las 21.45. Desde la estación cogimos un taxi que nos llevó al hotel. Mi padre quería bajar a cenar a las tabernas que había en la misma calle, pero mi madre me utilizó de excusa para cenar en la habitación los bocadillos que habían sobrado, a pesar de que en el tren no habíamos parado de comer del aburrimiento.

—Anina está muy cansada y tiene que dormir. Todavía nos quedan bocadillos y unas latas de refresco.

Mi padre resopló.

—Es que has preparado muchos —protestó.

—Si quieres, baja tú a tomar algo. Ana y yo nos quedamos. Llévate la llave y no hagas ruido al volver.

Y así, con mi padre liberado para disfrutar de la noche sevillana, entre mi madre y yo dimos cuenta de cuatro bocatas y dos latas de Mirinda, que antes pusimos a enfriar en la pequeña nevera de la habitación. Después nos acostamos, ella en la cama doble y yo en la supletoria, a su lado. No sé a qué hora volvió mi padre porque no lo oí llegar.

Águeda, 2014

Vivir en Madrid sin Jesús resultó triste para Águeda. De nuevo se sintió la rara, la de pueblo, la que hablaba con un acento marcado que, por lo que fuera, no resultaba tan gracioso como el del sur. Después de vender la casa, academia y taller de Oviedo, decidió no volver a coser más que los arreglos de su propia ropa. O quizá trajecitos de bebé si Alba tenía un niño, aunque lo veía improbable. La vida había cambiado mucho y las mujeres tenían hijos pasados los treinta o incluso los cuarenta.

—Mamá, ¿seguro que no quieres quedarte con una de las máquinas para ti? —le preguntó Ana.

—Ya he cosido todo lo que tenía que coser en esta vida. Si a mí nunca me gustó.

Pero cuando terminó de decorar la casa que su yerno le buscó, empezó a aburrirse. No conocía a nadie y la urbanización no era propicia para hacer amigas. Allí la gente no iba al mercado ni paseaba por la calle. A las únicas que podía encontrar en esos sitios era a las mujeres que trabajaban internas en las casas de los vecinos, extranjeras con prisa con las que tampoco se atrevía a intimar porque sabía que si se enteraba su consuegra pondría el grito en el cielo. Echaba mucho de menos a Florita.

Ana también se aburría, pero tenía sus rutinas, de las que ella no formaba parte. Su hija pasaba las mañanas entre el gimnasio y los tratamientos de belleza con el objetivo de estar siempre perfecta para un hombre que apenas estaba en casa, o para cuando Paloma la requería en algún evento benéfico o social, cosa que ocurría al menos una tarde a la semana. Si no tenía ningún compromiso, después de comer su ensalada verde sin aliñar y el yogur natural desnatado que ingería cada día como único alimento hasta la noche, Ana solía acostarse un rato. Se levantaba antes de que los niños llegaran del colegio para acompañarlos a las extraescolares y después, ya sí, pasaban el resto de la tarde juntas, hasta que los niños cenaban y se iban a sus habitaciones a ver la televisión o a jugar a la consola antes de dormir. Luego solía decirle que estaba cansada, aunque ella sabía que lo que su hija deseaba era quedarse a solas. Nunca cenaban juntas. Ana siempre se excusaba diciendo que había merendado mucho. Estaba muy delgada y Águeda temía que estuviera desnutrida. Verla cada día, aunque fuera durante una o dos horas, le permitió observarla de cerca y no tardó en darse cuenta de las marcas rojas que adornaban permanentemente los nudillos de su mano derecha.

—¿Qué son esas heridas, nena? —le preguntó en varias ocasiones.

—Rozaduras del gimnasio, del fitboxing.

Aunque Águeda desconocía aquella modalidad de boxeo para mantenerse en forma, no acababa de convencerle la explicación de Ana. «¿Solo con la mano derecha?», se preguntaba para sí, porque no se atrevía a cuestionar a su hija.

Después de la muerte de Jesús, a Águeda solo le quedaba Ana. Y sus nietos, pero los niños tenían mucha más relación con Paloma que con ella y, aunque le gustaba verlos cada día, a quién quería ver feliz era a Ana.

Tardó un año en convencerse de que no traicionaba a su hija por consultar a un especialista en alimentación. Pidió consejo a su consuegra, que sabía quiénes eran los mejores médicos. A fin de cuentas, ella no conocía a nadie.

—¿En alimentación? ¿Un endocrino, quieres decir? —preguntó Paloma—. ¡Qué alegría que por fin hayas decidido adelgazar! Te voy a recomendar a la mejor de Madrid. Es privada y muy cara, pero ni te preocupes, que yo me encargo de las facturas.

—Te lo agradezco de verdad, pero no es necesario.

—Que sí, que esto te lo regalo yo, que me alegra mucho saber que por fin vas a cuidarte un poco. Además, así tendrás más presión para no saltarte la dieta —respondió su consuegra guiñándole un ojo.

Y a causa de esa conversación, Águeda se puso a régimen por primera vez en sus setenta y tres años de vida.

Aurora, 1978

En el mes de julio de 1978, un año después de que Aurora llegara a Sevilla, Cefe apareció en su casa con un turboventilador cuadrado marca Yelmo y los últimos números de las revistas del corazón, cuyas portadas ocupaban Isabel Preysler y Julio Iglesias a cuenta de su divorcio.

—Te traigo estas revistas por si te interesan, que a Marisa se le olvidó cancelar el pedido en el quiosco y me las subieron esta mañana. Y esto para aliviar un poco el calor —explicó refiriéndose al ventilador—. Es como los que tenemos en el almacén. No hace magia, pero es mejor que ese Taurus de dos velocidades que usas ahora.

Si a Aurora le pareció una situación incómoda que Cefe se presentara en su casa un sábado a mediodía después de cerrar el almacén, con regalos y sin estar Marisa en la ciudad, no se dio o no quiso darse por enterada.

Todos los años durante el mes de julio, Marisa se trasladaba al suave clima asturiano para ver a su madre y a sus hermanos. Cefe se quedaba de Rodríguez hasta que se reunía con ella a primeros de agosto, cuando cerraba el negocio. No volvían hasta pasadas las fiestas de Begoña y, con ellas, las semanas de mayor calor en Sevilla.

—Venga, deja de coser para los curas y vente conmigo, que vas a ver cómo se divierten los sevillanos —la invitó Cefe.

—¿Con este calor?

—Hoy es la Velá de Santa Ana y los chavales se juegan la cucaña en Triana.

—¿Que se juegan qué?

—Si quieres saberlo, coge lo que necesites para pasar la noche fuera y súbete al coche, que vas a ver flamenco de verdad, del que se baila en la calle, y a probar las avellanas verdes y las sardinas asadas, que están de rechupete —dijo llevándose los dedos a los labios para indicarle que le iba a gustar.

Aurora no se hizo de rogar porque cualquier plan era mejor que quedarse en casa sufriendo el calor de aquella tierra, magnificado por los sofocos de su recién estrenada menopausia. Los sudores fríos que le entraban después como respuesta de su cuerpo a la drástica bajada de estrógenos, lejos de ser un alivio, completaban la tortura. Se había hecho adicta a los abanicos, aunque a nadie le confesó el motivo real. Parecía más joven de lo que era y así tenía que seguir siendo. Si alguien preguntaba por una mujer rubia de cincuenta y cinco años no pensarían en ella, porque nadie le echaba más de cuarenta y cinco, y además ahora era morena. Y le gustaba. El pelo oscuro resaltaba su piel blanca y sus ojos claros, y notaba que llamaba la atención entre hombres y mujeres. Como allí nadie la conocía, había podido reinventarse, pero por dentro se rio mucho cuando unas mujeres que discutían en la mercería sobre la posible legalización de la píldora le pidieron su opinión. A sus años, le importaba un pimiento un invento que llegaba cuando ya no le servía para nada, aunque se preguntaba cómo habría sido su vida de haber existido cuando lo necesitó.

No usó ningún anticonceptivo esa noche cuando, después de disfrutar del barrio de Triana, atestado y engalanado, Cefe le demostró que era digno hijo de su padre en más de un sentido. A ella le pareció estar con Ferino, pero con el Ferino de cuando Pilar los separó, no el de la última vez que lo vio. Disfrutó con Cefe casi igual que en aquellos tiempos, más si cabe porque pensaba que ya nunca iba a tocar el cuerpo del hombre deseado.

Para Cefe, en cambio, el sexo con Aurora no iba ligado a ningún vínculo. Para él era una conocida, que le resultaba más atractiva por lo accesible que por su físico: apenas había unos años de diferencia entre ellos y, aunque guapa y bien conservada, a él le gustaba más la carne joven. Lo que perdía a Cefe era su costumbre, igual que la que tuvo su padre durante un tiempo, de seducir a toda mujer de buen ver dispuesta a pagar un favor. Aurora le debía uno, así que consideró que aquella era una buena ocasión para cobrárselo.

Aurora satisfizo los deseos de Cefe en la cama como Ferino la había enseñado y Cefe, más acostumbrado a hacer que a que le hicieran, conoció un éxtasis que no le proporcionaba Marisa a base de tumbarse, abrir las piernas y esperar a que Cefe terminara. Tampoco las otras mujeres con las que había estado, porque con Aurora descubrió un placer que nada tenía que ver con lo físico, sino con el hecho de sentirse deseado. Hasta entonces, Cefe solo había tenido intimidad con mujeres que intentaban pensar en otra cosa mientras le daban lo que les pedía a cambio de dinero o de lo que fuera que necesitaran de él.

Después de probar a Aurora, Cefe quiso repetir la noche siguiente y la otra, y así hasta que llegó el día de irse a pasar las vacaciones en Asturias.

Tan pronto llegó a Gijón, Cefe se olvidó de Aurora y solo acudía a su recuerdo en sus momentos más privados en la ducha y durante el tiempo necesario para conseguir la ración de placer buscada. Aurora, en cambio, no olvidó a Cefe ni uno de los ratos que pasó delante del ventilador a la vera de su moderna máquina de coser en pleno agosto sevillano. Lo que no sintió nunca fue culpa alguna ante Marisa por haberse encamado con Cefe, convencida como estaba por su propia experiencia de que en esta vida cada cual tiene que aguantar su vela, su marido o lo que le toque en suerte.

Águeda, 2014

—¿Cuáles son sus objetivos? —le preguntó la endocrina en la primera consulta.

Águeda no estaba preparada para esa pregunta.

—¿En qué sentido?

—Salud, peso... ¿Qué le preocupa? Sus últimos análisis son buenos, la glucosa un poco alta nada más, pero puede ser circunstancial, aunque me gustaría repetirlos.

—Lo que usted diga.

La doctora la miró bastante perpleja.

—Mire, le doy un volante para hacerse los análisis y cuando tenga los resultados me los trae. Mientras tanto le voy a dar unas pautas de comida y ejercicio adecuados a su edad, condición física y estilo de vida, y usted se piensa qué quiere conseguir viniendo a mi consulta, ¿le parece?

Águeda asintió.

Tras cuatro semanas comiendo según las pautas de la doctora, una hora de caminata diaria y una suscripción a gimnasia para mayores de sesenta y cinco en el exclusivo centro deportivo de la urbanización, consiguió plantearle la razón que la había llevado hasta su consulta.

—Los médicos son como los sacerdotes, ¿verdad? —tanteó.

La endocrina sonrió, intuyendo lo que quería decir aquella mujer, tan diferente al resto de sus pacientes.

—¿Por el secreto de confesión? Lo que usted y yo hablemos en esta consulta jamás saldrá de aquí.

—¿Aunque no sea yo quien paga su minuta?

—Aunque la pagara el santo papa de Roma. ¿Qué le preocupa?

Águeda le contó todo lo que había observado en Ana y, conforme lo explicaba, la presión que sentía en el pecho desde que había llegado a Madrid iba desapareciendo.

La doctora le mostró unas fotos en la pantalla del ordenador.

—¿Las marcas de la mano son similares a estas? —preguntó.

—Igualitas.

—Diría que su hija puede padecer un trastorno llamado bulimia. Consiste en darse atracones de comida, normalmente a escondidas, para luego vomitar todo lo ingerido. Las marcas en los nudillos son muy características. Se introducen los dedos en la garganta para provocarse el vómito.

—Pero Ana está muy delgada. No come nada más que lechuga y yogures desnatados.

—Los bulímicos suelen comer hasta hartarse cuando nadie los ve. Si es el caso de su hija, lo más probable es que después se provoque el vómito para no engordar. Pero a distancia no puedo hacer un diagnóstico. Tendría que verla un especialista. Un psicólogo experto en trastornos alimentarios. Le puedo dar el contacto de uno de los mejores en su campo. Dirige una clínica especializada en ansiedad y los trastornos que provoca, entre ellos la bulimia. Y si usted quiere, me pongo de acuerdo con él y le hago yo las facturas para que continuemos como hasta ahora.

—No será necesario, puedo pagarlo.

La primera conversación con el psicólogo le dio a Águeda una visión mucho más clara de los pasos a seguir. Lo primero era convencer a Ana para que fuera a la consulta.

Águeda conocía bien a su hija; era igual que su padre: siempre amable, siempre sonriente, negándose a que nadie la ayudara con sus problemas. A base de no querer molestar, terminaría haciéndose daño a sí misma.

—He empezado a ver a un psicólogo —le dijo tras acordar el plan con el terapeuta—. Me falta la ilusión desde la muerte de tu padre.

—Muy bien, mamá. ¿Es bueno?

—Seguro, me lo recomendó una amiga de tu suegra. Quisiera pedirte un favor. Como parte de mi terapia, le gustaría conocerte. Parece que el entorno familiar es muy importante.

—Claro, mamá, cuenta conmigo.

Águeda respiró aliviada. El primer paso era el más complicado. Y había resultado mucho más fácil de lo que esperaba.

Águeda, 1978

Águeda se despertó en el hotel de Sevilla con el ruido de la cerradura de la puerta. Miró a Anina, dormida a su lado en la supletoria, y al radiodespertador digital que había colocado en la mesilla. Eran casi las tres de la mañana. Como Jesús no parecía atinar, se levantó a abrirle.

—Chissst, no despiertes a la niña —le susurró.

A Jesús le costó ponerse el pijama que Águeda le había dejado encima de la almohada. No consiguió meterse los pantalones de pie, el alcohol le había afectado ligeramente el equilibrio y tuvo que sentarse en la cama. En cambio, se durmió nada más apoyar la cabeza en la almohada. La que ya no volvió a coger el sueño fue Águeda, y no por los ronquidos de Jesús, a los que ya estaba acostumbrada, sino por la agitación del viaje y la incertidumbre de cómo iba a encontrar a su madre. Tampoco ayudaban el cambio de cama y el calor que hacía. Para los sevillanos había dejado de apretar, pero a ella el contraste entre la humedad de Gijón y los casi treinta grados secos a esas horas de la madrugada le resultaba muy incómodo.

Se durmió hacia las siete de la mañana, una hora antes de que el despertador anunciara la hora de levantarse con el alegre acento de los locutores de Radio Sevilla.

—¿Qué hora es? —preguntó Jesús, sobresaltado—. Cariño, ¡que estamos de vacaciones!

Desayunaron en el comedor del hotel. Jesús pidió café solo, Águeda un desayuno tradicional y Ana un desayuno intercontinental, según rezaba el menú, porque le pareció muy divertido tomar huevos revueltos por la mañana, aunque no fue capaz de terminárselo.

—Ya te dije que no podrías con todo, y cuesta más del doble que el desayuno español —la riñó Águeda.

—Mujer, deja a la niña en paz. —Y acercándose a su oído le susurró—: Que has heredado una millonada de un señor que ni siquiera sabes quién es.

—Ya, ya, pero el que tiene es porque ahorra, no porque lo gasta.

—Bueno, dejémoslo estar. ¿Cuál es el plan para hoy?

—Vamos al Palmar y allí preguntamos por mi madre. Aquello no puede ser muy grande. Seguro que es más pequeño que Turón, y en los pueblos los forasteros llaman la atención.

—De acuerdo, pero a la tarde quiero llevar a Ana a montar en calesa por Sevilla, como las señoritas andaluzas —anunció Jesús para alegría de la niña—. Y espero que me hagas el honor de venir con nosotros.

—¡Qué tonto eres! —Águeda sonrió—. Vamos, que tenemos que coger el autobús hasta Utrera y de allí al Palmar.

La primera impresión que se llevaron del Palmar fue nefasta. El taxi que cogieron en Utrera los dejó en un pueblo que parecía recién salido de una película del Oeste. Entre un puñado de casas humildes, de planta baja, varios niños que jugaban en la calle, sucios y mal vestidos, le trajeron a Águeda recuerdos de su infancia.

—Esto es como volver a la posguerra —le dijo a Jesús al oído mientras sujetaba fuerte la mano de Ana, como si temiera que pudieran robársela.

—¿Qué demonios hará tu madre en este pueblucho? ¿No nos habremos equivocado? —dudó Jesús.

—Si lo que tiene es miedo de que la encuentren, aquí no creo que venga nadie preguntando por ella.

—No hay pueblo en España que no tenga bar. Vamos a buscarlo, a ver si allí alguien sabe algo de tu madre.

Pidieron indicaciones a los niños y descubrieron que en El Palmar había varios bares. Se encaminaron al más cercano y preguntaron por Aurora.

—Todos los que paran por aquí últimamente son forasteros a cuenta del cirio ese que se ha montado en La Alcaparrosa tras las apariciones de la Virgen —les dijo el camarero que atendía la barra—. Por nosotros bien, también le digo, porque no damos abasto. Ahora es temprano y solo están aquí los del pueblo, pero ya verá en un par de horas, ya verá. Antes de las apariciones nadie nos ponía en el mapa, pero ahora vienen hasta los americanos. Estoy pensando en aprender inglés como los camareros de Torremolinos, no le digo más.

—Pero la mujer que estamos buscando no es americana y ya le digo yo que no habla inglés. Es asturiana y costurera.

—Pues con esas señas, como no sea la que cose sotanas para el Clemente y compañía… Espérese, que llamo a mi mujer. ¡Pepa! —gritó en dirección a la cocina—. Quilla, sal para acá un momento.

Una mujerona gorda y con delantal abrió una puerta tras la barra y se les acercó. Su marido le refirió las señas de Aurora.

—Tiene que ser la modista que está en la casa de los gallegos —afirmó Pepa de inmediato—. Pero no es rubia sino morena. Y gallega también. Es la única que cose que no es del pueblo. Esa casa llevaba vacía ni se sabe cuántos años, pero como ahora en este pueblo todo se alquila, no queda ya ninguna disponible. Y no vean cómo han subido los precios. ¡Cosa de locos!

Confusos por la información recibida y sin saber lo que iban a encontrarse, se encaminaron hacia la dirección que les había dado Pepa.

Aurora, 1978

La sorpresa de Aurora al abrir la puerta de su casa y encontrarse con su hija fue mayúscula y no le sentó bien.

—¡Santa Bárbara bendita! ¿Qué narices estáis haciendo aquí? Con la de trabajo que tengo. ¿No os habrán seguido?

—¿Podemos pasar? —preguntó Jesús, dolido con su suegra por el desprecio que demostraba hacia Águeda y Ana.

La puerta daba directamente a un salón pequeño y abarrotado, con dos modernas máquinas de coser en el centro, la que le había enviado Águeda y la que compró Aurora, varios rollos de tela negra cubriendo el sofá, un ventilador con forma de maletín girando a máxima potencia y un televisor en color último modelo presidiendo la estancia.

Jesús miró a Águeda atónito ante tal despliegue.

—Mamá, mira qué tele tiene la abuela —gritó Ana.

—Como si eso fuera lo único sorprendente. Madre, ¿qué es todo esto?

—Pues mi costura, ¿qué va a ser?

Aurora tuvo que explicarle a su hija el negocio con los palmarianos para que la dejara en paz.

—Entonces ¿no se ha hecho usted de la secta?

—¡Qué voy a hacerme yo de nada! Estás siempre a por uvas. Eso sí, no falto ni un solo fin de semana, que con los que pagan hay que estar siempre a buenas. Tan palmariana soy ahora como falangista en otros tiempos.

—¿Y esta casa?

—De unos amigos. Y deja de hacer preguntas, que aquí no hay nada de interés. Cuéntame tú: ¿ha ido la policía?

—Que no, madre, que no ha preguntado nadie por usted. Ni siquiera conoce todavía el taller. Es muy bonito, en la calle San Bernabé, en pleno centro de Oviedo. Una planta entera, más de doscientos metros. Y tengo máquinas modernas como la que le envié. ¿Y esa otra? —cayó Águeda en la cuenta—. ¿Para qué quiere dos?

—Porque yo sola no puedo coser tanta sotana.

—Pues como yo en el taller. No sabe cuántos encargos tenemos, y eso que cosen conmigo diez aprendices. Además, voy a empezar a organizar cursillos para amas de casa. De bordado, puntillas, entredoses y esas cosas. ¿Por qué no vuelve con nosotros?

Jesús miró a Águeda como si hubiera adoptado a una víbora de mascota.

—Porque no, porque seguro que alguien está intentando averiguar cómo murieron esos moros y, antes o después, llegarán a mí. Cuando menos me lo espere. Y no quiero estar allí para servir de chivo expiatorio.

—¡Ni que los hubiera matado usted! —protestó Águeda.

La expresión que cruzó la cara de Aurora le provocó a Águeda un escalofrío que le recorrió la espalda y la dejó helada a pesar del agosto sevillano.

—Anina, hija, vete a ver el resto de la casa —dijo, y se acercó a su madre para preguntarle en voz baja—: ¿Los mató usted?

—Eso no es asunto tuyo. Cuanto menos sepas, mejor.

—Madre, cuéntemelo. Jesús, llévate a Ana a conocer el pueblo, por favor.

Cuando salieron, Águeda no le dio opción y Aurora vomitó lo ocurrido la tarde que aquellos hombres las violaron a ella y a su madre. Águeda no tardó en sacar conclusiones.

—¿Y dice usted que estaba rematando el vestido de novia cuando aquellos hombres...? ¿Y yo soy sietemesina?

A Águeda se le quebró la voz y fue a abrazar a su madre, pero Aurora la rechazó. El abrazo de aquella hija, recordatorio permanente de la vejación y el terror que pasaron aquel día y

311

los siguientes, era más de lo que podía soportar. Si al menos Águeda hubiera sido mala hija, pero que fuera tan buena, tan dispuesta a perdonarle cualquier falta, siempre buscando su cariño, solo lo hacía más difícil.

—Y entonces Ferino, el anciano que me dejó la herencia, ¿quién era? ¿Por qué me dejó semejante dineral?

—Porque la vida es así de absurda. Él nada tiene que ver contigo. Ahora ya sabes qué sucedió, ya tienes lo que querías. Esta historia lleva toda la vida dando coletazos y estoy harta. Ahora, por favor, largaos y dejadme tranquila.

—¿De verdad piensa quedarse aquí, madre?

—Por ahora sí.

—Sus hijos preguntan por usted cuando llaman desde Alemania. Y Pedro estuvo este verano en Gijón. Tuve que mentir, me inventé que se fue de viaje con la parroquia. Va a casarse con una alemana. Ya no sé qué decirles.

—Cualquier cosa menos la verdad.

Águeda salió de allí con los ojos llenos de lágrimas y la congoja de saber la razón por la que su madre nunca la había querido. Lo que no entendía era por qué aquel señor le había dejado los diez millones de pesetas. Había sospechado que era el amante de su madre y, por ende, su padre, pero si ella era fruto de una violación, ¿quién era aquel anciano? Las dudas y las certezas sobre sus raíces le revolvieron el estómago, de tal manera que, cuando encontró a Ana y a Jesús deambulando por las calles de aquel pueblucho, estaba tan pálida que su marido se preocupó.

—Pero ¿qué te ha dicho la bruja de tu madre? Ven, vamos al bar a que te preparen una manzanilla.

—No quiero manzanilla. Lo que necesito es irme de aquí cuanto antes.

15

Ana, 2014

El primer día que fui al psicólogo, Madrid estaba de luto. Esa tarde iban a celebrarse los funerales de Estado por Adolfo Suárez. Fui con mi madre, que sollozaba en el coche, como si en lugar del expresidente del Gobierno se tratase de un familiar cercano. Lo achaqué a lo reciente que estaba todavía la muerte de mi padre. Aunque mi madre llevaba unos meses instalada en Madrid y todos los días pasaba la tarde conmigo y con los niños, se sentía muy sola.

—Estaba muy enfermo, tenía alzhéimer —dije para ver si mitigaba su disgusto.

—No puedes comprender lo que significaba ese hombre para los que vivimos la transición. Tu padre lo admiraba mucho.

—Eso lo entiendo, mamá, pero no es para que llores con ese desconsuelo.

La clínica a la que íbamos estaba en plena Gran Vía. Nos costó llegar debido a las medidas de seguridad que había por los funerales. Se celebrarían en la catedral de la Almudena en presencia de los reyes y todos los líderes políticos. Tuve problemas para encontrar un aparcamiento donde cupiera el Q7 que conducía entonces. No solía caminar por el centro de Madrid, y me sorprendió ver la cantidad de gente que llenaba la avenida un día cualquiera por la mañana.

La clínica ocupaba dos plantas de un edificio señorial de principios del siglo XX, y como el terapeuta lo había recomendado una conocida de mi suegra, me imaginé que serían consultas de lujo. Lejos de lo que me esperaba, el director era un hombre de cuarenta y pocos, con modales afeminados, vaqueros, jersey y gafas de pasta. Nos recibió en una consulta que bien podría haber sido la sala de estar del piso en el que pasé los primeros años de vida con mis padres, y lo hizo con una sonrisa tan cálida que me hizo sentir cómoda al instante.

Dos sillones de terciopelo azul índigo, confortables y un poco gastados, una lámpara de pie, una mesita auxiliar y unas estanterías blancas de IKEA componían todo el mobiliario. La ventana, cubierta por un estor también blanco, debía de dar a un patio de luces porque no se oía el bullicio de la Gran Vía. La caja de pañuelos decorada con motivos marineros que descansaba sobre la mesita auxiliar me dio una idea de lo que solía ocurrir en aquella consulta.

Mi madre no entró.

—A ella la atiende una compañera. Usted y yo... ¿Podemos tutearnos? —Hizo una pausa en la que asentí—. Tú y yo estamos aquí para charlar, a ver si podemos hacer que tu madre recupere la ilusión más rápido.

—Cuenta conmigo.

—Aunque las preguntas que te voy a hacer te parezcan un poco inconexas, contesta lo primero que te venga a la cabeza. No hay respuestas buenas ni malas. ¿Preparada?

Asentí.

—¿Qué te hace ilusión?

La pregunta me confundió.

—¿A mí o a mi madre?

—A ti. Como te comentaba, las preguntas pueden parecer carentes de sentido, pero nos ayudan mucho.

—Pues no sé. Mis hijos, supongo.

—Más mundano. Algo tuyo.

—El momento del día en que los niños terminan de cenar, se van a su habitación y puedo ponerme una copa y relajarme.

—¿Qué cosas te molestan de tu día a día?

—No me gusta ir al gimnasio.

—¿Cuánto tiempo vas a la semana?

—Quince horas, tres al día, de lunes a viernes.

—¿Por qué tanto?

—Porque se espera de mí que esté joven y delgada.

—¿Quién lo espera?

—Mi suegra. Y supongo que mi marido también, pero como imagen para los negocios porque para otra cosa no creo, aunque también es verdad que él nunca se ha quejado. Pero mi suegra es muy estricta, tengo que estar siempre perfecta. Como ella.

—¿Para ti es importante estar así como estás?

—Sí, supongo que sí.

—¿Qué te aporta?

—Que mi suegra esté contenta y mi marido no se avergüence de mí.

—¿Crees que se avergonzaría si no fueras tanto tiempo al gimnasio?

—Pues no lo sé, ¿cómo ayuda esto a mi madre?

—Tu madre está triste por la muerte de tu padre, los cambios que está viviendo le generan ansiedad, se siente sola y su gran ilusión eres tú.

—¿Mi madre está preocupada por mí? —adiviné.

—Las madres se preocupan por sus hijos, tengan estos la edad que tengan. ¿Te apetece volver otro día?

—¿Para hacer feliz a mi madre?

—Es una buena razón.

Y así, acompañando a mi madre, empecé una terapia a la que no tardé en engancharme. La primera consecuencia fue que un día a la semana me libré del gimnasio. Los lunes asistía a la consulta de Rubén y, aunque a veces terminaba exhausta emocionalmente, me gustaba tener a quién contarle cómo me sentía, alguien con el que no tenía ataduras ni necesidad de fingir. Pero sobre todo me encantaba pasear con mi madre por la Gran Vía cuando terminábamos. Solíamos mirar los escaparates, aunque pocas veces comprábamos. Después nos sentábamos a tomar el aperitivo. Intuía que, para ella, ese era el mejor momento de la semana.

Águeda, 1968

Águeda se casó con Jesús sin saber de las relaciones entre hombres y mujeres nada más que lo que le había contado Florita, que, con solo la referencia de su corto y malogrado matrimonio con Marcelo, tenía una experiencia más bien básica de la vida marital. Aurora nunca le habló a su hija de hombres ni de los entresijos de la convivencia. Entre transmitir lo que sabía y callar, optó por lo segundo. Quizá así a Águeda le fuera mejor que a ella.

Jesús no reclamó tener relaciones con su mujer desde que supieron que esperaban un hijo y Águeda tampoco lo solicitó. Con el bebé dentro de ella, también le pareció inapropiado. Después del parto vino la cuarentena y más tarde, con Aurora cosiendo durante el día y parte de la noche en la habitación de al lado y Águeda ocupada con la casa y los cuidados de la niña, la intimidad se complicó. Así pasaron los meses, y el día en que Águeda se dio cuenta de que Jesús y ella llevaban más de un año sin usar la cama más que para dormir, se cuestionó si sería lo normal.

Consultó la baraja, pero no encontró ninguna indicación clara de qué hacer. En las cartas no aparecía nada que se pudiera interpretar como un problema de pareja, pero tampoco ninguna pista de si aquella falta de intimidad era lo habitual una vez que llegaban los hijos, así que llamó a Florita.

Quedaron el sábado en Oviedo y Águeda invitó a su amiga a merendar en Rialto, una pastelería de mucho postín. Hasta con Florita le daba vergüenza sacar el tema, pero delante de dos milhojas y dos cafés con leche acabó sincerándose.

—Ay, Águeda, eso es muy raro. Todos los hombres quieren sexo. Siempre. Lo que ocurre es que a veces no lo quieren con su mujer.

—¿Qué quieres decir? No me asustes.

—Quiero decir que Jesús debería perseguirte como un toro

tras la vaca en celo y, si no lo hace, de lo primero que hay que asegurarse es que no haya otra vaca por ahí dándole lo que no le das tú. O eso me dijo la abuela Herminia antes de casarme, que el hombre siempre debía salir servido de casa.

Águeda notó el milhojas subir y bajar por su esófago y a punto estuvo de echarlo fuera solo de pensar que Jesús tuviera una amante. Si la abuela Herminia tenía razón, y siempre sabía lo que se decía, la felicidad de su hogar estaba en peligro.

—Mujer, que te has quedado blanca. Vamos a ver, ¿te has echado las cartas?

Águeda asintió con la cabeza.

—Pues luego vamos y te las echo yo, porque ya sabes que con una misma no siempre funciona. Como dice mi abuela, aunque las cartas sean claras, cuando el afectado las lee interpreta los mensajes según lo que quiere oír.

Tampoco en manos de Florita las cartas señalaron la existencia de una amante.

—Vas a tener que hacer una prueba. Cuando Anina se duerma esta noche, ponte guapa y paséate delante de él con una sonrisa pícara, a ver qué hace.

—¿Y qué me pongo?

—El camisón de la noche de bodas.

—No lo tengo, me hice una blusa con él.

—¿Y así cómo quieres que Jesús se anime? Vamos ahora mismo a comprar uno.

—De eso ni hablar, que son muy caros. Ya me lo hago yo con una seda negra preciosa que sobró del luto por mi padre.

—Con mucho escote, que se vea canalillo. Venga, que te ayudo y así lo terminamos antes de que llegue Jesús.

Entre las dos no tardaron nada en cortar e hilvanar un camisón de tirantes con un escote en uve que dejaba poco a la imaginación y que adornaron con una tira de encaje para que fuera más sensual.

—Es mucho escote, ¿ves? —protestó Águeda en la primera prueba—. Ya te lo dije, se me ve el sujetador.

—Vamos a ver, Águeda, que pareces tonta, ¡quítate ese sostén de vieja! Con un camisón así no hay que ponerse sujetador. Y menos uno de color carne como el que llevas. Perdona que te diga esto, pero no me extraña que Jesús ni se acerque. Pobre, será como estar casado con una monja. O espabilas o se le va a acercar alguna lagarta.

Águeda se debatió el resto de la tarde entre la vergüenza y el miedo, hasta que el miedo pudo más. En cuanto Jesús se acostó, comprobó que Ana dormía en la cuna y se metió en el baño. Salió con el camisón.

A la noche siguiente Jesús pidió más y Águeda respiró tranquila. Parecía que no había motivo para preocuparse. Seguramente, pensó, Jesús solo esperaba que ella le indicara que volvía a estar lista después del parto de Ana.

Su alivio duró poco. Cuando Jesús le solicitó lo que quería de ella, la cara de espanto que puso no le pasó desapercibida a su marido.

—No hace falta que sea esta noche, cariño. Además necesitas prepararte. Yo te explicaré cómo, pero es lo que hace todo el mundo para evitar riesgos. Ya sabes lo que dijo el médico: otro embarazo sería casi un suicidio.

—Si es lo que hace todo el mundo… —respondió poco convencida, pero incapaz de decir no a nada que pidiera Jesús.

Florita le había metido el miedo en el cuerpo. Solo de pensar que Jesús podía echarse una querida, a Águeda se le desmontaba hasta la tripa.

A la mañana siguiente, cuando Águeda terminó de darle el pecho a Ana y la niña se quedó dormida, Jesús volvió al ataque y le explicó lo que debía hacer para estar preparada esa noche.

Jesús se fue a trabajar y Águeda estuvo inquieta toda la mañana.

Volvió a consultar con las cartas y ellas volvieron a callar sobre el tema que le preocupaba. Cosió y descosió porque no le salía una sola costura derecha. Ni siquiera se atrevió a cortar para no destrozar la tela. Tras varias horas de trabajo perdidas, Águeda se arregló y, con Anina dormida en el carrito, salió a la calle. Sin ser consciente de la dirección que tomaba, caminó un rato por el centro, deambuló por las calles empedradas de la zona antigua y, cuando se dio cuenta, se encontraba frente a la catedral. Sintió el impulso de entrar. Las hileras de bancos que ocupaban la gran nave central estaban casi vacías. Solo algunas mujeres mayores, que daban al ambiente un tufillo a alcanfor, rezaban de rodillas en los reclinatorios. De uno de los confesionarios se levantó una anciana y, al verlo libre, Águeda se acercó. Comprobó que Anina seguía dormida, colocó el cochecito en la parte de atrás del cubículo de madera que alojaba al sacerdote y se situó en el lateral. Necesitaba descargar su preocupación. Aunque un cura no fuese quien mejor podía entender lo que le ocurría, la celosía le daba valor para decirlo en voz baja, ya que no se sentía capaz de hacerlo en voz alta.

—Válgame Dios, hija mía, ¡qué insensatez le ha entrado a tu marido! Esa parte de tu cuerpo solo tiene una función fisiológica, tan desagradable como fundamental, que a fin de cuentas es obra de Dios. Pero eso que pretende hacerte tu marido, hija mía, es una completa aberración —sentenció el sacerdote de la catedral, y subió tanto la voz que Águeda temió que pudieran oírlo desde los bancos. Al menos en el confesionario no tenían que verse las caras, pensó, y suspiró aliviada.

Indecisa entre su marido y sus reparos, Águeda se decidió por fin por su marido porque, según razonó para sí, si las cartas no la avisaban de ninguna desgracia, aquello no podía ser tan malo. Por otra parte, ¿qué iba a saber un cura de intimidad matrimonial? Esa noche Águeda descubrió una práctica de pareja que jamás volvería a contarle a ningún cura. Ni siquiera se lo contó entonces a Florita. Ni a nadie. A ella no solo no le gustó, sino que le dolió, pero Jesús parecía tan feliz que ambos incorporaron una práctica sexual tan habitual entre los antiguos griegos como poco frecuente entre los matrimonios españoles que vivían todavía bajo una dictadura. Al menos, que se supiera. La única ventaja que vio Águeda a aquel cambio en sus relaciones con Jesús fue que no tenía que echar las cuentas para calcular los días fértiles ni asustarse con cada retraso por si el Ogino fallaba, como le había ocurrido a alguna de las alumnas del taller y a tantas otras que conocía de oídas.

Pasaron diez años hasta que, después de que Jesús la convenciera de ir al cine a ver el estreno tardío de *El último tango en París*, Águeda pudo decirse a sí misma que lo que ellos hacían en la cama, para los americanos era tan normal que hasta lo sacaban en las películas.

Águeda, 1973

La noticia de que Florita se mudaba a Oviedo la recibió Águeda con tanta alegría como suspicacia. Su amiga no solo cambiaba la cuenca por la capital, sino que, según le había dicho por teléfono, iba a vivir en un apartamento cerca del Campo de San Francisco, una zona muy cotizada de la ciudad.

—¿Es que os ha tocado la lotería?

—¡Qué más quisiéramos!

—Y a la abuela Herminia ¿le apetece mudarse? Nunca le gustó mucho Turón, siempre echó de menos el mar.

—No te hagas películas, que la abuela Herminia y mi padre no van a vivir conmigo. Eso sí, te garantizo que no les faltará de nada.

—No lo entiendo.

—Sí que lo entiendes, sí. Es exactamente lo que estás pensando. El piso me lo pone un hombre. El piso y todo lo demás.

—Ay, Florita, no me digas eso. Mira lo que te pasó en París con José Luis. Si tú eres preciosa y todavía somos jóvenes.

—No tanto. Cuando las mujeres pasamos de los treinta, los hombres nos quieren para la cama pero no para esperarnos en el altar. Precisamente porque ya escarmenté en París, ahora soy mucho más lista. Nadie va a casarse conmigo. Soy una viuda que se fue a París con un casado y volvió con un hijo ilegítimo, ¿qué hombre bueno y formal iba a acercarse a mí?

Salvo con malas intenciones, claro. —Florita rio al otro lado del teléfono con una tristeza que a Águeda le encogió el corazón—. Yo ya no quiero ni amores ni hijos. Ya tuve las dos cosas y ahora me toca vivir otra etapa. Y desde luego tampoco quiero ponerme a trabajar. Quiero vivir como una señora, no como una criada.

—Pero, Florita, las señoras son otra cosa, tú vas a ser la querida. ¿Y si te ocurre como en París?

—Eso no me vuelve a pasar. Ahora el dinero por adelantado. Y este hombre tiene mucho, que es un alto cargo de una empresa importante. Si vieras qué trajes lleva…

—Seguro que está casado. ¿Y si la mujer te descubre? Que el adulterio es delito. Podrías ir a la cárcel, no serías la primera.

—Tendré cuidado.

—No sé qué decir.

—Di que me aceptas como clienta porque lo primero que voy a hacer es encargarte seis conjuntos y varios camisones. De seda y encaje. Muy pero que muy sexis, aunque elegantes. Quiero ser como la Elizabeth Taylor en *La gata sobre el tejado de zinc*, ¿crees que podrás conseguirlo?

Águeda estaba muy poco convencida.

—Lo que necesites —acertó a decir—. ¿Vienes a verme el domingo y hablamos de esto con calma?

—Iré, pero no para que intentes convencerme de que cambie de opinión sino para merendar contigo, y ya de paso me tomas las medidas.

Esa noche, con Anina ya dormida, Águeda cogió el cesto de prendas que tenía para deshilvanar, lo llevó a la sala, se sentó en el sillón contiguo al de Jesús, sacó las tijeras de costura y se puso a la faena. Mientras esperaban a que terminaran los anuncios y Colombo apareciera en la pantalla de su Thomson en blanco y negro coronado por una antena de cuernos, aprovechó que Aurora le daba al pedal de la Singer en el cuarto contiguo y no podía oírlos para contarle a Jesús, con rodeos y circunloquios, la conversación que había tenido con Florita.

—A ver, Águeda, que no me entero —dijo su marido tras

darle un trago al primer whisky de la noche—. ¿Florita se va a meter a fulana?

—¡Por favor, Jesús! ¿Cómo se te ocurre decir eso?

—Mujer, si ese señor le va a pagar un piso y todos los gastos, será para encontrarse allí con ella. Eso es una querida de toda la vida.

—De toda la vida no, que no creo yo que haya muchas con piso y dinero. En Turón los hombres se acostaban con las prostitutas. Esas sí que eran fulanas.

—La diferencia entre el que se va de putas y el que mantiene una querida es que el segundo tiene dinero. Y mucho. Debes tener cuidado, que esta ciudad parece grande pero es muy pequeña y todo se sabe. Si se enteran tus clientas, igual se van a otra modista.

—Pues ya encontraré otras. O las encontrará mi madre, que para eso se da más maña. Nadie tiene derecho a juzgar a Florita y menos yo, desde mi casa, con un marido tan bueno como tú y con nuestra pequeña Anina. Yo lo tengo todo y a ella no le queda nada. Por lo menos que viva bien. ¿Qué va a hacer? ¿Fregar escaleras? ¡Con lo bonita que es! No hay derecho.

—¿Y dices que le ha puesto el apartamento donde el Campo San Francisco? ¡Con lo cara que es esa zona! ¿Quién será ese hombre?

—No lo sé. Ni me interesa. Creo que no lo sabe bien ni ella.

—Al menos prométeme que si lo averiguas me lo contarás —pidió Jesús—. Ya verás cuando se entere tu madre.

En ese momento sonó la música de *Colombo* y Águeda cortó la conversación.

—A mi madre ni mu. Y ahora calla, que empieza.

Antes de que terminara la secuencia de apertura, Anina comenzó a gritar en su cuarto tras sufrir una pesadilla y Águeda corrió a consolarla. Cuando por fin la niña se durmió, volvió a la sala y ya desde el pasillo escuchó la melodía del anuncio del ColaCao: «Yo soy aquel negrito del África tropical», signo inequívoco de que la serie estaba en el intermedio. Se había perdido toda la primera parte.

—Hazme un resumen, que si no no me entero —le pidió a su marido cuando entró y vio que se servía un nuevo whisky.

Adivinó que le tocaría a ella hacerle el resumen de la segunda parte del capítulo al día siguiente. Hasta en eso eran complementarios, se dijo a sí misma. Pensó que formaban un buen equipo. Cualquier otro hombre habría puesto el grito en el cielo con lo de Florita o incluso le habría prohibido verla, y en cambio Jesús era comprensivo y sabía lo importante que era su amiga para ella.

Aurora, 1975

La noticia de que se graduaba en España la primera mujer ingeniero de minas, doscientos años después de la fundación de la escuela, se publicó en todos los periódicos nacionales porque le hizo entrega del título la princesa Sofía acompañada de su marido, Juan Carlos de Borbón.

Ya hacía años que lo había hecho la primera perito de minas cuando Rosa, la sobrina de Ramona, se graduó en la escuela de Mieres en 1963. No fue la primera en España, pero sí la primera en Asturias. Para entonces, Úrsula, su madre, se había reconciliado con sus hermanas después de librarse de las palizas de Raimundo, no porque se lo permitiera la ley, que no era el caso, sino porque la naturaleza tuvo a bien enviarle un trombo que lo dejó en una silla de ruedas con la baba colgando. A pesar de que Ramona maldecía al ver el cuidado con el que Úrsula se la limpiaba con paciencia varias veces al día, callaba en aras de mantener la unión entre ellas y, sobre todo, la relación con sus sobrinas. De Rosa estaba especialmente orgullosa. Ver a la menor de las carboneras convertida en perito y graduada con honores le compensaba todo el trabajo y el esfuerzo con el que María y ella habían ayudado a Úrsula a sacarlas adelante. Desde los organismos oficiales todo fueron alabanzas, y Ramona desconocía las chanzas que aguantaba Rosa porque nadie se atrevía a mofarse delante de ella y porque su sobrina la conocía bien y no quería que se metiera en un lío por defenderla.

El día que Ramona se encontró en la revista minera una caricatura de su sobrina vestida con perlas y escote mientras un minero la miraba lascivo y leyó que se referían a ella como «Perita en dulce», sintió que la bilis se le revolvía.

—¡Me cago en todo, en el cabrón que escribió esto y en todos sus muertos! —gritó ella sola en el salón de su casa de Turón—. Malnacido y cobarde, que ni siquiera firma con apellido.

Ramona se presentó en Mieres al día siguiente, en la redacción de la revista, buscando al autor de la chanza a cuenta de su sobrina para ponerlo en su sitio. No lo encontró, pero sí consiguió que un compañero, animado por el jaleo que previsiblemente iba a producirse, lo identificara y le diera las señas de su casa. Y allí se presentó Ramona, armada con el atizador de la cocina de carbón en una mano y una bolsa de peras verdes en la otra. Aprovechó que un vecino salía del portal para entrar ella, subió al tercero y llamó al timbre. Tuvo la suerte de encontrarlo solo. Sin explicación previa, le lanzó una pera a la cabeza nada más abrir la puerta.

—¿Quién coño es usted? —gritó el autor de la chanza mientras se protegía de los perazos.

—¿Qué pasa, que no lo adivina?

Las peras se acabaron y Ramona se detuvo. El hombre se lanzó a por ella, pero cuando la carbonera sacó el atizador, el otro se contuvo y la observó. Aquella señora gorda y fea, con el pelo cortado a lo chico y vestida con pantalón le resultó grotesca.

Fue entonces cuando a Ramona le entró un tremendo ataque de tos y el hombre aprovechó para sacarla de la casa y dejarla allí, en el rellano de la escalera, muy sofocada por el esfuerzo que le requería respirar.

La puerta del ascensor se abrió y dos niños pequeños y una mujer se sobresaltaron al verla allí, tan congestionada por la tos.

—¿Está usted bien? —se interesó la mujer mirándola de arriba abajo.

—He estado mejor —consiguió decir Ramona.

—Niños, entrad en casa y traed un vaso de agua.

Y así, con la ayuda de la esposa del ofensor de su sobrina, Ramona recuperó la compostura y se fue de allí con la sensación de haberse hecho vieja sin darse cuenta. Ya ni fuerzas tenía para poner en su sitio a un tío que ni siquiera era minero, solo un enclenque que se escondía tras una máquina de escribir.

Con ese pensamiento convivió muchos meses. Y con los ataques de tos que, lejos de desaparecer, se iban haciendo más frecuentes.

Por eso, cuando años después vio que la sociedad española había cambiado tanto como para permitir a una mujer convertirse en ingeniera, decidió pelear por ella misma en vez de hacerlo, como siempre, en defensa de los demás. Dejó de negar su enfermedad por miedo a que no quisieran atenderla por ser mujer y acudió al hospital para silicosos de Oviedo.

Llamó a Aurora, que hacía tiempo que vivía con su hija en la capital. Tanto como años que no se veían. Ni Ramona quería salir de Turón ni Aurora volver allí, ni siquiera para el día de Difuntos, en que dejaba que Águeda fuera con Anina a solucionar los compromisos con los familiares fallecidos. Aurora y Ramona tampoco eran de teléfono, pero sí de cartas, cortas y escuetas, de media o una cuartilla. Suficiente para lo que habían tenido que decirse desde que Aurora dejó Turón. Pero aquel día Ramona cogió el teléfono para llamar a la única amiga que había tenido en su vida.

—Te acompaño —le dijo Aurora.

Águeda se sorprendió, porque su madre no la había acompañado a ella al médico ni siquiera cuando nació Anina.

Ramona llevaba muchos años relegada a los lavaderos de carbón. Picar en la mina dejó de ser una opción en cuanto se endurecieron los controles del cumplimiento de las leyes que prohibían a las mujeres trabajar en el interior de las galerías. Así Ramona vio reducido su jornal y continuó aspirando tanta cantidad o más que antes de polvo de sílice, que se fue acumulando en sus pulmones.

Aurora esperó a su amiga en la estación del tren y, como lo primero es lo primero, fueron directas al hospital. En autobús.

—Silicosis no será, mujer, que eso es cosa de mineros —le dijo con una risotada el médico que la atendió.

—¿Y qué coño se cree que soy yo? ¿La «Alimacgraun» de «Lofestori»?

Ramona le mostró las manos callosas, arrugadas, con las uñas grises de lavar carbón, en un gesto que poco tenía de pacífico.

El médico volvió a reír y fue Aurora la que lo salvó de un guantazo de Ramona, y a Ramona de un problema mayor que soportar a un doctor soberbio y poco diligente.

Las pruebas certificaron que Ramona tenía silicosis. Muy avanzada. Era la hora de retirarse, aunque para ello tuviera que acorralar contra la pared al administrativo que se burló de ella cuando le presentó la solicitud para que le dieran el tercer grado de silicosis y empezar a cobrar la jubilación. Llevaba casi sesenta años en el mundo y más de cuarenta dedicados a la mina.

Cuando le llegó la primera paga, Aurora y ella cogieron un taxi para celebrarlo en un lagar en Colloto, a las afueras de Oviedo, alejadas de los restaurantes finos de la capital, que a Ramona le ponían los pelos de punta.

—Un salario completo sin trabajar, Aurorina, ¡cómo han cambiado los tiempos! ¿Quién me lo iba a decir a mí? Ahora me pagan por quedarme en casa lo mismo que por trabajar.

«Porque el carbón te dejó los pulmones como un colador», pensó Aurora, pero calló para no estropear la alegría de su amiga.

Bebieron sidra, fumaron, charlaron con el camarero y pidieron una bandeja de marisco que chupetearon durante más de dos horas. Los camareros las invitaron a chupitos tras el postre y, al ritmo del pegadizo «Saca el güisqui, Cheli, para el personal, que vamos a hacer un guateque», brindaron, rieron, bromearon e incluso cantaron, prolongando la sobremesa hasta que el personal del lagar empezó a preparar las mesas para la cena. Las amigas nunca olvidaron aquella tarde porque fue memorable y porque fue el último día que Aurora y Ramona estuvieron juntas. Tres años después, Ramona murió en la cama, en su casa de Turón, con una mano agarrada a la de su hermana María y la otra a la de Rosa, su sobrina.

Para entonces Aurora había empezado una nueva etapa de su vida en El Palmar de Troya y no se enteró de su muerte hasta pasadas varias semanas.

—Si quieres, pon en venta la casa de tu padre —le dijo a Águeda cuando la llamó desde casa de Cefe y Marisa y ella le comunicó el fallecimiento de la carbonera—. Tú no vas a volver y yo no la quiero. Ya nada me une al pueblo.

Águeda, 1975

A pesar de que se veían cada semana desde que Florita se trasladó a Oviedo, Águeda tardó dos años en subir al apartamento de su amiga. No se atrevía por miedo a que la vieran los vecinos, a que llegara el amante de Florita o a imaginarse escenas allí que no quería que cruzaran por su cabeza. Por eso los domingos quedaban en casa de Águeda o salían a merendar.

Al principio Florita pasó por alto los reparos de Águeda, pero cada vez le insistía más en que conociera su casa, mucho más grande, céntrica y lujosa que la de su amiga. Y donde además podían estar solas. Sin embargo, la que convenció a Águeda fue Aurora, que, al escuchar las protestas de Florita desde la habitación donde cosía y dormía, dejó la costura por un rato y se sentó con ellas en la cocina a tomar un café.

—Nada tiene de malo ser querida, Florita —soltó como una bomba para sorpresa de las amigas, que llevaban dos años intentando que Aurora no se enterara—. No dejes que esta hija mía te amargue la vida.

—Pero ¿cómo sabe usted...? Quiero decir, ¿por qué piensa usted que yo...? —farfulló Florita

—Porque aquí los tabiques son de papel y yo no soy tonta.

¿De qué ibas a vivir tú donde vives si no sabes hacer nada? Y si te hubiera tocado la lotería no habrías dejado a tu abuela y a tu padre viviendo en Turón. Así que haces bien en aprovechar ese cuerpo y esa cara bonita. Eso sí, por experiencia te digo que no te descuides nunca, que sin talonario no se abren las piernas, aunque te lo pida el mismísimo rey.

—Pero, madre, ¿qué está diciendo? ¿De qué experiencia habla?

—De la mía —insistió Aurora—. Que yo no lo pedí y bien que me arrepiento.

Florita miraba a Aurora con la boca abierta, pero sobre todo miraba a su amiga, que parecía a punto de desmayarse.

—Si está usted de broma, madre, es de muy mal gusto.

—¿Qué broma ni qué leches? —Y dirigiéndose a Florita añadió—: Juega bien tus cartas. Eso sí, aprende de mis errores y no vuelvas a quedarte embarazada.

—Pero, bueno, ¡ya está bien! —gritó Águeda a su madre por primera vez en su vida—. ¿Es que se ha vuelto loca o qué?

—Sí, sí, loca dice.

Aurora se levantó y, sin molestarse en recoger su taza de café, fue a encerrarse con su costura.

—¿Qué ha querido decir? —preguntó Águeda a su amiga, aunque en realidad lo hacía para sí misma.

—No le des importancia. Ya sabes cómo es tu madre, que con tal de echar leña al fuego dice cualquier barbaridad. Mira, ya se oye el traqueteo de la máquina de coser, no puede escucharnos. ¿Por qué no sacas las cartas? A lo mejor nos cuentan algo de tu madre.

—Mejor no, dejémoslo estar. Creo que solo lo ha dicho para mortificarme. Si no fuera por la cantidad de clientas que ha conseguido y lo rápido y lo bien que cose, la echaba a patadas. Hace unos diseños que nada tienen que envidiar a los de esa Coco Chanel. ¿Sabes que ya tengo ahorradas quinientas mil pesetas? Si seguimos así, en un par de años podremos comprar un piso a tocateja. En el centro. Y con ascensor.

—¿Tu madre te da lo que gana?

Águeda asintió.

—Casi todo. Ella apenas gasta. De eso no me puedo quejar. ¿Cómo crees que pago el colegio de la niña? Si no fuera por lo que me da mi madre, tendría que enviarla al colegio público del barrio, y yo quiero que Anina sea una señorita. Que nadie se ría de su forma de hablar como me pasó a mí. Quiero que estudie, que vaya a la universidad y que se case con un ingeniero. O con un médico. Tú ya me entiendes.

Y Florita la entendió. Águeda quería para su hija el mundo al que ellas no habían podido acceder.

El fin de semana siguiente Águeda dejó a la niña con Jesús y fue hasta el centro a visitar a su amiga. El apartamento de Florita se encontraba en un edificio nuevo en la parte alta de la ciudad. Un poco cohibida, llamó al telefonillo, justo antes de que el portero saliera a preguntar.

—¿A quién busca?

—A doña María Flor Prieto.

El portero la analizó desde los zapatos hasta el pañuelo que llevaba al cuello y no debió de parecerle mal porque finalmente le indicó:

—Tercera planta, puerta A. Ascensor de la izquierda.

El piso de Florita era tres veces más grande que el de Águeda y Jesús.

—Aquí podríamos tener un taller con una docena de aprendices —exclamó al ver el salón.

—Con esa mentalidad nunca saldrás de pobre.

—No necesito ser rica. Tengo mucha suerte. Tengo a Jesús y a Ana.

—Pues yo aquí sola estoy tan contenta, y cuando viene Julio solo tengo que cumplir y ya está. El resto del tiempo mi única ocupación es disfrutar de la vida.

—Y con ese hombre, ¿qué tienes que hacer?

—Hija, qué pregunta. Hago lo que me pide.

—¿Y qué te pide? ¿Como si fueras su mujer y ya está?

—No. Como si fuera su mujer, no. Mira, vamos a preparar café y nos sentamos a merendar, que estás muy preguntona.

Pusieron la cafetera, Florita sacó una bandeja de *carbayones* y se sentaron en la cocina, amplia, moderna y luminosa.

—¿No prefieres que vayamos al salón? —preguntó—. Se ve el parque desde la ventana y hasta la torre de la catedral.

—El salón es para las visitas, yo soy de casa y estoy más cómoda aquí. Respóndeme, por favor, ¿qué te pide ese señor?

—¿Por qué quieres saberlo?

—Porque Jesús es un hombre muy bueno, pero hace tiempo que ni me toca. Después de nacer Anina tuvimos una época parecida. Te lo conté una tarde en Rialto, ¿te acuerdas?

—Claro, y luego cosimos un camisón precioso. Y te funcionó.

—Lo que no te conté es que después de aquello Jesús me pidió una cosa poco convencional y, aunque me costó mucho y no sé si hice bien, accedí. Pero también de eso se cansó y ahora ya lleva tiempo que ni se acerca.

—¿Cuánto tiempo?

—Más de un año.

—¡Eso es una barbaridad!

—Por eso quiero saber qué piden los hombres a las mujeres que no son las suyas.

—Ven —dijo Florita, que se levantó y cogió a Águeda de la mano para que la siguiera—. No te creas que todos son iguales, pero al menos te puedes hacer una idea de por qué los hombres pagan a mujeres como yo para hacer cosas que jamás les harían a sus esposas, entre otras razones porque jamás se casarían con una mujer que les permitiera hacer algo así. Espero que después de lo que voy a enseñarte no me juzgues.

Águeda siguió a su amiga con tantos nervios como curiosidad a una de las habitaciones. Unas cortinas oscuras y tupidas mantenían la estancia en penumbra. Cuando Florita dio la luz se encendieron unos focos rojos y morados.

Águeda comentó que parecía la antesala del infierno.

—De eso se trata —respondió su amiga—. Este es un lugar para pecar.

—¿Y ya está? ¿Esto es todo? ¿Y ese galán de noche tan raro? —preguntó señalando una especie de potro de gimnasia.

Florita soltó una carcajada que a Águeda le sonó amarga.

—Anda, ven, ayúdame a montarlo. Ese galán de noche es un potro de azotes.

—¿Un qué? —dijo Águeda con voz aguda.

Cuando terminaron de montar el columpio en el techo y Florita le enseñó los diferentes elementos de castigo que don Julio y ella usaban en sus encuentros, Águeda tenía el estómago revuelto.

—Esto es... Esto es... —farfulló—. Este hombre te hace cosas horribles.

—Tranquila, que no me hace nada que yo no le permita. Tenemos un acuerdo. Es un tipo de práctica que se llama sumisión.

—Madre mía, Florita, ¿cómo te has metido en esto?

—Ya vale, no sigas. Te dije que te lo enseñaba si no me juzgabas. No soy yo la que tiene problemas con su marido, solo trato de ayudar.

—¿Y cómo me ayuda esto a mí? Porque no pienso hacer nada parecido con Jesús, ¡que tenemos una niña pequeña! Y menos con mi madre en casa. Si ya lo hemos hecho por detrás y el cura de la catedral casi me excomulga.

—¿Eso es lo que te pidió Jesús? ¿Y tú, en vez de contármelo a mí, se lo contaste al cura? ¿Le contaste al cura que...? —Florita no pudo seguir porque le entró un ataque de risa.

—¿Se puede saber de qué te ríes? —protestó Águeda muy digna.

Cuando Florita consiguió controlar las carcajadas, salieron del cuarto y fueron al salón.

—¿Tú duermes en esa habitación horrible? —preguntó Águeda.

—No, en la de al lado. Tengo sitio de sobra, no necesito dormir ahí. Qué distinta es la vida de como la habíamos imaginado, ¿verdad?

—Verdad, amiga, verdad. Solo espero que Jesús no tenga a nadie más. Lo cierto es que tampoco tiene dinero y la nómina se la ingresan en el banco. Con lo que se reserva para sus gastos no le da para alquilar ni el cuarto de baño de este apartamento.

—Tampoco hace falta tener esto. Se puede contratar a una mujer por un día. O por un rato. O ir a ciertos locales, ya sabes.

—No veo a Jesús en un puticlub —replicó Águeda, convencida.

—¿Y a mí? ¿Me veías aquí?

Águeda volvió a negar.

—¿Confías en mí? —preguntó Florita.

—Ciegamente.

—Pues tú y yo vamos a relajarnos con una cosita que me han regalado.

—¿Vamos a beber?

—Vamos a fumar.

—El tabaco no me gusta, me da mucha tos.

—Tú calla, que lo que te voy a dar no es tabaco.

Águeda fumó por no hacerle un feo a su amiga. La primera calada la hizo toser. La segunda también, pero menos. La tercera lo que le provocó fue una sonrisa.

—¿A que empiezas a sentirte mejor?

—Esto no será malo, ¿no?

—¿Cómo va a ser mala una planta que se llama como la Virgen? Esto es lo mejor del mundo. Mira que confesarle al cura lo que te pidió Jesús —dijo Florita riendo.

—No te lo conté a ti porque me daba vergüenza y se lo conté al cura. Al de la catedral, ni más ni menos —respondió estallando en carcajadas con su amiga.

Águeda volvió muchas tardes de sábado al apartamento de Florita para charlar, reír y fumar aquella planta que, según decían los hippies melenudos que a ella le parecían tan lejanos, era medicinal. Y a juzgar por lo bien que se sentía cuando la fumaban, nunca dudó de que tuvieran razón.

Águeda, 1980

—Al menos no se enteró de la muerte de Félix Rodríguez de la Fuente. Con lo que a ella le gustaba, se habría llevado un disgusto. Mira que morirse el mismo día, ya es casualidad —dijo Florita en el funeral de la abuela Herminia.

Águeda asintió como si la afirmación de su amiga tuviera sentido. Con Herminia no solo se iba una parte del corazón de su nieta, también del de Águeda.

Incluso Ana, a punto de cumplir los doce, estaba afligida. Era la primera vez que se moría alguien que ella conocía. Ana veía a Herminia de cuando en cuando, las pocas veces que iba a Turón, pero el día de los Difuntos la anciana siempre las invitaba a comer a su casa. Ese día Herminia le preparaba arroz con leche, su postre favorito. Después le leía las cartas, le decía cosas muy bonitas sobre su futuro, la invitaba a ser su pareja en los juegos de baraja y le enseñaba todos sus trucos de jugadora experimentada.

—Se aprende más del prójimo viendo cómo juega a las cartas que en ninguna otra situación. Si alguna vez tienes dudas de alguien, juega a las cartas con él —le decía.

Pero ese día no había cartas ni era el día de los Difuntos, y estaban en Turón sin Herminia. Y tristes. Muy tristes.

La gente se sucedía de forma lenta y ordenada para darles el pésame a Florita y a su padre. La mayoría de manera discreta: «Cómo lo siento, Florita. Herminia era una vecina maravillosa, siempre podías contar con ella»; otras con ánimo de plañideras: «Ay, hija, qué desgracia, así, sin verlo venir», y decían alzando la voz: «Con lo buena mujer que era»; otras deseosas de saber: «Pobre Herminia, ¿cuántos años tenía ya? ¿Cómo fue?»; y las más morbosas pedían detalles: «¿Sufrió o fue inmediato? ¡Es que hasta para morir hay que sufrir en este mundo!».

Águeda intentó retirarse varias veces a un segundo plano, pero Florita se lo impidió.

—No te alejes de mí, que hoy te necesito a mi lado.

Y Águeda se quedó a su lado, recibiendo el pésame con Florita y su padre, como si fuera su nieta también, mientras Ana y Jesús se mantenían alejados, a la espera de que la fila de vecinas deseosas de mostrar sus condolencias terminara.

No se libraron por ello de escuchar comentarios y lamentaciones: «¡Ay, pobre mujer! Mira que ir a morirse ahora», decían, como si los noventa y ocho años que pasó Herminia en el mundo de los vivos no hubieran sido suficientes. «Hasta el final valiéndose por sí misma. Hace un par de días me la encontré en la carnicería»; «Tenía que ser muy mayor. Si ya era vieja cuando yo era cría», comentaban agolpándose en la puerta de la iglesia para resguardarse de la lluvia que había empezado a caer. «Era medio bruja. No sé cómo acertaba tanto», dijo una mujer. «Y otras veces no daba ni una», replicó otra.

Había opiniones y comentarios de todo tipo, tan distintos como iguales a los que se decían en cualquier entierro.

La lluvia arreció y la gente se dispersó en cuanto metieron el ataúd en el coche fúnebre y puso rumbo al cementerio. Además de Florita y su padre, a Herminia solo la acompañaron Águeda, Jesús y Ana. Contemplaron, refugiados bajo sus paraguas, cómo el enterrador metía el ataúd en el nicho de donde no saldría en los próximos sesenta años, cuando la concesión terminara y echaran los restos a la fosa común.

Aguantaron bajo el chaparrón el tiempo que el enterrador tardó en tapar el hueco con cemento y ladrillos a la espera de que llegara la lápida definitiva con el nombre de Herminia y las fechas que marcaron su existencia.

Después, con el vacío que solo conoce el que se va de un camposanto dejando allí a su muerto, emprendieron el regreso a casa de Herminia, el hogar de Florita en otros tiempos, para tomar algo caliente y secarse los pies.

—¿Qué va a ser de tu padre? Porque con tu vida, ya sabes… Bueno, el caso es que a tu casa no lo puedes llevar y los hombres solos no se arreglan bien —le comentó Águeda en la cocina, cuando el padre de Florita y Jesús se fueron al salón a fumar un cigarrillo.

—Tiene novia. Malagueña. Me la presentará la semana que viene. Se va a vivir con ella a Estepona. Dice que está harto de humedad y que, con la prejubilación de la mina, allí se vive muy bien.

—¿Tú sabías que tenía novia?

—¡Qué va! Lo ha mantenido en secreto, pero ya lo tenía todo previsto. Llevaban tiempo esperando. No quiso dejar sola a mi abuela, igual que ella no lo dejó nunca a él.

—Tu padre es un buen hombre.

—Es que siempre vivieron como madre e hijo, no como suegra y yerno. La muerte de mi madre tan joven y criarme a mí los unió como pocas familias lo están. Ojalá sea feliz con esa mujer.

Cuando se fueron, con la promesa de Águeda de volver a la mañana siguiente para ayudar a Florita a recoger las cosas de Herminia, ya había anochecido. El día de lluvia dio paso a una noche que a Águeda le pareció más oscura que las montañas de escombro de carbón que rodeaban el valle minero. Ni una sola estrella brillaba en el cielo.

Águeda, 1975

Después de la primera visita al apartamento de Florita, Águeda no solo volvió muchas veces sino que incluso llevó a Anina, tras asegurarse de que la puerta de la «habitación del pecado», como ella misma la había bautizado, estaba cerrada y de instruirla muy seria en que «lo de que mamá y Florita fuman» era un secreto entre ellas tres. Y Ana, que se sentía importante formando parte de la alianza, nunca lo contó.

—¿Florita se ha hecho rica, mamá? —preguntó en su primera visita, una vez superada la emoción de montar en ascensor.

—No, ¡qué va!

—Pues dice mi amiga Estefanía, que también vive por aquí, que esta es la zona de los ricos y que yo vivo donde antes vivían los leprosos y ahora los proletarios, que lo dice su madre. ¿Qué es un proletario, mamá?

Águeda notó que la bilis le subía al estómago, pero calló. Pensó en las quinientas mil pesetas ahorradas, que todavía no eran suficientes para evitarle a Ana el sufrimiento que da el desprecio ajeno, y entendió un poco más a Florita.

Esa tarde, mientras la niña jugaba en la alfombra del salón con sus Barriguitas, las amigas barruntaron diferentes hipótesis que explicaran por qué Águeda parecía haber perdido su atractivo a ojos de Jesús.

—Huélele las camisas, busca marcas de carmín, tarjetas de algún local sospechoso, algo que te dé una pista —propuso Florita.

—O sea, que lo espíe.

—Llámalo como quieras. Y mientras tanto sigue intentándolo con la lencería y un buen perfume, que sus necesidades tendrá y para un apuro ¿qué hay más cómodo que su propia mujer? Al menos, que cuando te busque, te encuentre.

Águeda hizo caso a todo lo que su amiga le planteaba, esperanzada en encontrar la solución al enigma de su matrimonio. Un día que revisaba la cartera de Jesús, Aurora entró en la habitación para avisarla de que salía a comprar agujas.

—Tres agujas llevo, tres en una mañana, por culpa de ese trasto de máquina. Tenemos que comprar una automática como la que nos enseñó el vendedor de Alfa que vino el otro día. Cuarenta mil pesetas nos las podemos permitir, y coser con la Singer es una pérdida de tiempo. Podríamos aceptar más encargos con una máquina moderna. ¿Se puede saber qué haces? ¿Por qué espías a tu marido? —preguntó al ver la cara de culpa de su hija, que tenía la cartera de Jesús en la mano.

—No es espiar, que dicho así parece algo malo. Solo reviso que tenga todo lo que necesita.

—¡Tú a mí no me la das! Estás husmeando entre las cosas de tu marido. ¿Qué pasa? ¿Que quieres averiguar dónde va la noche del primer sábado de cada mes?

—Yo sé perfectamente adónde va Jesús. A cenar con sus amigos. Si es la única noche que sale.

—Al menos, en eso no te miente, aunque a cenar ya te digo yo que no va. Y llamarlos amigos es mucho decir.

—¿Qué insinúa, madre?

—Que donde va tu marido cada mes es al Derribo's.

—¿Y eso qué es?

—Un local de maricones. Cualquier día te lo llevan detenido en una redada —respondió—. Me voy a perder media tarde hasta que llegue al centro a buscar las malditas agujas.

Aurora se fue y Águeda se quedó parada, temblando.

Años atrás, Jesús había llegado a casa conmocionado, contando que la policía había entrado con metralletas en los bares del Pasaje Begoña de Torremolinos, un lugar que para Águeda no significaba nada, y que habían detenido a todos por homosexuales. Incluso a muchos extranjeros. Tres autobuses llenos de gente. Una vez en el calabozo les habían pegado y vejado, lo que hizo saltar las alarmas de la diplomacia internacional. Aquella noticia, que no salió en ningún telediario ni en ningún periódico, tuvo a Jesús de cabeza durante semanas sin que Águeda lograra entender el motivo.

—¿Tú estás seguro de que es verdad eso que cuentas?

—Toda la prensa extranjera habla de ello —respondía él.

—¿Y desde cuándo estás al corriente de la prensa extranjera?

—Al trabajo llega gente de todo tipo, mujer, hombres con mucho mundo, ¿por qué si no?

No entendió entonces aquella preocupación de su marido. Sin embargo, tras las palabras de su madre, sintió que le faltaba el aire.

16

Ana, 2019

Nunca me gustaron los coches grandes. En cambio, llevaba usando monovolúmenes, todoterrenos y todocaminos desde que nació Alba, que iba a cumplir veinticuatro y ya se había independizado, o al menos vivía por su cuenta. Con el dinero de su padre.

La elección de mi coche corría a cargo del departamento de compras de la empresa. Con tres hijos, la mejor opción era uno grande porque tenía que llevarlos al colegio cuando no llegábamos a tiempo a la ruta, a las extraescolares, al médico y a los cumpleaños de los amigos. Yo solo elegía el color y los extras que me hacían falta y, cada cuatro años, un coche nuevo aparecía a la vez que el viejo desaparecía. Siempre antes de necesitar pasar la primera ITV. Por seguridad. Por fiscalidad. Y aunque hacía años que esa fase de la infancia de mis hijos había terminado y que los dos mayores tenían coche propio, la vieja costumbre continuaba.

—Me avisa mi secretaria de que tu coche tiene cuatro años, ¿te parece que lo cambiemos por un SUV híbrido? —preguntó Carlos cuando Jesús, el pequeño de nuestros hijos, estaba a punto de empezar tercero de la ESO.

Yo asentí. Sería un buen coche, como siempre. Alta gama y con todo el equipamiento. Así me encontré con un flamante BMW X5, que conduje con la misma falta de ilusión que los anteriores.

Todo cambió un día en la consulta de Rubén, mi psicólogo,

al que no sé por qué le estaba contando mi cambio de coche. Y a él le pareció importante.

—Cierra los ojos. Quiero que me respondas lo primero que se te pase por la cabeza. ¿Lista?

Asentí.

—¿Adónde te apetecería ir? Un sitio donde nadie te conozca. Descríbemelo.

—A una playa desierta.

—Estás al volante de un coche, tú sola, de camino a esa playa. ¿Te ves? ¿Qué coche es?

—El que tengo ahora.

—Probemos otra cosa. Imagínate una colección de coches en miniatura, ¿cuál te llama la atención?

—Un Mini. Verde. Con dos rayas blancas en el capó y el techo blanco. Es una monada.

—¿Te ves al volante de un coche así?

—No creo que sea muy práctico —respondí.

—No te he preguntado eso. ¿Te haría ilusión conducirlo? ¿Llevarlo a casa?

—Creo que sí —accedí.

—¿Qué ocurriría si te compraras un Mini?

—Que Carlos diría que no está en el catálogo de coches que tiene la empresa para elegir.

—Olvida a Carlos —la cortó—. ¿Qué sucedería? ¿Podrías hacer lo que habitualmente haces con tu BMW?

Claro que podía. Si casi siempre iba sola en el coche, a veces por los alrededores de La Finca, nuestra urbanización, o a los eventos que organizaba mi suegra, y mi única compañía era Jesús cuando lo llevaba a los partidos de hockey o mi madre cuando íbamos juntas a Madrid.

—No puedes seguir dejando que Carlos tome decisiones por ti. Has depositado el control en él y él, simplemente, lo ha asumido como una más de sus tareas. ¿Estás segura de que a él le importa el coche que lleves?

No sabía lo que le importaba o no a Carlos, pero estaba segura de que a mi suegra no le gustaría verme en un Mini. No le parecería apropiado. Y por eso mismo Rubén me animó a visitar un concesionario. Solo por experimentar lo que sentía. Y así me encontré un mes después en un expositor de Minis situado en una de las autovías de entrada a Madrid.

Mientras rellenaba la ficha, el vendedor, un hombre de unos cuarenta, más bien bajito y con modales de comercial experimentado, me dio conversación. Una charla agradable e inofensiva con la que evitar el incómodo silencio de la espera mientras él configuraba el coche en el ordenador según mis peticiones.

—¿Sabe que yo también tengo un X5? Pero el mío es antiguo. Me encantan los BMW, yo vengo de allí, me cambiaron a Mini cuando BMW compró la marca. Para ciudad el Mini es mucho más manejable.

—Los niños son mayores y no necesito un coche tan grande —respondí por cortesía.

—Es más difícil para aparcar y, bueno, conducirlo también. Ya es un mérito que te encuentres cómoda con él.

Me chirrió el comentario, pero examiné la cara de mi interlocutor y su gesto no indicaba que sus palabras respondieran a ningún prejuicio. Hasta que añadió:

—Por aquí pasan muchos autobuses de los verdes, los que van a Madrid y a otros pueblos, y cada vez hay más mujeres conductoras. Se las arreglan bastante bien.

No dije nada. La conversación continuó sobre temas banales, sin que aquella apreciación significara para el vendedor algo distinto a hablar de si llovía o hacía sol. Pensé que pecaba de susceptible y no le di más importancia. Pero supongo que mi cabeza siguió enganchada al tema porque dos días después quedé para comer con Alba en Madrid, en un restaurante ecológico de moda por la zona de Chueca en el que cobraban veinte euros por una ensalada de lechuga y quinoa, y se lo conté. Cuando terminé, mi hija ardía de indignación.

—Para mandarlo a la mierda al muy capullo, ¿y tú no le dijiste nada?

—No, hija, porque el hombre no lo dijo con mala intención.

—Pues precisamente por eso, mamá, precisamente por eso. ¿No te das cuenta de que es aún peor?

—No te entiendo, Alba, y no levantes la voz que nos están mirando los de la mesa de al lado.

—Ese es el gran problema de las mujeres, que tú y otras tantas como tú no entendéis que no podemos evitar que haya machistas declarados porque en todos los ámbitos hay radicales, pero son los menos. Esos no son el problema. El peligro está en todos esos machismos con los que nos educan, los que sufrimos a diario sin mala intención, que vienen de buenas personas, hombres y mujeres, y que se producen sin que ni el ofendido ni el ofensor sean conscientes. El problema es que, como las mujeres hemos crecido con esos machismos, los aceptamos sin rechistar hasta que los interiorizamos y ocupamos, dóciles, el segundo plano al que la sociedad nos relega. ¿Qué te decía la abuela cada vez que llegabas a Oviedo?

—«Ay, hija, ¿te arreglas bien con ese coche tan grande?» —parafraseé a mi madre.

—¿Alguna vez le ha preguntado eso a papá? ¿A que no? Pues ahí lo tienes. ¡Y claro que la abuela no tenía mala intención contigo, al contrario! Pero ¿qué te ocurría a ti? Te situaba en una posición de inferioridad respecto a papá que tú asumías sin darte cuenta. Y así con millones de detalles bienintencionados cada día. El resultado es que nos creemos que somos de segunda clase y ni siquiera nos enteramos. ¿Lo entiendes ahora?

En ese momento me habría gustado ser como Alba y tener las cosas igual de claras que ella. Admiraba mucho su madurez y su confianza en sí misma, a pesar de que yo fuera su madre y le doblara la edad. Fue ella la que me hizo decidirme a comprar el Mini. «Conduce el coche que tú quieras, y si a la abuela Paloma no le gusta, que le den, mami, que ya está bien de ser su corderito manso». No sé si Alba evitó a propósito hablar de la reacción de su padre, pero yo sí lo hice. Carlos y Alba tenían una relación intensa y complicada y yo no quería ser motivo de discusión entre ellos.

A pesar del discurso de Alba, me inquietaba contarle a Carlos que había comprado un coche sin consultarle. Me acordaba de su reacción el día que le pedí que me buscara un puesto de trabajo en la empresa. Aproveché mientras desayunaba porque era la única comida que Carlos hacía en casa.

—No sabes lo que dices —respondió tras dar un sorbo a su café—, esa vida no es para ti. Si quieres ocupar tu tiempo en algo, ¿por qué no te haces voluntaria en una ONG? Seguro que mi madre puede ayudarte.

—Es que yo quiero un trabajo de verdad. Soy arquitecta, algo podré hacer. Quiero ganarme la vida por mí misma.

—Y yo te aseguro que no es eso lo que quieres. Y menos en una empresa donde siempre serías la mujer del presidente.

—Pero, en cambio, sí te gustaría que Alba trabajara contigo. ¿Ella no sería la hija del jefe?

—Eso es muy diferente —respondió con lo que me pareció una mirada de conmiseración. Dejó el desayuno a medias porque zanjó la discusión levantándose de la mesa y saliendo de la cocina.

El recuerdo de aquel día me hizo posponer la decisión de contarle a Carlos lo del coche hasta que me lo entregaron.

—¿De quién es el Mini del garaje? —preguntó cuando entró en nuestro dormitorio pasadas las doce de la noche.

—Es mío. Me lo he comprado.

—Si me lo llegas a decir, lo hubiéramos contratado con el leasing de la empresa.

—Quiero devolver el X5.

—¿No prefieres quedarte los dos?

Negué con la cabeza.

—Le diré a mi secretaria que se encargue.

Carlos no comentó nada más. Se desvistió, fue al baño y se metió en la cama.

—Que descanses —dijo antes de darme un casto beso en los labios y apagar la luz.

A los cinco minutos oí su respiración rítmica y constante. Se había dormido.

Mi suegra, en cambio, no se lo tomó igual de bien.

—Ese coche es para una chica joven como Alba, no para una mujer hecha y derecha. Si quieres usarlo para ir tú sola por ahí es cosa tuya, pero al próximo evento vienes en un coche en condiciones —me espetó cuando llegué con el Mini al rastrillo benéfico que organizaban con motivo de ya no recuerdo qué recaudación de fondos.

No obedecí y me quedé con mi Mini, pero esa noche me harté a helado de chocolate y patatas fritas, como si estuviera en una película americana, fruto de la ansiedad que me había generado el asunto del coche. Lo que no aparecía en las películas es que la protagonista tuviera que vomitar después para seguir entrando en la talla 36 con cincuenta y un años.

Águeda, 1980

Águeda y Jesús estaban absortos frente al televisor viendo el programa especial que emitía RTVE sobre el asesinato de John Lennon, ocurrido tan solo unos días atrás, cuando sonó el teléfono. Ninguno de los dos hizo ademán de levantarse, así que Ana corrió a la cocina, encantada de ser ella la que atendiera la llamada. Para Ana, John Lennon era un cantante de viejos. Ella empezaba entonces a escuchar música en la radio y los que más le gustaban eran Miguel Bosé y Nacha Pop.

—Vaya sentido de la oportunidad —dijo Jesús mientras Isabel Tenaille le contaba a España los detalles del suceso y las reacciones en todos los rincones del mundo.

Ana, decepcionada, volvió a sentarse unos instantes después.

—Han colgado —dijo.

El teléfono no tardó ni diez segundos en sonar de nuevo y Ana fue corriendo otra vez.

—Debe de ser un gracioso, porque cuelga en cuanto respondo.

De nuevo el timbre del teléfono interrumpió a la familia.

—Déjalo sonar —dijo Águeda antes de que Ana se levantara.

Y dirigiéndose a Jesús, añadió—: Pobre hombre, con lo bien que cantaba y lo que me gusta a mí la canción esa de «Ob-La-Di, Ob-La-Da».

—Te gusta porque es la única de la que te sabes algo de la letra, pero justo esa es de Paul McCartney, cariño.

El teléfono calló tras unos cuantos tonos, pero insistió una y otra vez hasta que Águeda se enfadó.

—Voy a cogerlo yo, a ver si a mí también me cuelga —dijo levantándose.

Una voz masculina pidió hablar con doña Aurora Cangas.

—¿Quién pregunta por ella?

Era un periodista, que se identificó como independiente, interesado en hablar con los antiguos habitantes de la casa donde se habían encontrado las momias de los dos soldados regulares de Franco.

Águeda se quedó helada. Al final, su madre iba a tener razón.

—Perdone, no sé si lo he entendido.

El periodista repitió su discurso de presentación.

—Mis abuelos ya están muertos —contestó Águeda—. Hace muchos años. De mi abuela ni me acuerdo. Imagine usted, murió cuando yo tenía un año.

—Esa información ya la encontré en el registro civil, por eso busco a su madre. Es la única superviviente de los que habitaban la casa en la época en que los regulares africanos estuvieron en Asturias.

—Estuvieron muchos años y algunos incluso se quedaron. Mi madre no creo que pueda ayudarlo porque se casó muy joven, al poco de terminar la guerra, y se fue a vivir con mi padre. Tenía casa propia, ¿sabe usted? Era huérfano de padre y madre.

—Los expertos aseguran que murieron a principios de los años cuarenta. Además, los uniformes están en relativo buen estado y son inconfundibles. Es posible que, aunque ella ya no viviera allí, tenga alguna información útil. ¿Podría ayudarme a localizarla?

—No va a ser posible. Mi madre está en Argentina —mintió Águeda, tal como su madre le pidió que hiciera antes de irse—. Vive en Buenos Aires. Le puedo dar una dirección, pero no tiene teléfono allí.

Águeda le dio la antigua dirección de unos conocidos de Turón que emigraron a Argentina y habían vuelto al morir Franco. Por mucho que investigara el periodista, nada iba a encontrar con los datos que le había facilitado.

Pensó en avisar a su madre de la llamada a través del número que le había dado por si había una emergencia, pero llevaba dos años sin noticias suyas, tras el desplante que le hizo cuando la visitó en El Palmar. Águeda ni siquiera la había puesto al corriente de la muerte de Herminia de tan enfadada que estaba con ella. Al día siguiente, se lo pensó mejor y envió a Jesús a la oficina de correos a poner un telegrama a la dirección de Sevilla que había dejado Aurora: «Periodista independiente pregunta supervivientes posguerra casa abuelos. Entregada dirección Argentina».

Después de eso, Águeda intentó olvidarse de su madre: cerró la puerta de la habitación que le había preparado en la casa nueva y continuó su vida como siempre, cada día con más alumnas, con más encargos y apoyándose en Jesús para cada paso que daba en la vida. Nunca recibió respuesta de Aurora, así que tuvo que imaginar que la noticia le había llegado. Y acertó. Aurora recibió el telegrama de manos de Marisa, que fue a verla para entregárselo y aprovechó para intentar convencerla de que ese año acudiera con ellos a la fiesta de Nochevieja.

—Ni Nochevieja ni Nochebuena.

—No te vamos a dejar sola otro año.

—Estáis con vuestro hijo y yo no pinto nada. Aquí estaré estupendamente. Los vecinos me invitan a su fiesta y lo paso bien con ellos —zanjó Aurora, y por más que Marisa insistió, no consiguió que cambiara de opinión.

De lo que sí la convenció fue de poner una línea de teléfono.

—A nuestro nombre para que tú no figures en ningún sitio, no te preocupes. Para no tener que venir aquí si sucede algo. Te avisaríamos enseguida si alguien preguntara por ti. Y eso te daría más tiempo para prepararte —le dijo Marisa, y Aurora pensó que tenía razón.

Esa Nochebuena la pasó Aurora sola en la casa del Palmar. Cenó una lata de espárragos con mayonesa, un plato de embutido acompañado de una barra de pan, dos tabletas de turrón y una caja de figuritas de mazapán. Desde que recibió el telegrama no paraba de comer. Cosía y comía. Todo el tiempo.

Florita, 1981

Julio, don Julio, el directivo que le abrió a Florita las puertas al mundo de las amantes profesionales, la cambió por otra un mes antes de que cumpliera los cuarenta, pero le enseñó todo lo que necesitaba saber para continuar con su vida y fue más que generoso con ella. Durante los años que Florita estuvo a su servicio ahorró lo suficiente como para comprarse su propia casa en Oviedo. En el centro, en un edificio recién construido sobre el solar que antes ocupaba el convento de las mojas salesianas, encima del centro comercial más moderno de la ciudad, lleno de tiendas y con un gran supermercado. Y, lo más importante para ella, a escasos metros de la nueva casa, taller y academia de Águeda. El apartamento de Florita era pequeño pero luminoso y alegre, con dos habitaciones, una para ella y otra para recibir a su próximo amante fijo. Hasta en eso la ayudó don Julio. La puso en contacto con un empresario gallego que rondaba los sesenta, regordete y con cara de buena persona, que la llevó a cenar a un buen restaurante, la aduló y después la azotó tras entregarle un sobre con cien mil pesetas como pago por adelantado.

—Si me haces parar, me llevo la mitad del dinero —puso como condición.

Y Florita aguantó. Y al mes siguiente volvió a quedar con él.

—No esperaba saber de ti. Si quieres repetir, serán doscientas mil —dijo al teléfono—. El tuyo es un servicio intensivo.

—No lo vales. Ni siquiera eres joven.

—¿Cuánto valgo yo?

—Podría pagarte más del doble de lo que me pides al mes, pero si tengo llaves y exclusividad. Eso sí, si un día te encuentro con otro o mi llave no abre, se te acaba el chollo porque de mí no se ríe nadie. Y menos una puta. Esas son las condiciones.

Florita aceptó, no sin antes acordar el límite exacto al que podría llegar Augusto. Y de que le diera su palabra de que jamás volvería a llamarla puta. Querida, sí; puta, no.

—Una cosa más: no puedo estar todo el día metida en casa esperando a que llegues. Tengo que salir a la compra, a recados, al médico, o a merendar si me apetece. Y quiero vacaciones.

—No pretendo que vivas encerrada, en absoluto —convino Augusto—. Si llego y no estás, esperaré. O me iré. Eso es cosa mía. Pero de las vacaciones me avisas con antelación.

—Tengo una amiga que a veces viene a verme.

—¿Sabe lo que haces?

—Más o menos. Pero es una mujer casada y tradicional. Somos amigas desde pequeñas. Es la única que viene a verme. A veces con su hija, que tiene doce años y no debe enterarse nunca de esto.

—No te preocupes por ellas. Me presentas como tu novio. Mi comportamiento será impecable.

Con Herminia muerta y su padre viviendo en Estepona, la única persona que entraba de manera habitual en su casa era Águeda, así que, solucionado ese punto, Florita aceptó.

Augusto solía visitar a Florita un par de veces al mes, aunque en alguna ocasión se quedó una o dos noches con ella o apareció sin avisar dos veces en la misma semana. Quizá para controlar que cumplía las condiciones. Quizá no. Eso no impidió que, los años que pasó a su servicio, Florita siempre estuviera inquieta pensando que en cualquier momento podía abrir la puerta de su casa. Algunas noches se obsesionaba con que él pudiera presentarse de madrugada y no conseguía conciliar el sueño, aunque eso solo ocurrió una vez. Augusto llegó a las dos de la mañana con una pequeña maleta. Se desnudó, se metió en la cama y, después de requerirle un púdico servicio sexual, que no duró ni tres minutos, se durmió. Florita pasó la noche despierta y, antes de que sonara el despertador de Augusto a las siete y media, se maquilló y se lavó los dientes, dispuesta para lo que su cliente le solicitara.

—Buenos días, ¿me preparas un café? Con un poco de leche y dos de azúcar —le dijo cuando se despertó—. ¿Tienes magdalenas?

Augusto entró en el baño, se duchó, se vistió, tomó el café y una de las magdalenas que Florita le ofreció, le dio un beso en la mejilla y se fue. No volvió a verlo en varias semanas, pero aquella visita no hizo más que acrecentar su inquietud.

Aurora, 1981

El 23 de febrero de 1981, Aurora se levantó a fregar los platos aburrida de las noticias del telediario de mediodía. Solo hablaban de la investidura de Calvo Sotelo aquella misma tarde. Repasaban los sucesos que habían llevado a la inestabilidad al Parlamento español, desde la moción de censura a Suárez por parte del líder socialista, que traía locas a todas las mujeres, al menos en Sevilla, hasta la crisis económica que sufría el país, pasando por las cien personas asesinadas por ETA en el último año, la mayoría guardias civiles y militares. Aurora no acababa de entender cómo era posible que el primer presidente democrático dimitiera tras tres años de legislatura y pusieran a uno que no había elegido nadie, después de lo mucho que habían deseado los españoles votar a sus dirigentes. Sin embargo, lo que más le preocupaba eran los atentados de ETA porque la hacían temer, como a tantos otros, que estallara una nueva Guerra Civil y, con ella, otra dictadura. Habían pasado solo seis años desde la muerte de Franco y los desbarajustes de España empezaban a recordarle la época del gobierno republicano que describían sus padres. Como no podía solucionar los problemas del país, aquella tarde amenizó la costura con el programa de Hermida, aunque lo que de verdad le gustaba a

Aurora eran las películas de mujeres que enseñaban las tetas a la primera de cambio. Si bien pensaba para sí que estaría mejor que también salieran hombres guapos enseñando algo más que la pelambrera del pecho, lo cierto es que aquellas películas la hacían sentir bien. Se veía reflejada en esas actrices por alguna razón que desconocía. Cuando terminó el programa de Hermida, buscó el *Teleprograma* entre los retales de tela. Tardó un par de minutos en vislumbrar la cara de Michael Landon, que ocupaba la portada de ese mes. Tras ver que no emitirían nada de su interés apagó el aparato, dispuesta a no volver a encenderlo hasta la hora de la cena. Tampoco puso la radio y, ajena a la votación de investidura, Aurora pasó la tarde trabajando en el encargo de vestir a la familia de una amiga de Marisa para una boda en Sevilla. Hasta que algunas de sus vecinas aporrearon la puerta de su casa.

—Que vuelve Franco, que vuelve Franco, que lo han dicho en la SER. Aurora, enciende el televisor ese tan grande a ver si dicen algo —las oyó gritar.

Aurora pensó que se habían vuelto locas. Franco estaba muerto y enterrado. Pero abrió y las dejó pasar. Encendió el televisor y emitían un programa sobre los juegos de invierno. Al ver que la tele no se hacía eco de la noticia que daba la radio, las vecinas se fueron para seguir avisando a todos los habitantes del pueblo. Al sintonizar la cadena SER, Aurora escuchó al locutor, que relataba lo que estaba sucediendo en el Congreso gracias a que uno de los reporteros dejó abierto el micro cuando los golpistas les ordenaron parar la retransmisión. Primero pensó que aquello era una broma, como lo que ocurrió en Estados Unidos décadas atrás cuando un programa de radio convenció a los estadounidenses de que los invadían los extraterrestres. Cerró la puerta, dispuesta a no volver a abrir por mucho que llamaran, y continuó cosiendo con la radio puesta y el estómago revuelto.

Durante el resto de la tarde y toda la noche acudieron a su cabeza recuerdos de los bombardeos, la muerte de sus abuelos, el racionamiento, el trabajo en la mina, el miedo, la detención de Frutos y, sobre todo, de los moros que mató y que seguían atemorizándola cuarenta años después.

«Otra vez no, otra vez no, por favor, santa Bárbara, por favor, protégenos», dijo para sí cuando, unas horas más tarde, escuchó la noticia de la proclamación del capitán general Milans del Bosch desde Valencia como nuevo jefe de Estado y la toma de las calles por los militares.

Cogió el teléfono para llamar a Cefe y a Marisa, pero la asaltaron pensamientos paranoicos y cambió de opinión. ¿Y si los teléfonos estaban pinchados? Tampoco habría conseguido sentirse más tranquila de lograr hablar con ellos porque la situación no era mejor en casa de Cefe, quien al escuchar las marchas militares en la radio se transportó a cuando intentaba mantener con vida su cuerpo desnutrido y exhausto en el campo de concentración con la esperanza de volver a ver a su hijo y a su mujer. Se abrazó a Marisa con todas sus fuerzas mientras repetía una y otra vez: «Te quiero, te quiero, te quiero».

Por fin la sangre pudo al miedo y a quien llamó Aurora fue a Águeda.

—Cuidaos mucho y cuida de la niña —dijo cuando su hija respondió. Y después colgó.

Aurora deseó haber emigrado mucho más lejos. Fuera del país. No se sentía con fuerzas para vivir otra guerra. Y mucho menos otra posguerra.

En la cabeza de Águeda resonaban las palabras de su madre mientras abrazaba a Florita en el salón. Su amiga había salido corriendo hacia su casa, muerta de miedo, en cuanto se enteró de la noticia, viéndose de nuevo en manos del cabo Pérez. Águeda dejaba a Florita refugiarse en su pecho, pero con la otra mano apretaba la de Jesús, que temía haber dejado demasiadas pistas en Oviedo de sus inclinaciones sexuales, confiado por la sensación de libertad vivida en los últimos años. Ana, con la cabeza apoyada en el pecho de su padre, sabía que la situación era muy grave, pero a sus doce años para trece estaba lejos de imaginar lo que en ese momento ocupaba la mente de los adultos de su familia.

Pasada la una de la madrugada, una vez liberada Radio Televisión Española, Aurora se quedó petrificada ante el televisor al escuchar a Iñaki Gabilondo y a Victoria Prego anunciar las negociaciones del general Armada dentro del Congreso mientras transmitían una y otra vez el vídeo en el que el rey se dirigía a los españoles para apoyar la Constitución. Nunca rezó tanto Aurora como aquella noche, porque siempre supo sacar fuerzas para seguir adelante en la vida, pero no para volver atrás.

Pasó la noche cosiendo frente al televisor mientras escuchaba de fondo las dos comedias americanas que emitieron, esperando cada avance informativo.

La situación le habría resultado increíble de no ser tan familiar. Recordaba el día que estalló la Guerra Civil. Tenía entonces catorce años y no podía imaginar las consecuencias de aquella noticia que conmovió al pueblo, como tampoco vislumbraban los adultos el horror que se les venía encima con la guerra y tras ella.

No fue hasta el día siguiente, cuando los golpistas salieron del Congreso, que Aurora y el resto de los españoles observaron atónitos a aquellos guardias civiles pegar tiros al techo del Hemiciclo mientras el teniente coronel Tejero, con tricornio y pistola, les ordenaba parar para no herirse a ellos mismos. El que prendó a Aurora fue un hombrecillo de apariencia endeble, desconocido hasta entonces para ella, que resistió el intento de Tejero de derribarlo, sin dejarse amedrentar por el arma que el cabecilla del golpe de Estado agitaba en la mano. El teniente general Gutiérrez Mellado dijeron que era aquel político que a ella le recordó a Ferino y al que sustituyó por un tiempo en sus fantasías más íntimas. Deseó volver a estar pronto a solas con un hombre. Pensó en Cefe y se le hicieron muy largos los meses que faltaban para el verano.

Por su parte, a Cefe, el renovado amor por su mujer que sintió la noche de la ocupación del Congreso le duró lo que tardó en quitársele el miedo a una nueva dictadura en España. Una vez que se recuperó la normalidad y la mayoría de los españoles cerraron filas alrededor del rey Juan Carlos I, Cefe volvió a sentir las habituales ganas de disfrutar de los placeres de la vida y, sobre todo, del que más le gustaba junto a la buena comida: sentir el cuerpo de la mujer ajena, o al menos que no fuera la suya. Tuvo encuentros esporádicos con mujeres que cobraban sus servicios hasta que llegó el verano, cuando Marisa empezó a preparar su viaje a Gijón y él volvió a planificar tres semanas completas con Aurora que, además de sexo sin restricciones, le daba una conversación interesante y la sensación de sentirse comprendido.

Florita, 1983

El domingo 17 de abril de 1983, los españoles estaban emocionados por la nominación de *Volver a empezar* a los Oscar, pero ni Águeda ni Florita tenían especial interés en ver la ceremonia. En cambio, las dos la vieron. Águeda porque a Jesús le parecía un hecho histórico ya no que una película española fuera candidata al Oscar, sino que partiera como favorita. Y Florita porque Augusto apareció a las siete y media, justo cuando Televisión Española conectaba con el Dorothy Chandler Pavilion de Los Ángeles, donde se celebraba la ceremonia, y quería verla. Algo tenía que ver su empresa en todo aquello, pero por más que preguntó Florita, su cliente no le dio más pistas de a qué se dedicaba.

Las visitas de Augusto no seguían un patrón que permitiera a Florita prever cuándo iba a aparecer. Cuando llegó, Águeda todavía estaba con Ana en casa de Florita y, tal como habían acordado dos años atrás, Florita lo presentó como su novio, aunque Águeda sabía perfectamente quién era en realidad.

—Ya veo —dijo Águeda recorriendo con la mirada a aquel señor chaparrete y feo que tenía llaves de la casa de Florita—. Anina, recoge las cartas, que nos vamos.

—¿Jugando? —preguntó Augusto.

Florita asintió. No quiso confesar que estaban en plena tirada de cartas intentando adivinar qué le depararía el futuro precisamente a ella.

Lo que le deparó el futuro esa noche fue una larga y emocionante velada de los Oscar que despertó el orgullo patrio de ambos antes de dormirse y una sesión de sumisión con Augusto antes de desayunar que Águeda interrumpió. Llevaba preocupada por ella desde la noche anterior, así que en cuanto Jesús salió para el trabajo en los grandes almacenes, se dirigió a casa de su amiga.

Tuvo que llamar varias veces al telefonillo, esperar a que saliera un vecino y subir. Una vez arriba y con un temor irracional por la seguridad de Florita, pulsó el timbre una y otra vez. Tardaron unos minutos en abrir la puerta que a Águeda se le hicieron interminables, hasta que se encontró frente a frente con Augusto, vestido con un pantalón de pijama y una camiseta puesta del revés a pesar de que eran casi las diez de la mañana.

—Florita está en la cama —explicó cuando Águeda, impaciente, preguntó por ella—. Ayer nos quedamos hasta tarde celebrando el triunfo de Garci en Hollywood.

Águeda apartó a Augusto y entró gritando:

—¿Florita? ¿Florita? ¿Estás bien?

Aunque hacía años que Águeda sabía lo que hacía su amiga, una cosa era la teoría y otra verla desnuda en la cama, tapándose con la sábana y rodeada de instrumentos que no resultaban amigables.

—¿Estás bien? ¿Qué te ha hecho?

Águeda intentó quitarle la sábana, pero Florita se lo impidió de un tirón.

—Vete de aquí, que todo está bien.

—Pero ¿con qué clase de pervertidos te ganas la vida? —le espetó—. Ay, Florita, esta vida no es para ti. No necesitas pasar por esto.

—¿Tú qué sabrás? Ahora vete. Luego te llamo.

Águeda se debatía entre la petición de su amiga y el instinto de protegerla.

—Por favor, vete de aquí, que me arruinas. Yo no voy a tu casa a espantarte a tus clientas. Lárgate. Te prometo que luego te llamo.

Águeda salió de la casa horrorizada no sin antes lanzarle una mirada de desprecio a Augusto, quien, totalmente indiferente, esperaba sentado en el sofá del salón a que se fuera para volver a la habitación con Florita.

—Encárgate de que esto no vuelva a suceder. ¿Por dónde íbamos? La loca de tu amiga me ha desconcentrado.

Cuando Florita llegó a casa de Águeda a la hora de comer con una caja de moscovitas de Rialto y una bandeja de princesitas como ofrenda de paz, la encontró como esperaba, sin gente en el taller, entre las pruebas de la mañana y las alumnas de la tarde. Ana comía en el colegio y solo Jesús estaba en la casa durante la pausa de mediodía. Galerías Preciados cerraba por entonces tres horas a mitad de la jornada y a Jesús, a menos de cinco minutos andando desde el trabajo, le gustaba ver el telediario y echarse la siesta después de comer, así que su amiga estaba libre.

—Ay, Dios, menos mal. ¿Estás bien? —dijo Águeda nada más abrirle la puerta.

—Pues claro que estoy bien. Me va muy bien, de hecho. Ojalá Augusto me dure muchos años.

—No te va bien. ¿Cómo te va a ir bien? Lo que te hace ese señor, por llamarlo de alguna manera, es una aberración. —Águeda cerró los puños con fuerza, llena de rabia contra Augusto.

—¿En serio quieres hablar de esto en la puerta?

—Vamos al taller, que ahí Jesús no entra nunca.

Allí, entre telas y máquinas, Florita y Águeda cerraron una promesa de amistad eterna, que hasta entonces daban por hecha.

—No tengo a nadie más que a ti. No puedo perderte. Tú eres toda mi familia —dijo Florita.

Las amigas se abrazaron largo rato hasta que Águeda se apartó.

—Vamos a echarte las cartas, que me da tiempo antes de

que lleguen las alumnas. Ahora que sé lo que sucede en tu casa, me será más fácil interpretarlas.

Las cartas fueron benévolas con el futuro de Florita y aquel día la tirada vino cargada de recomendaciones de seguridad.

Aurora, 1981

Cuando llegó el mes de julio, Marisa se fue a Asturias y Cefe volvió a meterse en la cama de Aurora, que tenía más que suficiente con unos días al año en compañía masculina para ver sus necesidades satisfechas. La ausencia de Marisa daba comienzo a las vacaciones de Aurora que, durante dos o tres semanas, disfrutaba de las salidas, el sexo y el cortejo, como si de una fase de enamoramiento se tratara. El resto del año era libre, sin obligaciones ni esa cotidianeidad del matrimonio que sustituye el deseo por la rutina. Además, los tenía a los dos para cualquier cosa que necesitara y para disfrutar de su compañía de vez en cuando. No veía inconveniente alguno a aquella relación y, según pasaba el tiempo, incluso llegó a convencerse de que era buena para Marisa. Así todo quedaba en casa y Cefe no caía en manos de cualquier mujer que buscara robarle el marido justo cuando acababa de aprobarse el divorcio en España, aunque todavía no se hubiera producido ninguno. Con ella, el matrimonio de Marisa estaba seguro.

En el verano de 1981, con más ganas de divertirse que nunca después de un año de miedos irracionales provocados por el periodista que la buscaba y el intento de golpe de Estado, tras un paseo por el Guadalquivir, Cefe la llevó a probar el rabo de toro al Bodegón Torre del Oro, un restaurante enorme, con terraza y cocina tradicional andaluza.

—Sevilla te sienta bien. Has cogido unos kilitos —le dijo Cefe dándole una suave palmada en el trasero.

—Cuidado, hombre, que pueden vernos. A ti te conoce mucha gente.

—¿Y quién le va a ir con semejante cuento a Marisa?

—Por si acaso, compórtate.

Saboreaban un gazpacho andaluz, al que Aurora se resistió a su llegada a Sevilla pero al que ya se había aficionado debido a los calores del verano, cuando Clemente Domínguez, autoproclamado papa Gregorio XVII tras la muerte de Juan Pablo I, llegó al restaurante con seis sacerdotes palmarianos luciendo las sotanas diseñadas por Aurora, que se escondió todo lo que pudo para no ser vista.

Pronto se dio cuenta de que los palmarianos, entretenidos como estaban con su propia fiesta, no se fijaban en ella. La cena romántica de los amantes se convirtió en espectáculo teatral con la contemplación del despropósito de aquellos hombres ataviados como clérigos bebiendo vino en grandes cantidades, fumando puros y pidiendo flamenco en vivo. Siete corderos enteros se sirvieron en la mesa a una orden de Clemente. Las risas y las voces subieron de tono y, para cuando Aurora y Cefe llegaban al postre, Clemente ya le había tocado tres veces el culo a un joven camarero que a la tercera fue a decirle a su jefe que se negaba a servir la mesa de los del Palmar. No supieron si motivado con recompensas o con amenazas, el chaval volvió a servirlos y Clemente a sus andadas.

Tan entretenidos estaban con la escena que no vieron al hombre sentado a una mesa de cuatro que, con el máximo disimulo, sacaba fotos con una cámara profesional.

Aurora y Cefe se quedaron de sobremesa, pidieron champán y comentaron cada detalle de la pantagruélica cena de la cúpula de aquella Iglesia que se denominaba a sí misma «la tradicional». Cuando se fueron, el papa Clemente bailaba con ayuda de dos de sus compañeros de juerga y credo, que evitaban que entre la ceguera y la borrachera fuera a parar al suelo.

Cefe y Marisa regresaron a Sevilla a finales de agosto tras pasar el mes en Gijón.

—¿Llamamos a Aurora y salimos a cenar el sábado? —propuso Marisa a su marido—. Llevamos todo el verano sin verla.

Cefe accedió, como hacía siempre. Que su mujer y su amante fueran amigas resultaba más cómodo de lo que habría imaginado.

El sábado siguiente recogieron a Aurora, que se quedaría a pasar la noche con ellos en Sevilla, y se dirigieron al Viejo Tito, donde Aurora había descubierto las pechugas Villeroy, un manjar que en Asturias entonces no había costumbre de tomar.

Se sentaron, pidieron sin siquiera echar un vistazo a la carta, y charlaban animados cuando el camarero entró con dos matrimonios de una edad similar a la suya para acompañarlos a su mesa.

No se fijaron en ellos hasta que uno de los hombres, sin más maldad que la del chismorreo, se detuvo y bromeó con Cefe.

—¡Volvemos a coincidir! Esta vez sin Papa-Gay-O —dijo riéndose del apelativo que corría por Sevilla aludiendo a la homosexualidad del papa del Palmar.

Cefe no acertó a responder.

—¿No me recuerda? En el Bodegón Torre del Oro, estábamos en la mesa de al lado de ustedes dos —señaló a Cefe y Aurora— cuando llegó el *empalmao* de Troya y su séquito.

Iba a reírse de nuevo de su manido chiste cuando su compañero intervino.

—Perdone, creo que mi amigo los ha confundido con otras personas.

—¡Que no! ¿Qué me voy a confundir yo? —Y al darse cuenta de que estaba metiendo la pata, rectificó—: O sí. Pues nada, perdonen ustedes, es que pensé… Nada, que disculpen.

—Pues yo también habría jurado que eran ellos, ¿verdad, Carmela? —dijo una de las mujeres en voz alta para asegurarse de que Marisa la oía.

—Clavaditos, clavaditos —recalcó la tal Carmela.

Marisa miró a su marido y a su amiga sin entender lo que acababa de escuchar.

—¿Fuisteis a cenar al Bodegón cuando yo no estaba?

Aurora calló.

—Claro que no —dijo Cefe recuperando la compostura—. Y si hubiéramos visto al papa Clemente te lo habríamos contado con pelos y señales. Está claro que nos han confundido. Yo creo que este hombre se fue de bares con los amigos antes de salir con su mujer y viene un poco tocado, ¿no os parece?

—El alcohol vuelve a algunos hombres muy impertinentes —afirmó Aurora.

—Ya, desde luego —accedió Marisa mirando a su amiga y a su marido sin decidirse a confiar o no.

Al final, Marisa optó por lo primero. No tenía sentido desconfiar cuando únicamente dejaba solo a su marido dos o tres semanas al año.

Después de la inoportuna intromisión, Cefe asumió el peso de la conversación, porque Aurora estuvo más callada de lo habitual y Marisa también. Por suerte, la mesa de sus delatores se hallaba lejos y no tuvieron que cruzar miradas con ellos.

Tras el postre, Cefe pidió la cuenta y Marisa se dirigió al baño.

—Debería irme —le dijo Aurora a Cefe—. No puedo quedarme en vuestra casa después de esto.

—Justo después de esto es cuando no tienes más remedio que quedarte, así que, por favor, alegra esa cara y disimula, que parece que estás en un funeral. Y vete al baño con Marisa, que siempre vais juntas y hoy ni eso. Mi mujer no es desconfiada, ya te digo yo que no sospecha a pesar de lo que haya dicho ese bocazas entrometido. Pero si te ve rara o no te quedas hoy a dormir, recelará porque tonta no es.

Aurora hizo caso a Cefe y se dirigió al baño, pero cuando pasó por la mesa de los acusadores pudo escuchar con claridad a una de las mujeres insultarla.

—No se puede ser más puta.

No se molestó en darse la vuelta ni en responder, pero cambió de rumbo: pasó de largo por la puerta del baño, compró una cajetilla de Winston en la máquina y pidió fuego en la barra. No fumaba desde la última vez que estuvo con Ramona, el día que se despidieron para siempre.

Florita, 1995

Florita dejó el oficio con cincuenta y cuatro años, un apartamento propio y ahorros suficientes para vivir hasta que llegara el momento de ingresar en una residencia. Estaba contenta. No era lo que soñó para su vida porque ninguna niña sueña con entregar su cuerpo a cambio de dinero y ser juzgada por ello, pero sí estaba convencida de que había elegido la mejor de sus opciones y no se arrepentía. Tenía el futuro asegurado, se había jubilado siendo aún joven y estaba ilusionada porque dejaba una ocupación que, desde la marcha de Augusto, se volvía cada vez más insegura.

Augusto le duró a Florita una década, hasta que ella cumplió los cincuenta, aunque no fue ese el motivo de la ruptura sino un accidente de coche camino a Asturias, que lo tuvo entre la vida y la muerte durante dos meses. Después de aquella experiencia, se retiró a su pueblo natal en las Rías Baixas y no quiso volver a Oviedo. Aun así, fue generoso con ella en la despedida. En vez de un anillo de compromiso, Augusto le regaló un lingote de oro. Le llegó por un mensajero privado y unos minutos después recibió su llamada.

—Es para cuando te jubiles, y espero que lo hagas pronto porque ya estás mayor para ser puta y cada vez hay más oferta de chicas extranjeras que hacen de todo, pero de todo, y cobran por horas.

—Yo no soy puta. Soy una querida. Eso era parte de nuestro acuerdo.

—Pero nuestro acuerdo ya terminó.

—¿Te vas con una más joven?

—Yo ya no me voy con nadie que no sea mi mujer. Tú cumples cincuenta, pero yo voy a cumplir veinte más.

—Fíjate que te hacía más joven.

—Si hubiera sido más joven, seguramente no habría durado tanto contigo, Florita, que ni las arrugas te quitan la ingenuidad.

—Y estás casado. Es lo primero que sé de ti. Ni siquiera me has contado a qué te dedicas o si tienes hijos.

—No te hace falta saberlo.

—Por lo menos dime una cosa, ¿Augusto es tu nombre real?

—Pues claro que no, me lo puse porque te contraté después de Julio, que tampoco se llama así, solo que empezó a verte un mes de julio. Cuídate mucho, por favor. Si al final te he cogido cariño y todo, ¡tiene bemoles! —dijo antes de colgar.

Florita no echó de menos a Augusto, pero sí la seguridad económica que le proporcionaba. Pasó meses buscando un nuevo amante, como ella prefería llamarlos, pero no lo encontró. Era una mujer guapa y no había envejecido mal, pero los hombres ricos ya no tenían queridas por dinero y mucho menos una de cincuenta. Así que Florita se vio obligada a asumir lo que era y puso un anuncio en la sección de contactos de los periódicos locales: «Madura sumisa para hombres serios y con clase. Apartamento propio».

Consiguió varios clientes fijos después de muchos esporádicos, pero ni entre todos obtuvo la cuarta parte de lo que ingresó con Julio y con Augusto.

Siempre tuvo miedo al primer encuentro con un cliente, miedo a que fuera un sádico o un psicópata como sabía que les había ocurrido a otras mujeres. Temía abrirle la puerta a un loco y que la mataran en su propia casa sin que nadie la auxiliara, pero fue precisamente un cliente fijo el que le dio el susto de su vida. No él, sino los que iban tras él.

Era una noche de celebraciones, victoria del Oviedo sobre el Real Madrid en un partido animadísimo que terminó con un 3-2 en el Carlos Tartiere. El jaleo y los pitidos en la calle daban a los vecinos sensación de gran festividad aquel domingo 14 de mayo. Ganar nada menos que al Madrid era una victoria histórica.

Ernesto, un abogado viudo y elegante que la trataba con consideración incluso en plena ejecución del servicio, llegó a las diez como habían acordado. Lo notó nervioso.

—¿Qué te sucede? ¿Va todo bien? —le preguntó Florita.

—Regular. Aposté por el Madrid.

—¿Has perdido mucho?

—Si solo fuera lo del Madrid no sería un problema. Llevo una mala racha, ¿me fiarías lo de hoy? La próxima vez te pago las dos, te lo prometo.

En ese momento sonó el timbre de la puerta.

—No abras. No hagas ruido —pidió Ernesto.

—Déjame al menos ir a ver quién es.

No tuvo necesidad. En cuestión de segundos, tres hombres enormes y con cara de pocos amigos forzaron la puerta de entrada, cerrada solo con el resbalón. Uno la maniató a ella, y a él, entre los otros dos le dieron tantas patadas que Florita pensó que lo mataban allí mismo. Fue cuando terminaron con él que el tercero, después de recorrer la casa buscando otros posibles ocupantes, les dijo:

—Servíos si queréis, que esta tía es puta. Le va el sado.

Los otros dos la miraron y negaron con la cabeza.

—Es muy vieja. Vámonos.

Y allí se quedó Florita, atada a una silla, con Ernesto en el suelo retorcido de dolor y la cara bañada en sangre.

—No llames a la policía —suplicó Ernesto entre quejidos al ver que Florita intentaba avanzar con la silla hacia el teléfono.

Aquel fue el último cliente que Florita recibió.

Al día siguiente retiró el anuncio del periódico y llamó al servicio de recogida de enseres para que se llevara el mobiliario de la habitación. Quitó aquellas cortinas que no dejaban pasar la luz y un pintor devolvió a las paredes de aquel cuarto el color blanco original. Lo siguiente que hizo fue llamar a una inmobiliaria y poner el apartamento a la venta. Con las decisiones importantes tomadas, llamó a su padre y reservó un vuelo a Málaga, donde él fue a recogerla.

—Me quedo en un hotel, ya lo tengo reservado. No quiero molestar, pero tengo ganas de verte y pasar algún tiempo juntos —le dijo.

Florita estuvo con su padre y su mujer en Estepona hasta el

final de verano. Pescó pulpos, bailó flamenco con los vecinos y disfrutó en los chiringuitos. Cuando llegó septiembre, volvió morena, relajada y decidida a instalarse en Gijón, donde nadie hablara de ella, donde fuera una mujer anónima y las vecinas no cuchichearan sobre quién entraba y salía de su piso, porque aquella etapa la daba por cerrada.

—¿No quieres quedarte aquí? —preguntó su padre.

—No, aquí tú tienes una vida en la que yo solo soy un estorbo. En cambio, allí tengo una amiga, una que me echa de menos cuando no estoy. El flamenco y las guitarras están bien para unas vacaciones, pero esto no es lo mío. Sé feliz con tu mujer.

—Ya no nos queda mucho. Alicia está enferma. Es cuestión de meses, un año como mucho. Metástasis.

—¡Cómo lo siento, papá! Aprovecha lo que os quede y después te vienes conmigo a Gijón. Buscaré un piso con espacio suficiente para los dos.

Su padre sonrió asintiendo, pero algo le dijo a Florita que eso nunca iba a suceder. No quiso consultarlo con las cartas, aunque eso tampoco impidió que ocurriera lo inevitable: su padre murió poco después. Era él quien tenía la metástasis en el hígado, el pulmón y los huesos. Fue cuestión de que llegara al sistema nervioso para acabar con él. Tres meses después de que su hija volviera a Asturias.

Aurora, 1985

La soledad a la que Aurora se sometió voluntariamente en Sevilla la pagó en forma de desengaño.

Cosía su propia ropa; cuando le faltaba un centímetro a una falda, la ensanchaba, y si ya no había de dónde sacar, la deshacía y confeccionaba una nueva. Se acostumbró a llevar vestidos flojos durante el verano para combatir el calor y los continuó usando en invierno para contrarrestar los sofocos de la menopausia. Sin terapia hormonal y sin querer romper su anonimato acudiendo a un médico que la ayudara a sobrellevar los estragos que causaba en su cuerpo esa etapa de su vida, se las arregló como pudo: si le venían los sudores, se cambiaba el vestido, se ponía uno limpio y continuaba cosiendo; si le daba un ataque de hambre o de ansiedad, comía lo que le apetecía y volvía a la máquina de coser.

El día que Cefe la dejó no era del todo consciente de los veinte kilos que había ido cogiendo desde que llegó a Sevilla. Y no fueron más que los primeros, porque en los años siguientes cogió otros veinte. Cinco de ellos ese mismo verano.

Cefe la abandonó a primeros de julio de 1985, y lo hizo con una llamada de teléfono que a ella le pareció tan irreal como el coche fantástico que en ese momento, en la pantalla de su televisor, acudía a la llamada de su piloto.

Sabedora de que Marisa se había ido a Asturias el día anterior, preparó su maleta y recogió las labores de costura, dispuesta a pasar con Cefe las semanas que él estaba solo en Sevilla, como hacían cada verano desde que se conocieron.

No le preocupó que Cefe tardara; seguramente se le habían complicado las cosas en el negocio. Cuando sonó el teléfono supuso que era él para avisarla del retraso porque, salvo él y Marisa, nadie más conocía aquel número. Acertó en que era Cefe, pero no en el motivo de la llamada.

—Este año no iré a recogerte —le dijo—. Me ha surgido un asunto.

Aurora supo que algo iba mal.

—¿Asunto? ¿No será otra mujer?

—Claro que no.

—Entonces ¿qué es? ¿Ya no te gusto?

—No es eso, es que eres muy distinta de la mujer que llegó a Sevilla hace ocho años. Que ya no eras joven, pero ¡menuda planta tenías!

—¿Tanto he cambiado?

—Mujer —respondió muy sereno—, es que te has puesto muy gorda.

A partir de entonces no solo comía mucho sino que, tras

años de verse empapada en sudor por los sofocos nada más salir de la ducha, se acostumbró a asearse poco. No la ayudó el enfado que sentía con Cefe y con ella misma por sufrir por él. Sin ninguna motivación para cuidarse ni arreglarse, lejos de mejorar sus hábitos, los empeoró. Echaba de menos a su hija. Desde que Águeda fue a visitarla a Sevilla y se encontró con su rechazo y la verdad sobre su concepción, ya no quería saber de ella.

El despecho no impidió a Aurora asistir los fines de semana a la iglesia con el matrimonio como había hecho hasta entonces. Esos eran los días en los que se daba una ducha y se arreglaba un poco para evitar que Marisa también la rechazara, ya que Cefe aprovechaba las visitas de Aurora para dejar solas a las señoras.

—Seguro que tendréis que hablar de vuestras cosas.

—¡Vente con nosotras a tomar un rebujito! —propuso Marisa en una de esas ocasiones mientras le explicaba a Aurora de qué se trataba—. Es una bebida nueva de aquí, manzanilla con Sprite. Lo probé el otro día, ¡no veas qué rico!

Cefe, como ya tenía por costumbre, rechazó la propuesta.

—¿Estoy muy gorda? —le preguntó Aurora a Marisa después de dos rebujitos.

—Sigues siendo guapa.

—Eso no es una respuesta.

—Míralo por el lado bueno: si alguien te busca, no te va a reconocer.

—Ya ni siquiera los que me buscaban antes tienen interés en mí.

Marisa asintió en silencio sin sospechar que se estaba refiriendo a su marido. «¡Con lo guapa que era esta mujer cuando llegó!», pensó, y sintió hacia Aurora una mezcla de complacencia y compasión.

—¿Sabes qué? —le dijo Aurora, más para convencerse a ella misma que a su amiga—. Es un alivio. Los kilos y los años mantienen a los hombres lejos y el corazón vive más tranquilo sin ellos.

17

Ana, 1992

El primer viaje que Carlos y yo hicimos juntos fue a la Expo de Sevilla, un año después de la vuelta de mi abuela Aurora a Oviedo. Ya teníamos fijada la fecha de la boda para el año siguiente y a mi suegra le pareció apropiado que acompañara a mi prometido. La empresa de la familia había sido una de las concesionarias de la construcción y montaje de la exposición y mi suegro iba a participar en el acto inaugural. Lo primero que me impresionó fue el AVE, mucho más limpio, rápido y moderno que el Talgo en el que acostumbraba a viajar de Madrid a Oviedo y de Oviedo a Madrid. Fue en abril, en plena primavera, y Sevilla me pareció una ciudad preciosa. Con una temperatura como la de Asturias en verano y un sol permanente en el cielo, entendí que los sevillanos tuvieran siempre ganas de bailar y cantar.

Escuchar las campanas de toda Sevilla tañer a la vez y ver el cielo lleno de palomas y globos con banderas me sobrecogió, pero fue al recorrer la Expo cuando fui consciente de la magnitud de los negocios de la familia con la que iba a emparentar. Me sentí muy pequeña y también muy afortunada, como Cenicienta cuando el príncipe la presentó ante su reino.

La Expo me impresionó: una cosa era estudiar las grandes obras de la arquitectura y otra contemplar aquel despliegue temporal de espacios vanguardistas. El Pabellón de Asturias, aunque no era de los más espectaculares, me gustó. Admiré la fachada recubierta de cobre oxidado y los osos abrazados a los altísimos pilares que semejaban los árboles de los bosques cantábricos, aunque me extrañó no ver referencias a la mina. En realidad, como casi todos los asturianos que no eran de la cuenca minera, solo la conocía de oídas, pero pensé en cómo se habría puesto mi abuela Aurora de estar allí y no ver carbón por ningún sitio. Ese pensamiento me hizo reír y sentirme más segura, como si hubiera encontrado un trocito de mi casa allí.

Fue un día maravilloso en el que acompañé a Carlos a todos los compromisos que tenía su padre. No pudimos estar solos hasta por la noche. Aunque teníamos habitaciones separadas, Carlos y yo dormimos juntos. A mi suegra le importaban las apariencias, pero no lo que hiciéramos en la intimidad. No era la primera vez que nos acostábamos, empezamos a hacerlo a los pocos meses de salir, pero sí fue la primera en la que se nos rompió el condón.

—Mierda, mierda, mierda —dijo Carlos—. ¡Se ha roto! Me cago en Durex y en su puta madre.

Me quedé tumbada en la cama mientras él, de pie, seguía despotricando.

—Es que no se ha roto un poco, se ha rajado de arriba abajo.

—Si quieres puedo probar a dar unos saltitos —bromeé, a ver si se calmaba.

A mí no me parecía tan grave; íbamos a casarnos y teníamos intención de tener hijos de jóvenes para que luego yo pudiera empezar una vida laboral sin parones. No veía tan terrible quedarme embarazada, pero cuando se lo dije a Carlos, él me miró como si fuera retrasada.

—Necesitamos la píldora del día después.

—¿Aquí? ¿Y de dónde la sacamos? Te piden receta.

—Habrá centros de planificación familiar, digo yo.

—¿Dónde?

—¿Puedes aportar alguna solución en vez de poner trabas? —me soltó cabreado.

—A ver, que tampoco es tan fácil que me quede embarazada.

Me costó un buen rato convencer a Carlos de que no tenía sentido pasar los dos días que íbamos a estar en Sevilla buscando un centro de planificación familiar. Y mucho menos que él faltara a sus compromisos laborales o que tuviéramos que dar explicaciones a sus padres por una posibilidad remota de embarazo. Lo que pareció convencerle fueron las ganas que tenía de exhibirse a la derecha de su padre, un signo claro de quién iba a suceder a don Carlos Fresno con los años.

El problema llegó cuando la posibilidad remota se transformó en un test de embarazo positivo un mes después.

Cuando vi las dos rayitas rosas en mi baño de la residencia de estudiantes, me temblaron las piernas. Me sentí demasiado joven para ser madre, pero eso me preocupaba menos que el hecho de que Carlos se lo tomara mal.

Ese fin de semana, mientras cenábamos en un italiano, respiré hondo y se lo solté como si fuera una buena noticia. Él no pensó lo mismo.

—No me jodas, Ana, no me jodas.

Cuando me planteó la opción de no tenerlo, pensé que se había arrepentido de casarse conmigo.

—Pero si nos vamos a casar.

—Por eso mismo. Primero la boda y después los niños.

—¿Tan malo sería hacerlo al revés? ¿Y si adelantamos la boda? —pregunté por dar opciones.

—¿Tú sabes lo que cuesta reservar fecha en los Jerónimos? Es una boda, ya está anunciada, no se cambia de día. Las cosas no se hacen así. No es momento de tener un hijo.

—¿Tú me quieres? —le pregunté una y otra vez.

—Claro que te quiero, voy a casarme contigo. Y vamos a tener hijos. Pero después, una vez casados.

Me negué a abortar. Él insistió en que era lo mejor y en que tendríamos niños más adelante. Llegó incluso a culparme del embarazo. Pero ni por esas cedí.

Carlos esperó veinticuatro horas antes de contárselo a Paloma, mi futura suegra, que me cogió a solas en el club ese domingo y no se anduvo con paños calientes.

—Si ese niño nace, tú no te casas con mi hijo. Elige. Pobre, sí. Pero pobre y con un niño, que parece que has ido a pillar a mi hijo como una fulanilla de tres al cuarto, no. Carlos no se va a casar con una madre soltera. Tú te casas de blanco virginal. Que aunque nadie asume que las novias son vírgenes, tampoco quieren ver correteando por la iglesia la prueba viviente de que no lo son. Cuando te cases, ya tendrás todos los hijos que quieras.

Fue ella la que me llevó a la clínica a abortar. Después de la intervención estuve tres días en su casa, hasta que se cortó la hemorragia. No me encontraba mal, solo un poco débil, pero emocionalmente agotada. Cada mañana me convencía de que había tomado la mejor decisión, que era lo único que podía hacer sin destrozar mi futuro, pero cada noche me asaltaban las pesadillas de un bebé que me llamaba mientras se desangraba, y yo, allí parada, lo miraba sin moverme hasta que mi hijo dejaba de gritar y entonces me despertaba. Me sentí muy sola aquellos días. Jamás se lo conté a mi madre. Lo que sí hice fue echarla de menos. Deseaba estar en mi casa, en mi cama, y que ella cuidara de mí.

Poco a poco las pesadillas me dieron tregua. Me olvidé del hijo que no tuve, o al menos no me permití pensar en él, y me concentré en la boda y en la vida de ensueño que me esperaba al lado de Carlos. Por un tiempo me ilusioné y fui feliz, aunque las pesadillas volvieron años después, cuando perdí al primer hijo que parí y mi propia culpa me hizo creer que Dios me castigaba por el aborto.

Aurora, 1989

El final de la relación entre Aurora y Marisa empezó a gestarse el día que Marisa sintió la necesidad de hacer el bien social para llenar el vacío que la embargó tras vender el negocio y retirarse de la vida laboral. Y lo hizo sin derecho a una pensión porque había trabajado toda su vida en la empresa familiar, en la que solo constaba Cefe como propietario. Era así porque, cuando montaron la empresa, ella era una mujer casada y no existía otra posibilidad. Después, cuando podían haberlo cambiado, ni siquiera se les ocurrió. Marisa nunca cotizó a la Seguridad Social por las interminables jornadas con las que juntos levantaron el negocio ni por las que vinieron después, a veces más llevaderas, otras menos, según llegaran tiempos de crisis o de bonanza. Porque lo que ella hacía se consideraba ayudar a su marido a sostener a la familia. Por eso, a la hora de jubilarse, se encontró con que a efectos legales ella solo había ejercido de ama de casa, dedicada a sus labores y a la crianza del niño, que también era cierto, y su trabajo en la empresa no constaba en ningún sitio.

—¿Sabes, Cefe? Tenemos mucho que agradecer a Dios. Hemos tenido una buena vida —le soltó a su marido mientras veían la televisión después de cenar, en una pausa publicitaria.

—¿Por qué hablas en pasado? ¿Sucede algo? ¿Estás bien?

—Sí, sí, no te asustes. Quiero decir que nos ha ido bien, tenemos un hijo maravilloso, una buena situación económica, un matrimonio feliz, y ahora empezamos una nueva etapa.

—Te has puesto filosófica —respondió aliviado—. ¿Qué me quieres decir?

—Que me gustaría devolver algo de todo eso a la sociedad. Contribuir a mejorar el mundo.

—¿Quieres apadrinar a un niño del tercer mundo o algo así? ¿Cuánto cuesta?

—Eso también podemos hacerlo, sí, pero lo que quiero es hacerme voluntaria en Cáritas para ayudar a los pobres de aquí, a los sevillanos de nacimiento y de adopción. En esta ciudad hay mucha necesidad. ¿Sabes cuántos niños pasan hambre en las Tres Mil Viviendas?

—¡Eso sí que no! Te prohíbo expresamente que vayas allí.

—Que no, hombre, que no. No me voy a meter en ese barrio, no me he vuelto loca, pero parte de lo que recauda nuestra parroquia va para Jesús Obrero, la iglesia de allí, que ayuda mucho a aquella gente.

—Ah, bueno, si es aquí en la parroquia y te hace feliz, yo encantado. Mira, ya empieza *La ley de Los Ángeles* —dijo Cefe zanjando la conversación.

Y así empezó Marisa a colaborar con Cáritas y allí coincidió con Sagrario, a la que no reconoció. En cambio, Sagrario sí la reconoció a ella, después de todas las veces que comentó con su marido y su amiga sobre la pobre cornuda que sentaba a su mesa a la amante de su marido.

Ana, 2014

Alba sintió que la embargaba una emoción que no podía contener cuando le otorgaron el Nobel de la Paz a Malala Yousafzai. Estaba entusiasmada. Una mujer de diecisiete años, uno menos que ella. Y además pakistaní, ni estadounidense ni alemana ni de ningún otro país occidental en el que la mujer hubiera avanzado posiciones y tuviera acceso a la universidad, a la vida laboral y a tantas cosas que eran impensables en otras sociedades, entre ellas la de Malala. Y precisamente la premiaron por eso, por defender el derecho de las niñas a la educación. Y, sobre todo, porque le metieron una bala en la cabeza por hacerlo.

Cuando Alba escuchó a Malala Yousafzai decir: «Cuento mi historia no porque sea única, sino porque no lo es», supo que ella quería hacer lo mismo. Aunque no tenía una historia propia como la de Malala, entendió que sí podía dar voz a las historias de otros.

Necesitaba compartir su alegría con alguien y buscó a su madre por toda la casa. No logró dar con ella, así que se dirigió al despacho que su padre tenía en casa, una habitación al final de la segunda planta a la que nadie solía acercarse. Allí en el pasillo, delante de la puerta cerrada, encontró a su madre.

Cuando Ana la vio llegar, se llevó el índice a la boca para pedirle que no hiciera ruido.

Alba se acercó en silencio.

—¿Estás espiando a papá? —susurró.

Ana se encogió de hombros.

No estaba espiando a Carlos. Había ido a buscarlo al despacho para preguntarle a qué hora quería salir para el club, pero cuando iba a abrir la puerta lo oyó hablar en voz alta y se detuvo para no interrumpirlo. Comprendió entonces que discutía con su madre por teléfono.

—No, mamá, olvídate de eso. Ana nunca ha faltado a sus obligaciones como madre —decía Carlos.

Ana se quedó paralizada detrás de la puerta. En el mismo sitio donde la encontró Alba. No podía escuchar la respuesta de Paloma, aunque sí imaginar lo que decía por las contestaciones de él.

—Jesús todavía es un niño y Carlos un adolescente inmaduro al que solo le faltaba algo así para que haga alguna tontería. Y Alba, bueno, Alba es Alba. Quiero que los abogados se ajusten al acuerdo prematrimonial para sentar las bases, pero no pretendo dejarla en la calle ni quitarle a Jesús. Mi intención es que siga teniendo una buena vida.

Carlos volvió a callar. Alba miró a su madre interrogante y Ana negó con la cabeza indicándole que ella tampoco sabía de qué hablaba.

—Son mis hijos, mamá, así que haz lo que te he pedido. Por favor. Ya bastante drama va a ser el divorcio. No quiero ir a juicio ni convertir esto en un culebrón, así que cuando los abogados lo tengan listo, pásamelo y después ya veré qué decido.

Ana salió corriendo y Alba tras ella.

—¿Estás bien, mamá?

Pero no era con Alba con quien Ana quería hablar. Dejó a su hija confusa y sin respuesta para encerrarse en la habitación y llamar a su madre.

—Carlos va a divorciarse de mí —dijo en cuanto Águeda respondió.

—¿Qué tonterías dices, hija? ¡Qué va! Con lo bien que se ha portado conmigo.

Ana no obtuvo la ayuda que necesitaba porque Águeda se negó a aceptar lo que su hija le contaba. Salió entonces en busca de la mujer más fuerte que conocía: Beba. Era día de club. Beba ya estaba allí. Tardó en quedarse con ella a solas y, cuando por fin lo consiguió, rompió a llorar, pero Beba le quitó hierro al asunto.

—Es mejor que no saques conclusiones de una conversación que has escuchado a medias detrás de la puerta. ¿Has hablado con Carlos?

—No, claro que no —replicó con rotundidad—. ¿Tú estás loca? No voy a ponérselo tan fácil. Una vez que me pida el divorcio, la vuelta atrás es más difícil. Lo que quiero es que no me deje. Yo no sé vivir sin él y no quiero que Jesús crezca sin su padre, que bastante poco está en casa como para que encima solo lo vea dos fines de semana al mes. ¿Y Carlitos? Está teniendo una adolescencia muy mala. Esto lo va a empeorar todo.

La conversación que Ana temía no llegó a producirse. Al menos, no entonces. Esperó y esperó a que Carlos le pidiera el divorcio, pero él ni lo mencionó y ella no quiso indagar. Cuando pasaron los meses, empezó a sentirse confiada y prefirió pensar que había interpretado mal lo que escuchó.

Alba tampoco habló con su padre; ni siquiera con su madre. Canalizó su ira y su frustración en un homenaje a Malala con su primera exposición: una instalación en el parque del Retiro hecha con objetos que simbolizaban de una u otra forma la opresión femenina y que la llevó directa al calabozo en cuanto le prendió fuego. Por suerte para la vieja Singer, Ana se había negado a entregársela a su hija sin saber que la estaba librando del cruel destino de quedar reducida a cenizas entre los otros muchos objetos que Alba condenó a la hoguera.

Aurora, 1991

Sagrario, la compañera de Marisa en Cáritas y testigo de los devaneos entre Cefe y Aurora tiempo atrás, tardó dos años en contárselo. Y lo hizo porque Marisa le habló de Aurora.

Ocurrió el día que salió el tema de los niños del Palmar mientras clasificaban la ropa y los alimentos no perecederos en el almacén de Cáritas.

—A mí el circo ese del Palmar me da igual —dijo una de las voluntarias—. Miento, igual no, vergüenza me da que esos fanáticos herejes sean de aquí, de Sevilla precisamente. ¡Con las tradiciones bonitas y de verdadera fe que tenemos! Es lo de los niños lo que no tolero. El Gobierno debería hacer algo.

—¿Qué pasa con los niños? —preguntó Marisa.

—Que ahora los llevan cubiertos de ropa incluso en agosto y les censuran los libros. Como van al colegio del pueblo, los maestros ya no saben qué hacer. Les arrancan las páginas que no consideran apropiadas. Vosotros erais proveedores del Clemente y compañía, ¿no?

—Pues sí —respondió Marisa a la defensiva—. Pero nosotros siempre atendimos a todos los clientes por igual, nunca preguntamos ni quiénes eran ni a qué se dedicaban. Con los palmarianos no tenemos nada que ver. Además, mi mejor amiga, que vive en El Palmar, viene a pasar el fin de semana con nosotros una vez al mes y no me ha contado nada. Igual estáis exagerando.

—Ya vemos que la guita puede más que la fe —soltó su interlocutora.

Marisa no quiso entrar al trapo. Entonces Sagrario aprovechó para acercarse a ella.

—Esa amiga tuya, ¿es palmariana?

—Es costurera —respondió seca, esperando otro ataque.

—¿Y le gusta vivir en El Palmar? ¡Quilla, con lo feo que es aquello!

—¡Qué me vas a decir a mí! Fue lo primero que conocí cuando llegué a Sevilla. Y en aquellos tiempos era mucho peor. Mi amiga vive en la primera casa que tuvimos nosotros. Y gana bien, pero se empeña en seguir allí. Cada uno con sus decisiones.

—¿No es de allí, entonces?

—¡Qué va! Es del norte. Y El Palmar le está sentando mal. Cuando llegó era una mujer guapa, muy guapa. Llamaba la atención. Y vestía una ropa muy bonita porque cose requetebién. Pero ¡ay, si la ves ahora! Dejó de teñirse, lleva el pelo blanco, unos vestidos como las túnicas del Demis Roussos ese que está tan de moda, y se ha puesto tan gorda que parece una anciana.

Sagrario siguió sacándole información y a la semana siguiente, a la misma hora, se presentó con un álbum de fotos.

—Mirad lo que tengo aquí —anunció—. ¿Os acordáis de lo que hablábamos la semana pasada? Las monjas y los fieles del Palmar a sufrir y a penar, aunque sean niños, pero mirad lo que hace el papa Clemente y su séquito. Estas fotos las sacó un amigo nuestro que es periodista en *El Correo de Andalucía* y no sale de casa sin una cámara. Estábamos cenando con él y con su mujer cuando las tomó.

Sagrario se ocupó de que Marisa viera las fotos en las que se distinguía con claridad a Cefe cenando con Aurora.

Dos semanas necesitó Marisa para pasar de la negación a la ira y presentarse en la casa del Palmar. Encontró a Aurora cosiendo con su máquina automática unos vestidos de niña que le habían encargado para el Domingo de Ramos.

—¡Qué sorpresa! ¿Qué haces tú aquí?

—¿Estás sola? —preguntó Marisa.

—¿Con quién voy a estar? O sola o con las ayudantas, pero prefiero que ellas cosan en su casa y yo en la mía. Ya no tengo paciencia para tener aprendices.

—¿Qué hiciste en Asturias para llevar tantos años huyendo? —preguntó Marisa, con tal rabia en la voz que Aurora supo que aquella amistad había terminado.

Buscó una cajetilla de tabaco, sacó un cigarrillo y, sin ofrecerle a Marisa, lo encendió.

—¿Qué sucede? —preguntó al fin.

—¿Cuánto tiempo estuviste tirándote a Cefe? Ahora ya imagino que no lo haces porque mi marido tiene demasiado buen gusto para tirarse a una bola de sebo vieja y fea como tú.

Aurora dio una calada a su cigarrillo, pero aparentemente no se inmutó.

—Lo siento. De verdad que lo siento —dijo al fin.

—No mientas, lo que sientes es que me haya enterado.

—Nunca pretendí hacerte daño.

—No seas soberbia, que tú no tienes poder para hacerme daño a mí.

—¿Qué quieres, entonces? ¿Por qué has venido? Hace mucho que, como tú dices, Cefe no se acerca a mí ni con un palo.

Marisa rio con amargura.

—Te traté siempre como una hermana y ¿así me lo pagabas? ¿Acostándote con mi marido? ¿No había otro?

Aurora se encogió de hombros y sacudió la ceniza en una taza con los restos del último café.

—Tu marido no te fue fiel nunca.

—Y sigue sin serlo, ¿te crees que no lo sé? ¡Pero con putas! No con mi amiga.

—¿Qué esperas de mí? ¿Qué quieres que haga?

—Lo que quiero es verte sufrir. Por traidora, por sinvergüenza y por robamaridos.

—Lo hecho, hecho está.

—Quiero verte en la cárcel. Eso quiero. Porque si llevas enterrada en este agujero más de una década, lo que hiciste debió de ser muy gordo.

Aurora dio una última calada y apagó el cigarrillo.

—No vas a obtener venganza por ahí —dijo al fin—. Hace años que ya no me preocupa. Me quedé porque estaba bien aquí y tampoco tengo a donde ir.

—Con tu hija y con tu nieta. Si no has vuelto con ellas es por miedo. ¿Quién iba a quedarse aquí sola por gusto? Eso sí que no me lo trago.

—Pues te equivocas, pero en una cosa tienes razón: ya es hora de que vuelva. Fue un placer conocerte. Y a Cefe también.

A Marisa le entró tal ataque de cólera que se lanzó a por ella al grito de «Te saco los ojos, zorra». Aurora retrocedió, sorprendida por la embestida, pero no pudo evitar que la agarrara por el pelo con la fuerza que da la ira y la golpeara con el bolso en repetidas ocasiones. Quiso defenderse y le clavó las uñas en el brazo, pero Marisa estaba tan alterada que siguió dándole bolsazo tras bolsazo mientras Aurora intentaba protegerse como podía de aquella lluvia de golpes, hasta que Marisa se sintió tan ridícula por lo que estaba haciendo que la soltó, se arregló la ropa y salió de la casa dejándola allí entre quejidos y lágrimas.

—¡Mujer!, ¿qué te ha pasado en el brazo? ¿Te has peleado con un gato? —le preguntó Cefe aquella noche cuando vio los arañazos en la piel de su esposa.

Marisa lo miró con una rabia que borró la sonrisa de los labios de él y le respondió despacio, como si masticara las palabras:

—El gato era gata, una gata bien gorda que salió mucho peor parada que yo.

Y Cefe, que intuyó que la gata tenía por nombre Aurora, supo que lo mejor que podía hacer era callar.

Ana, 2010

Beba tardó cinco meses en casarse y cinco años en divorciarse de Juan Camilo, un colombiano sin papeles, guapo a rabiar, tan simpático como pobre y veinte años más joven que ella, que estaba a un año de entrar en la década de los cincuenta.

La boda se celebró en el club, por lo civil y con los amigos cercanos, en un ambiente alegre y nada tradicional. Además de una bonita fiesta, Juan Camilo consiguió los papeles y Beba el compromiso de sexo sin protección varias veces a la semana.

—¿Qué clase de hombres tenéis en España que necesitas cerrar el sexo por contrato? Yo, mi amor, te lo doy todos los días si tú quieres, aunque no lo diga ningún papel —decía Juan Camilo, cuyo desconcierto ante semejante petición era sincero.

Ante lo inusual del casamiento, a Carlos la ceremonia le parecía divertida; no así a Ana, que estaba escandalizada.

—Con lo sensata que es Beba, no me puedo creer que esté haciendo esto.

—Esto no es insensato.

—Es una locura.

—Al final todo se pega. Empiezas a parecerte a tu suegra.

Deja a Beba que disfrute de la vida, ¿no ves lo contenta que está?

—Ya, pero ¿casarse? Ni siquiera he podido verla antes de la boda.

—¿Para qué querías verla?

—Para hacerla entrar en razón.

—¿En razón?

—No te hagas el tonto. Está claro lo que quiere este chico de ella.

—Estás poseída por el espíritu de mi madre —insistió Carlos.

—¿De verdad estás de acuerdo? ¿Es que no ves que le ha sorbido el seso?

—Yo solo veo que se casan dos personas que salen ganando con este matrimonio. Como en todos los matrimonios.

—O sea que ahora el amor no existe, casarse es una cuestión mercantil de toma y daca.

—Mercantil, no. Se trata de que los dos mejoren su situación sea de la forma que sea, espiritual, material o sexual. Al menos así ocurre en los matrimonios que funcionan. Y no todos los que duran lo hacen porque funcionan.

—¿Qué quieres decir?

—Que mires para dentro antes de juzgar a nadie —sentenció Carlos, al que los prejuicios de Ana acabaron por poner de mal humor.

Beba cumplió su parte y Juan Camilo la suya. Se mudó al apartamento de Beba, ella le consiguió un trabajo de transportista en la empresa de una conocida y él se buscó uno de monitor de salsa para los fines de semana. Aun así, trabajaba menos que Beba y tenía tiempo para estar con ella y cumplir su parte del trato, y también para salir a tomar unos tragos con compatriotas de vez en cuando.

Beba aprendió a bailar salsa y Juan Camilo a hacer contactos. Cuando Beba dejó a Juan Camilo, él trabajaba como asistente de un miembro del club, tenía el PER, que lo autorizaba a pilotar embarcaciones de recreo, y se estaba sacando la licencia PPL de piloto privado. El primero pagado por Beba. La segunda financiada por el jefe de Juan Camilo, que veía mucho potencial en aquel hombre trabajador, ambicioso y con ganas de llegar lejos.

—Me dejas de piedra —le dijo Ana cuando Beba le contó que se divorciaba—. Te has gastado un dineral para sacarlo del lodo y ahora que empiezan a irle bien las cosas ¿se larga?

—¿Del lodo? ¿Qué lodo? Juanca solo necesitaba una oportunidad. Y no se larga, he roto yo.

—¿Te ha puesto los cuernos? Si es que son todos iguales.

—¿Todos quién? ¿Los hombres? ¿Los colombianos? ¿Los inmigrantes? ¿Los hombres jóvenes que se casan con mujeres mayores que ellos? ¿A quién te refieres exactamente? —preguntó Beba un poco mosqueada.

—Al conjunto. Parece que todavía lo defiendes.

—Es que no escuchas: que he roto yo, que Juan Camilo no quiere dejarlo.

—Y entonces ¿por qué rompes? —preguntó Ana, incapaz de entender.

«Por tu marido», quiso responder Beba, pero no lo hizo.

Aurora, 1991

Aurora regresó a Oviedo en plena Semana Santa, dejando atrás las vistosas tradiciones sevillanas para volver a una ciudad donde la devoción se llevaba con una sobria austeridad. El cielo gris recibió a Aurora al salir de la estación, al final de la avenida principal, que lucía seria y elegante bajo la lluvia. Respiró el aire húmedo y se ajustó el abrigo para caminar los cinco minutos que la separaban de la nueva casa de su hija. Nueva para ella, porque Águeda llevaba más de una década viviendo allí.

La ciudad estaba muy cambiada. Los comercios familiares habían dado paso a las franquicias, algunas calles eran peatonales, las baldosas exhibían orgullosas el escudo de Oviedo y gran parte de los edificios antiguos de las vías principales lucían su esplendor, con su fachada de piedra limpia y blanqueada.

Fue Ana la que, de vuelta en casa para las vacaciones de Semana Santa, abrió la puerta y Aurora casi no la reconoció.

—¡Cómo has cambiado! ¡Qué guapa eres, niña! —dijo con un ligero acento andaluz—. ¡Cómo te pareces a mí cuando era joven! Menos mal, porque si llegas a parecerte a tu madre... —le soltó a su nieta, que la miraba atónita mientras intentaba zafarse del abrazo de una abuela a la que no veía desde que era niña.

Cuando Águeda vio entrar por la puerta del taller de costura a su hija y a aquella mujer gorda y vieja en la que reconoció a su propia madre, se le cayó al suelo la tiza azul con la que marcaba el patrón de un vestido.

—¿Madre? —preguntó.

—¡Qué diferencia! Nada que ver el apartamento en el que vivíais con este pisazo en pleno centro. Veo que invertiste bien la herencia de Ferino —dijo Aurora mirando la parte dedicada a academia y taller—. A ver si ahora inviertes un poco en ti, que sigues con la misma facha y, ya sabes, las señoras quieren que la modista sea un ejemplo de cómo les va a quedar a ellas la ropa. ¿Tienes buenas clientas?

Águeda, muda, asintió con la cabeza. «¡Pues sí que está usted para hablar de la facha de nadie!», pensó.

—¿Qué? ¿Es que no vas a darme ni un abrazo? Cría cuervos...

Águeda abrazó a su madre con la torpeza que da la falta de costumbre.

—¿Vuelve usted para quedarse?

—Sí, supongo que sí, al menos hasta el verano. ¿Cuándo llegan tus hermanos a pasar las vacaciones? Deberíamos organizar una comida familiar todos juntos. ¿Vendiste la casa de Turón?

Águeda volvió a asentir.

—Puse el dinero en una cuenta para cuando me lo reclamara.

—Puedes quedártelo, yo no lo quiero. Pero como ya no tengo casa tendré que vivir aquí. Ya sabes que yo me acomodo en cualquier rincón.

En ese momento, Jesús, alertado por la visita, entró en el taller y miró a su mujer con ojos interrogantes antes de acercarse a saludar a su suegra. Aurora vio el gesto y solventó sus dudas.

—Hola, yerno, me quedo con vosotros una temporada. Si a ti te parece bien, claro está, que seguro que Águeda necesita ayuda con el taller. Por si no os habéis fijado, he cogido unos kilitos, pero sigo cosiendo igual de bien. Mejor incluso, diría yo. ¿Tú ya sabes cortar y hacer patrones, Anina?

Ana negó con la cabeza.

—Lo mío es la arquitectura.

—Mejor —reconoció su abuela—. Es mucho más rentable hacer una casa que un vestido. ¿Qué pasa? ¿Os habéis quedado mudos? Venga, contadme, que seguro que han pasado muchas cosas por aquí. Entonces, después de aquel periodista que os llamó hace años, ¿no ha venido nadie preguntando por mí?

—Ni por usted ni por los moros —respondió Jesús, ya recuperado de la impresión—. Ande, deme la maleta, que le enseño la casa y su habitación. Que su hija se la preparó nada más mudarnos por si decidía volver y, aun con la de años que han pasado, ahí sigue, lista para su regreso.

—¿De qué moros habla papá? —le preguntó Ana a su madre cuando Jesús y Aurora salieron del taller a la zona de la vivienda.

—Yo no había nacido —respondió Águeda eludiendo la pregunta de su hija.

—Ah, bueno, historias de la guerra.

Águeda, 1997

La noticia del asesinato en Sevilla de una mujer a manos de su exmarido, con el que un juez la obligaba a compartir casa tras denunciar los brutales malos tratos sufridos durante años, conmocionó a Águeda y a Aurora, que, como cada noche, veían las noticias a la hora de cenar. Según el telediario, el hombre había rociado a su exmujer con gasolina y le había prendido fuego. Quince días antes, la víctima había denunciado en Canal Sur el sádico maltrato que habían sufrido toda la vida ella y sus once hijos. El fragmento que emitieron de su testimonio les puso la piel de gallina.

—Ay, Señor, ¡qué horror! —dijo Águeda mirando la crema de calabacín recién servida—. Se me ha quitado el apetito.

—Para eso sí que tenía que haber pena de muerte —afirmó Jesús, indignado.

—¡Qué va! España siempre es el mundo al revés —saltó Aurora—. Seguro que si ahora uno de los hijos se lo carga, lo meten en la cárcel. Aunque todos lo aplaudamos. Al hijo, digo. En la dictadura tu vida no valía un real y ahora resulta que ni a los asesinos se les puede tocar.

—Bueno, no exagere, eso que usted dice sucedió en la posguerra, pero después ya no fue así —replicó Jesús, que no solía opinar para no discutir con su suegra, pero aquel día no tenía ganas de callar.

—A los últimos los fusilaron en el setenta y cinco.

—Sí, unos terroristas con las manos manchadas de sangre. Esos no eran unos ciudadanos cualesquiera. ¿O esos eran buenos, según usted?

—Facha y maricón, vaya combinación —murmuró Aurora.

—¿Qué ha dicho usted? —reclamó Jesús, dejando la cuchara en el plato.

—¡Ay, dejadlo ya! —pidió Águeda—. ¿Qué más dará eso ahora? Pobre mujer. Vaya vida de sufrimiento. Mirad lo que dicen, que los padres de ella no querían que se casara con él.

—Voy a por el segundo, que esto no llena nada —dijo Aurora levantándose de la mesa.

Cuando volvió con una fuente de lomo rebozado, Águeda recordó algo.

—¿Sabe, madre, lo que se decía de su amiga Ramona en el pueblo?

—¿De Ramona? Pues cualquier barbaridad: carbonera, machorra, bruta, buscabroncas y otros improperios del estilo.

—Me refiero a lo de su padre.

—¿Qué padre? —Aurora se puso en guardia.

—¿Cuál va a ser? El de Ramona y sus hermanas.

Aurora se relajó. Águeda no se refería a Frutos.

—¿Que lo mataron ellas? Alguna vez escuché el cuento, aunque a mí la gente no me contaba chismes y menos de Ramona. Lo que sí que sé es que aquel hombre era el diablo mismo, un bestia y un salvaje que les dio muy mala vida. Tanto que la madre de Ramona se divorció. Durante la República, claro. Se lo concedieron por malos tratos, porque le rompió la mandíbula a guantazos. Esto me lo contó Paulino.

—Yo oí decir que cuando en el treinta y nueve se anularon los divorcios republicanos, tuvieron que admitir al padre de vuelta y que no duró en casa ni diez días.

—Eso fue antes de que yo me casara y empezara a tratar a Ramona. Ella nunca me habló de él.

—Pues decían que lo envenenaron y que el médico, que conocía la historia, se apiadó de ellas y certificó que había muerto de un ataque al corazón. Y como en aquel momento las autoridades estaban más interesadas en pillar comunistas que en el padre de Ramona, a todo el mundo le pareció bien.

—¿Tú cómo te enteraste de todo eso?

—Porque lo contaba Felisa, la vecina, en la época en la que usted iba todos los días para el Servicio Social y nosotros estábamos siempre en su casa.

—Felisa, ¡cómo no! Pues sabes más que yo, aunque a mí de Ramona me pega más que lo hubiera matado a sartenazos. Lo único que te digo es que, si lo hizo, fue porque no le quedó otra. Por lo que contaba Paulino, aquel hombre debió de ser un demonio. Y tú quizá no te acuerdas, pero la hermana mayor, Úrsula, se buscó otro igual. A veces en las familias parece que la historia no deja de repetirse. Eso sí, al cuñado Ramona lo puso fino un día en la mina. Casi se lo carga a palazos.

—También decía Felisa que Ramona era igual que su padre,

de fea, de grande y de bruta. Yo me acuerdo de que tenía pelo por aquí —dijo Águeda señalándose la papada—. ¡Y menudo bigote se gastaba!

—En el físico no sé si se parecería a su padre, porque ya te digo que no lo conocí, pero en lo otro no era como él: Ramona era una buenísima persona.

—¡Qué suerte tuvo usted con padre! ¡Y yo con mi Jesús!

—Con Paulino, querrás decir —dijo Aurora sin pensar.

—Pues eso, con padre.

—Claro.

18

Ana, 2015

A pesar de los desplantes que recibía de mi abuela, mi madre se empeñaba en ir a visitarla a la residencia periódicamente y mi hija Alba en traerla a mi casa siempre que se le antojaba. Procuraba estar presente cuando mi madre y mi abuela coincidían porque me dolía que la abuela la tratase mal y estaba convencida de que, estando yo delante, la bisa, como la llamaba mi hija, se moderaba.

Un día que mi madre estaba conmigo en casa, apareció Alba con la bisa y allí, en los enormes sofás de cuero amarillo que adornaban el salón, hablamos un rato de banalidades. Entre otras, de muebles. Todo empezó porque mi abuela prefería sentarse en una incómoda silla de diseño, con un respaldo que apenas le cubría la mitad de la espalda, antes que en ningún otro asiento.

—Si me siento ahí con vosotras, no me levantáis ni con una grúa.

—Que sepas que estos sofás, como todos los muebles de la casa, valen una millonada —le explicó mi hija.

—Todos menos la Singer esa que colocó tu madre ahí en medio —replicó mi abuela.

—Ahora es pieza de anticuario, bisa, que no te enteras.

—¿Qué has hecho con ella? Espero que se la haya llevado el chatarrero.

—Por aquí no pasa el chatarrero, no lo dejan entrar —respondió Alba muerta de risa.

—No se la ha llevado nadie, la guardé para no aguantarte cada vez que vienes, pero estoy pensando sacarla de nuevo y ponerla en aquel rincón —anuncié para hacerla rabiar.

—Ni se te ocurra porque no vuelvo —dijo moviendo el dedo índice con gesto amenazador—. Lástima que no la quemara Alba cuando la lio parda el año pasado.

—Ana está pensando en cambiar parte de la decoración de la casa —apuntó mi madre, y desvió el tema.

—Pues empieza por esos sofás del infierno y compra unos que no parezcan un flan de yema —insistió mi abuela.

—Lo que vamos a cambiar son las habitaciones de los niños. Carlos quiere que la suya se parezca al túnel de los horrores y Jesús ya tiene diez años, así que el celeste debe desaparecer de su cuarto. Paloma me ha dado la dirección de una tienda de mueble juvenil en un polígono industrial que está por Las Rozas y voy a ir esta semana.

—¿Tu suegra en un polígono industrial? Eso sí que no me lo imagino —se extrañó mi madre.

—Es un polígono un poco distinto. Hay tiendas de diseño con piezas originales e incluso exclusivas. También hay mucha decoración oriental y africana. Y las tiendas son muy bonitas, no son almacenes.

—Un polígono pijo no es un polígono —protestó mi abuela—. Eso es una zona comercial.

No fui capaz de quitarle la razón.

—¿Puedo ir contigo? —preguntó mi madre.

—Claro. ¿Y tú, nena? ¿Vienes?

—¡Qué más quisiera! Tengo exámenes y voy fatal. No dejéis de comprar cachopos en la carnicería asturiana. Dicen que son los mejores de Madrid.

—Si quieres cachopos te los preparo yo, que me salen muy ricos —se ofreció mi madre mientras mi abuela refunfuñaba que en qué clase de polígono había muebles y cachopos.

—Seguro que los tuyos están mejor, abuela. Pero prueba estos que te digo y después me dices si están buenos o no.

—Vamos, que la carnicería esa está en un polígono industrial entre tiendas de muebles pijos y seguro que es carísima —dijo la bisa—. Los ricos ya no sabéis qué inventar. ¿Pues sabéis que os digo? Que yo también voy, que eso quiero verlo con mis propios ojos.

Y así, el martes después de comer, mi madre, la bisa y yo emprendimos camino al Európolis. Llamábamos más la atención cuando entrábamos en una tienda que si hubieran aparecido los Hermanos Marx. Los comerciantes se apresuraban a traer un asiento para mi abuela, no sin antes elegir el que les parecía más resistente, y después se dirigían a mí solícitos. Mi madre resultaba invisible para los vendedores.

Cuando me hice una idea de lo que quería y elegí entre lo que las tiendas recomendadas por mi suegra podían ofrecerme, decidimos hacer una última parada para comprar los cachopos.

Al llegar a una glorieta camino de la carnicería, mi abuela se puso tensa. En uno de los laterales, una pareja de la Guardia Civil sacaba mantas y otros objetos del maletero de un coche viejo. Un hombre con aspecto árabe, que parecía ser el dueño del vehículo, les explicaba algo mientras gesticulaba de forma un poco exagerada. No supimos qué decía porque desde el coche y con la radio puesta no lo oíamos. Había dos cosas a las que mi abuela tenía miedo: a los hombres con pinta de moros, como ella decía, y a los guardias civiles. Desde siempre. Al menos, desde que yo la conocía. Sonreí ante sus prejuicios y no hice ningún comentario. Bromear no era una opción, ella se ponía muy tensa y empezaba a echar pestes. De nada servía razonar y explicarle que los moros y los guardias civiles que ella había conocido nada tenían que ver con los marroquíes ni con los guardias de hoy.

—Pues serán sus descendientes —decía cerril.

Las calles del Európolis siempre estaban llenas de coches. Además de las plazas de aparcamiento que había en la carretera, algunas de las naves habían habilitado plazas para sus clientes entre la acera y la puerta de su establecimiento. Allí, en una de las tres plazas de El Jamoncito, y no sin dificultad al sortear la acera, aparqué. Cargadas con cachopos y otras delicias, nos dispusimos a emprender el camino de vuelta a casa. Mi abuela cenaría con nosotras y se quedaría a dormir. Incluso Alba se había apuntado al plan.

Arranqué y empecé a salir con cuidado marcha atrás. Cuando mi Q7, atravesado, ocupaba por completo el ancho de la acera a la espera de un respiro en el tráfico para incorporarme a la carretera, los dos guardias civiles que habíamos visto antes en la glorieta salieron de detrás de la nave contigua, un local de platos preparados. Uno de los guardias llevaba una bolsa de plástico en la mano, como si vinieran de comprar algo.

Se pararon a esperar que yo terminara de salir, pero les hice un gesto con la mano para que continuaran; prefería maniobrar sin dos guardias civiles mirando. Entonces uno de ellos dio unos golpecitos con la mano en el cristal del copiloto, el que ocupaba mi abuela. Yo bajé la ventanilla y mi abuela los ojos para no mirar a aquel hombre uniformado, con algunas canas y muy atractivo. Calculé que tendría treinta y muchos.

—¿Quiere que le cortemos el tráfico y así no tiene usted problema para salir? —me preguntó con una sonrisa que a mí me pareció irónica.

Sonreí a modo de disculpa. Dudé si responder que sí o decir lo siento. Temía que me estuviera vacilando.

Como no obtuvo respuesta por mi parte, insistió, pero sus intenciones me resultaron todavía más confusas.

—Sí, ¿no? —preguntó.

Y volví a sonreír petrificada, sin pronunciar palabra, mientras mi abuela se hundía en el asiento y mi madre observaba la escena desde atrás con los ojos como platos, según pude ver por el retrovisor.

—Vamos —dijo su compañero, bastante más joven.

Uno paró a los coches que bajaban y el otro a los que subían, y yo me incorporé a la circulación cómodamente.

—Muchas gracias —dije por la ventanilla.

—Ya —respondió el guardia civil más mayor, y volvió la cara hacia mí con un gesto de enfado.

Deduje que solo había intentado ser amable y ayudar a una

ciudadana, y yo me había comportado como una desagradecida. Llegué a casa desconcertada. Mi abuela no dijo ni una palabra en el camino de vuelta, pero vi de reojo que le temblaban las manos.

—Te ha visto mayor y pensó que no eras capaz de salir sin ayuda —bromeó Carlos cuando mi madre se lo contó.

—Te juro que creí que estaba siendo irónico y que, cuando respondiera, se iba a burlar, incluso que iba a multarme.

—Es que era una situación complicada, cariño. ¡Cualquiera se atreve a responder!

—El hombre solo quiso ser amable. Y era muy guapo —apuntó mi madre.

—Y muy guardia civil —remató mi abuela.

Esa noche, de forma excepcional y convencido por mi hija, Carlos cenó con nosotras y los niños. El único que se negó a probar los cachopos fue Jesús porque por aquel entonces se negaba a comer queso salvo que formara parte de una pizza.

Alba, 2018

La primera chica que Alba presentó a un miembro de la familia fue Irene, y el miembro elegido para tal honor, su bisabuela. Alba escogió a Aurora porque a Irene le preocupaba salir con la hija de uno de los constructores más importantes de España, cuya empresa aparecía en las noticias económicas una semana sí y otra también. Alba quiso presentar a su familia desde otra perspectiva para que Irene entendiera que no solo era hija de Carlos Fresno, sino también biznieta de una costurera que antes fue carbonera. Además, también pensó que si Irene no salía huyendo después de conocer a la bisa, entonces los demás no serían un problema. Incluso la abuela Paloma.

La presentación la hizo en un restaurante porque la ocasión lo merecía y porque Aurora se relajaba y se mostraba más simpática ante una buena comida. Tampoco quería hacer grandes dispendios para no apabullar a Irene, así que se decidió por un restaurante chino, de cocina muy cuidada y cercano a la residencia de la bisa, al que habían ido las cuatro generaciones de mujeres, en su cita anual con la cocina internacional, durante las últimas vacaciones de Navidad. Los prejuicios de Aurora cayeron ante el pato laqueado e incluso se le escapó algo parecido a un halago: «¡Quién lo iba a decir de los chinos! ¡Claro, son tantos y tan disciplinados que alguno tenía que cocinar bien!».

Antes de la cita, Alba advirtió a Irene.

—Mi bisabuela es muy peculiar, no filtra y suelta todo lo que piensa, pero si le coges el tranquillo te lo pasarás en grande. Tiene noventa y seis años y otros tantos kilos. —Irene abrió los ojos y Alba continuó—: Si suelta alguna barbaridad, que es más que probable, no se lo tengas en cuenta.

No fue a Irene a la única que previno antes de la comida. Con Aurora fue bastante más explícita.

—Como me la espantes, bisa, no vengo a verte más y dejo que te mueras de tedio con mi madre y con la abuela, así que compórtate.

—No sé qué quieres decir. Yo siempre me comporto. ¿Cómo la iba a espantar? Mira lo bien que le caigo a tu amigo Fernando. Por cierto, pobre, estará disgustadísimo. ¿Lo sabe ya?

—Ya no sé cómo decirte que a Fernando no le gusto, que tiene novia.

—Claro, se cansó de esperar.

—Hay que ver qué cansina te pones cuando se te mete algo en la cabeza.

Eligieron para el gran momento un día entre semana, uno en el que Irene libraba.

—¡Qué guapa! —dijo Aurora cuando vio a Irene.

Esperaba una mujer ruda, llena de tatuajes, con el pelo rapado y modales toscos, pero Irene era una morena menuda de melena por los hombros y cara dulce; tenía una voz agradable y, además de no llevar tatuajes visibles, iba arreglada para la ocasión con botines de tacón, unos *leggins* negros y una americana holgada de color rosa. Cuando se enteró de que era sevillana, la aprobación fue completa.

Alba llevó el peso de la conversación contándole a Irene las anécdotas divertidas de la familia y huyendo de cualquier tema espinoso. Aurora se comportó. Irene también.

—Mi bisa era una mujer guapísima —comentó Alba, ya más relajada tras pedir los cafés.

—Hija, qué grosera —la riñó Irene.

—No te preocupes, Alba es como yo, sin pelos en la lengua. Ahora soy un esperpento, pero antes... ¡Ay, antes! Ya cumplidos los cincuenta robaba corazones. Precisamente en tu tierra. ¿Te ha dicho mi biznieta que yo viví en Sevilla? En la época del Palmar de Troya. ¡Anda que no habré cosido yo sotanas para aquellos curas viciosos y marico...! Uy, perdón, no quería ofender.

—No pasa nada. Yo no conocí la época gloriosa del Palmar, pero oí a mis padres hablar de aquellos tiempos. Mi abuelo los detuvo alguna vez precisamente por las sotanas, porque las llevaban sin estar ordenados. Siempre cuenta que el que fue papa y el que decían que era su pareja pasaron más de una noche en el calabozo.

—¿Tú abuelo era policía?

—Guardia civil. Vengo de familia de tradición picoleta. Mi destino estaba marcado —explicó con una gran sonrisa.

Lo que no entendió Irene fue por qué el gesto de Aurora cambió como si hubiera visto un fantasma.

—¿Tú eres guardia civil? ¿Hija y nieta de guardias civiles?

—Y biznieta. Soy la primera mujer de la familia que entró en el cuerpo. Y de academia.

Aurora buscó la mano de Alba por debajo de la mesa y se volvió hacia ella.

—¿Tú lo sabías?

—¡Qué preguntas haces, bisa! ¿Cómo no lo voy a saber?

—Y siendo mujer, claro, por eso eres... Vamos, que te gustan las... ¡Qué tiempos, Señor, qué tiempos! Anda, llevadme a la residencia, que no me encuentro bien. A saber si no era gato el pato ese que nos han puesto. Como cuando el racionamiento.

Tras dejar a Aurora en la residencia, Irene increpó a Alba.

—¿Me puedes explicar qué le ha pasado a tu bisabuela?

—¡Yo qué sé! Secuelas de la guerra, supongo. Tiene unas manías muy raras.

—Pues sí que empezamos bien con tu familia.

—Tú no me has presentado a la tuya. Yo por lo menos he hecho un esfuerzo.

—Ya te he dicho que ellos todavía están intentando aceptarlo, pero de ahí a presentarles una novia queda un trecho.

—O sea, que tu familia necesita tiempo para aceptar que eres lesbiana y en cambio la mía no puede necesitarlo para aceptar que eres guardia civil.

—¡Es que no es lo mismo! Mi familia es muy tradicional.

—Y a mi bisabuela no le gustan los guardias civiles, cada uno tiene lo suyo —replicó Alba. Pero luego rectificó—: Hablaré con ella.

—Sí, mejor. ¡Joder con la bisa!

—No te pases. A mi bisa la dejamos en paz.

—Me voy a casa, quiero estar sola. Ya mañana hablamos —se despidió Irene.

Águeda, 2002

Águeda se dio cuenta de que se estaba haciendo mayor cuando las pesetas desaparecieron. Se sentía incapaz de hacer las cuentas en euros. Tardaba muchísimo en saber lo que pagaba por las telas y lo que debía cobrarles a las clientas. Al principio no se sintió extraña por llevar una calculadora consigo a todos lados para pasar los precios a pesetas, y no era la única que lo hacía: las dependientas hablaban en pesetas, muchas tiendas etiquetaban los productos en ambas monedas y todos comentaban que tenían que convertir las cantidades en euros a pesetas para saber cuánto era. Pero los meses pasaron y Águeda seguía igual. En cambio, Jesús a los tres meses ya calculaba en euros como si nunca hubieran existido las pesetas.

—No te preocupes, mujer, a mucha gente le ocurre como a ti —la tranquilizaba su marido.

—Ya, pero el otro día perdí dinero con el traje de cristianar del nieto de la señora Argüelles. ¡Se me olvidó convertir a pesetas lo que me había costado la seda salvaje! Con razón iba ella tan contenta. Le salió regalado.

—No pasa nada, vamos a seguir viviendo igual de bien aunque regales veinte trajes. Tenemos de sobra para el resto de nuestra vida y Anina no lo necesita.

—Pero a mí estas cosas antes no me pasaban.

—Pues deja ya de coser, que llevas toda la vida tras esas máquinas.

—Sí, claro, a cuatro años de jubilarme. Con la ridícula pensión de autónomos que me va a quedar, y encima eso.

—Pues entonces sigue solo con la academia.

—¡Que no! Que nunca se sabe lo que puede pasar.

—El caso es protestar por algo, nada te viene bien.

—¡Hombres! No entiendes nada —concluyó Águeda, y Jesús dio la causa por perdida.

En esas cuitas andaba Águeda cuando acudió a su cita del fin de semana con Florita. Habían quedado el sábado por la tarde para merendar en La Mallorquina. Era uno de los pocos lujos que Florita se permitía; vivía estirando los ahorros hasta que le llegara la jubilación.

—Menos mal que me asesoraste bien y me aseguré la pensión cotizando de costurera, que cuando una es joven y gana dinero no piensa en el futuro. Me va a quedar muy poco, pero con un ingreso fijo cada mes ya no tendré problemas.

—Te va a quedar igual que a mí porque cotizamos por lo mismo. Y me dice Jesús que me jubile ya, que lo deje, o que me quede solo con la academia.

—Tuviste suerte con Jesús. Es un buen hombre.

—Tiene sus cosas, pero la verdad es que sí, ha sido siempre un marido y un padre ejemplar.

—¿Sigue frecuentando esos locales para hombres?

—Cada vez menos. Perfecto no hay nadie.

—Y que lo digas. —Florita bajó la voz—. Tengo algo importantísimo que contarte.

Águeda guardó silencio, expectante, pero en aquel momento llegó el camarero con los descafeinados y los pasteles, bartolo para Águeda y milhojas para Florita, y la noticia tuvo que esperar.

Cuando el camarero se alejó de la mesa, Florita se acercó a Águeda.

—Tengo novio —susurró, y volvió a su posición original con una sonrisa.

—¡Vaya por Dios! ¿Otra vez has vuelto a eso? ¿A tu edad? ¿Es que se te han acabado los ahorros?

—Que no, que tengo un novio de verdad. Y me ha pedido matrimonio.

—¿Te vas a casar? —Águeda no daba crédito.

Florita asintió con gesto ilusionado y le dio un bocado a su milhojas que le llenó la barbilla de azúcar glas.

—¿Pero ese señor sabe que…? —preguntó Águeda acercándose con una servilleta para limpiarle la cara—. En fin, ya sabes a qué me refiero.

—Pues claro que no.

—¿Y si se entera?

—No sé quién se lo va a contar. —Florita se enfurruñó como una niña—. Sabe lo de Marcelo y lo de José Luis, y que tuve un hijo con él sin haberme casado, pero nada más. Y no se va a enterar. Oficialmente, yo toda la vida he sido costurera contigo. Tienes que cubrirme.

—Si yo te cubro en lo que haga falta, pero ¿qué necesidad tienes tú de meterte en semejante lío ahora? Sal con él si quieres, pero no te cases. ¿Cuántos años tiene?

—Setenta y cinco. Sin hijos.

—Es un viejo.

—Y nosotras unas dulces florecillas de primavera, ¡mira con lo que sales ahora! —replicó Florita dando un nuevo bocado a su pastel.

—A esta edad es como con los niños, la diferencia en años se nota mucho. Y ponte una servilleta debajo que te has vuelto a poner perdida.

—Es lo que tienen los milhojas. Y no saques pegas a todo porque no te he contado lo más gordo.

—Venga, suéltalo ya —dijo Águeda antes de dar un sorbo a su café. Se le habían quitado las ganas del bartolo.

—Es coronel de la Guardia Civil. Retirado ya.

El café le salió a Águeda por la nariz, lo que provocó miradas de reproche en las mesas de alrededor. Cortó el pastel y se metió un buen trozo en la boca con el tenedor para no tener que responder.

Florita le dio tiempo para que asimilara la noticia mientras le pedía al camarero otro café. Águeda no dijo ni media palabra hasta que no terminó el bartolo y Florita respetó los tiempos de su amiga.

—No sé qué decir. Con lo que te hicieron en el sesenta y dos, que todavía recuerdo cómo saliste del cuartel, con el pelo al cero y la cara desfigurada. Perdiste el bebé. Marcelo murió en la cárcel. Ese hombre estaba en activo entonces, era uno de ellos.

—De ellos no. Él no estaba allí.

—Ya me imagino, pero estaría en otro lugar haciéndole lo mismo a otros.

—Eso solo pasó aquí en Asturias y él estaba en Madrid. Y en la posguerra era todavía un chavalín.

—En Madrid también se cometerían barbaridades.

—Él me jura que no. Y después entró en antiterrorismo cuando la cosa con ETA se puso fea. Lo enviaron a Bilbao y no pidió el traslado cuando pudo; se quedó allí arriesgando su vida. Es una buena persona.

—¿Y este hombre quiere hacerte lo que te hacían los otros? Julio y Augusto, digo.

—¡No! ¡Claro que no! Él solo quiere convertirme en su esposa y pasar juntos el tiempo que nos quede.

—Que le quede.

—Eso nunca se sabe, pero sí.

—¿Y dices que está viudo?

—Estuvo más de cuarenta años casado, pero no tuvieron descendencia. La mujer murió de cáncer hace dos años.

—Ya. Y no le gusta estar solo. ¿Tú te das cuenta de que vas a terminar cuidando a un viejo? ¿Y dónde vais a vivir?

—En su casa. En Gijón. Es más grande que mi apartamento. El mío lo vamos a alquilar, y entre eso y su pensión viviremos estupendamente.

—Madre mía, Florita, que yo a estas alturas de mi vida no soy capaz de acostumbrarme al euro y en cambio tú te casas y empiezas de cero. Y con un guardia civil.

—Espero que seas mi madrina.

—¿Te casas por la Iglesia?

—Claro, mujer, ¿no ves que Fermín es muy tradicional? Y de misa los domingos. Es muy educado y caballeroso conmigo. Ya nos acostamos, ¿sabes? ¡Qué respetuoso! Me he echado las cartas y sé que te va a gustar.

—Ya veremos.

—Venga, vamos a tu casa y echamos un par de tiradas a ver si se te pasa el susto.

No lo vio Águeda tan claro en las cartas como lo veía su amiga, pero prefirió guardarse sus reservas para sí, e hizo bien porque la predicción de Florita se cumplió y a Águeda le agradó Fermín desde el momento en que lo conoció.

Alba, 2018

—¿Se puede saber qué demonios te pasó ayer? —reclamó Alba nada más entrar en la habitación que su bisabuela ocupaba en la residencia.

—¿A mí? ¿No pensaste que era importante comentarme que Irene era guardia civil? ¡Cómo se te ocurre! En esto no te va a apoyar ni tu abuela, que nunca protesta por nada. Cada vez que se acuerda de cómo salió Florita del cuartel se pone mala. ¡Salvajes!

—Estoy segura de que fue horrible lo que le hicieron a Florita, pero todavía estoy más segura de que eso no tiene nada que ver con Irene. Además, ¿Florita precisamente? ¿Cómo se llamaba aquel hombre con el que se casó? Yo estuve en la boda, aunque era pequeña y no me acuerdo casi de él, pero os he oído decir mil veces que era guardia civil.

—Irene no pudo cometer barbaridades porque no había nacido —respondió Aurora obviando la pregunta de su nieta—. Pero ¿y su padre?

—Su padre tampoco había nacido cuando la guerra.

—No fue en la guerra, en la posguerra fue mucho peor, pero tienes razón en que su padre debe de ser más joven. De todos modos, su abuelo seguro que sí.

—Y dale. Como sigas tirando del árbol genealógico, acabará pagando por los pecados de Adán y Eva. Su abuelo es sevillano y, que yo sepa, nunca estuvo en Asturias. Bueno, igual de vacaciones, pero ya me entiendes.

—Mira, mejor me lo pones, de los que tuvieron a Cefe de esclavo.

—Pero ¿quién puñetas es Cefe? Bisa, ¿no estarás perdiendo la chaveta? ¿Ahora te ha dado por los guardias civiles? Primero los moros y ahora los picoletos. ¿Qué viene después? ¿Los panaderos?

—¿Qué dices de los panaderos?

—¡Que tiene la misma lógica! Seguro que algunos panaderos hicieron algo terrible en algún momento de la historia. ¡Ya lo tengo! Lo que preparan lleva gluten, el veneno del siglo XXI junto con el azúcar, o eso dice la abuela Paloma. Ya tienes un motivo para ponerlos en la lista negra. Venga, vamos a hacerles boicot porque, desde luego, tiene el mismo fundamento que lo tuyo con Irene: ¡Los panaderos nos envenenan! ¡No a los panaderos! —gritó agitando el puño.

—¿Y la que está perdiendo la chaveta soy yo? —preguntó Aurora sin inmutarse ante el arrebato de su biznieta.

—Mira, bisa, Irene es mi novia, me gusta mucho, es guardia civil, protege a la gente y ayuda a todo el que puede —respondió intentando recuperar la compostura.

—¿Te ha presentado a su familia?

—Todavía no. Son muy tradicionales.

—O sea, que no lo aceptan.

—Sí que lo aceptan, déjame hablar. ¿Tú sabes que en los ochenta los gais y las lesbianas apoyaron a los mineros y organizaron un orgullo gay para unirse a su causa?

—Eso no pasó.

—Aquí no, pero en Inglaterra sí, en los tiempos de la Thatcher.

—¿Y qué interés tengo yo en los ingleses? Que no son raros ni nada, mira la reina madre.

—Venga, pues añadimos a los ingleses a tu lista de proscritos.

—¿Qué me quieres decir?

—Que Irene es lesbiana como las que apoyaron a los mineros.

—¿A los ingleses? ¡Y a mí qué demonios me importan! Además, ¿no dices que fue en los ochenta? Irene ni siquiera había nacido.

—¡Anda! ¿Ahora me vienes tú con ese argumento?

Aurora se calló porque se dio cuenta de que acababa de meter la pata.

—Lo intentaremos otra vez, y más te vale portarte como un angelito. Y con la abuela también. No quiero que te metas con ella delante de Irene.

—¿Tu abuela va a venir?

—Mi madre, mi abuela y tú.

—Esto promete. ¿Y tu padre?

—Mi padre no. Nuestra relación está un poco tensa desde que me fui de casa. Y también porque impone mucho, por lo de ser presidente de la empresa y eso. Se la presentaré, claro, pero más adelante, cuando lo hagamos oficial. De momento, solo nosotras.

Águeda, 2002

El 7 de octubre de 2002, un año después de que Estados Unidos invadiera Afganistán en busca de Bin Laden y del resto de los líderes de Al Qaeda tras los horribles atentados que derribaron las Torres Gemelas de Nueva York, Bin Laden seguía sin aparecer y Fermín y Florita se juraron amor eterno ante Dios y ante sus amigos.

La boda se celebró a las doce de la mañana al lado del mar, en la iglesia de San Pedro, en Gijón. El día amaneció *orbayando*, pero cuando ellos llegaron las nubes dejaban paso a unos tímidos rayos de sol que se reflejaban en el agua del Cantábrico. La marea baja dejaba ver la arena en la mayor parte de la playa y las olas rompían en la orilla sin fuerza ninguna.

Águeda fue la encargada de vestir a la novia. Florita se casó con un traje de chaqueta color crudo. La blusa de seda verde oscuro resaltaba el rubio de su media melena y hacía juego con la corbata del novio. Una cala en las manos con un sencillo lazo verde completaba el atuendo. Jesús se encargó de los detalles del traje del novio, conjuntado con los colores de la novia. Los dos estaban guapos: Florita retenía su belleza natural tras seis décadas en el mundo y muchos sufrimientos; y Fermín, con su porte militar y su casi uno ochenta de estatura, destacaba en elegancia.

Águeda y Jesús ejercieron de padrinos y testigos de la ceremonia.

Ana asistió con Alba y Carlos, que entonces tenían siete y dos años y pusieron el toque de alegría a la celebración. La niñera filipina que acompañó a Ana al evento se encargó de entretenerlos y se llevó a Carlos a dormir la siesta en cuanto el pequeño empezó a ponerse pesado.

Aurora, que se negó tres veces a ir a la boda, terminó cediendo cuando Florita se presentó en su casa y le espetó:

—Mire, o viene o se olvida de dormir en lo que le quede de vida, porque como me deje sola en este día, mi abuela Herminia le va a hacer las noches imposibles desde el más allá.

Bien sabía Aurora que la abuela Herminia era capaz de eso y mucho más, así que accedió, no sin antes imponer su condición.

—Como se case vestido de guardia civil, yo me voy. Y seguro que la abuela Herminia se pone de mi parte.

Con la promesa de que Fermín se casaría de civil, Aurora se presentó puntual en el enlace con un vestido rosa claro, largo hasta los tobillos, como era su costumbre desde que los kilos y la menopausia habían llenado sus piernas de varices. También llevaba un tocado a juego en el pelo y una sonrisa perfecta con la que le hizo los honores al novio, a pesar de no poder evitar imaginarlo con cuernos y rabo y escupiendo fuego.

Por parte del novio acudieron el único primo que le quedaba vivo y su mujer, y dos amigos con los que había hecho migas a base de cruzarse paseando por el Muro las mañanas de buen tiempo, como hacían la mayoría de los jubilados de la ciudad. Cuando se conocieron, ninguno tenía amigos. Uno había emigrado a Suiza de joven y a la vuelta ya era un extraño para los que tanto le costó dejar atrás cuando abandonó su tierra. El otro se había quedado solo después de que sus amigos de siempre murieran o ingresaran en la residencia. Movidos por la soledad, empezaron haciendo por coincidir, luego quedando a una hora concreta para pasear o para salir a tomar un chato y, finalmente, yendo a la boda de Fermín.

La comida se celebró en el hotel Begoña Park, al otro extremo de la playa, donde los recién casados iban a pasar la noche, a instancias de Fermín, que quería una boda con todas las de la ley, en sus propias palabras, con noche de bodas y luna de miel. El destino elegido era un recorrido por Córdoba, Sevilla, Granada y Málaga, donde después pasarían unos días en la playa, en Nerja. Florita soñaba con ir allí desde que había visto *Verano azul*, pero nunca le surgió la oportunidad y Fermín, deseoso de complacerla, encontró un pequeño hotel familiar con vistas al mar y cocina casera que abría en el mes de octubre.

—¿Desde cuándo fuma la abuela? —preguntó Ana a su madre al ver a Aurora sacando un cigarro de una cajetilla de Winston y encendiéndolo con maestría—. ¿Eso que se ha pedido es un coñac?

—A saber, porque beber no suele, pero fuma desde que yo era niña. Cuando le apetece. ¿No ves que siempre hace lo que le da la gana?

—Pareces molesta con ella. ¿Qué sucede?

—Nada, hija, no es por la abuela, que no sé qué le ha dicho Florita pero hoy se está portando bien. Parecía un caramelo derritiéndose cuando Florita le presentó a Fermín. Estoy preocupada porque tu padre se está pasando un poco con el whisky. Menos mal que dormimos aquí y no tenemos que volver a Oviedo.

—Ya sabes que papá en estos eventos siempre se excede. Pero un día es un día, ¿qué más da?

—Ya, en estos eventos.

Águeda no quería preocupar a su hija contándole que hacía tiempo que el exceso lo cometía a diario y que cada vez le notaba el blanco de los ojos más amarillo.

—¡Vivan los novios! —gritó Jesús en ese momento, y consiguió que todas las miradas del restaurante se centraran en ellos.

Alba, 2018

La presentación de Irene a Ana y Águeda, el segundo encuentro entre Irene y Aurora, fue bien, al menos mejor que el primero.

—No siempre se tiene la oportunidad de conocer a cuatro generaciones de mujeres de una misma familia. Es conmovedor veros a todas juntas —dijo Irene para romper el hielo.

—Y tú eres la primera pareja que nos presenta mi hija, así que tienes que ser una persona muy especial. Estamos emocionadas —le dio la bienvenida Ana.

La reunión se celebró en casa de los Fresno, sin Carlos, que estaba de acuerdo en no asistir. Si la cosa acababa en boda, sería otra historia. De momento, él también prefería que se encargaran las mujeres. Quería dejarle espacio a su hija para expresar su rebeldía y madurar. Todavía confiaba en atraer a Alba a la empresa y sabía que ser mujer no la iba a ayudar. Y ser lesbiana, menos todavía. Pero eran las cartas que le habían tocado a su hija y con ellas tendría que jugar.

Tomaron café, *carbayones* y moscovitas, que Ana compró

para obsequiar a Irene con productos asturianos y para apaciguar a la abuela Aurora. Las moscovitas tenían el mágico efecto de ponerla de buen humor.

Antes de que llegara Irene, Alba puso en antecedentes a su madre y a su abuela.

—Irene es teniente de la Guardia Civil. Viene de familia de guardias civiles.

—Vale, cariño, pues muy bien, así estás protegida —dijo Águeda.

—Yo no necesito que nadie me proteja —replicó Alba, un poco mosca—. ¿No te importa que sea guardia civil?

—¿A mí por qué?

—Por lo que le pasó a Florita.

—Y a tantas y tantos otros —apostilló Aurora.

—¿Y qué tiene que ver esta chica con eso? —Águeda parecía confusa.

—¡Pues nada, abuela! La bisa, que ya nos dijo el médico que está majareta.

—Sí, sí, majareta yo.

—Tengamos la fiesta en paz y recibamos a Irene como Alba se merece —dijo Ana.

La reunión fue bien, merendaron, charlaron y hasta se rieron juntas. Todas se cuidaron de no sacar a colación ningún tema espinoso o comprometido. Aurora estuvo callada e Irene hizo como que no se daba cuenta.

—¿Qué te han parecido? —le preguntó Alba cuando cogieron el coche de vuelta a Madrid.

—Tu abuela y tu madre son encantadoras. Tu bisabuela no ha abierto la boca.

—Es casi centenaria, yo creo que se lo puedes perdonar.

—También es verdad.

—Entonces ¿me presentarás a tu familia? A uno. Con que me presentes a uno me vale.

—Podríamos empezar con mi hermano.

—¿El guardia civil?

—No, Curro no, Pablo.

—¿El ingeniero? ¿El que trabaja en la ITV?

—Provisionalmente. Va a entrar en un equipo de Fórmula 1. Pero sí, ese.

—Es que sois un montón. Ya no quedan muchas familias con ocho hijos.

—La mía. Y a mucha honra. Han podido darnos carrera a todos los que hemos querido estudiar.

—Tienes razón, perdona, es que si los conociera me acordaría mejor de todos.

—Poco a poco.

Tres días después, Irene cortó con Alba. Y Alba tardó en olvidarla diecinueve días y quinientas noches, como la canción de Sabina. Diecinueve días porque al veinte decidió no volver a hablar de ella jamás y quinientas noches porque fueron, más o menos, las que tardó en conocer a Deva.

Lo que nunca olvidó fue la última conversación con Irene.

—Hay una vacante en Sevilla y mi padre ha movido algunos hilos. Me voy.

Alba se quedó helada.

—¿Y la mudanza? Te recuerdo que te mudas el sábado a mi casa.

Irene se encogió de hombros.

—¿Es por lo de conocer a tu familia? —preguntó Alba, pero Irene volvió a callar—. ¿En serio pretendes dejarme sin explicarme por qué? ¿Me lo tengo que imaginar?

—Esto no tiene futuro. Tú quieres salir conmigo de la mano, vivir juntas, tener niños, celebrar la Navidad en familia y luchar abiertamente por la causa feminista, la causa gay y todas las que se te ocurran. Eres una idealista.

—¿Y eso qué tiene de malo?

—Que yo quiero ser la primera mujer coronel del cuerpo. Y después, general. Esa es mi prioridad.

—Y lo que yo hago es lo único que puede llevar a las mujeres a donde tú quieres llegar.

—Tú haces lo que haces porque estás forrada de pasta. Prueba a nacer en una familia en la que se cuenta cada euro para llegar a fin de mes y se matan para poder darte una buena formación y ya veríamos si todo te parecía tan fácil. Seguro que no te dedicabas a hacer hogueras en el parque del Retiro. Tú puedes porque tu padre se hace cargo de la fianza y de todo lo demás, no tienes que ganarte la vida currando una jornada completa ni necesitas vender tus obras para comer o para pagar la renta. Si no fueras hija de quien eres, te morirías de hambre. O peor, tendrías que ponerte a currar. O a opositar para dar clases en algún instituto de pueblo, porque te recuerdo que has estudiado Bellas Artes. Y, desde luego, no vivirías sola presumiendo de independiente mientras tu padre rico te paga las facturas, sino que vivirías en casa de tus padres, que no tendría mil metros cuadrados sino ochenta, y entonces verías el mundo de forma muy diferente.

—¿Quieres decir que me habría convertido en una cobarde como tú? —le espetó Alba, y durante mucho tiempo se arrepintió de aquellas palabras.

Águeda, 2008

Florita vivió la etapa más placentera de su vida al lado de Fermín. Sin agobios económicos y nadie a quien dejar una herencia, salían cada viernes a cenar y cada domingo a comer, iban de vacaciones cuatro veces al año, paseaban por el Muro de San Lorenzo cada tarde y se sentaban en una terraza a tomar algo cuando el tiempo lo permitía. Mirando al mar. Como a Florita le gustaba.

El amor entre ellos duró un lustro y un año, hasta que un coágulo colapsó una arteria en el cerebro de Fermín y lo envió al hospital.

—El coágulo está ahora en un punto inaccesible y no podemos operar. Le estamos suministrando medicación para deshacerlo. Ahora solo podemos esperar —le explicaron a Florita los médicos.

A las cuarenta y ocho horas de ingresar en urgencias, Fermín, consciente y estable, se sinceró con Florita.

—No quiero morir sin contarte la verdad sobre mí. Yo también hice cosas horribles. Pocas veces yo mismo, pero las ordené y siempre las consentí. En aquella época los detenidos no tenían derechos y extraer la información que necesitábamos era la mayor prioridad. Sobre todo cuando estaba en antiterrorismo. Lo que sí puedo jurarte es que jamás toqué a una mujer y que siento mucho lo que te sucedió. Tuvo que ser terrible. Aquello nunca debió ocurrir. Pero no voy a mentirte: en las mismas circunstancias, volvería a actuar igual. Cumplía con mi deber y no me arrepiento de nada.

Florita sintió que le faltaba la respiración.

Fermín parecía desvalido con el suero y la medicación entrando por la vía de su brazo, el pijama azul del hospital, las mejillas hundidas por la falta de las muelas postizas y la incipiente barba blanca sin afeitar desde el ingreso.

—¿Por qué me mentiste?

—Por lo mismo que me mentiste tú, por lo mismo que fingimos que nos creíamos mutuamente, porque era nuestra última oportunidad.

—Es que yo sí que te creí.

—Y ni siquiera eso hizo que fueras sincera conmigo.

—¡Porque no me habrías aceptado!

—Claro que no. Igual que tampoco tú a mí.

—La diferencia es que yo quizá habría podido vivir con tu pasado, pero tú con el mío no.

—No te engañes, Florita, que yo he vivido con tu pasado. Lo que no habría soportado es que me hablaras de él. ¿Puedes tú transigir con el mío?

—No lo sé. Es difícil aceptar que tu marido es un asesino torturador y un mentiroso.

Con los ojos aguados y la ira subiendo por sus mejillas, se levantó y salió de la habitación. Florita abandonó el hospital decidida a no volver. A dejar a Fermín a su suerte como la dejaron a ella todos los hombres que se cruzaron en su vida.

Al salir a la calle sintió una arcada que la obligó a retirarse a una esquina y vomitar sobre el césped ante la mirada de asco de los que entraban al hospital. Aspiró varias veces el aire fresco y húmedo del Cantábrico y echó a andar sin rumbo fijo durante más de una hora, hasta que se encontró en la estación de tren.

—Un billete para el siguiente a Oviedo —pidió en la taquilla.

Esperó sentada en las incómodas sillas de la estación los quince minutos que tardó en pasar el siguiente tren hacia su destino.

No logró controlar sus pensamientos en el trayecto a Oviedo, como si su cerebro centrifugase a una velocidad a la que ella no podía poner freno. Cuando llegó, mareada por aquel batiburrillo mental que la atormentaba, se dispuso a caminar los quinientos metros que separaban la estación de la casa de Águeda, pero se detuvo una manzana antes para entrar en la basílica de San Juan el Real. Entre semana, a mediodía, la iglesia estaba casi vacía. Solo encontró algunas mujeres mayores rezando, las habituales, y algún alma atormentada buscando refugio, como ella misma. Se arrodilló en uno de los bancos de madera de las filas de atrás y pidió por ella, por Fermín y por no equivocarse. Cuando terminó de rezar, algo más tranquila, salió y retomó los escasos metros que le quedaban hasta la casa de su amiga.

—¿Qué haces aquí? —preguntó Aurora nada más abrirle la puerta—. Me dijo Águeda que a tu marido le había dado un chungo.

—Tengo que hablar con Águeda. Ya mismo.

—Está enseñando perlé, pero si es urgente puedo sustituirla —respondió Aurora solícita. Y acto seguido le preguntó en voz baja—: ¿Qué sucede? ¿El picoleto la cascó?

Florita ignoró a Aurora y cruzó el recibidor hasta la puerta que daba acceso al taller y lo mantenía independiente del resto de la vivienda. Había diez mujeres en la clase; todas pasaban de los cincuenta y se peleaban con chaquetas, pololos y patucos rosas, azules, blancos y, la más osada, amarillos.

—Tu madre te sustituye. Necesito hablar contigo.

Aurora entró dispuesta a tomar las riendas de la clase ante la mirada decepcionada de algunas alumnas y divertida de otras. Al menos, esa mañana se había duchado.

—No puedo volver al hospital con él —concluyó Florita tras contarle a su amiga lo sucedido.

—Eres su mujer y no hace mucho decías que estos años a su lado estaban siendo los mejores de tu vida. ¿Tanto cambia esto ahora? ¿De verdad no te lo imaginabas?

—Pues no. Llevo toda la vida recibiendo palos y esta vez pensé que me tocaba a mí ser feliz.

—Y lo eres. Vuelve allí. ¿Ya está fuera de peligro?

—No. Lo estará cuando se deshaga el coágulo, pero dicen que va disminuyendo y no se ha movido. No puedo volver con él. Ahora me da asco. Mucho asco.

—Han sido muchas emociones estos días, casi se muere y...

En ese momento sonó el móvil en el bolso de Florita.

—Será él, ya le he colgado dos veces —dijo sin hacer ademán de responder.

El teléfono calló y acto seguido volvió a sonar.

—Número desconocido —leyó Florita.

—Atiende, no vaya a ser importante.

Florita respondió y Águeda la vio palidecer mientras escuchaba a su interlocutor.

—El coágulo se ha movido y ha obstruido una arteria —anunció Florita—. Está en coma inducido.

—¿Qué quieres hacer?

Florita la miró con los ojos llenos de lágrimas.

—Échame las cartas.

—¿Ahora?

Y en una única tirada rápida, las amigas temieron lo peor.

—Voy contigo —dijo Águeda mientras cogía su bolso y su abrigo.

—¿Y dejas a las alumnas con tu madre?

—Hoy está de buenas, ¿no las oyes reírse? Ya la conoces, cuando quiere es simpática. Más que yo. Además, son alumnas de toda la vida, la conocen bien y no se asustan con sus salidas de tono. No cierro el taller por ellas, me da pena perder el contacto. Este ratito tres veces por semana me da la vida. ¡Llevamos tantos años bordando, tejiendo y charlando juntas! Si ya ni les cobro ni nada, desde que me jubilé no me parece justo. A cambio me regalan bizcochos y bombones y algunas manualidades que hacen en otra academia a la que van cuando salen de aquí. Perdóname, que me he puesto nerviosa y me ha dado por hablar. Anda, corre, que ya lo tengo todo.

Fermín murió tres días después. No llegó a despertar. Y Florita cargó el resto de su vida con la culpa por alegrarse, porque no se veía volviendo a vivir a su lado. Regresó a su apartamento, vendió el piso de Fermín y, con lo que le dieron por él y la pensión de viudedad, probó a viajar. El primer destino fue un mes en Benidorm. El mes se prolongó hasta la primavera. Y al invierno siguiente repitió. Se echó novios de los de sin compromiso, bailó hasta la extenuación y disfrutó de seguir viendo el mar cada día.

Cuando miraba al horizonte, no recordaba a Fermín sino a Marcelo, a su malogrado Marcelo. Lo veía el día que lo conoció, tan guapo y elegante. O el día que se casaron, la noche de bodas torpe y feliz, aquella reconfortante sensación de estar entre sus brazos. Pero, sobre todo, a quien Florita recordaba era a Roberto, y se veía a ella, a Marcelo y al bebé paseando juntos al lado del mar, como si Roberto hubiera sido el bebé que concibió con Marcelo, el mismo que aquel horrible cabo Pérez sacó de sus entrañas a base de patadas.

Aurora, 2018

Aurora esperaba a su biznieta en un sillón de la recepción de la residencia con su pequeña maleta de ruedas, lista para irse. Alba había quedado en recogerla para cenar en casa de Ana y, como era habitual cuando cenaba allí, se quedaría a pasar la noche. En cuanto la vio, Aurora notó que no estaba bien.

—¿Qué te pasa? ¿Algo va mal? —preguntó.

—No, al contrario, vuelvo a ser soltera. Libre como un pajarito.

—¿Te ha dejado? Si ya sabía yo que esa chica no era para ti.

—Ya, porque era guardia civil. Déjalo, bisa.

—No me refería a eso. Es que se notaba a la legua que tú la querías más que ella a ti. Error de novata en el amor. Solo podrás ser feliz con alguien que te quiera más que tú a él. Bueno, a ella. Y antes de que digas nada, no me vengas con la tontería del equilibrio. Siempre hay uno que tiene miedo de que el otro se vaya porque cree que es su media naranja. Ese es el que sale perdiendo.

—Pues vaya filosofía. Pero no te preocupes, que yo me planto aquí. Cuando quiera tener hijos, me voy a una clínica de fertilidad o me busco un padre que quiera lo mismo y listo. Y el resto del tiempo, polvos sin complicaciones.

Aurora intentó levantarse para abrazar a su nieta, pero le costaba moverse.

—Malditos sillones. Nena, ayúdame, ¿no ves que no puedo?

Alba la cogió del brazo, tiró hacia arriba y Aurora consiguió levantarse.

—¿No sería mejor que pusieran sillas? Que esto es una residencia de ancianos. Estos pijos...

Fue refunfuñando hasta el coche y hasta que no se sentó en el asiento del copiloto no se acordó de que quería abrazar a su biznieta.

—Ya pasará. En esta vida todo pasa, lo bueno y lo malo —dijo acariciándole el pelo.

—Seguro, bisa, eso seguro. No me voy a quedar atascada en una tipa a la que no le intereso. Ella se lo pierde.

—¿Y lo de probar con hombres...? ¿No te gustan ni un poquito? Porque ya veo que entre mujeres se sufre igual. Y tiene otras desventajas.

—Bisa, ¡no empieces! —la riñó Alba antes de arrancar el coche.

Águeda, 2010

La llamada desde la comisaría de Gijón sorprendió a Águeda dando un paseo con Jesús por el casco antiguo de Oviedo. Era domingo, hacía buen día y habían salido a tomar el vermut como tantos otros ovetenses. Jubilados los dos, paseaban cada día por la tarde y los domingos por la mañana, aunque el vermut lo reservaban solo para ese día porque Jesús cada vez comía menos y bebía más y Águeda tenía que estar ojo avizor para que no se pusiera enfermo.

—Dos vermuts y a casa —le advertía antes de entrar al bar.

Jesús ya no pedía el tercero, sabedor de que Águeda se lo impediría, pero corría a casa para tomarse un whisky después de comer, aunque nada más servírselo Águeda lo guardaba bajo llave hasta que llegaba la hora de la cena.

—Déjalo en paz, mujer —le decía Aurora de cuando en cuando—. Si tu marido no tiene arreglo. Ese color amarillento que tiene no augura nada bueno. Al menos no le amargues la vida que le quede.

Pero Águeda la ignoraba. Tenía pánico a quedarse viuda. No concebía la vida sin su Jesús y, aunque no podía evitar que bebiera, sí podía evitar que bebiera hasta matarse.

Cuando cruzaban bajo el arco del ayuntamiento para dirigirse a la catedral, Águeda notó una vibración en el bolso. Se trataba de un número desconocido.

Le hizo un gesto a Jesús para ir a cobijarse bajo los soportales y respondió.

—¿Águeda Muñiz Cangas? Le habla la Policía Nacional.

Águeda sintió un miedo instintivo. A la fuerza tenía que ser algo malo.

—¿Conoce usted a doña María Flor Prieto Fernández?

—¿A Florita? ¡Claro! ¿Qué le ha pasado?

—Se cayó en la calle, unos viandantes dieron aviso y la encontramos desorientada. Está en el hospital, la están examinando y ha pedido que la llamemos para que avise usted a Marcelo y a la abuela Herminia. La tenía en su móvil como contacto de emergencia.

—¿A Marcelo y a Herminia? —repitió poniéndose muy nerviosa—. ¡Ay, madre, Florita! Si ayer mismo llegó de Benidorm y hablé con ella. Estaba bien. Habíamos quedado para vernos esta tarde. ¿En qué hospital la tienen?

Ese día no hubo vermut. Águeda y Jesús corrieron a coger el coche. Sin comer. Aunque ya hacía tiempo que Jesús evitaba conducir, ese día hicieron una excepción.

—Vas muy rápido —decía Águeda cada poco.

—Mujer, si voy a ochenta. Me están adelantando todos.

—Pues que corran, allá ellos.

Cuando llegaron, tardaron más de dos horas en poder ver a Florita y recibir noticias de los médicos. Jesús compró dos sándwiches en la cafetería, aprovechó para tomarse dos whiskies de un trago y volvió con su mujer. Águeda rechazó la comida.

—No me entra nada. Hueles a alcohol. ¿Has bebido?

—Solo un chupito.

Y Águeda no dijo nada porque solo podía pensar en que perdía a su amiga. Por eso se le iluminó la cara cuando por fin pudieron pasar a verla y Florita se dirigió a ella como siempre.

—Ay, Águeda, ¡qué alegría más grande verte! Fíjate que me he roto la cadera.

—¡Vaya susto nos has dado! ¿Qué te pasó?

—Que me mareé y me caí. Estaba cansada del viaje, dormí mal y no desayuné más que un café.

—¡Qué alivio que solo sea eso! La policía me contó unas cosas muy extrañas.

—Tienen que operarme. Voy a estar ingresada unos días.

—Lo sé, es que por un momento temí otra cosa. ¿Qué te apetece que te traiga? ¿Revistas? ¿Ropa? ¿Una planta para que la habitación no se vea tan desangelada?

—¿Cuándo viene la abuela Herminia con Roberto? ¿Habéis avisado a Marcelo?

Águeda palideció.

—¿Qué dices, Florita?

—Quiero verlos. Echo de menos a mi niño. Y Marcelo que venga cuando acabe el turno y coma algo. Dejé pote preparado antes de salir por si acaso se me hacía tarde.

—Claro, Florita, claro —respondió Águeda con un intento inútil de controlar las lágrimas.

La cadera rota tuvo a Florita en el hospital dos semanas, el mismo tiempo que tardaron en confirmar lo que auguraban los síntomas: Florita padecía alzhéimer en fase moderada. Antes le plantearon a Águeda muchas preguntas que no supo responder.

—¿Sabe usted si alguien de su familia lo padeció? El componente genético es muy importante en esta enfermedad.

—Su abuela materna no y su padre tampoco. La madre murió cuando ella era niña y no conocí a nadie más de su familia.

—¿No han notado síntomas previos? Pequeños olvidos, confusión o desorientación.

—Llevo varios meses sin verla —se excusó Águeda—. Estuvo todo el invierno en Benidorm y siempre fue bastante despistada. Incluso de niña.

Cuando por fin le dieron el alta, la doctora fue contundente:

—Esta mujer no está para vivir sola.

—No tiene familia.

—Entonces ¿se hace usted cargo?

—Y si no me hago cargo, ¿qué? —preguntó Águeda muy mosqueada.

—Déjalo, mujer —dijo Jesús—. Vamos a meter a Florita en el coche y nos la llevamos a casa.

Águeda buscó una residencia privada con un bonito jardín, lo bastante cerca del centro de Oviedo como para poder ir a ver a Florita cada día. La aceptaron a cambio del apartamento de Gijón, el dinero que le quedaba de la venta del piso de Fermín y la pensión íntegra hasta el día que muriera.

Cada tarde, después de comer, Florita recibió la visita de su amiga. Incluso Aurora se animó a acompañarlas algunas veces. Unos días la encontraban muy lúcida, charlando sobre todo de los tiempos de la niñez y la juventud en Turón, pero otros confundía a Águeda con la abuela Herminia y hasta con su madre.

Fue precisamente el ver a Florita en aquella residencia lo que decidió a Aurora a irse a Madrid en cuanto oyó por boca de su propio médico el diagnóstico de demencia senil, a pesar de que Águeda le reprochó que se marchara justo cuando Jesús estaba tan delicado y Florita en aquel estado.

—Por eso mismo me voy, porque aquí no pinto nada —dijo Aurora.

Águeda no dejó de disfrutar de la compañía de su amiga, tanto los días en los que Florita estaba lúcida como en los que apenas la reconocía y ella volvía a su casa triste y llorosa. Hasta el día en que un infarto inesperado se la llevó. Igual que el que se llevó a su madre y a la abuela Herminia. Fulminante. Al levantarse de la cama. La cuidadora la encontró muerta cuando fue a llamarla para bajar a desayunar. Aquel lunes de julio de 2012 fueron permisivos: desde la noche anterior, la Selección Española era la campeona del mundo de fútbol y los ancianos se habían quedado hasta las tantas viendo la celebración e incluso habían abierto algunas botellas de sidra El Gaitero, así que nadie se preocupó por que Florita se levantara tarde.

Cuando la encontraron, ya fría, en el suelo, a los pies de la cama, la alarma del móvil seguía sonando, inquebrantable, durante un minuto entre cada cinco y cinco de silencio.

19

Ana, 2018

Tardé años en hablarle a Rubén, mi psicólogo, de las noches en las que me podían el hambre y la ansiedad y, cuando conseguía quedarme a solas, me preparaba una cena que solía consistir en una bolsa grande de patatas fritas y una cantidad desproporcionada de embutido ibérico. El chorizo era mi preferido. Todo ello regado con gin-tonics y rematado con helado de chocolate. Hasta que notaba el estómago reconfortado. Solo entonces iba al baño, vomitaba y después, agotada, me dormía. Con ese hábito evitaba los kilos extra y la resaca cuando no soportaba el hambre y necesitaba comer y beber hasta que mi estómago no admitía más. Fue mi suegra la que me enseñó el truco de provocarme el vómito para que mi báscula nunca marcara más de cincuenta kilos, los estéticamente adecuados para mi uno sesenta y nueve de estatura. Mi apariencia era perfecta según los estándares de belleza aplicables a una mujer de cuarenta y tantos, imposibles de forma natural, que Hollywood y las revistas nos presentaban a diario como normales mediante las caras desfiguradas, tersas y brillantes de las actrices que a partir de los cuarenta se convertían en caricaturas de lo que habían sido con veinte. Mi aspecto físico cumplía con lo que se me requería gracias al cirujano plástico de mi suegra, que me aplicaba bótox y ácido hialurónico cada seis meses en los puntos que lo requerían, y a los tratamientos de su centro de estética, que mantenían mi piel tersa y sin manchas y mi cuerpo sin celulitis ni flacidez, preservando así los efectos de la liposucción que me hice tras el parto de Jesús. Para mi cincuenta cumpleaños, Paloma tenía intención de regalarme un lifting, que debería realizarme unos seis meses antes de la fiesta de celebración. Una vez, por curiosidad, calculé el dinero que llevaba gastado en tratamientos estéticos y quirúrgicos y me di cuenta de que era mucho más de lo que algunas personas, incluidas las que trabajaban en mi casa, iban a ganar en su vida. Se me ocurrió comentárselo a Paloma precisamente en uno de nuestros días de bótox y vitaminas y me miró cómplice.

—¿Verdad? Es que la gente piensa que tener una posición social como la nuestra no cuesta trabajo. No imaginan lo duro que es. Y lo nuestro no tiene horario, no como la gente común, que termina su jornada a una hora, se va a su casa y no vuelve a acordarse hasta el día siguiente. Pero es que en esta vida no se puede tener todo.

Escruté su gesto por si había ironía en sus palabras, pero no la encontré. Simplemente me había malinterpretado. Una confusión que, a sus ojos, me favoreció.

A pesar de mi fantástica apariencia, mi cuerpo no lucía por dentro igual que por fuera. Y así me lo hizo saber Mónica, mi ginecóloga, que como cada año del último lustro me hacía citología, analítica, mamografía y ecografía.

—Has entrado oficialmente en la menopausia. Es un poco pronto, pero seguramente se te ha adelantado por la mala alimentación. Como te comenté en las últimas revisiones, estás en cetosis permanente, y eso, Ana, es tóxico.

Mónica me trataba con la confianza de haberme ayudado a traer al mundo a mis tres hijos vivos.

—Necesitas cambiar de hábitos y coger un poco de peso —añadió—. Vuelves a tener el hierro por los suelos y no conseguimos mantenerlo por más suplementos que te receto. Te voy a pedir una ecografía.

—¿Y eso por qué?

—Porque tienes los indicadores de la función hepática y renal alterados. Ninguno está en niveles preocupantes, pero tampoco están entre los límites que consideramos normales. Y si el hígado, el páncreas o los riñones fallan, mala cosa.

De allí fui directa a la consulta de Rubén, decidida a poner remedio al problema. Acababa de descubrir que no quería morirme. Pero unos días después supe que no era yo la que se moría sino mi madre. De cáncer. Terminal.

—No puedes irte todavía porque yo te necesito, te necesito mucho —le dije, como si ella no tuviera bastante con morirse.

—No, cariño, no me necesitas ya. Y yo quiero irme con tu padre. Lo echo mucho de menos. Y él no sabe estar sin mí.

Águeda, 2019

Águeda no llegó a ver a su hija divorciada. Un cáncer de pulmón le ahorró el disgusto de ver saltar por los aires lo que en su día pensó que era un cuento de hadas. A ella. Que lo único que había fumado en la vida era algunos cigarrillos de maría con Florita. Ni siquiera había bajado jamás a la mina.

Cuando el médico le dio la noticia, Águeda hacía tiempo que se sentía cansada, pero lo achacaba a la soledad y a los años. Hasta le había pedido a Ana que le dejara usar la Singer para entretenerse por las mañanas. Se le hacían muy largas, aun cuando todos los días practicaba una hora de gimnasia sénior en el centro deportivo de la urbanización. También era una excusa para pasar más tiempo cerca de su hija.

Águeda bajó de peso, perdió el apetito y cogió un catarro que le provocó una tos incómoda durante más de dos meses. El día que la tos le trajo a la boca el sabor metálico de la sangre se acordó de su padre, Paulino, cuando se puso tan enfermo antes de morir, y pidió cita con el médico. Sin decirle nada a Ana. No quiso preocuparla.

Le dieron cita con el neumólogo de la Seguridad Social tres meses después de solicitarla, tres meses que aguantó su dolencia en silencio, sin saber, a la espera de que la atendieran. El especialista no pudo hacer demasiado con los medios que tenía en la consulta, pero tras auscultarla y escuchar los síntomas intuyó que algo iba mal.

—Debería entrar usted por urgencias para que le hagan las pruebas rápidamente. No espere a que le den cita. Si usted quiere, ahora mismo se lo soluciono y esta noche ya duerme aquí.

—Por urgencias no, por favor, que no quiero que se entere mi hija. ¿No me pueden hacer las pruebas sin que me ingresen?

—Es que, si no ingresa, tienen que darle cita.

—No quiero entrar en el hospital y no volver a salir como le pasó a mi padre. Ni siquiera pude despedirme de él. Si me voy a morir, quiero estar el tiempo que me quede al lado de mi hija. Con venir al final es más que suficiente.

El médico intentó convencerla, pero Águeda se resistió.

—Voy a hacerle unos volantes urgentes. No es como si estuviera ingresada pero acelerará el proceso. Después venga a verme. No pida cita. En cuanto tenga los resultados, llame a este número y diga quién es. Lo dejaré anotado en su ficha para que le busquen hueco.

Al cabo de un mes y tres semanas le comunicaron el diagnóstico. No quiso tratamiento.

—¿La quimio me va a curar?

—No, pero le puede dar unos meses más de vida. Incluso algo más.

—¿Qué vida? ¿Vomitando de la cama al baño y del baño a la cama mientras se me cae el pelo, las cejas y las pestañas? No quiero que me salgan llagas en la boca, que todo lo que coma me sepa extraño, ni estar agotada cada momento del día. Ya lo viví con mi marido. Pasaría por ese calvario si fuera a curarme, pero para morirme no. Deme algo para calmar los dolores cuando empiecen, que no quiero nada más.

Águeda tardó en contárselo a Ana lo que tardó en necesitar morfina. No le resultó difícil convencer a su hija de la decisión de no tratarse y en menos de cinco meses empezó con cuidados paliativos. De lo que no pudo convencerla fue de que la llevara a morir al hospital.

—Tú vas a morir en casa con tu hija y con tus nietos. Te conozco, y si quisiste que papá muriera en casa es porque pensabas que era lo mejor para él. Y eso es lo que quiero yo para ti.

—¿Cómo van a ver los niños algo así?

—Los niños ya no son niños. Y tú eres su abuela.

Lo que no esperaba Águeda fue contar con la visita diaria de su consuegra, que canceló todos sus compromisos y fue a pasar con ella todas las tardes hasta el día que entró en agonía. Jugaron a las cartas, Águeda le enseñó a ver el futuro en ellas, en la baraja española y en el tarot, y Paloma se mostró una alumna aventajada. Incluso practicó en su casa para darle una sorpresa.

—Ha sido precioso lo que has hecho por mi madre —le agradeció Ana después del funeral.

—¿Qué menos? Era la abuela de mis nietos. Y una buena mujer.

Ana pensó entonces que nunca entendería a su suegra.

Águeda, 1997

Jesús solo salía sin su mujer un sábado al mes. Y en las raras ocasiones que tenía que asistir a una cena de trabajo u otro compromiso, la avisaba con antelación. Solía llegar a casa alrededor de las nueve y media después de terminar el turno, recoger su sección y hacer caja. Un sábado de febrero, a las diez de la noche, Águeda se empezó a preocupar porque todavía no había regresado.

—Son las diez y Jesús sin venir. Se están enfriando los boquerones y fríos no le gustan tanto como recién fritos.

—A mí me rugen las tripas y no hay nada interesante en la tele. Siguen dando la tabarra con la oveja Dolly —dijo Aurora—. Pues menuda dificultad clonar una oveja, ¡si son todas iguales! Blancas, negras o marrones, vale, pero a fin de cuentas lo mismo. Qué tontería. Dolly para arriba, Dolly para abajo, ¡ni que hubieran descubierto la piedra filosofal!

—¿Usted cree que a mí me importa ahora mismo Dolly ni Molly ni san Pito Pato? ¿Dónde se habrá metido este hombre?

—¿Cenamos? ¡Que desfallezco!

—No tema, que de reservas va sobrada —le espetó Águeda,

pero al instante reculó—. Bueno, mire, cene usted. Yo espero a Jesús. Tiene el móvil apagado, aunque siempre lo apaga cuando trabaja. Igual es que hoy sale más tarde. Es raro, aunque como ya no es Galerías Preciados, a lo mejor los horarios van de manera distinta —reflexionó en voz alta.

—No seas tonta y cena. Se habrá ido con los compañeros a tomar algo. Si le hubiera ocurrido cualquier cosa en el trabajo te habrían llamado. Ya sería mala suerte que tuviera un accidente de camino a casa. Son doscientos metros.

—Voy a buscarlo, que siempre viene por el mismo sitio. A ver si se ha mareado y se ha caído en la calle o ha tenido algún percance.

Águeda cogió el abrigo sin escuchar las protestas de su madre y recorrió los dos tramos de calle que la separaban de El Corte Inglés, pero no encontró ni rastro de su marido. El establecimiento ya había echado el cierre y no quedaba nadie a quien preguntar. Por la noche entraba el personal de limpieza y los reponedores, pero ellos no conocían a los trabajadores que atendían al público porque no coincidían.

Águeda volvió a casa y se sentó a esperar.

—¿Vas a quedarte sin cenar porque tu marido se haya ido de juerga y se le haya olvidado avisarte? No seas tonta, ¿no ves que es sábado? —dijo Aurora.

—Pero este no le tocaba salir. Y habría pasado por casa a cambiarse, como siempre. A Jesús le ha ocurrido algo malo, lo presiento. Voy a echar las cartas a ver qué me dicen.

—Pues yo me voy a dormir.

Tirada tras tirada, le salieron a Águeda la Muerte o la Rueda de la Fortuna, cartas de cambio. Durante las horas que estuvo consultando la baraja fue variando su interpretación. Así, las mismas cartas que al principio de la noche presagiaban un cambio menor la hacían verse viuda alrededor de las cuatro de la mañana, hora en la que oyó abrirse la puerta.

Jesús llegó en un estado lamentable, tambaleándose y apestando a alcohol, pero Águeda solo pudo agradecer a Dios que se lo hubiera devuelto vivo. No entendió nada de lo que su marido intentó explicarle, pero consiguió llevarlo hasta la cama. Cayó como un saco hasta una hora después, en que, casi sin despertar, vomitó en la almohada y volvió a quedarse dormido. Águeda, que aún no había cogido el sueño, limpió el desastre y cambió las sábanas con su marido encima en estado de semiinconsciencia. Cuando terminó, se sintió agotada.

Jesús se despertó al mediodía con una terrible resaca que no le permitió levantarse de la cama ni probar el caldo casero que su mujer le había preparado, pero sí contarle lo ocurrido.

—Me han despedido. ¿Qué voy a hacer yo?

—Pero ¿por qué?

—Las cifras de ventas, las malditas cifras de ventas. ¿Qué hago yo ahora? Dime, ¿qué voy a hacer?

—Ya se nos ocurrirá algo. Dinero no nos va a faltar —respondió ella, consciente de lo que suponía para su marido su trabajo en los grandes almacenes.

—Me duele mucho la cabeza. Llévate el caldo, por favor, y tráeme un balde, que siento ganas de vomitar.

Cuando Águeda volvió a la cocina con el cubo, su madre la miró con condescendencia.

—Vaya joyita.

—Madre, no me toque las narices. Hoy no.

Aurora, 2019

—Consígueme maría —le pidió Aurora a su biznieta cuando Águeda empezó a entrar en la última fase de la enfermedad.

—¿Qué maría?

—No te hagas la tonta, Alba, ya sabes qué maría.

—¿Para qué la quieres? Yo no fumo ni tomo drogas.

—Ya lo sé, pero seguro que tienes amigos que sí y te será más fácil conseguirla que a mí.

—Que no. A ver si te va a dar algo. ¿Estás con una lista de cosas que hacer en la vida o algo así? Aunque la maría ya nos contaste que la habías probado con tu amiga carbonera.

—Es para fumarla con mi hija. Dicen que alivia el dolor —confesó Aurora.

—Veré lo que puedo hacer —accedió Alba conmovida.

—Si consigues los cigarrillos ya liados mejor, porque vi cómo los hacía Ramona pero fue hace muchos años.

Armada con el botín que Alba le consiguió, Aurora fue a visitar a su hija. En cuanto se quedaron a solas, sacó los porros pulcramente liados de una pitillera que guardaba en el bolsillo.

—Tú de esto fumaste ya, ¿verdad?

—Muchas veces. Con Florita. Cuando ella vivía en Oviedo y nos veíamos todos los domingos —confesó Águeda, estupefacta al ver aquellos cigarros tan bien liados.

—Pues ahora vamos a fumar las dos. El resto te lo quedas para cuando lo necesites. Y si se te acaban, me llamas y te traigo más. Si los americanos la venden con receta para los enfermos de cáncer, por algo será.

Ana entró dos horas después en la habitación, mosqueada porque su madre y su abuela llevaban mucho tiempo allí encerradas, y contempló pasmada cómo se reían sin tapujos rodeadas de una nube de humo que apestaba a porro. Resistió el primer impulso de poner orden y, con intención de que no la vieran, se dio la vuelta. No hacían mal a nadie y, por rara que fuera la abuela Aurora, merecían despedirse la una de la otra.

—Únete, Anina —le gritó Aurora.

—Hoy no, abuela, otro día. Hoy solo vosotras dos.

Aurora tardó varias horas en irse del lado de su hija. Quería decirle algo y no sabía cómo.

—No supe hacerlo mejor —soltó al fin.

Y Águeda entendió.

—No estuvo tan mal. Tuve una buena vida.

—Parece mentira que salieras tan bien.

—¿Por lo del moro?

Aurora asintió con la cabeza.

—Lo que más me gustó de Jesús es que fuera rubio —confesó Águeda—. Eso y que me hizo caso, que ya sabe que todos se fijaban en Florita. Siempre me gustaron sus ojos grises y aquella piel tan clara, que se quemaba hasta paseando por el Muro si no le ponía protección. Aunque no hiciera sol, solo con la brisa del mar. El año que empezó a perder el pelo, no me di cuenta y se quemó la calva el primer día que fuimos a la playa. Pobre. Se le puso como un centollo hervido. No estaba usted aquel verano.

—Elegiste bien. A pesar de todo, elegiste bien. Nadie es perfecto y tu hombre fue bueno para ti.

—Sí, Jesús fue muy bueno conmigo, pero también le digo que fue cuestión de suerte porque ningún otro se fijó en mí.

Cuando Aurora recibió la llamada de Ana comunicándole el fallecimiento de Águeda, sintió un dolor tan profundo e intenso que pensó que iba a ahogarse sin remedio. Y le pareció bien. Hacía tiempo que veía la muerte como un alivio, que no encontraba sentido a seguir en el mundo más que para estorbar. Cuando el aire volvió a sus pulmones, la invadió la decepción. Dios todavía no había acabado con ella y otra vez le tocaba sufrir. Su único motivo para vivir era Alba, y Alba no la necesitaba. O al menos así lo sentía Aurora. Con Ana no tenía una relación estrecha y con sus hijos solo hablaba en los cumpleaños y en Navidad. Pedro había ingresado en una residencia en Gijón tras la muerte de su mujer, y Paulino y su esposa Dora ya no viajaban ni con el INSERSO después de que ella se rompiera la cadera unos años atrás. Aurora echaba de menos a su madre, a su hija y a Ramona. Ni a Ferino ni a Paulino.

Tardó muchos meses en salir de nuevo de la residencia. Primero porque no quiso, y por mucho que Alba insistió, unas veces con amenazas, otras utilizando el chantaje emocional, Aurora no cedió. Después porque llegó el coronavirus y España entera se mantuvo encerrada en su casa. Aurora confió entonces en que hubiera llegado su momento, pero mientras el bicho se llevaba por delante a miles de ancianos de residencias de todo el país, pasó de largo por la suya. Estuvieron a punto de expulsarla por no respetar las medidas de seguridad y solo accedió a ponerse la mascarilla cuando Alba la obligó, bajo coacción de incapacitarla por demente si se negaba.

Aurora asumió que Dios era más cabezón que ella y no le

permitiría irse de este mundo hasta que cumpliera su propósito. Debía encontrar cuál era ese propósito para librarse de vivir lo antes posible. Se acordó entonces de aquella visita que recibió más de veinte años atrás.

Aurora, 1997

Con setenta y cinco años, Aurora movía los casi cien kilos que pesaba su cuerpo con una agilidad asombrosa. La ayudaba a mantenerse en forma el que su hija, para que no se anquilosara, le hubiera encomendado abrir la puerta cada vez que sonara el timbre y, entre clientas y alumnas, sonaba muchas veces.

—Madre —gritaba Águeda desde el taller para apremiarla en cuanto alguna impaciente volvía a llamar.

Aurora consentía porque, si algo comprendía era lo importante que era atender bien a las clientas. También porque no tenía a donde ir. A Turón no, ni tenía casa ni quería volver, y en Sevilla las cosas habían terminado mal. Por mucho que la mortificara, en casa de su hija siempre hallaba refugio. Los únicos inconvenientes eran que Águeda la obligaba a ducharse y a ponerse ropa limpia cada día, vigilaba lo que comía y se empeñaba en llevarla a hacer análisis de sangre para comprobar año tras año que su salud era excelente. A cambio, a Aurora le gustaba sustituirla en clase de vez en cuando y ayudarla con los diseños complicados.

No era una clienta la que llamaba aquella mañana de septiembre, recién retomada la actividad en el taller, sino un hombre de unos cuarenta años que preguntaba por Aurora Cangas.

—¿Quién la busca? —respondió a la defensiva.

—Mi nombre es Manuel Menéndez Miranda. Soy periodista. ¿Es usted Aurora Cangas?

Las alertas de Aurora se activaron inmediatamente, todas a la par.

—Soy la asistenta.

El hombre miró con incredulidad a aquella enorme mujer que parecía haber cumplido sobradamente la edad de jubilación.

—Mire, yo no vengo a molestar. Mi padre investigaba hace años un suceso de la posguerra. En el setenta y siete aparecieron dos cadáveres enterrados en el sótano de una casa en Turón, ¿conoce usted los hechos de los que le hablo? Los cuerpos pertenecían a dos regulares africanos. Apenas tuvo repercusión en prensa. Supongo que, con la situación política del momento, a nadie le interesaba abrir viejas heridas. Concédame quince minutos, por favor.

Aurora abandonó la pantomima de la asistenta y condujo al periodista al salón.

—Tiene usted cinco minutos —le advirtió cuando se sentaron—. Y son muchos para una historia de hace más de cincuenta años, que no sé qué interés tiene usted en remover ahora. En menos de dos meses, ETA ha matado a ese pobre chaval, el concejal del País Vasco, y Lady Di ha muerto en circunstancias extrañas, que para mí que le han dado boleto. ¿Y usted investiga a dos muertos de la posguerra española? Pues no sé yo si le trae a cuenta. Famoso no se hará. Podría escribir artículos sobre asuntos más actuales e interesantes.

El periodista no pudo más que sonreír.

—Mi padre estaba investigando esa historia cuando murió en un accidente de coche. Hace unos meses me mudé y encontré sus papeles guardados en el fondo de un cajón. En sus notas dejó constancia de que se puso en contacto con su hija una semana antes de morir. Le dio una dirección en Argentina, pero allí no parecían saber de quién les hablaba.

—¿Y qué se le pierde a usted en todo esto?

—Propuse a varios medios continuar con el reportaje que inició mi padre y encontré una sección política emergente interesada en financiar la investigación. Según las conclusiones que obtenga, decidirán si publicarla o no.

—Esta conversación ha terminado —dijo Aurora poniéndose en pie—. No seré yo quien le ayude a buscar culpables entre los que ya sufrieron más de lo que nadie debería sufrir jamás.

—Escúcheme, por favor. No es nada de eso. Buscan historias de represión contra las mujeres en este último siglo. Quieren contar la historia desde el ángulo muerto, el invisible, el de las mujeres.

—Eso no le interesa a nadie, nunca interesó y sigue igual. Ahora que parece que se puede hablar de las cosas sin miedo a represalias, nadie quiere escucharlo. Y también le digo que no me extraña, ¿quién va a querer revivir aquello? Ahora todo el mundo está tonto delante de la tele viendo a Carmen Sevilla chochear en directo hablando de ovejitas. ¡Con lo buena artista que era esa mujer y mire para lo que ha quedado! Y eso que es más joven que yo.

—También hay muchas personas interesadas en conocer lo que les pasó a sus antecesoras —insistió el periodista—. Sin importar el bando. No se trata de hacer política sino de visibilizar la historia de las mujeres, las grandes olvidadas. Quieren dar voz a la parte de la historia que es silenciada de manera recurrente.

—¿Sin politizar? Eso no se lo cree nadie. Conmigo que no cuenten. Aquí cosemos y enseñamos a coser, no damos voz a nadie ni mucho menos enseñamos historia.

—Doña Aurora, al menos piénselo.

—Ya le he dicho que solo soy la asistenta, así que lo acompaño a la puerta y ya le doy el recado a la señora.

—Coja mi tarjeta, ya sabe, por si algún día la señora tiene interés en ponerse en contacto conmigo.

Aurora guardó la tarjeta y despachó al periodista sin contemplaciones. Luego fue al baño y vomitó. Después se alegró de que la vieja Singer llevara años en la casa de Anina en Madrid.

Águeda, 2013

Águeda nunca fue cinéfila, pero la noticia de que estuviera nominado a los Goya un cortometraje sobre las viudas de los soldados africanos que combatieron con Franco en la Guerra Civil le llamó la atención.

Aquellas imágenes de mujeres ancianas viviendo en la miseria, trabajando de sol a sol cuando ya no tenían cuerpo ni años para hacerlo, le trajeron a la memoria a su madre porque contaban cómo se habían quedado sin sustento al morir sus maridos, excombatientes de la Guerra Civil española.

Lo mismo debió de pensar Jesús.

—Espero que tu madre no esté viendo esto en la residencia porque puedo imaginarme su estallido de rabia e indignación. Igual nos la devuelven —dijo dando un trago a su segundo whisky de la noche—. ¿Por qué les tiene tanta manía a los moros?

—Cosas de la guerra.

Uno de los pocos secretos que Águeda no compartió nunca con Jesús fue aquella horrible conversación que tuvo con su madre años atrás, en El Palmar, sobre los moros que las atacaron, la mancha de la Singer y los cadáveres enterrados en la casa de los abuelos. Porque incluso a ella, a veces, toda la historia le parecía irreal y dudaba de que su madre no se la hubiera inventado para mortificarla. Hasta que recordaba que los cadáveres de aquellos dos soldados africanos, uno de ellos su supuesto padre, habían aparecido momificados en el sótano de sus abuelos.

Escuchó a Jesús recordar cuando Aurora, años atrás, conoció la noticia de que un tribunal concedía la actualización de la pensión a un excombatiente marroquí. *Informe Semanal*, un programa de historias documentales, se hizo eco de la noticia con un pequeño reportaje sobre la controvertida decisión legal.

Aurora empezó a farfullar desde que la presentadora hizo la introducción de la noticia: «Los combatientes a los que Franco dejó de lado, olvidados con pensiones míseras que llevan años sin actualizarse, por fin van a ver reconocidos sus derechos».

Sin embargo, cuando un hombre que había sido reclutado por las fuerzas sublevadas en Marruecos con solo diecisiete años, dio su testimonio: «Los indígenas íbamos siempre por delante, donde estaba la muerte, pero ahora nadie se acuerda de nosotros y vivimos en la miseria. Franco nos prometió bastones de oro y mujeres blancas», Aurora saltó.

—Malditos cabrones, la muerte erais vosotros. ¡Hijos de puta! ¡Que por allí donde pasabais sembrabais horror y cadáveres! ¿Mujeres blancas? ¡Otra vez os mataría con mis propias manos, aunque tuviera que pasar la vida cosiendo sobre vuestra sangre! —gritó fuera de sí a la tele, con tal fiereza que a Águeda se le cayó de las manos el bastidor de bordado con las sábanas que preparaba para Ana.

—¡Mujer! ¿Se puede saber qué le pasa? ¿Qué está diciendo? —preguntó Jesús, que ya hacía tiempo que pensaba que su suegra no estaba bien de la cabeza.

—Madre, cálmese, que le va a dar algo. ¿Le traigo una tila?

—¡Qué tila ni qué cojones! Mujeres blancas, so cabrones, allí ardáis en el infierno, que vuestra sangre la tengo yo.

Aquella escena vivida hacía más de una década volvió a la memoria de Águeda como si sucediera en ese preciso instante.

—Y la tomó con la dichosa Singer —dijo Jesús—. Menos mal que Anina se la llevó cuando se casó. ¡Cómo se puso tu madre cuando se enteró! ¿Te acuerdas?

Claro que Águeda se acordaba.

—¿Ahora la Singer va para Madrid? —le había dicho Aurora a su hija—. Nada, que el dichoso moro no desaparecerá nunca de nuestras vidas. Resulta que ahora va para el salón de una casa de ricos, ¡el mundo al revés!

—¿Qué moro? —había preguntado Ana.

—El que me desgració la vida, que no me libro de él. Y ahora tengo que vivir con tu madre. Y cuando muera ella, él seguirá contigo. Aguanta como la peste.

Aquel documental le quitó el sueño a Águeda varias noches, hasta que Jesús empezó a encontrarse mal y a quejarse de un dolor sordo y continuo en la parte derecha del abdomen, que la hizo olvidarse otra vez de los moros porque se volcó en atender a su marido hasta el día que él murió.

Ana, 2019

La muerte de Águeda provocó en Ana una inquietante sensación de vacío. Sin padre y sin madre, ya no podía echar la vista atrás en busca de apoyo y consuelo. El inicio de la cadena pasaba a ser ella. Con cincuenta y un años se sintió vieja por primera vez.

—No eres vieja. Has tenido la suerte de tener a tu madre durante más de medio siglo y es terrible perderla, pero también es ley de vida —le dijo Beba, que la acompañó durante toda la enfermedad de Águeda.

—Siento que he desperdiciado mi vida. No soy feliz. Carlos nunca está en casa, los niños ya no me necesitan y todo lo que hago me importa un bledo.

—Lo ves así porque estás muy triste por lo de tu madre. Tienes que cuidarte para no caer en una depresión.

—Estoy triste, pero no tengo depresión. Lo que sí tengo es ansiedad crónica y es por esta vida absurda que llevo desde que me casé. Nada de lo que hago tiene la menor trascendencia.

—¿Y las obras benéficas de tu suegra? Ayudan a muchas personas.

Ana rio con sorna.

—Pero si son una excusa para juntarse un montón de ricachonas y estrechar lazos que mantengan su círculo social unido. Y, sobre todo, cerrado.

—Eso también, pero la gente a la que ayudan es real y lo necesita —insistió Beba, pero al comprender que no iba a convencerla cambió de estrategia—. ¿A qué querrías dedicarte?

—¿Qué más da? Si a estas alturas ya no sé hacer nada.

Beba no sabía cómo ayudarla y se sentía culpable. Necesitaba que Ana estuviera fuerte porque entre ella y Carlos iban a romperle el corazón.

Cuando oyó a su marido hablar de divorcio, Ana fue incapaz de decir nada, como si llevara años esperando aquello.

—No voy a aplicar el acuerdo prenupcial que mi madre te obligó a firmar —dijo Carlos—. Quiero que vivas cómodamente. Para mí, tú siempre serás la madre de mis hijos y la rubia de la sonrisa dulce que me conquistó nada más verla en el Oh! Madrid.

—¿Te vas con otra?

—Voy a rehacer mi vida sentimental, pero no porque me vaya con otra sino porque me separo de ti. Nunca habría habido nadie si tú y yo hubiéramos estado bien. Y hace muchos años que nuestro matrimonio es solo de cara a la galería. Ni pasión, ni comunicación. Hay compañeros de piso con relaciones más estrechas que la nuestra.

—Pues como todos los matrimonios que llevan más de veinte años juntos.

—¿Y eso es lo que quieres? ¿Tú eres feliz?

Ana se encogió de hombros y miró a su alrededor. Notó que los ojos se le llenaban de lágrimas. Aquel dormitorio inmenso decorado con muebles de las mejores marcas, acorde con el resto de la casa, siempre le había parecido parte de su jaula de oro, pero pensar en perderlo daba más vértigo que quedarse encerrada allí.

—¿Dónde voy a vivir? ¿Y los niños?

—En la casa que tú elijas. Con sitio suficiente para que Jesús viva contigo los días que él quiera. Ya tiene dieciséis, el próximo año se va a estudiar a Estados Unidos y no le vamos a imponer un régimen de custodia. Alba vive sola y Carlos ya tiene planes para mudarse. No quiero que te preocupes por el dinero porque pienso ser más que generoso.

—¿Quién es ella? Seguro que es joven y guapa.

—A ver, Ana, tengo sesenta años y toda la vida he estado a tu lado. Con quién esté ahora nada tiene que ver con el divorcio. Lo nuestro se rompió hace mucho y fue solo cosa nuestra.

—Dejaste de quererme cuando nacieron los niños —lo acusó ella.

—Te equivocas, yo te he querido siempre.

Pero Ana no estaba dispuesta a dar su brazo a torcer.

—Acaba de morir mi madre, ¿cómo puedes hacerme esto ahora?

Carlos no le habló de los años que llevaba esperando el momento oportuno, como tampoco quiso prolongar una conversación que lo único que podía producirles a ambos era dolor. Dejó a Ana sola y ella buscó consuelo en Beba en cuanto él salió de casa. Comunicaba.

Beba hablaba con Carlos en ese momento.

—Ya está, ya se lo he dicho —le anunció.

—Lástima no poder estar a su lado. En cuanto sepa que estás conmigo me va a odiar.

—Tenlo por seguro. Nunca entenderá que cuando tú y yo empezamos hacía años que nuestro matrimonio estaba roto. Siempre ha hecho lo mismo: si la realidad no encaja con su visión del mundo, la retuerce en un vano intento de cambiarla. Todavía me acuerdo de su reacción cuando Alba nos dijo que era lesbiana.

—No seas tan duro con ella, está pasando un mal momento. Está en plena crisis existencial, y con lo de su madre…

—Quizá esto sea un revulsivo. No le irá mal, al menos no económicamente. Yo me encargaré de que así sea.

—Eres un gran tipo. Creo que en el fondo por eso me gustas tanto.

—Si no fuera porque tú te empeñaste en no formalizar lo nuestro hasta que los niños fueran mayores, la habría dejado hace años.

Beba no esperó a que Ana se enterase de quién era la mujer con la que estaba su marido, sino que fue a decírselo en persona.

—¡Beba! ¡Qué bien que estés aquí! —dijo mientras se lanzaba a abrazarla—. Carlos quiere el divorcio.

—Lo sé.

—¿Te lo ha contado?

—Es más complicado que eso. Sentémonos.

—Voy a pedir que nos traigan café.

Ana esperó a que las sirvieran. No quería que el servicio escuchara la conversación. Miró a Beba en silencio. Los años no habían pasado en balde para ninguna de las dos, pero Beba había envejecido bien. Aunque nunca había sido guapa, era una mujer sofisticada. Aquel día llevaba un atuendo informal, cómoda con su pelo corto y el cuerpo todavía atlético gracias a las sesiones de deporte intenso que practicaba a diario y que potenciaban ese aire de autoridad y seguridad en sí misma que había adquirido a costa de pelear en un mundo de tiburones. A Ana le pareció que era precisamente eso lo que la hacía poco atractiva para los hombres.

—Estoy enamorada de Carlos —anunció Beba, directa, sin rodeos, en cuanto la asistenta cerró la puerta del salón.

Ana miró a su amiga en silencio, incapaz de reaccionar ante tan inesperada afirmación.

—Nunca he dejado de estarlo, desde que salimos juntos en la universidad y Paloma puso el grito en el cielo cuando se enteró —continuó Beba—. Él no debía de estar muy convencido porque no hizo nada por pelear por mí. Y después apareciste tú y él se enamoró. Y a Paloma le pareciste bien.

—¿Por qué nunca me lo contaste?

—Alguna vez lo intenté, pero no era una conversación fácil.

—¿Se va contigo?

Beba asintió.

Ana se dirigió al mueble bar, se preparó una copa y le dio un sorbo.

—¿No vas a decir nada?

—Preguntó la zorra robamaridos —le espetó Ana.

—No te deja por mí. Yo soy segundo plato, nunca habría estado conmigo si las cosas hubieran salido bien entre vosotros. Lo vuestro no funcionó. Carlos quiso romper contigo hace años y Paloma pretendía dejarte sin nada. El caso ya estaba en manos de abogados. Tu suegra pretendía organizar vuestro divorcio igual que hizo con vuestro matrimonio.

—¿Y por qué no se divorció entonces?

—Quisiera pensar que yo lo convencí, pero supongo que

solo le dije lo que él pensaba. Jesús aún era pequeño y Carlos estaba teniendo una adolescencia difícil.

—Y entonces viste tu oportunidad. Como una hiena que huele la carroña.

—Ni mucho menos. De todas formas, eso no es importante. Solo quería que lo supieras. Yo te aprecio mucho, muchísimo, y siempre entendí lo que Carlos veía en ti. Ojalá tú también fueras capaz de verte igual. No necesitas vivir a la sombra de Carlos y de Paloma, agazapada como un ratón, a ver si la vida pasa de largo y no te ataca.

—¡Lo que me faltaba por escuchar! ¡Lárgate de mi casa de una puta vez!

Ana le tiró el gin-tonic a la cara y, sin siquiera mirarla, se levantó a ponerse otro.

20

Ana, 2020

A mi abuela Aurora no se la llevó el virus que causó la muerte de miles de ancianos en el mundo a pesar de que rechazó instalarse en mi casa durante la pandemia.

—¿Crees que tengo miedo del coronavirus? —me dijo—. ¿Yo, que maté a dos moros y evité que fusilaran a mi padre delatando a un cura por medio de mi amante? Que era capataz, ¿eh? No creas que yo apuntaba bajo, pero él no me quiso. Claro que, aunque era muy guapa, también era la hija de un minero y no podía competir con una aristócrata. Hasta coche tenía de aquella doña Pilar.

—Eso son desvaríos, abuela.

—Sí, sí, desvaríos, ¿tú qué sabrás? Fue así, tal cual te lo cuento.

Achaqué las historias de mi abuela a la demencia senil, aunque estaba como una rosa cuando ya rondaba los cien años. Y eso que, aunque en los últimos años había adelgazado casi veinte kilos, seguía pesando mucho más de lo que los médicos consideraban saludable, pero sus análisis no mostraban el menor desequilibrio. Ni azúcar, ni colesterol, ni unos míseros triglicéridos. La demencia senil tampoco avanzaba, según los resultados de los controles anuales a los que se sometía a regañadientes, y todos nos preguntábamos si su locura era senil o le venía de nacimiento.

Envié a Alba para convencerla de que se mudase a nuestra casa hasta que terminara el confinamiento, que yo, como tantos otros, imaginaba que solo duraría un par de semanas.

—Alba, inténtalo tú, que a mí me empieza con la tontería de los moros y ya no sé si es que está loca del todo o lo finge para que la deje en paz.

—Mira, mami, yo también creo que muy cuerda no está, pero dudo mucho que sean tonterías. Lo de los moros me lo ha contado a mí también. Varias veces. Y sin cambiar una coma. Los chalados no son tan precisos. Desde que murió la abuela Águeda, la bisa está obsesionada con eso.

El caso es que Alba tampoco la convenció y mi abuela pasó el confinamiento en la residencia. Yo temía que, a su edad, no saliera viva de la pandemia, pero llegó el verano, terminó el encierro y mi abuela seguía tan sana como cuando empezó.

Ese verano de 2020, cuando todos teníamos la esperanza de que el COVID se hubiera ido para siempre y la certeza de que no era así, ella se empeñó en viajar a Asturias. Mi abuela se había marchado en 2011 y solo había vuelto dos veces: al entierro de mi padre y al funeral de mi madre. Por eso, cuando manifestó su intención de regresar a Asturias con fines poco claros, me negué. Porque el viaje me parecía peligroso para ella. Por el dichoso virus. Por mi salud mental, que se resentiría si tenía que aguantarla varios días a tiempo completo. Insistió y volví a negarme. Varias veces. Hasta que acepté después de que Alba se ofreciera para que viajáramos las tres.

Así, el 30 de julio de 2020 emprendimos viaje la abuela Aurora, mi hija, su amigo Fernando y yo. Me alegró que viniera Fernando porque entre él y Alba manejaban a Aurora como ni mi madre ni yo habíamos conseguido hacerlo jamás. Nos alojaríamos en Gijón, en el piso de mi madre, entonces ya mío, el mismo en el que pasé mis veranos adolescentes y los primeros de la edad adulta.

El olor a lavanda que se adivinaba una vez que ventilamos para eliminar el tufillo a cerrado me recordaba a mi madre, a casa, a infancia. Aquellas bolsitas que mi madre preparaba con la tela de los sacos de las patatas y las flores de lavanda en su interior impregnaban la ropa de aquel olor. También perfumaba el agua con la que rociaba la ropa al plancharla, y las sábanas siempre desprendían aquel aroma sutil y relajante que me hacía sentir a salvo.

Todos los finales de primavera, mi madre, mi padre y yo íbamos al mercado del Fontán para recoger la lavanda que dejaba encargada a una mujer de una aldea, que ya no recuerdo cuál era. Tampoco me viene a la memoria el nombre de aquella señora. Sí que me acuerdo de su aspecto, ataviada con mandil y madreñas, que allí no le hacían ningún servicio más que aportarle incomodidad. También recuerdo que el primer fin de semana de junio nos tenía reservados dos enormes cestos llenos de aquellos tallos morados que transportábamos hasta casa entre los tres. Ese fin de semana mi madre ponía una parte de las plantas a secar boca abajo en la despensa y otra parte a hervir. Tras una hora, sacaba un agua todavía clarita para la ropa. Después ponía la cacerola a fuego lento, dejaba que el resto se concentrase y lo guardaba en botes con cuentagotas para impregnar la almohada si alguno tenía problemas para dormir. Herminia, la abuela de su amiga Florita, se lo había enseñado y mi madre se aficionó a aquel ritual. También recortábamos la tela de los sacos para hacer bolsitas, que anudábamos después con un cordel.

—¿Quieres bordar algunos para que queden más bonitos? —solía preguntarme.

Yo siempre accedía y me dejaba llevar por lo emocionante de aquella tarea que sacaba a mi madre de su rutina junto a la máquina de coser en el taller, aunque tras bordar cuatro o cinco sacos me cansaba y desistía. Ella me miraba comprensiva y nunca me obligó a seguir.

La noche en que los cuatro extraños compañeros de viaje llegamos a Gijón fue ese mismo aroma en las sábanas de la cama de mi infancia el que me arropó y me hizo dormir once horas seguidas.

Después de mi divorcio un año antes, había empezado a sufrir insomnio y me levantaba cada mañana cansada y con la cabeza embotada. Claro que lo mismo daba, porque no tenía nada con que ocupar mi día. Ya ni siquiera participaba en los eventos benéficos que organizaba mi exsuegra, a pesar de que no había dejado de invitarme, igual que nunca llegó a invitar a Beba.

Aquella noche el olor a lavanda impidió que me despertara de madrugada y amanecí con la luz del sol colándose por las rendijas de la persiana.

Alba, 2020

Alba no faltaba nunca a su cita semanal con su bisa. Los domingos por la tarde, y a veces también los sábados, iba a verla y le llevaba una sorpresa que Aurora decía no necesitar, aunque se pasaba la semana intentando adivinar qué sería lo que ese domingo le llevaría su biznieta. A veces eran moscovitas, su dulce favorito; a veces unas zapatillas nuevas, que eran su calzado habitual, y ese fin de semana, con motivo del viaje a Asturias, una nueva aplicación para la tableta y unos cascos inalámbricos.

—¿Para qué quiero yo esto?

—Para que puedas leer durante el viaje y cuando estés en Gijón, que allí solo hay una tele. Quiero que estés entretenida porque si no vas a empezar a dar la tabarra, que te conozco. Siempre dices que no lees porque como ves mal te da dolor de cabeza, pero ya verás como con esta app es mucho más cómodo.

Aurora miró a su biznieta sin entender.

—Es una colección de audiolibros con las últimas novedades. Los leen por ti, no necesitas forzar la vista. Te voy a enseñar cómo se usa. Quiero que escuches este: es una novela ambientada en Oviedo a finales del siglo diecinueve. Es de tu época —la chinchó.

—Mira que te arreo, ¿eh? Que yo soy tan del siglo veinte como tú.

—No te cabrees, bisa, que ya sé cuándo naciste. La protagonista es lesbiana.

—Vaya por Dios, menudo tostón.

—Que no, que te va a gustar.

—Es que yo esto del lesbianismo no termino de entenderlo.

En mis tiempos el sexo era algo que le hacía el hombre a la mujer y no tengo claro cómo lo hacéis dos mujeres, tú ya sabes a lo que me refiero.

Alba soltó una carcajada.

—Qué morbosa, bisa. Así que eso es lo que te preocupa tanto.

—Pues sí, porque no quiero morirme sin entender. Tú con esa chica, la guardia civil, ¿qué hacías?

—¡Ganchillo, bisa, no te jode! ¿Qué voy a hacer? Pues lo que hace cualquier pareja.

—Cualquiera no, porque lo que yo hacía con Ferino tú no lo puedes hacer.

—¿Cómo que Ferino? ¿Quién es ese? ¿Y qué hacías tú, golfilla? —Alba se echó a reír y Aurora se ruborizó.

—Lo que a ti no te importa, mocosa. Ya me entiendes.

—Tú sabes que se pueden hacer más cosas que el mete saca, ¿verdad? ¿O es que tú nunca te has bajado al pilón con tu marido?

—¿Con Paulino? Con Paulino no.

—¿Cómo que con Paulino no? ¿Y con el Ferino ese sí? Ay, bisa, que no dejas de sorprenderme.

—Tú, como todos los jóvenes, pensáis que habéis inventado el mundo.

—Vamos, que lo de que llegabais virgen al matrimonio es una patraña.

—Llegaban las que tenían suerte. Porque de aquella la virginidad no la perdías y mucho menos la cedías, te la quitaban.

—¡Qué triste, bisa! ¿Quién te la quitó a ti?

—Eso ya no interesa, fue hace mucho tiempo. ¿Y tú qué? Que vas de moderna pero, si no hay miembro, todavía eres virgen.

—Hala, bisa, ¡qué fuerte! Qué perdida estás. Pues claro que no soy virgen.

—Pues ya me dirás, porque si el pez no tiene cola...

—Las colas, como tú dices, las venden de un montón de materiales.

—Acabáramos. O sea, que sustituyes el de verdad por uno de plástico. Muy práctico, pero un poco asqueroso.

—Oye, sin faltar, que yo no me he metido contigo. Y no creas que me resulta agradable imaginarte bajándote al pilón de un desconocido —dijo, y acto seguido esquivó el cojinazo que le lanzó su bisabuela.

—¡Ay! —dijo Aurora agarrándose el hombro tras el esfuerzo—. ¡Tú vas a acabar conmigo! No me malinterpretes, que alguna ventaja ya le veo a lo de ser dos mujeres. Los hombres son brutos y dan trabajo. Si en mi época hubiera sido una opción, igual me hubiera hecho lesbiana también. Aunque no sé con quién, porque Ramona era muy buena pero muy fea. ¡Vaya bigote tenía!

—Anda, bisa, no desvaríes.

Aurora estaba acostumbrada a la muerte. Cuando ella era joven, la gente moría en la mina, bajo las bombas, fusilada en las tapias del cementerio, a manos del enemigo en el frente, de enfermedades que llegaban y arrasaban a medio pueblo, como cuando los brotes de tuberculosis, o por hambre, que también era una enfermedad que se camuflaba bajo otras muchas y mataba más que el grisú. Por eso no entendió el revuelo que se montó con el dichoso virus que encerró a medio mundo en sus casas. Según ella, el bicho invisible conseguía lo que no había logrado una Guerra Civil. «Claro que, en la guerra, no se estaba seguro ni en casa», se dijo a modo de explicación. Podía entender que su nieta estuviera preocupada porque no había tenido más problemas en la vida que abrir la nevera para elegir qué le apetecía comer, pero lo que no entendía era que algunos de los viejos con los que compartía alojamiento y achaques estuvieran, como ella misma los acusó en más de un arrebato, cagados de miedo. No todos. La mayoría estaban más desencantados que asustados, pero el desencanto era algo propio de la edad, cuando ya se sabía que la vida daba mucho menos de lo que prometía. Lo que sí logró la pandemia fue aburrir a Aurora. La perspectiva de pasar los días entre programas de televisión en los que ya no conocía a nadie y una radio en la que no decían nada que no hubieran dicho año tras año cambiando de nombre a los políticos, la invadió de tedio y de recuerdos enmarañados. Sintió ganas de volver a caminar por las calles que una vez abandonó llena de culpa y miedo disfrazados de determinación, y de encontrarse con los fantasmas que, para bien o para mal, eran parte de su historia. Últimamente no dejaba de pensar en Olvido, su madre, primero en sueños, luego despierta, y cada vez sentía con más fuerza el calor reconfortante de su abrazo.

Así, el verano del coronavirus volvió a Asturias. Le pidió a su nieta viajar en avión, pero a Ana le aterrorizaba la perspectiva de subirse a un espacio tan pequeño y cerrado con una anciana obesa, mascarillas y distancia de seguridad.

—¿Y si te pasa algo en el vuelo, abuela?

—¡Pues vaya drama! Con lo que está pasando en el mundo, no creo que salga en las noticias que a una anciana casi centenaria le dio un patatús y la palmó durante un vuelo. ¿Me vas a quitar el gusto de subir en avión?

Lo único que pretendía Aurora era que Ana se mantuviera firme en no volar con ella para que no se negara al viaje en sí, y Alba y Fernando rieron por dentro a sabiendas de que Aurora tenía miedo a volar, pero ambos le guardaron el secreto. No hacía tanto les había hablado de los aviones y decía que eran como ataúdes cutres con alas en los que los pasajeros se apiñaban como los cadáveres en las fosas comunes de la posguerra.

Viajaron en el coche de Carlos, un Porsche Cayenne de más de trescientos caballos, porque en el Mini de Ana no cabían. A cambio, Carlos se quedó con el Range Rover Evoque de su hija, su regalo por su veinticinco cumpleaños o su ofrenda de paz tras varios años de pelease por la decisión de Alba de no formar parte de la empresa familiar.

En el viaje de ida condujo Alba. Y Aurora, que desde que la habían diagnosticado de demencia había encontrado en la enfermedad una excusa para no callarse nada que le apeteciera decir, no perdió la ocasión de comentar la escena desde su asiento de copiloto.

—Si dejas que la chica conduzca mientras tú vas detrás con su madre, mal futuro te auguro, chico.

—Que soy bollo, bisa. Si hasta te presenté a una novia. Deja a Fer en paz.

—Y tú, Fer, ¿eres bollo también? Porque si no, no me lo explico.

—¡Que a los hombres no se les llama bollos, bisa!

—Además, es ella la que sale en tu defensa. Hijo mío, estás echándote a perder. Tan listo para estudiar y tan tonto para la vida —soltó mientras Fernando callaba y reía—. ¿Qué fue de aquella novia que tenías?

—Me dejó —respondió Fernando, al que las pullas de Aurora, lejos de molestarlo, le divertían.

—Es que no vas por buen camino con las mujeres. ¿Sabes, chaval, que el abuelo de Alba también era bollo? Pero se casó con mi hija. Claro que también eran otros tiempos y a los maricones los metían en la cárcel y se ensañaban con ellos, así que se casaban para pasar desapercibidos.

Ana deseó estar en cualquier sitio que no fuera un coche en marcha con su abuela hablando de lo que no debía.

—Cállate, por favor —pidió, sin darse cuenta de que así espoleaba la curiosidad de Alba.

—Entonces ¿es verdad? ¿El abuelo era gay?

Ana no pudo responder porque Aurora se le adelantó.

—Bollo hasta las trancas, pero entonces lo de salir del armario no era como ahora. Para las mujeres era impensable y para los hombres, solo modistos y peluqueros, y eso ya en la democracia. ¿Tú te imaginas un minero de la otra acera? Los mineros son borrachos y puteros. Y eso que tu bisabuelo Paulino ni lo uno ni lo otro, pero de bollo ni media tampoco.

Aurora celebró su ripio con una carcajada que resonó por el coche.

—Que los hombres no son bollos, bisa, que son gais —insistió Alba—. Y cuéntame más del abuelo, que esto promete.

—¡Por favor, déjalo ya! —exclamó Ana cuando Aurora empezó el relato de las andanzas de Jesús—. Menos mal que ya no está mi madre para escuchar esto.

—Como que tu madre no lo sabía… Esta nieta mía es una ingenua.

—Es interesante porque dicen que hay un componente genético —apuntó Alba.

—Como la hemofilia.

—Mira, bisa, que la tenemos, ¿eh? ¿Por qué no dices como el color de ojos?

—Porque el color de los ojos es genético cuando le conviene. Mira mis ojos, verdes y claros, y los de tu abuela negros, a juego con la piel aceitunada que sacó de su padre.

—Eso es porque tu color es recesivo, pero en cambio mi madre sí que lo heredó porque el abuelo Jesús también los tenía muy claros. ¿El bisabuelo era muy moreno?

—No lo sabes tú bien.

—Pues fíjate que a mí en las fotos no me lo parece. Claro que hay muy pocas y todas en ese color sepia de baja calidad —comentó Ana, y Aurora respiró resignada a la incomprensión de su nieta.

Ana, 2020

Ya instalados en Gijón, Ana escuchó la discusión entre Alba y la abuela Aurora desde su habitación y no pudo evitar sonreír.

—Mira, bisa, ya eres mayorcita para decidir si te aseas o no. Es cosa tuya. Yo lo único que te digo es que en el coche no entras si no pasas antes por la ducha. Mi padre me lo ha prestado a mí y no se lo pienso devolver con olor a pocilga.

—Hay que ver lo impertinentes que sois las jóvenes de ahora. Si me pillas en mis buenos tiempos y me hablas así, te arreo una buena tunda.

—Mala suerte, bisa, porque te he pillado en los malos. Así

que tú verás si quieres que te llevemos a Turón o te buscas la vida.

El silencio que siguió indicaba que la abuela Aurora se acababa de resignar ante la determinación de Alba.

Ana se levantó a desayunar. Alba y Fernando habían bajado a comprar el desayuno: leche, café, cereales, tostadas, aceite, tomate, yogures y algo de fruta.

—Gracias, chicos. ¡Qué festín! Yo con el café ya tengo bastante.

—Por lo menos te vas a comer un plátano antes de salir, que no vas a ir con el estómago vacío —ordenó Alba.

—Ey, que soy tu madre, no la bisa.

Alba la miró agitando su dedo índice y Ana, por si acaso, cogió una manzana.

—Para luego —dijo.

Una hora más tarde estaban los cuatro en el Cayenne camino de Turón sin que nadie salvo Aurora supiera cuál era el propósito de la visita.

Tardaron media hora escasa en llegar.

—¿Dónde quieres ir, bisa?

—A la casa de mis padres.

—¿Y eso está en…? —preguntó Alba, armada de paciencia.

—Ya no está.

—Mejor me lo pones.

—La derribaron para construir una calle hace muchos años.

La abuela Aurora guio a Alba hasta una calle que Ana, la única que conocía el pueblo de visitarlo el día de los Difuntos, no recordaba.

—Para aquí.

Cuando hicieron ademán de bajar, Aurora se lo impidió. Acto seguido, hizo dos cortes de manga en dirección a lo que en ese momento era un simple cruce de calles mientras decía airada: «Putos moros, en la fosa común os pudráis», y después le indicó a Alba que arrancara.

Nadie se atrevió a comentar la escena.

Aurora hizo el recorrido en coche por Turón como quien visita un cementerio, porque cada casa que conocía era de un vecino, amigo o enemigo, pero todos estaban muertos. Todos menos ella. Algunas casas todavía seguían en pie; unas habitadas, otras no. Muchas habían sido derruidas para construir viviendas más modernas en una época en la que el valle de Turón todavía era próspero. Aurora se dio cuenta de que aquel pueblo tenía, al igual que ella, mucho pasado, un presente formado de recuerdos y ningún futuro. Incluso muchos barrios ya no tenían ni presente, deshabitados como estaban después del cierre de las minas.

Fue Alba la que vivió el recorrido como si estuviera en un parque de atracciones.

—¡Qué pueblo más feo! —exclamó.

Aurora dejó por un rato sus ensoñaciones.

—Bonito no fue nunca, pero antes tenía mucha vida. Ahora agoniza. No queda casi nadie y todos viejos. Aquí donde lo ves, llegó a tener más de veinte mil habitantes. A las fiestas del Cristo venía gente de toda Asturias, hasta de Oviedo. Así conoció tu abuela a tu abuelo, en el baile de las fiestas. Tu abuelo buscaba una mujer para casarse porque si no tendría que haber ido al servicio militar y solo de pensarlo se ponía malo. Pero mira, a tu madre le vino bien, porque en el pueblo no la cortejaba nadie. Le pasaba como a Ramona, aunque ella nunca quiso casarse y tu abuela sí, pero el caso es que, si Ramona hubiera querido, no habría tenido con quién. Era bruta como un asno y la mejor amiga que nadie pueda tener, pero a los hombres les espantaba su aspecto. Fíjate que creo que era bollo como tú. Y que yo le gustaba. Pero a mí me daba igual. No sé qué habría hecho sin ella.

—Nunca más volviste a tener una amiga así.

—Tuve a Marisa, pero no era como Ramona. Ella era única.

«La única capaz de matar a mi padre para salvarme a mí», pensó Aurora.

Ana miraba a su abuela con incredulidad porque, aunque conocía la existencia de Ramona, no podía imaginársela siendo tan amiga de nadie.

Aurora vio el gesto de su nieta a través del retrovisor y no quiso callar.

—Cuando la realidad no encaja en tus moldes, solo significa que tus moldes están mal. Eso se aprende con los años y tú, Anina, ya vas teniendo unos cuantos —le recriminó.

—Te lo copio para la próxima vez que intentes convencerme de alguno de esos prejuicios tuyos —dijo Alba quitándole el derecho de réplica a Ana.

Pasaron por delante de la casa de Herminia, Florita y su padre, la segunda, porque el edificio donde se hallaba el sótano diminuto y húmedo que alquilaron cuando llegaron a Turón ya no existía. Recorrieron la calle donde estaban la casa de Aurora y la de Ramona, en pie y deshabitadas, y solo bajaron del coche para visitar las tumbas de todos los que formaron parte de la vida de la bisa: la de Paulino, la de Frutos y Olvido, la de Ramona, su madre y sus hermanas, y la de Florita y Herminia.

Ana buscaba la ocasión para preguntarle a Aurora dónde quería ser enterrada y zanjar así el tema al que tantas vueltas le había dado Águeda cada día de los Difuntos, pero su abuela se le adelantó.

—Como me metáis aquí bajo tierra, os juro que os amargo la eternidad.

—¿Y qué hacemos, bisa? ¿Con la abuela en el columbario de la basílica de San Juan?

Ana se estremeció solo de pensar que su pobre madre fuese a pasar la eternidad con la abuela Aurora. Ni muerta conseguiría librarse de ella.

—¡Que no, demonios! Que no me canso de repetirlo: que me echéis al río Turón. Que quiero que me lleve al mar. Yo no quiero quedarme aquí.

—¡Ya lo sé, bisa! Te estaba tomando el pelo. Aunque como seré yo la que decida, más te vale tratarme bien, que ya sabes que tengo tu misma mala leche.

—Niñata impertinente —dijo Aurora con una mueca de reproche fingida.

—¿Por qué no quieres quedarte aquí? Es tu pueblo, tu gente —preguntó Ana, más por curiosidad que otra cosa.

—Esto fue el infierno, Anina.

—Debieron de ser tres años horribles —intervino Fernando.

—¿Tres años? —Aurora parecía no entender.

—Los de la guerra. Casi tres.

—¿Qué os enseñan en esos colegios caros y en esas universidades de pago? La guerra no duró tres años, la guerra aquí comenzó con la revolución del treinta y cuatro. Ahí empezaron años de sufrimiento y de muerte. Y después, ¡ay, después! No hubo época más mala que la posguerra: todo era trabajar y trabajar, día y noche, y pasar hambre, miedo y penurias. Y el hambre terminó, pero el miedo duró décadas. En los sesenta, aquí los malnacidos de la Político Social todavía torturaban y mataban impunemente. Si hasta hubo un movimiento de intelectuales que le reclamó a Fraga por las barbaridades que se cometían en la cuenca minera. Tres años, dice el niñato este. ¡Ojalá hubieran sido tres años! Cuántas vidas se hubieran salvado.

Fernando no se atrevió a preguntarle a Aurora, pero abrió el navegador de su móvil y tecleó «Fraga».

Ana lo vio y sonrió.

—¿Fuiste feliz, abuela?

—No lo sé. Algunas veces sí, a ratos, es inevitable. Anda, vamos al coche, que nada más se nos ha perdido aquí.

Aurora, 2020

La misión que llevó a Aurora de vuelta a Asturias era localizar a Manuel Menéndez Miranda, el periodista que hacía más de veinte años apareció en casa de Águeda preguntando por ella para indagar en la muerte de los regulares africanos descubiertos en la casa de Frutos y Olvido.

El teléfono fijo que figuraba en aquella tarjeta amarillenta no correspondía ya con nadie llamado así.

—Alba, nena —dijo asomando la cabeza por la puerta de

su habitación—, ¿tú sabes localizar a alguien por un teléfono antiguo?

—Si supieras el nombre sería más fácil —respondió Alba, que se estaba pintando una raya larguísima en el ojo izquierdo.

—Manuel Menéndez Miranda, periodista y escritor, según dice su tarjeta.

—¿Edad? —preguntó mientras difuminaba la raya con un pincel de espuma.

—Pues ahora tendrá unos sesenta.

—Con un poco de suerte lo encontraremos en LinkedIn —dijo, y dejó el difuminador en su neceser de maquillaje para sacar el iPad de la mochila—. ¿Sabes dónde trabaja?

Aurora negó con la cabeza, fascinada por la habilidad de su nieta con las nuevas tecnologías. No dijo nada del maquillaje de vampiresa.

—Lástima tener tantos años, hija, lo que daría yo por estar ahora en la veintena. Bueno, en la cuarentena también me valdría.

—A ver, aquí tengo tres candidatos con ese nombre. ¿Reconoces a alguno?

Aurora se colocó las gafas que llevaba colgando del cuello con una cadena arcoíris, regalo de su biznieta, y escrutó la pantalla.

—Haz eso que haces con los dedos y ponme las fotos más grandes, que ya no veo ni con gafas.

Alba obedeció y Aurora reconoció al hombre que buscaba.

—Qué lástima, cómo pasan los años, qué viejo está. Este es —dijo señalando a uno de ellos—. ¿Y ahora qué hacemos? Porque yo quiero hablar con él, no ver su foto.

—Vamos a enviarle un e-mail, yo me encargo de escribirlo. ¿Qué le digo?

—Estimado señor Menéndez Miranda. Dos puntos. Soy Aurora Cangas. Punto. Mi asistenta ya me ha dado su mensaje. Punto y aparte. Si sigue siendo de su interés conocer la historia de los regulares muertos en la casa de mis padres en Turón, póngase en contacto conmigo. Punto final.

—¿Ya está? —Aurora asintió—. Voy a dejarle mi móvil a este señor, que esto de los e-mails es un poco lento.

—Pon mejor el mío.

—No, bisa, que la mitad de las veces no sabes ni dónde lo tienes. Si llama, te lo paso.

—¿Para qué te estás arreglando tanto? Parece que has metido los ojos en hollín. Así se nos ponían a nosotras cuando nos montábamos en el tren de vapor camino a Oviedo y había alguna ventana abierta.

—¿Es que no estoy guapa?

—Guapa eres, hija, pero vas hecha un espantajo.

—De espantajo, nada. Ya verás cómo esta noche ligo, que aquí, siendo forastera, se llama mucho la atención.

—¿Vas a ligar con otra chica? ¿Y Fernando?

—Pues claro que voy a ligar con otra chica, no va a ser con un extraterrestre. Fernando que se busque la vida, que es mayorcito y yo hoy necesito marcha. Hace mucho que no pillo y esta sequía me está matando. Hoy Irene pasará a la historia.

—¡Qué descarada! —la riñó Aurora conteniendo una sonrisa orgullosa mientras cerraba la puerta.

Al día siguiente Fernando anunció que volvía a Madrid. Lo hizo de forma alegre y desenfadada, alegando que le había surgido un plan para hacer surf en Fuerteventura con unos colegas, pero Aurora no le creyó. Adivinó enseguida que estaba disgustado con Alba, que no había contado con él para sus planes y había vuelto al amanecer.

—¡Qué pena que te vayas! —dijo Alba—. Lo entiendo, suena a planazo. Imposible de rechazar después de los meses de encierro que llevamos.

—Aprovecha y disfruta, que eres joven, listo y guapo. Se te van a rifar —dijo Aurora.

Pero cuando Fernando se levantó para recoger sus cosas, Aurora fue tras él.

—Lo siento, yo también sé lo que es enamorarse de la persona equivocada.

Fernando miró a la anciana y sonrió desencantado.

—¿Tan evidente es?

—Solo para mí, que tengo mucha experiencia en decepciones. Por Ana y Alba no te preocupes, que no se han dado cuenta y tu secreto está a salvo conmigo. No sé si irás a Fuerteventura o no, pero aprovecha el verano y lígate a unas cuantas chicas guapas, que estaréis todos los jóvenes con más ganas de juerga que nunca después del confinamiento. Pero a unas cuantas, ¿eh? No te enamores de la primera, que ya te voy calando yo a ti. Tú cada noche cambia de flor, como si fuera un reto, y ya después de las vacaciones, si quieres volver a las andadas, te enamoras de otra.

Fernando no pudo evitar reír mientras empezaba a meter su ropa en la maleta.

—Le haré caso, bisa, pero no se lo cuente a Alba.

Alba nunca supo la razón del distanciamiento de Fernando. Por eso le dolió tanto que su amigo del alma la evitara en el momento más duro de su vida.

Alba, 2020

La llamada de Manuel Menéndez Miranda despertó a Alba tan solo cuatro horas después de acostarse. Tras la marcha de Fernando, salió varias noches seguidas y aquella se olvidó de silenciar el móvil cuando volvió de juerga a las seis de la madrugada.

—¿Aurora Cangas? —oyó al otro lado del teléfono.

Unas horas después, Alba, recién duchada y con la cara lavada bajo la mascarilla, entraba con su bisabuela en la redacción de un conocido periódico asturiano. Aurora le había pedido que no le dijera nada a su madre. Debía ser un secreto entre ellas. Al menos, de momento.

Un asistente las acompañó a una sala de reuniones y allí las esperaba Menéndez Miranda, director del departamento de investigación.

—Encantado de conocerla, doña Aurora. ¡Hay que ver cómo

me suena su cara! ¿No será usted familia de su asistenta? —la saludó el periodista desde la distancia que marcaban las medidas de seguridad por la pandemia.

—No empecemos con bromitas, que me voy y no le cuento nada. Si es que todavía le interesa, claro.

—Me come la curiosidad desde hace veinte años. Siéntese, por favor. ¿Puedo ofrecerles un café? He pedido que nos traigan unas moscovitas. Alguien me dijo que eran sus preferidas —añadió haciéndole un gesto cómplice a Alba.

—¿Y cómo las comemos con la mascarilla puesta? Sepa usted que en Madrid no es obligatorio ir con bozal como aquí.

—Mi bisabuela no le contará ahora su historia —intervino Alba—. Antes queremos dejar por escrito algunas condiciones.

—Pero si aquello sucedió hace ochenta años, ¿qué importa ya?

—Mi nombre es Alba Fresno y soy hija de Carlos Fresno, el presidente de...

—Sé quién es su padre. ¿Y usted es la nieta de doña Aurora?

—Biznieta. Comprenderá usted que, antes de que se publique una parte de la historia de nuestra familia, nuestros abogados deben dar el visto bueno.

—Supongo que su posición en el mundo empresarial cambia las cosas —admitió, y se dirigió a Aurora—. Entonces, usted es... ¿la abuela de la esposa de Carlos Fresno? Y su hija, la que habló con mi padre, ¿la suegra de Carlos Fresno?

Aurora asintió con la cabeza.

—Pues si le parece, mañana nuestros abogados le harán llegar el acuerdo de confidencialidad, que deberán firmar usted y el director del periódico, y el contrato con las condiciones y las penalizaciones en caso de incumplimiento —dijo Alba.

—El director no va a firmar nada sin conocer la historia.

—No creo que se le haya pasado a usted por alto que si tenemos interés en que los abogados intervengan es porque no se trata de ninguna banalidad.

—No, pero la política del periódico es no comprometerse hasta no saber de qué estamos hablando.

—Pues entonces se quedará usted con la curiosidad. Y otro lo publicará, si esa es la voluntad de mi bisabuela —repuso Alba poniéndose en pie y ayudando a Aurora a levantarse.

—¿Podrá aparecer el nombre de la familia Fresno?

Alba asintió.

—Y no será la única familia de renombre que aparezca —aseguró Aurora, aunque se negó a revelar a quién se refería.

Salieron del edificio poco después con el compromiso del periodista de negociar con la dirección del periódico. Tenía el firme propósito de encargarse de aquella historia. Sin embargo, los abogados de la familia Fresno no llegaron a un acuerdo con el periódico. Con quien sí cerraron el trato fue con Manuel Menéndez Miranda, a título independiente, como escritor.

Aurora tardó dos días en contarle a Manuel lo sucedido con los moros y otros catorce en narrarle el resto de su vida, porque cuando abrió la espita de la memoria ya no pudo parar. Alba fue testigo silenciosa de todo lo que allí se dijo. No intervino en ninguna ocasión; al contrario, hizo lo posible por pasar desapercibida. Por respeto. Pero sobre todo porque no quería que su bisabuela se diera cuenta de que hacía mucho que la historia de los moros había terminado y dejase de hablar. Tampoco habría sabido qué decir ante tanto pasado contenido en su bisabuela. Manuel grabó cada detalle del relato de Aurora, preguntó poco y escuchó mucho. Según transcurrían los días, el periodista cada vez veía menos a una anciana centenaria y obesa y cada vez más a la joven carbonera que, vestida de falangista, representó en su día la prosperidad de las cuencas ante Franco.

El día que Aurora dio por concluido el resumen de su vida, calló sin previo aviso y le pidió ayuda a su nieta para levantarse del sillón.

—Vámonos, niña, que ya nada queda por contar —dijo a modo de despedida.

—Una cosa más —la detuvo el periodista—. ¿Hay algo que le gustaría hacer y no ha hecho?

—Pues sí, pero no es asunto suyo y espero solucionarlo esta noche.

Aurora se cogió del brazo de Alba y dejó a Manuel Menéndez Miranda con una sensación de irrealidad, como si acabara de despertarse de un sueño enrevesado.

Alba arrancó el coche para volver a casa y Aurora consiguió sorprenderla de nuevo.

—Llévame esta noche a un bar de esos tuyos —le pidió cuando empezó a girar el volante.

—¿Cómo que a un bar de esos míos?

—De chicas. De esos en los que no dejáis entrar a los hombres.

Alba volvió a activar el freno de mano. No se imaginaba entrando en el local de la noche anterior con una mujer de cien años y algo menos de noventa kilos.

—No me mires con esa cara y mueve el coche, hija, que no es para tanto. ¿Qué pasa, que los ancianos no podemos salir de marcha? ¡Quién sabe, igual hasta pillo! —dijo Aurora con una risotada.

—Pues se lo vas a explicar tú a mi madre, que ya está bastante mosqueada con lo del periodista.

—¿Desde cuándo te acobardas tú ante nadie?

Ana, 2020

—No vas a sacar a la bisa de noche, nena, y mucho menos este año con el coronavirus. ¿Es que te has vuelto loca? No se me ocurre una idea peor.

—¿Qué puede pasar, Anina, hija? —intervino Aurora—. ¿Qué me muera? Porque ya es hora.

—Lo que no quiero es que te mate nadie de esta familia por irresponsable.

—Tranquila, que tampoco sería ninguna tragedia, yo ya

estoy en el tiempo de descuento. Ahora deja a Alba en paz, que me tiene que ayudar a ponerme guapa. Ya no veo ni para maquillarme.

Ana miró a Alba con impotencia.

—Voy con vosotras —decidió.

—Hale, una más para la comitiva, menos mal que no vivo aquí —refunfuñó Alba—. Yo a Gijón no vuelvo. Si ya hay pocos sitios a los que pueda ir a ligar, a partir de hoy me vetan la entrada.

Dos horas después, el taxi las esperaba en el portal y Aurora seguía protestando por el atuendo que Alba había elegido para ella.

—No entiendo esta manía que tenéis ahora de vestiros de luto para ir elegantes.

—El vestido lo has traído tú. Si no te gusta, ¿para qué lo metes en la maleta?

—Por si tengo que ir de entierro, ¿por qué va a ser? Nunca vi yo ligar de luto. Toda la vida las viudas deseando que llegara el momento de ponerse de alivio y ahora vais todas de negro. No acabo de entenderos a las jóvenes.

—O sea que, según tú, es mucho más normal viajar con ropa negra para ir de entierro que para salir. ¿Y quién crees que va a morirse? Porque la que más papeletas tiene eres tú.

—Pues me incineras con él, que para eso también vale. Voy hecha una birria, solo me falta la guadaña.

—Como sigas protestando te quedas en casa.

Ana asistió callada a la discusión entre su hija y su abuela. En el fondo estaba disfrutando. Desde el divorcio sentía la necesidad de vivir experiencias que su exsuegra considerara reprobables, y visitar un bar de lesbianas en semejante compañía era lo más transgresor que había hecho desde que le puso los cuernos a Carlos con César.

—Por cierto, mamá, estás preciosa —dijo Alba una vez en el taxi. Aurora iba delante, ellas detrás.

—Si me viera mi suegr... mi exsuegra. No me acostumbro.

El portero del Bruxa Curuxa miró perplejo al trío que bajó

del taxi dispuesto a entrar en el local, aunque mantuvo el gesto impasible que lo caracterizaba durante las horas de trabajo.

—¡Qué bonito! —dijo Ana.

Se sorprendió al encontrar una gran terraza de un blanco inmaculado cubierta con pérgolas y unos focos arcoíris que barrían el local y llenaban de luz la noche. Numerosas plantas de un exuberante verde en maceteros blancos aportaban calidez al ambiente, y varias barras pequeñas, también blancas, iluminada cada una de un color en su interior, rodeaban el recinto. Daban intimidad a las mesas unas columnas anchas, igual de blancas que el resto, decoradas con enormes fotos en blanco y negro en las que aparecían grupos de mujeres, algunas vestidas de hombre, otras con monóculo y otras bailando abrazadas. Ana mostró curiosidad por las fotos y Alba se lo explicó.

—Son réplicas de fotos de Le Monocle, en París, el primer bar solo para mujeres. Cuentan, no sé si será verdad, que algunas llevaban el monóculo para identificarse como homosexuales.

Aurora también mostró interés en la historia que Alba les contaba, pero solo hasta que explicó que el bar fue cerrado por los nazis, y los homosexuales fueron perseguidos.

—Ni en París se libraron, qué cansino. ¿Veis que no todo el mundo va de negro?

—Estás estupenda, bisa. Ahora vamos a buscar una mesa para sentarnos y voy a por algo de beber. Mira, mami, aquella chica de la esquina te mira.

—En realidad nos mira todo el bar. Desde que hemos entrado.

—A ver si vas a pillar esta noche —bromeó Alba.

—Pues, llegados a este punto, ya no descarto nada.

—Con lo guapa que estás desde que has cogido unos kilitos no te extrañe.

—Es lo que hace no tener a tu abuela Paloma todo el día en el cogote.

—¿Y si ligo yo? Porque si es cuestión de kilitos yo voy sobrada —dijo Aurora—. Así no me quedo con la curiosidad.

Los hombres no me trajeron más que disgustos. Bueno, y algunos placer también, una de cal y otra de arena.

—¡Qué engañadas nos tenías! Verás cuando salga el libro, mamá, lo vas a flipar con el descoque que tenía aquí la bisa. No sé cómo la abuela y tú salisteis tan moñas.

Ana intentó borrar la imagen que acababa de formarse en su cabeza y acomodó a su abuela junto a una mesa. Luego se acercó a la barra.

Aquella noche Aurora fue el centro de atención. Una vez superada la estupefacción que su entrada causó en el local, Deva, la chica con la que Alba había estado las noches anteriores, se les acercó.

—Hola, así que lo tuyo es cosa de familia.

—Ya ves. Te presento a mi bisabuela.

—Uau. Tú sí que vas rápido. Presentar a la bisabuela es un gran paso. Soy Deva —dijo doblando el codo hacia el de Aurora.

—No te andes con tanto remilgo, que me da que si tienes el virus, a mi biznieta ya se lo has pegado. ¡Qué buen gusto tiene!

En ese momento, Ana volvió con las bebidas.

—Mamá, esta es Deva —anunció Alba.

—Estoy con un par de amigas, ¿os parece si nos acompañan o preferís estar en familia? Entiendo que en esta situación es complicado, pero como estamos al aire libre, nos separamos un poco y así no las dejo solas.

—¡Qué diablos! —respondió Aurora—. Estamos hartas de estar en familia. Yo quiero marcha. Que se vengan para acá.

—A ver qué dices, que te conozco —amenazó Ana.

—Poco, Anina, me conoces muy poco.

A las tres de la mañana, Ana y Aurora cogieron un taxi de vuelta a casa y dejaron a Alba con Deva.

—Hija, lo siento —le dijo Ana antes de despedirse.

—¿El qué?

—No haberte hecho el caso que merecías. Ni siquiera sabía cómo eran los sitios que frecuentabas.

—No te preocupes, mamá, lo has hecho muy bien. Esta noche ha sido muy divertida, inolvidable, pero no para repetir.

Preocúpate por ser feliz el resto de tu vida. Mañana encárgate tú de que se duche la bisa, que yo me levantaré tarde. Igual ni siquiera duermo en casa.

Ana ayudó a Aurora a desvestirse, desmaquillarse y meterse en la cama. No se despertó hasta que la policía llamó a su teléfono móvil. Alba estaba en el hospital, sedada y estable.

Alba, 2020

El apartamento de Deva estaba a quince minutos caminando del local. Como no había taxis en la parada de enfrente, decidieron ir dando un paseo. La noche era fresca, un poco húmeda pero agradable, como solían ser en Gijón. Incluso se veía alguna estrella en el cielo.

Deva tomó a Alba de la mano.

—Me gustas.

—Y tú a mí, pero vivo a más de cuatrocientos kilómetros. He venido este verano por la bisa y me he quedado más de lo esperado precisamente para que ella pudiera terminar lo que vino a hacer aquí. En unos días volveremos para Madrid.

—Cuatrocientos kilómetros no son tantos —dijo Deva acercándose a su cuello para darle un mordisco cariñoso.

—Si no me conoces. Ni siquiera sé a qué te dedicas.

—Doy clase de mates y de física en un instituto. Bachillerato.

—¡Anda ya! ¿En serio?

—¿Tan raro te parece?

—Es que yo estudié en un colegio británico católico. Nunca me imaginé a la profesora de mates con un tanga rosa como ese tuyo que me vuelve loca —bromeó.

Deva miró hacia atrás inquieta.

—¿Pasa algo? —preguntó Alba antes de darse la vuelta también.

Seis hombres de unos veinte años bajaban la calle caminando rápido.

—Corre —dijo Deva tirándole del brazo.

Alba no entendía nada, pero corrió.

—Guarras, si queréis marcha os la damos nosotros, que ya veréis que os gusta más —oyó antes de que echaran a correr tras ellas.

No tardaron ni dos manzanas en darles alcance. Alba recibió un golpe en la cara cuando intentó propinarle una patada en los huevos al primero que la sujetó. Sintió el sabor ligeramente salado y ferroso de su propia sangre en la boca mientras otros dos la levantaban en volandas y la lanzaban al interior de una furgoneta blanca, sin ventanas, que frenó a su lado. El tipo que le había pegado la ató y la amordazó antes de que pudiera darse cuenta, mientras el resto arrastraba a Deva al interior y le cubría la boca con un trozo de cinta de embalar.

Notó que la furgoneta se ponía en marcha y buscó a Deva con la mirada. Intentó patear, pero no pudo. Uno la inmovilizó mientras otro le bajaba la falda y le arrancaba las bragas.

—A vosotras lo que os pasa es que no habéis probado una buena verga en vuestra vida.

Alba sintió terror. Por lo que iban a hacerle. Por si no salía viva de aquello.

—Si te resistes te desfiguro la cara —le dijo el que la había metido en la furgoneta.

El tipo levantó la mano y el brillo del puño americano con unos pequeños pinchos en la parte superior de cada nudillo le produjo un escalofrío que la hizo temblar. En el interior de la muñeca llevaba tatuada una esvástica.

—No sientas placer todavía, puta perra, que aún no te la he metido siquiera.

Alba cerró los ojos.

—Así no. Abre los ojos y mírame.

Según los abrió, su agresor se quitó el puño, le soltó un bofetón y se lo volvió a poner.

—Ni se te ocurra cerrarlos porque la próxima vez no me lo quito.

Alba fijó la vista en el techo. La furgoneta estaba vacía y olía a productos químicos. No podía ver a Deva porque los otros la tapaban, y tampoco podía oírla porque la habían amordazado con la cinta, pero a ellos sí los oía. Dos abrieron litronas de cerveza y empezaron a beber mientras los otros se ocupaban de Deva.

—Es que no escarmientas, so guarra —le decían.

Fue entonces cuando su agresor le metió varios dedos en la vagina. Otro de los neonazis soltó un gran eructo que le provocó una arcada. El que se ocupaba de ella ni se inmutó, se sacó el pene flácido de los pantalones e intentó excitarse sin éxito. El tipo se cabreó por la falta de respuesta de su miembro y tiró de ella hasta ponerla a cuatro patas.

—Métesela por el culo —ordenó a otro al que Alba no pudo ver—. Sin piedad.

El dolor fue tan intenso que Alba gritó. Estuvo a punto de desmayarse y notó un líquido caliente que le resbalaba por los muslos mientras aquel desconocido la embestía. Estaba sangrando. La había desgarrado al entrar.

Las torturas se sucedieron durante más de una hora y Alba creyó que iba a morir. Le pintaron estrellas de David en las tetas, en el culo y en los muslos, y dos de ellos se corrieron dentro de ella mientras bebían cerveza y decían barbaridades.

En las ocasiones que tuvo a Deva a la vista intentó buscar sus ojos, pero ella no le devolvía la mirada.

Pasaron muchos momentos eternos hasta que todos callaron y, sin más aviso, las dejaron tiradas en un prado a las afueras de la ciudad. Medio desnudas, con las manos atadas y a Deva con la boca tapada con cinta de embalar. Sin bolsos. Sin móviles. Deva ni siquiera fue capaz de mirar a Alba mientras ella intentaba quitarle la cinta de la boca con los dedos de los pies.

—¿Qué te han hecho? —preguntó Alba, sentada sobre la hierba. La humedad le erizaba la piel.

—Da igual, no quiero hablar. Tienes sangre reseca en las piernas. Lo siento. Yo te he metido en esto.

—¿Sabes quiénes son?

—Se te está poniendo el ojo morado.

—Respóndeme: ¿sabes quiénes son? —insistió Alba.

Deva asintió.

—Son compañeros de mi hermano.

—Entonces será más fácil localizarlos. Ahora debemos ir al hospital —dijo con un quejido de dolor al ponerse en pie—. Vamos a la carretera.

—Yo no voy. No quiero denunciar. Necesito algo con lo que taparme.

—¿Qué dices? ¿Adónde vas a ir? Ni siquiera tienes zapatos.

—Ya me las arreglaré. ¿Quieres salir en todos los periódicos diciendo que nos atacaron por bolleras? Porque yo no. Mi padre no lo sabe, y no me imagino la que se liaría en el instituto. Si se enteran, estoy jodida.

Alba la escuchó con una mezcla de enfado y compasión, pero no reculó en su decisión.

—No hables de mí —le pidió Deva.

—Si ni siquiera sé quién eres.

21

Ana, 2008

Mi hija Alba tenía trece años cuando le vino la regla. Fue el 4 de noviembre de 2008. Ella se acuerda de la fecha porque fue el mismo día que Barack Obama ganó las elecciones en Estados Unidos.

«Aunque esta vez no pudimos romper este altísimo y resistente techo de cristal, gracias a ustedes, ahora ese techo tiene unos dieciocho millones de grietas en él». Estas fueron las palabras que pronunció Hillary Clinton el mismo año que yo entendí que la regla no es azul ni huele como las nubes, como pretenden hacernos creer en los anuncios de la tele, y que dulcificarla así es faltar al respeto a todas las mujeres. ¿Y sabéis por qué Hillary dijo eso? Porque los demócratas estadounidenses eligieron por primera vez en la historia entre un hombre y una mujer. Un hombre negro y una mujer blanca. Barack Obama ganó en la carrera electoral a Hillary Clinton, y se convirtió en el primer negro en optar a la presidencia de Estados Unidos. Fue un triunfo histórico en la lucha por la igualdad racial, aunque ella lo superó a él en votos. Dicho esto, ¡viva Obama!, porque tras ganar las elecciones en una victoria histórica contra John McCain, un hombre blanco, nombró a Hillary secretaria de Estado porque, tras siglos de lucha, las mujeres hemos logrado ocupar las segundas posiciones. Lo que todavía no nos permiten es estar en cabeza, y esa es la batalla de nuestra generación. Somos nosotros, hombres y mujeres, los que debemos decirle al mundo que la regla es sangre y que todos podemos caminar juntos sin estar unos a la sombra de otros. Por eso hoy os llamo a todos a la igualdad, porque la igualdad no es cosa de mujeres, la igualdad enriquece también a los hombres que a lo largo de la historia han cargado con el agotador papel de rescatadores.

Ese fue el discurso que dio mi hija años después, en su graduación, para despedir toda una vida de estudios en el colegio más caro de Madrid, en el que entró cuando apenas sabía hablar. Alba fue la primera de su promoción, la nota más alta del Bachillerato y la EBAU, y la única en los muchos años de historia del centro que se salió de los tópicos habituales en el discurso que pronunciaba el alumno más aventajado de la promoción, provocando un revuelo, a mi juicio innecesario, que me hizo preocuparme por el futuro de sus hermanos en el colegio. No tenía por qué. Apellidarse Fresno ayuda mucho y nadie nos llamó la atención por el dichoso discurso, aunque fue la comidilla entre padres, profesores y alumnos durante mucho tiempo. Solo el pobre Carlitos sufrió alguna chanza por parte de sus compañeros, que empezaban a elucubrar sobre lo que era la regla, porque Jesús era tan pequeño que ni siquiera se enteró. En su clase todavía estaban en la fase caca-culo-pedo-pis.

Si para Alba aquel día fue el inicio de sus reivindicaciones feministas en público, lo único que sentí yo fue miedo. El mismo miedo que sentí aquel 4 de noviembre cuando bajó a buscarme al salón.

—Mamá, enséñame cómo se pone un támpax, que me ha venido la regla. ¿Tienes de los minis?

Que dijese aquello con semejante seguridad me hizo palidecer. Mi pequeña ya no era pequeña, empezaba una etapa de su vida en la que se convertía en blanco fácil de los depredadores y quise protegerla. No se dejó. Una vez que entendió cómo se colocaba un tampón y cuándo debía cambiarlo, cogió la caja de Saldeva que le di para cuando llegaran los calambres abdominales y miró la manta eléctrica con reticencia, pero al menos aceptó mi oferta de acurrucarnos juntas en el sofá bajo una manta y ver una película. Eligió ella: *Million Dollar Baby*, ganadora del Oscar a la mejor película. Trataba de un viejo boxeador, Clint Eastwood, que entrenaba a una joven, Hilary Swank, a pesar de que estaba firmemente convencido de que las mujeres no debían boxear.

Alba apuntaba maneras ya entonces.

Aurora, 2020

Ana entró en la habitación de su abuela en cuanto recibió la llamada de la policía.

—¿Qué sucede? ¿Alba está bien? —adivinó Aurora.

—Está en el hospital.

—Vamos —dijo sentándose en la cama con tal fuerza que casi termina en el suelo.

—Voy yo sola.

—De eso nada. ¿Qué le ha pasado?

—No lo sé, solo me han dicho que ha sufrido una agresión. Me voy.

—¡Que me esperes, coño! —gritó Aurora empezando a vestirse—. Y si me ayudas voy más rápido. Llama a un taxi. No puedes conducir en ese estado de nervios.

—No has tomado ni un vaso de leche. Te va a dar un bajón y vas a estorbar más que otra cosa.

—Pues que me dé lo que tenga que darme, que para algo vamos a un hospital. Ya lo solucionarán allí.

—Con esto del coronavirus solo puede pasar una persona a la habitación. Y quiero entrar yo.

—No importa, me quedaré abajo. Quiero verla, aunque sea por la ventana.

Ana accedió como un autómata. Porque no quería discutir, solo quería correr al lado de su hija. Y por Alba, a la que le gustaría ver a la bisa a su lado. La ayudó a ponerse la ropa después de llamar al taxi. Salió sin asearse y sin desayunar, no había tiempo. Desde el taxi, Ana avisó a su exmarido.

Cuando entró en la habitación, su hija dormitaba. No podía verle bien la cara con la mascarilla, pero un derrame le cubría el ojo derecho y parecía continuar por la parte oculta de la mejilla. Le cogió la mano y Alba se despertó.

—¡Hija mía! ¿Cómo estás? Tu bisabuela ha venido conmigo, pero solo dejan entrar a una persona.

—Bien, es todo un paripé para que la bisa se libre de la ducha —bromeó Alba intentando levantarse—. ¿Está abajo? Allí se ponen los familiares para ver a los pacientes por la ventana.

Ana asintió.

—¿Qué te han hecho?

—No me apetece hablar. Ya se lo conté a la policía, me ha visto el médico forense y un juez me va a tomar declaración esta mañana.

—Pero ¿te... te...?

—Sí, mamá, me violaron. Y he denunciado. ¿Has llamado a papá?

—Estás a tiempo de retirar la denuncia. Piénsatelo bien: si salta a la prensa que han violado a una Fresno será un escándalo.

—No voy a discutirlo, mamá. No denunciar no es una opción para mí.

—¿Te parece que busquemos una clínica privada donde tengas más intimidad? —preguntó señalando la cama de al lado, vacía en ese momento.

Alba negó con la cabeza.

—Hoy me dan el alta y me han dicho que mientras tanto no van a ocupar la cama. Ayúdame a levantarme, que quiero asomarme a saludar a la bisa. ¡Cómo me alegro de que estés aquí! Pensé que no os vería nunca más —dijo, y rompió a llorar mientras extendía los brazos para abrazar a su madre, que la apretó contra su cuerpo como si quisiera volver a meterla dentro de ella.

Alba tardó un buen rato en recomponerse y soltar a Ana para asomarse a la ventana.

En cuanto la vio, Aurora se incorporó en la silla de ruedas

en la que estaba e hizo aspavientos con los brazos a modo de saludo.

—¿De dónde habéis sacado la silla? —preguntó Alba.

—No tengo ni idea. Cuando la he dejado abajo no la tenía.

—Esa es mi bisa. Quiero irme a casa, mamá. Quiero irme cuanto antes. No tengo ropa. La poca que me dejaron se la han quedado como prueba. Necesito algo para ponerme y que me saquéis de aquí. No lo soporto —pidió Alba.

Águeda, 1952

La menstruación terminó con la infancia de Águeda cuando tenía once años. Nada sabía entonces del funcionamiento del cuerpo femenino, salvo por alguna información confusa que le habían contado sus compañeras de escuela. Cuando vio la sangre en el retrete se asustó. Pensó que se estaba muriendo, aunque Florita le había dicho que las mujeres sangraban por ahí, pero no la creyó. Decía que era un castigo de Dios a las mujeres por haber corrompido a Adán en el paraíso y, aunque Águeda no entendía qué tenía que ver ella con Adán, asumió que todos teníamos que pagar por los pecados de los demás, aunque los demás llevaran miles de años muertos. Por eso la vida era un valle de lágrimas, como decían las monjas del colegio.

Dudó si contarle a su madre lo que acababa de ocurrirle por si la castigaba, pero no tenía otra opción. Florita estaba enferma, ese día no iría a coser y ella no podía atravesar el pueblo chorreando sangre hasta la casa de su amiga. Para empeorar la situación, podía oír el traqueteo de la Singer en la planta de abajo, y el peor momento para interrumpir a su madre era en los ratos que sacaba para coser. Solo junto a aquella máquina parecía encontrar algo de paz.

—Mamá, tengo sangre ahí —anunció.

Aurora recibió la noticia con espanto.

—¡Pero si solo tienes once años! Madre mía, ¡qué disgusto! Es que no me das ni una alegría. Esto para los hombres es como agitar un capote rojo delante del toro, porque pronto te va a crecer el pecho y a ponérsete cuerpo de mujer.

Aurora le entregó tres paños de tela roja a su hija.

—Apáñate con estos de momento. Ahora busco felpa para que te cosas más. Ponte uno; cuando esté lleno, lávalo y ponlo a secar. Que no los vean tus hermanos. Y no se lo digas a nadie, ¿entendido? Ni siquiera a Florita.

No hubo más explicación, así que Águeda se colocó el paño en las bragas y cuando llegaron los calambres se preparó una manzanilla. Una hora después eran tan intensos que mordió un pañuelo durante tanto rato y tan fuerte que no se dio cuenta de que se había clavado los dientes en los dedos hasta hacerse sangre. Al menos su madre no la mandó fregar ni hacer tareas en la casa aquel día. Tampoco le preguntó cómo se encontraba. Lo que sí hizo Aurora fue prometerse a sí misma que Frutos no volvería a acercarse a Águeda. La niña era fea, pero eso no era suficiente garantía de que no fuera a sucederle lo mismo que a ella.

Esa tarde, Águeda vio que Felisina iba de casa en casa, como acostumbraba a hacer cuando había noticias importantes que comunicar. La casa de Aurora se la saltó y Águeda se sintió como si el mundo entero la rechazara.

Si Felisina no paró en casa de Aurora fue porque la noticia era que Ramonón, un minero de Langreo del mismo pozo que Paulino y el último maquis que quedaba en Asturias, había muerto en Gijón después de que un compañero lo traicionara y la Guardia Civil le tendiera una emboscada. No se arriesgó a comunicar semejante suceso a la vecina falangista, pero para Águeda fue una señal de que todo el mundo era hostil con ella y se sintió muy sola.

Aquella primera regla le duró catorce días y no se lo contó a Florita hasta el tercero, cuando a su amiga le bajó la fiebre y volvió a su casa a coser. Florita encontró a Águeda sola y llorando de dolor. Como Aurora estaba en Mieres enseñando a coser a las mujeres del Servicio Social, Florita corrió en busca de su abuela para avisarla de lo que ocurría y Herminia hizo el camino hasta la casa de Aurora a una velocidad impropia de su edad. Una vez allí, acostó a Águeda, le puso un ladrillo calentado en la cocina de carbón envuelto en paños y le preparó una mezcla de mejorana, lavanda, enebro, melisa, romero y menta en una bolsita hecha con un trozo de saco de pan para que la inhalara cuando el dolor apretara. También le echó las cartas, porque ya era una mujer y desde ese momento podía leerle su futuro de adulta. Un hombre bueno, niños y una casa preciosa esperaban a Águeda según la interpretación que hizo Herminia de la tirada. Lo que no le contó la anciana fue todo lo que tendría que sufrir hasta entonces.

Alba, 2020

Carlos Fresno llamó a su chófer en cuanto recibió la llamada de Ana y puso rumbo a Gijón.

Durante el tiempo que su padre tardó en llegar, Alba tomó la píldora del día después, recibió tratamiento profiláctico contra gonococos, clamidia, tricomonas, sífilis y VIH, y comenzó a recuperarse de sus lesiones físicas antes de que las psicológicas empezaran siquiera a mostrarse.

A pesar de que ni en la comisaría ni en el hospital la atendió el personal especializado en violencia sexual que solicitó, porque lo suyo no se consideraba violencia de género y no estaba dentro de las competencias de ese servicio, agradeció a la policía y a los sanitarios el trato recibido, rechazó la terapia que le ofrecieron y pidió el traslado del expediente médico a Madrid. Después solicitó los datos del hombre que la recogió en la carretera y la trasladó al hospital, para enviarle una nota de agradecimiento.

Alba no mintió en su declaración. Le dio a la policía los datos que tenía de Deva, incluida la dirección, y volvió a casa, acompañada de su padre, para reunirse con su madre y su bisabuela.

La agilidad de Aurora para rodear con su cuerpo a su biznieta, con tantos kilos y tantos años encima, habría sorprendido a cualquiera que no la conociera. Ana se unió a ellas y Carlos, que ya había tenido oportunidad de abrazar a su hija, se quedó a un lado observando la escena.

Estuvieron un buen rato llorando las tres, Aurora más que ninguna. En su interior le pidió a Dios que ya no la hiciera sufrir más porque de dolor y de pérdidas iba sobrada.

Cuando por fin deshicieron el abrazo, Alba se acercó a su padre.

—Papá, ¿puedes conseguir que mañana publiquen en la prensa una declaración mía denunciando los hechos? Me comprometo a seguir las instrucciones de la policía sobre los datos que puedo y no puedo revelar.

—¿Estás segura de que quieres hacerlo? ¿Por qué no te das un tiempo y te lo piensas?

—Necesito que se publique cuanto antes, por si ayuda a localizarlos. No quiero que unos cerdos malnacidos me hagan dudar de mí misma. ¿Para ti es un inconveniente?

Carlos Fresno sonrió a su hija.

—Yo estoy siempre de tu parte, estemos o no de acuerdo. Estoy muy orgulloso de ti y lo seguiré estando, tanto si lo mantienes en privado como si quieres compartirlo con el mundo para denunciar que en este país se producen todos los días agresiones sexuales contra mujeres. Eres fuerte, puedes soportar la presión mediática que tu decisión traerá consigo. Y yo no voy a dejarte sola. Pero tienes que prometerme que acudirás a terapia. Aunque sientas que no la necesitas.

—Lo haré. Y a cambio, tú y yo tenemos que hablar de negocios.

Su padre la miró sorprendido.

—Cuenta con ello.

Alba le guiñó el ojo y Ana, a su pesar, reconoció en él al hombre con el que un día se casó.

Aurora, 1933

A Aurora la sorprendió la regla tres meses después de cumplir los once años. Hacía ya un tiempo que Olvido observaba con preocupación los cambios que se producían en el cuerpo de su hija. Mucho más alta que las niñas de su edad, mostraba un pecho incipiente que parecía querer alejarla de la infancia antes de tiempo. «Todavía es muy pequeña», pensaba para tranquilizarse, pero sus ojos le decían que la niña se desarrollaba deprisa.

En cuanto tuvo la oportunidad, Olvido lo consultó con su madre.

—¿Ha visto cómo está creciendo Aurorina?

—Yo y cualquiera que la mire. Está a punto de hacerse mujer. Como me pasó a mí y a tu hermana Mercedes. En cambio tú fuiste más bien tardía.

—Pero todavía es una niña.

—Y debe tener también el aspecto de una niña si no quieres que traiga problemas. Usa una banda de tela para disimularle el pecho y no se te ocurra vestirla de mocita, que parezca una niña por lo menos dos años más. No vaya a pasarle como a mí, que me casé a los dieciséis.

—Pero usted y padre se quieren mucho.

—A la fuerza ahorcan, Olvidín, a la fuerza ahorcan.

Demasiado preocupada estaba Olvido por Aurora como para atender en ese momento las confesiones de su madre sobre las desavenencias matrimoniales que pudiera tener con su padre, de las que prefería no saber.

El día que Olvido tanto temía llegó dos semanas después, cuando su hija entró llorando en la cocina.

—Me muero, madre, me muero —le dijo Aurora entre lágrimas.

Olvido rogó que el drama fuese por algo distinto a lo que ella adivinaba, pero su plegaria no fue atendida.

—No seas majadera, niña, que no te mueres. Esto les pasa a todas las mujeres.

Le ató una tira de tela al pecho y rezó de nuevo, esta vez para que pudiera ocultarle el crecimiento durante un tiempo y nadie lo notara.

—Pero, madre, con esto no puedo casi respirar.

—Escúchame bien, Aurora: ni una palabra a nadie —dijo ignorando las protestas de su hija.

La niña asintió con la cabeza. No tenía intención de compartir lo que le ocurría porque se moriría de la vergüenza.

—Por eso te pongo la banda, para que nadie sospeche.

—¿Y en casa también tengo que llevarla? Es que me la ha apretado usted mucho.

Olvido se compadeció de su hija. Tenía razón, ¿qué peligro iba a haber en su propia casa?

—Si me prometes que no saldrás sin ella, te la puedes quitar cuando estemos solos.

Aurora accedió, aliviada.

—Escúchame bien lo que te voy a decir: mientras esto te dure no puedes bañarte en el barreño, solo te asearás en la palangana, y nada de lavarte el pelo, que dicen que una vecina se lo lavó y se volvió loca. ¡Ah! Y no te acerques a la lechera, que se nos corta la leche.

—Madre, ¿por qué a las cerdas del corral de la abuela no les pasa lo mismo? Ni a la vaca tampoco. Ni a las gallinas.

Olvido le propinó un meneo a su hija.

—¿Qué barbaridades dices tú? ¿Estás comparando a las personas con los animales? Anda, y no te olvides de los paños. ¡Ah! Y no los tiendas a la vista. Ay, Señor, ¡qué vida esta!

Aurora, 1934

En la noche del 5 de octubre de 1934, los mineros asturianos, hombres y mujeres, iniciaron una revolución que empezó con aires de gloria después de que en unas horas consiguieran la rendición de casi todos los cuarteles de la Guardia Civil situados en las cuencas. No así el de Turón. Allí los ocho guardias civiles resistieron y los vecinos oyeron tiros y más tiros toda la noche hasta que llegó la gran explosión: algunos mineros volaron el cuartel con dinamita asesinando a todos los que estaban dentro.

Frutos no fue uno de los que tomaron las armas en pos de un sistema que igualara a pobres y a ricos, ni mucho menos de los que mancharon su conciencia con la sangre de otros hombres. Frutos solo tenía dos pasiones: el tinto y el sexo. Las reivindicaciones laborales no le interesaban. Sacar carbón de la mina como su padre y su abuelo era para lo que había nacido y, aunque quería más seguridad allí dentro, cobrar el jornal cuando estaba enfermo o una pensión para su familia si la mina se lo llevaba por delante, no estaba dispuesto a morir ni a matar por ello. Esa noche Olvido y él la pasaron en casa sin dormir. El temor y el sonido de los disparos los mantuvo despiertos, dejándolos a merced del miedo que sentían por si los mineros vencían y a alguno le daba por tachar a Frutos de traidor.

Después del levantamiento, en el valle minero hubo días de paz impostada gracias al establecimiento de un sistema de reparto de vales de peseta entre los vecinos que garantizaba el acceso a los víveres. Aunque empezaban a llegar noticias de los horrores cometidos por la Legión contra los prisioneros y las familias de los barrios obreros de Oviedo y de la pérdida de poder en la capital, también llegaban detalles sobre la instauración del sistema comunista en muchos barrios y pueblos y de la inminente marcha minera hacia Madrid.

El 9 de octubre, Turón se levantó conmocionado por las aberraciones cometidas desde ambos bandos. El ejército había bombardeado las cuencas sin importar que las bombas cayeran sobre niños, enfermos e inocentes. Los mineros sublevados, por su parte, habían asesinado a sangre fría durante la madrugada, en el cementerio del pueblo, a ocho frailes y a un cura, detenidos el primer día del levantamiento. La mayoría de los habitantes de la cuenca estaban del lado de los mineros, pero pocos querían derramamiento de sangre. Y menos de frailes desarmados porque, aun teniendo allí la Iglesia menos adeptos que en otras zonas de España, quien más y quien menos creía en Dios, se encomendaba a santa Bárbara e incluso confiaba en algún cura. Por eso, aunque las penas con pan son menos, y menos todavía cuando son por otros, muchos se horrorizaron por la muerte de aquellos hombres de Dios.

Unas horas después, cuando las bombas cayeron sobre Mieres, la decepción y el miedo se propagó por las cuencas tan rápido como la noticia de la muerte de dieciséis inocentes que hacían cola para el pan en la plaza del pueblo. Amalia, la madre de Olvido, fue una de ellas. Bajó a Mieres aquella mañana a vender quesos, castañas y chorizos para luego comprar víveres con lo recaudado. Allí esperaba su turno para comprar la hogaza de pan que le duraría hasta el siguiente día de mercado cuando el ruido de los aviones preludió el silbido de la muerte que les cayó del cielo.

Olvido pasó aquella noche en casa de su padre que, al conocer la noticia, no habló ni lloró. No llegó a enterarse de los bombardeos de los días posteriores ni del fracaso del levantamiento porque ya no le importaba nada de lo que sucediera en el mundo. Se sentó en una silla y ahí permaneció hasta que la muerte atendió su llamada silenciosa y acudió para llevárselo. Dio igual lo que Olvido y sus hermanas dijeran. Él decidió no escucharlas. Lo que no sabía Olvido era que mientras ella vivía el duelo por su madre junto a aquel padre que daba por terminado su tiempo en el mundo, su hija Aurora sufría su propio infierno después de que Frutos se metiera por primera vez en su cama.

Tras esa noche, Aurora pasó muchas otras en vela mirando el río Turón desde el ventanuco de su habitación, fantaseando con que se tiraba al agua y la corriente la arrastraba hasta el mar, alejándola de aquella vida que cuanto más crecía menos le gustaba vivir.

Aurora, 2020

Alba, Ana, Carlos y Aurora acordaron regresar a Madrid al día siguiente. Aurora fue la primera en ir a acostarse.

—Hijas, estoy agotada, os pongáis como os pongáis, no voy a ducharme —anunció.

—Te ayudo a acostarte, bisa. Hoy es hoy, y anteayer a estas horas estábamos arreglándonos para salir de juerga —le dijo Alba levantándose del sofá y haciéndose la fuerte.

Carlos miró a las mujeres con extrañeza.

—Antes de que todo ocurriera, la abuela, Alba y yo fuimos a un bar de chicas —le explicó Ana a su exmarido, que la escuchaba perplejo—. La abuela y yo volvimos a las tres de la mañana. Alba se quedó y...

—Mamá, no se te ocurra llorar otra vez porque entonces empiezo yo y ya hemos tenido bastante llanto —la reprendió Alba cuando a su madre se le quebró la voz—. Voy a llevar a la bisa a la cama.

—Voy con vosotras. Tú no estás para ayudar a nadie. Llevas dos puntos en..., en..., ahí abajo, quiero decir.

—Ya sé dónde tengo los puntos, pero quiero hacerlo. Te llamaré si te necesito.

Aurora tomó el brazo que su biznieta le ofrecía y, sosteniéndose la una a la otra, se dirigieron a la habitación.

—Que no te duches no quiere decir que no lo necesites, porque hueles fatal —le dijo Alba mientras la ayudaba a ponerse el camisón.

—A perra vieja. Cuando una llega a determinada edad, huele a rancio por todos los sitios. No merece la pena vivir tanto.

—¡No digas eso! ¿Te habrías perdido ir a un bar bollo?

Aurora la miró con una sonrisa triste.

—De todo lo que he hecho, no me arrepiento de nada, ni siquiera de lo que hice mal. ¿Y sabes por qué? Porque me daría pánico cambiar algo de mi vida y que por eso tú no hubieras nacido o yo no te hubiera conocido. Necesitas sacar algo bueno de esto que te ha pasado —pidió a su biznieta.

—¿Te das cuenta de que hasta en esto nos parecemos?

—Sí, hija, a las dos nos violaron. Es la primera vez que utilizo esta palabra. En casi cien años. Ni con el periodista pude llamarlo por su nombre.

—Pues ya era hora. Lo tuyo fue peor. Yo tengo un padre que me apoya y que es un poco cabezota, pero me quiere mucho.

—Mira quién fue a hablar de cabezota. Tú sabes que tu nombre y el mío significan lo mismo, ¿verdad?

Alba asintió.

—Lo que no tengo claro es que mi madre lo sepa —añadió.

—Seguro que sí, pero no creo que se haya dado cuenta. Si se lo dices, igual le das un disgusto. ¡Anda que no habré visto yo la luz del alba al amanecer! A veces me daba la salida del sol cosiendo y alguna que otra me dio charlando con Ramona. ¡Cómo nos queríamos Ramona y yo!

—A ver si vas a tener razón y tú también eres lesbi.

—Lo digo en broma. Era otro tipo de amor. A mí siempre me gustaron mucho los hombres. Bueno, algunos. Pero los que me gustaron, me volvían loca. Hice el tonto muchas veces, ya lo sabes. Ahora tú y el periodista ese ya conocéis mi historia.

—Y cuando se publique la sabrá mucha más gente. Te vas a hacer famosa.

—Confío en no estar aquí para verlo. Anda, dame un beso y déjame dormir. Que si no me acuesto cuando me entra el sueño, me desvelo y luego estoy dando vueltas hasta la madrugada.

Alba obedeció, apagó la luz y cerró la puerta.

Aurora cayó redonda y soñó con su madre, que llevaba a Águeda, todavía bebé, envuelta en una manta y la acunaba.

Al día siguiente, Ana la dejó dormir hasta que dieron las once y Carlos empezó a impacientarse. Quería salir para Madrid al mediodía. Aurora solía ser la primera en levantarse, pero Ana supuso que habría pasado mala noche después de la impresión sufrida, así que abrió la puerta con cuidado de no asustarla y, nada más hacerlo, reconoció el penetrante olor de la muerte. El mismo que, mucho más leve, Alba había confundido con sudor cuando la acompañó a la cama.

Aurora murió de vieja, según certificó el forense. En Asturias. Tras noventa y ocho años de existencia.

Alba, 2020

La policía tardó menos de cuarenta y ocho horas en localizar a Deva Arias Fernández y a los agresores. Deva se negó a denunciar y tampoco podía aportar nuevas pruebas. Se había duchado en múltiples ocasiones intentando quitarse el olor agrio y alcoholizado de los atacantes, que ya no estaba en su piel pero sí en su cabeza. Había tomado la píldora del día después por su cuenta y creía tenerlo todo bajo control, aunque se desmoronó cuando le hablaron de todas las enfermedades que podía haber contraído a causa de la agresión, coronavirus incluido, y aceptó recibir tratamiento médico.

Alba acudió a la rueda de reconocimiento e identificó en un primer vistazo al que denominó «Pene flácido», nombre que semanas más tarde filtraría a la prensa y a las redes sociales, que se encargaron de difundir las fotos de los detenidos, miembros de un grupo neonazi del que también formaba parte el hermano de la segunda víctima. Alba no delató a Deva ante la prensa: una cosa era no ocultar datos en la investigación policial y otra muy distinta desvelar públicamente la identidad de alguien que quiere preservarla. Podía no estar de acuerdo con ella, pero su decisión le merecía el mayor de los respetos.

Lo que sí hizo fue llamarla.

—Lo siento —le dijo Deva—. Yo no puedo hacer lo que tú, no soy tan valiente.

—Cada una tenemos nuestras circunstancias. Mañana vuelvo a Madrid. Mi plan era haberme marchado ya, pero mi bisabuela murió la noche que salí del hospital. Ayer la incineramos. En cuanto nos entreguen sus cenizas, le haremos un homenaje y nos iremos. ¿Quieres que nos veamos?

Deva rechazó la oferta. No se sentía con fuerzas.

—Volveré para el juicio. Quizá entonces.

—Quizá. No dejes de llamarme. Siento mucho lo de Aurora.

—Parece que los soltarán bajo fianza. Ten cuidado —dijo Alba a modo de despedida.

—Lo tendré. Solo quiero retomar mi vida, trabajar, ir a ver a mis padres los fines de semana y, de momento, nada más.

—Ojalá lo consigas.

Aurora, 2020

La única persona que sintió de corazón la muerte de Aurora fue Alba, y no porque Aurora no hubiera despertado muchos afectos en su vida sino porque ya no quedaba nadie para sentirlos. Ana nunca le tuvo demasiado cariño a su abuela, porque trataba con desplantes a su madre y a ella la ignoraba la mayor parte del tiempo desde el día en que nació. En cambio fue precisamente Ana la que lloró, porque la llenaba de tristeza pensar que su madre ya no estaba en el mundo para decidir el lugar de descanso de la abuela. Alba asumió la tarea como propia.

—No vamos a enterrar a la bisa, mamá. Vamos a incinerarla y tiraremos sus cenizas al río Turón. Ese era su deseo.

—Pero mi madre no quería hacerlo —protestó Ana.

—Mamá, la abuela ya no está. La decisión es nuestra.

Y Ana rompió a llorar.

—Ay, mami, no pensé que quisieras tanto a la bisa —dijo Alba abrazándola.

—Si no es por eso.

Alba le lanzó una mirada de reproche.

—Hacemos lo que tú quieras, pero al menos habrá que celebrar una misa por ella —cedió Ana.

Carlos cambió sus compromisos en Madrid para acompañar a su hija y a su exmujer. No sabía si Alba se mantendría fuerte tras los dos golpes sufridos o si se desmoronaría en cualquier momento.

—¿A Beba no le parecerá mal que te quedes con nosotras? —le preguntó Ana.

—¿Y a ti? ¿Te parece mal que me quede?

—En realidad te lo agradezco mucho —confesó Ana—. Es como una pesadilla. ¿Cómo ha podido ocurrir todo esto en cuarenta y ocho horas?

Carlos se encogió de hombros, la abrazó y Alba se unió a ellos.

—Hacedme hueco, que os necesito mucho a los dos. Gracias por no pelearos —sollozó.

El funeral por Aurora se celebró en la basílica de San Juan, en Oviedo, la misma donde Águeda y Jesús descansaban en su columbario. Solo asistieron Alba, Ana, Carlos y algunas señoras mayores que tenían por costumbre asistir a cualquier funeral que se celebrara allí si el aforo lo permitía.

—¿Tú sabes quién era? —preguntó una a la del banco de delante.

—La hija sí, era modista aquí al lado, en San Bernabé. Tenía una academia de corte y confección, pero cerró hace años ya, ¿sabéis cuál os digo? Pero parece que esta señora ahora vivía en Madrid.

Y así, después de la despedida oficial de Aurora, emprendieron el trayecto hasta Turón.

—¿En qué parte del río la tiramos? ¿Dónde dejo el coche? —preguntó Carlos.

—Justo aquí, al lado del parque —respondió Alba abrazando la urna con las cenizas de su bisa—. Era lo que veía desde su habitación. Por fin podrá hacer lo que no pudo cuando quiso: huir de Turón; el río se encargará de llevarla al mar.

—¿Por eso quería que la tiráramos al río? —preguntó Ana, entendiendo por fin el capricho de su abuela—. Mi madre no lo sabía. Y yo tampoco.

—¿Por qué creíais que era?

—Un último corte de manga de tu bisabuela.

Se acercaron con cuidado a la orilla del río, evitando los árboles y los arbustos que la poblaban, y encontraron un lugar que les pareció adecuado. El río era poco profundo, pero el agua bajaba con fuerza y había recuperado su claridad tras el cierre de las minas.

—Venga, ¿preparados? Tenemos que hacerlo rápido porque si nos pillan nos pueden multar —dijo Alba.

Sus padres asintieron y adoptaron una postura solemne.

—Adiós, bisa, que la eternidad te traiga la paz que no encontraste en la vida.

Alba abrió la tapa de la urna de Aurora y lanzó las cenizas al agua, pero el viento se revolvió y las desperdigó por la tierra.

Los tres se miraron con estupor.

—Parece que su destino era quedarse aquí —comentó Ana dando un respingo.

22

Ana, 2021

«Las mujeres que acuden a un centro especializado después de haber sido víctimas de una violación necesitan asesoramiento psicológico y legal, pero sobre todo necesitan tratar con personas que hayan estado en su misma situación, que entiendan cómo se sienten», me explicó la psicóloga que contratamos en la Fundación, mientras nos tomábamos un café la mañana antes de que mi hija me encargara organizar la nueva sección de testimonios. Mediante vídeos y literatura, varias mujeres que se incorporaron al proyecto de la nueva Fundación, Alba incluida, y otras de asociaciones afines narraron su experiencia para que todas las que acudían buscando ayuda supieran que allí las entendían.

Nunca me sentí más impostora que entonces. Mientras ellas hablaban con total honestidad sobre su experiencia, yo ocultaba la mía a la vez que mandaba a imprimir folletos para convencer a las recién llegadas de los efectos positivos de compartir en las terapias de grupo lo que les había ocurrido.

Alba grabó incluso la lectura de los capítulos de su bisabuela en los que narraba la historia de las agresiones sufridas a manos de su propio padre, mi bisabuelo, y por supuesto la de los moros. A mí todavía me costaba no emocionarme cada vez que lo escuchaba. También encargamos folletos con un pequeño resumen de la historia de la abuela Aurora.

A pesar del ejemplo del resto, yo tardé mucho en hablar. Probé a grabarme sola muchas veces, pero nunca conseguía terminar mi historia y borraba la grabación. Me sentía miserable por no haber denunciado entonces, por haber elegido la opción cobarde. Quizá por eso sentía tanta química con Deva.

—Prueba a escribirlo —me dijo Rubén, el psicólogo al que seguía acudiendo regularmente—. Pero antes elige a la persona con quien vas a compartir tu vivencia y envíaselo cuando lo hayas escrito. Sobre todo, asegúrate de que el destinatario no te va a juzgar.

Elegí a la abogada de la Fundación, la encargada de la asesoría legal de las mujeres que llegaban a nosotras. Y lo hice por la confidencialidad que se supone que deben tener los abogados con sus clientes.

Me embarqué en la tarea de narrar mis recuerdos y, según escribía, los detalles aparecían mucho más nítidos en mi memoria que cuando intentaba contárselo a una cámara, incluso más que cuando lo recordaba para mí misma. Estuve más de una hora escribiendo: lo que sucedió, cómo me sentí, cómo me seguía sintiendo décadas después cuando pensaba en ello. En el momento en que se lo iba a enviar a la abogada, cambié de opinión y se lo envié a mi hija. Justo a la persona que más temía que me juzgara.

Después me serví un gin-tonic, y después otro y otro más. Cuando al día siguiente sonó el despertador, tenía resaca, me dolía la cabeza y sentía el estómago revuelto.

Revisé el correo y el WhatsApp, pero ni rastro de Alba.

Llamé a la Fundación para avisar de que no iría ese día alegando un virus estomacal. Luego me levanté, me tomé un café y dos aspirinas y me tumbé en el sofá. Entré en un duermevela inquieto del que me sacó el timbre de mi apartamento.

Era Alba.

La miré temerosa de lo que pudiera decirme, pero se acercó a mí y me abrazó.

—Necesitas sacar todo lo que se te ha podrido ahí dentro —dijo poniendo su mano sobre mi corazón.

Alba no solo no me juzgó, sino que me apoyó y aprobó la decisión que tomé con diecinueve años.

—¿En esa época? —dijo—. Lo único que hubieras conseguido denunciando habrían sido desprecio y destrozarte la vida. Desde luego, no te habrías casado con papá. La abuela Paloma no lo hubiera permitido. No tenías opción de ganar.

La abogada de la Fundación refrendó también mi decisión de entonces cuando Alba y yo le contamos mi caso. Por saber. Por quedarme tranquila. Porque ya nada se podía hacer. Nacho estaba muerto y enterrado.

—Era un caso imposible —nos explicó—. Hasta hace muy poco, si la víctima estaba drogada o borracha, esa circunstancia contaba en su contra. Y si el violador estaba drogado o borracho, también contaba en contra de la víctima. En los noventa, en una discoteca, sin signos de violencia ni de resistencia, sin recuerdos claros, después de haberte drogado por voluntad propia, en el baño de hombres con un vestidito de verano corto, aquello simplemente no se consideraba violación. Con una denuncia solo habrías conseguido sufrir humillación tras humillación y que el tal Nacho quedara libre. Y arruinarte la vida, porque no había privacidad. Nadie habría estado de tu parte.

—Pero eso no impide que ahora saques partido de lo que te sucedió —añadió mi hija—. Ahora puedes hacer algo bueno. Cuéntalo. Sé una más. Como nosotras.

Tantas veces callé en treinta años como hablé del tema los siguientes meses, y cada vez me sentía más aliviada.

Alba, 2020

—¡La Alborada! ¿Qué te parece? —le preguntó Alba a su madre cuando esta contestó al teléfono.

—No sabría decirte, hija, pero me gusta verte contenta. ¿Qué es La Alborada?

—¿Qué va a ser? El nombre de la Fundación.

—Suena bien. ¿Qué significa?

—Lo mismo que Alba y Aurora.

Ana se conmovió.

—Es precioso.

—Ya tengo el local y el proyecto de remodelación. A papá le ha parecido bien y firmé esta mañana. Quiero pedirte dos cosas.

—Si están en mi mano, cuenta con ellas.

—Lo primero es que te encargues de la reforma.

—Hija, hace muchos años que terminé la carrera y no he ejercido nunca. Ni siquiera llegué a colegiarme.

—No tienes que hacer los planos si no te sientes cómoda, pero quiero que te encargues de controlar el presupuesto, del avance de las obras, de tomar las decisiones y de aportar ideas. Yo no puedo porque estoy haciendo entrevistas y buscando donantes, aunque también quería pedirte ayuda en eso. Ahora estoy tirando de las amigas de la abuela Paloma. Bueno, ¿qué? ¿Te comprometes? Tenemos poco tiempo para abrir y no quiero que nada salga mal.

—No sé qué decir.

—Di que sí. Será un trabajo a jornada completa. Y desde luego que vas a ser capaz porque soy una jefa muy exigente y poco tolerante. Y no acepto un no.

—Pues entonces de acuerdo.

—Empiezas mañana.

Ana no pudo evitar reír.

—¿Y lo otro? —preguntó.

—Quiero que me des la Singer.

—No, Alba. Qué manía tienes con quemar la máquina de coser de la bisa o destrozarla o lo que vayas a hacer con ella.

—No voy a hacer nada de eso. Al contrario. Pero tienes que confiar en mí.

—Deja que me lo piense —respondió Ana, sabedora de que no podía negarle nada después de lo que había sufrido y de cómo estaba reaccionando.

—No hay nada que pensar, la Singer la quiero aquí. Pero no es urgente, ya hablaremos con calma. Otra cosa más: la presentación del libro de la bisa será en febrero del año que viene. El lanzamiento se hará en Asturias. Alguien de la familia tiene que estar presente y creo que deberías ser tú.

—¿Sigues con eso? ¿Van a sacar los trapos sucios de la familia que la abuela Aurora aireó y nosotras haremos como que nos parece bien? Si viviera tu abuela, estaría en completo desacuerdo. Por no hablar de tu abuela Paloma. Montará en cólera. A saber qué sarta de barbaridades le contó tu bisabuela al periodista.

—No eran barbaridades, yo fui testigo de todo. Y aquí la abuela Paloma no tiene nada que decir porque no pienso consultárselo. De todas formas, si te quedas más tranquila, puedes leerlo antes. Me han enviado las pruebas de imprenta y tengo una copia para ti.

—¿Sirve de algo que lo lea? Si no estoy de acuerdo con lo que cuenta, ¿no lo publicarán?

—Lo van a publicar igual. Esa decisión ya la tomó la bisa. Y firmó un contrato. Sea como sea, deberías leerlo. Por ti. Papá ya lo ha hecho. Quería asegurarse, igual que tú, de que no decía nada que pudiera perjudicar a la empresa. Lo leyó anoche y me ha llamado esta mañana. No solo no le pone pegas sino que me anima a participar en la promoción.

Ana resopló.

—Está bien, tráemelo y lo leeré.

Alba, 2021

La fase de instrucción de la denuncia se alargó debido a la pandemia y el juicio contra los violadores de Alba y Deva no se celebró hasta el invierno del año siguiente. Durante ese tiempo Alba se dedicó, además de a crear la Fundación, a preparar el juicio y a organizar una campaña en redes sociales para ejercer presión sobre las sentencias judiciales y la ejecución de los juicios sobre violaciones.

Alba contaba con los medios económicos y la capacidad personal para que de aquella horrible experiencia saliera aún más reforzado su propósito de luchar por los derechos de las mujeres, y encontró una nueva vía para hacerlo. Ahora ella, como Malala, también quería contar su historia porque, como la de Malala, no era única, sino que era la historia de muchas mujeres. Contactó con universidades y algunas ONG que financiaban estudios sobre las sentencias judiciales y la presión del proceso judicial sobre las víctimas. Y crearon varios hashtags:

#NadiePreguntaQuéLlevabaPuestoElAgresor
#SiJustificasAlVioladorTúTambiénEresCulpable
#NoProtejasAlVioladorProtegeALaVíctima
#SoloSePreguntaSiSeResistieronALasVíctimasDeViolación
#EsViolaciónAunqueYoNoMeResista
#ParaSerVíctimaNoHaceFaltaSerUnaHeroína
#SiTeRobanYNoTeResistesTambiénEsRobo

Buscaron la colaboración de *influencers* apolíticos y bloquearon todos los intentos de las organizaciones feministas politizadas de apropiarse de la iniciativa, aunque no pudieron evitar que se arrimaran en cuanto los hashtags consiguieron muchos miles de seguidores. Diseñaron y ensayaron un plan para retransmitir en semidirecto las preguntas del abogado defensor a la víctima y estimular la presión social.

En esas condiciones llegó Alba a la Audiencia Provincial de Gijón, dispuesta a convencer a los tres magistrados que debían decidir unánimemente sobre la culpabilidad de los acusados. Tras la repercusión mediática del juicio de La Manada unos años atrás, no faltaron ofertas para ocuparse de la defensa de los agresores. Uno de ellos era además la oveja negra de una familia adinerada. Sus padres buscaron contrarrestar la campaña contra ellos contratando una abogada mujer. Un despacho de Madrid, con varios abogados en sus filas, ofreció como imagen visible de la defensa a una penalista joven y agresiva en busca de una popularidad que, buena o mala, podría suponerle un rápido ascenso a socia del bufete. Conscientes de que se enfrentaban a la fuerza legal de la familia Fresno, dedicaron muchos recursos y abogados veteranos a preparar el interrogatorio de Alba.

En cambio, Alba eligió un abogado varón; no quería que el juicio perdiera interés para la parte masculina de la sociedad si todos los actores eran mujeres, ni quería que se convirtiera en una guerra de hombres contra mujeres si la defensa elegía a un hombre como representante.

Alba renunció al derecho de no ver a sus agresores mientras la abogada defensora la interrogaba. No quiso mampara; al contrario, los miró directamente a los ojos.

—No soy yo la que tiene que avergonzarse —diría más tarde a la prensa—. Ellos son la escoria social.

La defensa evitó en un primer momento las preguntas que sabía que los artífices de la campaña mediática de Alba esperaban, como qué ropa llevaba o si había ofrecido resistencia. Su estrategia era demostrar que había sido sexo consentido con dos hombres, dos y solo dos, porque la policía no tenía más muestras de ADN, y atacaron por la parte más débil: la existencia de una segunda víctima y su negativa a identificarse y declarar.

«¿Por qué se mantiene oculta esa supuesta segunda víctima?», fue la primera pregunta de la defensa. «Si de verdad existe una segunda víctima, ¿qué cree usted que declararía ella en caso de estar aquí?», «¿Por qué la supuesta segunda víctima no declara si los hechos fueron como los describe la acusación?», «¿Existe en realidad una segunda víctima? Y si no existe y está mintiendo sobre un dato de semejante relevancia, ¿cómo vamos a creer que el resto de la historia es verdad?».

Que Alba se negara a identificar a Deva perjudicó a la estrategia de la acusación. Aportaron las muestras de ADN de dos de los acusados, los que agredieron a Alba, además del informe forense sobre las lesiones que presentaba en el ano y en la cara, y la declaración del conductor que la recogió medio desnuda y sin ropa interior y la llevó al hospital, pero debían desmontar la estrategia de la defensa: «El sexo en grupo no es sinónimo de violación».

Solo cuando el conductor declaró que recogió a Alba en la carretera casi desnuda, la defensa tuvo que preguntar por la ropa de la víctima.

—¿Llevaba usted ropa íntima?

—Sí.

—¿En qué consistía su ropa íntima?

—Tanga y sujetador.

—¿Está segura de que llevaba usted ese supuesto tanga?

Fue uno de los magistrados el que intervino entonces.

—Creo que su respuesta ha sido suficientemente clara, y si usted no explica la procedencia de su insistencia, su pregunta no es admisible —advirtió a la defensa.

—Mis defendidos declaran que la víctima no llevaba ropa interior cuando acordó tener relaciones con ellos, solo una minifalda elástica. Pretendo cuestionar que la testigo estuviera desnuda cuando el coche la recogió. Cualquier falda de ese tipo puede enrollarse en la cintura a modo de cinturón.

El juez dudó.

—Haga el favor de reformular la pregunta de forma que sea admisible —dijo al fin.

—Gracias, señoría. ¿Llevaba usted la falda cuando la recogió el coche que la trasladó al hospital?

—No. Me pegaron y me metieron en la furgoneta por la fuerza, luego me quitaron la falda y el tanga y no me los devolvieron después de violarme y antes de dejarme en el descampado.

—Limítese a responder a lo que le pregunto. ¿Puede que se le olvidara en la furgoneta?

—No se me olvidó nada de lo que me quitaron. No tuve opción de recuperarlo.

—¿Puede que la perdiera en el fragor de las relaciones?

—Yo no tuve relaciones, me violaron.

—Señoría, por favor, ¿puede requerir a la acusación que controle a su testigo?

—No soy testigo, soy la víctima de una violación. La que cometieron sus defendidos.

—No puede responder si no le preguntan —advirtió uno de los jueces a Alba.

#ATiQuéTeImportaSiYoLlevoBragas se hizo tendencia en menos tiempo de lo que tardó en reanudarse el juicio.

Alba había pasado meses ensayando las respuestas a todas las posibles preguntas con un equipo de abogados.

La controversia política apareció casi de inmediato. Simpatizantes y detractores empezaron a pelearse entre ellos sin que Alba ni el *community manager* ni las cuentas de las asociaciones que la ayudaban a retransmitir el juicio tuvieran que implicarse en la discusión. Exaltados de ambos bandos y troles llevaron los hashtags a *trending topic*.

Nada podían hacer los jueces para pararlo. El juicio se celebraba a puerta cerrada para proteger a la víctima, pero no podían impedir que la víctima y sus abogados filtraran lo que ocurría dentro.

De vuelta en la sala, el interrogatorio continuó por los mismos derroteros. El objetivo de los abogados era insistir en que no había pruebas de que fuera una relación no consentida, y para ello los acusados declararon que no tenían ni idea de cómo había llegado la mujer que ahora los acusaba a la carretera donde la encontraron, porque ellos la habían dejado donde ella les pidió, cerca del lugar en el que se habían conocido. Sabían de la orientación sexual de la acusada porque fue la justificación que les dio para lo que quería hacer esa noche. Desconocían haberle provocado ningún desgarro anal, pero si así era, lo lamentaban muchísimo. Habría sucedido en el furor del encuentro. Del golpe en la cara no sabían nada. Y por supuesto negaron que hubiera una segunda mujer aquella noche con ellos.

Carlos Fresno presionó a su hija para que los autorizara a filtrar a los medios la identidad de Deva. Alba se negó y su padre, a regañadientes, lo respetó. Quienes no lo hicieron fueron algunas de las mujeres que estaban en el bar aquella noche, para las que no pasó desapercibido el encuentro de Deva con Alba, Ana y Aurora. Todas se habían fijado en aquella anciana gorda que tomaba una copa con varias chicas jóvenes sentada tranquilamente en una terraza. Después vieron a Alba abandonar el bar con Deva. Fue fácil atar cabos y más fácil todavía desvelar la identidad de Deva en las redes sociales exigiéndole denunciar. #TuSilencioMePoneEnPeligro fue el hashtag elegido para la iniciativa. Si bien un juez exigió la retirada de los posts donde se desvelaba su identidad, el daño ya estaba hecho y Deva Arias era señalada por todos.

—No fui yo ni nadie de mi entorno —le aseguró Alba cuando Deva la llamó fuera de sí.

—Ya lo sé, y también sé quién ha sido. Por el Bruxa Curuxa siempre paramos las mismas. Solo en verano hay caras nuevas. En parte tienen razón, soy una cobarde por no denunciar.

Deva lloraba.

—No la tienen. Y tampoco tienen derecho a hacerte esto, igual que nosotras no tuvimos la culpa de lo que nos sucedió. En cuanto termine con estos hijos de puta, iremos a por las que están detrás de las cuentas que te han delatado. Se lo haremos pagar.

—¿Es que no lo entiendes? ¡No quiero hacer justicia! ¡Solo quiero que me dejen en paz! —gritó Deva entre lágrimas antes de colgar.

Ana, 2020

Paloma Sánchez San Francisco no llegó a ser testigo de la cruzada mediática que protagonizó su nieta durante el juicio a sus agresores ni de la publicación de las memorias de la abuela Aurora porque murió de COVID un mes antes de que llegaran las primeras vacunas. Empezó con síntomas gripales leves, se confinó en su casa dispuesta a ponerse al día con las series de Netflix y un par de libros que llevaba meses queriendo leer, y así estaba cuando sufrió un fallo respiratorio por el que ingresó en la UCI en cuanto la llevaron a urgencias y que le arrancó la vida en menos de una semana. Justo antes de Navidad.

Fue la segunda vez que Ana y Beba se encontraron tras el divorcio. Ana no había vuelto al club y, al no frecuentar los mismos lugares, no coincidían más que en funerales. Primero en el de Nacho. Después en el de Paloma.

Con las restricciones por la segunda ola del coronavirus, Carlos y su padre limitaron la asistencia al entierro a la familia y a las amigas cercanas de la fallecida. No fue fácil hacer la lista procurando no dañar sensibilidades.

—¿Estás seguro de que quieres invitar a Ana? —preguntó Carlos Fresno padre a su hijo—. El coronavirus es la excusa perfecta para que no venga.

—Ana tiene que estar. Salvo que ella no quiera. Y Beba también. No voy a evitar la situación por incómoda que sea. Ya se encontraron en el funeral de Nacho.

—Pero ahí estaba tu madre para hacer de pantalla. Esta vez no.

La primera reacción de Ana fue no acudir, pero tras pensárselo bien no solo aceptó, sino que agradeció la invitación de Carlos.

Fue Alba la que, dos horas antes de la ceremonia de despedida, se presentó en casa de su madre.

—No quiero que vayas sola a la iglesia. En el funeral de Nacho te acompañó la abuela. Al suyo te acompaño yo.

—Parece mentira, pero si echo la vista atrás me doy cuenta de que tu abuela se convirtió en una persona muy importante en mi vida. No siempre fue fácil, ni su forma de darme lecciones la más dulce, pero aprendí mucho de ella. Lo bueno y lo malo.

—Jo, mamá, me encanta oírte hablar así.

—Es gracias a ti, porque estoy tan orgullosa de ti que quiero estar a tu altura.

—Lo que ocurrió nos hará más fuertes a las dos, ya verás. Aunque tampoco hace falta que santifiquemos ahora a la abuela Paloma, que cuando quería era bastante bruja.

—Nena, que no está bien hablar mal de los muertos —la riñó con una sonrisa.

Cuando llegaron a la iglesia, Carlos y Beba ya estaban allí, y también Carlos y Jesús y Carlos Fresno padre. Los chicos con su abuelo en el primer banco de la fila derecha, manteniendo la distancia de seguridad. Beba y Carlos en el de la izquierda.

Cuando Ana y Alba entraron, Beba se cambió al segundo banco, detrás de Carlos, para dejarles el sitio. Alba se colocó al lado de su padre. Ana no aceptó la oferta de Beba y le hizo una seña para que volviera a ocupar el sitio en el que estaba, pero no se movió y se quedaron las dos en el segundo banco, una a cada extremo.

Toda la familia lloró en mayor o menor medida. Paloma no dejaba indiferente a nadie.

Al terminar la misa, salieron de la iglesia y Beba se acercó a Ana.

—Te acompaño en el sentimiento —le dijo—. Y te echo de menos.

—Yo echo de menos a mi marido. Y más con todo lo que nos ha sucedido últimamente. Y te echo de menos a ti, pero he aprendido a vivir con lo que tengo y a no lamentarme por lo que habría deseado tener.

—Me gustaría mucho tomar un café contigo, pero entiendo que tú no quieras.

—Todavía no. Quizá en un futuro. O quizá no.

Beba asintió en silencio y se alejó de la única mujer a la que llegó a considerar su amiga.

Alba, 2021

Después de que desvelaran su identidad en las redes sociales, Deva pasó la noche dando vueltas en la cama, pero se armó de valor y fue a dar clase al día siguiente. Cuanto antes se enfrentara a sus alumnos, antes se olvidaría todo. No llegó a entrar en el centro ni supo si sus alumnos estaban o no de su lado porque por la noche habían llenado de pintadas los muros del instituto: «Bollera. Cobarde. Te lo merecías». Lo vio desde el coche, bajo la lluvia que arreciaba aquella mañana de invierno, como si quisiera advertirla de que no entrara.

El centro recibió muchas quejas y algunos apoyos por parte de los padres de los alumnos. Quejas de unos por ponerlos en el punto de mira y de otros por obligarlos a tener conversaciones que no querían tener con sus hijos. Apoyo de los que tenían miedo de que un día les pudiera ocurrir algo así a sus propias hijas.

Sin saber adónde ir, Deva condujo hasta el pueblo en el que se había criado para ver a sus padres.

Llamó al timbre varias veces hasta que su madre abrió la puerta. Cuando Deva hizo ademán de entrar en la casa, ella le cerró el paso, cogió un paraguas del paragüero del recibidor y salió con su hija, no sin antes cerrar la puerta tras de sí.

—Es mejor que no entres ahora, a tu padre le puede dar un infarto. Espera un momento… —Su madre se metió en la casa y volvió a salir con un bizcocho de chocolate recién hecho—. Lo había preparado por si venías, pero con tu padre así… Ya sabes cómo es. Te lo he puesto en una bolsa de plástico para que no se te moje.

Con el bizcocho aún caliente en las manos y sin decir una palabra, Deva dio media vuelta y se subió al coche. Arrancó sin mirar atrás, pero a la salida del pueblo tuvo que parar porque las lágrimas no la dejaban ver la carretera.

—Mis padres no me hablan, ni siquiera me han dejado entrar en casa —le dijo a Alba cuando reunió fuerzas para llamarla unas horas después y contarle lo sucedido esa mañana.

—Tus padres son unos padres de mierda. Y esas mujeres no tenían ningún derecho a identificarte. Pero esto es lo que hay. A partir de ahora, tú decides.

—No puedo permitirme perder mi plaza, acabo de aprobar la oposición.

—Pide el traslado a Madrid o a donde tú quieras. Lejos. Al menos por un tiempo.

—No puedo. Las oposiciones de secundaria son autonómicas, no me sirven para otra comunidad, y para el concurso de traslados todavía me queda mucho, al menos dos años.

—Si quieres irte de aquí, pide una excedencia y yo te ayudaré a encontrar trabajo en Madrid.

—¿Tú sabes lo que me costó sacar la oposición? Tengo el trabajo que quiero y donde quiero, y ahora, por culpa de esos hijos de puta y esas cabronas, ¿me toca dejarlo todo? ¡No es justo, no es justo! —gritó Deva.

—Siento lo que te está pasando y lo que nos pasó, pero es lo que hay. Así funciona el mundo.

—No puedo volver a dar clase aquí. No puedo.

—Vete al médico, cuéntale lo que te pasa y que te dé la baja. El estado de ansiedad que tienes ahora mismo la justifica.

—Yo no soy tú. Me gustaría, pero no lo soy —dijo Deva.

—La diferencia entre tú y yo es que yo puedo hacer lo que hago porque tengo los medios y el apoyo para hacerlo. Mi padre ha puesto a mi disposición fondos ilimitados para meter a esos cabrones en la cárcel. Hemos nacido en familias distintas. No tiene nada que ver con cómo eres.

—Pues tú eres una tía increíble —dijo antes de colgar.

El médico le dio a Deva la baja por ansiedad y una receta de diazepam de cinco miligramos, uno por la mañana y otro antes de acostarse.

Aquella noche, Deva tomó medio bizcocho del que le había preparado su madre, lo acompañó de la caja de diazepam y lo regó todo con una botella de ron. Se despertó varias horas después rodeada de su propio vómito y mojada en orina, sin recordar lo sucedido, mareada, con escaso control sobre su cuerpo y un horrible dolor de cabeza. Le costó más de media hora conseguir llegar al móvil y llamar a emergencias.

El juicio duró tres días y al cabo de un mes llegó la esperada sentencia que condenaba a uno de los agresores de Alba, al que ya todos conocían como «Pene flácido», a doce años de prisión y una indemnización de treinta mil euros, lo mismo que el que la violó causándole lesiones. Una pena menor para el conductor de la furgoneta donde se habían producido los hechos. El resto quedó en libertad porque Alba reconocía en su declaración que estaban con la supuesta segunda víctima sin prestar siquiera atención a lo que ocurría con ella. No podía considerárseles coautores, ni cooperadores necesarios ni cómplices. Alba no recordaba quiénes fueron los que la arrastraron a la furgoneta.

Los dos condenados recurrieron al Supremo, pero ingresaron en cárcel.

Alba no insistió a Deva para que denunciara a los que quedaron libres, aunque tras la sentencia volvieron a lincharla en las redes sociales por no hacerlo.

En lo que sí insistió fue en que saliera de Asturias al enterarse de que solo había recibido una llamada de su madre durante el tiempo que estuvo en observación en el hospital tras el intento de suicidio y en los días posteriores. Ninguna de su padre. Tampoco de su hermano. Y la de la madre no ayudó.

—Hija, no sabes lo mal que lo estamos pasando por tu culpa. Todo el mundo nos mira en el pueblo y cuchichea —la recriminó su madre, y Deva sintió que se ahogaba.

Aun así, irse de su tierra y enfrentarse a una nueva vida, con lo agotada que se sentía, le daba casi tanto miedo como quedarse y ser una apestada en su familia, que llegara el día que tuviera que enfrentarse a los padres en el instituto o que sus agresores, una vez absueltos, volvieran a buscarla. Después pensó que se acercaba la Navidad. Se vio sola y deseó no salir nunca de aquella habitación impersonal donde al menos los sanitarios la trataban con algo parecido al cariño.

—Vente dos semanas —le pidió Alba cuando fue a visitarla al hospital nada más terminar en el juzgado—. Quiero que conozcas la Fundación. De momento solo tenemos orientación legal y tratamiento psicológico inicial; pero cada vez vienen más mujeres y nos llegan más donaciones. Nuestro plan es que en un año podamos atender de forma integral y durante todo el proceso de recuperación a las mujeres que soliciten nuestra ayuda tras una violación.

—Si denuncian, claro —replicó Deva.

—Te equivocas. Estás obsesionada con eso. Nuestras abogadas tienen la política de recomendar la denuncia solo cuando las posibilidades de conseguir una condena son altas y la víctima está en condiciones de soportar el juicio. Te confieso que yo, antes de vivir este proceso en carne propia, también te cuestionaba por no hacerlo, pero ahora sé que el juicio no hace más que multiplicar el trauma y que te destroza si lo pierdes. Por eso, si no está claro que vaya a ganar, para la agredida es mejor no enfrentarse al proceso judicial, y nosotros estamos siempre de parte de la víctima. Eso sí, parte del plan a medio plazo es montar un lobby independiente, alejado de cualquier intrusión política, para exigir cambios en la atención inicial, formar a policías, médicos y jueces en este tipo de delitos, y que las víctimas puedan contar con una asesoría especializada.

—¿Y qué quieres que haga yo en todo eso?

—Quiero que lo veas y después tú decides.

—Yo no soy abogada ni psicóloga.

—Puedes poner mil excusas y yo puedo desmontarlas todas, pero al final tendrás que tomar tu decisión.

—No estoy bien, Alba, y cada día estoy peor. No estoy para ayudar a nadie. No soy como tú.

Alba sonrió.

—¿Sabes por qué hago esto? Porque si no me habría hundido. Lo hago por mí. Necesito encontrar un sentido a lo que me sucedió y sacar algo bueno de esto porque, si no lo hago, lo único que quiero es morirme.

A Alba se le llenaron los ojos de lágrimas y, cuando Deva la abrazó, rompió a llorar como no había hecho desde el día que aquellos salvajes cambiaron el curso de sus vidas.

Ana, 2021

Ana leyó el libro de Aurora una y otra vez durante tres semanas. Dedicaba la mayor parte del día a La Alborada y el resto de las horas a leer. Se olvidó del entrenador personal, de la peluquería y de los tratamientos estéticos. Veintiún días que hicieron aflorar una parte de sí misma que hasta entonces desconocía, porque verse reflejada en las páginas de la bisa la obligó a sumergirse en la verdad descarnada del que la cuenta a sabiendas de que ya no estará cuando los demás la escuchen. La visión de su abuela sobre la vida y sobre ella misma le abrió la mente a una nueva realidad. Vislumbró en el relato de Aurora que la vida es lo que es y no lo que uno quiere que sea, y que cada cual puede aceptarlo o rebelarse, ser feliz o lastimarse dándose golpes contra un muro inamovible.

Ana no solo asistió a la presentación del libro en Asturias, sino que pronunció unas palabras ante la gente que acudió. Nerviosa por la falta de costumbre, pero a la vez orgullosa de su familia.

Cuando Manuel Menéndez Miranda, el autor, le pidió que firmara los libros con él, se quedó estupefacta.

—¿Yo? Si yo no he escrito el libro.

—Ni yo. Solo he redactado lo más fielmente que he podido la historia que tu abuela me contó.

Tras la presentación, Ana se quedó unos días en Gijón. Quedaba pendiente algún trámite de la muerte de Aurora. La burocracia tras un fallecimiento era eterna.

Algo se rompió en Ana tras lo ocurrido a su hija y algo nació con la historia de la bisa. Se despertó en ella algo parecido a la admiración por las mujeres de su familia, incluso por su abuela, que cometió muchos errores y se sobrepuso a vivencias terribles.

Incluso llegó a sentir un poco de vergüenza de sí misma, porque entendió que había pasado la mitad de su existencia eligiendo la opción más cómoda y lamiéndose las inevitables heridas que causa la vida sin dejar que cicatrizaran.

Recordó lo que muchas veces le decía Rubén, su psicólogo: «Actúa. Si no sabes qué hacer, haz algo, lo que sea, cambia algo, actúa diferente a como lo haces normalmente, aunque sea en algo pequeño».

Y lo que hizo Ana fue llamar a César, el hombre al que rechazó dos veces por cuestiones que tenían más que ver con ella misma que con él.

César no respondió al teléfono. Intentó contactar con él durante dos días, hasta que se le ocurrió que quizá había cambiado de número. Se resistió a llamar a su antigua amiga para pedírselo, en el caso de que lo tuviera, así que se acercó al apartamento al que César la llevó la noche que pasaron juntos. La mujer que contestó al telefonillo no sabía quién era César y en el buzón encontró los nombres de una pareja que no conocía.

Estaba a punto de claudicar cuando un vecino, un anciano con bastón, entró en el portal.

—¿Un hombre en silla de ruedas? —dijo, pensativo—. Pelirrojo, de unos cincuenta y tantos. Claro. César. Pobre hombre.

—Se las arregla muy bien con la silla —respondió Ana, instintivamente molesta por el calificativo que aquel señor había usado con César.

—Desde luego que se las arreglaba bien. Y era deportista, muy deportista. ¿Venía usted por el correo? ¿Es familia?

—¿Por el correo? ¿Se ha mudado?

El gesto en la cara del hombre le dio la noticia antes que su respuesta.

—Un infarto. Hará cosa de un año. Dice mi hija, que es anestesista, que los minusválidos tienen mucho más riesgo de que les falle el corazón. Y le falló. A pesar de todo el deporte que hacía.

—César no era ningún minusválido —respondió muy seca, volcando en el anciano parte de la rabia que le provocó la noticia.

—Parapléjicos los llaman ahora. Ya siento habérselo contado yo. No sufrió nada. Fue fulminante. Lo llevaron muerto ya.

—¿Cómo lo sabe? Si César vivía solo.

—No, qué va, vivía con su mujer.

—No puede ser, estaban divorciados.

El hombre se encogió de hombros. Eran casi las ocho y su esposa lo estaría esperando con la cena en la mesa. No le gustaba que volviera tarde del paseo.

—La acompaño en el sentimiento —dijo, y se dirigió al ascensor.

«Si me desmorono, me hundo», fue lo único que Ana acertó a pensar.

Alba, 2021

Una semana después de que terminara el juicio de Alba, Ana recogió a Deva en la estación de Chamartín. La decoración navideña ya había inundado Madrid, incluidas las tiendas de la estación. No comentó nada de las cuatro enormes maletas que la amiga de su hija traía con ella. Por suerte, llevaba el coche de Alba y no su Mini.

—Coge mi coche por si acaso —le había dicho Alba.

—¿Pero no viene a probar solo un par de semanas?

—Eso dice ella, pero no la creo.

—¿Esta chica y tú estáis saliendo?

—No. Ni con ella ni con nadie. No es mi momento de tener una relación estable.

—Entonces ¿dónde se va a quedar?

—En mi casa.

—Ya. Eso puede dar lugar a malentendidos entre vosotras, ¿no crees? ¿Qué te parece si se viene conmigo?

—¿En serio? Sería genial.

Y así Deva y sus cuatro maletas llegaron a casa de Ana: un precioso ático en el centro, cerca del local que alojaba la Fundación y no demasiado lejos del apartamento de Alba, pero en una zona más señorial. Era la primera vez que Ana tenía un lugar y la sensación le gustaba. Una casa y un trabajo. A Deva también le gustó el ático de Ana.

—¡Hala, qué casa más chula! Sabía que la familia Fresno tenía dinero, pero esto es una pasada.

—Yo no tengo dinero. Esto lo pagó mi ex, el padre de Alba, como parte del acuerdo de divorcio. Él es el empresario, yo solo la exmujer, pero te diré que ha sido muy generoso conmigo. Ya lo estás viendo.

—Yo no quiero importunarla quedándome en su casa, puedo irme a un hotel.

—De eso nada. Alba me ha dicho que estuviste un tiempo de baja y que ahora estás de excedencia voluntaria, sin cobrar.

—Es todo una mierda, nos pasa lo que nos pasa y me dejan sin trabajo. He tenido que pedir la excedencia porque no podía volver a mi puesto. Muchos padres solicitaron un cambio de grupo para sus hijos para que yo no les diera clase. Ya ve. Qué solidarios.

—Es terriblemente injusto, nena. Por eso Alba ha montado La Alborada. Estamos haciendo algo maravilloso por todas esas mujeres. Por todas nosotras. Te va a encantar.

—En realidad no sé muy bien qué estoy haciendo aquí. Alba me convenció, pero ahora que he llegado, lo único que tengo son dudas.

—Date una oportunidad. ¿Por qué no te cambias, vienes a conocer las instalaciones y te presento a los que trabajan allí? Somos pocos, pero tenemos varios proyectos para ampliar servicios. Y abrígate, que el invierno aquí no es como el de Asturias y estamos en plena ola de frío.

Durante los días siguientes Deva conoció el local, los procesos de trabajo, los proyectos futuros y las fuentes de financiación, y se entrevistó con dos psicólogas y dos abogadas.

—¿Solo trabajan mujeres aquí?

—En atención inicial a las víctimas, sí. El primer contacto siempre es con otra mujer. Es más fácil para ellas contar lo ocurrido, ya sabes. En las fases siguientes ya no es necesario y, aunque la mayoría de las que estamos aquí somos mujeres, también hay algún hombre. Hoy te voy a presentar a uno, está en el equipo legal.

—Pues se sentirá un poco desplazado.

—Según él, está encantado. Es un tío muy simpático y dice que tiene el mejor trabajo del mundo, que es como ser el único hombre de la discoteca.

Deva se rio y se dio cuenta de que lo hacía por primera vez en el último año. No pudo ver a Alba hasta varios días después. En una terraza cercana a la Fundación. Hacía frío pero lucía el sol, así que se arrimaron a uno de los calefactores y se sentaron sin quitarse los abrigos.

—¿Y bien? —le preguntó Alba.

—No sé qué hago aquí.

—Decidir si quieres unirte al proyecto.

—Esto es maravilloso, pero ¿qué puedo aportar yo? Solo sé dar clase de matemáticas a adolescentes. ¿De qué sirvo aquí? Si no sé ni atenderme a mí misma, ¿cómo voy a ayudar a otra mujer que ha sufrido lo mismo que nosotras?

—Con testimonios, por ejemplo. Pero no va solo de eso, necesitamos más cosas. Esto es como una empresa, lo primero es conseguir dinero porque sin fondos no existimos. Y no queremos que nos utilicen políticamente, así que la autosuficiencia financiera es fundamental para mantenernos independientes. La experta en conseguir donaciones era mi abuela Paloma, pero murió el año pasado y, aunque mi madre se ha pasado la vida organizando eventos benéficos con ella y entre las dos conservamos muchos de los contactos de mi abuela, necesitamos implicar a las empresas. Ellas son las que tienen más recursos. La Fundación también tiene una parte de gestión administrativa y otra de recursos humanos, porque todo el que trabaja aquí tiene que levantarse cada día deseando venir a trabajar, convencido de la labor social que hace. También tenemos un área de presión política para lograr los cambios legales que perseguimos, un área de desarrollo de servicios y, por supuesto, la atención en primera persona, legal y psicológica, que tiene todavía mucho recorrido, pero para eso necesitamos más dinero, así que todo vuelve al punto de partida: recaudar fondos. Seguro que tu habilidad con los números puede sernos útil. Lo único importante es que quieras hacerlo. Si esto te llama, encontrarás tu sitio aquí.

Deva guardó silencio. Bebió el café a pequeños sorbos mientras rodeaba la taza con las dos manos buscando calentarlas. Alba respetó su tiempo.

—No puedo quedarme con tu madre para siempre. Necesito buscar un lugar donde vivir —dijo al fin, y dejó la taza en el plato.

—¿Eso es un sí?

Deva asintió.

—Pues volvamos, que tenemos mucho trabajo y aquí hace un frío que pela.

Epílogo

Ana, 2022

—Qué curioso es el mundo, ¿verdad? —me dijo Alba.

Era la noche del 8 de marzo y estábamos las dos solas en el hall de entrada de la Fundación, después de despedir a los asistentes a la fiesta del primer aniversario de la Fundación La Alborada, organizada en honor de donantes, patronos y todos los que colaboraban con nosotros y nos hacían cada día más grandes.

—¿Por qué lo dices?

—Porque, a raíz de un suceso horrible, nosotras estamos en el mundo. Porque, ochenta años después de aquella violación que terminó con el nacimiento de la abuela, nosotras hemos levantado un centro de ayuda para otras mujeres sobre la sangre de los agresores.

—Hija, qué poética, llevas el arte dentro. Y no estamos sobre la sangre de los agresores sino debajo, literalmente.

Miramos las dos hacia el techo para observar con orgullo el cubo transparente, ideado por Alba y diseñado por mí, en cuyo interior la vieja Singer, suspendida con un mecanismo de cables camuflados y un motor silencioso, giraba lentamente. Daba la impresión de encontrarse en un campo de gravedad cero.

—¿Te imaginas que tu bisa levantara la cabeza y viera su Singer así? Empezaría a despotricar contra la pobre máquina, soltando improperios y mentando al diablo.

—¿Quién sabe? La bisa siempre conseguía sorprendernos.

Dijera lo que dijese, a mí me parece una pasada, mamá. Al final, la artista de la familia vas a ser tú.

—No, qué va, ese puesto te lo dejo.

Alba negó con la cabeza.

—Va a ser que no. Lo que quiero ahora es trabajar con papá.

—¿Qué quieres decir? Si has dedicado el último año a montar todo esto, ¿cómo vas a trabajar ahora con tu padre? ¿Haciendo qué?

—La empresa es mi legado y voy a defenderlo. No sé cómo evolucionará Jesús, pero Carlos no tiene lo que hay que tener para tomar el relevo. Es muy trabajador y un gran activo para la empresa, pero no es un tiburón. Y hay mucho que hacer en el mundo empresarial hasta que logremos tener las mismas oportunidades que los hombres. A Beba, al principio de su carrera profesional, en los noventa, su jefe le pedía que llevara escote cuando quería que los clientes trasladaran su cartera de inversiones al banco. ¿A que no lo sabías?

—Pues no, no lo sabía. Nunca me hablaba de esas cosas, pero sí sé que cuando intentó tener un hijo quisieron apartarla de su puesto.

—Ya ves que todavía nos queda mucho por hacer. Y yo tengo una posición privilegiada que no voy a desaprovechar. Quizá ahora no pueda conseguir grandes logros porque papá me obliga a empezar desde abajo, en un puesto en el que no podré decidir casi nada, pero tengo unos cuantos años para aprender y entonces, cuando él quiera jubilarse, estaré lista para ocupar su lugar. Me dejaré el alma en conseguirlo.

Asentí. Me dio vértigo, pero lo entendí.

—Beba va a ayudarme. ¿Te parece bien? —me preguntó.

—Claro, cariño, es la mejor. Profesionalmente, digo. ¿Y esto? No podrás con todo.

—Me desentiendo. Y no me preocupa porque lo dejo en buenas manos. Las tuyas. Yo solo ocuparé un cargo honorífico, la dirección es tuya. Tienes mucha tarea por delante ahora que vamos a abrir el servicio de emergencias veinticuatro horas, pero no me necesitas. Estoy segura de que sacarás lo mejor de ti en este proyecto. Y quizá Deva pueda echarte una mano, parece que os entendéis bien.

Las lágrimas de emoción se me agolparon en los ojos y sentí que, por fin, había encontrado mi lugar en el mundo.

ANA LENA RIVERA
Abril de 2021

Agradecimientos

A Cristina, mi editora, por creer en esta historia cuando todavía estaba por contar.

A Alicia, mi agente, que siempre apuesta por mí.

A David: tú haces reales mis sueños.

A Álex, que llegó, me llenó el corazón de amor incondicional, le dio sentido a la vida y me convirtió en escritora.

A David y Alberto, porque el cariño no entiende de convenciones.

A Eva, David, Carlos y Pablo, mi primer pensamiento cuando me preguntan por la familia.

A los mejores padrinos del mundo: Juanma, que no se cansa de enseñarme a disfrutar del presente, aunque mientras lo hace yo esté pensando que algún día se lo enseñará también a Álex. Y Miguel, que siempre está dispuesto a sufrir mis primeros folios, a releerme una y otra vez y, a pesar de ello, se ilusiona con mis historias.

A Héctor y Darío, porque acompañaros mientras crecéis es una experiencia mágica.

A María. Tú sabes por qué. Y a tus padres. Que también lo saben.

A mi pandilla del colegio, porque vuestros mensajes hacen que mi mundo vuelva a oler a Alada, a Eau Jeaune, a Herbíssimo y a Don Algodón.

A Sor Cándida, porque se enamoró de mi primer cuento en 3.º de EGB y me hizo soñar con ser escritora.

A Guelbenzu, por enseñarme que el truco para sobrevivir en el oficio de escribir consiste en trabajar mucho, disfrutar más, y despreocuparse de lo que pase después.

A mis *betareaders*, Asier, Ainhoa, Begoña, Cristian, Christian S., Cristina, David, Eva, Miguel A., Miguel A. G., María José, María, María Jesús, Soraya y Vero: sin vosotros el camino habría sido mucho más difícil.

A Mathilde, porque lo siento así.

A todos los que compartisteis vuestros recuerdos conmigo para rellenar los huecos de esta historia.

A los que me enseñasteis a mirar al cielo cada mañana y dar las gracias.

Y a ti, lector, porque solo tú, tu apoyo y tu cariño dais vida a mis historias. Aquí me tienes, siempre deseando saber de ti:

info@analenarivera.com

www.analenarivera.com

www.facebook.es/analenarivera

@AnaRiveraMuniz

https://www.instagram.com/analenativera

https://www.linkedin.com/in/anariveramuniz/

«**Para viajar lejos no hay mejor nave que un libro**».

EMILY DICKINSON

Gracias por tu lectura de este libro.

En **penguinlibros.club** encontrarás las mejores
recomendaciones de lectura.

Únete a nuestra comunidad y viaja con nosotros.

penguinlibros.club